Gustav Adolf Rein

Europa und Übersee · Gesammelte Aufsätze

GUSTAV ADOLF REIN

Europa und Übersee

Gesammelte Aufsätze

MUSTERSCHMIDT-VERLAG · GÖTTINGEN
BERLIN · FRANKFURT

Herausgegeben
im Auftrage des Vorstandes der Ranke-Gesellschaft,
Vereinigung für Geschichte im öffentlichen Leben, Hamburg,
von Günther Franz

MUSTERSCHMIDT-VERLAG · Göttingen
Berlin · Frankfurt

Gesamtherstellung: „Muster-Schmidt" KG., Göttingen
Printed in Germany

GUSTAV ADOLF REIN

zum 75. Geburtstag

am 16. August 1960

dargebracht von Freunden und Schülern

Sehr verehrter Herr Rein,

zu Ihrem 75. Geburtstag möchten die Unterzeichneten — Fachgenossen, Freunde und Schüler — Ihnen aufrichtige und herzliche Glückwünsche senden und zugleich Dank sagen für die vielfachen Anregungen, die von Ihnen ausgegangen sind. Wir denken dabei vor allem an die „Ranke-Gesellschaft, Vereinigung für Geschichte im öffentlichen Leben", die Sie vor zehn Jahren in Hamburg ins Leben gerufen haben und die durch Veröffentlichungen, Tagungen und Vorträge zu einem wichtigen Faktor historisch-politischer Bildung in unserer Zeit geworden ist. Auch Ihr vor wenigen Jahren erschienenes Buch über „Die Revolution in der Politik Bismarcks" ist in seinem Anliegen der historisch-politischen Aufgabe der Ranke-Gesellschaft verwandt.

Ihre Lebensarbeit hat jedoch, eng verbunden mit Hamburg und seiner Universität seit nunmehr vier Jahrzehnten, vor allem der Überseegeschichte gegolten. Neben Ihren grundlegenden Werken „Der Kampf Westeuropas um Nordamerika im 15. und 16. Jahrhundert" (1925) und „Die europäische Ausbreitung über die Erde" (1930) haben Sie in einer großen Zahl von Aufsätzen Fragen der Überseegeschichte behandelt. Diese Aufsätze sind vielfach an heute nur schwer zugänglichen Stellen erschienen.

Wir freuen uns, Ihnen heute diese Aufsätze in einem Sammelband als Geburtstagsgabe überreichen zu können. Der Band macht die Weite Ihrer Fragestellung, die Tiefe Ihrer Quellenkenntnis, die Reife Ihrer Darstellungskunst deutlich und wird sich — dessen sind wir sicher — neben Ihren anderen Werken in seiner inhaltlichen Geschlossenheit und Ausgewogenheit behaupten.

Hamburg, den 16. August 1960

Anrich, Ernst, Dr. phil., Darmstadt
Behn, Richard, Dr. jur., Rechtsanwalt, Hamburg
Belz, Carl, Hamburg
Berg, A., Rechtsanwalt, Hamburg
Bidlingmaier, Gerhard, Fregattenkapitän, Flensburg
v. Bismarck, Jobst, Hamburg
v. Blücher, Wipert, Gesandter a. D., Garmisch-Partenkirchen
v. Boetticher, Friedrich, General a. D., Bielefeld
Bornstedt, Wilhelm, Dr. jur., Ministerialrat a. D., Hamburg
Borries, Kurt, Prof., Dr. phil., Eßlingen
Bortscheller, G., Dr. rer. pol., Senator, Bremen
Boyens, John, Dr. phil., Kiel
Boysen, A. C., Buchhändler, Hamburg
Braasch, Paul, Hamburg
Brunner, Otto, Prof., Dr. phil., Hamburg
Buchner, Rudolf, Prof., Dr. phil., Würzburg
Burchard-Motz, W. A., Dr. jur., Senator a. D., Hamburg
Busse, Ulrich, Dr. phil., Oberstudienrat, Hamburg
Chales de Beaulieu, Walter, Generalleutnant a. D., Hamburg
Conze, Werner, Prof., Dr. phil., Heidelberg
Dähnhardt, Heinz, Dr. phil., Grenzakademie Sankelmark Flensburg
Debus, Hedwig, Lehrerin i. R., Hattingen/Ruhr
Demeter, Karl, Oberarchivrat i. R., Frankfurt/Main
Deuerlein, Ernst, Dr. jur., Oberregierungsrat, München
Drascher, Wahrhold, Prof., Dr. phil., Tübingen
v. Druffel, Ernst, Dr. jur., Generalkonsul a. D., Gauting b. München
Graf v. Dürkheim, Prof., Dr. phil., Todtmoos/Schwarzwald
Eckhardt, Walter, Dr. jur., München
Engel, Jürgen, Fregattenkapitän, Kiel
Essberger, Elsa, Reederei Essberger, Hamburg
Feickert, Andreas, Dr. phil., Jagdschloß Göhrde
Fischer, Fritz, Prof., Dr. phil., Hamburg
Frankenberg, Richard, Prof., Dr. phil., Hamburg
Franz, Eckhart, Dr. phil., Archivassessor, Marburg
Franz, Georg, Dr. phil., Marineschule Flensburg-Mürwik
Franz, Günther, Prof., Dr. phil., Stuttgart-Hohenheim
Fuchs, Walter-Peter, Prof., Dr. phil., Heidelberg
Gehrmann, K. H., Dr. phil., Ostdeutsche Akademie, Lüneburg
Gensichen, H. W., Prof., D. theol., Heidelberg
Gerlach, Dietrich, Dr. phil., Major, Hannover
Göhring, Martin, Prof., Dr. phil., Mainz
Görlitz, Walter, Schriftleiter, Hamburg
Gollwitzer, Heinz, Prof., Dr. phil., Münster/Westfalen
v. Groote, Wolfgang, Dr. phil., Oberstleutnant, Kius/Angeln
Hasenkamp, Johann-Georg, Dr., Forstmeister, Schweinsberg/Marburg
Hartig, H., Dr. med., Hamburg

Hauser, Oswald, Prof., Dr. phil., Kiel
Heesch, Hans, Oberschulrat, Hamburg
Heidegger, Hermann, Dr. phil., Major i. G., Freiburg/Br.
Helfferich, Emil, Dr. h. c., Hamburg
Hilf, Hubert-Hugo, Prof., Dr. forest., Hamburg
Hitzler, Hermann, Dr. phil., Generaldirektor, Hamburg
Hölzle, Erwin, Regierungsrat, Dozent, Dr. habil., Konstanz
Hoff, Walter, Dr., Propst i. R., Hamburg
Hoffmann, Kurt, Vizeadmiral a. D., Hamburg
Hubatsch, Walther, Prof., Dr. phil., Bad Godesberg
Hübbe, H. V., Direktor der Deutsch-Südamerikanischen Bank, Hamburg
Ipsen, Hans-Peter, Prof., Dr. jur., Hamburg
Ipsen, Gunther, Prof., Dr. phil., Dortmund
Jacob, Gerhard, Dr. phil., Berlin
Jochmann, Werner, Dr. phil., Leiter der Forschungsstelle für Hamburgische Geschichte, Hamburg
Johansen, Paul, Prof., Dr. phil., Hamburg
John, Wilhelm, Generalleutnant a. D., Rendsburg
Jordan, Pascual, Prof., Dr. phil., Hamburg
Kaufmann, Herbert, Dr. phil., Stolzheim bei Köln
Kellinghusen, Walther, Hamburg
Keyser, Erich, Prof., Dr. phil., Marburg/Lahn
Graf v. Kielmannsegg, Seestermühl, Marburg/Lahn
Klassmann, Hans Helmut, Hamburg
Klebel, Ernst, Prof., Dr. phil., Regensburg
Kontrat, Eitel-Friedrich, Korvettenkapitän a. D., Hamburg
v. Krannhals, Hanns, Dr. phil., Ostdeutsche Akademie, Lüneburg
Kuhlmann, Heinz, Dr. jur., Rechtsanwalt, Hamburg
Kuhnke, Hans-Helmut, Dr. jur., Duisburg
Lammers, Walther, Prof., Dr. phil., Hamburg
v. Lehe, Erich, Oberarchivrat, Hamburg
Lehmann, Heinz, Prof., Dr. phil., Tübingen
Leinweber, Adolph, Dr. jur., Landgerichtspräsident, Hamburg
Lemberg, Tideman Ulrich, Wirtschaftsprüfer, Hamburg
Lindig, Max, Generalleutnant a. D., Itzehoe
Lindig, Ursula, Dr. phil., Hamburg
v. Loeben, Wolf-Christian, Frankfurt/Main
Löffler, Hermann, Prof., Dr. phil., Stuttgart
Mähl, Hans, Dr. phil., Oberstudiendirektor i. R., Itzehoe
Mandt, Harald, Dr. jur., Vorsitzender des Aufsichtsrates der Albingia, Hamburg
Meissner, Boris, Prof., Dr. jur., Kiel
Meyer, Otto Ernst, Brasilien
Mitgau, Hermann, Prof., Dr. phil., Göttingen
Müller-Sternberg, Robert, Dr. phil., Ostdeutsche Akademie, Lüneburg
Noack, Hermann, Prof., Dr. phil., Hamburg
Opalka, Bruno, Dr. phil., Berlin

v. Oppen, Dietrich, Prof., Dr. phil., Marburg/Lahn
v. Oppen, Karl, Reinbek/Hamburg
Ostermeyer, Gerhard, Dr. jur., Hamburg
Pahlmann, Franz, Dr. phil., Pfarrer, Bad Hersfeld
Paul, Johannes, Prof., Dr. phil., Hamburg
Petry, Ludwig, Prof., Dr. phil., Mainz
Pohl, Gerhard, Dr. phil., Verband der Geschichtslehrer Schleswig-Holsteins, Kiel
Pönnicke, Herbert, Dr. phil., Oberstudiendirektor, Hamburg
Predöhl, Andreas, Prof., Dr., Münster/Westfalen
Prüser, Diedrich, Dr. phil., Archivdirektor, Bremen
Puls, W. W., Dr. phil., Studienrat, Hamburg
v. Puttkamer'sches Familienarchiv, Hildesheim
Rahmeyer, Ruth, Lehrerin, Hannover
v. Rauch, Georg, Prof., Dr. phil., Kiel
v. Rautenfeld, Harald, Loccum/Wunstorf
Richter, Wilhelm, Generalleutnant a. D., Rendsburg
Riesenkampff, Nikolai, Dr. med., Buchholz
Rhode, Gotthold, Prof., Dr. phil., Mainz
Rönnefarth, Helmuth, Dr. phil., Berlin
Rohn, Walter, Dr. jur., Schwerte/Ruhr
Rohwer, Jürgen, Dr. phil., Bibliothek für Zeitgeschichte (Weltkriegsbücherei)
van Roosbroeck, Prof., Dr. phil., Holland
Rößler, Hellmuth, Prof., Dr. phil., Darmstadt
v. Salisch, H. H., Fregattenkapitän a. D., Hamburg
Scharff, A., Prof., Dr. phil., Kiel
Schieche, Emil, Dr. phil., Stockholm/Schweden
Schieder, Theodor, Prof., Dr. phil., Köln
v. Schlabrendorff, Fabian, Rechtsanwalt, Wiesbaden
Schlubach, Eduard, Hamburg
Schönfeld, Alfred, Oberstudiendirektor, Essen
Schomerus, Hans, Pastor, Evangelische Akademie Baden, Karlsruhe
Schottelius, Herbert, Dr. phil., Oberstleutnant, Bonn
Schubert, Wilhelm, Dr. phil., General a. D., München
Schüssler, Wilhelm, Prof., Dr. phil., Bensheim/Bergstraße
Graf v. der Schulenburg, Dr. jur., Rittergut Hovedissen
Seebass, Fredrik, Prof., Dr. phil., Broby/Schweden
Seidel, Bruno, Prof., Dr. phil., Wilhelmshaven
Sieburg, Heinz-Otto, Privatdozent, Dr. phil., Saarbrücken
Sieverts, Rudolf, Prof., Dr. jur., Hamburg
Spindler, Arno, Admiral a. D., Hamburg
Stadler, Peter, Dozent, Dr. phil., Zürich
Stadtmüller, Georg, Prof., Dr. phil., München
Stegmann, Kurt, Prof., Dr. phil., Marburg/Lahn
Steinacker, Harold, Prof., Dr. phil., Innsbruck
Steinacker, Roland, Prof., Dr. theol., Stuttgart
Steinvorth, Rudolf, Prof., Hamburg

Stieve, Friedrich, Dr. phil., Ministerialdirektor, München
Stössinger, Siegfried, Dipl.-Ing., Karlsruhe
Stoll, Dr. phil., Verlag Diesterweg, Frankfurt/Main
Sturmberger, Hans, Dr. phil., Oberlandesarchivar, Linz
Szczepanski, Wilfried, Dipl.-Ing., Hannover
Thomsen, Hans, Dr. jur., Gesandter a. D., Präsident des DRK Hamburg
Timm, Albrecht, Prof., Dr. phil., Hamburg
Toepfer, Alfred, Dr. h. c., Hamburg
v. Uthmann, Bruno, Generalleutnant a. D., Hamburg
Versmann, E. A., Hamburg
Viefhaus, Erwin, Dr. phil., Wiss. Assistent, Karlsruhe
Voss, Harald, Dr. phil., Hamburg
Waidelich, Walther, Dr. phil., Direktor der Landwirtschaftlichen Genossenschaftsschule Stuttgart-Hohenheim
Wendt, Herbert, Dr., Hamburg
Will, Günther, Dr. phil., Oberstleutnant, Hamburg
Willink, Joachim, Hamburg
Wittram, Reinhard, Prof., Dr. phil., Göttingen
v. Woedtke, Joachim, Oberst a. D., Lüneburg
Wolff, Alfred, Studienrat, Hamburg
Wolfram von Wolmar, W., Dr. jur., Düsseldorf
Zechlin, Egmont, Prof., Dr. phil., Hamburg
Zeitzler, Kurt, Generaloberst a. D., Hamburg

INHALT

I.

ALLGEMEINE ÜBERSEE-GESCHICHTE

ZUM PROBLEM DER AUSWÄRTIGEN POLITIK DER EUROPÄISCHEN GROSSMÄCHTE

1

Auszug aus einer Besprechung des Werkes von Wolfgang Windelband: Die auswärtige Politik der Großmächte 1494–1919*.

„Der deutsche Historiker darf sich heute nicht einfach auf die stille Forschertätigkeit zurückziehen..., sondern er steht wieder vor Aufgaben ähnlicher Art, wie die politischen Historiker des vergangenen Jahrhunderts." Mit diesen Worten von Windelband wird der Sinn und die Rechtfertigung seines Buches gekennzeichnet. Bei einer kritischen Beurteilung des „Wagnisses dieses Überblickes" darf man natürlich nicht Einzelheiten herausgreifen wollen; denn die „Quellennähe" kann nicht überall gleichmäßig sein. Jeder, der irgendein Sondergebiet der eigenen Forschung in dem Buch behandelt findet, wird geneigt sein, dieses oder jenes anders zu formulieren, gewisse Dinge zurückzudrängen, um Raum für wichtiger Erscheinendes zu gewinnen. Solche Kritik bei einem Überblick, der von 1494–1919 reicht, wäre kleinlich und könnte nicht irgendwie das Ganze berühren. Mag man einzelnes anders dargestellt oder zusammengefaßt, hervorgehoben oder verkürzt wünschen — wir begrüßen vor allem die Stellung der Aufgabe, die Frische ihrer Inangriffnahme und die Lösung, die uns hier vorgelegt wird. Das Ergebnis selbst muß zunächst einmal rückhaltlos anerkannt werden: Es ist ein großer Versuch, eine Epoche von vier Jahrhunderten mit einer solchen Fülle — schier erdrückenden Fülle — von historischem Material (steht uns doch ein sehr großer Teil der diplomatischen Akten dieser Jahrhunderte zur Verfügung!) in einen einzigen Band zusammenzudrängen, dieses Gewirr von diplomatischen, militärischen und allgemein politischen Ereignissen in eine knappe übersichtliche Darstellung zusammenzufassen und zu ordnen. Windelbands Darstellung ist übersichtlich und klar, die Hauptlinien sind scharf und fest herausgearbeitet. Wir bedürfen solcher Handbücher der politischen Historie, denn mit Recht wird von Windelband „die ungetrübte Klarheit über das eigentliche Wesen unserer Lage" als einziger Ausgangspunkt ange-

* Stuttgart 1922. Zeitschrift für Politik Bd. XIV, Heft 2, S. 175 ff. Der Aufsatz ist im März 1923 geschrieben worden als eine erste Ankündigung des Arbeits-Programms des Verfassers.

sehen, von dem aus wir uns den Weg zur Gesundung bereiten können. Frei werden von Selbsttäuschungen, sagen, was ist, nur dadurch kann die geistige Voraussetzung unserer staatlichen Wiedergeburt geschaffen werden. Zur Lösung dieser Lebensaufgabe der jungen Generation ist der geschulte Historiker, mehr als irgendein anderer, wahrhaft berufen. Möge die deutsche Geschichtsschreibung mit Ernst und unbedingter Wahrhaftigkeit an diese Aufgabe herantreten! —

Ich sagte: eine fruchtbare Auseinandersetzung mit Windelbands Darstellung der äußeren Politik der letzten vier Jahrhunderte kann nicht von irgendwelchen Einzelheiten aus erfolgen, sondern muß sich der Anlage und dem Aufbau des Ganzen zuwenden. Hier ist es, wo mir Bedenken gegen das Windelbandsche Buch kommen. Um es gleich in Kürze zu sagen: entweder ist der Titel des Buches nicht richtig gewählt, oder die Darstellung ist unvollständig, und zwar unvollständig nach einer wesentlichen Seite hin. Ich frage: Von welchem Standpunkt aus sind die außenpolitischen Probleme behandelt? Im ersten Teil des Buches vorwiegend vom europäisch-kontinentalen, später vom mitteleuropäischen und zuletzt vom deutschen Standpunkt aus gesehen. Ich meine nicht, daß Windelband die Geschehnisse parteiisch beurteilt, sondern daß der Blickpunkt nicht so gewählt ist, wie er gewählt sein sollte, nämlich weltpolitisch, das heißt hier: so, daß der gesamte Raum des Umkreises in die Betrachtung eingezogen wird, in dem die politischen Wechselwirkungen der Großmächte sich vollziehen. Gewiß, die Weltpolitik spielt in die Schilderung hinein; wir hören gelegentlich von Kolonien und Handel, von Übersee, vom Orient und anderem, aber es ist immer nur wie ein fernes Hörensagen, wir „sehen" von alle dem nichts, es tritt nicht lebendig vor uns. Die Bilder, die an uns vorüberziehen, behandeln die Großmächte als europäische Mächte, ihr Auf- und Absteigen in Europa wird gezeigt, die Machtprobleme der Staaten auf dem europäischen Schauplatz werden auseinandergelegt. Deshalb wäre es das richtige, das Buch zu nennen: „Die auswärtige Politik der Großmächte i n E u r o p a 1494—1919". Das ist aber etwas andere als die auswärtige Politik der Großmächte ganz allgemein. Denn die Großstaaten Europas kennen nicht nur europäische Politik, sondern auch außereuropäische Politik. Vielfach beruht ihr Großmacht-Charakter gerade in dieser Tatsache des Besitzes von Macht auch außerhalb Europas. Einige Ausführungen in Anlehnung an Windelbands Darstellung mögen diese These verdeutlichen.

S. 47 am Ende von Kap. 2 wird kurz auf die Tatsache der Entdeckung der außereuropäischen Welt durch die Europäer hingewiesen und daran die Bemerkung geknüpft, daß die überseeische Welt für die damalige Zeit nur wirtschaftliche Bedeutung gewonnen habe, politisch aber wirkungslos geblieben sei: „Von politischen Folgen ist noch keine Rede". Ist das richtig?

Der Aufbau des europäischen Staatensystems in der Auflösung der mittelalterlichen Einheit und der Zusammenfügung und Zusammenschweißung des bis dahin nur lose Verbundenen – denn aus diesen beiden Tendenzen der Auflockerung und der Sammlung bildet sich die neue Staatenwelt – wird also nicht irgendwie in Zusammenhang gebracht mit den Folgen der Entdeckungen jenseits der Meere. Und doch ist, von einem weiteren Standpunkt aus gesehen, die Entdeckung der Welt und die Ausdehnung Europas über die Erde der Wendepunkt und der Hauptinhalt der politischen Weltgeschichte der neuesten Zeit. Dieser Vorgang bildet die grundlegende, die bleibende und sich mehr und mehr auswirkende Tatsache für alles außenpolitische Geschehen in den letzten vier Jahrhunderten. Vor der Entdeckung: kein Einfluß der germanisch-romanischen Welt auf die überseeischen Länder, heute keine Stelle der Erde mehr, die sich europäischer Beeinflussung entziehen kann, – das sind die beiden Pole, zwischen denen sich die große politische Geschichte der neueren Zeiten vollzieht. Die Vergrößerung Europas ist, von diesem weltgeschichtlichen Standpunkt aus gesehen, der Rahmen, in den das einzelne einzuordnen ist. Muß diese Expansion und ihr Beginn in den Jahrzehnten der Entdeckung nicht auch zu einem der Ausgangs-Punkte für die Geschichte der auswärtigen Politik der Großmächte in diesem Zeitraum gemacht werden?

Hier wendet man vielleicht ein: Die Geschichte so gestalten, heißt von einer unserem heutigen Geschlecht erst klar gewordenen und heute erst zur vollen Geltung gekommenen Tatsache aus auch alles frühere Geschehen erklären wollen; so zu verfahren, heißt die Gegenwart in die Vergangenheit projizieren, ein Zeitalter der „Weltpolitik", das wir wirksam erleben, auf andere Zeiten übertragen. Das ist es gerade, was Windelband mehrfach ablehnt: so z. B. S. 47 u. S. 284, wenn er schreibt: auch nach 1815 „fiel nach wie vor die eigentliche Entscheidung durch die Vorgänge innerhalb der europäischen Staatengemeinschaft. Was sich jenseits der Meere abspielte, besaß auch weiterhin nur sekundäres Interesse", „die Blicke der Kabinette reichen nicht über Europa hinaus"; oder wenn S. 195 Gentz zitiert wird, „der mit großem Pathos verkündet, daß der Besitz überseeischer Gebiete für die politischen Verhältnisse Europas völlig gleichgültig und bedeutungslos sei".

All dies ist zu sehr vom mitteleuropäischen Standpunkt aus gesehen. Gentz hatte kein Verständnis für Übersee, so wenig wie Fichte und die meisten anderen Mitteleuropäer, weil die politischen Probleme Mitteleuropas nicht bis nach Übersee, nicht über Europa hinausreichten. Ist dieses Provinzlertum von Mitteleuropa aber maßgebend für die große Politik? Wer die Spuren der wirklich großen Politik in den diplomatischen Akten und in den politischen Reden, Briefen und Flugschriften an den Höfen Lissabon, Madrid, Paris, den Haag, London und auch Petersburg sucht und studiert, wird ein anderes Bild finden. Das peripherische Europa ist nicht provinzlerisch, ist welterfahren, ist weit im Blick, weil seine Interessen nicht nur in Europa liegen, weil sein außenpolitisches Denken sich auch den fremden Erdteilen zuwendet.

Aber, so müssen wir weiter sagen, selbst wenn nicht allen westeuropäischen Staatsmännern und Politikern der Sinn und die Bedeutung der Welt außerhalb Europas für Europa deutlich geworden ist, wenn sie gelegentlich verächtlich vom Handel, Seefahrt und Kolonien als von nebensächlichen und überflüssigen Anhängseln europäischer Machtwesen reden — darf der Historiker die Urteile der Zeitgenossen für s e i n e Beurteilung und Gestaltung des Vergangenen als maßgebend hinnehmen? Doch sicherlich nicht, denn der Historiker versteht die Politik tiefer als der Handelnde selbst; er sieht weiter als er und kann deshalb verständnisreicher als der, der im Getriebe des Lebens steht, das Geschehen beurteilen. Also selbst, wenn Akten und Dokumente der wirklich großen Mächte schweigen — (was sie nicht tun) — so überhebt das nicht den Historiker der Aufgabe, den Sinn der Geschichte zu deuten. Ist deshalb die Folgerung (S. 140) richtig, wenn Windelband für die Zeit nach 1659 sagt: „... Da trotz der rapiden Zunahme der Bedeutung weltpolitischer Probleme (hier werden sie zugestanden, ebenso wie S. 195, 217, 328), die kontinental-europäischen Verhältnisse den Zeitgenossen noch als das unbedingt Entscheidende gelten, muß sie (die Periode von 1659—1815) als von Frankreich bestimmt angesehen werden?"

Bei der Gewinnung von Maßstäben nur aus dem Bewußtsein der Zeiten selbst heraus kann allerdings die politische Bedeutung der Entdeckungen nicht sofort in das Licht treten, obwohl ich die Frage hier offen lassen will, ob nicht doch noch mancher denkende Mann des 16. Jahrhunderts dem Lopez de Gómara darin zugestimmt hat, daß „das größte Ereignis seit der Erschaffung der Welt, abgesehen von der Fleischwerdung und dem Tode des, der sie schuf, die Entdeckung der überseeischen (indischen) Länder ist". An unmittelbaren politischen Folgen der Erweiterung des Gebietes der wirtschaftlichen und damit auch natürlich der politischen Tätigkeit durch die Westeuropäer kann doch manches angeführt werden, z. B.: der entscheidende Niedergang von Mitteleuropa (um diesen politisch erst später zu rechtfertigenden Begriff hier schon anzuwenden) und der Aufstieg der atlantischen Staaten; die politischen Beziehungen zwischen den Mächten mit ozeanischen Besitzungen: Portugal, Spanien, Frankreich, England, Holland; das Verhältnis der türkischen Macht zu Europa.

Zur Erläuterung der drei Punkte sei kurz das folgende angeführt: Die Expansion Europas im Mittelalter war nach Südosten und Osten gerichtet. Das Auffinden der Seewege in die außereuropäische Welt veränderte sozusagen den Kurs von Europa, das Steuer wurde herumgeworfen, die Fahrt ging jetzt nach Westen. Das bedeutet: Im Mittelalter hatten die osteuropäischen Mächte (sie entsprechen den heutigen mitteleuropäischen) die Führerrolle, die deutschen und die italienischen. Seit dem Ausgang des 15. Jahrhunderts geht die Führung Europas in der Ausdehnungsbewegung und in Europa selbst an die neuen Westmächte über. Der Begriff Westeuropa bekommt jetzt erst seinen politischen Sinn. Mitteleuropa verarmt; die kleinen Staaten in dem Raum der alten kaiserlichen und päpstlichen Machtkämpfe gelangen nicht zur Großmachtsbildung und finden den Anschluß an das Weltmeer mit seinen Möglichkeiten zur Vergrößerung und zur Reichtumsbildung nicht, — mit Ausnahme von Holland, das deshalb zeitweilig zu großer Macht aufstieg und in die westeuropäische Gemeinschaft eintrat. Dadurch blieb das mitteleuropäische Gebiet vom Wachstum ausgeschlossen; denn Österreich, das zeigt seine Geschichte, war eigentlich am Rande von Mitteleuropa gelegen, es bildete nicht eine politische Gestaltung Mitteleuropas, sondern sah Deutschland und Italien als Ausdehnungsfelder an, ebenso wie die Westmächte und die Mächte des Nordostens. Je mehr es ferner den Ausdehnungsdrang nach Osten in sich aufnahm, um so mehr wuchs es aus dem alten Mitteleuropa heraus und wurde zu einer Macht des neuen Osteuropa.

Der Niedergang der eigentlich mitteleuropäischen Mächte infolge des Aufstieges der für die Ausdehnung günstig gelegenen westeuropäischen und bald auch der neuen osteuropäischen Mächte wirkte sich im 16. Jahrhundert schon aus. Italien verlor seine Freiheit, von Deutschland wurden die Grenzgebiete abgetrennt und das neue kleinere Deutschland geriet unter den Einfluß nichtdeutscher Gewalten. Im Westen vor allem erhoben sich die Mächte, die ein unbegrenztes Feld des Wachstums und der Erweiterung geöffnet vor sich sahen, aus denen sie neue und starke Kräfte an sich zu ziehen imstande waren.

Portugal wird eine Macht, weil es lernt, den Ozean zu befahren und die Schätze Indiens in Lissabon zu stapeln. Dadurch, daß Windelband die unmittelbare politische Bedeutung der neuen Ausdehnungsbewegung nicht anerkennt, findet Portugal im Rahmen seines Werkes keine Berücksichtigung. Es ist wohl richtig: Portugal besaß in den europäisch-kontinentalen Zusammenhängen nicht die Stellung einer Großmacht. Aber darf es deshalb in der Geschichte der auswärtigen Politik dieser Zeiten überhaupt ausgeschaltet bleiben? Es war Herr der halben Welt, sagt Windelband, und war doch „zur vollständigsten Einflußlosigkeit verurteilt“ (S. 47). (S. 189: „Portugal ist trotz seines Weltreiches überhaupt nie zu Einfluß in Europa gekommen.“) Aber Portugal hat Europa den Weg in die Welt freigemacht, Portugal hat damit Venedigs Macht getötet, es hat in Anknüpfung an den alten Kreuzzugsgedanken die mohammedanischen Mächte im Rücken gefaßt, es hat mit Spanien um das Weltmonopol gerungen, den Papst und die Franzosen als Bundesgenossen suchend, im fernsten Asien mit den Männern Karls V. die Waffen gekreuzt und hätte in seiner großen maritimen Kraft Spanien an jeder Betätigung in Übersee verhindert, wenn es diesem nicht möglich gewesen wäre, mit seiner Landmacht so auf Portugal zu drücken, daß das portugiesische Seeherrschaftsmonopol durchbrochen wurde. Gewiß, von seiner politischen Höhe ist Portugal bald gesunken, wohl weil der Staatsgedanke zu schwach entwickelt war (wie später in Holland), und weil in den entscheidenden Momenten dem Land mit kleiner europäischer Basis im Südwestwinkel von Europa die großen Konstellationen nicht günstig waren. Es wurde mit Spanien vereinigt und fand seine Befreiung erst wieder, als die antispanischen Mächte ihm die politische Rückendeckung gewährten, Holland, Frankreich, England, die jüngeren Rivalen Spaniens in der neuen Welt. Von alledem erfahren wir in der Windelbandschen Darstellung nichts, weil Portugal als kontinental-europäisch belanglos ausgeschaltet worden ist. Müßte dieser Macht, die dank ihrer Randlage alle außereuropäischen Herrschaftsfragen so weithin und entscheidungsvoll bis in die Gegenwart hinein beeinflußt hat, nicht einen größeren Raum in dieser Geschichte der Außenpolitik einnehmen, als z. B. Sachsen, Savoyen, Brandenburg, Dänemark und andere kleine Staaten Europas? Darf man wirklich Portugal in einer Darstellung der Großmächte, nur weil es auf dem europäischen Kontinent keine Machtziele gehabt hat, weglassen und daran vorübergehen, daß Portugal seine Macht an den Küsten Afrikas, Indiens und Südamerikas entfaltete, daß es der Nachfolger der mohammedanischen Seemacht im Indischen Ozean wurde? Hat Weltmacht in der Weltgeschichte so viel weniger zu bedeuten als Einfluß auf den europäischen Kontinent?

Die spanische Großmachtbildung im 16. Jahrhundert kann ohne die überseeische Welt nicht verstanden werden. „Das Verhältnis zu Amerika" nennt schon Ranke „das vielleicht wichtigste Moment von allen", die „den fundamentalen Charakter der spanischen Monarchie bilden und ihre Geschichte bedingen". „Die Geschichte von Spanien schreiben", so erklärt ein amerikanischer Kritiker, „und die Geschichte von Spanisch-Amerika auslassen, ist gleich die Geschichte Roms schreiben und dabei sich auf die italienische Halbinsel beschränken." Wiederholt begegnet uns auch bei den spanischen Königen und Staatsmännern selbst diese Auffassung von der großen Wichtigkeit der spanischen Provinzen in Amerika für die Machtstellung der Monarchie. Was wäre Spanien in Europa gewesen ohne die Verfügung über das Silber aus den Minen von Peru und Mexiko? Universal, nicht nur im Sinn des mittelalterlichen Kaisertums, ist die Politik Karls V. und Philipps II., sondern universal auch in Anknüpfung an die Kreuzzugsbewegung weit über den romanisch-germanischen Kreis hinaus: Mit ihrem politischen Denken umschließen die Spanier West- und Mitteleuropa, sie ziehen durch die habsburgische Verbindung Rußland und

Persien wegen der mit Frankreich verbündeten Osmanen in ihre politischen Kombinationen hinein; spanische Ritter und Soldaten kämpfen in Nordafrika, in den beiden Amerikas, in der Inselwelt südlich Asiens. Der Machtkreis dieses Staates greift weit über Europa hinaus und als ein Eckpfeiler des stärksten Machtgebildes in Europa zieht er auch seine Gegner hinaus auf den Ozean und in die überseeischen Länder.

So kommt Frankreich in die außereuropäische Expansionspolitik; diese wird nicht nur als ein volkswirtschaftliches und staatswirtschaftliches Unternehmen angesehen, sondern auch als eine notwendige Waffe in den unaufhörlichen Kämpfen gegen die Habsburger. Gerade Frankreich war im Zeitalter von Franz I. weder ökonomisch noch bevölkerungspolitisch auf überseeische Unternehmungen hingewiesen. Trotzdem wurde es durch seine westeuropäische, ozeanische Lage dazu aufgefordert, diese den Zwecken des Staates dienstbar zu machen. In den beiden Indien suchten die französischen Seefahrer Reichtums- und Machtquellen zu erschließen und den spanischen Feind in seinen fernen Provinzen zu verwunden, vielleicht tödlich zu treffen. Frankreich ist es, das im 16. Jahrhundert zum ersten Male die internationalen Hauptfragen der Kolonialpolitik stellt und um ihre Beantwortung im Sinne der potentiellen Rechtsgleichheit aller Staaten kämpft, dabei aber immer zugleich in ein für Frankreich verhängnisvolles Wechselspiel mit Portugal als europäischem Freund und kolonialem Feind verstrickt wird. Diese französischen, spanischen und portugiesischen Kämpfe zeigen in den Versuchen internationale vertragliche Rechtsordnungen in den überseeischen Gebieten zu schaffen, wie die westeuropäischen Staatsmänner sich immer von neuem mit dem Kernproblem befassen müssen, das vom Beginn der ersten Entdeckung an hervorgetreten war: ob der Horizont der europäischen Konstellationen auf Europa begrenzt bleiben solle oder auch den Ozean und die indischen Länder in sich einschließe[1].

Frankreich wird bei dem Zurücksinken seiner Macht in der zweiten Hälfte des 16. Jahrhunderts abgelöst von England, das die Führung im Kampf gegen die spanische Vorherrschaft übernimmt. England aber kämpft gegen Spanien in noch verschärfter Weise, nicht nur in Europa, sondern auch auf den Meeren und in den Kolonien. Wie Canning es in seiner großen Rede von 1826 sagte, daß die englischen Vorfahren im Zeitalter der Elisabeth immer gegen Spanien und seine Kolonien („Spain with the Indies") gefochten haben. England erlebt im 16. Jahrhundert unter Elisabeth seine friderizianische Epoche des Aufstiegs zur europäischen Großmacht vor allem auch dadurch, daß es die ozeanische Laufbahn betritt. Der holländische Aufstieg seit Ende des 16. Jahrhun-

[1] Dazu M. Lenz: Gleichgewicht und Großmacht in „Wille, Macht und Schicksal" 1922.

derts erfolgt auf derselben Grundlage der Seemachtentfaltung und der Eroberungen in Südasien, Amerika und Afrika.

In den Zusammenhang der unmittelbaren politischen Bedeutung der Entdeckungen für die europäische Politik gehört auch die Ausbreitung der türkischen Macht im östlichen Mittelmeer und in Südwest-Europa. Windelband hält an der These fest, daß das Vordringen der Türkei die Europäer veranlaßt habe, den Weg nach Indien über die See zu suchen. Diese Auffassung ist unrichtig. Die Eröffnung des westlichen Weges hat die europäische Expansion nach dem Westen geführt und dadurch den Osten entlastet, durch die Entdeckung Amerikas und des Seeweges nach Asien wurde das Vordringen der Türkei erleichtert; denn es ist wohl unzweifelhaft, daß ohne die Entdeckung der Seewege die große europäische Expansionskraft sich in den alten Richtungen des Mittelalters bewegt hätte; Europa hätte offensiv statt defensiv gegen die Türkei sein müssen, und damit hätte die ganze politische Geschichte der neueren Zeit ein anderes Gesicht bekommen. Spanien aber wählte damals die Defensive und ging nach Amerika. In Madrid wurde einmal erklärt, für Spanien wäre der Besitz von Florida wichtiger als der Besitz von Malta! Somit verzichtete Europa auf das östliche Mittelmeer und auf Nordafrika; der Weg über das Meer war leichter und gewinnreicher als der, den die Kreuzzugsbewegung gegangen. Europa blieb am Mittelmeer in Abwehr, bis Napoleon I., dem Philippe du Plessis-Mornay und Leibniz gedanklich und Choiseul diplomatisch vorangegangen waren, die alte östliche Richtung wieder aufnimmt, damit auch die Engländer in das Mittelmeer zwingt und so die orientalische Frage schafft, die bis dahin nur ein russisch-österreichisches Problem gewesen.

So finden sich also doch schon im 16. Jahrhundert unmittelbare politische Folgen der Entdeckungen von großer Tragweite, die in einer Darstellung der Großmachtspolitik nicht fehlen dürfen, wenn nicht ein einseitig angesehenes Bild entstehen soll. –

Es ist erst für das 17. Jahrhundert, daß Windelband die politischen Auswirkungen der überseeischen Welt für Europa anerkennt. Bei der Schilderung der Machtstellung Hollands führt er aus, wie die Mächte durch das Beispiel Hollands zu der Erkenntnis gelangen, „welche Bedeutung den überseeischen Kolonien zukommt" (S. 105). Der Charakter des Staatensystems wurde durch das Aufkommen der Seemacht verändert. Windelband geht hier sogar so weit, zu sagen, daß es keine künstliche Konstruktion gewesen sei, koloniale Zusammenstöße als für die Haltung der europäischen Kabinette belanglos aufzufassen[2] (S. 105). „Fortan spielen die Kolonien auch eine politische, nicht nur bloß eine

[2] Auch Zeitgenossen haben diese Künstlichkeit schon erkannt; siehe Am. Hist. Rev. 16 S. 539.

finanzielle Rolle" (S. 106). „Die Erweiterung zum Weltstaatensystem beginnt." Diese Bemerkungen, die die außerordentliche Machterweiterung der Großmächte als sehr bedeutsam kennzeichnet, stehen in Widerspruch zu Ausführungen an anderen Stellen des Werkes, bei denen der politische Wert wieder sehr stark abgeschwächt und zurückgeschoben wird. Darin wird überhaupt der eigentliche Streitpunkt mit Windelband liegen, das A u s m a ß zu bestimmen, welches den überseeischen Dingen an politischer Bedeutung in den verschiedenen Zeitabschnitten zukommt. Hier also müßte die Erläuterung in die Einzelheiten gehen. Das bringt mich wieder auf den Haupteinwand gegen die Windelbandsche Darstellung: Wenn er auch in bestimmten Zusammenhängen, die durch die Tradition unserer Geschichtsschreibung gegeben waren (Holland am Anfang des 17. Jahrhunderts; der französisch-englische Wettkampf im Siebenjährigen Krieg und im napoleonischen Zeitalter; der englisch-russische Gegensatz im 19. Jahrhundert; die neue Kolonialpolitik der dritten französischen Republik u. a.), auf die Beziehungen und Abhängigkeiten der großen Politik von den nichteuropäischen Machtverhältnissen hinweist, so fehlen doch alle näheren Ausführungen über diese überseeischen Machtverhältnisse selbst. Das ist die eigentliche Lücke in dem Buch. Die Bedeutung der überseeischen Welt für Holland wird anerkannt, aber nichts erfahren wir über Ausdehnung, Umfang und Wesen der holländischen Stellung in der Welt. Wo haben die Holländer sich die Machtquellen erschlossen; welche politischen Reibungsflächen haben sich da ergeben? Windelband spricht einmal von dem „Auftakt zu der Zeit der Kolonialkriege" (S. 99), aber von den kolonialen Kriegen selbst erfahren wir nie etwas, obwohl auch kleinere europäische Feldzüge in die Betrachtung eingeschlossen werden. Wo hat die holländische Expansion eingesetzt, welche Ziele verfolgte sie in Mittel-, Nord- und Südamerika, welche Stellen Afrikas waren von Bedeutung und wie wurde die portugiesische See- und Handelsherrschaft in Südasien von ihnen gebrochen? Wo lagen die Zentren der spanischen Macht in Amerika, gegen welche Punkte richteten sich die Angriffe der Rivalen, wie war die große spanische Defensive in Amerika angelegt, die durch die Jahrhunderte hinreicht bis zu dem Arranda-Plan? Welche politischen Probleme ergeben sich aus dem Streit um die mittelamerikanische Inselwelt, die eine Quelle immer neuer Kämpfe und unermeßlichen Reichtums für die Westeuropäer bildeten? Wie wurde die heutige Gestaltung der südamerikanischen Staatenwelt durch koloniale Machtkämpfe beeinflußt? Die älteste Grenze in Nordamerika war die spanisch-portugiesische Demarkation von 1494; Spanien, Frankreich, England, zeitweilig auch Holland und Rußland, später auch die Vereinigten Staaten, kämpften durch die Jahrhunderte hin um die neuen Grenzen auf diesem Erdteil. Sollten wir in einer Geschichte des großen Ringens um Macht nicht auch etwas von dem immer erneuten Kampf um die Hudsonlinie, ebenso wie von dem um die Rheinlinie, hören? Von dem Kampf um das dominium maris carribeani, ebenso wie von dem Kampf um das dominium maris baltici, dem holländisch-portugiesischen Kampf um die germanische oder romanische Bestimmung von der Zukunft Brasiliens, von Ludwig XIV. Plänen auf die Eroberung von Neuspanien, von der wechselnden Bedeutung Afrikas in der alten und in der neuen Kolonialzeit für die Mächte Europas, den Etappen des russischen Vordringens und Wachsens, seinen Herrschaftsplänen im Stillen Ozean, seinem Rückzug aus Amerika und seiner antienglischen Freundschaft mit den Vereinigten Staaten, dem englisch-amerikanischen Kampf um den Kanal in Mittelamerika, dem französisch-englischen Ringen um den Suezkanal, die Bedeutung der Abfallbewegungen in Nord-, Mittel- und Südamerika für die großen Konstellationen ... usw. usw.

Das alles, was hier rasch und ohne Plan angedeutet ist, sind Fragen, die neben dem Österreichischen Erbfolgekrieg oder Brandenburgs Kampf gegen Schweden doch auch einen Platz beanspruchen können in einer Darstellung der Politik der Großmächte. Man kann nicht mit dem allgemeinen Begriff „Übersee" oder „Weltpolitik" auskommen. Die außenpolitischen Probleme und die außenpolitischen Lösungen draußen in der überseeischen Welt müssen aufgezeigt werden, genau so wie die auf dem europäischen Kontinent. Nur so kann das volle politische Verständnis der letzten vierhundert Jahre gewonnen werden; denn diese vierhundert Jahre bilden den Übergang vom europäischen zum Weltstaatensystem. Das Weltstaatensystem ist natürlich nicht plötzlich in unserer Zeit da, sondern es hat eine lange und reiche Vorgeschichte. Uns Deutschen (auch der deutschen Geschichtsschreibung) hat der weltpolitische Blick in dieser ganzen Epoche fast immer gefehlt. Auch dann, als wir das neue Losungswort der „Weltpolitik" ausgaben — (bezeichnenderweise ist dieser Begriff deutschen Ursprungs, weil wir plötzlich in dieses Neue hineingingen, während die alten Großmächte so allmählich in die Weltpolitik hineingewachsen waren, daß sie keinen besonderen Begriff dafür schufen) — und mit vollen Segeln in dies uns unbekannte Meer hinaussteuerten, da haben wir doch noch immer nicht weltpolitisch denken können. Es muß eine der nationalpädagogischen Aufgaben der deutschen Geschichtsschreibung sein, diesen Mangel, den sie zum guten Teil selbst mit verschuldet hat, zu beseitigen. Der Weltkrieg fand uns als eine Nation ohne echtes Verständnis für die weltpolitischen Zusammenhänge.

An den Folgen hat unser Geschlecht heute zu tragen. Unser Aufstieg, das hat Windelband am Ende seines Buches auch selbst ausgesprochen (S. 412 u. 391), kann nur im Zusammenhang mit der weltpolitischen Konstellation erfolgen. Wie unrecht hatte Friedrich Naumann, als er in der Novemberstimmung von 1918 schrieb: „Mit der deutschen Weltpolitik ist es für immer vorbei." Unsere politische Wiederherstellung kann nur im Rahmen der Weltpolitik, also durch Weltpolitik erfolgen. Deshalb soll die Geschichtsbetrachtung, soweit sie es vermag, zur Schulung des weltpolitischen Denkens (das heißt doch im Grunde nichts anderes als eines weitumfassenden an Stelle eines provinziellen) beitragen. Hier liegen die Fragen, an denen der junge Politiker im Zeitalter des Weltstaatensystems geschult und geübt werden muß. Nur wer in der Welt zu Hause ist, kann mit Hoffnung auf Erfolg in der Welt wirken. Der ewig provinzielle Deutsche muß eine harte Schule durchmachen, um das zu lernen. Hoffen wir, daß die Nation die Aufgabe ergreift und daß wir trotz unserer gegenwärtigen weltpolitischen Isolierung und Absonderung es lernen, den Blick in die Weite zu richten. –

GRUNDZÜGE DER WELTPOLITIK DER LETZTEN HUNDERT JAHRE

2

Eine raumpolitische Betrachtung*.

I.

Seit wann gibt es Weltpolitik? Auf diese Frage können zwei Antworten gegeben werden. Die eine lautet: Weltpolitik gibt es, seit die Welt außerhalb des alten abendländischen Kultur- und Machtkreises anfängt, Gegenstand der Politik zu werden. Die zweite Antwort faßt den Begriff der Weltpolitik in seinem vollen Sinn und sagt: Weltpolitik gibt es, seit die Welt, das heißt die g a n z e Erdoberfläche zum Betätigungsfeld eines großen zusammenhängenden Weltstaatensystems geworden ist. Weltpolitik im Sinn der ersten Antwort kennt das Abendland seit Ausgang des 15. Jahrhunderts, im Sinn der zweiten Antwort aber erst seit dem 19. Jahrhundert. Es ist erst hundert Jahre her, daß die Politik großer Mächte ihre Ziele und die Mittel zur Erreichung dieser Ziele im Rahmen der Machtverhältnisse auf dem g a n z e n Erdball sucht; erst nach der Epoche der Revolution, die von der kolonialen Seite her ihren Ausgang genommen hat, ist das Schicksal eines jeden Volkes auf der Erde mitbedingt durch das Geschehen in allen anderen Teilen der Welt. Es gibt keine abgeschlossenen, für sich lebenden politischen Kreise mehr. Die Völker sind abhängig voneinander geworden dadurch, daß sie alle miteinander in Verbindung getreten sind.

Vom 16. bis zum 18. Jahrhundert, in der Epoche der älteren Kolonialzeit erweitert sich das abendländische Staatensystem in östlicher und westlicher Richtung und holt ein großes Stück des Westen und ein großes Stück des Ostens gewissermaßen nach Europa hinein, — den Atlantischen Ozean und Amerika auf der einen Seite, Indien (im weiten Sinne der älteren Zeit) mit dem Indischen Ozean auf der anderen Seite. Afrika hat in diesen Jahrhunderten keine wesentlich selbständige Bedeutung für die große Politik und wird von den Europäern entdeckt und benutzt nur insofern es ein Stück atlantische oder Indien zugelegene Küste hat. Afrika bietet der Segelschiffahrt mit kleinen Holzschiffen

* Zeitschrift für Geopolitik, Berlin 1924, Heft 10 u. 11

Raststätten auf der Fahrt nach dem Osten und beliefert die Plantagen-Kolonien in Amerika mit schwarzen Arbeitern. Afrika als Kontinent aber bleibt den seefahrenden und kolonisierenden Völkern Westeuropas gleichgültig; ihre großen Expansions-Kompanien heißen charakteristischerweise entweder ostindisch oder westindisch.

Neben Afrika, das berührt, aber nicht erschlossen wird, befindet sich die große Welt des Stillen Ozeans, trotz seiner geographischen Entdeckung und trotz einzelner dünner Fäden, die der abendländische Handel hier und dort anheftet, außerhalb des Raumes, in dem der Europäer sich politische Ziele steckt. Die Völker in der östlichen Hälfte von Asien, in Australien und Ozeanien, im amerikanischen Nordwesten leben getrennt vom Abendland ihr Leben für sich[1]. Erst im Laufe des 19. Jahrhunderts wird diese große östliche Welt und Afrika in die Politik des Staatensystems einbezogen: Die verschlossenen ostasiatischen Tore werden gewaltsam geöffnet, Australien und der Nordwesten von Amerika besiedelt, die zerstreuten Inselschwärme des Ozeans in Besitz genommen und die afrikanischen Landflächen kolonisiert.

Von dieser Zeit an verwandelt sich die Erdoberfläche in ein geschlossenes, einheitliches, riesenhaftes Schachbrett, auf dem die Staaten ihr Spiel um den Sieg spielen. Erst von nun an, da das ganze Spielfeld in Benutzung tritt und zur Geltung kommt, kann auch die naturgegebene Gestalt dieses Schachbrettes (um das Bild beizubehalten), der Charakter seiner Felder, die Bedeutung der Lage der einzelnen Felder zueinander, kurz: die Gliederung der Erdoberfläche in ihrer Gesamtheit seine volle Bedeutung gewinnen und zur Wirkung kommen. Hier wenden wir den Blick auf die Weltkarte, auf die gleichsam vom Globus abgezogene Haut, und fragen: Welche sind die Grundtatsachen in der Gestaltung der Erdoberfläche?

Das die Weltpolitik Bestimmende ist die große bogenförmige Verkehrslinie oder besser der Verkehrsgürtel, der vom nordatlantischen Ozean durch das Mittelmeer, über Indien, durch das Chinesische Meer hindurch an der asiatischen Küste entlang nach Norden verläuft. Wer an diesem bogenförmigen Streifen keinen Anteil hat, der kann das weltpolitische Spiel nicht mitspielen; es ist daher das Streben aller Großmächte an dieses Band, an dem alle großen Kulturen liegen, heranzukommen. Nördlich des großen Bogens und von ihm auch im Westen und Osten umfaßt und eingeschlossen befindet sich der große Kontinent (Europa und Asien), dessen Begrenzung im Norden von der Eiszone gebildet wird. In Verbindung mit dem großen Verkehrsband steht im westlichen

[1] Die äußersten westasiatischen Gebiete stehen in Verbindung mit dem europäischen System; die Türkei befindet sich im Herrschaftsraum des alten oströmischen Reiches, und Rußland ist zum Erben der Idee des oströmischen Reiches geworden; die alte Verbundenheit zwischen Ostrom und Westrom wirkt auch bei den Nachfolgern dieser Staatsgebilde weiter.

linie. 1815 verfügt England über Indien, Malta, Gibraltar, die Abhängigkeit von Portugal, Helgoland[2]. Es gelingt ihm im Laufe von 100 Jahren hinzuzufügen: die Jonischen Inseln[2], Zypern, Palästina, Arabien, Aden, Sokotra, Mesopotamien, Süd-Persien, Belutschistan, Hinter-Indien, Malaga, Singapore, Nord-Borneo, Honkong, Wei-Hai-Wei[2]. Politisch gehört in diese Kette hinein die langjährige freundschaftliche Verbundenheit Englands mit der Türkei und das japanische Bündnis.

Den Mittelpunkt dieser Herrschaftslinie bildet Indien, das England in der alten Kolonialzeit den Portugiesen entrissen und gegen Frankreich behauptet und erobert hat. Zur Sicherung Indiens, in dem auf 1 Engländer etwa 30 000 Inder kommen[3], ist die Beherrschung des ganzen Umkreises des Ozeans erwünscht[4]. So schließt England die Lakadiven, Malediven, die Seychellen, die Amiranten, Mauritius, die Tschagos-, die Andaman-, Nikobar-Inseln, die Kilings-Inseln und die Weihnachts-Insel ein und strebt nach dem Besitz der Eckpfeiler zu einer indischen Stellung in Afrika und Australien.

Da in der alten Kolonialzeit der Weg nach Indien um Afrika herumführte (denn es war leichter, um Afrika zu segeln als Ägypten zu erobern) und dieser Zustand bis 1869, dem Eröffnungsjahr des Suezkanals, erhalten blieb, so ist für England die Beherrschung dieser alten Seestraße, nach 1882 im Jahre der Besetzung Ägyptens auch als Reserve- und Hilfsstraße neben dem neuen Suezweg, erforderlich. Das Kap der Guten Hoffnung, durch den Besitz des Hinterlandes gesichert, ist der entscheidende Punkt. Auf der Anfahrt hatte England die portugiesischen Inseln, westafrikanische Stationen, St. Helena zur Verfügung, auf der Hinfahrt Mauritius und später Sansibar und Ost-Afrika als Mittelglieder der großen Kap-Kairo-Idee, jenes englischen Landstreifens von der Nilmündung bis zum Tafelberg, als breite Schutzwand für Indien, die heute nahezu hergestellt ist.

Zur Sicherung Indiens genügten in Afrika ursprünglich, solange dort noch nicht kolonisiert wurde, wenige günstig gelegene Stützpunkte. In dem australischen Inselgebiet aber, das von einem Netz von Linien durchzogen wird, ist es mit der Festsetzung an wenigen entscheidenden Punkten nicht getan; die Herrschaft muß eine ausgebreitetere sein. Wir beobachten deshalb in der ersten Periode des 19. Jahrhunderts Englands Zurückhaltung in Afrika, sogar Freigabe der Burenstaaten, während gleichzeitig ein energisches Vordringen im großen Inselgebiet erfolgt. Australien, Tasmanien, Neuseeland wurden vollständig in Besitz genommen; dazu die Fidschi- und andere kleine Inseln, später auch, zur Deckung von Nordost-Australien, ein Teil von Neu-Guinea. Die für eine maritime Weltpolitik entscheidenden Punkte in den beiden Nebenkreisen

[2] Inzwischen wieder aufgegeben.
[3] Nach einer Vorkriegs-Schätzung.
[4] Vergleiche den Aufsatz von J. März in Heft 6 der Zeitschrift für Geopolitik I.

sind damit in englische Hand gebracht. Holland kann in dem abgeschlossenen Inselbezirk nördlich Australiens gelassen werden, solange es ein von England maritim abhängiger Kleinstaat bleibt.

Wie aber ist die englische Stellung in dem amerikanischen Kreis? Bis zum Ausgang des 19. Jahrhunderts hat England auch hier eine dominierende Stellung inne. Als Erbe aus der älteren Kolonialzeit bewahrt es Kanada mit seinen Nebenländern, Bermuda — dieses amerikanische Helgoland — die Bahama-Inseln, die den Zugang zum Mexikanischen Golf sichern, eine Reihe von den Kleinen Antillen, die mit Trinidad und Britisch-Guayana die Einfahrt in das Karibische Meer offenhalten; für das mittelamerikanische Festland von Bedeutung ist der englische Besitz von Jamaika und Honduras; als Station für die Südwestfahrt nach dem neugewonnenen Australien werden die Falkland-Inseln besetzt. Die Ablösung der ibero-amerikanischen Festlandskolonien erfolgte mit Hilfe Englands und zugunsten des englischen Handels.

Das war gegenüber den Vereinigten Staaten eine ausgedehnte und wohlgesicherte Stellung. Die amerikanische Geschichte ist im 19. Jahrhundert bestimmt durch die Ausdehnungsbewegung nach dem Westen. An dieser Bewegung nimmt England als amerikanische Macht teil. Es gewinnt durch Kompromiß mit der Union ein Stück des großen Nordwestens am Stillen Ozean und behält seine Hand in der mittelamerikanischen Kanalfrage durch den Vertrag von 1850, der ihm ein Veto gegen einen amerikanischen Kanalbau gewährt.

Die Vereinigten Staaten sind als atlantische Seemacht in die Geschichte eingetreten. Im 19. Jahrhundert wenden sie ihr Gesicht von dem Atlantischen Ozean ab, verkünden die Monroe-Doktrin, d. h. die Politik der amerikanischen Isolierung, und stellen als Ziel die Eroberung Nordamerikas auf. In einer Reihe von Etappen wird dieses kontinentale Ziel erreicht — das ebenso wie die Monroe-Doktrin einen tiefen weltpolitischen Sinn hat, denn es galt die weltpolitisch so günstige Lage zwischen zwei Ozeanen zu gewinnen — trotz Störungen durch den englischen „Erbfeind". Die Vollendung der Ausdehnung nach Norden hin scheiterte an der englisch-kanadischen Macht. Rußland aber und Mexiko wurden zurückgeworfen.

Die Russen hatten, gestützt auf den Besitz von Kamtschatka, die Kurilen, Alëuten, Alaska, eine Station nördlich von St. Franzisko, und auf den Hawaiischen Inseln den Plan zur Bildung eines großen nordpazifischen russischen Herrschaftshalbkreises, dessen Sehne von Manila, das erworben werden sollte, über die Hawaiischen Inseln nach Kalifornien gegangen sein würde (1821). Da eine solche weite Stellung, die Ostasien mit Nordamerika verband, nur mit maritimen Mitteln zu behaupten war, mußte Rußland auf diesen Plan einer Herrschaft im Stillen Ozean verzichten und sich nach Norden zurückziehen (1824). Später wurde Alaska mit den Alëuten von Ruß-

land an die Vereinigten Staaten verkauft (1868); ihre gemeinsame Feindschaft gegen England drückte sich in dieser vereinbarten Landübergabe aus.
Auch die amerikanische Ausdehnung nach dem Süden wurde lange Zeit von England aufgehalten und verzögert. Der Sinn dieser Südausdehnung liegt in dem Streben, die Südgrenze des nordamerikanischen Kontinents zu erreichen und zu sichern, also das mittelamerikanische Inselgebiet in Besitz zu nehmen, das Festland bis zum Kanal zu kontrollieren (wie der amerikanische Ausdruck für beherrschen lautet), und um den Kanal zu sichern, den Nordrand von Südamerika in diese politische Kontrolle mit einzubeziehen. Diese Südrichtung ist für die Amerikaner von großer Bedeutung, seit die Engländer ihnen den Kanalbau und damit die mittelamerikanische Zone freigegeben haben. Diese Freigabe erfolgte am Ende des 19. und am Anfang des 20. Jahrhunderts, weil England in der Behauptung seiner Weltstellung unsicher geworden war, seit Frankreich und Deutschland Weltpolitik trieben, Amerika mit verstärkten weltpolitischen Wünschen hervortrat und Japan als Großmacht sich Geltung verschaffte. England hatte Schwierigkeiten in Südafrika, in seiner ägyptischen und orientalischen Stellung, und in Ostasien entstand das neue weltpolitische Problem der Aufteilung Chinas. Dieser Zeitpunkt war es, da es England für notwendig und für klug hielt, durch ein Opfer in Amerika sich einen Freund zu verschaffen und eine „ungeschriebene Allianz" einzugehen. Es war verständlich, daß England, als es die Notwendigkeit sah, Opfer zu bringen, um die Hauptstellung zu bewahren, diese Opfer auf einem Nebenfelde brachte. England konnte auf die Vorherrschaft in Amerika und über die amerikanischen Verkehrslinien verzichten, weil von der amerikanischen Stellung aus das eigentliche Zentrum der englischen Weltherrschaft: Indien und der Indische Ozean nicht unmittelbar getroffen werden kann. Die Idee des Allangelsachsentums und die in ihr ruhende Hoffnung auf einen Zusammenschluß aller englischsprechenden Menschen konnte das Opfer nach der amerikanischen Seite hin leichter machen.

Eine einzige schwierige Stelle in dem englisch-amerikanischen Verhältnis — wenn die Amerikaner auf den Erwerb von Canada und der englischen Inseln in Mittelamerika zunächst verzichten wollen — besteht da, wo der amerikanische Ausdehnungsdrang auf die große Weltverkehrslinie stößt. Die Vereinigten Staaten, die ihrer Lage nach die Wahl haben, im Osten oder im Westen an die andere Welt heranzukommen, werden durch die Stärke der europäischen Mächte in Europa und Afrika mehr in die Richtung des geringeren Widerstandes nach dem Westen gezogen, der alten Richtung ihrer Ausdehnung folgend. In Ozeanien (Samoa) treffen sie auf ein Verkehrsnetz, das ihnen mehr Aussicht eröffnet, einmal auch bis in den indischen Raum vordringen zu können, als das von einer westafrikanischen Station aus (etwa Liberia) möglich sein wird ohne Beherrschung des Kaplandes. In Ostasien

(Philippinen und die Verbindungsstücke Guam und Hawaii) fassen sie den Weltverkehrsgürtel an einer Stelle, die für England bedeutsam ist, aber doch das von der großen Herrschaftslinie am wenigsten bedeutsame Stück bildet. Hier hat sich die englische Herrschaft mit dem japanischen Bündnis begnügt, während auf den Strecken, die England mit Indien und Indien mit seinem östlichen Eingangstor im Chinesischen Meer verbinden, keine Störung durch eine andere Macht von England geduldet werden darf. So kommt es, daß der eigentlich englisch-amerikanische Gegensatz in Ostasien umgebogen werden kann in einen amerikanisch-japanischen. Für England erhebt sich damit die Frage des Zusammengehens mit Japan oder mit Amerika. Auf der Washingtoner Konferenz hat es auf das zwanzigjährige japanische Bündnis verzichtet und in die Fesselung Japans durch das angelsächsische Welt-Kondominium gewilligt.

Aus diesen Tatsachen ist zu erkennen, daß der englisch-amerikanische Gegensatz nicht absoluter Art ist. Wir sind gewohnt, England mit dem Walfisch zu vergleichen. Dieses schwerfällige Tier charakterisiert aber schlecht das eigentliche Wesen der englischen Weltpolitik. Ich vergleiche England mit einer Spinne, die ein Netz feiner politischer Fäden über die Welt ausgespannt hat. Die Spinne selbst sitzt nicht in dem Mittelpunkte ihres Netzes, sondern liegt abseits an dem Ausläufer des Hauptfadens, der alles zusammenhält, auf der Lauer, jederzeit bereit, da einzugreifen, wo das Netz gestört wird oder eine Beute winkt. Da aber die Erde zwei Netzsysteme hat, ist es der englischen Spinne möglich, das kleinere Netz, das amerikanische, einer Schwesterspinne zu überlassen, solange es gelingt, das Hauptnetz für sich zu bewahren. Es ist deutlich, wo die Gefahren für das englisch-amerikanische Verhältnis liegen, nämlich an den Stellen, da das amerikanische an das Hauptnetz angeknüpft werden kann, in der Welt des Stillen Ozeans.

II.

Die für England gefährlichste Position, die ein starker Gegner innehaben kann, muß nicht in Amerika, sondern an einer anderen Stelle liegen. Der Bogen von England bis Indien und Singapore bildet die Lebenslinie der englischen Weltmacht. Würde ein Großstaat mit starken politischen Mitteln in dem Landraum bestehen, den dieser Bogen umschreibt, so hätte er den Vorteil der inneren Linie und könnte seine Angriffe auf den Hauptfaden des englischen Netzwerkes an den verschiedensten Stellen ansetzen; die große englische Weltstellung könnte unter einem dauernden gefährlichen Druck gehalten werden, und es müßte auf der englischen Seite die beständige Sorge da sein, daß die Verbindungsfäden reißen und das feingesponnene Netz zerstört wird. Diese für England bedrohliche Position nimmt der russische Staat ein.

Rußland, aus dem küstenlosen rein kontinentalen Großfürstentum Moskau hervorgegangen, hatte eine Epoche weiter Landausdehnung hinter sich, als es in das europäische System als vollwertiges Glied aufgenommen wurde. Die Russen hatten fast ohne Widerstand und daher in unglaublich kurzer Zeit einen Marsch der Eroberung nach Osten durchgeführt. Der linke Flügel ihrer Kolonne hatte dabei den Raum bis zum nördlichen Eismeer in Besitz genommen, während der rechte Flügel nur bis zur natürlichen Grenze der zentralasiatischen Wüste mit den dort wohnenden schwer greifbaren Nomadenvölkern und dann bis zur politischen Grenze des chinesischen Reiches sich hatte ausdehnen können.

Peter der Große war es, der dem russischen Staatswesen eine neue Idee und neue Aufgaben brachte: Er wollte Rußland europäisieren. Das russische Gesicht wandte sich dem Abendlande zu. Die Zaren begannen mit der Besitzergreifung der Ostseeländer, als Verbindungsmittel zum Atlantischen Ozean, und der Länder am Schwarzen Meer, als Zugangsmöglichkeiten zum Mittelmeer[5]. Die Erwerbung der dazwischenliegenden Gebiete (Litauen, Polen) sicherte diese Ausgangsstellungen. Aber auch die asiatische Ausdehnungspolitik erhielt neue, ebenfalls westeuropäisch gedachte Zielsetzungen: Peter stellte die Frage der Verbindungsmöglichkeit mit Indien und Amerika. So sind die Russen nach Alaska hinübergegangen und bis nach Kalifornien vorgedrungen; amerikanische Politiker haben sogar den russischen Einfluß an der ganzen pazifischen Küste entlang bis Chile gefürchtet. Diese amerikanische Stellung, diese Fortsetzung des russischen Marsches nach dem Osten, haben die Russen im Laufe des 19. Jahrhunderts aufgeben müssen. Ihre Politik scheiterte überall da, wo sie anfangen mußte maritim zu werden. Der Rückzug aus Amerika, der alten westindischen Welt, führte zur Annahme einer neuen Marschrichtung in Asien. Der rechte Flügel machte eine Rechtswendung, verwandelte sich in eine Front und trat auf der ganzen Linie den Marsch nach Süden an, das alte petrinische Ziel vor Augen: Rußland in das Staatensystem, in den Weltverkehr, in das Kulturleben hineinzubringen. Der Anstoß zu diesem Vordringen aus dem Inneren des Kontinents her nach der Weltverkehrslinie, dem Gürtel der großen Kulturen, war der russischen Politik von Europa her gekommen (Napoleon I.). Im 19. Jahrhundert wurde der russische Druck auf der ganzen Linie gespürt in Nord-Ost-China, in der Turan- und Iran-Zone, am Kaukasus, am Bosporus, auf dem Balkan, in Mitteleuropa, an der Ostsee, in Nord-Skandinavien. Nur das weite abgeschlossene tibetanische Gebiet wirkt wie ein politisch toter Raum, der Indien vom Nordosten her, Hinterindien und Südchina vom russischen Druck freihielt.

[5] Die äußerste Position, die Rußland im Mittelmeer winkte, war der Besitz von Minorca, während des englisch-amerikanischen Krieges 1776—83.

Je näher die russische Macht an den von England beanspruchten Weltherrschaftsstreifen heranrückte, um so mehr strebte England nach der Festigung und dem weiteren Ausbau seiner Stellungen auf dieser Linie. Es spann Fäden nach Norwegen und Dänemark, es griff in die west- und mitteleuropäische Politik ein, es hielt Portugal in Abhängigkeit, es schuf sich einen politischen Einfluß auf dem Balkan, es pflegte die türkische Freundschaft, solange es noch nicht die Landenge von Suez mit ihren westlichen und östlichen Nebenländern in Besitz hatte, es hielt den Freiheitskampf der kaukasischen Gebirgsvölker aufrecht, verband sich mit den Armeniern, suchte Beziehungen zu Persien und den anderen mohammedanischen Staaten von Belutschistan bis zur Oase Chiwa, baute seine Herrschaft im Innern von Indien aus und erweiterte sie nach Nordwesten, wo die Russen am nächsten an das englische Kernland herangekommen waren. In der Kette dieser Maßnahmen findet sich ein Ereignis von größter symbolischer Bedeutung: die Errichtung des indischen Kaisertums. Dem Zaren, dem Erben des oströmischen Kaisertums, der drohend nördlich von Indien stand, stellten die Engländer die Erneuerung des weströmischen abendländischen Kaisertums, aber auf indischem Boden entgegen und kennzeichneten auch damit, wo das eigentliche Zentrum ihrer imperialen Stellung zu suchen ist.

Der englisch-russische Gegensatz, der die große Politik des 19. Jahrhunderts bestimmte, fand seine Entladungen nicht in einem offenen englisch-russischen Krieg, sondern in dem Kampfe der dazwischen gelegenen Staaten: so in den türkisch-russischen Kriegen, vor allem im Krimkriege (nur damals griff England auch selbst militärisch gegen Rußland ein), in den zentral-asiatischen Kämpfen, in den Kriegen um Herat, Afghanistan und zuletzt in dem japanisch-russischen Krieg, da Rußland aus seiner weit nach Süden vorgeschobenen Stellung zurückgeworfen wurde[6]. Indirekt also wurden die englisch-russischen Kriege geführt, weil es noch bedeutsame zwischen ihnen liegende Mächte gab. Entspannend und eine einzige ungeheure Entladung — in der eine endgültige Entscheidung gesucht worden wäre — verhindernd hat auch eine besondere durch seine Lage mitbedingte Erscheinung der russischen Politik gewirkt, nämlich der häufige Richtungswechsel in dem Ansetzen der russischen Vorstöße. Die russische Stellung auf der inneren Linie verführt dazu, ein Unternehmen abzubrechen, wenn es auf anscheinend unüberwindliche Hindernisse stößt, es auf günstigere Zeiten zu vertagen und an einer anderen Stelle das Vordringen an die Verkehrslinie zu versuchen. Die russische Lage lockt zur Schwäche der Pendelpolitik. Nach dem russischen Aderlaß im japanischen Kriege und der wühlenden Revolution im Innern konnte England sogar zu einem Waffenstillstande mit Rußland kommen. Für

[6] In diese Reihe gehört in gewissem Sinne auch der deutsch-österreichisch-russische Krieg von 1914—1917 hinein.

ihm eine lange Zeit wegen seiner Lage zu Indien von England streitig gemacht, an der Guinea-Küste setzte England eigene Erwerbungen den französischen entgegen, in Amerika waren es die Vereinigten Staaten, die die Hoffnungen Napoleons III. zerstörten.

Der englische Widerstand gegen den jüngeren Partner — auf den Nebenlinien und in den Nebenkreisen wechselnd und zu Zugeständnissen und Vereinbarungen bereit — hat mit äußerster Schärfe und rücksichtsloser Entschiedenheit jedesmal dann eingesetzt, wenn die sichere Kontrolle des Bogens von England bis Indien (Singapore) bedroht schien. In der Orientfrage gab es keine englisch-französische Entente, kein Sich-Verstehen und Sich-Verständigen.

Der weltpolitische Ehrgeiz aber, auf den auch Napoleon I. von St. Helena aus die Franzosen hingewiesen hatte, gegenüber einer kontinentalen Eroberungspolitik, begehrte mehr als ein Zugelassenwerden in den Nebenstellungen von Afrika und Ozeanien. Die Bestrebungen in Madagaskar, in Hinterindien, in Mexiko, zeigen, daß ein weltumfassendes System dem englischen gleichartig angestrebt wurde. Das hat die Franzosen auch nach dem Orient geführt. Ihre Politik setzte hier ein mit der Begünstigung eines großen, selbständigen, mächtigen, von Frankreich geführten und beratenen Ägypten. Sie hatten Mehemed Ali zur Eroberung von Tripolis und Algier aufgefordert und begünstigten seine Eroberungspolitik in Syrien. Beides hat England verhindert, nicht ohne davor zurückzuschrecken, die Kriegsfrage an Frankreich zu stellen (1840). Louis Philipp mußte nachgeben und Mehemed Ali fallenlassen. Napoleon III. ging in der gleichen Richtung wieder vor; nach dem gemeinsamen Kampfe an der Seite Englands gegen Rußland für die Erhaltung der Türkei förderte er den Bau des Suez-Kanals unter französischer Leitung, jenes „schwindelhafte Unternehmen", wie es die englischen Minister grollend in der Öffentlichkeit bezeichneten. 1869 ward die feierliche internationale Eröffnung des Kanals vollzogen unter Abwesenheit des Staates, der den größten Schiffsraum durch den Kanal würde gehen lassen. Im Jahre 1870 ließ England den Sturz von Napoleon geschehen und brachte in den nächsten zwölf Jahren die Kanalaktien und Ägypten in seine Hand. Noch einmal holte Frankreich, unter der dritten Republik, zu einem Vorstoß gegen die Orientlinie aus. Diesmal kam es nicht vom Mittelmeer her, sondern unter Benutzung seines mittelafrikanischen Besitzes aus dem Inneren des Kontinents und trieb einen Keil gegen Ober-Ägypten vor, um von hier aus Einfluß auf das Nil-Gebiet und den Ausgang vom Roten Meer (Obok) zu gewinnen. Wieder kam die englische Kriegsdrohung zum Schutze der englischen Straße nach Indien, und Frankreich mußte 1898 aus Faschoda weichen. Bald darauf, nach der Schwächung seines russischen Bundesgenossen durch Japan, schwenkte Frankreich wieder in die alten Bahnen der Entente ein und ließ sein Staatsschiff im Kielwasser des englischen fahren; als Preis dafür und Entschädigung erhielt es Marokko zugesprochen.

Während diese Dinge in Afrika geschahen, war als fünfte Macht mit weltpolitischen Wünschen und Zielen Deutschland auf den Plan getreten. Die deutsche innereuropäische Lage war den drei Weltmächten Rußland, England und den Vereinigten Staaten gegenüber gleichartig der französischen. Frankreich besitzt den Vorzug der Mittelmeerlage und einer freien atlantischen Stellung; es liegt den unmittelbaren Einwirkungen Rußlands fern; sein Weg nach dem Osten in die Welt hinaus läuft durch das Mittelmeer, also durch die englische Interessensphäre. Deutschlands natürliche Straße nach dem Osten ist durch den Donaustrom gewiesen; dieser Weg führt in die russische politische Zone hinein. Die atlantische Lage Deutschlands wird durch England beherrscht. Während Frankreich seit dem 18. Jahrhundert nur noch eine Front, die Ostfront hat, muß Deutschland mit zwei Fronten rechnen.

Unter Bismarck wurde von Deutschland die Bahn der Weltpolitik mit größter Vorsicht und nur schrittweise betreten, dem französischen Beispiel folgend in der Richtung der von den anderen freigelassenen Stellen in den Nebenkreisen von Afrika und Ozeanien. England ließ die deutschen Kolonialgründungen geschehen, weil ein Gegengewicht gegen Frankreich nicht unerwünscht schien und man in London das sichere Gefühl hatte, daß diese fernen überseeischen Kolonien der deutschen Kontinentalmacht jederzeit von der englischen Flotte abhängig sein würden. So ist der deutsche Streubesitz in den von den alten Kolonialvölkern und im 19. Jahrhundert von England und Frankreich übriggelassenen Teilen der Welt entstanden. Diese Kolonien bedeuteten für Englands Weltstellung ebensowenig eine Gefahr wie die portugiesischen oder die holländischen Kolonien in Afrika und in den südasiatischen Inseln.

Der zweite Schritt Deutschlands in die Welt war bedeutungsvoller und folgenschwerer. Die Deutschen gingen den Weg über die Donau nach dem Orient. Vielleicht ist dieser Schritt von England zunächst nicht ungern gesehen worden. „Wenn ich ein Deutscher wäre“, so etwa erklärte ein bekannter englischer Kolonialpolitiker in einem Londoner Club, „so würde ich mein Feld der Tätigkeit auf dem Balkan und in Anatolien suchen.“ Was bedeutete dieser Plan von England aus gesehen? Das Hereinholen eines Keiles nach dem Orient, der hart an den russischen Stellungen entlang geht und diese von der Berührung mit den englischen Stellungen am Mittelmeer und am Roten Meer abhält. So konnte England in seiner Orientstellung von dem Druck von Norden befreit werden und sich selbst von dem französischen Druck aus dem Innern von Afrika im Süden währenddessen frei machen. Eine russisch-französische Verbindung mit einem Aktions-Programm im Orient – eine alte Sorge Englands seit den zwanziger Jahren – hätte höchste Gefahren für die englische Weltstellung bringen können. Das Auftreten Deutschlands im Orient – es kombinierte hier seine Politik mit der älteren österreichischen Orientpolitik – schuf für England zunächst eine Entlastung; denn das deutsche Vordringen auf der Linie Wien, Sofia, Bukarest, Konstantinopel, Angora mußte Zusammenstöße mit Rußland herbeiführen und dadurch den russischen Angriff auf die englische Orientstellung auffangen.

Da die deutsche Orientpolitik nicht auf den Donauweg und Anatolien sich beschränkte, sondern den Keil weiter hinein in den Osten zu treiben suchte über das Taurusgebirge hinaus, wie das Schlagwort Berlin–Bagdad oder Hamburg–Koweit zum Ausdruck brachte, so wirkte der deutsche Keil im Osten nun bedrohlich für die Pläne Englands. Zur Verschärfung des Gegensatzes von Deutschland und England, der jetzt nach Wiederherstellung der englisch-französischen Entente in den Mittelpunkt der großen Politik rückte, kam der Bau einer beachtlichen deutschen Flotte in der Nordsee, die die Aufgabe hatte, die schwache atlantische Stellung Deutschlands zu stärken. Es war zum ersten Male wieder seit dem 18. Jahrhundert, daß in der Nähe des Sitzes der das Weltnetz beherrschenden Spinne eine maritime Macht gebildet wurde. Da hat England mit der Einkreisungspolitik eingesetzt. Amerika war bereits ein Freund, Frankreich vergaß seine gescheiterten Orientpläne und nährte wieder seine Hoffnungen auf Straßburg, den Rhein und eine dominierende Stellung in Europa. Rußland schloß den Waffenstillstand von 1907 im Interesse seiner von Deutschland gestörten Balkan- und Bosporus-Politik, selbst das heranwachsende Japan stand in Ostasien, das inzwischen zum Treffpunkt aller Weltmächte geworden war, auf der englischen Seite. Der Kampf, der eintrat, endete mit der völligen politischen Vernichtung Deutschlands; nicht nur seine Weltstellung wurde zerstört, auch seine innereuropäische Macht zertrümmert und verstümmelt.

Vielleicht hätte die deutsche Weltpolitik bei ihrem Vordringen gegen England und Rußland zugleich Aussicht auf Erfolg gehabt, wenn es gelungen wäre, durch ein deutsch-französisches Bündnis einen innereuropäischen Block herzustellen mit einem Orientprogramm, das den Seeweg nach dem Osten, also Ägypten und das Rote Meer zur französischen Interessenzone, den Landweg über Konstantinopel und Bagdad bis an den Persischen Golf zur deutschen Interessenzone bestimmt hätte. Louis Philipp hat eine solche Politik der innereuropäischen Rückendeckung zusammen mit Österreich vorgeschwebt[8], Bismarck und Ferry haben auf dieser Linie gearbeitet (Kolonial-

[8] Louis Philipp im Oktober 1838 an den österreichischen Gesandten: «Nous croyons l'Angleterre vouloir s'étendre et dominer partout! ... Il me semble qu'une entente, qu'un parfait accord établi entre l'Autriche et la France sur une attitude commune à prendre dans la question de l'Orient est le seul moyen infallible d'y maintenir le status quo ... ; si nous parvenons à nous entendre, nous resterons les

Entente). Das irrationale Element der französischen Revanchepolitik hat schließlich aber doch solchen weltpolitischen Unternehmungen auf weite Sicht hin als Hindernis im Wege gestanden. So scheiterte Deutschland.

Die Konstellation in der Weltpolitik nach dem Kriege ist wieder aufgebaut auf das Wirken der vier älteren Großstaaten. England und die Vereinigten Staaten haben nach einigem Schwanken das angelsächsische Welt-Kondominium hergestellt, die Herrschaft über die großen Verkehrswege auf der Erde. Frankreich, das ein den englischen Interessen entgegenstehendes Übergewicht auf dem europäischen Kontinent erlangt hat, wird zum Gegenspieler dieser Macht und besitzt als neue Position in diesem Kampfe auch noch den Keil in Syrien. Rußland, der andere Gegenspieler gegen die Angelsachsen, ist zwar durch die deutschen Siege und die Revolution – die beide in weitgehendem Maße für England gearbeitet haben – zur Zeit nicht in der Lage, mit den alten Methoden seinen Kampf gegen die Beherrscherin der Welt-Verkehrslinie wieder aufzunehmen; es versucht aber durch Unterwühlung des alten südasiatischen Kulturgürtels von Anatolien bis China im Sinne eines fast religiös gerichteten und mit Rasseninstinkten arbeitenden Kommunismus die englische Weltstellung von innen her zu erschüttern.

Dazwischen steht Deutschland. Zwischen diesen Kräften sich zu bewegen, ist es berufen. Welche Möglichkeiten sind ihm gegeben? – Doch hier hört der Historiker auf und der Politiker hat das Wort.

maîtres de la question et nous la sauverons d'une crise funeste qui paraît imminente». (Hasenclever: Orientfrage S. 11).

ZUR GESCHICHTE DES PANAMÁ-KONGRESSES 1826* 3

Es sind jetzt hundert Jahre her, als in der elften Vormittagstunde am 22. Juni 1826 der erste „Kongreß der amerikanischen Staaten" in Panamá sich konstituierte. In der Stadt auf dem Isthmus, der in den vorangehenden Jahrhunderten der großen spanischen Kolonialzeit einen strategisch-ökonomischen Mittelpunkt gebildet hatte, trafen sich, nachdem die Freiheit Amerikas errungen war, die Vertreter und Beauftragten von Kolombien, Perú Mexiko, Zentralamerika; diplomatische Bevollmächtigte von Großbritannien und Holland waren zugegen; Chile, die Vereinigten Provinzen des Río de la Plata, Brasilien fehlten, aber sie hatten der Idee eines solchen Kongresses vorher grundsätzlich zugestimmt; die Vereinigten Staaten in Nordamerika hatten erst nach langem Zögern Delegierte ernannt — zu den Verhandlungen (vom 22. Juni bis 15. Juli 1826) sind sie nicht erschienen; sie waren Gegner dessen, was hier geplant wurde[1].

Der Gedanke einer panamerikanischen Gemeinschaft ist, man möchte fast sagen, mit Naturnotwendigkeit durch die Ereignisse der Abfall-Bewegung hervorgerufen worden. Wenn eine Reihe von spanischen Provinzen, die durch drei Jahrhunderte in dem kastilischen König ein gemeinsames Oberhaupt anerkannt hatten, nach Selbständigkeit streben; wenn es schwer ist einzeln, vielleicht nicht so sehr die Unabhängigkeit zu erringen, aber diese auf die Dauer zu behaupten; wenn Rassenmischung, Sprache, Religion, Sitten, Gesetze geographische und administrative Trennungen aufwiegen, war dann

* In: Iberica, Zeitschrift für spanische und portugiesische Auslandskunde, Hamburg 1926, Bd. V, S. 113-117.

1 Der Staatssekretär J. A. Adams erklärte in einem Zeitungsaufsatz: „Wir werden niemals einen Vertreter zu irgendeinem Kongreß von Nationen senden, dessen Beschlüsse für unsere Nation Gesetz sein sollen ... Wir werden durch solch eine Verbindung die Unabhängigkeit verlieren, auf die wir stolz sind ... Wir wünschen, keiner Konföderation anzugehören, die mehr umfaßt, als die Vereinigten Staaten von Amerika." J. B. Lockey, „Pan-Americanism, its beginnings". (New York, 1920, S. 406-408.)

nicht politisches Zusammengehen der Schicksals-Genossen das Erfordernis der Stunde? In dieser Fragestellung liegt bereits das Anerkenntnis eines historisch-nationalen Untergrundes der ursprünglichen panamerikanischen Idee vor.

Freilich, der Name weist darauf hin, daß die Bildung der Idee, die Konzeption des Gedankens sich nicht in der völkisch-national-politischen Sphäre vollzogen hat — wie die Idee des Panslavismus, des Allangelsachsentums u. a. —, sondern daß eine raumpolitische (geopolitische) Einheit das Kernstück des Panamerikanismus ausmacht. Diese Beobachtung ist ein Anzeichen dafür, daß die Idee der amerikanischen „kontinentalen" Verbindung der geistigen Welt des 18. Jahrhunderts entstammt, welche sehr viel mehr auf raumpolitisches als nationalpolitisches Denken eingestellt war — es bedarf hier nur der Erinnerung an die berühmte „Arrondierungs-Politik" der europäischen Mächte.

So finden wir denn auch bei näherem Zusehen die ersten Ansätze zu dem Gedanken einer politischen Einheit des amerikanischen Kreises bereits im Ablauf des 18. Jahrhunderts. Das 18. Jahrhundert bildet für die westeuropäischen Mächte das Jahrhundert der Kolonialpolitik, der Politik der Seemacht, der Handelsausdehnung, der überseeischen Herrschaftserweiterung. Aus dem mehr als hundertjährigen Ringen zwischen den beiden Haupt-West mächten, England und Frankreich, aus den Spannungen, Kämpfen, Kriegen, Verträgen zwischen ihnen ist die amerikanische Selbständigkeit hervorgegangen.

Die erste Andeutung der panamerikanischen Idee begegnet uns — wenn wir hier den altspanischen Gedanken eines nur-spanisch-amerikanischen Kolonialreiches der gesamten westlichen Neuen Welt außer acht lassen — im Jahre 1741 in dem Zusammenhang des ersten großen spanisch-englisch-französischen Kolonialkrieges. Damals war es das englische Interesse, welches eine Aufruhrbewegung spanisch-amerikanischer Provinzen erstrebte und sich darin mit einheimischen Tendenzen begegnete. Indianer, Kreolen, Spanier und Jesuiten in Perú, Neu-Granada, Venezuela, Chile, Buenos Aires und auch in Mexiko hofften im Zusammenhang allgemeiner Veränderungen vielleicht zur Unabhängigkeit zu gelangen. Man dachte daran, den Inca in Südamerika wieder einzusetzen, nach Mexiko sollte ein österreichischer Prinz kommen.

Die Abfallbewegung des Kontinentes hat nicht diesen Plänen und Verschwörungen entsprechend von der spanisch-amerikanischen Seite ihren Anfang genommen, sondern nach dem französisch-bourbonischen Interesse von der angloamerikanischen Seite. Der Siebenjährige Krieg, in der Mitte des Jahrhunderts, entwickelte das amerikanische Problem weiter. In den neuen Verhältnissen erschien die Selbständigkeit Amerikas als ein mögliches politisches Ereignis der Zukunft. Eine englische Flugschrift aus den sechziger Jahren[2] untersuchte die Lage in Amerika und lehrte das Vorhandensein eines (pan)-amerikanisch-atlantischen Interesses: „one general composite interest" verbände „this general communion"; ein System der wechselseitigen Anziehung führe alle diese Gebiete (die englischen, holländischen, dänischen, französischen und spanischen Kolonien) zusammen; ein „natürliches Interesse", die Entfaltung einer zusammenhängenden Wirtschaft in diesem umgrenzten, wenn auch weit gespannten Raum bedinge diese Einheit.

Während Pownall diesen großen politischen Raum (den atlantischen Ozean und die Sklaven-Kolonien in Westafrika zur Versorgung der Plantagen-Kolonien in Amerika nahm er dazu) für die englische imperiale Führung gewinnen und erhalten wollte, gingen in einem neuen französisch-englischen Krieg die dreizehn alten blühenden nordamerikanischen Kolonien dem Mutterland Großbritannien verloren. Ein Stück des amerikanischen Bodens war unabhängig von Europa geworden. Die imperiale Idee aber, die Pownall – im Sinne des großen Pitt – ausschließlich für England zu bewahren hoffte, wuchs in dem neuenglischen Staatswesen auf der anderen Seite des Ozeans – von Beginn an als Keim aus der englischen Erbschaft eingepflanzt – rasch auf, und frühzeitig schon wandte sich das imperialistische Denken der Yankees dem amerikanisch-atlantischen Kreis zu. „We are the embryo of a great Empire", verkündete der Haupturheber der nordamerikanischen Unionsverfassung von 1789. Das war das amerikanische Programm des angelsächsischen Nordens.

Während diese Ereignisse sich vollzogen und den Schauplatz amerikanischer Politik verwandelten, gestaltete sich die eigentlich panamerikanische Idee spanisch-amerikanischen Ursprungs weiter. Die Pläne Mirandas, des Vorläufers von Bolívar, sind bekannt. Auch er konspirierte mit England – der Sinn der weltpolitischen Lage führte dahin –, auch er plante ein zusammenhängendes Amerika von der Magalhães-Straße bis Kalifornien (45° n. Br.), zusammengehalten durch einen erblichen Kaiser mit dem Titel Inca und einer Verfassung, die der englischen angeglichen war (1790).

Dann kam der Endkampf zwischen den beiden großen westeuropäischen Mächten in der Epoche der französischen Revolution und Napoleons. Es war die Zeit, in der die Ablösung der iberoamerikanischen Länder von Europa vollzogen werden konnte. Die Idee der Gemeinschaft aller dieser Länder wuchs mit den Befreiungs-Ideen zusammen. Freiheit und Einheit! In diesem Losungswort lag eine große historisch-politische Frage bei den Süd- und Mittel-Amerikanern ebenso wie früher oder später bei den Nordamerikanern, bei den Deutschen, bei den Niederländern.

Als die Chilenen im Jahre 1810 ihre „Declaración chilena de los derechos

[2] Th. Pownall, „The administration of the colonies". London, 1766[3].

del pueblo" aufstellten, forderte sie, um die äußere Sicherheit gegen die Pläne Europas zu gewährleisten und um Kriege unter den amerikanischen Ländern zu vermeiden, die Vereinigung der Völker Amerikas, die Organisation eines „Kongresses", dessen Stimme in der Welt gehört werde[3].

Dieser einfache Grundgedanke eines irgendwie gearteten föderativen Zusammengehens der neuen Freistaaten hat seine leidenschaftlichste, seine bedeutungsvollste Ausprägung bei dem größten unter den Befreiern bei Simón Bolívar gefunden. Hören wir ihn selbst: „Es ist ein großartiger Gedanke, die neue Welt zu einem einzigen politischen Wesen zusammenzufügen ... Wie schön wäre es, wenn der Isthmus von Panamá für uns das werden würde, was einst der Isthmus von Korinth für die Griechen gewesen ist. Möchte es möglich werden, daß wir eines Tages das Glück erleben, hier die hehre Versammlung, gebildet aus den Vertretern der Republiken, Königreiche und Kaiserreiche Amerikas zu eröffnen, um über Krieg und Frieden zu unterhandeln und zu beschließen ...[4]." Einen neuen amphyktionischen Bund strebte er an, einen panamerikanischen Völker- oder Staatenbund, der in dem großen Spiel der Weltpolitik als eine Macht ersten Ranges wirksam sein werde. „Der amerikanische Pakt, der aus allen unseren Republiken", so hieß es später, „einen politischen Körper bildet, wird Amerika der Welt in Majestät und Größe zeigen, die ohne Beispiel in der Geschichte ist." Ja, Bolívar ging in seinen politischen Träumen noch weiter: „Es scheint, wenn die Welt ihre Hauptstadt auszuwählen hätte, würde der Isthmus von Panamá bezeichnet werden; er ist in der Mitte des Globus gelegen, auf der einen Seite Asien gegenüber, auf der anderen Afrika und Europa". „Vielleicht kann man dort allein die Hauptstadt der Erde bauen, so wie es Konstantin in Byzanz für die Alte Welt erstrebte." Bolivars Ideen sind nicht auf amerikanische Isolierung sondern auf Weltverbundenheit gerichtet. Er fordert die amerikanische Konföderation, um die Übel zu vermeiden, die das europäische System für den alten Erdteil gebracht hat. „Neben dem kontinentalen Gleichgewicht, welches Europa da sucht, wo offenbar die geringste Möglichkeit besteht, es zu finden — nämlich inmitten von Krieg und Umsturz — besteht noch ein anderes Gleichgewicht und dieses ist von der höchsten Bedeutung für uns: das Gleichgewicht der Welt." —

In welchen großen universalhistorischen Zusammenhängen sah Simón Bolívar die Befreiung von Süd- und Mittelamerika und die Aufrichtung einer gemeinsamen politischen Ordnung zwischen den neuen Freistaaten. Erst 1826 war die allgemeine Lage so, daß wenigstens ein Teil der neuen Staaten auf jenem von Bolívar schon lange erstrebten Kongreß in Panamá sich zusam-

[3] E. L. Llorens, „Monroeismus-Panamerikanismus". Hamburg, 1918, S. 25.

[4] F. Velarde y F. J. Escobar, „El congreso de Panamá en 1826". Panamá, o. J., S. 24, 25.

menfinden konnten. „Ein großer politischer Staatskörper" sollte hier befestigt werden; „der große Bundesvertrag und das Staatenrecht der Neuen Welt" sollte hier geschaffen werden. Was der Wiener Kongreß und die Heilige Allianz für Europa bedeuteten, das sollte der Panamá-Kongreß mit seinen Vereinbarungen freier Völker für die Neue Welt bringen. Dem europäischen „Koloß" sollte der amerikanische „Koloß" gegenübergestellt werden. –

Vom 22. Juni bis 15. Juli sind im Laufe von zehn Sitzungen vier Konventionen beschlossen worden: 1. Ein Vertrag ewiger Union, Liga und Konföderation zwischen den Republiken Kolombien, Zentralamerika, Perú und den Vereinigten mexikanischen Staaten, 2. ein Abkommen über zukünftige Tagungen des Kongresses und seine Geschäftsordnung, 3. ein Vertrag, der die Heeres-Kontingente und Subsidien der Bundesmitglieder für die gemeinsame Armee festlegt und 4. dazu ein vertrauliches Abkommen über die Gliederung und Verwendung der gemeinsamen Armee und Flotte.

In diesen vier Entwürfen des Panamá-Kongresses von 1826 haben wir den ersten praktischen Versuch vor uns, den panamerikanischen politischen Zusammenschluß zu vollziehen. War in der auf vier Republiken beschränkten Anzahl der „Konföderierten" bereits ein bedeutendes Zurückschrauben der ursprünglichen Hoffnungen und Pläne Bolívars zu erblicken, so zeigte sich auch bald, daß selbst dieser Anfang im Begrenzten nicht zur Auswirkung gebracht werden konnte. Die vertragschließenden Bundesstaaten waren nicht handlungsmächtig. Der Partikulargeist brach überall hervor. Halbanarchische Zustände offenbarten sich an verschiedenen Plätzen. Von allen vier Staaten hat schließlich nur Kolumbien die Bundesverträge ratifiziert. Aber auch dieser Staat selbst ging der Auflösung entgegen. Der Befreier, „El Libertador", erlebte die Tragödie, daß fast alle seine Pläne für den politischen Aufbau des befreiten spanischen Amerika zunichte wurden. 1830 erlöste ihn inmitten einer anarchischen Welt der Tod. War sein Werk vergebens getan? War der tiefe Pessimismus berechtigt, der seine letzten Lebensjahre bedrückte?

Von der Warte eines hundert Jahre umfassenden Rückblicks erkennen wir, was von seinem Geiste lebendig geblieben ist und fortwirkend den Sinn panamerikanischer Politik offenbart. Die großen Menschen, welche scheitern, ziehen die Teilnahme der Nachwelt in besonderer Art auf sich, jedoch nicht deshalb allein, weil sie Unglückliche sind, sondern dann vor allem, wenn sie die Idee, wenn sie tiefste Möglichkeiten einer welthistorischen Stunde zu gestalten strebten. Diese Empfindungen sind es, die auch uns beseelen, im Gedanken an den erst hundert Jahre zurückliegenden panamerikanischen Kongreß zu Panamá.

DAS PROBLEM DER EUROPÄISCHEN EXPANSION IN DER GESCHICHTS-SCHREIBUNG* 4

An einem anderen Orte habe ich versucht, daß Verhältnis zwischen dem Staaten-System im Abendland auf der einen Seite und der von ihm aus erschlossenen überseeischen Welt auf der anderen Seite aufzuzeigen, wie es in dem Wechsel der Zeiten in Gebilden der politischen und völkerrechtlichen Theorie zum Ausdruck gekommen ist[1]. Das dort Ausgesprochene braucht hier nicht wiederholt zu werden. Dem Bedingtsein des Staats-Denkens in dem Vollzug der großen Begebenheiten selbst entspricht eine gleichartige Bestimmung des historischen Interesses und der historischen Auffassung für diese Zusammenhänge und Abwandlungen im Lauf der Geschichte.

Die Frage nach der Einwirkung der überseeischen Entdeckungen, Eroberungen und Pflanzungen auf die europäische Geschichts-Schreibung und nach der historischen Deutung, welche diese die Welt von Grund aus verwandelnden Vorgänge in ihr gefunden haben, führt in den verschiedenen Abschnitten der Entwicklung und bei den verschiedenen Völkern und Schriftstellern in ein so umfangreiches Stoffgebiet hinein, daß es sich hier (in der so kurz bemessenen Zeit) nicht darum handeln kann, ein sorgfältiges Auseinanderlegen des ganzen Gegenstandes zu beginnen, sondern nur darum: die Momente dieser europäischen Expansions-Historiographie herauszustellen, welche wir als wesentlich und als für die Epochen bezeichnend auffassen.

Die Geschichte der ersten großen Entdeckungen ist unter religiösen und nationalen Leitgedanken dargestellt worden. Portugiesen und Spanier, die in dem Kampf gegen die Mauren ihre besondere staatliche

* Vortrag, gehalten auf dem Internationalen Historiker-Kongreß in Oslo, August 1928. — Heft 1 der Schriftenfolge „Übersee-Geschichte" herausgegeben von Adolf Rein, Hamburg 1929.

1 Über die Bedeutung der überseeischen Ausdehnung für das europäische Staaten-System. Hist. Zeitschr. 137 (1927) 28-90. Jetzt auch in der Reihe Libelli der Wissenschaftlichen Buchgesellschaft, Darmstadt.

und ihre allgemeine christlich-europäische Aufgabe erblickten, waren in der Fortführung dieser Bewegungen auf das größere ozeanische Feld hinausgegangen. Der kirchliche Gesichtspunkt blieb der allgemein gültige, aber der nationale trat auf das bestimmteste hinzu, in dem Sinn der besonderen Berufung und Leistung, sei es der Lusitanier oder der Kastilier für die Verbreitung des christlichen Namens in Afrika, Amerika und Asien.

Ein gehobenes nationales Pathos, ein enthusiastischer Patriotismus erfüllt die aufblühende Geschichts-Schreibung dieser neuen „gesta Dei per Lusitanos" oder „Castellanos". Der Titel des Werkes von Gómara über die Eroberung von Mexiko: „Hispania victrix" bezeichnet mit diesem stolzen Schlagwort die Absichten und den Geist auch der anderen Werke.

Das Gefühl für die Größe und die universale Bedeutung dieser nationalen Begebenheiten ist stark ausgeprägt: Als „das größte Geschehnis seit der Erschaffung der Welt, mit der einen Ausnahme der Fleischwerdung und dem Tode dessen, der sie schuf", wird die Entdeckung Amerikas bezeichnet[2]! Weder Livius noch Homer hätten über gleich gewaltige wunderbare und große Taten zu berichten gehabt[3]. Hier muß auch beachtet werden, daß die Geschichts-Schreibung der Entdeckungen und transozeanischen Eroberungen einen vorwiegend amtlichen Charakter aufweist: Cerveira, Zurara, Castanheda, Barros, Goes, Correa, Orosio bei den Portugiesen, Martyr, Oviedo, Gómara (immerhin für Mexiko), Herrera, de Solis bei den Spaniern repräsentieren dieses enge Verbundensein des staatlich-nationalen Momentes mit dem kolonialen, mit dem Bezwingen ferner mohammedanischer oder heidnischer Völker. Die Kolonial-Geschichte in ihren Anfängen ist die portugiesische und die spanische National-Geschichte jener Jahrhunderte.

Im 15. und 16. Jahrhundert hatten weder die wettbewerbenden Franzosen noch die Engländer oder Niederländer etwas Wesentliches für die Erschließung und die Ordnung der neuen überseeischen Welt zu vollbringen vermocht, so stark auch ihr politisch-ökonomisches Interesse daran geweckt worden war[4]. Die beiden endgültig gemeinten Welt-Demarkationen der iberischen Mächte konnten von diesen ein Jahrhundert lang behauptet werden. Die andern Völker des Abendlandes (von einzelnen Geographen und Seefahrern, Kaufleuten und Missionaren, Soldaten und Abenteurern abgesehen) blieben Zuschauer des neuen weltgeschichtlichen Geschehens. Als uninteressierte Betrachter suchten sie zunächst in einer unpolitischen Literatur von Reiseberichten, Briefen, Erinnerungen den neuen überseeischen Wissensstoff sich

[2] Rein: Der Kampf Westeuropas um Nordamerika, Stuttgart 1925, p. 10.

[3] Johannes Albrecht: Beiträge zur Geschichte der portugiesischen Historiographie des 16. Jahrhunderts. Hist. Studien 6, Halle 1915, p. 17, 28, 46, 49.

[4] Z. B. ed. Ed. Arber: The first three English books on America, Birmingham 1885. — R. Hakluyt: Divers voyages etc. 1582.

anzueignen. Eine unpolitische Geschichts-Schreibung der Begebenheiten in Übersee fand in den Kosmographien ihren äußeren Rahmen und die Bestimmung ihrer Form.

Die Kosmographien sind kompendiöse Werke astronomischen, geographischen, völkerkundlichen und historischen Inhalts. Seit dem 16. Jahrhundert fließt die Entdeckungs-Geschichte in diese Beschreibungen des Kosmos und der Oikumene ein. Die allgemeine Erdkunde weitet sich aus zum „Theatrum orbis terrarum" (1570); Sebastian Franck schreibt sein „Weltbuch Spiegel und Bildnis des ganzen Erdbodens" (1534); Münster kommt (1544) mit einer „Cosmography oder Weltbeschreibung". Diese Kosmographen, zu deutsch „Weltschreiber", bezeichnen sich auch als „Historien-Beschreiber", denn in ihren Sammelwerken tragen sie Merkwürdigkeiten aller Art zusammen über Länder, Völker, Sitten, Gebräuche, Staats-Einrichtungen, dazu geben sie Reihen von zusammengeordneten geschichtlichen Ereignissen, besonders auch Entdeckungs-Geschichte der neuen Länder, Menschen, Tiere, Pflanzen, Klimata.

Sie beschreiben eine Welt, deren Ende und Abgeschlossenheit jetzt gefunden worden ist[5]; also etwas Ganzes haben sie darzustellen. Eine neue „Geographia universalis" wird gepflegt[6]. La Popellinière schildert „Les trois mondes": die alte, die neue und die Austral-Welt[7]. Die „Archontologia cosmica" erscheint in Frankfurt a. M. 1629 nach dem französischen Werk „Le monde" gearbeitet mit Kupfern von Merian[8]. Der Titel eines solchen Werkes von J. J. Hofmann in Basel „Lexicon universale historicum-geographico-chronologico-poetico-philologicum" (1677) zeigt die polyhistorische enzyklopädische Absicht des Sammelns und Zusammentragens alles Wissenswerten recht deutlich[9].

Für den hier behandelten Zusammenhang ist wichtig, daß damit eine neue Anschauung von der Universalität des geschichtlichen Stoffes vorbereitet wird.

Für die Auffassung der überseeischen Welt kommt neben den Kosmographien der Staaten-Kunde eine besondere Bedeutung zu. Die Staaten-Kunde ist von den Italienern begründet worden; die Franzosen haben sie weitergefördert; in die Breite ausgeführt haben sie besonders die Nieder-

[5] Franck p. 1.

[6] 1596 u. 1598 in Venedig. — E. Oberhumer: Die politische Geographie vor Ratzel und ihre jüngste Entwicklung, als Anhang in Ratzel: Politische Geographie 1923.

[7] La Popellinière: Les trois mondes, Paris 1582.

[8] Newe Archontologia Cosmica, das ist: Beschreibung aller Kaisertümer, Königreiche und Republiken der ganzen Welt, die keinen höheren erkennen usw. ed. Joh. Ldg. Gottfried, Frankfurt a. M. 1646².

[9] Zu beachten auch Max Hasl: Zur Geschichte des geographischen Schulbuches. Diss. Würzburg 1903.

länder. Der entwickelte Weltsinn der Holländer, welche in ihrem Welthandel und Weltverkehr alle im 17. Jahrhundert erreichbaren Handelsplätze, Völker und Staaten der Erde berührten, mußte sie zu einer universalen Statistik bringen. Sie hatten das Commerz-Wesen zu einem Moment ihrer Staatlichkeit gemacht: Waren sie, denen der Reichtum besonders aus den überseeischen Beziehungen zufloß, nicht berufen, die handelspolitischen Verhältnisse der Welt darzustellen und damit eine Schilderung der Staaten in allen Teilen der Erde, auch in ihrem geschichtlichen Aufbau, zu verbinden?

In Leyden kam die Sammlung von Einzelstaats-Beschreibungen und Staatsgeschichten heraus, nach dem Drucker „Elzevirsche Republiken" genannt (1625—1640)[10]. Ein Bewindhebber der Westindischen Kompanie war einer der Hauptschriftsteller der Sammlung. China und Japan, das Reich des Groß-Mogul mit Indien, Arabien, Persien, Türkei, Rußland fanden da ebenso ihren Platz wie eine Beschreibung von Afrika und des portugiesischen und spanischen Kolonialreiches[11]. „Diese Richtung rief eine ausgedehnte, weit über die Niederlande hinaus einflußreiche Literatur hervor[12]."

Wir brauchen die Namen hier nicht zu häufen[13]. Es genügt vielleicht für eine Fülle von gleichartigen Schriften auf diejenigen von Georg Horn in Leyden hinzuweisen z. B.: Orbis politicus imperiorum, regnorum, principatuum, rerum publicarum, cum memorabilium historicis et geographia veteri ac recenti (1667 und 1669)[14].

Die Staaten-Kunde ist überall gepflegt worden, wo politische Interessen in dem europäischen System bestanden, jeweiligen Bedürfnissen nach Umfang und Ausführlichkeit angepaßt[15]. Pufendorfs im ganzen Abendland be-

[10] G. Frick: Die Elzevirschen Republiken, in Hallesche Abh. zur neuern Gesch. 30 (1892).

[11] In dem Band: Hispania sive de regis Hispaniae regnis et opibus commentarius, Leyden 1629.

[12] Frick p. 28.

[13] Literatur-Angaben in J. Chr. Gatterers Ideal einer allgemeinen Weltstatistik. Göttingen 1773. Auch bei Oberhumer in der neuen Ausgabe von Ratzel: Politische Geographie, 1923.

[14] Über Horn siehe Wegele: Geschichte der deutschen Historiographie, München 1885, p. 483. — Auch E. C. Scherer: Geschichte und Kirchengeschichte an den deutschen Universitäten, Freiburg 1927.

[15] In Frankreich hat noch vor den Elzevirschen Republiken die Kosmographie und Staatenkunde von Pierre d'Avity: Les Estas, Empire, Royaumes et Principautez du Monde; St. Omer 1614 Bedeutung gewonnen. Ob mit diesem Werk, das seinen Blick auch über Europa hinauswendet, der allgemeine Weltfriedens-Plan in Zusammenhang steht, der 1623 in Paris unter dem Titel herausgekommen ist: „Le Nouveau Cynée ou discours d'estat représentant les occasions et moyens d'establir une paix générale, et la liberté du commerce par tout le Monde. Aux monarques et princes de ce temps" (ed. Th. W. Balch, Philadelphia 1909) und die ganze damals bekannte Erde mit Persern, Chinesen, Mongolen, Afrikanern u. a. umschließt? In einer Ge-

rühmte „Einleitung zu der Historie der vornehmsten Reiche und Staaten ... in Europa" (1628) ist 1705 in England von J. Crull für Asien, Afrika und Amerika fortgesetzt worden[16]. So war bis zur Mitte des 18. Jahrhunderts der Boden weithin vorbereitet, daß der Göttinger Historiker J. Chr. Gatterer in einer Schrift aus dem Jahr 1773 das „Ideal einer allgemeinen Welt-Statistik" aufstellen konnte. –

Aus dem Dienst der diplomatischen Berichterstattung und der damit verknüpften politischen Interessen-Lehre war die Staaten-Kunde als staatswissenschaftliche Disziplin hervorgegangen; aus ihr erhob sich im Fortschreiten die Idee einer allgemeinen profanen europäischen Staaten-Geschichts-Schreibung. Es ist bekannt, daß die Reihe der Göttinger Historiker von Schmauss bis Heeren diese besonders gefördert hat. Schmauss hatte sich mit dem Plan getragen, neben der „Historie der Balance von Europa" und den Staatshändeln des Nordens in einem dritten Teil das Commercien-Wesen der Europäer, also die überseeischen Beziehungen zu behandeln; „die Sache ist von der allergefährlichsten Consequenz in Ansehen der balance von Europa", bemerkte er[17]. Erst Heeren ist zur Ausführung solcher Pläne übergegangen, indem er in ein einziges (noch heute als bedeutsam zu bezeichnendes) Werk die Geschichte Europas, die Geschichte des Nordens und die Geschichte der Kolonien innerlich zusammenfügt. In diesem „Handbuch des Staaten-Systems und seiner Kolonien" faßte Heeren, so viel wir sehen als erster, die Idee eines „sich bereits mit Macht erhebenden Welt-Staaten-Systems[18]". So war das historisch-politische Denken im 18. Jahrhundert von der Staaten-Kunde zum Begriff einer Weltstatistik, von der Geschichte der europäisch-beschränkten Staaten-Gesellschaft, des Staaten-Systems, zur Auffassung einer politischen Welteinheit herangeführt worden. –

Während die den Staats-Wissenschaften dienende Historiographie so in das Universale sich ausdehnte, ist unter den Einflüssen der am Ausgang der merkantilistischen Zeit heraufziehenden kolonialen Krise – besonders gefördert durch den Abfall der Vereinigten Staaten von dem Handels-Imperium Groß-Britanniens und weiter gebildet durch die revolutionäre Philosophie der Franzosen – eine neue koloniale Sonder-Geschichts-Schreibung emporgekommen. Der „pacte coloniale" sollte zur Auf-

schichte des neuen Universalismus muß neben den hier ausgesprochenen Gedanken einer Universal-Ökonomie und des Weltfriedens Kopernikus und Bodinus berücksichtigt werden mit dem Gedanken der Weltmünze, Descartes mit dem der Weltsprache, Leibniz mit dem der Universal-Schrift und Weltkultur.

16 Pufendorf: Einleitung zu der Historie der vornehmsten Reiche und Staaten ... von Asia, Afrika und Amerika; Frankfurt a. M. 1732, 4. Aufl. (aus dem Englischen).

17 p. 631.

18 p. XII ed. 1819.

lösung gebracht werden. Das koloniale Wesen, das die Kabinette so lange Zeit versucht hatten als arcana, als Staats-Geheimnisse verborgen zu halten, wurde in den Salons der politisch-moralischen Kritik und damit der historischen Untersuchung ausgeliefert[19].

Die von G. Th. Raynal in den Jahren von 1770 bis 1792 immer wieder von neuem aufgelegte und öfters übersetzte „Histoire philosophique et politique des établissements et du commerce des Européens dans les deux Indes" hat trotz ihres polemischen und propagandistischen Charakters, bis weit in das 19. Jahrhundert hinein, im Mittelpunkt dieser neuen kolonialen Spezial-Historiographie gestanden, welche nun nicht mehr an das national-staatliche oder gar konfessionell-kirchliche Interesse gebunden war, sondern von einem allgemeinen kosmopolitisch-humanitären Standort aus an ihren Gegenstand heranging.

Mit der Frage nach dem Sinn, der Berechtigung, den Methoden, den Aufgaben und auch den Aussichten der außereuropäischen Kolonisation, Eroberung und Landnahme ist die Sonder-Wissenschaft der europäischen Kolonial-Geschichte begründet worden; sie wählte ihren Platz in unmittelbarer Nachbarschaft einer gleichzeitig im Aufbau begriffenen allgemeinen Kolonial-Wissenschaft oder Lehre vom richtigen Kolonisieren[20]. Es ist die Generation, von der die theoretische National-Ökonomie in Frankreich und England begründet wurde. Diese verschiedenen aber miteinander verwandten geistesgeschichtlichen Erscheinungen aus der zweiten Hälfte des 18. Jahrhunderts müssen in den großen staatlichen Zusammenhängen dieser wahrhaft kolonialpolitischen Epoche gesehen werden, da die Utrechter Idee einer europäischen Ordnung nach dem Gesetz des Gleichgewichtes in den neuen französisch-englischen Kämpfen ihre Ausdehnung auf das See-, Handels- und Kolonial-Wesen erfuhr, da die Idee eines die Erdkugel umspannenden Staaten-Systems, da das Ideal einer Welt-Statistik, da der Begriff der Welt-Literatur[21], da jene Sonderdisziplin der Kolonial-Wissenschaft hervorgebracht wurden. Dieses kolonial-politische achtzehnte Jahrhundert ist es, welches, notwendigerweise, nun auch zu einem neuen Begriff und Ideal der Universal-Historie übergehen mußte.

Gegen Bossuet, der noch einmal in großartiger Weise das in sich ge-

[19] Z. B. hat der spanische Minister Arranda Beiträge zu Raynals Kolonial-Geschichte geliefert.

[20] Z. B. Abbé Condillac: Le commerce et le gouvernement considérés relativement l'un à l'autre. 1776. — C. B. Wadstrom: An essay on colonization etc. 2 Bde. London 1794/95. — De Pradt: Les trois âges des colonies ou l'état passé présent et à venir. 3 Bde. Paris 1802. — Henry Brougham: An inquiry into the colonial policy of the European powers. 2 Bde. Edinburgh 1803.

[21] Dazu jetzt der Aufsatz von K. Vossler: Nationalliteratur und Weltliteratur, Zeitwende, März 1928 und die dort angeführte Literatur.

schlossene, aber auch nur auf die zur christlichen Heilsgeschichte selbst in Beziehung stehenden Völker eingeschränkte Bild der Weltgeschichte gezeichnet hatte, waren von Voltaire die universal-historischen Ideen für das neue Jahrhundert aufgestellt worden: nicht mehr auf das Christentum bezogen, sondern kosmopolitisch sollte die Weltgeschichte sein: nicht für den Abendländer sollte sie geschrieben werden, sondern, in den Worten eines deutschen Aufklärers, „für den Weltbürger, den Menschen überhaupt[22]". Voltaires Tendenz gegen die christliche Kirche führte ihn zur betonten Behandlung der Geschichte der überseeischen Völker. Eine umfangreiche Utopien-Literatur der Europäer hatte seit dem Jahrhundert der Entdeckung die Welt jenseits der Meere mit den Vorstellungen irdischer Paradiese verbunden[23]. An die Stelle der Transzendenz trat hier in gewisser Weise die — Transozeanität: die Neue Welt, so hat man es geradezu ausgesprochen, hat die Andere Welt ersetzt[24].

Die Auflösung des von der Kirche überlieferten Begriffs einer eingeschränkten Geschichtlichkeit der Völker war in jenen Kosmographien oder Weltbüchern, in jenen polyhistorischen Sammelwerken des 17. und schon 16. Jahrhunderts vorbereitet worden. Eine Ausweitung der universalgeschichtlichen Anschauung war damit in die Wege geleitet, die im 18. Jahrhundert, da ein so grelles Licht auf die Vorgänge der europäischen Expansion in allen Weltteilen fiel, zu einer Forderung des Tages wurde.

Schon in der zweiten Hälfte des 17. Jahrhunderts war die Vorstellung der Weltgeschichte in dem überlieferten Rahmen des Gottesreiches und der vier Weltmonarchien gelegentlich beiseite gelassen oder sogar zurückgewiesen worden. Georg Horn[25] (den wir schon erwähnten) verknüpfte die Einteilung nach den vier Weltreichen mit einer geographischen Gliederung des Stoffes nach den vier Weltteilen, ähnlich wie Vlint[26], Hugo

22 Schlözer.

23 Dieses zu behandeln würde einen besonderen Gegenstand der Untersuchung bilden. Eine Vorstellung von dem Umfang speziell der Robinson-Literatur vermittelt: Herm. Ullrich: Robinson und Robinsonaden (Bibliographie), in Literarhist. Forschungen Heft 7. Weimar 1898.

24 Raynal, 1780, IV 469: „Depuis que la communication est établie entre les deux hémisphères de ce monde, on parle et l'on s'occupe moins de cet autre monde, qui faisoit l'espérance du petit nombre, et le tourment de la multitude."

25 Fueter: Geschichte der neueren Historiographie. München 1925, p. 188. — G. Horn: Orbis Imperans. Totus orbis in tredecim imperia dividitur, Leyden 1668; auch seine: Arca Noae 1666, hier will er eine profane Historia politica universalis geben; Orbis politicus 1667; Brevis et perspicua introductio ad universalem historiam. Leyden 1665.

26 Paul Vlint: Quatuor monarchiae, partes mundi, regiones, elementa, tempora, complexiones. Nürnberg 1611.

Floriacensis[27], Orosius[28]. Kaspar Abel konnte, auch unter Berufung auf Conring, 1707 (1706) die Ketzerei aussprechen, daß „an den vier Monarchien mehr Geschrei als Wahrheit sei" und daß „die vier Monarchien keinen Grund in der gesunden Vernunft haben", denn es gäbe gar keine Universal-Monarchie oder sehr viele[29]. Hase (1728)[30] und Freyer[31], sowie andere Gelehrte folgten ihm.

Die seit der Mitte des Jahrhunderts vielbenutzte und in Europa weit verbreitete sogenannte „Englische Weltgeschichte" brauchte nur das niederländische Beispiel der Sammlung von Staats-Geschichten (wie z. B. die Elzevirschen Republiken) fortzusetzen und auszuweiten, um ihr bändereiches über alle Länder der Welt ausgedehntes Werk auszuführen. Was hier eine weitschweifige Häufung von historischem Stoff war, versuchten in Göttingen Gatterer und besonders Schlözer theoretisch zu begründen und in ein „System" einer freilich recht dürren Historik zu bringen. Hier wird eine „Registratur der 200 Völker Gottes auf Erdboden" gefordert[32]: Die Universal-Historie „umfaßt alle Weltteile und Zeitalter und sammelt alle Völker in allen Ländern zusammen[33]". Von dieser neuen Weltgeschichte erklärt ihr Theoretiker: „Jeder Weltteil ist ihr gleich! Nicht vier Monarchien, aus etwa 30 andern ärmlich herausgeschieden, nicht Volk Gottes, nicht Griechen und Römer, beschäftigen sie mit Prädilektion: sie weidet ihre Neugier so gut am Hoangho und Nil, als an der Tyber und Weichsel[34]". Die Vorstellung von der dauernden Einheit des Menschen-Geschlechts liegt der Schlözerschen Weltgeschichte zugrunde: „Man kennt Europa nur unvollständig, wenn man nicht die Begebenheiten der übrigen Weltteile beständig mit seiner Geschichte parallel herunterlaufen läßt[35]."

Diese Theorie einer kosmopolitischen Weltgeschichte entspricht der welt-

27 Historia ecclesiastica sex libris digesta: „Denique notandum est, per quatuor mundi cardines per succedentia tempora quatuor regnorum principatus ante Christi nativitatem in mundo fuere distinctis gradibus cadentes Babylonicum scilicet ab oriente et a meridie Carthaginiense et a septentrione Macedonicum, quod Graecorum appellatur, et ab occasu Romanum".

28 Bernheim, Lehrbuch der historischen Methode p. 75: Orosius zieht das medopersische Reich in das Babylonische und setzt statt dessen ein Regnum Africanum und damit in jede Himmelsgegend eine Hauptmonarchie.

29 Epitome monarchiarum quarum non quatuor sed multo plures fuisse evincitur 1706. Deutsche Ausgabe 1707: Gründlicher Bericht von dessen nacheinander emporgekommenen und wieder gestürzten vielen Monarchien...

30 Joh. Math. Hase: Phosphorus historiarum vel etc. Leipzig 1728, zählt in der Oratio de summis imperiis 13 Weltreiche auf.

31 F. Günther in Deutsche Geschichts-Blätter, 8 (1907), p. 276.

32 Schlözer: Weltgeschichte 1792 (Vorrede von 1775).

33 Schlözer: Vorstellung seiner Universalhistorie, p. 3.

34 Ib. p. 28.

35 Ib. p. 34.

bürgerlichen Idee der Aufklärung, für die es kennzeichnend ist, daß sie eine gewisse Vorliebe den neuentdeckten außereuropäischen Moral-Kulturen bei fremdartigen Völkern zuwendet und mit solcher Bevorzugung des Exotischen den allchristlichen Gedanken der die Welt missionierenden Kirche preisgibt, ja bekämpft und die Toleranz (trotz eines begrenzten moral-zivilisatorischen Eifers) zur Ausbildung eines ökumenischen Bewußtseins (fast hellenisch-polytheistischer Prägung) in Geltung setzt. –

Durch die merkantile Übersee- und Kolonial-Politik, die nach der holländischen Zeit in dem saecularen Kampf zwischen Großbritannien und Frankreich ihren Höhepunkt erreichte, war das geschichtliche Bewußtsein der Europäer erdumspannend geworden. Das 18. Jahrhundert, den konfessionellen Fragen abhold, universalistisch, kosmopolitisch, humanitäts-gläubig, philanthropistisch nahm alles Menschliche schlechthin in den Umkreis seiner geschichtlichen Betrachtung auf. Die historische Rangordnung der Ereignisse aber wurde vorwiegend nach ihrer zivilisatorischen Bedeutung bestimmt: „Ein glücklicher Vernunftsschluß" erwirkt in der Welt mehr, als von irgendeinem „Erzwelteroberer" ausgehen kann[36]. –

Die überseeische Ausdehnung und die in ihr begründeten, das ganze Staaten-System erschütternden Kämpfe – hieß es doch sogar für das damals weltabgelegene Deutschland: „muß denn die Welt so im Verhältnis stehen, daß Deutschland büßen muß, was Indien versehen[37]"! – hatten den neuen profanen Universalismus hervorgebracht. Er sollte in dieser Weise nicht dauern; denn so war die Verflechtung der Ereignisse, daß wiederum aus dem Ringen zwischen den beiden großen Westmächten jene koloniale Krise hervorging, welche den Anstoß gab, zur Ablösung fast aller weißen Siedlungs-Kolonien außerhalb Europas: Eine Begebenheit, die wohl zur fortschreitenden Erweiterung des Begriffs der Staaten-Gesellschaft führte, zugleich aber auch eine sehr starke Gegenrichtung aufwies, nämlich die der Absonderung und Trennung der neuen amerikanischen Staaten von dem Gleichgewichts-System europäischer Kabinetts-Politik. Mit dem Abfall der Kolonien in Nord- und Süd-Amerika[38] war der Zweifel an Sinn und Zweckmäßigkeit europäischer Kolonisation und Expansion wach geworden; auch in den Zusammenhängen rein europäischer Festlands-Politik hatte man schon die Maxime verteidigt, daß kleine Arrondierungen des Staats-Gebietes wichtiger sein könnten als der Erwerb großer Außenbesitzungen.

Die Revolution im Kolonialwesen griff von den Siedlungs-Kolonien auch auf die Plantagen-Kolonien über; denn mit der Verkündung

36 Ib. p. 33.
37 Rein: Über die Bedeutung der überseeischen Ausdehnung. Hist. Zeitschr. 137 (1927) p. 67.
38 Ähnliche Tendenzen in Südafrika hatten nicht zum Ziele geführt.

der Menschenrechte war auch die Institution der Neger-Sklaverei erschüttert worden und damit die für die Pflanzungen bestehenden ökonomischen Grundlagen gefährdet. Der Wert von tropischen und subtropischen Besitzungen schien zu vergehen. Was sollte bei einem Amerika ohne Sklaven-Einfuhr die Herrschaft über afrikanische Küsten-Stationen noch bedeuten?

Zur Verstärkung der Tendenzen, die sich in diesen Ereignissen zeigten, kam noch hinzu, daß in den Lehren der Physiokratie und anderer neuer national-ökonomischer Richtungen der große Welthandel – auf dem doch die alte merkantilistische Ordnung vorzüglich aufgebaut war – völlig entwertet – ja fast für überflüssig erklärt, aber jedenfalls entpolitisiert und entmonopolisiert wurde, dem Zugriff des Staates entzogen. Selbst-Regierung der Siedlungs-Kolonien, Aufhören des Sklavenhandels, physiokratische Handels-Feindschaft waren drei Umstände, die eine erneute Einschränkung und Absonderung Europas im politischen Verstand begünstigten. Der Gedanke der Sammlung, der Konzentration erhielt eine neue Berechtigung gegen den der Ausdehnung, der Extension[39].

Andere Momente traten hinzu, diese Wandlungen zu befestigen: Ich verweise auf Napoleons abgeschlossenes kontinentales System, auf Englands Alleinherrschaft auf den Meeren, auf die Grundsätze von Bolívars Panamerikanismus. Mit den Wiener Verträgen ist die europäische Absonderung von der überseeischen Welt für mehrere Jahrzehnte festgelegt worden. Metternich setzte vom Standort der österreichischen Staatsräson aus (– Österreich hatte niemals Kolonien besessen! –) die erzwungene Kontinentalität der napoleonischen Ordnung Europas in freiwilliger Bejahung fort. Mittel- und Ost-Europa stiegen über das atlantische nichtenglische West-Europa empor. –

In dieser Epoche der Abwendung von den allgemeinen Angelegenheiten außerhalb Europas, da nur für England noch der Begriff der Ozeanität Bedeutung besaß – freilich gegenüber dem merkantilistischen Zeitalter der großen Flotten, Seeschlachten, Schiffahrtsgesetze und kolonialen Eroberungen auch in der Abschwächung des Bewußtseins, welche ein unbestrittener Besitz bedingt – hat sich der Rankesche Geist gebildet, in dem wir die bisher am tiefsten dringende Kraft historischer Kontemplation verehren.

Die Geschichts-Schreibung Rankes steht zu der im 19. Jahrhundert vorwaltenden nationalistischen und liberalistischen Historiographie in einem ge-

[39] Fichte fordert in seinem „Geschlossenen Handelsstaat", Tübingen 1800, die vollständige Ablösung der europäischen Staaten vom überseeischen Welthandel und vom „unnatürlichen Kolonialsystem" und die Einschließung und Abschließung der Staaten in ihre natürlichen Grenzen. In seinen Reden an die deutsche Nation (1808) wiederholt er den Rat an die Deutschen „vom Welthandel sich unabhängig zu machen" und jene „schwindelnden Lehrgebäude über Welthandel und Fabrikation für die Welt" aufzugeben (12. Rede).

wissen Gegensatz. Nationale und Liberale waren im allgemeinen von dem überseeischen Gegenstand der Geschichte abgewendet: Gegenüber dem weltbürgerlichen Sinn der Aufklärungs-Zeit, welche an die Gleichartigkeit aller Menschen zu allen Zeiten und an allen Orten glaubte, blieben die neuen nationalen Historiker, in allen europäischen Ländern, an ihr eigenes Volkstum gebunden und deshalb in einer natürlichen Weise begrenzt und eingeschränkt. Selbst in Spanien lehrte man jetzt (wie anders als in früheren Jahrhunderten seiner stolzen Geschichte!), daß das Unglück der Nation wesentlich aus ihrer überseeischen Kolonisation, Zerstreuung und Verderbnis abzuleiten sei[40].

Die liberalen Historiker, in allen Ländern des Abendlandes, wendeten ihre Aufmerksamkeit vorzüglich den konstitutionellen und institutionellen Entwicklungen zu und setzten in bezug auf die überseeische Welt den anti-merkantilistischen und den kolonial-kritischen Zug der politischen Philosophie des 18. Jahrhunderts fort, indem sie den Welthandel seinem Wesen nach für frei, als natürlichen Tätigkeits-Bereich des einzelnen und nicht als Bereich politischer Gestaltung ansahen. Sie verurteilten Expansionen und Annexionen. „Die Kolonial-Bande sind zerbrochen", heißt es; „die Menschheit steht am Sterbebett der Kolonial-Politik. Das Blut europäischer Nationen wird fortan nicht wieder vergossen werden für den Besitz einer Insel in Westindien ... und Amerika (wird) nicht länger der Gegenstand der Sorgen und Eifersucht der Kabinette sein, sondern der Zustand von Europa und der näheren Erdteile — [Hinweis auf den „Orient"!]— wird wieder der Gegenstand ihrer Aufmerksamkeit werden[41]."

Rankes Gegensätzlichkeit zu den national gebundenen und zu den liberalisierenden Historikern führt ihn nun aber nicht, wie man vermuten könnte (etwa von seinem Begriff der Großen Mächte aus) in ein neues expansionsgeschichtliches Interesse hinein; er, der den idealistischen Geist der Pentarchie, wie kaum ein anderer, in sich trug, gehörte in den Fragen der Übersee-Politik auf die Seite der „Kontinentalen" des Metternichschen und, wie wir hinzufügen dürfen, auch noch des Bismarckschen Zeitalters, insofern dieses als Fortsetzung des Metternichschen anzusprechen ist.

Rankes Auffassung der Geschichte war europa-zentrisch. Seine Universal-Geschichte ist eine allgemeine Geschichte des Abendlandes. Mit dieser Begrenzung der Extensität verband er aber eine innerlich tiefer als je zuvor dringende Universalität im Begreifen der geschichtlichen Welt. Die

40 So Josétrias y Miranda: Examen critico Histórico del influjo que tuvo ... Madrid 1854; die Kolonien haben Spanien von seiner normalen traditionellen Entwicklungs-Linie abgezogen; gute Gelegenheiten zu Hause wurden vernachlässigt; die Nation hat sich verblutet an der Verteidigung seiner Kolonien.

41 Alex. Lips: Statistik von Amerika. Frankfurt a. M. 1828, p. 3,8.

Vorstellung von der „Einheit und dem Fortgang der Begebenheiten" überwand jenes bloße Aggregat der Weltgeschichte, wie es vom 18. Jahrhundert hinterlassen war — trotz mancher genereller Systematisierungs-Versuche naturwissenschaftlicher oder moral-philosophischer Art. — Man darf davon sprechen, daß Ranke die Idee der Universal-Geschichte aufs neue in eine Beziehung brachte zu jenem von der profanen Philosophie des vorangegangenen Jahrhunderts zerstörten Geschichtsbild klassisch-kirchlicher Prägung. Ein hoher Begriff von der Geschlossenheit der Weltgeschichte erschien hier wieder und erneuerte den Gedanken des weltgeschichtlichen Ranges bestimmter Völker.

Es entsprach der pentarchischen Ordnung des nunmehr romanisch-germanisch und slavischen Europas, welches als gemeinsame außerchristliche, also expansions-politische Angelegenheit von hoher Bedeutung nur die Orientfrage kannte, daß Ranke seine europa-zentrische Auffassung mit dem großartigen, durch die Weltgeschichte hindurch sich ziehenden Dualismus Orient — Okzident verknüpfte[42]. Die östliche Welt bildet den für den Begriff des Abendlandes notwendigen Gegensatz. Lateinisch und Arabisch sind deshalb für Ranke die beiden Sprachen von universal-historischer Geltung[43].

Rankes Weltgeschichte — das ist für den hier ins Auge gefaßten Zusammenhang nicht ohne Symbolik — findet mit dem Anfang der großen Entdeckungen ihren Abschluß. Der Tod hat hier den Neunzigjährigen von seiner Arbeit abgerufen; aber auch Ranke selbst hatte nicht geplant in der Breite der Darstellung darüber hinauszugehen.

Wenden wir den Blick auf Rankes Hauptwerke zur europäischen Geschichte vom 16. bis zum 19. Jahrhundert, so finden wir auch hier, daß die Begebenheiten in der ozeanischen Ausdehnung über Europa hinaus kaum behandelt werden. Kein Antrieb ist da, der Rankes Kräfte in die Richtung der darauf bezüglichen Studien gelenkt hätte. Seine Epoche bedurfte dieser Geschichts-Schreibung nicht. Ranke hat es in seiner auf das europäische Ganze (die Pentarchie!) abzielenden Geschichts-Schreibung doch vermieden, jene Zeiten zur Darstellung zu bringen, in denen es auch auf die Forschung des Hinausgreifens über den Bereich des Abendlandes wesentlich ankam: Er hat keine holländische Geschichte des 17. Jahrhunderts geschrieben; den englisch-französischen Weltkampf des 18. Jahrhunderts hat er weder in seiner französischen noch in seiner englischen Geschichte ausgebreitet, sondern sich mit Andeutungen begnügt. Diese beiden Hauptgegenstände der merkantilistischen Jahrhunderte ließ er abseits liegen. Nur in der Entdeckungszeit hat er seinen Blick gelegentlich verweilend haften lassen, wenn er den Zusammenbruch von Vene-

[42] WG I, 2 p. 222 u. VIII 262. Epochen p. 22. Dazu neuerdings Ernst Schulin: Die weltgeschichtliche Erfassung des Orients bei Hegel und Ranke, Göttingen 1958.

[43] Allg. dtsche. Biographie: Ranke.

digs fernen orientalischen Beziehungen in dem Auftreten der Portugiesen in Indien schildert, oder die Bedeutung der spanischen Monarchie aus ihren amerikanischen Besitzungen erweist[44].

Freilich man darf nicht meinen, daß der Ausschluß der überseeischen Welt notwendig und eigentlich zum Wesen der Rankeschen Geschichts-Betrachtung gehört. Die Ahndung, möchte ich sagen, von der universal-historischen Bedeutung gerade dieser über Europa hinausführenden Begebenheiten wirkte lebendig in ihm. Handelte es sich doch hier um die fortschreitende Ausweitung jener „lebendigen Gesamtheit", die für ihn die Weltgeschichte ausmacht. „Die Idee der Weltentdeckung" nennt er „an und für sich einen der größten, das menschliche Geschlecht und die Erde umfassenden Gedanken[45]". Er spricht von der „weltgeschichtlichen Mission" der Portugiesen; er erkennt in der „Übertragung der lateinischen Kultur auf einen neuen Schauplatz" und in der Einbeziehung „des indianischen Wesens in einen engeren Zusammenhang mit der Kulturwelt" das „vornehmste universal-historische Moment" der spanischen Eroberung Amerikas[46]. Berühmtheit gewonnen haben seine Worte von „den drei großen Atemzügen" des „unvergleichlichen Vereins" der romanisch-germanischen Nationen, welche ihre Einheit geradezu in ihren Unternehmungen über den ihnen zugehörigen Bereich hinaus begründen: von der Völkerwanderung, über die Kreuzzüge, zu den überseeischen Pflanzungen[47]. Seine englische Geschichte beginnt er mit der Betrachtung darüber, daß „die größte aller Begebenheiten, die in der nachweisbaren Geschichte überhaupt vorgekommen" sind, die Verlegung der Sitze von Macht und Bildung an die ozeanische Seite Europas sein dürfte — ein Ausspruch, der in überraschender Weise an eine ähnliche Wendung bei Ranke erinnert, da er die römischen Eroberungen „das größte Weltereignis" nennt, „welches je vor sich gegangen ist", da nunmehr die orientalisch-griechische Kultur mit der lateinischen vereinigt in den Okzident strömte[48]. Die ozeanischen Mächte des Abendlandes haben für Ranke eine Rom gleiche universal-historische Bedeutung. Die Idee der „W e l t e n t d e c k u n g" und „Welteroberung" aber steht in notwendiger Beziehung zur Idee der „W e l t b i l d u n g", die Rankes allgemeinen Kulturbegriff bestimmt[49].

Damit ist der Weg zu einer fortschreitenden Eingliederung der außereuropäischen Völker und Reiche in den universalhistorischen Zusammenhang durchaus gegeben[50]. Es ist wohl — was hier erwähnt werden darf — wenig

44 SW 33 p. 219 und 35 p. 339.
45 SW 33 p. XXX; WG VIII 420, 416.
46 SW 35 p. 341.
47 SW 33 p. XV u. XXX.
48 Epochen p. 22.
49 WG I² p. 127, 208, 210, III¹ p. 5.
50 Hierzu Otto Westphal, Deutsche Literaturzeitung 1927 (30. Heft) 1468.

zu Lannoy und Vander Linden – um nur einige aus einer großen Schar zu nennen. Die Werke dieser Männer behandeln kolonial-geschichtliche Gegenstände mit der Absicht, das Wesen der Kolonisation und deren national verschiedene Arten und Gattungen in ihrer Bedeutung für die einzelnen Staaten durch die geschichtliche Betrachtung aufzudecken. Das Verbundensein dieser Geschichts-Schreibung mit dem Suchen der verschiedenen Völker nach einer inneren Rechtfertigung ihrer neuen Übersee- und Kolonial-Politik und der Begründung wissenschaftlicher und ethischer Methoden der Kolonisation, das ist unverkennbar. Die Kolonial-Geschichte war in der Einzelforschungs-Arbeit noch immer als ein Anhängsel der Kolonial-Wissenschaft anzusprechen. Das hing auch damit zusammen, daß die neue Kolonial-Politik zunächst – sichtbarlich für die Zeitgenossen – mehr von den Parteien in den Parlamenten als zwischen feindlichen Kabinetten umkämpft war. Das innenpolitische Motiv war – wenigstens bis zur Jahrhundert-Wende – das stärker wirkende.

Von hier aus ist es nur ein folgerichtiges Weiterschreiten gewesen, daß man die kolonial-geschichtlichen Tatsachen einzuordnen dachte in eine soziologisch bestimmte kulturgeschichtliche Auffassung. Der von Seeley für England geprägte Begriff der Expansion wurde auf größere Zusammenhänge ausgedehnt und systematisiert. Der Einfluß von Lamprecht ist hier wirksam geworden durch seinen Aufsatz über die „Europäische Expansion[57]". Wir vermuten, daß von Lamprechts kulturhistorischer Methodik weitreichende Anregungen auf die Geschichts-Wissenschaft der Nordamerikaner ausgegangen sind. Von ihrer außer-europäischen Position her sind sie vielleicht am ehesten befähigt, Europa und dessen Ausbreitung als etwas Ganzes und Einheitliches zu sehen. Bei ihnen, die seit jeher von einem universalistischen Antrieb bewegt werden, ist eine Totalanschauung der Ausdehnung Europas gebildet worden. Die von Prof. W. R. Shepherd in Columbia ausgehenden Forschungen[58] versuchen die Wechselwirkung (interaction) zwischen Europäern und Nicht-Europäern in der Entfaltung der modernen Zivilisation zu erkennen und darzustellen[59]. Die letzten Absichten sind hier kulturgeschichtliche, ja, den vorwaltenden Tendenzen in der heu-

[57] In der Pflugk-Hartungschen Weltgeschichte. – In der Festschrift für W. Goetz gibt Hans Plischke mit seinem Beitrag: Expansionsgeschichte im Rahmen der Kulturgeschichte ein schwaches Echo solcher Gedanken. Leipzig 1927.

[58] Political Science Quarterly 34 (1919): The expansion of Europe. – Für die Thema-Stellung ist auch zu beachten: W. C. Abbott: The Expansion of Europe. New York 1918.

[59] J. E. Gillespie: The Influence of Oversea Expansion on England to 1700; Columbia University Studies in History Bd. 91 Nr. 1 New York. – J. B. Botsford: English Society in the Eighteenth Century as influenced from Oversea. New York 1924.

tigen amerikanischen Geschichts-Wissenschaft entsprechend, geradezu sozialwissenschaftliche.

Ich komme zum Ende meiner Bemerkungen.

Die allgemeinen Weltbeziehungen, die Verflechtungen der Völker-Schicksale haben in dem sogenannten Zeitalter der Weltpolitik ein Ausmaß erreicht, wie nie zuvor. Die Frage, die sich angesichts dieser Weltverhältnisse für die Geschichts-Wissenschaft erhebt, ist diese: Sind wir Historiker von heute gerüstet, das jetzt in der Bildung begriffene Welt-Staaten-System historisch zu erfassen und damit Lebensfragen unseres Jahrhunderts ihre geschichtliche Deutung und Klärung zu verleihen?

Ich darf hier noch einmal den Namen Rankes anrufen. Rankes Gedanken sind durch verschiedene Bewegungen, obwohl sie aus einander entgegengesetzten Lagern kamen, in den vergangenen Jahrzehnten nicht zu einer reinen und tiefen Wirkung und Fortbildung gekommen: Träger seiner Gedanken waren letztlich doch nur Vereinzelte, trotzdem daß sein Name in aller Munde zu finden war. Wenn wir uns nicht täuschen, ist jetzt eine Renaissance der Rankeschen Ideen in Vorbereitung. Freilich: auch hier gilt es, nicht am Buchstaben zu haften, sondern das Eigentliche und Wesentliche lebendig zu machen, nicht Ranke-Orthodoxie zu treiben, sondern seine Grundanschauung dessen wieder zu erwecken, was den Rang der Geschichtlichkeit verleiht.

Die Entdeckung des Erdraums und die Öffnung der vielgestaltigen Völkerwelt in ihm hatten die neuen universal-historischen Begriffe des 18. Jahrhunderts heraufgebracht. Die Rankesche Gegenwirkung gegen die formlose Häufung alles Menschlichen (was man nun als Geschichte zu fassen geneigt war) hat zu einer heilsamen Konzentration auf das wahrhaft Historische geführt.

Unsere Aufgabe ist es, eine neue Ausweitung zu finden, ohne die Gestalt der Geschichtlichkeit wieder aufzulösen.

Wir können die Universal-Geschichte nicht mehr in das System der Rankeschen einpressen: wir können sie nicht auf den christlichen Gedanken, die antike Humanität, den europäischen Staaten-Verein, das Widerspiel von Orient und Okzident beschränken: wir müssen Rankes Begriff des Ostens (sein Asien) differenzieren: wir dürfen nicht von „Völkern eines ewigen Stillstandes", von einer für immer „historisch ausgelebten alten Welt", von „nur einem System von Bevölkerungen" reden, „welche an der allgemeinen historischen Bewegung teilnehmen"[60].

Aber den Begriff der großen geschichtlichen Mächte und ihrer Wesens-Entfaltung in der Bindung aneinander müssen wir als das Kernstück festhalten. „Kein Staat hat jemals bestanden ohne eine geistige Grundlage und einen

[60] WG I p. VIII; IX, 2 p. 3. Epochen p. 16.

geistigen Inhalt"; „in der Macht an sich erscheint ein geistiges Wesen, ein ursprünglicher Genius, der sein eigenes Leben hat[61]. Es sind die Völker der großen Intensität, welche am stärksten expansiv nach außen gewirkt haben; denn Gehalt und Umfang können in der geschichtlichen Welt nicht getrennt werden.

So dürfen wir hierin wohl an die altüberlieferte Grundauffassung der Universal-Geschichte von der Abfolge der Weltmonarchien, die ja nicht christlich-jüdischen, sondern hellenischen Ursprungs ist[62], wieder anknüpfen und sagen: Alles, was die Welt als Ganzes einmal hat bestimmen und gestalten wollen, alles universale Streben und Vollbringen verleiht den weltgeschichtlichen Rang. Die Idee der Welteroberung und der Weltbildung ist der Grundbegriff für den Aufbau einer Weltgeschichte. Die Weltgeschichte umfaßt deshalb die Geschichte der großen Expansionen, die Geschichte der Weltmächte, im Sprachgebrauch der älteren Zeiten: der „Weltmonarchien".

Dieser Gesichtspunkt, so meinen wir, wird auch für die Einzelforschung des stärksten Universalismus, den die Erde bisher gesehen hat, des abendländischen der letzten vier bis fünf Jahrhunderte ein fruchtbringender sein und jede Absonderung der Kolonial-Geschichte von der allgemeinen oder ihr Abgezogenwerden auf eine soziologisch gerichtete Kolonial-Wissenschaft verhindern. Wir erwarten eine neue Befruchtung der Geschichts-Schreibung über die Betätigung der Europäer außerhalb Europas aus einer Fragestellung von solchen Zusammenhängen her.

61 WG IX, 2 p. XI.

62 C. Trieber: Die Idee der vier Weltreiche, in Hermes Zeitschr. f. klass. Philologie, Berlin 1892 p. 321.

ZUR GESCHICHTE DER VÖLKERRECHTLICHEN TRENNUNGSLINIE ZWISCHEN AMERIKA UND EUROPA* 5

Unsere Vorstellungsweise von der Absonderung der Erdteile und ihrer besonderen Eigentümlichkeit, Wesensbestimmtheit, ja „Individualität" geht zurück bis auf die Griechen: Europa, Asien, Afrika, vom Blickfeld des Mittelmeeres aus gesehen, bildeten in ihrem Zusammenhang die Alte Welt. Das Zeitalter der Entdeckungen fügte dieser kreisförmig in sich geschlossenen Raumeinheit die Neue Welt: Amerika, Nord- und Süd-, und den ganzen ozeanischen Bereich mit allen Inseln und Küsten hinzu, auch die Teile von Afrika und Asien, welche nicht dem Umkreis der mediterranen geographischen Weltansicht zugehörten. Der alte innere drei-kontinentale Bereich der antiken Oikumene blieb auch in diesem neuen weltgeschichtlichen Zeitalter eine Einheit für sich; dagegen gestellt aber wurde alles Außereuropäische, was nur auf dem ozeanischen Wege erreicht werden konnte, und deshalb als die überseeische Raumeinheit zusammengefaßt wurde.

Die Frage, die uns heute hier beschäftigen soll, ist die des politischen Verhältnisses, welches sich in den ersten Jahrhunderten der Neuzeit zwischen dieser ozeanisch-kolonialen Zone und der alten abendländisch-europäischen herausgebildet hat. Wir müssen, bei der Kürze der Zeit, darauf verzichten, das Thema in dem Ausmaß der Erstankündigung dieses Vortrags abzuhandeln, und wollen uns darauf beschränken, aus dem weiten Umfang dieses Gegenstandes ein besonders problematisches Moment herauszugreifen, nämlich die Frage nach dem Ort der Abgrenzung des europäischen und des überseeischen Bereiches. –

Die ursprüngliche Idee, welche der Vorstellung einer bestimmten Abgrenzung der alten und der neuen Erdräume voneinander zugrunde liegt, ist mit dem Begriff der Missions- und Kolonisations-Demarkation gegeben[1]. Aus der Epoche der Kreuzzüge, der Expansionszeit des ger-

* Vortrag, gehalten auf dem 24. Internationalen Amerikanisten-Kongreß in Hamburg, 1930. „Ibero-Amerikanisches Archiv IV/4 (1930) S. 1-14.

[1] Zur Geschichte der Demarkations-Linien siehe A. Rein: Der Kampf Westeuro-

manisch-römisch-christlichen Abendlandes gegen die Sarazenen im Süden und Südosten und Heiden im Nordosten, war eine solche Erhöhung des kirchlichen Führers der Christenheit hervorgegangen, daß ihm eine Autorität — abgeleitet aus den Pflichten des Missionswerkes und seiner Ordnung von einer Mitte her — auch in den Hauptangelegenheiten des Handels und Verkehrs mit den nichtchristlichen Völkern und der Eroberung und Kolonisierung ihres Landes zugewachsen ist. Kreuzzugs-Bewegungen und überseeische Entdeckungs-Unternehmungen hängen ursprünglich auf das engste zusammen, wie die Kreuzzugs-Bewegung wiederum in Verbindung mit der Völkerwanderung gebracht werden kann. Ranke nennt diese drei historischen Erscheinungen „ein einziges in seinem Gange zusammenhängendes Ereignis[2]".

Die erste europäisch-überseeische Grenzziehung war von den Portugiesen im Jahr 1443 — nachdem greifbare Erfolge von den Fahrten nach der westafrikanischen Küste über die Spanne des Wüstengürtels hinaus vorlagen — verfügt worden, gültig zunächst nur für die Untertanen des rex serenissimus selbst: Keine Schiffahrt ist erlaubt über Kap Bojador hinaus ohne besondere Erlaubnis des Infanten Heinrich[3]. Diese Grenze freier Schiffahrt wurde durch die päpstliche Bulle Romanus Pontifex im Jahr 1455 zu einer allgemeingültigen für die Christenheit erhoben. Exkommunikation und Interdikt ward denjenigen angedroht, welche das Verbot mißachten würden[4]. So entstand unmittelbar südlich der Kanaren eine See-Barriere, eine Schiffahrts-Sperre; denn, so sprach es der römische Pontifex aus: Die Sicherheit der Missions- und Kreuzzugsarbeit sollte gegen jegliche Störungsmöglichkeit von anderer Seite geschützt werden und zugleich sollte dem, der allein die Opfer für diese Entdeckungen gebracht hatte, auch allein der Nutzen zustehen. Da eine vollständige Besitzergreifung der ganzen afrikanischen Küste und der Inseln im Meer von den Portugiesen nicht durchgeführt werden konnte, den andern Christen also nicht die aktuelle possessio nachzuweisen war, mußte durch eine Demarkationslinie der Raum einer portugiesischen quasi-possessio abgegrenzt werden. Die besondere Anerkennung dieser über-

pas um Nordamerika, Stuttgart 1925 und für die allgemeinen Zusammenhänge A. Rein: Die europäische Ausbreitung über die Erde, Potsd. 1931 (Museum der Weltgeschichte).

2 Ranke: Einleitung zu den Geschichten der romanischen und germanischen Völker.

3 Alguns documentos, Lisboa 1892 p. 8. „defendemos que em vida do dito men tyo (Heinrich) nemgem nom pase alem do dito cabo do Bojador sem seu mandato e liçença". Die Seesperre konnte nicht die Kanaren mit einschließen, weil dorthin bereits auch eine Schiffahrt der kastilischen Untertanen, der Normannen und Italiener bestand.

4 Der Text findet sich in der sehr ertragreichen ausgezeichneten Publikation von F. G. Davenport: European treaties bearing on the history of the United States and its dependencies, 2 Bde., Washington 1917 und 1929.

seeischen Interessensphäre und der allgemeinen Schiffahrts-Sperre südlich der Kanarischen Inseln ist dann später auch von Kastilien, dem damals einzigen kolonialen Rivalen, in Artikel 8 des großen Friedens von Alcaçovas anerkannt worden. –

Mit der Entdeckung der neuen Länder im Westen durch Christoph Kolumbus und seine Gefährten war im letzten Jahrzehnt des Jahrhunderts eine neue Aufgabe der überseeischen Abgrenzung gestellt. Die Portugiesen versuchten jetzt ihre Bojador-Linie nach Westen hinaus zu verlängern und den Südatlantik zu schließen; das sei der Sinn der alten Bestimmungen und Verträge. Kolumbus hatte seinen Interessen und Plänen dienend eine anders geartete Grenzziehung vorgeschlagen: Er dachte nicht an eine latitudinale, sondern an eine longitudinale Demarkation zwischen portugiesischer und kastilischer überseeischer possessio et quasi-possessio.

So verfügten Ferdinand und Isabella zunächst eine allgemeine Grenze entlang den westlichsten damaligen Besitzungen der Portugiesen, also in der Länge der Azoren und Kap Verden, und um Kolumbus die ungestörte Fortsetzung seiner westindischen Entdeckungsarbeit zu sichern, wurde diese Grenze dem Meridian entlang von Pol zu Pol gezogen! Hierzu hat wohl das Schema der berühmten Toscanelli-Karte des Atlantischen Ozeans die Anregung gegeben: „Lineae rectae in longitudine cartae signatae ostendunt distantiam ab oriente versus occiden(tem)[5]". Als das spanische Königspaar für die neue Entdeckungs-, Kolonial- und Schiffahrtsgrenze die päpstliche Sanktion erbat, dadurch, daß sie auch zu einer Missionsgrenze erklärt wurde, schien es der Kurie zweckmäßig, um portugiesische Klagen auszuschließen, eine 100-Meilen-Zone westlich der genannten Inseln einzuschieben. Es kam hier der von italienischen Juristen aufgestellte Begriff der Territorialgewässer und ihrer Ausdehnung auf zwei Tagereisen oder 100 Meilen zur Anwendung. So entstand die Festsetzung der neuen Grenze zwischen den spanisch-amerikanischen und den europäisch-afrikanisch-portugiesischen Gewässern in der Bulle Inter cetera vom 4. Mai 1493 100 Meilen westlich der Azoren und Kap Verden von Pol zu Pol.

Diese dadurch festgesetzte Einschränkung ihrer Tätigkeit im südatlantischen Raum, jenseits ihrer alten Bojador-Linie, wollten die Portugiesen, die ersten Seefahrer jener Zeit, nicht hinnehmen; sie drohten, weitere Fahrten des Kolumbus mit Gewalt verhindern zu wollen. So kamen Verhandlungen mit Kastilien zustande. Während Kolumbus schon wieder unterwegs war, gelang es den Diplomaten in der Grenzfrage ein Kompromiß zu schließen, indem sie die Demarkation von den westlichen Besitzungen der Portugiesen noch weiter abrückten. Man griff, wie es scheint, den Gedanken auf, den atlantischen

[5] Der Text in N. Sumien: La correspondance du ... Toscanelli avec Christophe Colomb, Paris 1927, p. 39.

Entdeckungsraum zu halbieren. Der abgeschätzte Abstand von den Kanarischen Inseln bis zu den ersten kolumbianischen Entdeckungen wurde wohl auf 740 leguas geschätzt, so daß jeder Staat 370 leguas, vom Atlantischen Ozean in der Breite der Kap Verden gemessen, zugesprochen bekam. Auch diese neue Demarkation sollte von Pol zu Pol gezogen werden, das Nähere wurde in dem Teilungsvertrag (von Tordesillas 1494) festgelegt: „La capitulaçion e assiento sobre la partiçion del mar oçeano", und die Abgrenzungslinie hieß: „La linea de la partiçion del dicho mar"[6]. Durch diese „Tordesillas-Linie", wie wir sie nennen wollen, wurden die ursprüngliche Kolumbus-Linie und die päpstliche Linie von 1493 außer Kraft gesetzt; die päpstliche Bestätigung der Tordesillas-Linie erfolgte 1506 durch Julius II.

Der koloniale Friede, den Kolumbus gestört hatte, dadurch, daß er die den Portugiesen vorbehaltene Randfahrt auf dem Ozean an der Erdscheibe entlang nach Süden vorwärts um ihr Ziel zu bringen suchte, indem er kühnen Mutes quer durch den Ozean zu dem gegenüberliegenden Rand der Erdscheibe seine Schiffe trieb, war wieder hergestellt. Die Grenze in der östlichen Welt selbst, wo noch einmal Portugiesen und Spanier würden zusammenstoßen müssen, sollte erst später festgesetzt werden[7]. —

Das Europa des 16. Jahrhunderts, welches die erste Entfaltung der großen territorialen und nationalen Mächte sah, mußte angesichts der portugiesischen und vor allem spanischen Reichtums- und Kraftsteigerung aus den überseeischen Bergwerks- und Handelsprovinzen zu einer hohen Einschätzung des ozeanischen Weltverkehrs und kolonialer Besitzungen in fremden Erdteilen gebracht werden. Insbesondere mußten die atlantischen Völker des Abendlandes, die einen günstigen Zugang zum Weltmeer besaßen, dahin geführt werden, der „indischen" Welt, sei es im Osten, sei es im Westen, zuzustreben, und sie waren nicht gewillt, die noch den mittelalterlichen Ideen entsprechenden Missions- und Kolonisations-, Entdeckungs- und Schiffahrts-Demarkationen in einer so universell-monopolistischen Weise hinzunehmen. Die nordwest-europäischen Völker Europas forderten gegen Portugal und Spanien grundsätzlich die Freiheit der ozeanischen Schiffahrt, die Freiheit des Welthandels, die Freiheit der Entdeckung, Okkupation und Kolonisation überseeischer Gebiete, und auch der Missionierung, denn die Kircheneinheit war inzwischen zerbrochen und das Evangelium wurde auf verschiedene Weise gepredigt. Das zusammenfassende Schlagwort dieser Bestrebungen, für diese

[6] A. Rein: Der Kampf Westeuropas um Nordamerika, Stuttgart-Gotha 1925, p. 61. — Die Darlegungen zu dem Problem der Demarkation in P. Gottschalk: The earliest diplomatic documents on America etc., Berlin 1927, sind unzulänglich, die Faksimiles von Urkunden und Karten bilden eine wertvolle Zusammenstellung; p. 91 eine ausgewählte Liste der Karten, auf denen die Demarkation angegeben ist, von E. L. Stevenson.

[7] Die Geschichte der Molukken-Linie verfolgen wir hier nicht.

Verhältnisse in Frankreich zuerst ausgesprochen, dann in England aufgegriffen und in Holland wissenschaftlich verteidigt, war: „mare liberum"[8].

Aus dem Widerstreit zwischen der Idee der Demarkation der katholisch-iberischen Mächte und der Idee der allgemeinen Freiheit des Weltmeeres der protestierenden nordwest-europäischen Mächte hat sich nach mancherlei diplomatischen Auseinandersetzungen, politischen Denkschriften, Petitionen von Kapitänen, Kapereien, Überfällen, Repressalien und Kriegen im Laufe des 16. Jahrhunderts eine Art „modus vivendi" hinsichtlich der überseeischen politischen Streitfragen herausgebildet, dahingehend, daß zwischen dem alteuropäischen und dem neuozeanischen Bereich eine grundsätzliche Unterscheidung stattfand. Europa und Übersee wurden streng geschieden als zwei Welten verschiedenen Rechtes; die Verträge zwischen den Staaten des Abendlandes sollten in dem neuen ozeanischen Bereich keine Anwendung finden; Macht geht hier vor Recht, hieß es; „les plus forts en ces quartiers là seront les maistres[9]", was draußen die Angehörigen der europäischen Nationen sich gegenseitig antun, kann keine Rückwirkung auf das politische Verhältnis ihrer Staaten innerhalb des europäischen Systems ausüben[10]; ja, so weitgreifend ist unter Umständen diese Anschauungsweise von dem Unterschied der Zonen, daß die Aufhebung aller Gesetzlichkeit, nicht nur der politisch-völkerrechtlich-juristischen, sondern auch der moralisch-ethischen stattfindet, bis zurück zur alten Anschauung von der Aufgehobenheit der Naturgesetze selbst in den Wunderländern jenseits des Randes der Oikumene, wo alles, auch das Unglaublichste, für möglich gehalten wird[11].

„Hat er den Äquator überschritten", so sagt Raynal, „ist der Mensch weder Engländer mehr, noch Holländer, noch Franzose, noch Spanier, noch Portugiese; er behält von seinem Vaterlande nur noch die Grundsätze und Vorurteile, die seine Handlungsweise berechtigt erscheinen lassen oder entschul-

[8] Historische Zeitschrift 137 (1927) p. 28 ff. A. Rein: Über die Bedeutung der überseeischen Ausdehnung für das europäische Staaten-System. Wertvolles zu diesem Gegenstand auch bei J. Goebel: The struggle for the Falkland Islands. A study in legal and diplomatic history; New Haven 1927.

[9] Guénin: Ango et ses pilotes. Paris 1901, p. 271.

[10] Grotius verteidigt im Mare liberum c. 13 das Recht, gegen jeden unmittelbar vorzugehen, der sich an Gemeinbesitz vergreift; dem, der die Wege des Ozeans sperrt, muß deshalb sofort, auch ohne das Eingreifen der öffentlichen Gewalt abzuwarten, bei frischer Tat entgegengetreten werden.

[11] Wir wollen hier auch daran erinnern, daß antike und mittelalterliche Schriftsteller die ideale, paradiesische Menschheit in die ozeanische oder transozeanische Region setzen, ein Verfahren, welches auch die neueren Utopien beibehalten haben. Aus dieser Wurzel stammt die Idealisierung der Wilden (Rousseauismus) und der überseeischen Kolonialwelt (Verherrlichung der amerikanischen Freiheit).

digen. Er ist ein gezähmter Tiger, der in den Wald zurückkehrt[12]."

Was hier der Aufklärer des 18. Jahrhunderts ausspricht, faßte vor ihm ein Kolonial-Historiker des 17. Jahrhunderts, Barläus, in die Worte: „Jenseits vom Äquator gibt es keine Sünde ... gleichsam als ob die Linie, die den Erdball teilt, auch Tugend und Laster voneinander scheidet[13]."

Wir verfolgen hier nicht weiter das inhaltliche Problem des Satzes, daß außerhalb Europas nach der überseeischen Seite hin keine Gesetzlichkeit stattfindet. Nur auf einen Zusammenhang besonderer Art muß hier noch hingewiesen werden. Der Mangel einer positiven Rechtsordnung zwischen den Europäern für den Bereich außerhalb Europas tritt in diesem Vorstellungskreis nur nach der Seeseite hin, nicht auch nach der Landseite nach Osten und Süden hin in die Erscheinung. Hierdurch wird offenkundig, daß die dem großen offenen Meer zugesprochene Rechtsnatur über die eigentliche Meeresfläche hinaus für den gesamten ozeanischen Raum Bedeutung gewonnen hat. Wir kennen Schillers Verse aus der Braut von Messina:

Denn das Meer ist der Raum der Hoffnung
Und der Zufälle launisch Reich;
Hier wird der Reiche schnell zum Armen,
Und der Ärmste dem Fürsten gleich.

[12] G. Th. Raynal: Historie philosophique et politique ... des Européens dans les deux Indes, Genf 1784, V 3.

Das Problem des „Tropen-Kollers" berührt Raynal Bd. I 388 (ed. Genf 1780): „Dans l'éloignement de sa patrie, l'on n'est plus retenu par la crainte de rougir aux yeux de ses concitoyens. Dans un climat chaud, ou le corps perd sa vigueur, l'âme doit perdre de sa force ... Dans les contrées où l'on est venu pour s'enrichir, on oublie aisément d'être juste"; auch I 507.

[13] H. Wätjen: Das holländische Kolonialreich in Brasilien, Gotha 1921, p. 82. — Barlaeus (1647 Amsterdam) p. 47: „Flagitium quodcunque ludus et jocus erat, vulgato inter deteriores epiphonemate: Ultrà Aequinoctialem non peccari, quasi non omnium locorum et populorum esset honestat, sed Septentrionalium tantùm, et quae mundum dividit linea, virtutem a vitio secerneret".

Die Lösung aller moralischen Bande im überseeischen kolonialen Raum zeigt auch die Bemerkung, die noch R. Kipling, wie man mir sagt, in einer seiner Erzählungen hat, dahingehend, daß „jenseits des Suezkanals" alles erlaubt sei. — Wir dürfen hier wohl auch an das repräsentative Wort des Romantikers N. Lenau erinnern: „Das atlantische Meer aber ist der isolierende Gürtel für den Geist und alles höhere Leben", womit er die Gegensätzlichkeit der Zonen aus dem Bereich des Moralischen ins allgemein Geistige erhebt. Schurz: Lenaus Leben, Stuttgart 1855, I 229. — „Dénasser la ligne" ist ein französischer Ausdruck für das Hinausgehen über das, was durch die Konvention erlaubt ist; ob freilich die Geschichte dieses Ausdruckes eine Beziehung zu der hier behandelten „Linie" aufzeigt, ist mir nicht bekannt.

Wie der Wind mit Gedankenschnelle
Läuft um die ganze Windesrose,
Wechseln hier des Geschickes Lose,
Dreht das Glück seine Kugel um,
Auf den Wellen ist alles Welle,
Auf dem Meer ist kein Eigentum.

Die freie Zone des Weltmeeres gibt Ernte ohne Saat; der ozeanische Raum ist ein unbegrenztes Jagdfeld, wo jeder etwas findet, der zuzugreifen versteht. „Auf dem Meer ist kein Eigentum!" Der Freibeutergeist des 16. und 17. Jahrhunderts spricht sich noch in diesen Worten des Dichters aus, denen wir andere vielzitierte Verse aus Goethes Faust zur Seite stellen können, die Mephisto spricht:

Das freie Meer befreit den Geist,
Wer weiß da, was besinnen heißt!
Da fördert nur ein rascher Griff,
Man fängt den Fisch, man fängt ein Schiff,
Und ist man erst der Herr zu drei,
Dann hackelt man das vierte bei;
Da geht es denn dem fünften schlecht,
Man hat Gewalt, so hat man Recht.
Man fragt ums Was, und nicht ums Wie.
Ich müßte keine Schiffahrt kennen:
Krieg, Handel und Piraterie,
Dreieinig sind sie, nicht zu trennen.

Das freie Meer befreit den „Geist", so wird hier das von den Gegnern Spaniens verkündete natur- und völkerrechtliche Prinzip des Gemeinbesitzes des Ozeans, „res communis omnium", umgedeutet in eine Befreiung von moralischen und gesetzlichen Bindungen. Und so wie Mephistopheles es ausspricht, so war die Entwicklung in den ersten Jahrhunderten der überseeischen Expansion Europas gewesen. In dem politischen Testament Richelieus lesen wir über die Natur des Meeres und der Seeherrschaft: „Les vieux tîtres de cette domination sont la force et non la raison, il faut être puissant pour prétendre à cet héritage[14]."

Das Meer ist das große Freigebiet im Sinn der Willkür; Raum der Gesetzlosigkeit, des Piraten- und Flibustiertums; „die Bahn der Feindschaft" — „la voie d'hostilité" —, ein friedloser Raum, wo kein Vertrag, kein Recht, keine Klage, kein äußeres und inneres Gebot gilt. Nur so weit die Geschütze reichen, läßt man den Anspruch des Staates auf Küstengewässer gelten[15].

14 ed. 1709, Bd. II p. 115 ff.

15 Im Zusammenhang der Auffassung einer Sonderstellung der überseeischen Zone kommt sogar ein Pazifist wie Thomas Morus zur Behauptung der Rechtmäßigkeit

Die historische Herausbildung dieses Zustandes und die Ausprägung der Formeln für die Tatsache, daß den iberischen Demarkationen, welche durch die Verewigung eines bestimmten Status quo den kolonialen Frieden sichern sollten, eine allgemeine europäische Anerkennung nicht zuteil wurde, — daß Spanier und Portugiesen aber ihrerseits alle Angehörigen anderer Nationen, die sie in Übersee antrafen, als „Piraten" für vogelfrei erklärten und dementsprechend gegen sie verfuhren, ist in der Folge spanisch-französischer Friedensverträge im 16. Jahrhundert, von 1529 bis 1559, vor allem in denjenigen von Crépy, Vaucelles und Cateau Cambrésis, entstanden[16]. Die schlagwortartige Fassung dieser für das öffentliche Recht Europas so wichtigen Ergebnisse aus diesen Friedensschlüssen ist in dem mit dem englischen Seefahrer Drake in Zusammenhang gebrachten Ausspruch zusammengefaßt: „No peace beyond the line[17]", oder wie wir es in Frankreich zur Zeit Heinrichs IV. hören: „Au delà de la ligne, ... il n'y a aucune paix[18]."

Nun aber der Ausdruck: „Jenseits der Linie?" — Um welche Linie handelt es sich hier? Wo liegt der Ort, der Europa und Übersee voneinander scheidet?

Wir haben bereits einige Sätze zitiert, in denen „die Linie" offenbar gleichgesetzt wird mit der geographischen Hauptorientierungs-Linie: dem Äquator. In der Tat finden wir in einer ganzen Reihe von Friedensverträgen des 17. Jahrhunderts Bestimmungen, in denen als „Linie" der Äquator genannt wird, nämlich überall da, wo die Termine bestimmt werden, bis zu welchen die Verträge in verschiedenen Zonen in Kraft treten sollen. Zum Beispiel steht in Artikel 2 des spanisch-englischen Vertrages von 1630, daß Kaperungen nicht mehr rechtsgültig sein sollen innerhalb der „Narrow Seas" nach 15 Tagen, in dem Raum von den „Narrow Seas" bis zu den Inseln (Kanaren, Azoren) nach 3 Monaten; „atque ultra lineam", heißt es weiter, „spatio novem mensium integro elapso a die puplicatae pacis"; erst neun Monate nach dem Friedensschluß soll (natürlich sind diese

des kolonialen Eroberungskrieges; Chr. L. Lange: Histoire de l'internationalisme, Kristiania 1919, I 180. Siehe auch M. Freund: Zur Deutung der Utopia des Thomas Morus, Hist. Zeitschr. Bd. 142 p. 255.

16 Die genaue Darlegung in Rein: Kampf um Nordamerika, Kapitel VI.

17 Rittmeyer: Seekriege und Seekriegswesen, Berlin 1907, I 80: „Es heißt in England: „Ob Krieg oder Friede zwischen England und Spanien, Krieg zwischen Drake und den Landsleuten der Inquisition war stets hinfort". I 95: „Den Wahlspruch Drakes erweiternd, sagte man in England 'Kein Friede gilt unter der Linie'".

18 Davenport I 231 u. 221 gibt die Zitate aus Mémoires de Claude Groulart, in Michaud et Poujoulat: Nouvelle Collection des Mémoires, XI, 585 und P. Laffleur de Kermaingant: L'Ambassade de France en Angleterre sous Henri IV., Mission de Christophe de Harlay (1602—1605). 1895. I 193.

Termine in Rücksicht auf die Zeitdauer der Benachrichtigungs-Möglichkeit gewählt), jenseits des Äquators, „ultra lineam", der Vertrag Gültigkeit erlangen. Ähnliche Bestimmungen finden sich in vielen andern Friedensverträgen der Kolonialstaaten des 17. Jahrhunderts[19]. Hier also wird einwandfrei unter der „Linie" der Äquator verstanden im Sinne der Geographen, um einen Anhaltspunkt für die Bestimmung der eigentlichen überseeischen Fernzone zu geben. –

Die Ausdrucksweise „jenseits der Linie" in dem völkerrechtlichen Sinn, der uns hier beschäftigt, meint aber offenbar nicht den genauen geographischen Ort der äquatorialen Halbierungslinie der Erdkugel. In einem Dokument aus dem Jahre 1588 geben französische Seefahrer als Grenzen des Vertragszustandes zur See die Meridional-Linie und den Wendekreis des Krebses an („alem da linha meridional e do tropico do Cancero para as partes do sul[20]". Jenseits dieser beiden Linien erachten die Portugiesen, so heißt es da, jede nichtportugiesische Schiffahrt für rechtswidrig, da eine solche sich dort in dem Bereich der portugiesischen Demarkation bewege. Hier sehen wir, wie die alten Demarkations-Grenzen, von denen wir eingangs gesprochen haben, zu Europa-Grenzen werden. Freilich: welche meridionale Linie ist in dem Dokument von 1588 gemeint? Sicherlich nicht die Tordesillas-Linie, 370 Meilen (leguas) westlich der Kap Verden, denn diese ist für die Portugiesen koloniale Außengrenze und nicht koloniale Anfangsgrenze. Also müssen wir wohl in der genannten Meridional-Linie den Null-Meridian annehmen[21]. Dokumente aus späterer Zeit bestätigen diese Auffassung. Wiederum in einem französischen Schriftstück, datiert 1611, wird behauptet, daß im Frieden von Cateau Cambrésis, 1559, mündlich vereinbart worden sei, daß wegen irgendeiner feindlichen Handlung jenseits des Meridians der Azoren im Westen und des Wendekreises des Krebses im Süden keine Klageführung und keine Entschädigungs-Forderung zugelassen sein soll; denn die Stärkeren, so wird erläuternd hinzugefügt, sollen in diesen Gebieten die Herren sein[22].

Als Null-Meridian ist hier, wie wir es unter vielen andern zeitgenössischen Geographen z. B. auch bei Mercator finden, die Azorenlinie gewählt.

Für die Angelegenheiten des kolonialen Besitzrechtes der ozeanischen

19 Siehe die Verträge von 1609, 1625, 1632, 1641, 1646, 1654, 1684, 1697. Davenport op. cit. Für die ostindische Welt wird als Termingrenze öfters das Kap der Guten Hoffnung genannt.

20 Santarem: Quadro elementar etc. Paris 1845, enthält den Hinweis III 511.

21 In der Praxis wurde als Seesperre wohl sinngemäß eine Linie von Kap Finisterre bis Irland angenommen; ein französischer Kapitän beklagt sich 1539 darüber, daß die Portugiesen am liebsten an dieser Stelle den Ozean schließen möchten, Ramusio: Navigationi III 417 (1556).

22 Die Quellen-Hinweise bei Rein op. cit. 209 und Davenport op. cit. I 221.

Schiffahrt sind die langen Verhandlungen des spanisch-holländischen Waffenstillstandes in den Jahren 1607–1609 von besonderer Bedeutung gewesen, da Franzosen und Engländer die Vermittler zwischen Spaniern und Portugiesen auf der einen Seite und den niederländischen Rebellen auf der andern Seite waren, — wir können das hier nur kurz streifen. Es wurde davon gesprochen (hier begegnet uns wieder der Protest der „nördlichen Seemächte"), daß „jenseits der Linie", „au-delà de la Ligne", der spanische Monarch den andern Völkern den Gebrauch der Elemente, „c'est-à-dire des mers, terres, pays et peuples", versagt habe; als Scheidelinie finden wir auch den Wendekreis des Krebses genannt, sowohl für Ostindien, wie für Westindien: also die alte koloniale Anfangsgrenze der Portugiesen; ein andermal wird diese Grenze mit der Wendung „Jusqu' à la hauteur des Canaries" bezeichnet[23].

Die Formel, die schließlich nach langen Erörterungen für den auf die beiden Indien bezüglichen Artikel 4 des Waffenstillstandes gefunden wurde, ist aber durch die Umschreibungsart der Unterscheidung von Europa und dem im spanischen Interesse sorgsam vermiedenen Begriff „Indien" im Sinn von Übersee interessant. Der freie Handelsverkehr mit spanischen Besitzungen, heißt es hier, soll nur erlaubt sein „en Europe et aultres lieux et mers ou les subjects des roys et princes qui sont ses amis et alliez ont ledit trafficq de gré a gré"; also Handelserlaubnis in Europa und zwar nicht Europa im streng geographischen, sondern im historisch-politischen Sinn, nämlich soweit Verträge mit „Freunden und Verbündeten" Geltung haben; außerhalb dieser so bezeichneten Grenzen, „hors les limites susdits" (gemeint ist damit die überseeische Zone im Sinn der völkerrechtlichen Getrenntheit von der Alten Welt), soll der Handel nach iberischen Besitzungen ohne besondere Erlaubnis nicht gestattet sein[24].

Wenn ich richtig sehe, hat Kardinal Richelieu an diese Formel des Waffenstillstandes 1609 angeknüpft, als er die Grenzlinien zwischen Europa und Übersee in einem Erlaß vom 1. Juli 1634 als die „Freundschafts- und Bündnis-Linien" bezeichnete; und er hat zugleich auch den Ort der Abgrenzung, was 1609 nicht einwandfrei geschehen, in feierlicher Verfügung festgelegt und zwar auf den Wendekreis des Kreb-

[23] P. Jeannin: Négociations (ed. Michaud, Paris 1837) p. 313 „... ils (Niederlande) demandent généralement ledit commerce au-delà du tropique du Cancer, en quoi sont aussi bien comprises les Indes d'Occident que celles d'Orient."; p. 326 „... que la paix soit jusqu'au tropique du Cancer ... jusqu'à la hauteur des Canaries ..."; p. 305/6 wird die Freiheit der Meere auch „au-delà de la ligne" gefordert.

[24] P. Jeannin: Négociations p. 576 „... il a de l'alliance et amitié"; Vertragstext auch bei Davenport I 258 ff.

ses und in bestimmter Wendung gegen den Azoren-Meridian auf die Kanarische Linie, den Null-Meridian von Fero, das heißt den historischen ptolemäischen Anfangs-Meridian der Alten Welt. Die Glücksinseln, die Kanaren, gehören in den Bezirk der Oikumene, was darüber hinaus liegt, ist die Neue Welt, auf die das öffentliche Recht Europas sich in diesen Jahrhunderten noch nicht erstreckt[25].

So war der Sinn, welcher der ursprünglichen Demarkation von christlichen Mandatsgebieten im Interesse des Friedens zwischen den Staaten der zivilisierten Welt bei ihrem Werk der Ausbreitung der Zivilisation zugrunde gelegen, in ihr Gegenteil verwandelt. Die „Freundschaften und Bündnisse" der europäischen Staaten reichen nicht über die Kanarischen Inseln hinaus; wir finden als Bestätigung des Satzes „no peace beyond the line", auch dies, daß in mehreren territorialen Garantie-Verträgen des 17. Jahrhunderts der überseeische Kolonialbesitz ausdrücklich ausgeschlossen wird; denn er liegt ja außerhalb der eigentlichen Rechtszone, der Zone der Gesetzlichkeit, des anerkannten Besitzes[26].

Nun aber kommen wir noch einmal zurück auf die Ausdrucksweise „jenseits der Linie". Die Linie ist der Äquator, die „Freundschafts- und Bündnis-Linien" aber werden durch Meridian und Wendekreis bei den Kanarischen Inseln bestimmt; wie kommt es, daß für die beiden kanarischen Linien die zusammenziehende Formel „die Linie" gebraucht wird? Wir haben es hier offenbar mit einer symbolischen Anwendung des Begriffes „Äquatorlinie" zu tun: „Jenseits des Äquators gibt es keine Sünde" — „Jenseits der Linie gibt es keinen Frieden". — Hier liegt ein Sprachgebrauch vor, der nicht auf den genauen geographischen Sinn des Wortes „Linie" hinzielt, sondern auf den übertragenen Sinn: Grenz-Linie zwischen Europa und Übersee.

Es lassen sich nun aus den Vertragstexten des 17. Jahrhunderts und dem zu ihnen gehörigen diplomatischen Schrifttum die Stellen häufen, in denen von der „Linie" in diesem völkerrechtlichen Sinne gehandelt wird. Nur wenige Hinweise mögen hier genügen. In einem holländisch-portugiesischen Abkommen von 1641 wird z. B. die gegenseitige Gewährung religiöser Toleranz, „libera religionis exercitio", den Untertanen des anderen Staates zugesichert

[25] Moreau de Saint-Méry: Loix et constitution des colonies Françoises de l'Amérique sous le vent, Paris s. a. I 25 gibt den vollständigen Text dieses wichtigen Dokumentes.

[26] Es gibt Bündnisverträge im 17. Jahrhundert, welche ausdrücklich festsetzen, daß die Vertragsschließenden ihren Besitz in Europa sich gegenseitig garantieren, aber nicht die überseeischen Besitzungen; z. B. 1662 Frankreich und die Niederlande, 1662 England und die Niederlande; der englisch-schwedische Vertrag von 1665 sieht eine Defensive-Alliance nur für den europäischen Bereich vor, nicht für Übersee. So werden die beiden politischen Zonen geschieden.

in allen Gebieten und Besitzungen „a b u t r a q u e p a r t e l i n e a e", auf beiden Seiten der Linie, und die Erläuterung dazu: „t a m i n E u r o p a q u a m e x t r a[27]". Noch so spät im Jahrhundert wie 1687 erklärt Colbert: „La paix estant faite avec l'Espagne dans l'Europe et n o n d a n s l e s a u t r e s p a r t i e s d u m o n d e etc.[28]", oder wie in dem berühmten Flibustierbuch von Esquemeling, 1684: „We know that no peace could ever be established b e y o n d t h e l i n e, since the first possession of the West-Indies by the Spaniards, till the burning of Panama[29]."

[27] Text bei Davenport I 338.

[28] ed. P. Clément: Lettres instructions etc. de Colbert, Paris 1864, Bd. III 132; Colbert an Gabaret.

[29] Bucaniers of America, London 1684. Vorrede. — Hier mögen noch einige mir bekannt gewordene Hinweise auf die „Linie" im angeführten Sinne folgen: „Ende daeromme noch Paus, noch Koninck van Spaignen connen voorstellen eyghenaers te zyn van de Oceansche zee, noch verbieden Christelijke Coningen, te seylen voorby de linie, soo sy presumeren te doen", aus der Übersetzung einer englischen Denkschrift des Jahres 1604. De Jonge: De Opkomst van het Nederlandsch Gezag in Oost-Indie, Haag 1862, I 287.

Aubigny: Historie universelle I c. 16. 1626.

Vertrag von Southampton (England und Niederlande) 1625; § 1 „... en tous lieux, decá et delá la ligne, par mer et par terre".

„... how far it stands with the treaty to suffer his Majestys ships to defend themselves, and to offend, if they be offended, being beyond the line", zit. in G. L. Beer: The origins of the British colonial system, New York 1908, p. 20.

Proklamation der portugiesischen Unabhängigkeit 1641 in Duro: Armada Española,, Madrid 1898, IV 274.

Holländisch-Portugiesischer Friede 1641, § 1, §25, § 26. Davenport I 329.

1654, zur Frage des westindischen Unternehmens Cromwells: „...though it be beyond the line, yet I cannot imagine that the Spaniards can find themselves assaulted in so important a part and remain friends with them that do it"; „... notwithstanding our warr with the Spaniard in America, it is possible, if not reasonable to expect that wee may have peace and trade in Europe"; American Historical Rev. XVI 1911 p. 539.

Friede zu Westminster 1654 (Niederlande-Großbritannien) Davenport II 16.

Cal. State Pap. Col. Ser. 1661—1668, p. 21 Kriegsrat in Jamaica „who adjudged that the Proclamation did not concern this side of the line, and if it did restitution might be made".

In der diplomatischen Korrespondenz von R. Fanshaw: Original letters during his embassies in Spain and Portugal (1663) etc. London 1701, wird das Problem wiederholt behandelt, p. 112 „... to make him comprehend, that if we had Peace with Spain beyond the line, we should also have liberty of Trade and use of their Ports"; p. 153 betreffend britische Gefangene in Spanien mit Hinweis auf den Unterschied „... in case they were taken by the Spaniard on this side the Line for some what they had done on the other"; p. 154 „... with reference to that supposed mutual Right in rigour of Quarelling with others beyond the Line..."; weitere wichtige Ausführungen darüber pp. 43, 97, 111, 126, 151, 174, 235, 250, 271, 284, 285, 305, 312, 332.

Das portugiesisch-französische Bündnis von 1667; gleiche Rechte wie die andern „auf beiden Seiten der Linie", Davenport II 98.

Je mehr Schiffahrt, Handel und Seemacht der Gegner Spaniens und Portugals auf dem Ozean sich kräftigten und ausbreiteten, um so geringer wurde das Interesse der iberischen Monarchien, an dem Satz „no peace beyond the line" ihrerseits festzuhalten. In den Staatsverträgen des 17. Jahrhunderts beobachten wir eine sich steigernde Tendenz, die überseeische Welt in das europäische Vertragssystem einzubeziehen; freilich zögerten jetzt die seemächtig gewordenen Holländer, Engländer und Franzosen, auf den Vorteil des Prinzips allgemeiner Piraterie „jenseits der Linie" Verzicht zu leisten. Mit der fortschreitenden Einbeziehung der Kolonien in die Friedensschlüsse mußten die Spanier nun aber ihrerseits ihre Idee der Demarkation preisgeben; immer weiter mußten sie gehen in der Duldung des ihnen entgegengesetzten Prinzips des „mare liberum". Sie anerkannten die niederländischen, die englischen, die französischen Besitzungen in der neuen, überseeischen Welt, in der doch ursprünglich für sie allein vorbehaltenen Domäne der Expansion. Ihre letzten auf die Demarkation des 15. Jahrhunderts gegründeten Positionen haben sie erst am Ende des 18. Jahrhunderts aufgegeben (1790), und damit brach dann ihr amerikanisches Kolonialreich überhaupt zusammen[30]. –

Wir müssen zum Abschluß unserer Bemerkungen eilen.

Während das 18. Jahrhundert vom spanischen Erbfolgekrieg an in besonderem Maße als ein kolonial-politisches Jahrhundert angesprochen werden kann, da Überseepolitik und Europapolitik nicht getrennt wie im 15. und 16. Jahrhundert, sondern enge ineinander verwoben sind, tritt mit der großen kolonialen Revolution die Ablösung der Neuen Welt von der Alten Welt ein. Eine neuartige Trennung Amerikas von Europa vollzieht sich, gegründet auf Monroe-Doktrin und Pan-Amerikanismus. „Der Tag ist nicht fern, an dem wir formell einen Meridian der Teilung durch den Ozean heischen, der die beiden Hemisphären trennt"; „eine kordiale Verbrüderung zwischen allen amerikanischen Nationen und ... ihre Vereinigung in ein System amerikanischer Politik, das völlig unabhängig von und unverbunden mit Europa ist" (Th. Jefferson, 4. Aug. 1820). Aber die Politik sich isolierender Erdteile, der Absonderung kontinentaler Raumeinheiten aus

Die Abmachungen von Regensburg 1684 „in omnibus regnis, regionibus, provinciis, territoriis, et dominiis, in et extra Europam, tam cis quam trans Lineam", Davenport II 289.

Auf die Kanarische Grenzlinie wird besonders Bezug genommen, Am. Hist. Rev. 1911 p. 531: „Formerly all were reputed Pyrates that were found beyond the Canary-Islands, Sailing towards the West-Indies (!)" (1702).

Der Kolonialhistoriker Raynal schreibt III, 23 (Genf 1780): „La paix qui régnoit souvent en Europe n'empêchoit pas les expéditions (der Engländer und Franzosen). L'usage était l'Espagne d'arrêter tous les bâtiments qu'elle trouvoit au-delà du tropique justifivit ces pirateries".

30 Englisch-spanischer Vertrag 1790.

der modernen Weltverbundenheit der Oikumene hat das Zeitalter der Weltpolitik, welches auf die Epoche der Revolution gefolgt ist, wiederum aufgehoben. Ein Zurück zu künstlichen Scheidelinien, wie sie am bestimmtesten das 16. und 17. Jahrhundert mit dem Satze „no peace beyond the line" aufgestellt hat, wird in der zukünftigen Entwicklung der Völker nicht mehr möglich sein. Alte und Neue Welt sollen in Freiheit zu Lebensgemeinschaft verbunden sein.

DIE EUROPÄISCHE BEDEUTUNG DER FRANZÖSISCHEN ÜBERSEE-POLITIK IM 16. JAHRHUNDERT*

6

Ein neues Buch über die französische Expansions- und Kolonial-Geschichte des 16. Jahrhunderts gibt die Anregung, die Bedeutung dieser zunächst doch gescheiterten Übersee-Politik Frankreichs für die Fortentwicklung der allgemeinen Geschichte der Europäer innerhalb und außerhalb Europas darzulegen; denn obwohl das 16. Jahrhundert für Frankreich auf dem kolonialpolitischen Gebiet ohne irgendein positives Ergebnis abgeschlossen hat, so darf nicht verkannt werden, daß Frankreich innerhalb des europäischen Systems in eine Position gestellt war, von der aus es berufen wurde, die Ideen, wenn auch im wesentlichen nur keimmäßig, zu erzeugen, die dann für die große weltpolitische Opposition gegen den habsburgisch-spanischen Weltstaat Philipps II. und seiner Nachfolger die Grundelemente geschaffen haben. Das ist noch vielfach in den allgemeinen, besonders auch in den niederländischen und angelsächsischen Darstellungen verdunkelt geblieben. Gewiß: erst das elisabethanische England, erst das oranische Holland und erst das Frankreich Richelieus haben mit Erfolg den Einbruch in das weltumspannende Kolonialreich der spanischen und portugiesischen Krone vollzogen und sind zu eigenen dauernden kolonialen Gründungen gekommen und zur Entfaltung eines Welthandels, der bald den spanisch-portugiesischen weit überflügeln sollte. Aber: sie haben dabei mit Systematik die Ideen und die Theorien entwickelt, zu denen der Grund in dem Frankreich der Valois-Angoulême (1515 bis 1589) in der Auseinandersetzung mit den iberischen Mächten gelegt worden war.

Das neue Werk von *Ch. A. Julien*[1] das hier gewürdigt werden soll, hat allerdings diese hier bezeichneten universal-historischen Erwägungen nicht in den Vordergrund seiner Erzählungen und Erörterungen gestellt, vielmehr ist die Methode dieses neueren französischen Kolonialhistorikers — es

* Aufsatz im Saeculum II 416-432 (1951).

1 Ch. A. Julien, Les voyages de découverte et les premiers établissement (XVe—XVIe siècles) (Paris, Presses Universitaires de France 1948), S. 533.

liegen Arbeiten von ihm seit 1925 vor – im wesentlichen die chronologische und deskriptive. Er behandelt die ersten maritimen Unternehmungen der Franzosen, weist die Legenden über angebliche französische Entdeckungen in Guinea und Südamerika vor den Portugiesen und vor Kolumbus, welche sich im Interesse einzelner Seestädte und des französischen Nationalgeistes gebildet hatten, mit wissenschaftlicher Strenge zurück (S. 8–14,21), er zeigt die fortdauernde Bedeutung der Levante und des Orienthandels, die Aktivität, die von den französischen Seestädten, vor allem am Kanal, in die von Portugiesen und Spaniern neuerschlossenen überseeischen Gebiete in Afrika, Nord- und Süd-Amerika und in Indien gerichtet ist, die Versuche Cartiers und Robervals, in Kanada eine französische Kolonie ins Leben zu rufen; darauf folgen dann die wechselvollen Schicksale der Franzosen in Brasilien (Fort Coligny) und der blutige Wettbewerb zwischen Franzosen und Spaniern um den Besitz von Florida. An diese Kapitel der eigentlichen kolonialpolitischen Ereignisse werden noch zwei, nicht weniger interessante kulturhistorische Kapitel angeschlossen über die neue Welt in der französischen Literatur des 16. Jahrhunderts (Parmentier, Gonneville, Rabelais, Marguerite de Navarre), über das Aufkommen der Idee des *„bon sauvage"*, die zwei Jahrhunderte später, im Zeitalter des Jean Jacques Rousseau, eine so große Bedeutung gewinnen sollte (Thevet, Léry, Montaigne, Ronsard).

Die erzählenden Berichte über die mannigfaltigen französischen Unternehmungen nach Übersee, die uns in Juliens mit großem Fleiß und mit sorgfältiger Quellen-Kritik nach dem neuesten Stande der Forschung gearbeitetem Buch ausgebreitet werden, bedürfen an dieser Stelle keiner Wiedergabe. Alle diese Unternehmungen sind dahingegangen, ohne unmittelbare Spuren zu hinterlassen: am Ausgang des 16. Jahrhunderts bestand nichts mehr von allen jenen verschiedenartigen Kolonialversuchen der Franzosen. Aber es ist doch nicht alles daran vergänglich gewesen. Es wirkten weiter Ideen und Theorien, die aus dieser Kolonialpolitik hervorgegangen sind. Was uns an all diesen kleinen, isolierten, vielfach unzulänglichen Entdeckungs-, Handels-, Raub- und Kolonisationsverfahren von allgemeiner Bedeutung zu sein scheint, ist die Aussaat jener Prinzipien, welche im Bereich der europäisch-überseeischen Beziehungen einen fortwirkenden Einfluß nicht nur in Frankreich, sondern über Frankreich hinaus bei allen nachfolgenden Kolonialmächten gewonnen haben. Darauf soll hier unsere besondere Aufmerksamkeit gerichtet werden.

Wir knüpfen zunächst an die Darlegung in den beiden letzten Kapiteln des Buches von Julien an: „Das Vermächnis der Vergangenheit und das Bekanntwerden mit der Neuen Welt" („Le legs du passé et l'initiation au Nouveau Monde", S. 305–367) und „Das erste Erscheinen des 'guten Wilden'" („L'avènement du bon sauvage", S. 368–435).

Wenn uns in dem spanisch-portugiesischen Kolonialwerk eine großartige

Fortsetzung und Erneuerung der mittelalterlichen katholischen Tendenzen entgegentritt, freilich auch vielfach durchaus im Gewand des neustaatlichen und humanistisch-wissenschaftlichen Geistes sowie der neukatholisch-gegenreformatorischen Kräfte, so sind die französischen Übersee-Unternehmungen von ihrem Ursprung her dem „modernen“ Kulturbereich der Renaissance zugehörig. Der Einstrom von bedeutsamen Trägern der italienischen Renaissance nach Frankreich – gerade je mehr der spanische Geist Italien sich zu unterwerfen versucht – ist bekannt. Das ist auch in den ersten französischen Entdeckungen und Kolonisationsversuchen zu beachtlicher Wirkung gekommen. Wir nennen unter diesen *„fuorusciti“* nur die Namen Verrazano, Guadagni, Brunnelleschi, Rucellai, Albizzi, Buonaccorsi, Gondi u. a. m., unter ihnen bekannte Florentiner Namen (S. 80). Das Haus des größten unter den französischen „Armateuren“, wie jene Seeunternehmer genannt wurden, welche ihren Unternehmungssinn und ihr Geld den überseeischen Entdeckungen und den Erkundungen der neuen Welt zugewendet haben in der Suche nach neuem Handelsgewinn und nach maritimer Beute, war das Haus der Ango in Dieppe. In dem älteren Ango haben wir einen normannischen Medici oder Fugger vor uns, eine Gestalt, welche mit gutem Grund sich den anderen großen Frühkapitalisten Europas, denen in den italienischen, in den oberdeutschen, in den niederländischen Städten, an die Seite stellen kann.

Der Geist der Renaissance, gekennzeichnet durch das, was der mittelalterliche Mensch (siehe Dantes „Inferno“ Canto 26) verurteilte: das Streben nach „conoscenza“ und die Begründung des menschlichen Daseins auf – eine diesseitig aufgefaßte – „virtute“, dieser gerade war in diesen neuen Überseefahrten wirksam. Hinzugesellten sich in Fortgang des Jahrhunderts die Einwirkungen der deutschen Reformation. Der oppositionelle protestantische Geist griff in Frankreich in der Gestaltung der Lehren Calvins nicht zuletzt in jenen Seestädten um sich, die sich zu Trägern der Verbindung mit Amerika und Asien gemacht hatten, die eine freie Seefahrt ohne Rücksicht auf von Rom sanktionierte Monopole forderten. Renaissance und Reformation schmolzen hier zusammen, während sie anderswo auseinandertraten.

Der Verfasser unseres Buches weist sehr eindringlich auf Montaigne hin, in dem die humanistische Opposition gegen die kirchlichen Überlieferungen gerade auch für das Überseegebiet wirksam geworden ist. Montaigne trägt eine Kritik der spanischen Kolonialmethoden vor (Montaigne war, wie überliefert wird, der Sohn eines französisch-spanischen Edelmanns und einer spanischen Jüdin), ja es zeigt sich bei ihm eine Tendenz gegen den christlichen Anspruch auf die Führung der Welt. So begegnet uns in ihm eine Verbindung politisch-propagandistischer Motive der französischen Abwehr gegen das iberische Weltmonopol in Übersee mit den Anfängen einer allgemeinen Kulturkritik des christlichen Abendlandes überhaupt: Woher soll der Europäer das Recht nehmen, die unschuldigen Eingeborenen in Guinea, in Brasilien, in Nordamerika, in West- und Ost-Indien sich zu unterwerfen? Zeige sich nicht vielmehr gerade in der neuen Kolonialpolitik der Europäer das in ihnen noch immer gegenwärtige Barbarentum?

Von französischer Seite wird zuerst dieses Argument der wahren Humanität gegen die spanisch-portugiesische Kolonialherrschaft vorgebracht, ein Argument, das dann die Auseinandersetzungen begleitet hat: der jeweilige Gegner wird mit der moralischen Schuld einer unmenschlichen Kolonialpolitik belastet, um die eigene Würdigkeit hervortreten zu lassen (dazu S. 156, 252, 443). Frankreich war es, das zuerst dieses propagandistische Thema angeschlagen hat, — freilich die gegenseitigen Grausamkeiten auch zwischen den französischen und iberischen Seefahrern sind unerhörte gewesen (S. 61, 112, 135).

Die Aufklärer des 18. Jahrhunderts, die sich in Widerspruch gegen die herrschenden staatlichen und kirchlichen Prinzipien Europas stellten, haben die im französisch-spanischen Gegensatz wurzelnde Kritik der Kolonialmethoden zu einer großen allgemeinen Strömung in Europa gemacht. Der neue kosmopolitische Humanismus, dessen Keime zuerst in der Renaissance sichtbar geworden sind, fand nun in der allgemeinen Erschütterung des europäischen Absolutismus in Staat und Kirche eine weithin reichende Breitenwirkung. Die Expansionspolitik der Europäer in Übersee wird schlechthin als ausbeuterisch und verhängnisvoll für die Eingeborenen wie auch schließlich für die Europäer selbst dargestellt. Eine erste Aussaat dieser Ideen finden wir in einigen der französischen Schriftsteller des 16. Jahrhunderts, welche ihre Gedanken von der Überzeugung bestimmen lassen, daß der Mensch vom Ursprung her gut sei. So begegnen wir damals schon der These von dem „guten Wilden". Was uns Deutschen durch das Gedicht von Seume „Der Wilde" mit den berühmten Worten von „Europens übertünchter Höflichkeit" und jenem vielzitierten Satz „Seht, wir Wilden sind doch bessere Menschen" geläufig geworden ist, das tritt uns zum erstenmal an einigen Stellen in der französischen Literatur des 16. Jahrhunderts entgegen. Die antike Vorstellung des goldenen Zeitalters wird in die naturhaft „unschuldigen", friedlich glücklichen Eingeborenen-Völker in Übersee projiziert (z. B. Ronsard S. 394) und daraus eine antikoloniale Grundeinstellung entwickelt (z. B. Montaigne S. 430). Von solchen Gedankengängen her, aus diesem Glauben an das Vorhandensein einer paradiesischen Welt jenseits der Meere mit den von Natur guten Menschen, können sich für das Dogma der Erbsünde und der übernatürlichen Offenbarung der Wahrheit gefährliche Überzeugungen bilden. Dieser ganze gegen Staat, Gesellschaft und Kirche revolutionäre Komplex schlummert oder regt sich schon in den frühen kolonialkritischen Betrachtungen jenes Frankreichs, das im 16. Jahrhundert seine ersten Schritte über den

Atlantischen Ozean hinaus gegen das Verbot und die Sperre von Portugiesen und Spaniern zu unternehmen gewagt hat, — freilich ohne mit der übernommenen Aufgabe fertig werden zu können. Das am Mißerfolg genährte kritische Denken steht der stolzen kolonialhistorischen Literatur der iberischen Nationen gegenüber, die uns dichterisch in dem Beispiel der Lusiaden von Camões und historiographisch etwa in Gómaras „Hispania Victrix" entgegentritt.

*

Bedeutsamer als diese Vorstellungsweise in dem Kreis einiger französischer Humanisten, welche im europäischen Humanismus weiter überliefert und weiter entwickelt worden ist bis hin zu dem breiten Strom eines revolutionären populären Kosmopolitismus und seiner lyrisch-empfindsamen Auffassung alles Natürlichen und Ursprünglichen als rein und gut und schön, wie unmittelbar aus der Hand des Schöpfers hervorgegangen, — bedeutsamer als diese frühen Keimlinge der Lehren von Jean Jacques Rousseau sind für den Fortgang der europäischen Politik nach Übersee und die Rückwirkungen von Übersee auf Europa jene politischen Ideen geworden, welche ebenfalls in der besonderen Lage konzipiert worden sind, in der sich Frankreich in bezug auf die überseeische Ausdehnung im 16. Jahrhundert gestellt sah. Diese Seite der politischen Ideen-Geschichte ist in dem Buch von Julien nicht in ausreichendem Maße zur Darstellung gekommen. Ich muß hier auf meine eigenen Forschungen hinweisen, die Julien nicht bekannt geworden sind[2]. Julien hat die in meinen Arbeiten behandelten Probleme auch berührt, aber nicht in einer zusammenfassenden Darstellung zur Erörterung gebracht; er hat diese Fragen der politischen und der völkerrechtlichen Ideen in den Fortgang seiner Erzählungen eingeflochten mit solchen Überschriften, wie „La papauté et le partage du monde" (S. 29), „Le problème de la liberté des mers" (S. 113), „François Ier et les droits du Saint-Siège sur les territoires d'outremer" (S. 115), „La doctrine française de l'occupation permanente" (S. 145), „Les lignes des amitiés" (S. 210). Mit diesen Überschriften sind die Probleme gekennzeichnet, um die es in der allgemeinen überseeischen Kolonisationsgeschichte sich gehandelt hat.

Frankreich war — abgesehen von Deutschland, aber einem Deutschland

[2] G. A. Rein, Der Kampf Westeuropas um Nordamerika im 15. und 16. Jahrhundert (Stuttgart 1925). — Über die Bedeutung der überseeischen Ausdehnung für das europäische Staatensystem, in: Historische Zeitschrift 137 (1927) S. 28-90. — Zur Geschichte der völkerrechtlichen Trennungslinie zwischen Amerika und Europa, in: Ibero—Amerikanisches Archiv 4 (1930) S. 1-14. — Die europäische Ausbreitung über die Erde (Potsdam 1931).

ohne staatliche Einheit – die zahlenmäßig stärkste Nation Europas. Man rechnet mit etwa 16 Millionen Franzosen im 16. Jahrhundert gegenüber nur 7 Millionen Spaniern und 3½ Millionen Engländern. Freilich, Zahlen allein entscheiden nicht. Das Frankreich der Valois-Angoulême war nicht das Frankreich der Bourbonen. Es war von bedrohlichen Spannungen und Spaltungen durchzogen: da war der große Gegensatz zwischen Königtum und ständischen Freiheiten noch unausgetragen, da traten neu hinzu die bitteren konfessionellen Gegensätze. Quer durch diese alten und diese neuen Oppositionen bildete sich noch das Spannungsverhältnis zwischen mediterraner und atlantischer Politik, zwischen ozeanisch-überseeischer und kontinentaler Politik. Das wirklich einige Frankreich, *„une et indivisible"*, war noch nicht vorhanden; es ist auch im 16. Jahrhundert noch nicht zustande gekommen, im Gegenteil: das Jahrhundert endet für Frankreich in Schwäche und Zerrissenheit: das Königtum führt die Bartholomäusnacht herbei, die Seestädte sehen sich in ihren Übersee-Unternehmungen von der Krone den Schlägen Spaniens und Portugals preisgegeben, die Großen des Landes kennen keinen Gehorsam gegen den Staat mehr.

Dieses Frankreich war zu Beginn des Jahrhunderts allerdings mit großartigen Aussichten konzentrierter nationaler Kraft dem universalen Mosaikstaat Karls V., der spanische, italienische, burgundisch-niederländische, deutsche Länder umfaßte, entgegengetreten. Die große Frage des Jahrhunderts war, ob Frankreich mit seinen reichen natürlichen Kräften und Hilfsquellen, mit seiner günstigen Lage am Mittelmeer, am Ozean und am Kanal, mit seiner breiten kontinentalen Front sich der Umklammerung durch das habsburgische System, das zeitweilig auch England mit einschloß, würde erwehren, ja die Hegemonie Europas in die Hand bekommen und damit auch das spanisch-portugiesische Kolonialmonopol in Ost- und West-Indien, in Afrika–Asien und Amerika zerbrechen und die Bahn zur allgemeinen europäischen Ausbreitung nach Übersee freimachen können – oder ob es am Ende des Jahrhunderts heißen würde: Frankreich kam zu spät für die ozeanische Politik, es vermochte seine Einheit nicht herzustellen und mußte es geschehen lassen, daß das 16. Jahrhundert das spanische Jahrhundert der europäischen Geschichte geworden ist.

Die Hauptrichtungen der vom Mittelalter überlieferten europäischen Politik zielten auf Italien hin: Italien war das Herz der Welt, *„il cuore del mondo"*, denn es hatte die entscheidende Position für das Mittelmeer inne. Das Imperium Romanum wirkte auch in den völlig verwandelten Verhältnissen noch nach. Hinter der italienischen Politik lagen die Möglichkeiten des Levante-Handels, der in seinen Zusammenhängen tief nach Asien hineinreichte. In der Kreuzzugszeit war das alles offenbar und wirksam geworden. So begann Frankreich denn auch die neue Zeit, gerade als Kolumbus den Seeweg nach

Westen und die „Neue Welt" entdeckt hatte, mit dem für die auswärtige Politik der europäischen Mächte epochemachenden Feldzug nach Italien (1494).

Im Übergang vom 15. zum 16. Jahrhundert aber war die Zeit gekommen, da eine vollständige „Revolution" im weltpolitischen System zur Durchführung gelangte. Das Mittelmeer verlor seine ökumenische Vorrangstellung. Die Aufschließung der ozeanischen Verkehrsstraßen ermöglichte einen tiefen Einbruch der Europäer in die arabische See- und Handelsherrschaft, welche Afrika, Vorderasien und Mittelasien umfaßte. Zugleich hatte sich die große kontinentale Herrschaftsordnung der Mongolen über Asien aufgelöst. Die Türkei setzte sich in den alten griechisch-orientalischen Kulturräumen fest, die weder von den Arabern noch von den Mongolen behauptet werden konnten. Rußland erhielt die Chance zur Wiederverselbständigung. Für Europa aber, das im Mittelmeer nach dem weiten Ausgreifen im Osten während der Kreuzzüge jetzt auf eine Verteidigungslinie von Malta über Venedig nach Wien sich zurückgedrängt sah, wo die Ostmarken Europas lagen, solange der türkischen Macht offensive Kraft innewohnte, eröffneten sich ungeahnte Möglichkeiten jenseits der Meere, besonders in den westlichen Kontinenten Nord- und Südamerikas.

Aus diesen hier skizzierten Umgruppierungen der universalen Konstellation, aus dieser Revolution des Weltsystems ergab sich eine eigentümliche Umstellung Europas: eine neue Ausdehnungsrichtung verschaffte sich Geltung und verwandelte das politische Schwergewicht des europäischen Lebens. War nicht Frankreich durch seine Lage und seine inneren Kräfte mit an erster Stelle dazu berufen, seinen Blick nach Westen zu richten? Sein Vorstoß nach Italien, der 1494 begann und im 16. Jahrhundert seine Fortsetzung fand, hat keine Erfolge gebracht; Frankreich rückte nicht in die für die maritime Verteidigung Europas gegen die Türken wesentliche Stellung ein, und es konnte es sich daher leisten, mit dem Großherren in Konstantinopel gegen die Habsburgische Macht, welche sich in Gibraltar, Neapel und Wien mit Europa identisch fühlen mußte, Vereinbarungen zu treffen und sich Sondervorteile in der Levante zu verschaffen (Kapitulationen S. 54-61). Angesichts der Tatsache aber, daß das französisch-türkische Bündnis bei den Christen in Frankreich, deren Empfindungsweise noch von den Kreuzzügen her beeinflußt war, durchaus unpopulär war (S. 297), kam noch ein weiteres Moment der inneren Unsicherheit gegenüber verschiedenen Möglichkeiten in Frankreich hinzu. Nur ein überlegenes politisches Genie hätte mit diesen so verschiedenartigen Zwistigkeiten in Frankreich fertig werden können. Wir haben ein interessantes Wort Napoleons I. über das Frankreich Franz' I.; in der Betrachtung der französischen Lage in Europa hat der spätere allmächtige Zwingherr der Franzosen gleichsam voller Ungeduld gesagt: „François Ier était placé véritablement pour adopter le protestantisme à sa naissance et s'en déclarer le chef en

Europe[3]." Eine große, auf die protestantischen Kräfte gestützte europäische Politik hielt Napoleon, der gallische Cäsar, der Nachfolger Karls des Großen, für das in der Lage Frankreichs Gegebene, um eine habsburgisch-spanische Hegemonie zu verhindern. Es war in der Tat ein Moment welthistorischer Entscheidung! Das Königtum der Valois-Angoulême hat sich nicht zu dieser großartigen Konzeption hingefunden, wohl aber entsprach die Forderung des Kaisers genau der Politik, welche der große Coligny für Frankreich durchzusetzen versucht hat, bis er in der Pariser Bluthochzeit (1572) zugrunde ging und mit ihm Frankreich. Julien hat mit besonderer Betonung, nicht ohne Berufung auf das Urteil des großen Kirchenfürsten Bossuet (S. 184), die Größe und die Bedeutung Colignys hervorgehoben: „Une des figures les plus grandes et les plus méconnues de l'histoire de la colonisation française" (S. 441; auch 187 u. 257).

Es war kein Zufall, daß Coligny das Amt des Admirals von Frankreich innegehabt hat. Durch dieses Amt war er mit den gesamten überseeischen Problemen verbunden, welche die Frage der Auseinandersetzung mit Spanien und Portugal und die Frage eigener französischer Kolonialunternehmungen enthielten. Colignys Steuerung der ozeanischen Unternehmungen war mit ein Grund – so meint Julien (S. 269) – für die Veranstaltung der Bartholomäusnacht. Die Festsetzung in Florida (1562–65) z. B. bildete einen von Colignys Schachzügen gegen Spanien, denn er war der Überzeugung, daß die Herbeiführung des Krieges mit Spanien die selbstmörderischen Religionskriege in Frankreich verhindern würde (S. 227); ebenso sind hier zu nennen das Unternehmen von Monluc 1566 (S. 263), der australische Plan 1571 (S. 266) u. a. (S. 269); auch das Projekt gegen Algier gehört in diesen Zusammenhang (S. 296, 442). Im Zeitalter der spanisch-katholischen Weltherrschaft auf dem Ozean und in Übersee war es verständlich, wenn die oppositionellen Kräfte Europas dagegen sich in das protestantische Lager gezogen fühlten. Die meisten der französischen „Armateure", welche Schiffe nach Übersee ausrüsteten, waren Calvinisten (S. 200, 265). Kein Wunder, wenn man daher in Madrid der Meinung war, daß Seeraub und Protestantismus in einem inneren Zusammenhang ständen (S. 279).

*

Die Träger der überseeischen Unternehmungen Frankreichs im 16. Jahrhundert waren fast ausschließlich Kaufleute und Kapitäne in den atlantischen Küstenstädten. Hier war es die normannisch-wikingerhafte Tradition, welche an den neuen Aufgaben wieder lebendig wurde. Ohne auf Anordnung oder

[3] Napoléon, Correspondance, t. 32, p. 279. — Vgl. A. Rein, Der Kampf Westeuropas um Nordamerika im 15. und 16. Jahrhundert (Stuttgart 1925) S. 123.

Wünsche der Krone Frankreichs zu warten oder zu achten, ja zeitweilig auch in ausgesprochenem Gegensatz zu den Maßnahmen der amtlichen französischen Politik haben die Männer aus der Normandie, aus der Bretagne und Gascogne Gefahr, Ehre, Abenteuer, Beute und Gewinn auf kühnen, eigenmächtig durchgeführten Fahrten auf den ozeanischen Meeren gesucht, wie ihre Vorfahren im 10. und 11. Jahrhundert in den nördlichen, westlichen und südlichen Gewässern Europas. Ein venezianischer Beobachter hat (1561) das Wort geprägt: „Bertoni e Normandi stimati et tenuti animosi e valentissimi in mare[4]".

Die Anfänge der atlantischen Politik der Franzosen sind durchaus freibeuterisch gewesen, ganz anders als die portugiesische und die spanische Überseepolitik; diese wurde vom Königtum her geleitet und war nicht der Privatinitiative überlassen. Drei Etappen gab es für die französische Küstenbevölkerung bei ihren Fernfahrten, die meistens von den Häfen am Kanal ausgingen: Seeraub durch Wegnahme portugiesischer und spanischer Schiffe, besonders in den der Iberischen Halbinsel zugelegenen Gewässern, Handelsfahrten nach Übersee, um mit den Eingeborenen Warentausch zu betreiben, besonders an der Westküste Afrikas und der Ostküste Südamerikas, vereinzelt aber auch in anderen Gebieten, ja sogar gelegentlich in Südasien, und drittens Gründung von Stationen, Kontoren, Kolonien in Nord- und Südamerika. In manchen Fällen konnten diese drei Absichten auch miteinander verbunden sein. Gegenüber den immer wieder ausgesprochenen Verboten solcher See-, Handels- und Kolonialfahrten der Franzosen sagten diese: Das Weltmeer ist weit; wie wollte man von Lissabon und Sevilla aus eine effektive Seepolizei ausüben und koloniale Neugründungen verhindern?

Die ersten in Gang kommenden Seeunternehmungen von den französischen Städten am Kanal her waren vorzüglich in die neuen Handels- und Kolonialgebiete der Portugiesen gerichtet: nach Guinea, nach Brasilien und auch nach *Terra Nova*, „Neufundland", bezeichnenderweise auch „Kap der Bretonen" genannt, wo eine neue Hochseefischerei sich entwickelte[5]. Alle diese Gebiete lagen gemäß dem portugiesisch-spanischen Vertrag von Tordesillas (1494) innerhalb der portugiesischen Demarkation. Die spanischen Besitzungen in Amerika erwiesen sich als nur mit maritimen Mitteln nicht angreifbar, außer im Bereich der westindischen Gewässer und dem Gewirr der Inseln. Die französische Anlage in Florida (1562–65) hatte ihr Gesicht dorthin gerichtet.

Die französisch-portugiesischen staatspolitischen und handelspolitischen Beziehungen sind wechselvolle gewesen; denn gerade hier mußten die Inter-

4 Rein ebd. 102 nach Coll. Doc. inéd. sur l'hist. de France I, 400.

5 Rein ebd. 66-98: „Die Neufundland-Zone, die Entstehung eines Freigebietes in Nordamerika."

essenkonflikte zwischen den französischen Seefahrern und der französischen Krone eintreten. Die Krone war in ihrem Gegensatz zu dem Hause Habsburg daran interessiert, Portugal und Spanien getrennt und wenn möglich Portugal auf der französischen Seite zu halten. Die fortgesetzten Störungen der überseeischen Interessensphäre Portugals durch die Normannen und Bretonen, die Untertanen der Krone Frankreichs waren, trieben den portugiesischen König, dessen Macht auf das engste mit den Einkünften aus dem überseeischen Monopol zusammenhing, zur kolonial- und handelspolitischen Anlehnung an Spanien: lagen doch unzweifelhaft gemeinsame Interessen der Abwehr aller anderen Europäer im ozeanischen Bereich vor. Zeitweilig ist es dem König von Portugal gelungen, durch Geschenke, die er bei den maßgebenden Persönlichkeiten am französischen Hof verteilen ließ, königliche Verbote an die französischen Seefahrer zu erreichen, portugiesische Gewässer zu befahren oder von Portugal beanspruchte überseeische Länder aufzusuchen. 1536 kam es in Lyon zum Abschluß eines regulären Vertrages zwischen den beiden Mächten, durch den jene französischen Unternehmungen grundsätzlich verboten wurden (S. 131). Es gab aber auch wiederum Zeiten, in denen die Krone den Kapitänen in Dieppe, Caën, Saint-Lô, Rouen, Le Havre, Saint-Malo und sonstwo Kaperbriefe ausstellte, die zu Repressalien gegen portugiesische Schiffe berechtigten (S. 59, 99, 105, 168). So wechselte die amtliche Haltung der französischen Krone Portugal und den Seefahrern gegenüber wiederholt. Die Seefahrer selbst haben sich im allgemeinen wenig um die Anweisungen vom Hofe her bekümmert: wenn ihnen Beute und Gewinn winkte, sind sie gefahren und haben ihr Schicksal in echtem Freibeutergeist den Winden anvertraut.

Wenn auch das Korsarentum und dann das Flibustiertum den zweiten Akt im Aufgang der die Welthistorie im eigentlichen Sinn erst begründenden europäischen Ausbreitung über die Erde gebildet hat, so sind doch von Anfang an die Rechtsfragen, welche mit der Seefahrt, dem Welthandel, der Landnahme, der Kriegführung im Bereich des Ozeans und der Kolonien aufkommen mußten, auch in diesem 16. Jahrhundert nicht ohne fortdauernde Behandlung, Prüfung und Erörterung geblieben, das ergab sich aus dem Wesen der europäischen Staatengemeinschaft.

Die portugiesische und die spanische Expansion war geschichtlich und ideenmäßig angeschlossen an die Kreuzzugszeit. Im Fortgang der Reconquista waren die iberischen Königreiche nach Marokko und zu den Kanarischen Inseln und von da aus zu ihren Eroberungs-, Handels- und Entdeckungsfahrten immer weiter hinaus in die ozeanische Welt geführt worden; als Zielpunkt schwebte ihnen dabei das alte Kreuzzugsziel Jerusalem, der Orient, Indien vor Augen. Auch aus dem Geiste der Kreuzzugszeit heraus hatten beide iberischen Mächte jeweils sich ihre Entdeckungen als Missions- und Herrschaftsgebiete von dem Oberhaupt der abendländischen Kirche, dem Papste in Rom, bestätigen, zusprechen und verleihen lassen als *„possessio et quasi possessio"*, das hieß, modern ausgedrückt, als Interessensphäre. Als es sich herausstellte, daß die geopolitischen Bestimmungen dieser pontifikalen Verleihungen sich widersprachen, haben die beiden iberischen Mächte es unternommen, in einem Staatsvertrag, der dann auch von der Kurie bestätigt werden sollte, einen Ausgleich zwischen ihnen zu schaffen und ihre überseeischen Entdeckungszonen gegeneinander abzugrenzen. So ist 1494 in Tordesillas der erste große weltpolitische Staatsvertrag zustande gekommen. Da dieser Vertrag durch die Grenzlinien-Führung von Pol zu Pol eine Gesamtaufteilung des Planeten in sich schloß, die den ost- und den westindischen Raum (um den Sprachgebrauch der Zeit zu übernehmen) für alle andern europäischen Mächte unzugänglich machte, so mußte diesen dritten Mächten gegenüber ein gemeinsames Verteidigungsinteresse der Portugiesen und der Spanier sich bilden[6].

*

Darin liegt die universalhistorische Bedeutung der französischen ozeanischen Unternehmungen im 16. Jahrhundert, daß es hierbei zu den ersten grundsätzlichen Auseinandersetzungen um die Kernfragen europäischer Weltpolitik gekommen ist. Auch auf diesem Felde der zukünftigen Weltgeschichte erhob sich der Widerstreit zwischen den kirchlich-mittelalterlichen Auffassungen europäischer Einheit und Einheitlichkeit und deren Umformung in ein Staatensystem absoluter politischer Individualitäten mit dem Anspruch auf volle Souveränität und dementsprechende gleiche natürliche Rechte. Dieser neu aufsteigenden Welt gegenüber behauptete die spanische Monarchie, welche katholisch-universal begründet war, daß die Bezwingung des Ozeans durch Kolumbus und seine Nachfolger diesen mit allen seinen Inseln und Festländern den Besitzungen der spanischen Krone zugefügt habe: *„Mar Océano que es Nuestro"*[7], sagte der König, während der portugiesische König die gleichartigen Ansprüche diplomatisch mit dem Argument vertrat, daß die Meere, auf denen alle Schiffahrt treiben dürfen, diejenigen sind, welche seit jeher allen bekannt und allen gemeinsam gewesen sind, daß aber die

[6] Ausgezeichnete Faksimile—Abdrucke der päpstlichen Urkunden und des Vertrages, in: P. Gottschalk, The earliest diplomatic Documents on America. The Papal Bulls 1493 and Tordesillas 1494 (Berlin 1927). — Die Einleitung und der begleitende Text sind leider ganz unzulänglich; auch vermitteln die bei der Reproduktion in kleine Teile zerlegten Weltkarten das hier Wesentliche, die globale Grenzlinienführung, nicht in anschaulicher Weise. Die Bibliographie ist ohne kritisches Verständnis zusammengestellt. Schade um den Aufwand in einer Luxusausgabe.

[7] Martin Fernández de Navarrete, Colección de los viajes II (Madrid 1825) S. 60.

andern Meere, die bisher nie bekannt waren und allgemein für nicht befahrbar galten, nun aber für den Preis außerordentlicher Anstrengungen seitens Portugals entdeckt worden sind, von jenen gemeinsamen Gewässern ausgeschlossen sind[8].

Beim Ausgang des 15. Jahrhunderts hatten die Engländer einem Venezianer (Gabotto) ihre Fahne zu einer transozeanischen Unternehmung zur Verfügung gestellt; Spanien hatte Einspruch dagegen erhoben, und bis zum Zeitalter der Elisabeth begegnen wir in England keinem besonderen Interesse an Übersee. Wohl aber sind es die Seefahrer auf der andern Seite des Kanals, welche die Möglichkeiten auf den neuen Seewegen aufgreifen und tatkräftig eine französische Übersee- und Kolonialpolitik ins Leben zu rufen versuchen trotz der exklusiven Ansprüche der iberischen Mächte. Damit haben sie eine allgemeine Bedeutung für die europäische und überseeische Geschichte gewonnen, denn sie wurden die ersten, welche es unternahmen, das große iberische Welthandels- und Kolonialmonopol zu brechen. Durch das ganze 16. Jahrhundert hin ziehen sich diese französisch-iberischen Auseinandersetzungen, die zwar ohne positiven Erfolg für Frankreich abschlossen, die aber doch Epoche gemacht haben.

Betrachten wir im einzelnen die Prinzipien, welche von französischer Seite in diesem Streit von universaler Bedeutung gegenüber den iberischen Mächten geltend gemacht worden sind.

Die erste These lautet: D a s M e e r i s t f r e i, also auch, oder erst recht, der Ozean — *„mare sit commune"*; es kann nicht von irgendeiner Macht, auch nicht unter Zuhilfenahme der Autorität des Papstes, zu einem *„mare clausum"* gemacht werden. Soviel ich sehe, liegt uns der Ausspruch dieser These zum erstenmal in einem Dokument aus dem Jahr 1532 vor[9]; von da an begegnet uns das Argument im Fortgang des Jahrhunderts immer wieder. Das Prinzip der Freiheit der Meere ist dann, als die Holländer und die Engländer in die ozeanische Politik eintraten, von diesen übernommen worden. Hugo Grotius schrieb, während der Kampf der Niederlande gegen Spanien im vollen Gange war, seine völkerrechtliche Schrift über die Freiheit der Meere (1609). In allen großen Seekriegen der späteren Jahrhunderte, auch in denen des 20. Jahrhunderts, hat der Grundsatz der Freiheit der Meere immer aufs neue eine Rolle gespielt.

Der Grundsatz der Freiheit der Meere betraf vor allem das Befahren des Ozeans für den Transport von Handelsgütern. Aber über die kommerzielle Bedeutung der Meeresfreiheit hinaus führte das Prinzip auch hin zu der Frage des freien Okkupationsrechtes in den überseeischen Ländern, die als herrenlos angesehen wurden, ehe sie von einem christlichen König in Besitz

[8] Julien 114, nach Carlvalho, D. João e los Franceses (Lisboa 1909) S. 194.
[9] Rein a. a. O. 128.

genommen waren. Die iberischen Mächte hatten, wie oben gesagt, mit der Besitzergreifung der Meere auch über den Landbesitz im Bereich dieser Meere verfügt; mit dieser ganz summarischen Art der Besitzergreifung mußten sich die Franzosen auseinandersetzen, wenn auch sie in Übersee Handel treiben und kolonisieren wollten. So stellten sie den Satz auf, daß in Übersee nur tatsächliche Inbesitznahme (effektive Okkupation) wirksame Rechtstitel auf Besitz schaffe, aber niemals theoretische Landnahme-Erklärungen an der Hand von Karten, wie die portugiesisch-spanische Demarkationslinie von Pol zu Pol, und ferner verfochten sie den Satz, daß auch durch das bloße Entlangfahren an einer Küste, also erste Entdeckung, noch keine Rechte auf Landbesitz entstünden. Nur effektive Okkupation erzeuge den anderen Europäern gegenüber Eigentums- und Souveränitätsrechte. Der Ausdruck *„oculis usurpare"*, den später Hugo Grotius gebrauchte, begegnet uns auch schon im Munde des Königs von Frankreich, wenn der spanische Gesandte Kaiser Karl V. berichtet: „El ha dicho que passando camino y descubrir del ojo no es adquerir possession" (Julien 146). Eine generelle Verteilung von Meeren, Inseln und Festländern widerstreitet allen natürlichen Rechtsbegriffen; auch darüber hat der König Franz I. die Spanier nicht in Zweifel gelassen, wenn er ihnen sagte, wie der Kardinal von Toledo berichtete: „Er sagt, daß er jene Schiffe nicht ausgeschickt hat, um Krieg zu führen, noch um den Frieden und die Freundschaft zu verletzen, die ihn mit Eurer Majestät verbinden, sondern daß die Sonne ebenso für ihn wie für die andern leuchtet, und daß er begierig wäre, das Testament Adams zu sehen, um zu wissen, wie er die Welt und andere Dinge gleicher Art aufgeteilt habe; daraus leitet der König in aller Klarheit seinen Entschluß und seinen Willen ab, was genau das bestätigt, was der Gesandte, wie er mitteilt, auch im Lande gehört hat[10]."

Diese Forderung nach einem Platz an der Sonne blieb in den maritimen Kreisen Frankreichs auch in der nächsten Generation lebendig. Es ist ein französischer Diplomat, der in Madrid die Verhandlungen wegen der Vernichtung der Franzosen in Florida zu führen hatte und dem Herzog Alba den Vorschlag machte, eine neue, gleichmäßige und gerechte Verteilung der überseeischen Räume vorzunehmen, nur so wäre es möglich, Frieden zu stiften. Man müsse alle christlichen Könige zusammenrufen, damit dann jeder seinen Teil bekomme; es sei zuviel, nur zu zweit eine neue Welt besitzen zu wollen, die mehr Länder enthält, als alle portugiesischen und spanischen Untertanen zusammengenommen Haare auf ihren Köpfen hätten. Diesen freimütigen Worten erwiderte der Herzog: *„que la repartition estoit belle faicte, long temps a"*, die Verteilung der Welt unter den christlichen Fürsten

[10] Julien 145/46 korrigiert hier, wie auch an andern Stellen, mit Recht de la Roncière, Histoire Maritime, der ungenau übersetzt hat.

Geschenke am französischen Hof ihre Interessen gegen diejenigen der Bürger in den Seestädten begünstigt zu sehen. 1537 ergingen sogar reguläre königliche Verbote von französischen Fahrten nach Brasilien und Afrika und allen anderen durch Portugal entdeckten Gebieten (S. 131—134, 168). Erst als es im Februar 1541 zu neuen heftigen Auseinandersetzungen zwischen den beiden Höfen kam, hörte das Schiedsgericht auf zu funktionieren. Portugal wandte sich nun wieder dem Kaiser zu und verabredete schließlich mit seinem Nachfolger in Spanien die Einrichtung gemeinsamer seepolizeilicher Maßnahmen und die Regelung von Konvoi-Fahrten (S. 175).

Den eigentlichen Brennpunkt für die öffentlich-rechtliche Behandlung der Kolonialfrage, entwickelt an den Fragen der Seeschiffahrt, finden wir in der Reihe der spanisch-französischen Friedens-Verträge von Cambrai (1529), Nizza (1538), Crépy (1544), Vaucelles (1556) und Cateau Cambrésis (1559)[14]. Das spanische Programm ist in einer Aufzeichnung des Ministers Granvella aus dem November 1535 festgelegt; da heißt es: der König von Frankreich soll für sich und seine Nachfolger ausdrücklich und in feierlichster Weise sich verpflichten, niemals nach Übersee hin irgend etwas zu unternehmen. Eine solche Bindung einzugehen, war eine für die Krone Frankreichs unerträgliche Zumutung, und doch ist sie immer wieder vorgebracht worden. Im Waffenstillstand von Nizza wurde nichts darüber bestimmt. In Crépy wurde ein Übersee betreffender Artikel ausgehandelt, der ein eigentümliches Kompromiß darstellt: zugunsten Spaniens (und auch Portugals!) wird die Auffassung der beiden iberischen Könige zur Geltung gebracht, daß ihnen „alle indischen Länder gehören, sowohl die Inseln wie die Kontinente, die von ihnen oder ihren Vorfahren entdeckten und die noch nicht entdeckten (!), so daß kein anderer dorthin Unternehmungen ausführen dürfe", und zugunsten Frankreichs, daß den Untertanen der französischen Krone friedliche Handelsreisen nach Übersee gestattet sein sollen; wenn sie sich aber feindselige Handlungen zuschulden kommen lassen, dann sollen sie sogleich an Ort und Stelle gebührend bestraft werden. Wir wissen nicht, ob dieser Artikel von den beiden Mächten ratifiziert worden ist — in Madrid entstanden lebhafte Meinungsverschiedenheiten darüber —, sein Wortlaut aber offenbart die ganzen Schwierigkeiten dieser Rechtsfragen. Schon nach dem Frieden von Cambrai (1529) hatten sich Streitdifferenzen ergeben wegen der Behandlung von „Kriegsgefangenen", die Spanien auf dem Ozean gemacht hatte; es behandelte sie als Piraten, die außerhalb jeden Rechtes ständen, nur auf dem Wege eines Gnadenaktes ließ sich der Kaiser herbei, diese dann auch wie

[14] Rein a. a. O. 184-213 („Europäische Verträge"), ferner 145-150. — F. G. Davenport, European treaties bearing on the history of the United States (Washington 1917—1934), hat das große Verdienst, die Texte der Verträge zum ersten Male zusammengestellt zu haben.

die anderen Kriegsgefangenen herauszugeben. Hier trat schon die Auffassung hervor, welche dann im Waffenstillstand von Vaucelles (1556) zum erstenmal ausdrücklich formuliert worden ist, nämlich daß jedes französische Schiff in Übersee von den Spaniern angegriffen werden kann, ohne daß deswegen der Waffenstillstand zwischen den beiden Staaten berührt werden soll; es war wie eine Fortsetzung des Krieges jenseits von Europa; eine koloniale Kriegszone wurde von der europäischen Friedenszone getrennt und abgesondert. Coligny, der damals die Festsetzung in Portugiesisch-Brasilien betrieb, hat, wie die Spanier berichteten, diesen Artikel nur „mit großen Schwierigkeiten zugestanden". Das Endergebnis in dem fortgesetzten Streit zwischen Frankreich und den iberischen Mächten wurde in dem Friedensschluß von Cateau Cambrésis (1559) erreicht: es war die Aussprache des Satzes, allerdings nur mündlich, nicht schriftlich: „*Au delà de la ligne — aucune paix*"; die spätere englische Formel lautete: „*No peace beyond the line*". Das hieß: die europäischen Friedensverträge haben für Übersee keine Geltung! Dort herrscht der Satz: „*Le plus fort est le maistre*", die Gewalt entscheidet, und Reklamationen kann es deshalb zwischen europäischen Höfen nicht geben. So wurde in der Mitte des 16. Jahrhunderts ein völkerrechtlicher Grundsatz festgesegt, der über 100 Jahre in Geltung geblieben ist und als Leitmotiv gelten kann für die Epoche des Kampfes der nordwesteuropäischen Staaten gegen das von den iberischen Mächten seit dem 15. Jahrhundert beanspruchte überseeische Monopol für Schiffahrt, Handel und Kolonisation. Erst mit dem Verfall der spanischen Macht seit der zweiten Hälfte des 17. Jahrhunderts und der Entfaltung der niederländischen, der englischen und der französischen Kolonialpolitik wurden auch die überseeischen Gebiete in die europäische völkerrechtliche Ordnung mit einbezogen.

Ein Wort noch über den Begriff der „Linie". In einem Dokument aus dem Jahr 1588 begegnet uns, nach dem gegenwärtigen Stande der Forschung, zum erstenmal die genaue geographische Bestimmung jener Grenzlinie zwischen dem europäischen Friedenssystem und der außereuropäischen Kriegszone. Es wird da von Übergriffen „jenseits der Meridian-Linie und des Wendekreises des Krebses" gesprochen. Als Meridian-Linie wird später einmal (1611) die Linie der Azoren bezeichnet, unter Richelieu aber die alte ptolemäische Nullmeridian-Linie von Ferro auf den Kanarischen Inseln als solche festgelegt. Das war die Grenze nach Westen. Nach Süden war die Grenzlinie für die zu Europa gehörigen Gewässer der Wendekreis des Krebses bis an den Nullmeridian heran[15]. Auf der Weltkarte eines Anonymus aus

[15] Ich kann den Bemerkungen von Julien hierzu (S. 211, 221, 279) nicht zustimmen; die Untersuchungen von Zeller, Les relations internationales au temps des guerres de religion, in: Académie de droit international. Recueil des cours et con-

dem 16. Jahrhundert[16] tritt diese Linienführung sehr anschaulich hervor; sie darf nicht verwechselt werden mit der portugiesisch-spanischen Demarkation, deren Grundgedanke ja die Halbierung des Ozeans gewesen ist.

*

Es ist zu hoffen, daß neue Forschungen auf diesem Gebiet die hier berührten völkerrechtlichen Fragen weiter klären werden, auch wäre es für die Kenntnis von dem Fortgang der kolonialpolitischen Auffassungsweisen von Bedeutung, in den Dokumenten und in der Literatur die französische überseepolitische Gedankenwelt in der Zeit zwischen Coligny und Richelieu genauer zu untersuchen; auf manches hat Julien bereits hingewiesen (S. 269 bis 280, 442). Man wird finden, daß alles in der von den Hugenotten geprägten handelspolitischen und kolonialpolitischen Gedankenwelt entsprungen ist.

Die Freundschafts- und Bündnislinien, *„les lignes des amitiés et alliances"*, wie sie Richelieu in einer Verfügung König Ludwigs XIII. nennt (1634), kennzeichnen jene große Übergangsepoche oder Zwischenzeit, die von dem alten Universalismus hinüberführt zu den Rechtsordnungen der Staatengesellschaft. Der Papst hatte die großen Verleihungsurkunden an die beiden iberischen Könige gegeben, um den Frieden innerhalb der Christenheit sicherzustellen und einen hemmungslosen Wettbewerb konkurrierender Staaten in den ungeheuren überseeischen Missionsgebieten auszuschließen — *„ad Divini Nominis laudem et principum et populorum perpetuam pacem"*, steht in der Bulle *Aeterni regis* von 1481. Die Spanier und Portugiesen, die darauf ihre Totalitätsansprüche gründeten, hatten ihr katholisches Friedenssystem in Übersee nicht aufrechterhalten können. Da sie sich weigerten, andere christliche Potentaten im ozeanischen Bereich, den sie entdeckt hatten, zuzulassen, so entspann sich jener mit besonderer Grausamkeit durchgeführte Wettkampf der Europäer untereinander. Daß es dahin kommen konnte, hatte seine Ursache in der Schwäche der französischen Politik im 16. Jahrhundert. Dem Frankreich der Renaissance und der Religionskriege, dem Frankreich der absoluten Monarchie und der ständischen Freiheiten, dem Frankreich der Christlichkeit und der Indifferenz, dem Frankreich zwischen Kontinental- und Kolonialpolitik, zwischen Provinzialismus und Wikingergeist konnte es nicht gelingen, seine naturrechtlichen Forderungen gegen die Machthaber in Lissabon und Madrid durchzusetzen. Aber umgekehrt reichte auch die Kraft der iberischen Staaten nicht aus, den französischen Wettbewerber aus Übersee fernzuhalten. So war nichts anderes übrig geblieben, als die Besitz-

férences 1937/38, die Julien S. 497 zitiert, sind mir leider nicht zugänglich. — Über die politische Bedeutung des Wendekreises des Krebses vgl. auch Rein a. a. O. 45.

[16] Konrad Kretschmer, Entdeckung Amerikas. Atlas (Berlin 1892).

fragen und den Handelsverkehr der Stärke der Waffen zur Entscheidung zu überlassen: *„no peace"*, statt *„perpetua pax"* wurde die Devise, auf die sich der Südwesten und der Nordwesten Europas einigen mußten, solange nicht der eine über den anderen das Übergewicht hatte. Die iberischen Mächte hatten sich in ihrer Überseepolitik einigen können, die drei Rivalen, die im 17. Jahrhundert die beiden Südwestmächte überflügelten, Holland, England und Frankreich vermochten das nicht; sie haben das Zeitalter der großen See- und Kolonialkriege heraufgeführt, aus dem eine neue Weltverteilung hervorgehen sollte, eine Forderung, die das Frankreich des 16. Jahrhunderts vergeblich erhoben hatte.

DIE GEGENWARTSBEDEUTUNG DER KOLONIALEN EXPANSION FÜR DAS EUROPÄISCHE GEFÜGE* 7

I. Die Bedeutung des „corpus christianum" und des „ius publicum europaeum" für die überseeische Ausbreitung

Wenn wir nach der Gegenwartsbedeutung der überseeischen Expansion für Europa fragen, so müssen die Überlegungen sogleich in das Historische hineingehen, denn das, was als „europäisches Gefüge" bezeichnet werden kann, und das, was unter „kolonialer Expansion" oder „transozeanischer Ausbreitung" zu verstehen ist, wird in seiner Bedeutung auf keine andere als auf die historische Weise erfaßt werden.

Europa hat sich im Mittelalter, als Germanentum und römische Kirche zusammengewachsen waren, in Einheit und Vielgestaltigkeit zugleich geformt. Auf der Höhe dieses Zeitalters, nachdem die innere Verschmelzung der ursprünglichen Gegensätze vollendet war, sind die Geister, hoch und niedrig, von *einem* großen Gemeinschafts-Unternehmen ergriffen worden: der Idee der Ausbreitung der abendländischen Christenheit, des *corpus christianum,* gegen die Mächte des Islam im Süden und im Osten, gegen die byzantinische widerlateinische Eigenentwicklung im Herrschaftsraum von Konstantinopel und gegen das Heidentum im Nordosten. Die „Front" Europas wendete ihr Gesicht dem Süden und dem Osten zu mit der Hauptstoßrichtung im Südosten, „über das Meer", auf den heiligen Mittelpunkt der christlichen Weltgeschichte und der Oikumene hin: Jerusalem!

Die Einheitlichkeit Europas, die sich in dieser großen Kreuzzugs-Bewegung vom 11. bis zum 13. Jahrhundert ausgeprägt hatte, konnte über diese Zeit der gemeinsamen Aktivität hinaus nicht bewahrt werden. In der rückläufigen Bewegung, der schrittweisen aber erheblichen Zurücknahme der „Front" in der Mitte der Vorwärtsbewegung, vom Ende des lateinischen Kaisertums in Byzanz (1261) und dem Verlust Jerusalems (1244) bis zur Errichtung des Johanniter-Ordens auf der Insel Malta (1526) und der Belagerung Wiens

* Studium Generale 6. Jhg. (1953) Heft 2.

durch die Osmanen (1529), wird die Entmachtung der abendländischen Führungsmächte in Kaisertum und Papsttum sichtbar. In den spätmittelalterlichen Jahrhunderten der Nachwirkungen und Auswirkungen der Kreuzzüge auf den verschiedensten Gebieten des kirchlichen und sozialen Lebens haben sich mitten in dem fortschreitenden Prozeß der Auflösung der alten Ordnungen neue, noch ungemein vielfältige, große, kleinere und auch kleinste Machtkerne in einem gleichsam flüssig gewordenen Aggregatzustand Europas herauskristallisiert. Aus dieser wahren Überfülle eines neuen Lebens ist eine andere Daseinsweise der europäischen Menschen, Völker und Staaten hervorgegangen: im 16. Jahrhundert wird das Staaten-System mit seinem *ius publicum europaeum*, das die Geschichte der nächsten Jahrhunderte bestimmen sollte, sichtbar und Europa verwandelt sich in ein dynamisches Gefüge von großen, mittleren und kleinen Mächten, in denen die Staatsraison, die Konfession, die humanistische Wissenschaft, die perspektivisch-kontrapunktische Kunst und die neue Geldwirtschaft das Leben gestalten.

Die in der Bildung begriffenen „modernen Staaten" ergreifen den Gedanken der „Souveränität", der „potestas absoluta"; ihre Ökonomie entfaltet den isolierenden Merkantilismus; die europäische Einheitssprache des Lateinischen wird von den nationalen Landessprachen aus dem öffentlichen Leben in die stillen Bereiche der Wissenschaften zurückgedrängt; Diplomatie und Völkerrecht bilden die Bindemittel der aufgespaltenen abendländischen Christenheit; aus der Summa einer Einheits-Theologie haben sich unterschiedliche konfessionelle Theologien abgezweigt, deren Kirchen sich mit den neuen Landesherren in Lebensgemeinschaft verbinden. Damit treten Gebilde in Erscheinung, welche trotz ihrer Isolierung sich zutrauen, über die alten engen Grenzen Europas hinauszugreifen in eine unbekannte fast grenzenlos anmutende „andere" Welt!

Dieses neue, in sich gespaltene, dem Wettbewerb um die Macht ausgelieferte, wider sich selbst strebende abendländische Lebensgefüge ohne einheitliche Spitze hat den für die Universalgeschichte wesentlichsten Vorgang herbeigeführt: die Entdeckung, Aufschließung und Verbindung aller Erdteile unseres Planeten mit ihren Menschen, Völkern, Kulturen, Staaten und Religionen! Die europäische Zivilisation durchdringt den Erdkreis, es beginnt die „Weltgeschichte" im eigentlichen Wortsinn.

Im Rückblick auf die Folgen, die aus dem großen Umschwung von der (relativen) Einheitlichkeit des corpus christianum zu dem (wenn auch in einem ius publicum europaeum eingebetteten) doch so unterschiedlichen System großer und kleiner Mächte hervorgegangen sind, drängt sich die Frage auf, was nach Vollendung der Weltausbreitung der Europäer, ihrer Macht und ihres Geistes, nach der Herstellung eines globalen Gefüges von Kulturen, Wirtschaftsräumen, Völkern und Staaten durch die hundertfältigen Verkehrsmittel über alle Meere und Länder, von Europa im eigentlichen Sinn noch übrig geblieben ist? Ist es denn nicht so, daß die Völker und Staaten Europas durch das Ergreifen der Souveränitätsidee, welche die Emanzipation von der Heilsidee der religiösen Gemeinschaft des Mittelalters hervorgerufen hat, ihr Zueinander, ihr einheitliches Zusammenleben und Zusammenwirken verloren haben und damit die Möglichkeit zur Aufrechterhaltung ihrer Hegemonie über die Erde und daß sie im Wettlauf miteinander um die Entdeckung, Eroberung und Unterwerfung des Erdkreises die „Oikumene", die sie einst symbolhaft als ein Erbstück aus den Reichen Alexanders und Roms überkommen hatten, haben hingeben müssen, um nur noch einen recht kleinen Teil des Ganzen zu bilden? Offenbart nicht dieser Weltprozeß der äußeren Vergrößerung Europas den inneren Kraftverzehr, ja die Selbstaufopferung Europas in dieser Aufgabe? Hat es nicht seine Freiheit vertan, was heute sichtbar geworden ist, da zwei außereuropäische Weltmacht-Gebilde von riesigen Dimensionen den alten kleinen Erdteil in eine östliche und eine westliche Hälfte geteilt haben, in denen von jenen sei es die unmittelbare oder die mittelbare Vorherrschaft ausgeübt wird? Was sich heute noch Europa nennt, scheint nicht mehr in der Lage zu sein, sein Dasein selbst zu bestimmen: es muß sich, wenn nicht Anordnungen oder Wünschen, so doch den Tendenzen und Einflüssen der Giganten unterordnen.

II. Die Idee der transozeanischen Weltmonarchie christlich-römischer Prägung

Das Verhältnis zwischen Europa und den anderen Erdteilen mit den dazu gehörigen Ozeanen ist im Fortgang dieser neueren Jahrhunderte nicht ständig und gleichartig gewesen, sondern es sind gleichsam verschiedenartige Versuche veranstaltet worden, die Beziehungen des alten Erdteils zu seinen neugewonnenen maritimen, kommerziellen, kolonialen und imperialen Eroberungen in Übersee zu bestimmen.

Am Anfang der neuen Expansion im Zeitalter der Entdeckungen steht noch der mittelalterliche Gedanke, daß die Ausbreitung außerhalb Europas eine gemeinschaftliche Angelegenheit der Könige und der Kirche, der Ritter und der Missionare sei. Der Papst in Rom wird noch einmal in das Licht schiedsrichterlicher Herrlichkeit zwischen den Fürsten gerückt. Man formuliert die Legende, daß den portugiesischen und spanischen Entdeckungs-Unternehmungen, ihren Handelsfahrten, ihren Eroberungen, Missionierungen und Kolonisationen eine vorherige Abrede zwischen allen, die dazu bereit sein würden, getroffen worden wäre. Tatsächlich hat eine solche konzilsartige Vereinbarung nicht stattgefunden, sie ist Legende; auch zwischen den beiden konkurrierenden „Kreuzzugsstaaten", Portugal und Spanien, sind die überseeischen Streitfragen in Marokko, auf den kanarischen Inseln, den Azoren, Madeira, an der westafrikanischen Küste und anläßlich der ersten atlantischen Fahrten nach dem Westen unmittelbar zwischen ihnen selbst zum Austrag gebracht worden, ohne ein echtes schiedsrichterliches Eingreifen der Kurie. Es ist ihr Stärkeverhältnis auf der Halbinsel und im südwesteuropäischen politischen System, das zur Teilungsidee der ozeanischen und transozeanischen Welt geführt hat. Sogleich bei Beginn der europäischen Ausbreitung, schon im zweiten Jahr nach der Entdeckung Amerikas durch Kolumbus, wurde die noch fast vollständig unbekannte Überseewelt in zwei streng gegeneinander und gegen Dritte abgesperrte Interessenssphären aufgeteilt und zwar ganz universal durch eine Meridianlinie von Pol zu Pol rings um den Erdapfel herum, 370 spanische Meilen westlich der Kap Verden auf halbem Wege nach Amerika.

Was würden die anderen Seefahrer an den atlantischen Küsten unseres Erdteils zu einer solchen Monopolisierung der überseeischen Welteroberung, des weltweiten Handels und der Kolonisation sagen, die Gascogner, die Bretonen, die Normannen, die Devonshireleute und anderen Engländer? Auch sie wollten alsbald die Fahrt auf das hohe Meer wagen wie die Andalusier, die Portugiesen und die Basken.

Gegen diese Rivalität, die sich noch im 15. Jahrhundert ankündigte und die im 16. Jahrhundert wirksam wurde (mit dem ersten Höhepunkt in den Kanalschlachten von 1588), haben die beiden pyrenäischen Mächte versucht, das von ihnen beanspruchte Monopol europäischer Ausbreitung in Übersee, gleichsam als Alleinbeauftragte der abendländischen Christenheit – zeitweilig von 1580 bis 1640 sogar in dynastischer Vereinigung – gemeinsam zu behaupten. Aber die Seevölker Westeuropas konnten sich gegen die von den Iberern beanspruchte „Universalmonarchie", gegen den „een monarche van de werelt", wie die Holländer sagten, welche die Rufer im Streite waren, mit Erfolg zur Wehr setzen. Die Idee der Universalmonarchie war römisches Erbe, wenn man nicht noch weiter bis zu Alexander und den Großreichen des Orients zurückgehen will, wie es der biblischen Tradition mit der Lehre von der Abfolge der Weltreiche entsprach. Was das neue, nicht mehr in den mittelalterlichen Kategorien denkende Europa über die allgemeine Monarchie, den einheitlichen Weltstaat, lehrte, können wir unter anderem aus der Jugendschrift von Montesquieu entnehmen: „Betrachtung über die Universalmonarchie in Europa", in der er die Naturwidrigkeit des Einheitsstaates in Europa und seinen Kolonien nachweisen will; zwar sei Europa nichts anderes als „eine große Nation", aber nie dürfe die eine Provinz Europas die anderen zu unterwerfen versuchen, denn dann werde sie schließlich nur sich selbst schweren Schaden zufügen, wie das System Ludwig XIV. erwiesen habe.

Für Europa in seiner Vielgliedrigkeit, für diesen „unvergleichlichen Verein" (Ranke), dessen Kraft in der „Energie seiner Gegensätze" bestand, war die Vorstellung der Ein- und Allein-Herrschaft im Zeitalter der Souveränitätsidee und des Staaten-Systems unerträglich geworden. So ist es zur Entwicklung der Lehre von der Staaten-Gesellschaft gekommen, nicht zuletzt auch im Widerspruch zu dem spanischen Versuch, Europa und die europäischen Entdeckungen und die Kolonien in eine Einheit zum Wohl des Ganzen zusammenzufügen. Die Gefahr des Krieges aller gegen alle, die in einem lockeren Gefüge vieler Mächte gegeben war, sollte durch das öffentliche Recht Europas, durch die „Heiligkeit des anerkannt rechtmäßigen Besitzstandes" (Heeren) überwunden werden; das war der Sinn der Ordnung im Staaten-System, das im Kampf gegen die universalen Ansprüche des Einen, gerade in der überseeischen Sphäre, aufgerichtet worden ist. Die Methode zur Aufrechterhaltung des Prinzips des Staaten-Systems in Europa selbst war in der Idee der Gleichgewichts-Politik gegeben, der „balance of power".

III. Kein Friede jenseits der Linie: Trennung von Übersee und Europa

Wie nun? Die Idee der Universalmonarchie innerhalb und außerhalb Europas wurde verworfen und es gelang schon, die Ansätze zu einer hegemonialen Stellung dieser oder jener Großmacht innerhalb Europas durch Gegenkombinationen der Politik zu verhindern; so ist es mit Karl V., mit Philipp II., mit Ludwig XIV. und auch mit der Hegemonie Englands unter den beiden Pitts, später mit Napoleon und mit Hitler gelungen. Die Gleichgewichtspolitik war das Mittel zur Aufrechterhaltung von Ordnung und Freiheit im Staaten-System. Ließ sich aber diese binneneuropäische Ordnung auch auf die weiten Räume der europäischen Ausbreitung in Übersee übertragen? Gab es dort „die Heiligkeit des anerkannt rechtmäßigen Besitzstandes"? Gab es die Möglichkeit, den neugewonnenen Besitzstand zur Anerkennung bei den anderen zu bringen? Europa geriet in einen tiefen Zwist um die Fragen der Rechtsordnung außerhalb Europas, denn es zeigte sich, daß nach dem Wegfall der einheitlichen „Christianitas" des Mittelalters keine Gemeinsamkeit mehr hinsichtlich der außereuropäischen Besitzverhältnisse erzielt werden konnte. So entstand ein unermeßlicher Raum ohne Kriegs- und Friedens-Recht, ohne ius publicum europaeum.

Gerade aus dem Kampf um die universalen Ansprüche der spanischen Krone auf dem Meer und jenseits der Meere ist es zur Nichtübertragung der europäischen Ordnung nach Übersee gekommen. Dort entstand mit allen Rücksichtslosigkeiten und Unmenschlichkeiten der Krieg aller gegen alle, denn kein Besitzstand, kein Prisenrecht wurde anerkannt, nur der jeweils Stärkere hatte Recht, Gewalt entschied alles. Jene Jahrhunderte haben auch selbst die charakteristischen Formeln dazu geprägt: *jenseits der Linie,* der Scheidelinie zwischen Europa und dem kolonialen Raum Europas, gelten keine europäischen Verträge, gibt es keinen Frieden, hier ist die Bahn ewiger Feindschaft. Vom 16. bis ins 18. Jahrhundert hinein hat dieser uns so seltsam anmutende Zustand der Vertragslosigkeit in Übersee angehalten: das *Flibu-*

stiertum prägte die Signatur dieser Zwischenepoche des Welthandels und der Kolonialpolitik.

Wie unterschiedlich die beiden Sphären europäischen Lebens, auf dem alten Kontinent und in Übersee gewesen sind, ergibt sich auch aus der Tatsache der Einführung der Sklaverei in den europäischen Kolonien (denn auch die Menschen rechneten zu der Beute) und der Entfaltung des großen Sklavenhandels von einem Erdteil zum anderen: Menschenjagd und Menschenverkauf waren in Europa unmöglich, aber in der „neuen Welt" der Europäer gehörten sie zu den einträglichsten Geschäftszweigen.

In dieser abenteuerlichen Zeit ist der vorherrschende völkerrechtliche Satz *„No peace byond the line"* („Au delà de la ligne il n'y a aucune paix") auch ins Moralische übertragen worden. Der Philanthrop des 18. Jahrhunderts Raynal schreibt darüber: „Hat er (der Europäer) den Äquator überschritten, ist der Mensch weder Engländer mehr, noch Franzose, noch Spanier, noch Portugiese; er behält von seinem Vaterland nur noch die Grundsätze und Vorurteile, die seine Handlungsweise berechtigt erscheinen lassen oder entschuldigen. Er ist *ein gezähmter Tiger, der in den Wald zurückkehrt"!* In einem holländischen Werk des 17. Jahrhunderts heißt es: „Jenseits vom Äquator gibt es keine Sünde, gleichsam als ob die Linie, die den Erdball teilt, auch Tugend und Laster voneinander scheidet" (Barlaeus 1647), und aus England hören wir die Stimme von Edmund Burke in seiner Anklagerede gegen Hastings: „Dieser Mann hat eine *geographische Moral* erfunden, nach der die Pflichten von Menschen in öffentlicher oder privater Stellung nicht bestimmt werden durch das Verhältnis zu Gott und zu den Mitmenschen, sondern durch das Klima. Wenn man den Äquator überschritten hat, sterben wie gewisse Tiere auch alle Moralbegriffe".

In diesen hier angführten Zitaten wird der Äquator als die Grenzscheide mehr in einer symbolischen als exakt geographischen Bedeutung genommen. Als es galt, für das öffentliche Recht Europas die Abgrenzung gegen den neuen Expansionsbereich wissenschaftlich genau festzulegen, da wurde von Richelieu, nach den tatsächlichen Vorgängen und den praktischen Erfahrungen, der Nullmeridian und der Wendekreis des Krebses als die Westgrenzen des europäischen Staaten-Systems und seiner Rechtsordnungen fixiert.

IV. Die Ausweitung des Staaten-Systems im kolonialen Raum

Dies war der seltsame und doch verständliche Zustand, der sich bei dem Übergang von der sakralen einheitlichen Rechts- und Friedens-Ordnung — (Treuga Dei) — in der Ausbreitung des mittelalterlichen Europa zu der saekularen, durch das ius publicum europaeum bestimmten Ordnung des Systems rivalisierender souveräner Staaten herausgebildet hatte: die Rechts- und Friedensordnung Europas war nicht stark genug, sogleich die Konflikte in den so unermeßlich weiten Räumen außerhalb des kleinen heimatlichen Erdteils und auf der hohen See zu bewältigen. Die spanisch-portugiesischen Versuche, die mittelalterliche Weise der Land- und Seenahme in die neue Zeit mit hinüber zu bringen, war auf den unbedingten Protest nicht nur der protestantischen Mächte gestoßen und erwies sich in der Weite der ozeanischen Räume als praktisch nicht durchführbar, denn Portugal oder Spanien konnten nicht an jeder umstrittenen Stelle mit ihrer Staatsgewalt gegenwärtig sein. Der bei weitem kleinere Teil der Welt war „possessio", der bei weitem größere Teil noch „quasi-possessio" der europäischen Mächte.

Nur langsam, nach und nach, von Friedensschluß zu Friedensschluß konnten erste Versuche gemacht werden, das öffentliche Recht Europas auch in die neuen Expansions-Räume hinein zur Geltung zu bringen. In dem Vertragstext des spanisch-französischen Friedens von 1559 in Cateau Cambrésis waren die überseeischen Streitfragen nicht geregelt worden, obwohl langwierige mündliche Verhandlungen darüber stattgefunden hatten. Mündlich verabredete man, daß es wie bisher bleiben solle, d. h., daß jenseits der Scheidelinie zwischen Europa und Übersee das Recht des Stärkeren gelten solle, ohne daß deswegen bei den Höfen in Europa Klage von seiten des Geschädigten geführt werden könne.

Auch in den folgenden großen europäischen Waffenstillstands- oder Friedensschlüssen ist es zu keiner Regelung gekommen, die über den Satz der Rechtsscheide prinzipiell hinausgeführt hätte. Erst mit der großen Pazifikation von 1648 kam es zwischen Spanien und den Niederlanden zu Abmachungen der Anerkennung ihres Kolonialbesitzes und ihrer überseeischen Betätigung. Im Rathaus zu Münster ist der erste überseeische Friedensvertrag zwischen rivalisierenden Kolonialmächten abgeschlossen worden, in dem die Kontrahenten einander das Recht zugestehen, nach Amerika, Afrika und Asien zu segeln, dort Handel zu treiben und Land zu besitzen.

Auf 1648 folgte der spanisch-englische „Amerika-Vertrag" von 1667 (1670); in diesem werden die vollen Souveränitätsrechte der britischen Krone an ihrem Besitz in der neuen Welt von der spanischen Krone anerkannt. Zuletzt kam der französisch-spanische Vertrag von 1684 in Regensburg; hier wird bestimmt, daß zunächst für die Dauer von 20 Jahren alle Feindseligkeiten aufhören sollen: „in et extra Europam, tam cis quam trans Lineam".

So drang das „ius publicum europaeum" Schritt um Schritt in die üerseeische Sphäre — trans lineam — ein. Im Frieden ging man auf der eingeschlagenen Bahn weiter, obwohl es doch auch immer wieder zu Rückfällen in die vorvertragliche Zeit der Kolonialpolitik gekommen ist: der französisch-englische Krieg von 1740—1748 hatte bereits 1739 ohne Kriegserklärung in der Karibischen See und ebenso der Siebenjährige Krieg 1754/55 in Nordamerika am Ohio seinen Anfang genommen, ehe die Kriege in Europa erklärt wurden.

Nun freilich war aus der Politik der Ausdehnung des öffentlichen Rechts nach Übersee eine neue Sorge den europäischen Kabinetten zugewachsen, nämlich in der Gefahr der Entzündung von binneneuropäischen Kriegen aus Streitpunkten der Schiffahrt, des Handels und der Kolonialfragen. Es ist für die Vorstellungsweise des 18. Jahrhunderts kennzeichnend, daß das Gewicht des Kommerz- und Merkantil-Wesens sehr schwer in allen Staatsberatungen wog. Die Kriegsgefahren in dem so sorgfältig behüteten Gleichgewichts-System auf dem Festland Europas mußten dadurch außerordentlich gesteigert werden. Jetzt dringt die Frage an unser Ohr:

„Welch Schicksal! Muß die Welt so im Verhältnis stehen,
Daß Deutschland büßen muß, was Indien versehen?"

Ja, welch Schicksal! Dieses Verslein in einer der Flugschriften aus der Zeit des Siebenjährigen Krieges (Augsburg 1760) zeigt, was es bedeutet, den Raum des Staaten-Systems in die Weite der Welt hinaus auszudehnen und mit dem politischen Gleichgewichts-System ihm zu folgen. Jetzt stellt auch die Staatswissenschaft fest: „Wie oft ist der Stoß des ganzen Triebwerkes europäischer Kabinette nicht in dem europäischen Staat, sondern in einer amerikanischen Begebenheit zu suchen" (Gatterer). Der Gleichgewichts-Gedanke treibt die Politik über die Meere, um von dort her neue Gewichte für die Balance zu gewinnen oder dort Ungleichheiten auszugleichen.

Das neuartige in der Situation des 18. Jahrhunderts wurde nun aber, daß jetzt — zum ersten Mal wieder seit den Tagen Karl V. und Philipp II. — gerade in diesem Überseeraum mit seinen außerordentlichen Reichtums-Quellen (Geld war der nervus rerum im Zeitalter des Merkantilismus) eine vorwaltende See-, Handels- und Kolonialmacht empor gekommen war, die alle anderen in den Schatten stellte. Groß-Britannien hatte diese maritime und koloniale Hegemonie gewonnen, Indien in Deutschland erobert, wie Pitt gesagt hat, im Kampf gegen den Übersee-Rivalen Frankreich. Nun wurde das politische Denken von der Idee erfaßt, die Gleichgewichts-Methode im See-, Handels- und Kolonial-Wesen voll zur Anwendung zu bringen. Es käme nicht mehr auf das Gleichgewicht im europäischen Landbesitz an, sondern auf die Ausgleichung in der Kontrolle der Reichtumsquellen aus den weiten ozeanischen Bereichen. Darüber ist damals eine ganze Flugschriften-Literatur entstanden. Sie fand ihren Abschluß in den abgewogenen historischen Betrachtungen des Göttinger Historikers Heeren, der in seinem Handbuch der Geschichte des europäischen Staatensystems und seiner Kolonien (1809) darauf hinwies, wie statt des beschränkten europäischen Kolonial-Systems sich bereits mit Macht ein Weltstaaten-System erhebe: Stoff für den Geschichtsschreiber kommender Geschlechter. Seitdem ist der Begriff des Weltstaaten-Systems aus der Literatur nicht mehr verschwunden.

Man sah nun die Zusammenhänge zwischen dem europäischen und dem außereuropäischen politischen Gefüge der Macht so: Franzosen, Holländer und Engländer hatten das spanisch-portugiesische Monopol durchbrochen und eingeschränkt, die holländische Vormachtstellung auf dem Ozean, in Ost- und in West-Indien, hatten Engländer und Franzosen auf ein erträgliches Maß reduziert, dann waren Franzosen und Engländer zum Entscheidungskampf in Übersee angetreten und die Inselmacht errang den Sieg auf den Meeren und fernen Kontinenten, so daß Wirklichkeit wurde, was das nationale Lied verkündete: „Britannia rules the waves"! Nun galt es, gegen die Hegemonie des stolzen Albions die Gegengewichte in seinem eigenen Bereich zu schaffen; das ist durch die Ablösung der 13 blühenden Kolonien in Nordamerika in einem sechsjährigen atlantischen Krieg gelungen.

V. Versuche der Isolierung der Erdteile

Eine neue Wende der Zeiten schien erreicht zu sein, als Europa daran ging, die überseeische neueuropäische Welt in den Raum seines öffentlichen Rechts aufzunehmen. Dies sollte jetzt nicht wie zu Beginn der Entdeckungen unter dem Generalgesichtspunkt der Mission sich vollziehen, sondern unter dem der Erweiterung der Gleichgewichts-Ordnung als dem Kernstück des neuen weltlich-völkerrechtlichen Staaten-Gefüges. Man sprach von dem „Nouveau théâtre de l'humanité", das mit dem Eintritt der 13 Vereinigten Staaten in das Spiel der Kombinationen das „theatrum europaeum" weit hinter sich lassen würde.

Nun aber geschah es, daß im Gefolge der französischen Revolution, welche sich an dem Beispiel auf der anderen Seite des Atlantiks entzündet hatte, die royalistische französische Marine in Verfall geriet und die britische Seemacht wieder dominierend wurde. Daher sah sich Napoleon gezwungen, aufs neue die Bahn der Gleichgewichtspolitik zu betreten. Es war ihm nicht vergönnt, mit den Mitteln der Marine, des Kommerzwesens und der Kolonialpolitik Groß-Britannien Halt zu gebieten, sondern im Gegenteil, er führte die Vollendung der ozeanischen Vorherrschaft des Inselstaates herbei. Sein Genie konnte sich damit nicht abfinden und so entwickelte er einen anderen weltpolitischen Gesichtspunkt: er begann damit, den bis dahin ruhenden Orient in das System der europäischen Politik hineinzuziehen und das Tor in die Welt auf dem festen Land aufzumachen, aber da auch das ihm versagt blieb, so griff er zu dem letzten defensiven Mittel gegen die Welthandels-Herrschaft des Gegners, den gesamten europäischen Markt dem Zugang der Engländer zu verschließen. Es war der gigantische Versuch der Kontinentalsperre, die aber freilich nur gelingen konnte, wenn er das ganze festländische Europa dafür gewann oder dazu zwingen konnte. Dies gelang nicht, da Rußland sich dem entzog, ja sogar auf die englische Seite trat und mit Hilfe einer großen Koalition Napoleons festländische Kriegshegemonie zerbrach.

Aus diesen Erschütterungen des europäischen Systems ist für das festländische Europa ein einschneidender Verlust seiner überseeischen kolonialen Stellung zugunsten der Insel eingetreten. Binneneuropa schrumpfte zusammen, wurde kleiner und schwächer, während die beiden großen Flügelmächte zur See und auf dem festen Lande, England und Rußland, als Weltmächte übrig blieben. Das 19. Jahrhundert stand nunmehr entlang dem weltumspannenden historischen Kulturgürtel von Island bis Japan unter dem Zeichen des Gegensatzes von „Walfisch und Bär", womit zugleich gesagt werden sollte, daß die beiden Weltrivalen nicht zu einer unmittelbaren Kriegführung miteinander geeignet waren. Trotzdem hingen alle großen und kleinen politischen Verhältnisse von dieser Hauptkonstellation ab. Da dieser Gegensatz sich nicht zum Weltkrieg entwickelte, war den anderen politischen Großräumen auf der Erde eine eigentümliche Spanne der Eigenständigkeit gelassen.

In Binneneuropa begann eine Periode der Restauration der Staatspolitik, jedoch ohne eine Restauration der Kolonialpolitik. Mit der Idee der „Heiligen Allianz", in der mittelalterliche Einheitsgedanken wieder auflebten, jetzt in der Form einer überkonfessionellen Christlichkeit, haben sich die Festlandsmächte eine strenge politische Selbstbeschränkung auferlegt: sie schufen ein christliches Staaten-System ohne Expansionspolitik, wobei freilich der Zar, der den Gedanken nach Europa hinein gegeben hatte, für sich den Kreuzzugskrieg gegen die Türkei vorbehielt; die andere Weltmacht freilich nannte das ganze: „sublime nonsense"! Für die binneneuropäischen Staaten aber trat eine Pause der Machtpolitik, insbesondere der überseeischen Expansionspolitik, ein. Damals hat sich eine vollständige Abkehr der Geister von der Kolonialpolitik vollzogen. Man ward froh, dieser Politik enthoben zu sein: „Das Gold Perus diente dazu, Europa zu verwüsten und in Blut zu tauchen", erklärte der preußische Staatsmann Ancillon, und Fichte sagte: „Oh, möchte doch nur den Deutschen sein günstiges Geschick ebenso vor dem mittelbaren Anteile an der Beute der anderen Welt bewahrt bleiben, wie es ihn vor dem unmittelbaren bewahrte."

So treten die Bereiche der großen Politik auseinander: *England* als Teil Europas, „of Europe but not in Europe", die Alleinherrin auf allen Meeren, *Rußland* als riesige, in sich selbst ruhende, mehr und mehr asiatische Landmacht, das *festländische Europa* auf seinen Kongressen unter der Leitung Metternichs, des leitenden Ministers desjenigen Staates, der niemals Seemacht und Kolonien besessen, und *Nordamerika* (das nun hier noch hinzugefügt werden muß), auch unter dem Prinzip der Isolation gestellt, das den Namen „Monroe-Doktrin" erhalten hat. „Die Trennung zwischen Amerika und Europa ist vollendet und unwiderruflich vollendet" (Gentz). Damals konnten Staatswissenschaftler davon sprechen, daß sich allenthalben auf der Erde, voneinander geschieden, Staaten-Systeme gebildet hätten oder noch bilden würden, Weltteil von Weltteil getrennt in sich abgeschlossenen Systemen der Politik (Pölitz).

Dieser hervortretende Isolationsgedanke, zuerst in der Kontinentalsperre Napoleons verwirklicht, dämpfte den Ausdehnungstrieb, und die weltverbindende Seemacht Großbritanniens verkündete das Freihandelsprinzip, womit das Kommerzwesen entpolitisiert werden sollte. Man sprach in dieser Biedermeierzeit von den „halkyonischen" Tagen, die über die Welt gekommen.

VI. Der moderne Imperialismus

Die große Politik der Isolierung – eine konservative Politik, nach den schweren weltweiten Erschütterungen, die aus den Verwicklungen der amerikanischen und der französischen Revolution hervorgegangen waren – ist mit dem erneuten Durchbruch der revolutionären Tendenzen im Jahr 1848 zu einem Ende gekommen, denn mit der Erneuerung der Revolution drangen neue Machtbegierden hervor und gestalteten die Politik der vom Geist des Umsturzes erfaßten Gemeinwesen. Träger der Revolution war das Bürgertum, welches auf wirtschaftlichem Gebiet sich mit dem technisch-industriell-kapitalistischen Geist verbunden hatte; damit kommt eine neue Vehemenz in die Wirtschafts-, Handels- und Außenpolitik. Die Kolonialpolitik, die Jahrzehnte geschlummert hatte, wacht wieder auf und ergreift die Menschen in Europa wie ein Amerika, wie auch in Asien; sie steigert sich zu dem, was man den modernen Imperialismus genannt hat. So wie die Demokratie, welche die Massen politisch in Bewegung setzte, den Nationalismus intensivierte, so auch die expansive Wirtschafts-, See- und Kolonialpolitik.

Die Erkenntnis der weit emporgehobenen Sonderstellung der beiden Weltmächte England und Rußland ließ den alten europäischen und den neuen Mächten in Übersee keine Ruhe. Es kam eine Angst über sie, den Anschluß an das in der Bildung begriffene System weniger wirklicher Weltmächte, die allein noch volle Souveränität bewahren konnten, zu verlieren und im zweiten oder dritten Rang zurückzubleiben. Dazu kam eine eigentümliche Verdrängung des rein Staatlichen in der Politik zugunsten der ökonomischen-sozialen Kräfte. Das hatte sich schon in der amerikanischen Politik vollzogen, es hatte auf England übergegriffen und drang nun auch in die alten festländischen Staaten ein. Jetzt wurde ein Wort des Imperialisten Cecil Rhodes zu einem geflügelten Wort: *„Ausdehnung ist alles!"* Der neue Imperialismus, dessen klassische Ausprägung in England durch den Kampf gegen das Freihandelsprinzip erfolgt ist, fordert das Größere Britannien, und so auch in den anderen

Ländern: das Größere Frankreich, das Größere Deutschland, Italien, Japan mit dem Ziel, sich neben den inzwischen zu wahren Giganten gewordenen Vereinigten Staaten und Rußland unabhängig behaupten zu können.

Diese Politik des Wettlaufs um die imperialistische Weltstellung der Hauptmächte führt in die beiden Weltkriege hinein. 1914 war der Höhepunkt der allgemeinen Weltgeltung Europas erreicht: der Weltgeist wurde von den Dominanten des abendländischen Geistes erfaßt, wie er sich in den modernen Zeiten unter dem Antrieb der Revolution entwickelt hatte. Die Revolution aber wirkte ansteckend, und als das Abendland sich selbst zu zerfleischen begann, gewannen die unterworfenen oder zurückgebliebenen Völker die Möglichkeit, sich aus dem Griff der Europäer zu befreien. Eine große rückläufige Bewegung der allgemeinen Expansionspolitik hat begonnen. Wohin wird sie führen?

VII. Die Zerstörung des europäischen Ordnungsgefüges durch die Expansion

Im modernen Imperialismus und in den von ihm in Übersee geweckten Gegenkräften der Völkerbefreiung — (zugleich aus den alten einheimischen wie den neuen europäischen Banden) — und der nationalen Selbstbestimmung ist die vom abendländischen Geist seit dem 18. Jahrhundert zur Entfaltung gebrachte Revolutionierung wirksam geworden — „Revolution" als Wesensmerkmal der weltgeschichtlichen Ereignisse in Politik und Wirtschaft, in Kunst und Wissenschaft, in Religion und Philosophie gefaßt.

Wenn wir aber die epochemachenden Wandlungen der europäischen Geschichte verstehen wollen, so dürfen wir nicht nur auf die inneren Vorgänge und die inneren Entwicklungen in unserem Erdteil blicken, sondern müssen ebenso das nach außen hin gerichtete Geschehen und dessen Rückwirkungen auf das Innere in den Blick bekommen. Das Mittelalter erreichte mit der Ausdehnungsbewegung der Kreuzzüge den Höhepunkt seiner Kraftentfaltung. Diese inbrünstige, alle ergreifende Wendung nach außen brachte notwendigerweise das innere Gefügtsein Europas aus dem Gleichgewicht. Kaisertum und Papsttum gerieten auseinander; geistliche und weltliche Kräfte formten sich um; neue Elemente strömten von der Ferne ein, wurden assimiliert und gewannen von innen her neue Bedeutung; die Gesetze der bestehenden Ordnungen fingen an, fragwürdig zu werden.

Ein ganz analoger Vorgang begleitet die neuere Geschichte Europas mit seiner sich fortwährend steigernden überseeischen Ausbreitung. Auf der einen Seite offenbart das europäische Staatensystem seine unerhörte Kraft in der Erschließung aller Erdteile und ihrer Zusammenfügung in einen globalen Zusammenhang, auf der andern Seite aber geht gerade an diesem gewaltigen expansiven Vorgang die überkommene europäische Ordnung des Lebens in die Brüche. Das Gefüge der Heimat entspricht nicht dem Gefüge der planetarischen Weite; zwei Existenzweisen passen nicht ineinander. Das öffentliche Recht Europas war nicht ohne weiteres in die weltweiten ozeanischen Verhältnisse zu übertragen. Wir sahen, welche Umwege das Denken und das Sichverhalten der Europäer in diesen völlig neuartigen Verhältnissen geführt worden sind: über das Prinzip endgültiger „Demarkationen" weltumspannender Erdräume der Mission, des Handels und der Kolonisation — über das System der Freundschaft- und Bündnislinien zwischen Europa und der außereuropäischen Welt, man könnte auch Feindschaftslinien sagen, da jenseits dieser Grenzen ein friedloser Raum geschaffen wurde —, über den Beginn der Übertragung des ius publicum europaeum auf die transozeanischen Räume mit der Spannung zwischen Hegemonie oder Universalmonarchie und Aequilibrium — über die politische und ökonomische Separation und Isolierung in abgeschlossene Großräume bis hin zu dem Umschlag in einen vehementen, vom Kapitalismus angeheizten Expansionismus. Und wenn wir auf die Rückwirkungen nach Innen hin blicken, so zeigen sich in die Tiefe der Seinsweise einströmende Einflüsse von außen her in hundertfältiger Art: Europa lebt seit dem 15./16. Jahrhundert, seit dem Zeitalter der Entdeckungen, seit dem ozeanischen Kommerzialismus, seit der kolonialen Pionierarbeit unter fremdem Himmel und mit Menschen einer anderen Hautfarbe, seit der weltweiten Verquickung seiner heimatlichen Zwistigkeiten mit den Konflikten auf den Ozeanen und in Übersee, unter dem Anreiz immer neuer Probleme! Die Geistigkeit des 18. Jahrhunderts mit ihrer Richtung auf das Rationale und die Revolution, auf die grundstürzende Verwandlung des Menschen in seinem Verhältnis zur Tradition, den überlieferten Lebensordnungen, ja selbst der Verfassung des Glaubens, welcher der Träger alles Lebens ist, kann gar nicht verstanden werden, ohne diese vielfältigen Einwirkungen, welche von außen her in den Völkern Europas zur Geltung gekommen sind. Wir brauchen nur an das Vorspiel der „Europäischen Revolution" zu denken, das ab 1776 über die neueuropäisch-nordamerikanische Bühne ging.

Das alles ist den Europäern zum erstenmal mit aller Deutlichkeit in dem immer wieder aufgelegten Werk der französischen Aufklärung von Raynal: Histoire philosophique et politique des établissements et du commerce des Européens dans les deux Indes (Genf 1770 und öfters) zum Bewußtsein gekommen, wenn auch hier noch vielfach in einer gewissen naiven Weise der populären Aufklärung. Mit dem Bewußtwerden trat aber sogleich eine weitere Intensivierung dieser Rückwirkungen ein, trotz der zeitweiligen Kolonialmüdigkeit und der romantischen Tendenzen der Selbstgenügsamkeit und Selbstbeschränkung des Lebens im eigenen Kreise. In eine Untersuchung der Einwirkungen von Übersee her auf die Seinsweise der Europäer kann hier nicht eingetreten werden, sie finden sich aber in allen Lebensgebieten, den materiellen wie spirituellen, den politischen wie religiösen, den ökonomischen und sozialen.

So zeigt sich im großen wie im kleinen, daß eine unter bestimmten geschichtlichen Bedingungen gestaltete Lebensordnung nicht unbegrenzter Ausdehnung in fremde Bereiche hinein fähig ist, es sei denn, sie verwandele sich selbst. Vor dieser Tatsache steht Europa heute. Eine Expansion von solchen Ausmaßen, wie wir sie in den vergangenen 3–4 Jahrhunderten erlebt haben, muß unsere eigenen Lebensbedingungen völlig verändern. Damit sind auch die Formen des europäischen Staatensystems der Verwandlung unterworfen, wobei es denkwürdig bleibt, daß erst das in sich politisch und konfessionell gespaltene und zerteilte Europa die motorischen Kräfte entwickelt hat, die diese Völkergemeinschaft aus der Enge am Rande der westlichen Welt, der Oikumene des Altertums und des Mittelalters, herausgeführt hat. Der erste Versuch in den Kreuzzügen, den ein einheitlich gestimmtes Europa unternommen hatte, war gescheitert, denn es war nicht gelungen, nach „Indien" durchzustoßen, was das Ziel gewesen war, wenn man sich einmal fest in dem „Mittelpunkt der Erde", in Jerusalem, eingerichtet haben würde. Europa hatte Schritt um Schritt vor den Mächten des Islam wieder zurückweichen müssen und war dann sogar unter den Druck der Türkei geraten, so daß es seinen zweiten großen Versuch, aus der Enge herauszukommen, nach Westen hin unternehmen mußte. Jetzt war es nicht mehr das einheitliche Abendland, sondern nur noch eine lockere zum Wettkampf angetretene Staatengemeinschaft, die vor die Aufgabe der Welteroberung gestellt wurde.

Die Kehrseite dieser universalhistorisch gewordenen Ereignisse aber ist nun, daß Europa sich nicht imstande zeigte, diese seine Weltstellung zu behaupten, denn jetzt hat es für seine inneren Gegensätze, Zwistigkeiten und Antagonien den Lohn zu zahlen. An seinen „peloponesischen Kriegen" (von 1914 bis 1945 und weiter) hat es nicht nur den größten Teil seines Einflusses in Übersee eingebüßt, sondern obendrein noch seine eigene Freiheit und Unabhängigkeit und dadurch auch noch den Bestand seiner Wesensart aufs höchste gefährdet. Heute sehen wir klar: seine im Wettkampf widereinander gewonnene Weltstellung hätte Europa nur im Übergang zur Einigkeit behaupten können, aber es verharrte im Zwist. Heute versucht es, das nachzuholen, freilich, wie es scheint, noch in völlig unzulänglicher Weise, weil die so langsam sich bewegenden Geister das Umdenken vom Teil zum Ganzen hin noch nicht zu vollziehen vermögen. Europa ist aber von seinem Ursprung her ein Ganzes, und es steht vor der Aufgabe, das aus der letzten Epoche überkommene Gefüge seiner moralischen Energien in eine neue wieder verbindende Form umzugestalten.

Nach dem Verlust der beiden Amerikas, ein Vorgang, der seinen guten

Sinn hat, denn Söhne verlassen das elterliche Haus, sobald sie genug eigene Lebenskraft haben, und nach dem Wiederfreiwerden der vom europäischen Geist und von europäischer Macht erfaßten alten Kulturvölker des Ostens, was ebenfalls bejaht werden muß, bleibt aber doch auch heute noch ein großes Kolonialproblem für die Europäer zurück: Afrika. Ob die Europäer noch imstande sein werden, mit diesem Problem fertig zu werden und eine positive Lösung zu finden, bleibt dieser Generation zur Entscheidung überlassen.

VIII. Afrika als europäische Gemeinschaftsaufgabe

Die Geschichte hat den Europäern zu verschiedenen Malen die Chance geboten, die afrikanische Aufgabe als ein gemeinschaftliches Werk in Angriff zu nehmen. Dazu war die Voraussetzung, die eigenen Zwistigkeiten nicht in diesem Erdteil, der einer langen Zeit der ökonomischen, politischen und geistig-religiösen Entwicklungen bedarf, hineinzutragen. Auf der Kongo-Konferenz in Berlin 1885 war unter dem Vorsitz von Bismarck zum erstenmal auf völkerrechtlicher Grundlage ein wirklicher Ansatz zu einer gemeineuropäischen Politik in Afrika geschaffen worden. Verblendung hat die Entfaltung dieser jungen, gewiß noch zarten Pflanze unmöglich gemacht.

In späteren Phasen der Friedens- und der Kriegspolitik sind solche Momente, die eine Herausforderung zum Fortschritt auf dieser Bahn darstellten, wiedergekehrt, denn Europa hätte begreifen können und sollen, daß nach dem Ende des vehementen Imperialismus nur in dem Gesamtinteresse Europas die einzelnen europäischen Staaten und Völker ihre Zukunft nach der weltpolitischen Seite hin hätten sicherstellen können. Auch diese Entscheidungsstunden der europäisch-afrikanischen Geschichte sind ungenutzt vorübergegangen. Inzwischen sind die Vereinigten Staaten, welche in natürlicher Weise ihre Europapolitik mit der Afrikapolitik verknüpfen müssen, in den Erdteil ökonomisch und militärisch eingedrungen. Auf der anderen Seite drängt auch der Gegenspieler des Westens in den arabischen Orient hinein, ja mit seiner Propaganda greift er bis in den Süden des Kontinents vor.

Trotz der versäumten Gelegenheiten ist es an der Zeit, die Gegenwarts- und Zukunftsbedeutung der kolonisatorischen Aufgaben im schwarzen Afrika als eine Gemeinschaftsaufgabe der Europäer zu betrachten. In der Abwehr allein kann das Europäertum auf die Dauer sich nicht zusammenfinden — das historische Mißtrauen zwischen ihnen würde allein so nicht verschwinden. Es bedarf zur Ausgestaltung, zum Einleben der neu geforderten Einheitlichkeit, der positiven Aufgaben und Zielsetzungen, welche als gemeinsame und nicht als für einzelne reservierte oder gar in Rivalität zum Nachbarn begriffen werden. Wer freilich kann wissen, wie lange Zeit es brauchen wird, bis über Massenvorurteile hinweg diese Dinge in echter Weise verstanden werden?

Es scheint, als ob es auch für die afrikanischen Aufgaben noch zu wenig Europäer gibt, welche imstande sind, über ihren Nationalismus hinweg von der „europäischen Nation" aus (wie Montesquieu es ausgesprochen hat) weltpolitisch für das Ganze zu denken und zu handeln. Afrika könnte zur Neugestaltung des europäischen Staatengefüges und seiner Lebensordnung Außerordentliches beitragen.

IX. Wird es ein Weltstaatensystem geben?

Zum Abschluß dieser Betrachtungen über die Gegenwartsbedeutung der kolonialen Expansion für das europäische Gefüge bleibt noch ein allgemeiner Gesichtspunkt der universellen politischen Ordnung zu erörtern.

Man hat gesagt, daß in dem Wettkampf um die europäische Ausbreitung das Staatensystem des alten Erdteils in dem Eifer zur Aufrechterhaltung seiner inneren Balance seine Freiheit und Unabhängigkeit, seine Macht und seine Weltgeltung selbst geopfert habe (Dehio). Die Macht „wanderte aus", weil Europa das Gleichgewicht seiner vorwaltenden Staaten gegen drohende Hegemonien aus den eigenen Reihen nicht anders als durch das Hereinholen außereuropäischer Machtfaktoren erhalten zu können meinte. Dabei sei aber die Projektion der Idee des Staatensystems in den globalen Raum eine „Fata Morgana" gewesen; eine solche Verlängerung oder Ausweitung des europäischen Gleichgewichts in die neuerschlossenen Bereiche hinein sei nicht möglich gewesen, da dort andere Voraussetzungen Geltung gehabt hätten. Möglich gewesen wäre das nur, wenn Europa sich einer Hegemonialmacht aus seinen eigenen Gliedern heraus im Sinne der Einheitlichkeit gefügt hätte (unter Karl, Philipp, Ludwig, Pitt, Napoleon oder Hitler); das aber hätte wiederum die Preisgabe der inneren Freiheit, die das Wesen des Staatengefüges ausmachte, bedeuten müssen.

Nun hat freilich die Geschichte sehr wohl einen Vergrößerungsvorgang des Staatensystems gekannt. Im Italien des 15. Jahrhunderts hat sich nach dem Verfall der kaiserlichen und päpstlichen Gewalt das erste noch rein peninsulare „Staatensystem" in Europa gebildet. Dieses kleine Miniatur-Staatensystem hat sich, 1494 beginnend, um Italien und das Mittelmeer, später den atlantischen Bereich Europas mit hineinziehend, zu dem südwesteuropäischen Staatensystem ausgeweitet mit den italienischen und iberischen Mächten, sowie Frankreich und Habsburg, auch hinübergreifend nach England und Schottland und den Niederlanden und in das Reich hinein, dabei von vornherein auch die nichtchristliche, also nichteuropäische osmanische Welt in die jeweiligen Konstellationen mit einkalkulierend. Später verbindet sich dieses südwesteuropäische System mit dem inzwischen unabhängig von ihm entstandenen „nördlichen" System, das sich um die Ostsee herum aufgebaut hat.

Mit dem Beginn der überseeischen Ausbreitung der westeuropäischen Staaten und ihrer Organe, der ost- und westindischen Kompanien, erhebt sich das Problem der Ausweitung des europäischen Gesamtsystems in die neu erschlossenen Räume.

Die einzelnen geschichtlichen Phasen, in denen sich das vollzogen hat, haben wir gekennzeichnet. In den planetarischen Verhältnissen aber kommen nun „Weltmächte" von einer anderen Größenordnung als der binneneuropäischen zur Entfaltung: zuerst England und Rußland, und dann steigen die Vereinigten Staaten, die ihre inneren Gegensätze mit friedlichen und kriegerischen Mitteln vorher überwinden mußten, zu einem weltpolitischen Status empor, indem sie Großbritannien weit überflügeln.

Heute stehen wir einem Weltdualismus gegenüber. Nun sagt man: die dualistische Weltspannung, welche nach ihrem Austrag, so oder so, zur Herstellung des einheitlichen Weltstaates führen müsse, bildet kein Staatensystem mit seinen charakteristischen Merkmalen aus. Die Hoffnung auf ein Weltstaatensystem sei Chimäre und Utopie, aus welcher sich manche Fehler der früheren französischen und dann der deutschen Politik, die diesem Ziele nachgegangen ist, erklären. Aber finden wir nicht im Hintergrund von jedem Staatensystem einen Dualismus? Liegt der Vorstellung der Gleichgewichtspolitik nicht eine dualistische Machtkonzeption zugrunde? Das südwesteuropäische System des 16. und 17. Jahrhunderts trug den Dualismus Habsburg–Bourbon in sich; das nördliche System den Dualismus Schweden–Rußland; für die Politik im begrenzten deutschen System trat der preußisch-österreichische Dualismus hervor, während im Westen und in Übersee der französisch-englische das Gesicht der Dinge bestimmte, bis im 19. Jahrhundert der englisch-russische diesen ablöste, der dann kurze Zeit vom deutsch-englischen verdrängt wurde, um den sich Dreibund und Tripleentente gruppierten.

Der Dualismus dieser verschiedenen Zeiten und Umstände hat durchaus Raum gelassen für die Freiheiten eines Staatensystems, trotz der Tendenz, alle großen und kleinen Mächte in das jeweils vorherrschende Feind-Freund-Verhältnis einzuordnen und damit mehr oder weniger unterzuordnen. Die Geschichte ist nicht starr, sondern das Gesetz der Bewegung erfüllt sie auch heute noch, da der Weltstaat über uns allen wieder sichtbar wird. Gewiß, das Ideal eines Staatensystems ist die *Pentarchie,* wie sie uns fast vollkommener Weise im Zeitalter Metternichs und Bismarcks entgegentritt. Aber auch im System der Pentarchie ist im Hintergrund immer das Hauptproblem der Politik geblieben: wie kann man zu dritt statt nur zu zweit zusammenstimmen.

Auch unserem alten Europa, das mit seiner Kolonisation und seinen Ideen die Weltmächte geschaffen hat, ist eine Chance gegeben, freilich nicht für die Erhaltung seines nunmehr provinziell und obsolet gewordenen Staatensystems, sondern als Vereinigtes Europa im Rahmen des Weltsystems, so wie früher ein geeinigtes Italien und ein geeinigtes Deutschland in das europäische System eingetreten sind. Europa hat dem von ihm geschaffenen Weltgefüge von Mächten eine Mitgift mit in die Wiege gelegt: es ist die Verbindung von Einheit und Vielheit, auch in den Zwangsverhältnissen der modernen Technisierung. „Staaten sind viele", hat Ranke gesagt — das Gefüge Europas wird in dem Gefügtsein der Welt in anderen Größenverhältnissen wiederkehren.

VORAUSSETZUNGEN UND BEGINN DER GROSSEN ENTDECKUNGEN* 8

I. Die universalhistorische Bedeutung der Weltentdeckung

Eine der wesentlichen Fragen der Universalhistorie ist: wie kam es dazu, daß die Weltentdeckung und die daraus hervorgegangene Verbindung aller Völker und Kulturen der Erde durch die Europäer und nicht durch andere Völkergruppen herbeigeführt worden ist?

Die Idee der den ganzen Globus umgreifenden Weltentdeckung, der Herstellung einer allgemeinen Verbindung zwischen allen Teilen der Erde und über alle Ozeane hinweg ist freilich zuerst nicht vom Abendland ausgegangen; die ersten Schritte zur Ausweitung vorhandener Geschichtsräume sind von den alten und von den jüngeren östlichen Kulturen getan worden. Aber jene Völker kamen mit dem Vorhaben, das Ganze der Erde und der Menschheit zu umfassen, nicht zum Ziele; sie wurden noch immer in begrenzten kontinentalen Räumen festgehalten. Eine die ganze Menschheit zusammenschließende gemeinschaftliche Geschichte ist erst von Europa aus zur Vollendung gebracht worden, und zwar dadurch, daß seine Bewohner es lernten, die Ozeane zu befahren, die bisherigen kontinentalen Begrenzungen zu überwinden und damit die Verbindungsmöglichkeit zwischen allen Staaten und Kulturen auf der Erde herzustellen.

Der Begriff einer universellen Vereinigung aller Menschen in einem Verband hat sich – mit einer gewissen inneren Notwendigkeit – in allen Großstaaten der Vergangenheit gebildet, welche sowohl den Gedanken der Grenzsicherung wie den der ständigen Erweiterung bis zu den von der Natur gegebenen Konfinien in sich getragen haben. Das Ideengebilde der Welteinheit ist bis in die ältesten Zeiten der bekannten Geschichte zurückzuverfolgen; aber es ist immer wieder von den geographischen Raumbedingungen der Kulturen und Machtbildungen, wie von den Ausmaßen der jeweiligen inneren

* Historia Mundi. Ein Handbuch der Weltgeschichte in zehn Bänden. Bd. VII, Bern 1957.

Kräfte oder den Widerständen von außen her dem angestrebten Universalismus Einhalt geboten worden.

Die technische Bezwingung des Ozeans, der schier unendlichen Wasserwüsten — der freilich eine im Geistigen begründete Wandlung des Verhältnisses des Menschen zu seinem Raum vorausgehen mußte — ist unter vielen seefahrenden Völkern allein von den europäischen als Aufgabe erkannt und dann auch bewältigt worden. Die Weltentdeckung ist eine Frucht der Seefahrer mit allem, was dazu gehört an geistig-seelischen Kräften, an Glauben, an Wagemut, an Forschung und Gedankenzucht, an Willen und persönlichem Einsatz. Sie kommt nicht 1492 im Überwinden des atlantischen Ozeans, 1498 des indischen Ozeans, 1520/21 des pazifischen Ozeans wie aus heiterem Himmel, sondern sie hat eine lange Vorgeschichte. Jahrhunderte der Weltgeschichte haben sie vorbereitet, bis dem europäischen Geist des „Quattrocento" in Kolumbus, Vasco da Gama, in Magalhães diese Taten gelingen konnten.

Es war der kleinste Erdteil, jener westliche Ausläufer des eurasischen Kontinentalblockes, wo die Erben der Mittelmeer-Kulturen in Verbindung mit den neuen Kräften aus dem Norden zur Lösung des Problems gelangt sind.

Wenn wir von den beiden altamerikanischen großen Kultur-Zentren absehen, zu denen die Europäer in keinen historischen Beziehungen gestanden haben, so begegnet uns der Gedanke der Welteinheit, des Universalreiches bei allen Kultur-Völkern, welche der germanisch-romanischen Gemeinschaft in Westeuropa vorausgegangen sind oder benachbart waren.

In Altbabylonien war die Herrschaft „über die vier Weltteile", wie man sagte, das „Reich der vier Weltgegenden", begründet worden und blieb hier der Idee nach über Jahrtausende hin lebendig. Die großen persischen Könige, die Eroberer von Babylon, nannten sich auch „Könige der vier Weltteile" oder schlechthin „Könige der Länder", „Könige der ganzen Erde fernhin". Auch in dem Stromland Ägypten ist die universale Idee sichtbar geworden; es gab Pharaonen, welche sich als Herrscher der Menschheit betrachteten, „die Welt in ihrer Länge und Breite" sollte ihnen untertan sein. Der Gott Israels hat seinem kleinen Volk zwischen Babylon und Ägypten die Universalherrschaft versprochen, aber erst der Grieche Alexander hat das Werk unternommen, bis an die „Grenzen der Erde" vorzudringen und die Oikumene herzustellen. Die geschichtliche und legendäre Gestalt Alexanders des Großen ist deshalb für alle nachfolgenden Unternehmungen vom Westen her zur Figur des großen Entdeckers geworden. Im Alexanderlied lebte seine Idee, wenn auch in fantastischen Ausschmückungen, durch die Jahrhunderte weiter.

Die Vorstellung der Oikumene, des „Orbis terrarum" mit seinem Kosmopolitismus und die Erfüllung des ganzen Erdkreises mit einer Ordnung des

Lebens blieb Gedankengut bei den nachfolgenden Römern, bei den Arabern und dann bei den Europäern.

Freilich auch von Ostasien her ist der Weltreichs-Gedanke und die Idee der Welteroberung lebendig gestaltet worden. In China — „T'ien hia", „Was unter dem Himmel ist" — regierte der Himmelssohn über die zivilisierte Welt, die an der „Mauer" im Norden und dem Meer im Süden ihre Grenze hatte. Aber auch von den Ländern nördlich der Mauer, aus den Steppen der Mongolei ist ein Welteroberungsturm von Reitervölkern ausgegangen, welcher bis an die Tore Mitteleuropas herankam, welcher in die orientalische, in die indische, in die chinesische Welt eingebrochen ist. „Kaiser der Menschheit" ließ sich der Kha Khan nennen, „es können nicht zwei Sonnen am Himmel sein und nicht zwei Kha Khans auf Erden", ließ er sagen. Rein territorial gesehen, war das Reich der Mongolen durch schnelle Reiterverbindungen quer durch das nördliche Asien gefestigt das größte, das es gegeben, ehe die überseeische Ausbreitung der europäischen Nationen begann; aber sowohl die Chinesen wie auch die Mongolen lebten ohne maritime Impulse.

In allen diesen großen, hier nur flüchtig angedeuteten historischen Erscheinungen, die Stufen auf dem Wege der Weltentdeckung gebildet haben, ist es so gewesen, daß der Begriff der Herrschaft über die Erde ein jeweils relativer war, bedingt durch die Begrenztheit der Raumerfahrungen und der Raumvorstellungen der Völker. Es blieb bei aller Vehemenz und Kraft ihrer Ausdehnung immer ein erheblicher Rest außerhalb des Machtbereiches, des Bereiches von Verkehr und Kultureinfluß, ja die Welt außerhalb dieser historischen Weltreiche blieb größer, als die Gebilde waren, welche sich jeweils universal nannten.

Es ist, soviel wir wissen, zuerst der von hellenischem Geist gebildete Makedonier Alexander gewesen, der von der auch wissenschaftlich bedingten Idee erfaßt worden ist, die geographischen Geheimnisse unseres Planeten zu enthüllen. Dieser Geist — über die römische Zeit durch das Mittelalter hindurch getragen — ist bei den germanisierten Europäern oder den romanisierten Germanen, wie man es nun sehen will, im Okzident der Christenheit wieder lebendig geworden und hat die Epoche der Weltentdeckung und damit der Weltpolitik herbeigeführt.

Im einzelnen lassen sich Gründe dafür angeben, was die Europäer zur Weltentdeckung hingetrieben hat — wir werden davon noch genauer zu sprechen haben — und was bei andern Weltvölkern die Vollendung der Aufgabe gehemmt oder verhindert hat. Natürlicherweise werden dabei häufig die technischen Gründe zuerst genannt, uneingedenk des doch sehr wahren Wortes von Hegel: „Das Technische findet sich ein, wenn das Bedürfnis vorhanden ist." Mit Wagen und Pferd, mit Schiff und Tragetier, mit Straßen, Militär,

Schriftwesen u. a. konnten Entfernungen überwunden und Völker unterworfen werden; aber zur Weltentdeckung im vollen Sinne des Wortes gehörte mehr. Auf die potamischen Zeiten der Flußkulturen und die thalassischen Zeiten der Mittelmeerkulturen konnte das ozeanische Zeitalter erst folgen, als eine Volksgruppe sich befähigt zeigte, an den Rand des Ozeans gedrängt, nunmehr die technischen Mittel zu entwickeln, ohne die eine Ozean-Überquerung nicht möglich ist. Im europäischen Geist war die Möglichkeit angelegt, mit der „Herausforderung" — um Toynbees Ausdruck zu gebrauchen —, welche in der europäischen Lage bei Ausgang des Mittelalters gegeben war, in einer ganz neuen Weise fertig zu werden.

Wir müssen hier auf den weltgeschichtlichen Gegensatz von Orient und Okzident hinweisen; er hatte sich zuerst zwischen Hellas und Persien zu universalhistorischer Bedeutung erhoben. Durch Alexanders Siege war dieser Gegensatz aufgehoben worden, indem Hellas und Persien im Hellenismus zusammengeschlossen wurden. Unter den Römern, welche das Erbe Alexanders angetreten haben, wurde das Schwergewicht vom Osten in den Westen verlagert, und die Grenze zu den Parthern hin gewann erneut Bedeutung. Durch die dann erfolgende große Welteroberung des Islam hat sich der Orient dem Okzident gegenüber sowohl wieder verselbständigt als auch erweitert, während die Christenheit sich zurückgedrängt sah auf die Trümmer der weströmischen Welt und den überstehenden Rest des oströmisch-byzantinischen Staatswesens um Konstantinopel, beides zusammengenommen als „orbis christianus", Nachfolger und Überbleibsel des großen römischen Erdkreises von einst. Selbst Italien konnte nicht ganz dem Westen erhalten bleiben; wurden doch von Rom zeitweilig Tribute von den Sarazenen im Süden eingefordert. Die arabische Sprache war am Mittelmeer neben die griechische und die lateinische Sprache getreten.

Byzanz — jetzt gleichsam zwischen Abendland und Morgenland eingeschoben — war zum Stagnieren in der Defensive verurteilt; es blieb aber damit doch ein Bollwerk für die Gesamtchristenheit gegen den „heretischen" Osten und Süden. Konstantinopel wurde gegen den Ansturm behauptet (717—18), während im Westen die Reiterheere des Islam die Pyrenäen überschritten, sich in Narbonne festsetzten und erst 732 durch die zusammengefaßte fränkische Kraft von weiterem Vordringen abgehalten werden konnten.

II. Europa und der Orient bis zu den Kreuzzügen

Die Lebendigkeit und Unruhe fand sich, verglichen mit Ostrom, bei den jungen Völkern in der lateinisch-germanischen Christenheit, wie sie aus der Völkerwanderungszeit hervorgegangen war. Hier bildete sich aus der Begegnung neuer Impulse mit dem überlieferten Erbe von Hellas, Rom und der Bibel, wie es in den westlichen Provinzen nachwirkte, der neugeformte Okzident. Sobald dieser eine feste Gestalt annahm, wurde auch das eigentümliche Spannungsverhältnis zum neuen Orient wieder geschichtsbildend. Damit, daß sich in der alten Hauptstadt der römischen Republik und der Kaiser und dann der Päpste ein Mittelpunkt erhalten hatte, welcher gerade in seiner gefährdeten neuen Grenzlage zur Anspannung aller Kräfte anreizen mußte, kam es zur fränkisch-römischen, zugleich staatlich-kirchlichen Verbindung mit dem Willen zur Selbstbehauptung und zur Wiederherstellung des Verlorenen. Der Gegensatz zur östlichen Welt war dem werdenden Europa in die Wiege gelegt, ein historisches Vermächtnis, das durch die Verdrängung der westlichen Tradition in die atlantischen Gebiete zu einer verborgenen Triebfeder weltgeschichtlicher Entwicklungen werden sollte, denn aus diesem historischen Antagonismus zwischen Orient und Okzident ist schließlich die überseeische Entfaltung Europas hervorgegangen.

Der karolingische Kern des Abendlandes, der nicht zuletzt auf dem Sieg Karl Martells über die Araber bei Tours und Poitiers (732) beruhte, ist mit seinem Mittelpunkt in Aachen zum Ausgangspunkt aller dieser Entwicklungen geworden. Um diese fränkische Mitte, an welche gallische, italienische und germanische Länder angegliedert wurden, ist in der Folge der Zeiten ein Kranz von Grenzmarken entstanden, die nicht nur das Prinzip des Grenzschutzes, sondern auch das des Wachstums über die bestehenden Grenzen hinaus in sich trugen. An die spanische Mark in den Pyrenäen schlossen sich die Marken in Südfrankreich, in Mittel- und Nordost-Italien, die Marken entlang der großen Ostlinie von Krain über die Ostmark, die thüringische Mark, die Nordmark bis zur dänischen Grenze; Namen und Ausdehnung wechseln im Fortgang der Jahrhunderte.

In allen Marken Europas war man auf Krieg eingestellt; hier waren die Grafen mit erhöhten, herzogähnlichen Machtbefugnissen ausgestattet; hier war der Heerbann ständig marschbereit; hier gab es ein ebenso freies und großzügiges wie ein durch die Gefahr der Grenze gestrafftes Leben. Hier bildeten sich neue Elemente der abendländischen Kraft. Die innere Festigung des Wesens dieses staatlich-kirchlichen Machtgebildes hat sich nicht nur im jeweils bestehenden Reichskern, unter Karolingern, Ottonen, Saliern und Hohenstaufen, nicht nur in den kleineren westfränkischen, englischen und skandinavischen Königreichen vollzogen, sondern auch in der ständigen Ausdehnung nach außen: neue Ringe des Wachstums setzten sich an: im nördlichen Spanien, in Süditalien, Ungarn, Böhmen, Polen und im Norden, im Bereich der baltischen Länder.

Während im Innern und von den Marken aus sich die Festigung und die Ausbreitung des christlich-germanisch-romanischen Klein- und Kern-Europas vollzog, hat sich, vom Norden kommend, zunächst nur in beutebegehrender Feindseligkeit, dann aber rasch in die bestehende abendländische Gemeinschaft sich eingliedernd, ein neuer Ring mit starken Lebenssäften angesetzt, der die Gesamtmacht Europas gesteigert und seinen Ausdehnungswillen mächtig vorwärts getrieben hat. Wie eine zweite Welle der großen germanischen Völkerwanderung hat sich dieser für den Fortgang der Geschichte so bedeutsame Vorgang der normannischen Eroberung vom 9. bis zum 12. Jahrhundert vollzogen.

Das streng gehandhabte Ersterbenrecht, der Wille zur Unabhängigkeit, das Streben nach Abenteuer und Ruhm, die Freude am Entdecken, an Beute, an Kampf und Gewinn, die harte Schule der nördlichen Meere hatten die Normannen, in ihren Langschiffen Europa umfahrend, an alle Gestade und in alle Flußläufe hinein getrieben, wo sie nur die Möglichkeit fanden, des festländischen Widerstandes Herr zu werden. „Die See spie Flotten von Fremden aus, so daß sich kein Hafen, kein Landungsplatz, keine Festung, keine Burg, keine Schutzwehr ohne Wikinger und Seeräuber befand", klagt ein Chronist der Zeit. Im Norden haben sie Nordskandinavien, Island und Teile von Grönland besiedelt, von da aus haben sie sich sogar nach Nordamerika hinüber getastet, was freilich ohne historische Folgen geblieben ist; im Osten sind sie in die polnischen, litauischen, russischen Räume eingedrungen, sind in Nowgorod und Kiew (862) die Herren geworden; sie haben das Kaspische Meer erreicht und haben das goldene Byzanz, sogar Bagdad zu sehen bekommen.

Der eigentliche Beitrag aber zum Aufbau Europas durch die Normannen hat sich von der Staatsgründung (911) an der Seinemündung aus vollzogen, in der Eroberung von England (1060) und von Unteritalien (1020) und von Sizilien (1061). Durch die Annahme des Christentums fügten sie sich in das Gesamtleben Europas ein. Da war es bedeutsam, daß sie nicht mit den kaiserlichen Tendenzen und Traditionen verbunden wurden, sondern daß sie mit den päpstlichen politischen Bestrebungen in Zusammenhang kamen. In Süditalien nahmen sie das für Rom so bedrohliche und gefährliche byzantinische und arabische Bollwerk ein, das Kaiser Otto II. (982) vergeblich hatte gewinnen wollen, und sie bekamen damit das Sprungbrett in Besitz, von dem aus die Zurückeroberung der Vorherrschaft im Mittelmeer für den Westen sich hat vollziehen können.

Mit den Normannen ist eine neue maritime Potenz in das Leben Europas eingefügt worden und hat den mehr kontinental gebundenen Kräften der fränkisch, sächsisch, burgundisch bestimmten Kerngebiete sowohl ein beweglicheres wie ein aggressiveres Element hinzugefügt. Durch die Christianisierung hindurch brachten sie die expansiven Impulse der Völkerwanderungszeit nun auch in die neue ritterliche Gesellschaft des vergrößerten und weiterstrebenden Abendlandes hinein. Im Gefolge ihrer kriegerischen Eroberungen haben sie zugleich aber auch die staatsbildenden Kräfte im Abendland durch ihre militärische Organisation verstärkt.

Leopold Ranke war es, der zuerst den inneren Zusammenhang zwischen der Völkerwanderung, den Normannenfahrten, den Kreuzzügen, den überseeischen Entdeckungen und der Ausbreitung Europas über die Erde erkannt und in der Einleitung zu den Geschichten der romanischen und germanischen Völker (1824) in so einprägsamen Worten ausgesprochen hat: „Die Völkerwanderung hat die Einheit, von der wir reden, begründet." Mit dem Eintritt der Normannen in die europäische Geschichte „endeten die Bewegungen der Völkerwanderung". „Die Kreuzzüge lassen sich beinahe als eine Fortsetzung der Völkerwanderung betrachten." „In der Tat bilden in Spanien und Portugal Völkerwanderung, Kreuzzüge und Pflanzungen — (dies ist Rankes Bezeichnung für die überseeische Kolonisation) — nur *ein einziges in seinem Gang zusammenhängendes Ereignis.*" „Die Einheit eines Volkes kann sich nicht besser zeigen als durch eine gemeinschaftliche Unternehmung; wodurch konnte die Einheit und Zusammengehörigkeit mehrerer Völker, wie der unsrigen, sich besser betätigen? Die Unternehmungen, von denen hier geredet worden, durch wie lange Jahrhunderte sie sich auch ziehen, sind ihnen allen gemein: sie verknüpfen beides, die Zeiten und die Völker; sie sind, daß ich so sage, *wie drei große Atemzüge dieses unvergleichlichen Vereins.*"

Im Hochmittelalter, als das Zusammenwachsen der verschiedenen Elemente des europäischen Lebens in einer eigenständigen Kulturblüte sichtbar wurde, war eine solche Aufstauung von Volkskräften im kleinen Okzident eingetreten, eine solche Machtfülle des Glaubens belebte die führenden Stände, und ein solches Überströmen an Unternehmungssinn wirkte sich aus, daß neben der Intensivierung des Lebens nach innen, neben den Fortschritten der Rodungen in den großen Waldgebieten und den Siedlungen auf unberührtem Boden auch von dem Leben in den Marken her mit seinen wirtschaftlichen und sozialen Aufstiegsmöglichkeiten ein starker Drang der Erweiterung nach außen hin zur Entfaltung drängte. Der soziale Druck verband sich mit dem neuen Eifer der Religiosität, welche sich im Zusammenhang mit der Kloster-Reformbewegung über Europa ausgebreitet hatte. Die Zeiten der vielfach nur äußerlichen Annahme des Christentums waren vorbei, und das Abendland wurde über das vorwiegend Magisch-Kultische oder Eremitische hinaus in neuer Weise innerlich vom Christwerden ergriffen; es begann die Wendung ins Mystische.

Aus diesen religiösen Bewegungen sind große politische Wirkungen hervorgegangen, nach innen sowohl in bezug auf das Verhältnis von weltlicher Obrigkeit und kirchlicher Autorität, wie auch nach außen hin: jetzt wurde der Kreuzzugs-Gedanke geboren. Nicht nur das „himmlische Jerusalem", auch das „irdische Jerusalem" sollte für die Christenheit gewonnen werden, denn von den heiligen Stätten, wo das Wort Fleisch geworden war, vom Grab des Herrn, von dem geheiligten Golgatha mußten Heilswirkungen für die Gläubigen ausgehen. Es sei eine Schande, erklärten die Geistlichen, daß in der Heimat des Heilands nicht Christus verehrt werde, sondern Mohammed!

Bis zur Massenbewegung steigerte sich die religiöse Inbrunst. Jetzt wird die Sitte der Pilgerfahrten ins Gelobte Land, wo das Heil in die Welt gekommen ist, zu einer allgemeinen Angelegenheit. An diese konnten die neuen expansiven Strebungen anknüpfen, zumal als infolge von politischen Veränderungen innerhalb des Orients es zu Störungen der frommen Fahrten aus dem Westen kam. 1071 war Jerusalem, wo die abendländischen Pilger zugelassen gewesen waren, in die Hand der seldschukischen Eroberer gefallen, welche den Besuch der heiligen Stätten durch Fremde behinderten. Das selbstbewußt gewordene Europa wollte solches nicht dulden. Hinzu kamen Hilferufe des von Kleinasien her auch von den Seldschuken aufs neue bedrohten Oststrom. Sollte das westliche Rom diesen Moment ungenutzt vorübergehen lassen.

Die Idee nicht nur des „bellum justum", sondern des „Heiligen Krieges" breitete sich aus; sie hing auf das engste zusammen mit der Idee der „bewaffneten Wallfahrten", der Durchführung kriegerischer „Pilgerzüge". Die dauernde kämpferische Berührung mit der Welt des Islam von den Grenzmarken auf der Pyrenäischen Halbinsel und im süditalienischen Raum sowie auf den Mittelmeer-Inseln hat dazu geführt, der Verpflichtung des gläubigen Moslem zum Krieg gegen den Ungläubigen die gleiche Idee von christlicher Seite entgegenzustellen. So wirken feindliche Begegnungen in der gegenseitigen Übernahme der Kampfmethoden aufeinander ein.

Das Prinzip des Missions-Krieges, der nach Nichtbefolgung einer vorausgegangenen Aufforderung, sich zu bekehren (in Spanien das „requerimiento") für voll berechtigt galt, ergreift die Kriegführung aus den Marken heraus rings um Europa vom äußersten Südwesten bis zum äußersten Nordosten, von Portugal bis Finnland; denn auch die Kämpfe in Ostmitteleuropa und die Eroberungen dort wurden unter das Zeichen des Kreuzes gestellt, des Streitens für Jesus Christus, Maria und die Apostel.

Über zwei Jahrhunderte lang ist das Leben Europas weithin durch diese großen Auslands-Unternehmungen der Kreuzzüge bestimmt worden. Es ist gar nicht abzusehen, welche Bedeutung diese Unternehmungen mit ihren großen Gemeinschafts-Aufgaben für die abendländische Christenheit bei allen Völkern Europas gewonnen haben.

An dieser Stelle ist es nicht unsere Aufgabe, auf den Verlauf und die unmittelbaren Auswirkungen dieser Vorgänge im Zeichen des Kreuzes einzugehen: auf die Abwandlungen in den Institutionen des Papsttums, der Kirche, des Kaisertums, der Ritterschaft, des Bürgertums, der ländlichen und der städtischen Verhältnisse, auf das neue Gemeinschafts-Bewußtsein aller Europäer gegenüber einem Feind, der von Südportugal bis Kleinasien im Islam seine Einheit hatte. Es soll hier nur die Bedeutung der Kreuzzüge als einer Stufe auf dem Wege Europas zur Weltentdeckung und Weltdurchdringung hingewiesen werden.

Der Papst wurde als Haupt der übervölkischen lateinischen Kirche in die Stellung des Ordners der neuen Ausbreitung erhoben. Er ist jetzt Zug um Zug zum Repräsentanten der Einheit des „corpus christianum" geworden. Von ihm aus ging die innere Friedens-Stiftung der „treuga Dei" durch die Lande. Nach außen hin wurde er zur höchsten Instanz für die neuen „Kolonialstaaten" jenseits des Meeres in Syrien und Palästina und ebenso für das neue „lateinische Kaisertum" in Konstantinopel. Die päpstlichen Legaten waren „missi dominici" dieser von der Kirche bestimmten Ordnung der Welt. So stieg das Oberhaupt der Kirche, von dieser Welle der großen Gemeinschafts-Unternehmung der Christen nach außen hin getragen, in die Stellung eines „arbiter mundi" empor. Das hat noch in der Zeit der späteren ozeanischen Entdeckungen und überseeischen Pflanzungen eine Bedeutung für Europa und die Welt gehabt.

Für die Einleitung des Zeitalters der Entdeckungen haben auch die Ritterorden, welche in der Kreuzzugs-Bewegung entstanden sind, ein besonderes Gewicht bekommen. Aus den Ursprüngen, den „armen Rittern Christi vom Tempel Salomonis zu Jerusalem" (Templer), den „armen Brüdern vom Hospital Johannes des Täufers in Jerusalem" (Johanniter) und „den deutschen Herren zu St. Marien" (Deutsch-Ritter) haben sich viele Abzweigungen und Sonderungen entwickelt, denen wir seit der Kreuzzugszeit an allen Fronten der europäischen Ausbreitung begegnen und auch noch in den Anfängen der transozeanischen Unternehmungen zur Entdeckung der Seewege nach „Indien". In dieser Zeit unterstanden die Orden freilich weniger der kirchlichen Führung als der der Landesherren, welche sich allenthalben zu den Großmeistern der Ordens-Niederlassungen in ihren Ländern erhoben hatten.

III. Die mittelalterliche Weltkarte

Niemand kann die Kreuzzugs-Bewegung und die aus ihr hervorgegangenen großen überseeischen Entdeckungen verstehen, ohne sich das kartographische Bild der Erde zu vergegenwärtigen, wie es vom Hochmittelalter her bestanden hat und sich unter dem Einfluß und den Erfahrungen der Kreuzzugs-Jahrhunderte weiter entwickelte.

Die Weltkarte ist der Spiegel der Weltauffassung. Alle strategische Planung im großen Völkergeschehen vollzieht sich an der Hand der jeweils vorhandenen Raumvorstellungen und ihrer anschaubaren Formung in der Darstellung der Länder und Meere; große Politik muß die Karte der Welt als Grundlage haben. So kann auch erst die mittelalterliche „mappa mundi" die Planungen der Kreuzzüge und dann die Idee der ozeanischen Entdeckungen verständlich machen.

Für die Ur- und Grundform der kartenmäßigen Darstellung von den räumlichen Anordnungen der Erdteile und Meere waren für das Mittelalter zwei Traditionsreihen aus dem Altertum her gegeben: die zunächst allerdings weithin verdrängte jedoch nicht ganz verlorene, hellenistisch-römische wissenschaftliche und praktisch-administrative Erdkunde sowie die unter dem Einfluß der Kirchenväter entwickelte christliche Topographie. In der letzteren ist sogar das Wissen um die Kugelgestalt der Erde verschwunden und ersetzt worden durch die naiv-natürliche, auch für Homer noch gültige Vorstellung von der Erdscheibe, die unter dem Einfluß der Horizontbildung von dem Mittelpunkt des Betrachters aus als kreisrunde Erdscheibe mit den Unterbrechungen durch die Binnenmeere bis zur Erdgrenze, dem Okeanos hin dargestellt wird. Man hat diesen Typus „Radkarten" genannt; denn die Erdoberfläche ist rund wie ein Rad und durch die drei „Meeresbalken" werden die drei Erdteile Asien, Europa, Afrika voneinander geschieden, und zwar so, daß die Hälfte der Erdscheibe Asien ausmacht (ein großer Halbkreis) und die beiden andern Kontinente je einen Viertelkreisausschnitt bilden. Afrika und Europa werden durch das Mittelmeer getrennt, Asien und Afrika durch das Rote Meer, Asien und Europa erhalten, soweit sie nicht zusammenhängen, ihre Grenze im Kaspischen Meer. Die Mitte des Kreises aber bildet für die europäische Darstellungsweise Jerusalem, und nicht etwa Rom. Eine Erdvorstellung mit Rom als Mittelpunkt hätte Konstantinopel, das „zweite Rom", als Mittelpunkt nehmen müssen, denn es war im Mittelalter, abgesehen von der Möglichkeit, es in die Mitte der Erdkarte zu rücken, als das noch fortlebende Imperium Romanum viel traditionsreicher als das italienische Rom, welches seinen Platz nahe der Grenze der lateinischen Welt hatte. Aber wichtiger als die profan-römische Tradition der Mitte ist für das Bild der Weltkarte im christlich bestimmten Abendland die Stätte geworden, an der Christus gelebt, gewirkt, gelehrt hat, gestorben und auferstanden ist.

Solche auch im Räumlichen anschaubaren Mittelpunkte der Erdenrunde hat es in manchen anderen Kulturkreisen ebenso gegeben: die Hellenen blickten nach Delphi, die Inder nach dem Weltberg Meru, die Araber wandten sich im Gebet, ob sie im Westen oder im Osten weilten, stets in der Richtung auf ihre heilige Mitte, den Stein in Mekka; Mekka war und blieb der Mittelpunkt aller arabisch-islamischen Ausbreitung und wurde deshalb auch in die Mitte der arabischen Weltkarten gezeichnet.

Die Christen haben die Grabstätte des Auferstandenen zum Zentrum ihrer Weltkarten gemacht: die größte unter den uns überlieferten „mappae mundi", diejenige im Kloster Ebstorf in Niedersachsen – über $3^1/_2$ m im Quadrat, um 1230–50 entstanden – zeigt hier im Bild das „sepulcrum Domini" mit der Szene der Auferstehung; denn hier hat sich das für die Christenheit zentrale Ereignis abgespielt.

Diese Stätte aber lag, wie die Karten augenfällig machten, außerhalb der Christenheit, mitten in Feindesland des falschen Propheten Mohammed. Die Weltmitte im Besitz der Ungläubigen – mußte das nicht einen ständigen Anreiz dazu bilden, diesen geistigen Mittelpunkt des eigenen Daseins zu gewinnen, auch äußerlich-irdisch; denn die magischen Elemente des Religiösen waren doch von großer Mächtigkeit. Lehrte nicht jeder Blick auf diese gleichsam liturgische Topographie, daß dieser heiligste Platz unter die Verfügbarkeit und die Fürsorge der Christen gehörte und daß von hier aus die Welterlösungstaten würden geschehen müssen?

Eine solche erdkundliche Grundvorstellung zeigt, dem Zeitalter entsprechend, welches alles Wissen vom Glauben her ordnete und ein Denken außerhalb des Glaubens nicht anerkannte, weil Pistis und Gnosis fest ineinander gebunden waren und weltliche Erkenntnis in göttliche Erkenntnis mit eingeschlossen wurde, eine für unsere Begriffe mystische Geographie, eine Erbauungs-Geographie. Das bildhafte Denken beherrscht noch die Erfahrung und dominiert über die Kausalzusammenhänge. Deshalb eignete diesem Weltbild, auch wie es sich in der Weltkarte darstellt, eine den Geist zwingende Kraft. Es mußte bei der Betrachtung eines solchen Kartenbildes von der Gestalt der Erde und dem mit ihm verbundenen geschichtlich-mystischen Ereignis die Vorstellung geweckt werden, daß die abendländische Christenheit gleichsam zu sich selbst kommen würde, wenn sie über ihre Grenzen hinaus zu ihrer eigentlichen Mitte vordringen würde; war das nicht eine Aufgabe, die noch ungelöst vor ihr stand? Welch mächtiger Antrieb zur Wendung nach außen mußte nicht im Anschauen solcher Karten und dem Nachsinnen über die Einschriften auf solchen Karten geweckt werden! Die mystische Vertiefung des Christentums im hohen Mittelalter trieb in die Kreuzzugs-Bewegung hinein und führte zugleich zur Heiligung des Angriffskrieges.

Neben dem religiösen Mysterium: Jesus die Mitte der Welt, – Christus hält die Erdscheibe, – im äußersten Osten, am Rande von Asien liegt das irdische Paradies, aus dem der erste Mensch vertrieben wurde, – auch die Lagerstätte des Satans und der Dämonen im Lande Gog und Magog fand man, im nördlichen Asien, eingetragen –, neben der Theologie dieser Karten zeigen sie auch viele Eintragungen von Fabelgeschichten einer wunderbaren Völkerkunde, abenteuerlichen Fahrtberichten aus den Ritter-Romanen der Zeit entnommen (wie z. B. dem Alexanderlied um 1130 und manchen anderen); aber es begegnen uns hier natürlich auch Elemente genauer geographischer Beobachtung. Die Karten bilden ein merkwürdiges Ganzes aus Glauben, Sage und Erfahrung.

Im Fortschreiten der Zeit mit der Erweiterung des Erfahrungsbereiches haben sich die Karten mehr und mehr mit erdkundlicher Wirklichkeit erfüllt und das Meditativ-Mystische sowie das Fabelwesen zurückgedrängt; es ist das jedoch ein langsamer Vorgang gewesen, und noch im 16. Jahrhundert finden wir alte Vorstellungen auf den neuen Weltkarten, nun freilich weit hinausgeschoben in die noch unentdeckten fernsten Räume der Erdkarte, aber auch gerade da noch immer einen Reiz und eine Lockung bildend.

Für den mittelalterlichen Menschen zeigte sich in allem der „mundus tripartitus" als in sich abgeschlossen durch den gewaltigen Ozean, der unüberwindlich die drei Festländer umströmte, sie einschloß und abschloß gegenüber allen etwa jenseits des Ozeans noch vorhandenen Ländern wie z. B. denen, welche einige Geographen aus Gründen des Gleichgewichtes auf der südlichen Halbkugel vermuteten. Bei einer solchen Vorstellung war nun freilich im Fortgang der Säkularisierung der Kartographie von den Andachts- und Heilsgeschichts-Karten hin zu Hilfsmitteln profaner Ortsbestimmung wieder die wissenschaftliche Vorstellung von der Kugelgestalt der Erde durchgedrungen. Es waren die Traditionen aus der Antike her, die nach der so eindringlichen Berührung mit den hellenistischen Kulturüberlieferungen im Bereich arabischer Völker sich wieder stärker durchzusetzen begannen. Im Zusammenhang der neuen Aufnahme antiken Schrifttums kam es auch zur Rezeption der hellenistisch-arabischen Geographie. Diese Einflüsse auf das Kartenbild, vom sakralen Denken zur rationalen Wissenschaft mit Hilfe von Aristoteles und Ptolemäus und den neueren arabischen Welthandelserfahrungen müssen als sehr wesentlich angesehen werden. Sie sind durch die neue Berührung von Abendland und Morgenland im Zeitalter der Kreuzzüge möglich geworden. Die im normannischen Sizilien auf Silberplatten hergestellte Weltkarte des Arabers Mohammed al Idrisi aus Ceuta (Anfertigung 1139—1154), ist ein frühes Zeugnis dieser Zusammenführung.

Man hat festgestellt, daß der erste Mann, der den Ozean überquert hat, Kolumbus, bei seiner kühnen Unternehmung noch weitgehend von den kartographischen Vorstellungen des 13. Jahrhunderts bestimmt worden ist, so wie er diese z. B. in dem kompilatorischen Buch „Imago mundi" (1410) des Spätscholastikers Petrus Alliacus, Kanzlers der Universität Paris, aufgezeichnet gefunden hat; dieses Buch war 1480/81 gedruckt worden und wurde natürlich von den „Entdeckern" studiert.

IV. Ausbreitung Europas und Vorentdeckung Asiens im Mittelalter

Von dem Grundschema der mittelalterlichen Weltkarten her und aus den praktischen Erfahrungen an den Grenzen der abendländischen Völker hatten sich drei Angriffsfronten der Christenheit gegen die nichtchristliche, islamisch-heidnische Welt ergeben: im Südwesten, vor allem auf der Pyrenäischen Halbinsel und im westlichen Mittelmeer, im Südosten „über das Meer" gegen den Orient selbst und im ostmitteleuropäischen Missions- und Kolonisations-Gebiet.

Die Hauptfront dieser großen Ausdehnungs-Bewegung Europas über die fortlaufenden Kämpfe in den Grenzräumen hinaus, welche Religion, Politik, Handel und Neusiedlung in gleicher Weise umfaßte, hatte mit dem Bild der sakralen Geographie im Herzen die heiligen Stätten in Palästina als das eigentliche Ziel im Auge. Freilich mit der Frage der Herrschaft in Palästina hingen seit jeher auch die Verhältnisse in Syrien und Kleinasien und vor allem auch in Ägypten zusammen. Die christliche Orientpolitik mit dem Kernziel, die dominierende Mitte der Welt in Jerusalem zu gewinnen, mußte von diesem Platz aus als weitergreifendes Ziel im Hintergrund universeller Planungen zur Bekehrung und zur Handels-, vielleicht auch politischen Herrschaft die Völker und Länder jenseits von Jerusalem in der asiatischen Erdhälfte in Erwägung ziehen. Der normannisch-französische Jurist Pierre Dubois hat in der Denkweise seines Zeitalters solche Idee literarisch-utopisch entwickelt: er wollte Europa politisch einigen, um „Indien" zu erobern. Solche Spekulationen an der Hand der mittelalterlichen Weltkarte zogen die Überlegungen weit über die „Befreiung Jerusalems" hinaus in die Räume abenteuerlicher Eroberungszüge hinein. Damals — im Zeichen der christlichen Orientpolitik — wurden die Ideen gepflanzt, welche erst im Zeitalter der Entdeckungen ihre Früchte bringen sollten, als das Ziel aller Unternehmungen in die Welt hinaus nicht mehr unmittelbar „Jerusalem", sondern „Indien" geworden war.

Vom 11. bis zum 13. Jahrhundert aber blieb im Vordergrund der praktischen Politik die Eroberung Palästinas und seiner Nachbarländer. Die Lateiner sahen sich dabei notwendigerweise alsbald in das ganze Geflecht der Machtverhältnisse im Orient hineingezogen. Ein römisch-christliches Königreich Jerusalem (1099–1187 und 1228–1244) konnte nicht isoliert im orientalischen Machtsystem behauptet werden. So wurden auch die Unternehmungen mit oder gegen das byzantinische Reich keine „Abirrungen" von der eigentlichen Front, ebensowenig wie die Unternehmungen gegen das Nilland. Konstantinopel als „morgenländische" und doch christliche Hauptstadt bildete einen Eckpfeiler für die Stellung Europas im Orient, und jede handelspolitische Erweiterung über die Küstenplätze der Levante hinaus hatte die Herrschaft über den Raum der Nilmündung und den Zugang zum Roten Meer zur Voraussetzung.

Von Adrianopel bis Alexandrien dehnte sich so der große Hauptabschnitt der südöstlichen Kampffront Europas in der Kreuzzugszeit aus, und hinter der direkten oder indirekten Beherrschung dieser Räume öffneten sich die Zugänge zu den Karawanenstraßen, welche aus der Tiefe des asiatischen Festlandes zum Schwarzen Meer führten, oder zu den Seestraßen, welche den Kaufmann und Missionar von den Küsten Arabiens aus nach Indien, zu den Gewürzinseln und weiter hinaus bringen konnten. An diesen zwei Jahrhunderte umfassenden Kämpfen an der, wie wir sagten, zentralen Front der europäischen Ausbreitung im Hochmittelalter haben alle Völker der westlichen Christenheit Anteil genommen, wechselnd unter dieser oder jener Führung, mit diesem oder jenem unmittelbaren Ziel, auf dem Landweg oder über die See.

Die machtpolitischen Möglichkeiten, auf dieser ausgedehnten Orientfront zu operieren, waren zunächst dadurch gegeben, daß die Gegenseite den christlichen Angreifern nicht einheitlich geschlossen entgegentreten konnte. Die Mohammedaner waren gespalten in Abbāsiden (Bagdad) und Fatimiden (Ägypten); dazu kamen alte raumpolitische Gegensätze zwischen den Machthabern in Ägypten und denen in Syrien. Das Hereinbrechen turanischer Stämme aus dem Nordosten, der Seldschuken, und ihre Besetzung von Damaskus und der kleinasiatischen Hochebene hatte neue politische Gegensätze in die Welt des Orients hineingetragen, so daß das „politische System", zu dem neben Byzanz und Ägypten, neben Syrien und Arabien auch die kleinen europäischen Ritterstaaten und Handelsstationen an den Gestaden des östlichen Mittelmeeres gehörten, aus einem wechselvollen Gefüge politischer Kombinationen gebildet wurde, in dem auch die wechselseitige Heirats-Politik der Machthaber Bedeutung gewonnen hat.

Als nach den wandelvollen Schicksalen der Kreuzzugszeit im Orient selbst sich wieder größere Machtkomplexe bildeten, zuerst unter Saladin, dann unter den Türken, wurden die Europäer aus ihren weit vorgeschobenen Einbruchsstellen im Südosten Schritt um Schritt wieder verdrängt.

Aber die allgemeine Ausdehnungs-Bewegung des Abendlandes im Mittelalter hatte neben dieser breiten und problemreichen Frontmitte auch einen rechten und einen linken Flügel von wesentlicher geschichtlicher Bedeutung; denn der Enthusiasmus der Kreuzzüge hat auch die Ausbreitungs-Politik von den Grenzmarken des Südwestens und des Nordostens her vorwärts geführt. Auch hier von Portugal, Kastilien und Aragon aus sowie donauabwärts, nach Böhmen hinein, über die Elbe vorwärts in wendische, polnische, preußische und baltische Länder wurde der allgemeine Angriff Europas im Zeichen des Kreuzes vorwärts getragen. Auf der Pyrenäen-Halbinsel gingen kriegerische Eroberung, militärische Festsetzung, Ansiedlung und Christianisierung Hand in Hand: die alten Marken weiteten sich zu neuen Königreichen aus. Die Mittelmeer-Inseln wurden zurückgewonnen (1114), und der Schlüssel zur Meerenge von Gibraltar kam in kastilische Hände (1293). Im Osten gestaltete sich, örtlich und zeitlich unterschieden, ein gemischtes System friedlicher Durchdringung durch das Hereinrufen deutscher Siedler und Städtegründer, von Kaufleuten und Missionsorden seitens der eingesessenen Machthaber, oder auch, weiter hinaus, von Kreuzrittern durchgeführte Eroberung und Missionierung heidnischen Landes. Ein neuerer Historiker (Heeren) hat mit Recht darauf hingewiesen, daß nicht nur die spanische Monarchie, sondern auch die preußische eine Hervorbringung der Kreuzzüge gewesen ist. Im hohen Norden waren Dänen und Schweden an dieser europäischen Kolonisations-Arbeit beteiligt.

Das alles muß man geschichtlich zusammen sehen: dieser Ausbruch und Vorstoß Europas auf den Linien von Finnland bis Ungarn, vom Byzantinischen Raum über Kleinasien bis Nordafrika, im Mittelmeer und auf der Pyrenäen-Halbinsel bildete den zweiten großen Atemzug seiner Expansion. Während aber in der Mitte der Angriff „über das Meer" gegen die Hauptmächte des Islam zu keinem territorialen Dauererfolg geführt hat, sind für Europa auf der Pyrenäischen Halbinsel und in Ostmitteleuropa bleibende Erfolge errungen worden. Dort, am äußersten rechten Flügel der Gesamtbewegung, wurden die Königreiche Portugal und Spanien geschaffen, welche zu den Trägern der ersten transozeanischen Entdeckungen und Eroberungen geworden sind, und am äußersten linken Flügel hat sich später das orthodoxe Rußland, als drittes Rom Traditions-Träger von Byzanz, an Europa angeschlossen und seinerseits eine große transkontinentale Ausbreitung in Gang gesetzt.

In den Auseinandersetzungen donauabwärts mit der alten griechisch-römischen Macht am Bosporus, in den Raum hinein, von dem aus die Hunnen und dann die Ungarn nach Europa eingebrochen waren und von dem aus später die Türken erneut das europäische System aufzurollen versuchten, waren in der Zeit der Kreuzzüge nicht alle Möglichkeiten ausgeschöpft worden: Kaiser Friedrich I. hat es versäumt, weil er an der gemeinchristlichen Idee mit Byzanz festhielt, kaiserliche Lehnsstaaten, wozu die einsässigen Völker sich erboten hatten (1189), auf dem Balkan zu gründen und damit eine Basis zu schaffen für eine dauernde Verbundenheit mit dem Leben des Abendlandes. Die Perspektiven einer mitteleuropäischen Donauraum-Politik haben sich damals schon abgezeichnet, freilich ohne daß sie realisiert wurden. Damals waren es die Venezianer und die italienischen Normannen, welche über den Gedanken der Befreundung mit den Griechen gegen die Mohammedaner hinweggegangen sind; sie haben den byzantinischen Raum von der seepolitischen, mittelmeerischen Seite her für einige Zeit ihren Interessen unterworfen (1204–1261).

Im ganzen aber ist es so gewesen, wie Ranke einmal sagt: „Die Menschen dieser Zeit waren gleichsam noch nicht reif, den Orient auf die Dauer zu erobern, die Welt zu beherrschen." Die kleinen kriegerischen Staatswesen, diese ritterlich-kirchlichen Kolonien waren auch im Innern nicht so stark und sicher gegründet, daß sie einem Großangriff der einheimischen Mächte auf die Dauer standhalten konnten. Die Europäer haben Schritt um Schritt eine Position nach der andern die Errungenschaften der Kreuzzüge im Orient wieder aufgeben müssen. Die großartige Weltstellung, welche vom Besitz der „Weltmitte Jerusalem" her gewinkt hatte, konnte nicht gewonnen werden. Die Welteroberung ist auf ganz anderen Wegen, Jahrhunderte später, von einem in Einzelstaaten aufgeteilten Abendland vollbracht worden.

Am 2. Oktober 1187 ist Saladin, der Ägypten und Syrien vereinigt hatte, als Sieger in Jerusalem eingezogen: „Die Glocken der Kirchen wurden zertrümmert, die Kreuze gebrochen." Hier war die „recuperatio" alten römischen, alten christlichen Landes gescheitert.

Nur der Handelsverkehr, der mit den Kreuzzügen einen großen Aufschwung in der Levante genommen hatte, blieb auch über die kriegerischen Zeiten hinaus zunächst noch erhalten, und damit waren nun auch die stärksten kulturellen Rückwirkungen aus der fortdauernden Berührung mit dem Orient und seinem historischen Erbe gegeben. Für diese Zusammenhänge ist die Verbindung des spätmittelalterlichen Europa über den umkämpften Orient hinaus mit der Welt Mittel- und Ost-Asiens von weltgeschichtlicher Bedeutung geworden. Diese „Vorentdeckung Asiens" wurde eine Nebenfrucht der Kämpfe um Jerusalem.

Zu den Voraussetzungen einer von Europa ausgehenden Weltverbindung gehörte es, daß eine erste Erkundung der Geheimnisse Asiens jenseits der islamischen Welt vollzogen wurde. Der erste Anstoß dazu war politischer Natur. Die Kunde von einem großen Staatswesen im Rücken der islamischen Orientmächte zog die Aufmerksamkeit der hierarchischen Spitze des Abendlandes auf sich, gerade in der Zeit, als die Stellungen der Europäer im Orient, mit Jerusalem als Mitte, verlorengegangen waren. Sollte man nicht, in den Bedrängnissen der Kreuzritter, die Verbindung zu jener neuen kontinentalen Großmacht im fernen Asien suchen, um vom Osten her vielleicht einen Druck auf die mohammedanischen Völker im Orient zu erreichen und damit den Christen eine Entlastung zu verschaffen?

Ranke hat in seiner Weltgeschichte darauf hingewiesen, daß es die frische kriegerische Kraft turkmenischer Stämme gewesen ist, welchen im 11. Jahrhundert durch immer wiederholte und immer weitergreifende Eroberungszüge das gelungen war, was dem Welteroberer Alexander versagt geblieben ist: in den neueren Jahrhunderten der erste tiefe Einbruch in die indische Welt. Vom Norden her wurde Ostindien in eine engere Verbindung mit den Weltverhältnissen gebracht. Das geschah in dem Jahrhundert, in dem die Europäer gegen den Orient aufbrachen. Auf jene turkmenische Welle aus Turkestan ist dann eine größere aus den Steppenländern des nördlichen

Asiens von der Wüste Gobi her über die alten Kulturräume in Asien hereingebrochen und hat sich auch weit nach Westen hin ausgebreitet. Das Weltreich der Mongolen, mit dem Herrschersitz in Karakorum, überwölbte den östlichen Erdteil. 1237 drangen die Horden in Rußland ein, 1241 waren sie in Schlesien, dann heerten sie in Mähren, in der Ostmark, Kroatien und Dalmatien und drangen bis an die adriatische Küste vor. Die Todesnachricht des Oberkhans Ügetey holte sie zurück, aber im russischen Raum, nach Litauen und Polen hinein hat sich die Herrschaft der Mongolen behauptet. Das Chalifat von Bagdad wurde 1258 von ihnen vernichtet. Mehrere Jahrhunderte lang haben die Nachfahren Dschingis-Khans ihre Herrschaft über die asiatischen Reiche ausüben können; es war eine Zeit, in der ein Reitervolk es verstand, unermeßliche Räume in Verbindung miteinander zu halten. Darin beruht auch die Bedeutung, welche das Zusammentreffen mit den Europäern damals gewonnen hat.

Papst Innozenz IV. (1243—1254) hat von Lyon aus den Franziskaner Carpini über Böhmen und Schlesien zum Groß-Khan in die Mongolei geschickt (1245—1248) und damit die Verbindung zwischen dem äußersten Westen und dem äußersten Osten in die Wege geleitet. Andere Gesandtschaften folgten; sie haben jeweils erweiterte Kenntnisse von den Ländern und Völkern Asiens nach Europa gebracht; unter den uns erhaltenen Reiseberichten kommt dem des Rubruk (1253/56) besondere Bedeutung zu.

Diese Idee, die Völker hinter den feindseligen und fanatischen Mohammedanern mit dem christlichen Abendland in Verbindung zu bringen, sie dem Christentum geneigt zu machen, vielleicht zu bekehren und damit die Möglichkeit zu schaffen, gemeinsam mit ihnen die Welt des Islam in die Zange zu nehmen, hat die führenden Köpfe in der Kreuzzugs-Bewegung immer wieder beschäftigt, und mit hoffnungsvollem Eifer haben diese immer wieder eine Bündnismöglichkeit mit nestorianischen oder Thomas-Christen in Asien oder Afrika, dem halb sagenhaften Erzpriester Johannes, in den Bedrängnissen ihrer orientalischen Eroberungen erwartet. Nun schienen die mongolischen Großstaatsbildungen eine neue Handhabe dazu zu bieten. Sie meinten, bei den Mongolen, welche nicht aus den Überlieferungen einer Hochreligion kamen, die Sache des Christentums fördern zu können. Die tolerante Haltung in diesem Weltstaat verschiedenen Religionen gegenüber hat es möglich gemacht, daß eine Zeitlang in China ein römisch-katholischer Missions-Erzbischof (Johannes von Montecorvino 1292—1328) mit etwa 6000 Christen, mehreren franziskanischen Klöstern und Kirchen hat wirken können. Aus den bedeutungsvollen Erlebnisberichten über die Verhältnisse in Asien des Venezianers Marco Polo (1271—1295 hauptsächlich in China) und anderen haben die Okzidentalen vieles über Persien, Turkestan, China, Japan, Burma, Java, Sumatra, Ceylon, Ostindien erfahren. Die Schleier vor dem großen fremden Erdteil fingen an durchsichtiger zu werden, dank der Verkehrsmöglichkeiten, welche die mongolischen Herrscher geschaffen haben. Im 14. Jahrhundert gab es im Westen für unternehmende Kaufleute und Missionare geradezu „Reisehandbücher" für solche Fahrten in die östliche Welt; „pratica della mercatura" von Pegoletti (1340) ist ein gutes Beispiel dafür. „Die Tataren leben mit uns im Frieden – schreibt der Florentiner Erzbischof Antonin (1389–1459) –; denn unsere Kaufleute reisen zu ihnen, und die ihrigen kommen zu uns."

Die mongolische Dynastie ist 1368 in China gestürzt worden, und damit schied Ostasien aus der Weltverbindung wieder aus, welche der Staat der Reiter-Horden von Ost nach West hergestellt hatte und die so viel dazu beigetragen hat, daß die Europäer Asien „entdecken" konnten. Mit der Auflösung des Großreiches von Dschingis-Khan und von Timur sind die zentralasiatischen Tore für die Europäer wieder geschlossen worden; ihre Kaufleute und Missionare konnten im 15. Jahrhundert nur noch nach Persien und Indien gelangen. Aber auch das sollte bald wieder erschwert werden, als die Mameluken von Ägypten her und die osmanischen Türken von Kleinasien her ihre neue Macht im Orient ausbreiteten.

Die Zeit unmittelbar nach den Kreuzzügen hatte hingereicht, daß das Abendland während mehrerer Generationen einen Blick in das ferne morgenländische Asien hatte tun können. Jetzt verschloß sich seinen Angehörigen diese Welt wieder, aber die Verbindung Rom-Peking, an sich eine Episode, abhängig von den innenpolitischen Verhältnissen in Asien, hat in der Nachwirkung doch weltgeschichtliche Bedeutung gewonnen durch das gesicherte Wissen von den Ländern und Völkern des großen asiatischen Raumes, – anders als jene andere Episode in der frühen Entdeckungs-Geschichte, die Wikinger-Fahrten nach Nordamerika, die eine Episode ohne historische Auswirkungen geblieben sind.

Damit kommen wir zu der bedeutsamen Frage, welche Rückwirkungen von den jahrhundertelangen Auseinandersetzungen zwischen Okzident und Orient im Zeitalter der Kreuzzüge für den Fortgang der „historia mundi", in Richtung auf die Herstellung der Weltverbindung, verzeichnet werden können. Trotz des Scheiterns dieser großen Unternehmungen über Europa hinaus in die „dreiteilige Welt" hinein – die Geschichtsschreibung der Aufklärung hatte diese Unternehmungen überhaupt als ebenso bigotte wie fanatische Unternehmungen als sinnlos und verkehrt verurteilt – sind die Kreuzzüge in ihren Folgen von unermeßlicher Bedeutung geworden.

Im Vordergrund steht eine großartige Erweiterung des geistigen Horizontes der Europäer. Nicht nur geographisch und kommerziell, nicht nur militärisch-politisch, sondern in dem höheren Sinn der geistigen Erfahrung überhaupt. Es ist wie ein Reiferwerden des Abendlandes nach enthusiastischen

Unternehmungen und bitteren Erfahrungen. Als nach der rückläufigen Bewegung dieses „zweiten Atemzuges" europäischer Ausdehnung die Zeit für den „dritten Atemzug" herankam, standen alle die Erfahrungen jener Jahrhunderte zur Verfügung. Man hatte viel gelernt, man hatte neue zivilisatorische Errungenschaften heimgebracht und war dabei, sie fortzuentwickeln. Mit neuen Waren und Gütern war man vertraut geworden, neue Techniken hatte man beobachtet und nachgeahmt; aber auch andere Menschenarten, andere Kulturen, andere Herrschafts- und Verwaltungs-Methoden, andere Religionen waren in den Wissensbereich aufgenommen worden. Das alles hat das Leben im Abendland verwandelt.

Man kann die Waren aufzählen, die über einen ausgedehnten Fernhandel in die Haushaltungen der Europäer eindrangen: zumeist, wie man gesagt hat, Luxuswaren, aber auch diese können für das Leben bestimmend sein: Seide, Edelsteine aller Art, unterschiedliche Gewürze, neue Heilmittel, Spezereien, allerlei Gewebe, Farbstoffe, fremdländische Raritäten. Durch die Vermittlung des nun erst voll aufblühenden Stadtwesens mit seinen Märkten, seinem Handwerk und seinem Handel hat das alles eine verhältmäßig weite Verbreitung gefunden. Mit jedem Gut aus der Fremde mußten Gedanken verbunden sein, welche über die Enge des alten agrarischen Lebens in Europa hinausgingen.

Auf technischem Gebiet waren die Anregungen, welche aus der arabischen Welt und über die arabische Vermittlung aus den alten Kulturländern Asiens kamen, recht bedeutsam. Ist die Herkunft des Kompasses für die Schiffahrt, die diese von der ängstlichen Küstenfahrt ablösen konnte, noch umstritten, so gewann doch das Astrolabium, von Hipparch im 2. Jahrhundert vor Christus erfunden, in den Werken von Ptolemäus genau beschrieben und von den Arabern benutzt, bei den Mittelmeer-Völkern Eingang und Fortentwicklung. In der Zeit der Entfaltung der „transmarinen Politik" und des Levantehandels wurden die neuen Seekarten (portolani) gestaltet. Auch die Seerechtsfragen, die mit Seekrieg und Seeverkehr verbunden sind, fanden Behandlung. Neue technische Erfindungen, wie z. B. Pulver, Papier, Buchdruck, wurden vom europäischen Handwerk entwickelt nicht ohne wesentliche Anregungen, die aus der östlichen Welt gekommen sind.

Aber über die materiellen Güter hinaus müssen auch die seelisch-geistigen Anregungen beachtet werden, welche als Ernte aus den jahrhundertelangen Auseinandersetzungen des Abendlandes mit den orientalischen Errungenschaften heimgebracht worden sind, trotz des politischen Scheiterns der Kreuzzüge und der wieder erfolgten Abschließung der durch die Mongolen geöffneten Wege nach Ostasien. In Dichtung und Märchen wurden neue Motive aufgenommen. In den abendländischen Baustil flossen neue Formen ein: wie sollte man die Entfaltung der Gotik ohne den Kreuzzugsgeist verstehen? Die mystische Frömmigkeit zog wie das Wehen eines neuen Geistes in die geistlichen und Laien-Kreise ein, auch dies nicht ohne Anstöße aus dem Osten. Mit Hilfe der über arabische Hochschulen übertragenen griechischen Philosophie entfaltete die Theologie ihre große scholastische Gelehrsamkeit. In die Mathematik wurde das arabische Zahlensystem aufgenommen. Die Astronomie und Astrologie wie auch die Alchimie sind aus östlichen Erfahrungen und Überlieferungen bereichert worden. Auch die neuen Begegnungen mit nichtchristlichen Religionen wirkten sich aus: Nikolaus von Cues schrieb 1453 — im Jahr, da die Hagia Sophia mohammedanische Moschee wurde — sein Buch: „De pace fidei", in dem er zeigt, daß allen Religionen das gleiche Urerlebnis der Verehrung einer obersten Macht, eines ewig-einigen Gottes zugrunde liegt.

So dringt ein ganz neues Weltbewußtsein in die Anschauungsweisen des Abendlandes ein, auf das nachhaltigste befruchtet durch Elemente aus den morgenländischen Traditionen antik-orientalischen Gedankengutes. Obwohl die eigentlichen Ziele aller jener Unternehmungen nicht hatten erreicht werden können, wurde nach außen hin der europäische Horizont durch die großen expansiven Unternehmungen des „corpus christianum" erweitert und nach innen hin tiefgreifend verwandelt.

V. Die türkische Sperre im Orient

Es kamen die Jahrzehnte des Rückschlages. Weder Papst noch Kaiser noch Großkönigtum oder Ritterschaft vermochten die Christenheit zu gemeinschaftlichem Handeln zu bringen. Dem Aufschwung zur Einheit folgte der Niedergang der das Abendland zusammenfassenden Gewalten. Die lehnsrechtliche Ordnung Europas, die in den „überseeischen Kolonialstaaten" die reinste Verwirklichung ihrer Idee hatte finden sollen, geriet in Auflösung, und im Gewoge hundertfältiger örtlicher kleiner Macht- und Ohnmacht-Gebilde ging die Kraft zu gemeinschaftlichen Unternehmungen „nach der Weltmitte" verloren. Auf die Flut der Expansion folgte nach Erschöpfung der Antriebe zu den Kreuzzügen eine rückläufige Zeit der Ebbe, welche ganz neuen politischen sozialen und geistigen Gewalten Lebensmöglichkeiten freilegten. Aber mitten in dieser Dämpfung der Möglichkeiten zur Ausdehnung mußte, gerade nach der erfolgten so großen Horizont-Erweiterung, die Spannung zwischen dem Dasein in Europa und der übrigen Welt eine neue Intensität gewinnen. Denn die Vielgestaltigkeit, die Fülle der inneren Zwistigkeiten, die sozialen und politischen Umschichtungen (Stadt und Territorium) und die geistigen Neuanfänge (Nominalismus und Humanismus) führten nicht in Erschöpfung und Absterben der europäischen Kräfte hinein, sondern in die Ausbildung von neuen Großstaaten, in denen Traditionen und Neubildungen weiterführend verbunden wurden. Diese neuen Staatswesen sind zu Trägern einer neuen Ausbreitung in die Welt hinaus geworden, welche die Errungenschaften der Kreuzzüge weit hinter sich gelassen hat.

Zunächst aber mußte der Okzident erleben, daß der Orient sich in seinen Positionen aufs neue gestärkt hat. Nach dem endgültigen Verlust von Jerusalem (1244) und der anderen westlichen Staatswesen im östlichen Mittelmeerraum (1221 Damiette, 1268 Antiochia, 1291 Akkon) war eine Zeitlang Zypern (1291–1310), dann Rhodos (bis 1522) und schließlich Malta (1526) zum defensiven Eckpfeiler der europäischen Stellung im Mittelmeer geworden.

Es ist vor allem die Ausbreitung der Osmanischen Macht, eines militärstaatlichen Gebildes, aus turko-tatarischem Wanderhirtenvolk hervorgegangen, von Kleinasien aus am Schwarzen Meer, auf dem Balkan vordringend und nach der Eroberung von Byzanz 1453 — (ein weltgeschichtliches Signal!) — die Unterwerfung von Syrien, Palästina, Ägypten und Nordafrika bis nach Tunis und Marokko hin betreibend, welche für die Frontstellung Europas gegen den Orient eine ganz neue Lage gebracht hat.

Wie ein Sperriegel hat sich die Macht des Sultans am Goldenen Horn, alte oströmische und arabische Herrschaftsgebiete umfassend, vor jeden Versuch der westlichen Christenheit gelegt, den Zugang nach Asien und Afrika wiederzugewinnen; ja die Predigt des Türken-Krieges hin und her durch Europa konnte bei dieser Sachlage nur noch einen defensiven Sinn haben: der Druck aus dem Osten wurde auf den Ausgangsstellungen des mittleren Frontabschnittes der Kreuzzugs-Bewegung stärker gespürt als je zuvor! Von dem Einbruch in Deutschland wurden die Türken bei Wien 1529 abgewiesen, von dem Einbruch in Italien und den westlichen Mittelmeer-Ländern in der Seeschlacht bei Lepanto (1571). Nach Venedig aber, der ehrwürdigen Herrin im östlichen Mittelmeer, hat der Sultan das stolze Wort sagen lassen: „Bisher waret ihr mit dem Meer vermählt, von jetzt an gehört es mir.“ Das nachmittelalterliche Europa konnte nicht mehr an eine Erneuerung der Frontalangriffe auf den Orient wie im 12. und 13. Jahrhundert denken, auch nicht mehr an diplomatische, missionarische und kommerzielle Verbindungen zu den Ländern und Völkern, welche die Poli und andere im Abendland so eindrucksvoll bekannt gemacht hatten. Der Handel ließ sich zwar unter Kontrolle der türkischen Machthaber bei erheblichen Preissteigerungen zu deren Vorteil durch die Vermittlung der italienischen Seestädte in einem gewissen Umfange noch aufrechterhalten, aber politisch kam man nicht über vage Planungen und utopische Projekte zur Rückgewinnung des Verlorenen hinaus.

Ferdinand von Aragonien, zugleich Herr von Sizilien, dem der Neffe des letzten Kaisers von Byzanz und der einzige legitime Erbe des oströmischen Reiches, der Paläologe Andreas, die Thonrechte übertragen hatte, konnte mit den Mitteln der sich erst jetzt bildenden Spanischen Gesamtmonarchie nicht ernstlich daran denken, diese europäische Aufgabe auf sich zu nehmen. Auch die „politische Entdeckung" des Moskowiter-Reiches – Moskau wurde nach dem Untergang von Konstantinopel als nunmehr führende Macht im griechisch-orthodoxen Kirchenraum zum „Dritten Rom" – durch den Habsburgischen Gesandten Herberstein (Rerum moscoviticarum commentarii 1549) konnte damals noch nicht zu einer gemeinsamen offensiven Politik gegen die osmanische Weltmacht führen; das ist erst im Zeitalter Peters des Großen und des Prinzen Eugen in den Bereich der Möglichkeit gerückt worden.

VI. Die atlantischen Entdeckungsfahrten

In diesen Bedrängnissen des 15. und 16. Jahrhunderts mit der Abschließung von der Welt und den erhöhten Spannungen zwischen Okzident und Orient ist von den Europäern eine überraschende ganz neue weltpolitische Wendung vollzogen worden: sie war seit 1415, der Eroberung von Ceuta durch die Portugiesen, im Zusammenhang mit der Eröffnung der Kämpfe um Nordwestafrika eingeleitet worden. Das lusitanische Königreich, ein Kreuzfahrerstaat, welcher in den ständigen Maurenkriegen hochgekommen war, hat die afrikanische Frage im natürlichen Fortgang seiner Politik vom äußersten Westen her aufgerollt und von vornherein das maritime Element in diese Politik aufgenommen; denn dem westafrikanischen Festland waren Inselbezirke vorgelagert, welche schon im 14. Jahrhundert in den Blickbereich der Europäer aufgenommen worden waren.

Die arabische Welteroberung hatte diese Inselwelt nicht ergriffen, weder die Kanaren, Madeira, Kap Verde noch gar die Azoren. Es waren christliche Seefahrer, welche die „insolae fortunatae" der Alten wiederentdeckten; Mönche gingen hinüber. Von der Kunde angelockt, unternahm ein „Kreuzfahrer" aus der Normandie, Béthencourt, 1402 mit 53 Gefährten den Versuch, dort eine Kolonie unter kastilischer Oberhoheit zu gründen. Das Kastell Rubikon auf Lanzarote sollte Ausgangspunkt werden für weitere Unternehmungen nach dem „Goldfuß" hin, von dem man aus arabischen Quellen wußte. Damit war die Frage der Erforschung des unbekannten rätselhaften Erdteils Afrika in seiner Ausdehnung nach Süden hin gestellt und ist von da an nicht mehr zur Ruhe gekommen.

Wenn spärliche Nachrichten aus genuesischen Quellen richtig gedeutet werden, ist der Plan der Umschiffung Afrikas vom Westen her – die Araber haben sich nicht darum bemüht, das „Finstermeer" im Westen zu durchforschen – zuerst in Genua aufgestellt worden. Die Brüder Vivaldi haben wahrscheinlich im Jahr 1291 – es ist das Jahr, in dem der letzte christliche Platz an der Syrischen Küste, Akkon, verlorenging – zwei Schiffe ausgesandt, welche die Meerenge von Gibraltar, die antike Westgrenze der Oikumene mit den beiden Herkules-Säulen als äußeres Zeichen dessen, durchfuhren und den Kurs dann südwärts genommen haben. Im 15. Jahrhundert will ein freilich ganz legendarischer Bericht glaubhaft machen, daß spätere Entdecker an der Guinea-Küste auf Nachkommen jener kühnen Schiffsmannschaft gestoßen seien.

Dieses erste Aufblitzen der Idee, am Rand des gefürchteten Ozeans entlang Afrika zu umsegeln und auf diesem Wege vielleicht „Indien" zu erreichen, hat, wie wir meinen, eine sehr bedeutsame Widerspiegelung in Dantes „Göttlicher Komödie" gefunden, bedeutsam auch deshalb, weil uns hier noch einmal auf der Höhe des Mittelalters die sakral gebundene Geographie deutlich gemacht wird (Inferno canto 26). Odysseus, den Mann der abenteuerlichen Entdeckungsfahrten, läßt der Dichter durch die Meerenge von Gibraltar fahren, wo Herkules die Zeichen gesetzt hat „acciocchè l'uom più oltre non si metta", hinaus nach Westen und dann nach Süden, „der Sonne nach zur unbewohnten Welt". Die Fahrt ist eine frevelhafte, weil durch den Ozean gesetzte Grenzen überschritten werden sollen. Aber mit ebenso stolzer wie kühner Rede hat Odysseus seine Gefährten zu dieser Entdeckungsfahrt hinaus auf das Weltmeer, das die Erde umkreist, bewogen, indem er voll Selbstvertrauen an „virtù" und „conoscenza", an den Geist menschlicher Wissenschaft und menschlicher Einsatzbereitschaft appelliert hat. Aber Dante läßt diesen verwegenen „Vorrenaissance-Menschen" auf dem hohen Meere scheitern: das Schiff wird in die Tiefe gerissen, und der kühne Seefahrer schmachtet in der Hölle; denn der Mensch soll die ihm von Gott gesetzten Grenzen nicht überschreiten wollen.

Erst als die theologisch gebundene Geographie des Mittelalters in den Nachwirkungen der rückläufigen Kreuzzugszeit zu verblassen begann und jener neue wissenschaftliche Geist des Humanismus sich mit dem Wagemut den Naturgewalten gegenüber paart, mit der Bereitschaft, in das ganz Ungewisse vorzustoßen, da wird das eigentliche Zeitalter der Entdeckungen vorbereitet. Der Nachfolger jenes Danteschen Odysseus sowie des Vivaldi und Béthencourt, ist der portugiesische Prinz Heinrich mit dem Beinamen der Seefahrer geworden; er hatte 1415 vor Ceuta den Ritterschlag erhalten und hatte dann an der Spitze des Christus-Ordens das afrikanische Problem in Angriff genommen.

Eine neue maritime Aufgabe war gestellt. Nachdem man Nordafrika — weder in Ägypten noch in Tunis noch in Marokko, von wenigen Küstenplätzen abgesehen — hatte in Besitz nehmen können, wurde man vom äußersten Westen her, mit den Stützpunkten auf den Inseln, an die Frage herangebracht, den Erdteil jenseits der Sahara, von wo man Gold und Elfenbein in den Mittelmeer-Häfen erhandeln konnte, an der Küste entlang vordringend zu erreichen. „Illa meridionalis plaga" — mit dieser Bezeichnung wird das Ziel der nächsten Unternehmungen der Portugiesen in den Quellen bezeichnet.

Der erste Schritt war die Überwindung des Kap Bojador, südlich der Kanarischen Inseln, welches mit seinen Riffen und Untiefen und seiner Nebelbildung lange Zeit als die Grenze der Oikumene angesehen wurde; die Stelle hieß auch auf den Karten „caput finis Africae". Die Doublierung des Kaps geschah 1434 weit draußen abgesetzt von der Küste. Damit war die „Grenze" überwunden und das Tor zu den eigentlichen afrikanischen Westfahrten aufgetan. Nun folgte eine Entdeckung auf die andere in systematischem Vorwärtsschreiten: 1436 Rio de Oro und der Wendekreis, 1441 Kap Blanco, 1443 die Bucht von Arguin und 1445 Kap Verde, das „Grüne Kap" genannt, weil hier das, was man nicht erwartet hatte, gefunden wurde: „Das Grüne" wie einst im Norden, als man hinter Island auf „Grönland" stieß. Mit dieser Entdeckung der üppigen Vegetation und einer zahlreichen Neger-Bevölkerung vollzogen die Portugiesen bewußt die „Absetzung des Ptolemäus" mit seiner Lehre von der Unbewohnbarkeit der südlichen Erdteile. Europa hatte eine unmittelbare Verbindung mit den Tropen geschaffen. 1457 fuhren portugiesische Schiffe in den Gambia-Fluß ein, 1462 wurde das Sierra-Leone-Gebirge erreicht, 1469–71 war die ganze Guinea-Küste bis zum Niger und Kamerunfluß bekannt. 1484–86 wurden die Südfahrten fortgesetzt und portugiesische Wappen-Pfeiler als Zeichen der Inbesitznahme an verschiedenen Stellen der Küste aufgestellt. 1486 kam es dann zur Umsegelung des Vorgebirges der „guten Hoffnung" – der guten Hoffnung, den Seeweg nach Ostafrika und nach Indien zugänglich gemacht zu haben.

Diese Entdeckungs-Fahrten, welche durch Raubzüge und durch Handel finanziert wurden, hatten zur Entschleierung des großen Rätsels von Afrika geführt; nun konnte ein neuer Abschnitt der europäischen Orientpolitik beginnen durch das unmittelbare Eingreifen in den asiatischen Räumen. Denn nun zeichnete sich die Möglichkeit ab, vom Osten und Süden her über das Rote Meer oder den Persischen Golf an das alte Ziel der Christenheit heranzukommen: Jerusalem, die Mitte der Welt. Im Vordergrund standen in diesen Jahrzehnten der ersten Entdeckungen natürlich die greifbaren Ziele an der westafrikanischen Küste, im Hintergrund aber bewegten weltpolitische Gedanken die Herzen. Was die Kreuzzüge auf direktem Wege nicht hatten erreichen können, sollte es nicht auf dem Umwege über den Ozean erreicht werden können?

Von den Europäern im äußersten Südwesten, wo auch im 15. Jahrhundert noch der Maurenhaß glühte, ist diese neuartige Aufgabe aufgegriffen worden. Hier ging man ans Werk, die „Sperre des Ozeans" zu durchbrechen; hier leuchtete eine neue Hoffnung, die gegnerische Front im Orient am äußersten Flügel weit ausholend zu umfahren und dann vom Rücken her anzugreifen und aufzurollen.

Eine neue Politik „trans mare", aber von einer ganz anderen Basis aus als zu den Zeiten der Normannen, der italienischen Seestädte und der Ritterheere ist damit eingeleitet worden; vom Thalassischen wenden sich die Unternehmungen ins Ozeanische, sie lösen sich damit vom Kontinentalen und stellen alles auf Seemacht. Das wird das Signum einer neuen Weltepoche, denn wer den Schritt auf den Ozean hinaus wagt und vollbringt, dem öffnen sich alle Meere rings um die Erde.

Die Entwicklung des Ozeanschiffes und der Ortsbestimmung auf hoher See bilden dabei die technischen Voraussetzungen des neuen Zeitalters, das heraufkommt. „Dieses Hinaus des Geistes aber, um mit Hegel zu sprechen, diese Begierde des Menschen, seine Erde kennenzulernen", bildet die Triebfeder hinter allen technischen Fortschritten.

Es sind bei der Einbeziehung der ozeanischen Räume in das politisch-ökonomische Denken der Europäer zwei Problemkreise gegeben. Zunächst der Plan der Küstenfahrt, die freilich nach den geographisch-nautischen Bindungen streckenweise auch weite Entfernungen vom festen Lande erforderlich machte, den unerforschten afrikanischen Kontinent entlang bis zum Eingang in den Indischen Ozean und von da auf den bekannten Routen der arabischen Seefahrt zum Roten Meer, zum Persischen Golf sowie nach Indien und weiter zu den Gewürzinseln und nach China. Dieses Unternehmen haben in systematischer Weise, Schritt um Schritt weitergreifend, die Beauftragten des Prinzen Heinrich und seiner Nachfolger von der Klippe von Sagres aus vollbracht, wo gleichsam das Hauptquartier für den ozeanischen Feldzug errichtet war mit allen erforderlichen Einrichtungen.

Das andere Problem, das sozusagen nur am Schreibtisch der Gelehrten entstehen konnte, da die Erfahrungs-Stationen wie beim afrikanischen Unternehmen fehlen mußten, bestand zunächst in einem rein theoretischen Gebilde, und sollte es verwirklicht werden, dann bedurfte es — abgesehen von den Mitteln der Ausrüstung und der innereuropäischen politischen Sicherung — noch eines unbeugsamen, ja geradezu fatalistischen Wagemutes. Es galt, im Rahmen der damaligen geographischen Grundanschauungen, Erbe von Mittelalter und Antike, vom Westen Europas quer über den Ozean nach Ostasien zu fahren. Die Vorstellung vom Erdglobus und seiner Abbildung auf den Weltkarten des 15. Jahrhunderts waren hierbei entscheidend. Es galt, von der Größenvorstellung der Erde ausgehend, eine Art Berechnung anzustellen über das Ausmaß der Entfernung zwischen Portugal und Japan, und zu prüfen, ob eine solche Entfernung mit den damaligen Mitteln schiffstechnisch und verpflegungsmäßig durchgehalten werden konnte, von den noch unbekannten Winden und Strömungen des Ozeans ganz abgesehen.

Der Florentiner Astronom und Arzt Toscanelli (1397—1482), ein Studiengenosse des deutschen Kardinals Nikolaus von Cues — sie hatten 1417 in Padua gemeinsam den Studien obgelegen und später geographische Kartensysteme entwickelt — war von den portugiesischen Unternehmungen, um Afrika herum den Weg nach Indien zu suchen, beeindruckt worden, aber von seinen geographischen Versuchen aus zu der These gekommen: der Seeweg um Afrika herum nach Asien sei wesentlich weiter als der Seeweg quer über den Ozean nach Westen. Er zeichnete eine neuartige Karte mit den Westgestaden Europas am Ostrand der Karte und den Ostgestaden Asiens (nach Marco Polo und den ptolemäischen Überlieferungen) am Westrand, er zeichnete die Meridianlinien ein und berechnete die Ost-West-Entfernung über den Ozean mit 130 Graden, weil nach seinen Überlegungen die Entfernung Lissabon—China auf dem Landweg 230 Grade ausmachte; das alles war durch die Autorität des Ptolemäus bestimmt. Und er schloß seine Darlegungen, die er an den Beichtvater des portugiesischen Königs gerichtet hat, mit den Worten: „Wundert Euch nicht, daß ich das Westen nenne, woher die Gewürze kommen, obwohl man doch gewöhnlich sagt, daß sie aus dem Osten kommen." Der Brief, der in Abschriften erhalten ist, ging am 25. Juni 1474 von Florenz ab und hat die „Entdecker" in Portugal natürlich beschäftigt. Da war eine Insel in der Mitte des Ozeans eingezeichnet, das völlig sagenhafte Antilia, konnte sie nicht eine gute Raststation abgeben? Wir dürfen als sicher annehmen, daß einige Probefahrten nach Westen hinaus unternommen worden sind; ein Entschluß zu einem Großunternehmen kam in Lissabon damals aber nicht zustande.

Trotzdem hat diese in der Stube der Wissenschaft entstandene Karte, die eine Verlockung bilden sollte, den Ozean nach Westen hin zu überqueren, wahrhaft welthistorische Bedeutung bekommen, denn sie ist einem ehrgeizigen italienischen Kapitän in Lissabon bekannt geworden, und sie hat ihm seitdem keine Ruhe mehr gelassen. Kolumbus kannte die kompilatorische Geographie des Pariser Alliacus, den wir schon erwähnt haben, gut, und er fand da den beunruhigenden Satz: „Expertum est quod hoc mare navigabile est paucissimis diebus, si ventus sit conveniens" — „Wenn der Wind günstig sei, könne man, wie die Erfahrung beweise (!), in wenigen Tagen dieses Meer durchschiffen."

Die Erfahrung portugiesischer Kapitäne, die nach Westen geschickt worden waren, ging dahin, daß „in wenigen Tagen" kein Land zu finden sei; sie setzten deshalb ihre systematische Arbeit die Küste Afrikas entlang weiter fort. Im Herzen des Kolumbus aber brannte Toscanellis Idee der Westfahrt nach Asien weiter. Er wiegte sich in die Überzeugung ein: „Die Erde ist nicht so groß, wie man meint" — „El mundo es poco"! und er fand eine Unterstützung in dieser Meinung in den Ansichten des portugiesischen Hofastronomen aus Nürnberg, Martin Behaim, der noch vor der Fahrt des Kolumbus einen „Erdapfel" angefertigt hat, auf den man in den Raum des Atlantischen Ozeans die Worte hineingeschrieben fand, welche den Impuls des Zeitalters der Entdeckungen besser kennzeichneten als viele Worte: „Wie wohl die welt simpel ist das man just überall mit schiffen fahren oder gehen mag wie hie steht."

Der Irrtum der Geographen und die entfachte Entdecker-Leidenschaft jener Generation hat die Amerikafahrt des Kolumbus möglich gemacht. Freilich ein Drittes mußte hinzukommen: die Mittel der Ausrüstung zu dieser Fahrt und ihr politischer Schutz. Da Portugal sich versagt hatte, gelang es Kolumbus, den spanischen Rivalen für das Unternehmen zu interessieren. Ferdinand und Isabella, dem vereinigten Kastilien und Aragon war 1492 die Beseitigung des letzten Bollwerkes des Islam auf der Pyrenäen-Halbinsel geglückt: in der Stunde dieses Sieges der Christenheit wurde der Grundstein gelegt für die Fortführung des Kreuzzug-Gedankens über das Meer hinaus; Kolumbus erhielt drei Schiffe und die von ihm begehrten Privilegien. Seine Zähigkeit hatte Erfolg: er erreichte zwar nicht Zipangu, Ostasien und Indien, aber ein neuer Erdteil tauchte aus den Fluten auf; auf ihm sollte dereinst ein neues Europa erstehen, eine gewaltige Ausweitung des Okzidents.

Von all dem hat Kolumbus nichts geahnt, er blieb in seinen geographischen Irrtümern befangen; aber mit seinem Namen wird der symbolische Umsturz der „Säulen des Herakles" immer verbunden bleiben. Die Autorität des Ptolemäus wurde endgültig entthront, und die Ansage des Martin Behaim hatte recht: nunmehr war die Welt „simpel" geworden, denn man konnte überallhin mit Schiffen fahren. Nachdem die Überquerung des Atlantischen Ozeans vollzogen war, hat Vasco da Gama 1498 die Umsegelung Afrikas vollendet und die direkte Verbindung mit Ostasien aufgenommen. Kolumbus war in dem neuentdeckten Amerika aufgehalten worden, und erst Magalhães, ein Portugiese in spanischen Diensten, hat Amerika umschifft, den Pazifischen Ozean in seiner ganzen Breite überquert. Seine Gefährten kehrten, Afrika vom Osten her umsegelnd und mit dem Schiff Viktoria die erste Erdumsegelung vollendend, in die Heimat zurück (1519–1522).

Das Zeitalter der Entdeckungen, des überseeischen Kolonial- und Handelswesens, der neuen Weltpolitik hatte begonnen. Der Okzident, vom osmanisch gewordenen Orient bedrängt, hatte sich aus der westlichen Enge heraus eine neue Öffnung in die Welt hinaus geschaffen und damit zu dem alten Thema der Weltgeschichte Orient-Okzident eine neue Variation hinzugefügt, in der aber ganz neue Klänge hörbar werden sollten.

VII. Die Eröffnung der überseeischen Weltpolitik

Wenn wir das Ganze überschauen, so hat Europa nach dem Fall von Konstantinopel nicht resigniert, es hat sich nicht auf die Abwehr der türkischen Großmacht beschränkt, die so sehr erschwert wurde, seitdem der Sultan in Frankreich einen Bundesgenossen gegen den Aufstieg der neuen

Habsburgischen Kaisermacht mit der Idee der Wiedervereinigung der Christenheit und der Wiederaufnahme einer großen Orientpolitik hatte finden können, sondern dieses in sich gespaltene Europa, die Idee der Staaten-Souveränität realisierend, trug bereits im Schoße eine ozeanische Ausbreitungs-Bewegung, durch welche alle Völker der Erde ihre Ausrichtung auf Europa hin erhalten sollten.

Die Vereinigung Europas auf dem imperialen Wege, wozu das Haus Habsburg unter Karl V. noch einmal Kaisertum und Papstkirche, jetzt auf der Grundlage dynastischer Macht, zusammenzuschließen dachte, auch nicht die Zusammenfügung auf neuen föderalistischen Wegen, welche propagandistisch vom Gegenspieler Frankreich angepriesen wurden, haben die Christenheit bewahrt und in die ozeanische Zukunft hineingeführt. Weder das eine noch das andere kam zustande, soviel auch darüber — Kreuzzug auf der einen Seite und friedliche Teilung der Erde auf der andern Seite — in Denkschriften nachgedacht worden ist. Europa vollzog im Innern die Wandlung zum völkerrechtlichen Vielstaaten-System mit der Einrichtung einer ständigen Diplomatie. Es hielt damit bewußt an der ideellen Einheit fest, aber gab sich dabei doch ganz dem Prinzip der einzelstaatlichen absoluten Unabhängigkeit hin, welche von Italien und Frankreich aus alle größeren politischen Gebilde in Europa erfaßt hat in Unterordnung unter das Gesetz der Staatsraison. Von diesem Boden her, von Wettbewerb und Rivalitäten angetrieben, haben die großen Mächte in Europa die Weltentdeckung und die Welteroberung vom 16. zum 19. Jahrhundert zur Durchführung gebracht.

Die großen Mächte, welche in dieser Richtung geschichtstragend geworden sind, waren die eigentlichen Westmächte am Rande des atlantischen Meeres. Aus der alten Front Europas, von Gibraltar nach Malta, von da nach Venedig, Ungarn, Polen bis zu den baltischen Völkern, war eine lange Verteidigungslinie geworden, an der es mit der Zeit weltpolitisch stille geworden ist, denn aller Unternehmungssinn der Europäer wurde in die atlantischen Häfen gezogen, von denen aus die ozeanischen Entdecker, Eroberer, Kolonisten und Händler ihren Ausgang nahmen. Das Gesicht Europas hat sich vom Orient weg den westlichen Meeren zugewendet: dies war eine völlige Umkehrung der Lebensimpulse. Mit Hilfe rationaler Wissenschaft, experimentierender Technik und viel Wagemut, mit Hilfe überlegener Bewaffnung und kriegerischer Tüchtigkeit, auch von einem echten Missionseifer angetrieben, ist man bei diesen neuen Aufgaben ans Werk gegangen, nachdem Europa in den Kreuzzügen des Mittelalters äußerlich gescheitert war.

Der „Weltakzent", wie Jakob Burckhardt in seinen weltgeschichtlichen Betrachtungen sagt, hat sich aus diesen Zusammenhängen heraus verschoben. Das alte Ziel Jerusalem entschwindet nach und nach aus der Mitte des politischen Denkens, und ein Zug ins Profane ergreift die Menschen. Statt Jerusalem oder auch dem traumhaften „irdischen Paradies“ suchen die entdekkungsfreudigen Conquistadoren „El Dorado“, das Land mit dem Goldsegen. Der Begründer des Jesuiten-Ordens, Ignatius von Loyola, hatte seine Missions-Arbeit ursprünglich noch in Jerusalem beginnen wollen, sein Orden aber wurde zu einem der großen Kirchen-Instrumente in den überseeischen Ländern. Die erste Amerika-Karte war mit dem Bild des Christophorus verziert, womit die oft so rauhen und rohen Entdecker in die Gefolgschaft des Christus-Trägers gerückt werden sollten. Religion, Reichtum und Ruhm, oder „God, gold, glory“, so lautet die Devise und knüpft auch damit die alten Mauren- und Heidenkriege der Kreuzzugszeit an die neuen transozeanischen Unternehmungen an.

Auch im Zeitalter der Entdeckungen wird der Begriff der abendländischen Christenheit noch keineswegs aufgelöst, obwohl sich gerade auch in dieser Zeit die Spaltung der lateinischen Kirche vollzogen hat, die sich selbst einst von der griechischen getrennt hatte; auch das hing mit dem Hochkommen der neuen, dynastisch bestimmten Territorialmächten zusammen. Die Religionskriege, mit all ihrer Schärfe und Erbitterung, sind auch in die neuen ozeanischen Bereiche übertragen worden, aber auch sie wurden zu einem Moment, das die Expansion vorwärts getrieben hat.

Am Anfang der ersten weltpolitischen Ordnungen steht noch die Autorität der einen Kirche mit ihrer in der Kreuzzugszeit hoch emporgehobenen päpstlichen Spitze. Die Abgrenzung der ostindischen und der westindischen Unternehmungen von Portugal und von Spanien sind zwar zwischen den beiden Staaten unmittelbar durch den Vertrag von Tordesillas (1494) geregelt worden, aber Rom wurde in die Streitfragen noch hineingezogen, indem man sich von beiden Seiten her bemühte, in diese mit der Missionierung zusammenhängenden Probleme das Wort des Kirchen-Oberhauptes mit in die Waagschale zu legen. Nach einigen Jahrzehnten hörte auch das auf; für Hugenotten, Seegeusen oder elisabethanische „seadogs“ konnte das „Roma locuta“ nichts bedeuten. Aber auch für die katholischen Monarchien, zuerst also Portugal und Spanien, wurden die zwischen ihnen vertraglich festgelegten Gesichtspunkte maßgebend; man einigte sich sogar, daß man Rom nicht mehr in diese Fragen hineinziehen wollte.

Die erste große Grenzziehung zwischen portugiesischen und spanischen Entdeckungsräumen wurde von Pol zu Pol gezogen, anhand der Ozeankarte des Toscanelli, wie es sehr wahrscheinlich ist. Man einigte sich auf eine geometrische Teilung dieses Ozeans und hat dann später versucht, diese einem Meridian entlang laufende „Demarkation“ auf die andere Seite der Weltkugel zu verlängern. Dann wäre der Globus wie ein Apfel zwischen den beiden ersten Entdecker-Nationen geteilt worden. Aber ein solches Prinzip des „mare clausum“ konnten die andern Westeuropäer nicht anerkennen; sie verfochten frühzeitig schon das Gegenprinzip des „mare appertum", und das Wort von der Freiheit der Meere ist seitdem ein Leitwort in der europäischen Übersee-Politik geblieben. Die völkerrechtlichen Fragen mußten in diesen Zusammenhängen in ganz neuer Weise dringlich werden und da man keine Übereinstimmung über die Grundfrage einer Rechtsordnung in Übersee erzielen konnte, entstand unter dem Schlagwort „no peace beyond the line" jene merkwürdige Zone des Freibeutertums, in der kein anerkanntes Recht galt, sondern die Kraft des Stärkeren die Entscheidung gab.

Aber gegenüber einer solchen individualistischen Willkür brachte das neue Zeitalter auch einen ordnenden Geist mit, der vom Staatsdenken her das Ganze zu durchdringen strebte. Man kann sich das in aller Kürze auch an der Stilgeschichte vergegenwärtigen. Mit der Kreuzzugszeit ist der gotische Stil verbunden gewesen: in der Gotik hatte das abendländische Machtbewußtsein über den sogenannten romanischen Stil hinaus, der von einem sich selbst zusammenhaltenden Raumgefühl bestimmt gewesen war, sich in die Weite und in die Höhe gespannt, in der Suche nach dem Transzendenten und in dem Streben, ihm in dieser Welt, in der Seele des Menschen und in den gesellschaftlichen Institutionen eine Stätte zu bereiten. Das Zeitalter der Entdeckungen ist mit dem Stil der Renaissance verbunden: ein ganz diesseitiges klassizistisches Element, eine rationale, sozusagen geometrische Ordnung erfüllt die neue Kolonialpolitik. Auch die Weltkarte wird von der geraden Linie bestimmt, und die Besitzverhältnisse der miteinander streitenden Staaten werden nach Meridianen und Breitengraden geregelt. Nicht anders meint man mit den unermeßlichen Räumen fertig werden zu können. Der mathematische Geist des Menschen beginnt seine Weltherrschaft.

II.

AUSTRALIEN UND AMERIKA

zieht, sogar dünner bevölkert als Sibirien. Nur rund 4½ Mill. Menschen bewohnen den Erdteil; er hat aber Raum für schätzungsweise mindestens 200 Mill. Menschen. Länder wie China und Indien, die zusammengenommen ungefähr die Ausdehnung Australiens haben, besitzen eine Menschenzahl von annährend 700 Millionen.

Diese Zahlen bieten große Gegensätze. Merkwürdiger aber ist vielleicht noch die Verteilung der 4½ australischen Millionen. Australien ist ein junges Kolonialland – und doch wohnt bereits eine ganz unverhältnismäßig große Zahl seiner Bevölkerung in Städten wie Sidney, Melbourne, Adelaide u. a. Melbourne, die Hauptstadt des Staates Viktoria – das ungefähr die Ausdehnung Großbritanniens hat –, bewegt sich darauf hin, die Hälfte der Bevölkerung zu umfassen, die den ganzen Staat bewohnt. Melbourne hat jetzt an 550 000 Einwohner, der ganze Staat aber, mit Einschluß der Hauptstadt, nur 1 271 000. Dabei hat sich Melbourne in einer Periode von sieben Jahren um 47 521 Einwohner vermehrt, während das übrige Viktoria in der gleichen Zeit nur um 16 361 Menschen zunahm. Mit New South Wales und Sidney liegen die Verhältnisse ähnlich; und auch in den andern Staaten Australiens zeigen die Städte eine ganz widernatürliche Überfüllung.

Ja, mehr noch, in einigen Gegenden gibt es eine Erscheinung, die bisher nur in alten und reifen Kulturen beobachtet wurde: die Landflucht. Der Australier liebt das Stadtleben mit seinen Unterhaltungen, seinen Bequemlichkeiten und – seinen hohen Löhnen. Man sagt, daß der Australier in der dritten Generation den „Busch" verläßt, um nach der Stadt zu ziehen. Er hat keine Begeisterung für das Farmerleben, das eine härtere Energie verlangt, als die Industrie- und Kontorarbeit der Städte. Dort lebt er einsam und vom Verkehr abgeschnitten, hier hat er Theater, Pferderennen und Sport. Dazu aber kommen noch besondere wirtschaftliche Gründe. Sehr häufig ist nämlich das beste Land, das am fruchtbarsten ist und am wenigsten Arbeit verschlingt, von den ersten Kolonistenzeiten her in den Händen der großgrundbesitzenden Schafzüchter. Das verteuert natürlich den Erwerb von Farmland, schmälert den möglichen Gewinn und kann in schlechten Jahren dazu führen, daß der kleine Mann vom großen Mann ausgekauft wird.

So kommt es, daß alles nach den Städten drängt. Das aber hat zur Folge, daß hier oft Übervölkerung herrscht und Arbeitslosigkeit um sich greift. Und all dies spielt sich in einem Kolonialland ab, das vom Standpunkt des Mutterlandes aus hauptsächlich dazu berufen ist, die Arbeitslosen des Mutterlandes aufzunehmen und ihnen den Lebensunterhalt und eine neue Zukunft zu sichern. –

Australien hat eine dünne und unnatürlich verteilte Bevölkerung. Was aber mehr als dies seine Zukunft geradezu gefährdet, ist seine niedrige Geburtenziffer. 4½ Millionen in einem Land fast so groß wie Europa sind ein verschwindendes Nichts. Mit einer solchen Zahl kann Australien unter den Völkern der kommenden Zeit keine selbständige Rolle spielen. Ja, es wird sich nicht einmal vor dem Einfall eines andern, kinderreichen Volkes schützen können. Australien bedarf neuer Menschen wie kein anderes Land. Es hat noch ungeheure Landstrecken zu erschließen und ein Riesenreich von amerikanischen Ausmaß zu bevölkern. Und doch nähert sich seine Geburtenziffer der französischen: in Frankreich kommen auf jede Frau im Durchschnitt 3,4 Kinder, auf eine Frau in Australien 3,5[1].

Es ist nur im Verlauf der letzten Generation gewesen, daß Australien diese niedrige Fruchtbarkeitsziffer erreicht hat. Vor 35 Jahren noch stand sie auf der Höhe von etwa 5,31. Im Jahre 1870 kamen in Australien auf 1000 Einwohner 40,9 Kinder. Preußen zählte in demselben Jahr auf 1000 Einwohner 38,3 Kinder. Während der 30 Jahre von 1870 bis 1900 sank die Ziffer für Australien mit ruhiger Sicherheit von 40,9 auf 27,31 herab. Die preußische Ziffer ging in derselben Zeit auf nur 36,6 herab. Heute zählt Australien auf 1000 Einwohner nur noch 26,35 Kinder.

Die Zahlen werden noch interessanter, wenn man nicht Australasien zusammengenommen, sondern die einzelnen Staaten getrennt betrachtet. So kamen im Jahre 1901 auf 1000 Frauen im Alter von 15—50 Jahren in den beiden älteren Staaten Viktoria und South Australia je 98 und 99 Kinder. In den beiden jüngeren Staaten dagegen, in Queensland und Western Australia, die sich erst in unserer Zeit entwickelt haben und für Australien ungefähr das bedeuten, was der „Westen" für Nordamerika bedeutet hat und noch bedeutet, wurden in demselben Jahre auf 1000 Frauen im Alter von 15—50 Jahren je 128 und 150 Kinder gezählt[2].

Was die Ursachen dieser Erscheinung sind, ist nicht leicht zu sagen. Man hat nach natürlichen und nach sittlichen gesucht. Vielleicht wirken beide zusammen. Dr. A. Buttner-Melbourne glaubt die Einflüsse des Klimas verantwortlich machen zu können. „Wenn es möglich wäre", schreibt er, „den australischen Kontinent für einige Jahrhunderte von der übrigen Welt abzuschneiden, so bin ich überzeugt, daß nicht ein einziger Abkömmling von seinen vier Millionen weißer Bevölkerung am Leben sein würde." Auch Foster Fraser hat auf seiner Reise wiederholt Beobachtungen über die rassenschwächenden Einflüsse des Klimas gemacht. Besonders auffällig ist ihm das Nachlassen der Energie, und er behauptet, daß fast alle Männer, die in Australien etwas bedeuten oder bedeutet haben, von europäischen Eltern und nicht von australischen Eltern stammen.

Der Einfluß des Klimas auf die Geburtenziffer ist jedoch eine schwierige und noch offene Frage. Zuverlässigere Anhaltspunkte für deren Niedergehen

1 Stead: Amerikanisierung der Welt, 1902.
2 Schulze-Gaevernitz: Britischer Imperialismus und englischer Freihandel. S. 193.

sind auf dem sittlichen Gebiete zu finden. Es ist in Australien eine ausgesprochene Unlust vorhanden, die Verantwortlichkeiten, Pflichten, Sorgen und Unannehmlichkeiten der Vater- und Mutterschaft zu übernehmen. Sowohl der Staat, als die Kirchen und die „gute Presse" sind deshalb bemüht, hiergegen durch Aufklärung und Mahnruf an die Vaterlandsliebe des Bürgers anzukämpfen. Sie schieben dem Schwächerwerden der religiösen Überzeugungen und dem Streben nach einem bequemen und vergnügungsreichen Leben die Schuld zu. Und doch hätte der Australier weniger vielleicht als jeder andere auf der Erde durch Familienzuwachs eine Verengung seines Nahrungsspielraums zu fürchten. Denn man kann heute schon fast von einer „Überernährung" des Australiers sprechen. Er ist der größte Fleisch- und Zuckerverbraucher, den wir kennen. Während der Deutsche im Jahr durchschnittlich 64 Pfund und der Engländer 109 Pfund Fleisch verzehrt, kommen auf den Australier 264[3]. Ähnlich ist es mit dem Zucker. Wo der Deutsche 18 Pfund und der Engländer 75 Pfund verbraucht, verbraucht der Australier 100 Pfund. Angesichts dieser Tatsachen, die Mulhalls Dictionary of Statistics festgestellt hat, will Schulze-Gaevernitz in Anlehnung an August Bebel die Möglichkeit einer ursächlichen Beziehung zwischen den ungewöhnlichen Ernährungsverhältnissen und der niederen Geburtenziffer nicht gänzlich von sich weisen. Damit würde ein weiterer Grund für den Besorgnis erregenden Kindermangel Australiens aufgedeckt werden. –

Nun könnte man sagen: das, was Australien an natürlichem Zuwachs abgeht, kann es durch Einwanderung ersetzen. Tatsächlich aber bringt auch die Einwanderung keine wesentliche Volksvermehrung. Während der Jahre 1861–1907 sind ganze 784 982 Menschen mehr angekommen als abgefahren. Viktoria und Tasmania haben sogar in dieser Zeit eine größere Zahl von Abfahrten als von Ankünften zu verzeichnen, also Abwanderung. In den fünfziger Jahren, als Australien sein Goldfieber hatte, da kamen große Scharen von Einwanderern: 600 000 durchschnittlich im Jahr. Nachdem das Fieber aber vorüber war, ist die Ziffer stetig gesunken. Im vergangenen Jahr sind 83 432 gelandet.

Warum hat Australien – dieses dünn bevölkerte, kinderarme und doch so landreiche Australien – so wenig Einwanderung? Es hat so wenig Einwanderung, weil so viele Australier keine Einwanderung wünschen. Man steht der Einwanderung gleichgültig gegenüber. Ja, in vielen Kreisen ist man ihr geradezu feindlich. Die Antwort, die Foster Fraser von dem Zimmermann erhielt, als er ihn um seine Meinung über Einwanderung befragte: „Oh, yes,

[3] Anmerkung der Redaktion. Nach J. König „Chemie der Nahrungs- und Genußmittel" zitiert bei L. Brentano „Die deutschen Getreidezölle S. 10 sind die entsprechenden drei Zahlen 88 Pfund, 96 und 344, so daß der Fleisch-Konsum der Australier dem deutschen und englischen noch überlegener erscheint.

I have got no objection to immigration, but we do not want any more carpenters", beleuchtet die Lage vortrefflich. Die australische Arbeit befürchtet die einwandernde Konkurrenz, die die Löhne drücken könnte. Theoretisch ist alle Welt für Einwanderung, und auch im Parlament wird viel von ihr geredet. Zu einem wirklich praktischen Plan aber kommt man nicht, da für die australische Politik die Bedürfnisse des Arbeiters maßgebend sind. Die Arbeiterpartei herrscht und lenkt die Entwicklung des Landes nach ihrem Wunsch, das heißt bezüglich der Einwanderung, sie schließt den Arbeitsmarkt gegen ausländische Konkurrenz ab. Mit Recht konnten demnach die Gegner der Arbeiterpartei mit dem Schlagwort agitieren: „Jede Stimme für die Arbeiterpartei ist eine Stimme gegen Einwanderung."

Das Mittel, mit dem der australische Arbeiter ausländische Konkurrenz abhält, ist ein strenges Einwanderungsgesetz, das dem freien Einwandern große Beschränkungen auferlegt. Zwei Paragraphen sind hier besonders wichtig. Der eine besagt, daß kein Einwanderer hereingelassen werden darf, der einen fertigen Vertrag für eine Anstellung in der Tasche hat – es sei denn, daß die Regierung es ausdrücklich gestattet. Diese Erlaubnis wird nur erteilt, wenn die Arbeitsbedingungen, die der Kontrakt vorsieht, die gleichen sind wie die landesüblichen. Ein nicht-britischer Arbeiter, der mit einem fertigen Anstellungsvertrag ankommt, darf nur zugelassen werden, wenn die von ihm geforderte Arbeit nachgewiesenermaßen von einem Inländer nicht geleistet werden kann! Im Jahre 1907 sind denn auf diese Weise auch nur 47 englische und 13 deutsche gelernte Arbeiter eingewandert.

Der andere Paragraph ist gegen die billige farbige Arbeit gerichtet, gegen Chinesen, Inder, Japaner und Schwarze. Das Mittel, solche Arbeiter fernzuhalten, ist ein einfaches und wirkungsvolles. Es ist bestimmt, daß jedem Einwanderer – auch noch während des ersten Jahres seines Aufenthaltes im Land – ein Prosatext von 50 Wörtern diktiert werden darf. Wird das Diktat vom Einwanderer nicht fehlerfrei geschrieben, dann bleiben ihm die Tore geschlossen und er muß wieder abdampfen. Im vergangenen Jahr hat man sich mit diesem Mittel 97 Chinesen und 10 andere Asiaten, die einzuwandern versuchten, vom Leib gehalten.

Das rassenpolitische Ideal, dem zuliebe diese Schutzmauer gegen farbige Arbeit errichtet wurde, ist das „weiße Australien". Den weißen Menschen soll der fünfte Kontinent gesichert werden. Man will die australische Zukunft nicht mit einer ähnlich schweren Frage belasten wie die Negerfrage, die die Vereinigten Staaten bedrückt.

Mehr aber als jeden andern farbigen Menschen fürchtet der Australier den Japaner. Japan ist die politische Großmacht des Fernen Ostens. Seine Bevölkerung ist überquellend – 122 Menschen auf dem Quadratkilometer – und seine politischen Bestrebungen sind expansiv. Japan braucht Raum für seine

Kinder. Was ist da natürlicher, als daß es auch an das dünnbevölkerte, landreiche Australien denkt, dessen Klima der gelben Rasse angemessen sein würde? Dem Ausdehnungstrieb der Japaner entspricht auf der anderen Seite die Furcht vor einer Invasion. Und die ist wohlbegründet. Denn es ist zweifellos, daß Australien rettungslos dem Japaner, der die Masse und die militärische Rüstung hat, ausgeliefert sein würde, sobald es nur auf sich selbst gestellt wäre. Heute ist es allein die allgegenwärtige, schwimmende Kriegsmacht Großbritanniens, die die antijapanische Politik des „weißen Australiens" ermöglicht. Es sind die englischen Kanonen, die die australischen Schutzmauern verteidigen. Diese Tatsache schmiedet ein eisernes Band von Mutter- zu Tochterland, das die beiden fester aneinander kettet, als alle imperialistischen Gefühle es vermöchten.

Eine Frage aber läßt diese Politik des „weißen Australiens" offen, nämlich die Frage: wie soll der halbtropische Norden des Landes erschlossen werden, ohne von farbiger Arbeit im größeren Umfange Gebrauch zu machen? Der Zuckerrohrbau ist es, der für diese Gegenden besonders in Betracht käme; wie aber soll dieser Zucker konkurrenzfähig werden, wenn er mit weißer Arbeit gebaut wird, die hohe Löhne und kurze Arbeitszeit beansprucht? Ganz abgesehen davon, ob es überhaupt möglich sein wird, größere Mengen weißer Arbeiter in den Plantagenbau tropischen oder subtropischen Klimas zu bringen. Sollen also diese nördlichen Gebiete wirtschaftlich erschlossen werden, so wird man um die Einführung von Arbeit, die das Klima verträgt, nicht herumkommen. Engländer machen darum mit Lebhaftigkeit den Vorschlag, eine Grenzlinie zwischen Nord- und Süd-Australien zu ziehen und den nördlichen Teil mit indischen Arbeitern unter britischer Leitung zu besiedeln. Auf solche und ähnliche Vorschläge aber antwortet der australische Arbeiter: ich fürchte das Übergreifen dieser billigen Arbeit auf mein Gebiet, und dann: es wird ganz unmöglich sein, die Farbigen vom allgemeinen Wahlrecht auszuschließen. Das aber bedeutet, da die Farbigen bald in der Majorität sein würden, deren Herrschaft im Staat.

So sind es die Forderungen der Rassen- und der Arbeitspolitik, die die Einwanderung Australiens beschränken. Jedoch kann man die niedrige Ziffer nicht allein hieraus erklären wollen. Auch Kanada hat neuerdings seine Einwanderungskontrolle verschärft und doch strömt noch immer die Masse der britischen — und nicht nur der britischen — Auswanderung dorthin. Der Grund ist in den von uns schon berührten Bodenverhältnissen zu suchen. Kanada stellt dem Ankömmling, der Farmer werden will, billigen, ja freien Boden zur Verfügung. Australien kann dies nicht im gleichen Maße tun. Seine besten Landstrecken, die für den Farmbetrieb geeignet wären und deren Lage für den Markt günstig ist, befinden sich in den Händen der großgrundbesitzenden Schafzüchter. Über diese ist hier einiges zu sagen.

Das Schaf stellt den Reichtum Australiens dar. 100 000 000 Stück grasen über die endlosen Weideflächen. Der Wollertrag, den sie jährlich liefern, beziffert sich auf 500 000 000 lbs., und die Zahl der geschlachteten Schafe erreicht die Höhe von 11 000 000. Es ist eine ungeheure Produktion, die sich in der kurzen Zeit von hundert Jahren aus einem Nichts entwickelt hat. Es war im Jahre 1797, als die ersten Merinos in Australien eingeführt wurden. Heute fahren jährlich die Einkäufer von Yorkshire, Frankreich, Deutschland und den Vereinigten Staaten nach Melbourne und den andern Ausfuhrplätzen Australiens, um hier die längste, dichteste und feinste Wolle, die auf der Erde erzeugt wird, zu kaufen. Die Betriebe, in denen diese Wolle produziert wird, sind Riesenbetriebe im vollen Sinne des Wortes. Es sind nur kapitalkräftige Unternehmer, die die Schafzucht so im Großen betreiben können. Ausgedehnter Landbesitz ist nötig, und da Australien dürre und trockene Jahre hat, die oft zu großen Schafsterben geführt haben, sind auch in künstlichen Brunnenanlagen und Wasserversorgungsstellen große Geldmittel anzulegen. Auf der andern Seite aber verlangt die Schafzucht nur ein Minimum von Arbeit und auch die Schafschur wird nicht von festangestellten Arbeitern verrichtet, sondern von Wanderarbeitern, die von Station zu Station ziehen.

So ist das Schaf der Feind dichter Besiedlung und kleinen Farmbetriebs. Die Regierungen der einzelnen Staaten haben das erkannt und wollen dem Übel mit den Mitteln der Gesetzgebung begegnen. Das Schaf soll mehr in das Hinterland, in die „back-blocks", gedrängt werden und die Gebiete, die jetzt Schafweide sind, dem Kleinfarmbetrieb mit Getreidebau, Obstkultur und Viehzucht geöffnet werden. Als Mittel ist eine steigende Landsteuer vorgesehen. Sie soll den Großgrundbesitz zerschlagen und zum Verkauf zwingen.

Merkwürdig mag eine solche Politik in einem Lande erscheinen, in dem noch $93^1/_2$ % des gesamten Bodens brachliegen. Anstatt die ganze Energie auf die Erschließung dieser $93^1/_2$ % zu richten, wendet sich die Kampflinie gegen einen Teil der $6^1/_2$ %, die in Kultur genommen sind. Zur Erklärung dieser sonderbaren Erscheinung muß man die australische Eisenbahnpolitik betrachten. Einen Teil der Schuld trifft sicherlich diese.

Die australischen Bahnen sind Staatsbahnen, und auch alle neuen Bahnen werden von den einzelnen Staaten gebaut. So ist es letzten Endes der Steuerzahler, der der Unternehmer ist. Was mag uns da natürlicher erscheinen, als daß der Steuerzahler ganz seinen eigenen Vorteil wahrnimmt, nämlich, daß er die Eisenbahnen dahin baut, wo sie ihm von einem direkt wahrnehmbaren Nutzen sind. Wenn aber die Forderung an ihn herantritt, einen spekulativen Schienenweg, dessen Rentabilität eine offene Frage ist, in das Innere des Landes hineinzulegen, um Auswanderung zur Ansiedlung anzulocken, dann versagt er und hält seinen Geldbeutel zu. – Man mag ein überzeugter Vertreter des Staatsmonopols für Eisenbahnen sein und doch die Meinung vertreten, daß in einem noch unerschlossenen Lande nur der Unternehmungsgeist des Privatkapitals das leisten kann, was der Allgemeinheit dienlich ist. –

Es bleibt ein geschichtlich sehr wahrer und tiefer Ausspruch, der einmal über das Wachstum des englischen Weltreiches gefallen ist: England was made by her adventures! Man kann das Werden des weltumspannenden Größeren Britanniens nicht verstehen ohne den abenteuerlustigen Unternehmungsgeist des englischen Individuums. Australien scheint aber heute von diesem Prinzip, das es erschuf, abgehen zu wollen. Besonders ersichtlich wird das, wenn wir den Satz auf das wirtschaftliche Gebiet anwenden und in der Abenteuerlust das erkennen, was wir gewohnt sind, als kapitalistischen Geist zu betrachten. Der Wärmegrad des Kapitalismus ist in Australien in der Abnahme begriffen. Seine Muskeln werden schlaffer; sein unersättlicher Hunger verringert sich. „Es gibt wenig oder gar keinen Wettbewerb nach großen Vermögen, was der Unterton der amerikanischen Erfolge ist. Auf die Gefahr hin, zu übertreiben, möchte ich behaupten, daß Australien einen seltsamen Mangel an commercial ambition aufweist. „Oh, es ist gut genug" ist ein Satz, den ich gar zu oft gehört habe. Und zwar nicht von den Lippen alter Leute, die viel und tüchtiges vollbracht haben, um Australien dahin zu bringen, wo es ist, sondern meistens von den Lippen der jüngeren Generation, die die fertigen guten Dinge geerbt hat." Die Ursache ist, daß das legitime Kind des Kapitalismus: der Sozialismus in Australien, bereits weiter herangewachsen ist, als auf andern Teilen der Erde.

Wie wir schon sagten, wird Australien von seiner arbeitenden Bevölkerung regiert. Die Labour Party, die Arbeiterpartei, hat die Mehrheit und damit die Staatsleitung. Die Trade Unions, die Gewerkschaften, sind die Regimenter, auf denen diese Herrschaft beruht, mit denen die politischen und wirtschaftlichen Erfolge errungen werden. So ist der achtstündige Arbeitstag über ganz Australien hin gesetzliche Vorschrift. Alles was man unter dem Begriff der Arbeitshygiene zusammenfassen kann, hat durch Staatsgesetze einen hohen Grad von Vollkommenheit erreicht. Mindestlöhne sind für die verschiedenen Produktionszweige festgestellt. Lohnämter in den einzelnen Staaten und ein Schiedsgerichtshof als höhere Instanz für Gesamt-Australien dienen der Regelung der Lohnverhältnisse und der Beilegung von Streitigkeiten zwischen Arbeitgeber und Arbeitnehmer. Der Arbitration Court ist von besonderer Bedeutung, da alles vor ihn gebracht werden kann, seien es Lohnsachen, Arbeitszeit, seien es Entlassungen, bevorzugte Anstellungen oder Nichtanstellungen besonderer Personen, z. B. die Nichtanstellung eines Agitators. Würde in diesem letzteren Falle das Schiedsgericht entscheiden, daß der Agitator angestellt werden muß, so hat der Arbeitgeber ihn anzustellen oder schwere Strafen zu zahlen.

Diese machtvolle Stellung der Arbeit dem unternehmenden Kapital gegenüber hat ihre Ursache in dem festen Bau der Gewerkschaften. Der Arbeiter, der keiner Gewerkschaft angehört, hat auf dem Arbeitsmarkt einen äußerst schwierigen Stand. In Konkurrenz mit einem Gewerkschaftler wird es ihm niemals gelingen, Arbeit zu finden. Was seine Lage aber noch schwieriger macht, ist, daß er in vielen Fällen nicht die Möglichkeit hat, Gewerkschaftler zu werden. Denn es gibt Trade Unions, die ihre Listen schließen und somit eine bestimmte Arbeitsstelle für eine bestimmte Gruppe von Arbeitern monopolisieren. Ein Beispiel zur Erläuterung: Das amerikanische Schiff Andromeda kam mit einer Holzladung in den Hafen von Sidney. Der Kapitän gab seiner Schiffsmannschaft einen Extralohn, wofür sie das Holz in die Lichter laden sollte. Darauf wurde er gemäß der Arbitration Act, welche besagt, daß alle Schiffsladungen von Gewerkschaftsarbeitern zu Gewerkschaftslöhnen gelöscht werden müssen, vor Gericht geladen. Der Kapitän nahm keine Notiz davon, worauf man ihn mit 50 Pfund strafte. Außerdem hatte er seine fünf Pfund Strafe zu zahlen, weil er keine Gewerkschaftsarbeiter verwendete, und er wurde angewiesen, das Löschen einzustellen, bis er die Arbeit Gewerkschaftlern zu den festgesetzten Löhnen überwies. Der Kapitän hatte zu gehorchen.

Noch zwei weitere Beispiele mögen die Macht der Trade Unions beleuchten, die sich nicht davor scheuen, im Interesse der Arbeit betriebsfeindliche Politik zu treiben. – Eine Oelkompanie stellte sechs Arbeiter im Alter von 18–21 an, um die Dauben der Oeltonnen zu dichten. Obwohl es eine ganz einfache Hammerarbeit war, entschied der Arbitration Court, daß die Arbeit Böttcherarbeit wäre und deshalb von Böttchern ausgeführt werden müsse. Die Oelkompanie wurde in Strafe genommen, die jüngeren Arbeiter entlassen und Böttcher mit einem Lohn von 60 Mk. in der Woche an deren Stelle gesetzt. – Ein Mister Wildman suchte einen Arbeiter. Zwei meldeten sich. Er wählte den Nicht-Gewerkschaftler, weil er nach seiner Meinung für die Arbeit geeigneter war. Darauf hatte er 2 Pfund Strafe und 2 Pfund Gerichtskosten zu zahlen und der Schiedsrichter erklärte ihm, daß der Arbitration Court und nicht der Arbeitgeber über die „relative competency“ des Anzustellenden zu entscheiden habe!

So sind die Trade Unions weiter als irgendwo sonst auf der Erde vorgeschritten. Das Ziel, auf das sie zugehen und das sie zum Teil schon erreicht haben, ist die Vernichtung des Arbeitsmarktes. Menschliche Arbeit soll nicht mehr, wie der Kapitalismus es wünscht, als reine Ware behandelt werden, die in ihrem innern Wesen nicht anders geartet ist als Schafwolle oder Kohle. Um menschliche Arbeit soll nicht mehr gehandelt werden. Sie soll ihre erworbenen und ererbten Rechte haben, die unantastbar sind. Eine bestimmte Arbeitsstelle gehört einer bestimmten Gruppe von Arbeitern. Hier wird die Arbeit nicht nach ihrer Güte und nach ihrem Preis angestellt, sondern nach der Reihenfolge, wie sie sich in die Listen der Gewerkschaft eingetragen hat. Daß das im letzten Grunde eigentumsähnliche Rechte der Arbeit an den Betrieben bedeutet, kann nicht verborgen bleiben.

So hat es das Ansehen, als ob Australien – wie Frankreich im vergangenen Jahrhundert das Versuchsland für Staatsverfassungsformen gewesen ist – das Versuchsland für Verfassungsformen des Wirtschaftslebens werden soll. Der Weg, auf dem es sich jetzt befindet, führt offenbar zu den saturierten und stationären Zuständen, die uns zuweilen als das notwendige Ende der Weltgeschichte erscheinen. Der Kapitalismus ist das Zeitalter ungeheurer Spannungen, nie gesehener Leistungen und zerstörender Krisen. Was hinter ihm kommt, ist Ausgleichung und Ruhe. Auf das Zeitalter der Energie folgt das Zeitalter der Entropie. Wer feine Augen hat, kann davon schon etwas „zwischen" den Daseinsformen der heutigen Australier erkennen. Ob damit das Vorhandensein des Pessimismus zusammenhängt, von dem wir eingangs gesprochen haben?

DIE HISTORISCHE FORSCHUNG ÜBER DIE URSPRÜNGE DER VERFASSUNG DER VEREINIGTEN STAATEN VON AMERIKA*

2

Fast unübersehbar ist die Literatur, die sich um das Verfassungsinstrument der Vereinigten Staaten von Amerika aufgestapelt hat. Jene doch verhältnismäßig kurz, knapp und klar gefaßten sieben Artikel, nach denen das amerikanische Volk seit 1789 sein staatliches und politisches Leben geführt hat, hat eine wahre Flut von gesprochenen oder gedruckten Worten hervorgerufen. James Bryce, der beste Kenner der amerikanischen Verfassung, hat einmal gesagt, daß mit Ausnahme des Pentateuch, des Neuen Testaments, des Korans und des *Corpus Iuris* kein Schriftwerk eine so umfangreiche Literatur erzeugt habe als die amerikanische Verfassungsurkunde. Der weitaus größte Teil dieser Literatur ist allerdings juristischer oder politischer Natur. Die historische Forschung dagegen, die die Entstehung, die Quellen und Ursprünge der Verfassung aufdecken soll, ist lange Zeit außer acht gelassen worden, und auch heute liegt uns noch kein Werk vor, das die Aufgabe löst, im Zusammenhang eine Darstellung der Bildung und Vorgeschichte dieser vielerörterten und heißumkämpften Verfassung zu geben.

Es ist bekannt, daß die amerikanische Verfassung vom amerikanischen Volke heilig gesprochen worden ist, daß sie im Laufe des 19. Jahrhunderts, wie man gesagt hat, „kanonisiert" wurde[1]. Selten wohl in der Geschichte ist ein Volk von der Vollkommenheit seiner Verfassung so überzeugt gewesen, wie es das amerikanische, selbst heute noch, in weiten Schichten ist. In Superlativen, die nicht zu überbieten sind, hat es in der seinigen die freieste, die stärkste, die gerechteste, die menschlichste, die weiseste, die nützlichste aller Regierungsformen, die es je gab, verherrlicht. Die Gründung dieser Staatsverfassung galt den Amerikanern als „das freudigste Ereignis in der politischen Geschichte der Menschheit[2]". In den amerikanischen Staatseinrichtungen könnten die Menschen „ihre Hoffnung, ihre Ermutigung, ihr

* Antritts-Vorlesung, gehalten an der Universität Hamburg am 25. Juli 1919.

[1] v. Holst, Verfassung und Demokratie der Vereinigten Staaten v. Amerika, I, 56.

[2] Bancroft, History of the Constitution I, 3.

Licht[3]" erblicken. So haben Hunderte von Gelehrten, Politikern, Kanzelpredigern und Schriftstellern in panegyrischer Weise die Auserwähltheit des amerikanischen Volkes und die Vollkommenheit und Idealität seiner Staatsverfassung verkündet.

Die Partei, die die Verfassung in dem Konvent von 1787 entworfen und 1788 die Zustimmung für sie durch eine angespannte rührige Agitation dem widerwilligen Lande abgerungen hatte, sie mußte naturgemäß für die Anschauung von der Vorzüglichkeit und Vollkommenheit der Verfassung eintreten und bei den Stimmberechtigten zu verbreiten suchen. Aber erst als auch die Gegenpartei, die der antizentralistischen Republikaner, in der Periode des wirtschaftlichen Aufschwungs, die auf die langen schweren Jahre des Revolutionskrieges und der politisch und wirtschaftlich so kritischen Zeit der Konföderation folgte, die Vorteile des „neuen Daches", unter dem man lebte, deutlich empfand, dann erst wurde die Verfassung von allen Volksteilen als das unantastbare heilige Grundgesetz des Staates angesehen. Die gefährlichsten sozialen und politischen Gegensätze innerhalb der jungen Nation waren in der Verfassung durch Kompromisse, wenn auch nicht gelöst, so doch überbrückt oder vertagt worden. Die Parteien waren damit in die Lage versetzt, die Kompromisse und damit die Verfassung jeweils in ihrem Sinne auszulegen, so daß die Verfassung bald den beiden großen Parteien der Union als ein Bollwerk ihrer Überzeugungen dienen konnte. Man sah nicht in der Verfassung selbst ein Hindernis für die eigenen Bestrebungen, sondern nur in der Auffassung und Auslegung der Verfassung, die die Gegenpartei zur Geltung zu bringen suchte. Es bekämpften sich deshalb die Parteien, in Angriff sowohl wie Abwehr, mit besonderer Vorliebe mit dem Argument der Konstitutionalität oder der Unkonstitutionalität ihrer Maßnahmen und Ziele.

So können wir bei den Amerikanern schon seit die partikularistisch gesinnte republikanische Demokratie unter Präsident Jefferson, 1801, die Regierung der Vereinigten Staaten übernimmt und dann besonders im zweiten Jahrzehnt des 19. Jahrhunderts in der sog. Ära *„of good feeling"*, dem Zeitalter der allgemeinen Zufriedenheit, da die alten Parteiunterschiede sich verwischten und es geschehen konnte, daß ein Präsident ohne Gegenkandidat gewählt wurde, die Heiligung des von den „Vätern" geschaffenen Verfassungswerkes durchdringen sehen. Die Verfassung selbst wurde zum Symbol der nationalen Einheit. „Die Konstitution", so hieß es von jetzt ab, „hat uns zu dem gemacht, was wir sind[4]." Man lernte mit kindlicher Dankbarkeit diese segenspendende Staatsform verehren; man gelobte, sie in ihrer „originalen Stärke und Rein-

[3] G. T. Curtis, History of the Constitution, 1854; Bd. I, S. XIII.
[4] Curtis, Bd. I, S. XI u. XIV.

heit[5]" zu erhalten, sie zu schützen gegen alle Versuche, sie zu ändern oder falsch auszulegen. Als dann der immer latente Gegensatz zwischen dem Norden und Süden in der Sklavereifrage wieder zum offenen Ausbruch kam und der Kampf um die Ausbreitung unfreier Arbeit nach den neuen Weststaaten zu einem jahrzehntelangen Kampf um die Auslegung der Verfassung führte, da stieg das Verfassungsdokument von 1787 in seiner Unantastbarkeit nur um so höher. Das Dokument allein hielt die Union zusammen; denn jeder versicherte seine Loyalität gegenüber der Konstitution, jeder versuchte sich durch die Verfassung zu decken, jeder schwur, ihre unwandelbaren weisen Prinzipien zu befolgen, auf denen allein die nationale Freiheit und Wohlfahrt beruhten. Die Zeiten des amerikanischen Bürgerkrieges mit seiner tiefgreifenden Erregung der Leidenschaften brachten dann die blutige Besiegelung der glühenden Anhänglichkeit an das Werk der Väter.

Aus diesen Verhältnissen heraus muß man die nahezu religiöse Verehrung der Verfassung, „*the worship of the Constitution*", die für die Amerikaner so charakteristisch ist, zu verstehen suchen. Berücksichtigt man ferner den die ganze amerikanische Geschichte und besonders ihre Anfänge bestimmenden kirchlichen Geist, so wird man bei dem starken Gefühlsverhältnis, in das der Amerikaner seiner Verfassung gegenüber geraten war, begreifen können, daß er lange Zeit die Beantwortung der Frage nach ihren Ursprüngen und ihrer Entstehung in einer kritisch wissenschaftlich zerlegenden Weise ablehnte und einfachere, vor allem die Heiligkeit des Instrumentes nicht antastende Erklärungen zu geben bemüht war. Unvertraut mit den wahren Vorgängen zur Zeit der Verfassungsgründung, die erst ein halbes Jahrhundert nach ihrem Zustandekommen in Publikationen sich zu entschleiern begannen[6], idealisierte er. Er verstieg sich in grenzenlosem Überschwang bis zu dem Glauben, daß Amerika die Entstehung seiner Verfassung einem unmittelbaren Eingreifen Gottes in seine Geschichte zu verdanken habe, daß sie, wie die Bücher der Heiligen Schrift, Seiner Inspiration entsprungen sei. „Solch eine Regierung", so können wir unter vielem gleichartigen über die Verfassung lesen, „sehen wir für mehr als einen Ausdruck ruhiger Weisheit und erhabener Vaterlandsliebe an. Sie zeugt von einem unverkennbaren Eingreifen der Vorsehung. Sie war Gottes rettendes Geschenk an ein in Leid und Gefahren schwebendes Volk. Sie war ein schöpferisches Fiat über einem wilden Chaos: Laßt eine Nation an einem Tage geboren werden[7]."

Das ist die Volksstimmung, das die öffentliche Meinung der Gebildeten, aus der die ältere historische Schule, die zuerst sich mit der Frage nach der

[5] J. Q. Adams, The Jubilee of the Constitution, 1839; S. 48 u. 129; dazu Jefferson: Weitings X 42 „sanctimonious reverence" etc.

[6] Die „Madison Papers" wurden 1840 veröffentlicht.

[7] North American Review XCIV (1862), I, 161.

Entstehung und Herkunft der amerikanischen Verfassung beschäftigt hat, hervorgewachsen ist und getragen wurde. Bei diesem festgewurzelten Glauben an die Vollkommenheit des eigenen Staatswesens nimmt es uns nicht wunder, daß die Historiker dieser Zeit durch Mangel an kritischem Sinn gekennzeichnet sind. Sie erkennen die Tragweite der Frage nach Ursprung und Entstehung der Konstitution noch nicht in ihrem ganzen Umfang. Sie richten ihre Blicke fast ausschließlich nur auf die Jahre der Beratung und Festsetzung der Verfassung selbst. Sie beschäftigen sich mit den „Vätern der Republik", den Gründern der Verfassung, deren Genialität, Weisheit, Geisteskraft, Charakterstärke Amerika sein Staatsgrundgesetz verdanke. Aus einer „einfachen Anstrengung des menschlichen Intellekts" sei die Verfassung hervorgegangen oder, wie ein anderer Historiker dieser Schule sich einmal ausgedrückt hat: sie sei „ebenso eine Erfindung wie die erste Baumwollmühle und das Telephon[8]".

Mit dieser Auffassung der Konstitution als eines Werkes des freien schöpferischen Menschengeistes finden wir vielfach verbunden die Anschauung von dem starken Einfluß der politischen Philosophie jenes Zeitalters. Aus der Gedankenwelt der politischen Aufklärung heraus sei die Bildung der amerikanischen Republik zu verstehen. Sie stelle den Versuch dar, die Ideen von der Souveränität des Volkes, dem „Contrat sociale", den natürlichen Menschen- und Bürgerrechten zu verwirklichen. Die Auffassung vom Wesen, vom Zweck und den Aufgaben des Staates, der Abgrenzung von Staat und Kirche, von dem Verhältnis zwischen Staat und Individuum, Regierten und Regierenden, so wie sie von den führenden Philosophen des 17. und 18. Jahrhunderts gelehrt wurde, bildete die Grundlage, auf der das neue amerikanische Verfassungswerk aufgerichtet wurde. Neben Hobbes, Locke, Milton, Sidney, Rousseau wird hier besonders auch der für die Geschichte der politischen Ideen jener Zeit so bedeutsam gewordene französische Staatsphilosoph Montesquieu genannt. Er hatte mit seinem Werke vom „Geist der Gesetze" die verfassungsrechtliche Ideenbildung der Öffentlichkeit seiner Zeit stark beeinflußt und für ein gesundes Staatswesen grundlegende Forderungen aufgestellt, die auch für die Verfassungsgründer in dem Neuland Amerika maßgebend gewesen wären.

Diese Anschauungen von dem Ursprung der Verfassung in Ideen, Prinzipien, Lehrsätzen haben sich naturgemäß vornehmlich die juristischen Kommentatoren zu eigen gemacht, ausgebildet und vertreten. Noch bis zum heutigen Tage begegnet man einer Behandlung der Konstitution als „einem Zweig der Natur- und Moralphilosophie[9]", die eine kritisch-analytische Betrachtungsweise unterdrückt und einen Geist der Verehrung pflegt, wie er großen,

[8] R. Foster, Commentaries etc. I, 22.

[9] Beard, An economic interpretation of the Constitution, New York 1913, S. 9.

wahren, ewigen Prinzipien zukommt. Aber nicht nur die großen Juristen wie Kent, Story, Marshall, Cooley, sondern auch die Historiker waren von solchen Anschauungen beherrscht. Curtis und Bancroft, um nur die führenden unter ihnen zu nennen, waren durchdrungen von der Vorstellung, daß die amerikanische Staatsverfassung aus gewissen einfachen Grundsätzen abzuleiten sei, daß sie die ganze oder doch annähernd vollkommene Lösung des Problems einer allgemeinen gültigen Idealverfassung darstelle, daß sie darum eine unwandelbare Größe sei, in der nichts veralten könne, sondern alle Teile dauernd ihren gleichartigen Wert behalten[10].

Auch Europäer schlossen sich diesen Grundauffassungen an. Tocqueville war von der gänzlichen Neuheit des amerikanischen Staatswesens überzeugt, und Gladstone kam in einer vergleichenden Betrachtung der englischen und amerikanischen Verfassung zu der bekannten gegensätzlichen Formulierung: „Die eine ist etwas Gewachsenes, die andere etwas Geschaffenes; die eine ist „praxis" die andere „poiesis"; die eine ist das Ergebnis von Tendenz und unbestimmter Zeit, die andere von Wahl und einer bestimmten Epoche. So wie die britische Verfassung der feinste Organismus ist, der je aus dem Schoße und der langen Trächtigkeit fortschreitender Geschichte hervorgegangen ist, so ist die Amerikanische Verfassung das wunderbarste Werk, das jemals aus Geist und Willen des Menschen zu einer bestimmten Zeit geschaffen worden ist[11]."

Auf diese erste Generation von Historikern, die den Ursprung der amerikanischen Verfassung auf das Eingreifen einer höheren Gewalt, auf die persönliche Weisheit und Schöpferkraft der „Väter der Republik" oder auf die ewig gültigen Ideen der Philosophie und auf die wissenschaftlichen Erkenntnisse der Staatskunde jener Epoche zurückführte, folgte eine zweite historische Schule mit neuen Grundgedanken und Forschungszielen. Die Gedankenwelt auch dieser zweiten Generation von Historikern wies unverkennbare Wechselbeziehungen zu politischen Strömungen und Tendenzen ihrer Zeit auf. Hinter der älteren Schule stand der Patriotismus der Nation, der die Verfassungsurkunde weit über die jeweilige Gesetzgebung der politischen Parteien erhob als das heilige Instrument der Willenskundgabe des „souveränen Volkes". Die Verherrlichung der Verfassung als eines Wunder- und Idealwerkes half die auseinanderstrebende Nation zusammenzuhalten; die beiden großen Parteien stützen, wenn auch durch verschiedene Auslegung, die bestehende Verfassung, bis dann doch 1861 der Bürgerkrieg die Nation zerriß und die Auslegung der einen Partei gegen die andere zum Siege führte. Erst als die Leidenschaften, die der Bürgerkrieg und der Wiederaufbau der Südstaaten durch den Norden zur Entfesselung gebracht hatte, sich abkühl-

10 Curtis, S. X.
11 North American Review CXXVII (1878), 185.

ten und eine neue Generation hinter der Zeit des Bruderkampfes emporwuchs, war die Bahn freigemacht für eine neue und auch kritischere Betrachtung des Verfassungswerkes von 1787.

Die Anregungen für eine neue Auffassung der Entstehung, der Quellen und Ursprünge der Konstitution kamen den Amerikanern von außen und standen nicht mehr im Zusammenhang mit innerpolitischen Parteifragen, sondern mit Grundfragen der auswärtigen Beziehungen[12]. Die 80er, die 90er Jahre und besonders offenkundig die beiden Jahrzehnte des neuen Jahrhunderts haben von leisen Anfängen ausgehend in immer steigendem Maße die Wiederannäherung und Versöhnung der beiden feindlichen, englisch sprechenden Nationen gebracht. Die Engländer hörten auf, die Amerikaner geringzuschätzen, und die Amerikaner begannen ihren alten Haß gegen den „Erbfeind" zu vergessen. Der allenglische Gedanke erhob sich zu seinem Flug über die Erde. Nach dem Vorgang von Carlyle, der die Amerikaner „die transatlantische sächsische Nation" nannte, England und Amerika als „Gemeinden eines und desselben Landes" bezeichnete, folgte Freeman mit seinem Buch: *„The English people in its three homes"* (1882) als Wortführer der großen germanistischen historischen Schule Englands. Diese Gruppe von Historikern, Rechtshistorikern und Staatsrechtslehrern, die in innerlich enger Beziehung zu der germanistischen rechtshistorischen Schule Deutschlands und des Kontinents standen, waren durchdrungen von der Bedeutung der „teutonischen Tendenzen" und deren Auswirkung in der englischen Geschichte. *„The original teutonic freedom"*, die originale teutonische Freiheit, bildete in einer die Geschichte liberalisierenden Weise das Grundelement und den Ausgangspunkt aller rechts- und verfassungsgeschichtlichen Forschungen dieser Richtung. Die germanische Staatsauffassung und die germanische Art der Rechtsbildung stand ihnen in einem lebendigen Gegensatz zu den römisch-romanischen Prinzipien. Gegen Ende des 19. Jahrhunderts setzte sich diese wissenschaftliche Bewegung auch nach Amerika fort. Freeman selbst, 1882 zur Eröffnungsfeier der ersten amerikanischen Universität, die vornehmlich Forschungszwecken dienen sollte, der *John Hopkins University* in Baltimore geladen, wurde auch zum persönlichen Überbringer der Ideen und Vorstellungen dieser „teutonischen Schule".

Einer neuen Auffassung der amerikanischen Verfassung war damit der Weg bereitet. Von einem ganz neuen Gesichtswinkel aus wurde sie nunmehr betrachtet. Sie stand nicht mehr als „isoliertes Dokument" aus dem 18. Jahrhundert da, sondern wurde in einen großen allgemeinen historischen Zusam-

[12] Späterer Zusatz: Es ist freilich auch die innenpolitische Bedeutung dieser Lehre zu beachten, nämlich die Tendenzen „Neu Englands" gegen die Überfremdung der USA durch die „alians", sowohl der irisch-katholischen wie der romanisch-slavischen Massen-Einwanderung.

menhang gerückt. „Der Geist von 1787 war ein englischer Geist" (Bryce I, 300), so wurde nunmehr gelehrt. „Die Institutionen des englischen Volkes auf beiden Seiten des Atlantischen Ozeans ruhen auf denselben Begriffen von Recht und Gerechtigkeit." „Die Einrichtungen Amerikas sind ihrem Geiste nach nichts anderes als eine gewaltige Entwicklung der Ideen, die dem politischen und rechtlichen System Englands zugrunde liegen[13]." Kurz, man glaubte den Beweis antreten zu können, daß die amerikanische Verfassung nach dem „Modell" der englischen gebildet worden sei. Sie sei, soweit das überhaupt in der Völkergeschichte möglich wäre, ein getreues Abbild — *a faithful copy*[14] —, eine „Version[15]" der damaligen Verfassung Englands, wie sie in den maßgebenden Kommentaren des Juristen Blackstone (1765) dargestellt wurde. In dem Präsidenten, dem Senat und dem Repräsentantenhaus der amerikanischen Union müsse man unter Abstreifung des Erblichkeitsprinzips den König, das Haus der Lords und das der Gemeinen Englands wiedererkennen. Auch in den der Unionsverfassung vorangehenden Einzelstaats- und Kolonialverfassungen habe eine unmittelbare Nachahmung und Nachbildung des jeweiligen britischen Musters stattgefunden. Die Machtbefugnisse der Exekutive, des „Gouverneurs" und seiner Beamten, die Gestaltung der Legislatur mit ihrer Zweiteilung in „Rat" und „Versammlung", und ihren Kompetenzen und ihrer Geschäftsordnung, die Stellung und Bedeutung der Gerichte für das Verfassungsleben — das alles zeige, wenn auch in kleineren Maßstäben, das Spiegelbild des englischen Staatssystems[16].

Blieben diese äußerlichen Vergleiche der Konstitutionen vielfach an der Oberfläche haften, da man in der Betrachtung gewisser Ähnlichkeiten starke

13 Dicey, Law of the Constitution, 135 und 196.

14 Encyclopaedia Britannica (1878) VI, 309.

15 H. Maine, Popular Government, S. 207.

16 Es ist auch versucht worden, die wichtigsten Einrichtungen des amerikanischen Staatswesens auf holländische Quellen zurückzuführen. Das Werk von Douglas Campbell: The Puritan in Holland, England und America, 1892, ist im Geiste der Opposition gegen eine übermäßig hohe Einschätzung der Bedeutung des Angelsachsentums für die amerikanische Nation geschrieben. „Von der großen Mehrheit der Schriftsteller", sagt Campbell, „wird immer noch der Versuch gemacht, alles Amerikanische auf eine englische Quelle zurückzuführen, und wenn dieses Bestreben zu keinem Ergebnis führt, dann greift man auf den erfinderischen Genius zurück" (I, S. XLI u. 94). „Amerikas Institutionen unterscheiden sich grundsätzlich von denen Englands. Die Art des Denkens seiner Bevölkerung ist nicht englisch ... Trotzdem wird immer noch behauptet, daß wir ein englisches Volk sind und englische Einrichtungen haben, und alle amerikanische Geschichte wird auf Grund dieser Theorie geschrieben" (I, S. XXX). Dagegen versucht Campbell den holländischen Einfluß auf die Ausbildung der republikanisch-demokratischen Formen der amerikanischen Staatseinrichtungen nachzuweisen und in „dem Yankee Europas" der damaligen Zeit Vorbild und Vorläufer des Amerikaners aufzudecken. Man kann nicht sagen, daß der Beweis geglückt ist.

innere Unterschiede übersah, so wurden die Forschungen dieser Schule für den Bereich der Institutionen um so fruchtbarer. Der Gedanke der Nachahmung, der „Imitation““ trat hier zurück gegenüber der Vorstellung der Wiederhervorbringung aus dem Volksgeiste heraus, der „Reproduktion[17]“. Ein vertieftes Verständnis für die inneren Staatseinrichtungen und die ihnen zugrunde liegenden Rechtsideen kennzeichnet die Historiker dieser Schule, die den Staat weniger als eine Konstruktion von oben her, als einen organischen Aufbau von unten her betrachten. Es war der Standpunkt, von dem aus lokalgeschichtliche Verfassungsstudien ihre Befruchtung empfingen. *Village, township, hundred, parish, county* und alles was mit den örtlichen Organisationen zusammenhängt, wurden in das Licht der Forschung gerückt. Damit war der Blick der Verfassungshistoriker in die Zeiten gelenkt, da die 13 vereinigten Staaten noch englische Kolonien waren. Man fand die Zusammenhänge, die zwischen der Unionsverfassung von 1787 und den Einzelstaatsverfassungen der Revolutionszeit bestanden, und deckte die Beziehungen auf, die das Staatsrecht dieser neuen Staaten mit den Regierungs- und Verwaltungsformen der englischen Kolonien im 17. und 18. Jahrhundert verbanden. Immer blieb dabei die „teutonische Idee“ beherrschend im Vordergrund: in der Verfassung der Vereinigten Staaten wurden, wenn auch in abgewandelten Formen, die Grundzüge des englischen Staatswesens wiedererkannt und auch in ihnen nur eine Auswirkung der ursprünglichen germanischen Begriffe und Anschauungen von Staat und Recht gesehen.

Aus dem Gedankenkreise dieser Schule hervorgehend, finden wir auch vereinzelte Gelehrte, die dieses rassengeschichtliche oder volkspsychologische Moment in der Entstehungsgeschichte der Unionsverfassung zurücktreten ließen gegenüber dem strengen entwicklungsgeschichtlichen Gedanken. Wohl lehnten diese Historiker die Grundidee der Teutonisten nicht ab, aber sie erkannten die Übertreibungen und die vielfachen Oberflächlichkeiten dieser Schule, die mit rascher Feder die Gleichartigkeit englischen und amerikanischen Verfassungswesen aufdecken zu können glaubte und dabei noch immer, mehr oder weniger, bei der Vorstellung einer Kopie und Nachahmung der englischen durch die amerikanische Verfassung, sei es zur Zeit der revolutionären Staatsgründungen, sei es in der Kolonialzeit, stehenblieb. Demgegenüber mußten sich Gelehrte finden, die das genetische Prinzip in strenger Konsequenz zur Durchführung zu bringen suchten. Es wurde damit der Sprung von den primitiven einfachen Staatsverhältnissen in den jungen kolo-

[17] Viel zitiert in diesem Zusammenhang wird ein Satz aus dem alten Kolonialhistoriker Hutchinson, der zu dem Jahr 1619 schreibt: „This year a house of Burgesses broke out in Virginia.“ Dieser Vorgang und die charakteristische Formulierung durch den Historiker zeige auf das deutlichste, daß das Repräsentationsprinzip unter germanischen Völkern nicht unterdrückt werden könne.

nialen Neuschöpfungen des 17. Jahrhunderts auf die durch eine lange Geschichte sehr komplizierten Staatsverhältnisse Großbritanniens vermieden und ein natürlicherer Gang der Entwicklung und Ausbildung der amerikanischen Verfassung aufgewiesen. Denn die Freibriefe, die *charters*, durch die die Kolonien seitens der englischen Krone ins Leben gerufen wurden, bildeten in keiner Weise eine verkleinerte Nachbildung der englischen Staatsverfassung jener Zeit. Form und Inhalt dieser Urkunden, von denen aus die Entwicklung der amerikanischen Verfassung ihren Ausgang genommen hat, sind vielmehr durch das Wesen der englischen Handelskorporation jener Zeit bestimmt worden. Die Virginia-Company oder die Massachusetts-Company waren ihrer rechtlichen Natur nach nichts anderes als die gleichzeitige große Ostindische Kompanie oder die ältere russische und die türkische Kompanie oder die noch ältere Kompanie der sog. „*Merchant Adventurers*", die besonders in den Niederlanden Handel trieben. Die englischen Handelsgesellschaften des Entdeckungszeitalters erscheinen bei dieser Betrachtungsweise als die eigentlichen „Keimzellen" der Verfassung von 1787.

Hier liegen — um das hier einzuschalten — m. E. die wichtigsten Aufgaben, die der Erforschung der Vorgeschichte der amerikanischen Verfassung noch gestellt sind. Es gilt, die unmittelbaren Zusammenhänge zwischen den Verfassungen der jungen Kolonien und den Verfassungsformen der englischen Handelskorporation, wie wir sie bis tief in das Mittelalter hinein verfolgen können, aufzudecken und nachzuweisen. Man wird erkennen, daß hier engere Verbindungen zu den demokratisch-republikanischen Formen der Kompanien, Gesellschaften, Gemeinwesen oder „ewigen Bruderschaften" vorliegen als zu der aristokratisch-monarchischen Staatsform des Englischen Reiches jener Zeit. Nicht im englischen König dürfen wir Vorbild und Vorfahren des amerikanischen Präsidenten und Vizepräsidenten, oder des Gouverneurs und Vizegouverneurs der Kolonialzeit erblicken, sondern in dem „*governor*" und „*deputy-governor*" der altenglischen Handelskorporation. Die Keime des amerikanischen Parlamentarismus liegen nicht in dem vornehmlich feudalistischen und aristokratischen "*parliamentum*" Englands, sondern in dem "*great and general court*", der großen allgemeinen Versammlung der alten Handelsgesellschaften. Wurde doch — um auf einen einzigen Punkt hinzuweisen — das Parlament der Tudors und der Stuarts je nach Bedürfnis von der Krone einberufen, vertagt oder aufgelöst, so daß es lange und kurze Parlamente, längere und kürzere parlamentslose Zeiten gab; während in den amerikanischen Kolonien von Anfang an die regelmäßige terminmäßige Zusammenkunft der Volksvertretung wie bei den Versammlungen in den Handelsgesellschaften rechtens war. Auch die besondere Stellung, die das Verfassungsrecht als solches innerhalb des gesamten Rechtssystems der Vereinigten Staaten einnimmt, ist aus dem Rechtsverhältnis der Korporationsprivilegien zu den von der Korporation erlassenen Statuten und Verordnungen abzuleiten. Bisher liegen nur Anfänge zu Forschungen nach dieser Richtung hin vor; umfassendere Untersuchungen, die die Bedeutung der Übertragung der Handelskompanien auf die Kolonien im Rahmen der Gesamtverfassungsgeschichte der Vereinigten Staaten betrachten, stehen noch aus.

Mit den Forschungen der „teutonischen Schule" war in Amerika die Bahn für eine freiere und kritischere Betrachtung der Unionsverfassung geschaffen worden. Die älteren Vorstellungen von der Verfassung als einem heiligen, unantastbaren, vollkommenen Idealinstrument für die Selbstregierung eines Volkes, das von den „Vätern", den „Halbgöttern" erfunden und geschaffen worden sei, wurde seit den 80er und 90er Jahren zurückgedrängt. Die „Teutonisten" zeigten in ihren Untersuchungen, daß die Verfassung nicht etwas Neues, echt Amerikanisches oder allgemein Gültiges, ein „phantastisches Experiment" auf politischem Gebiete sei, sondern daß ihre Ursprünge weit über das 18. Jahrhundert zurück in einen bestimmten Kulturkreis hineinreichen, wie James Bryce es einmal ausgedrückt hat: „In dieser Verfassung ist wenig, was absolut neu ist; es ist viel darin, was so alt ist wie *Magna Charta*[18]." Damit war jener in früheren Zeiten bei Volk und Gebildeten gleich tief und fest gewurzelten Verehrung der Verfassung durch die Wissenschaft der eigentliche Boden unter den Füßen entzogen worden, ihre Heilighaltung mußte an innerer Kraft und an politischer Bedeutung verlieren. Völlig verschwunden ist sie jedoch nicht. Sie wurde durch die neuen Historiker vielmehr auf eine neue veränderte Basis gestellt. Diese zeigten, daß die Verfassung nicht das Werk der doch schwachen und Irrtümern unterworfenen menschlichen Vernunft sei, sondern das ehrwürdige Ergebnis einer jahrhundertelangen historisch-politischen Entwicklung, nicht „poisis", sondern „praxis". So konnte man an der Konstitution, wenn auch nicht als an einem unantastbaren heiligen Instrument, so doch als an einem ehrwürdigen, erfahrungsreichen, erprobten und entwicklungsfähigen Instrument festhalten.

Erst in allerjüngster Zeit ist eine von allen pietätvollen Empfindungen freie, kühle, kritische Durchleuchtung der Unionsverfassung von nationalökonomisch und wirtschaftshistorisch interessierter Seite aus gewagt worden.

In den Jahren rasch fortschreitender Industrialisierung der Vereinigten Staaten, besonders seit dem Ausgang des 19. Jahrhunderts, trat auch in diesem Lande scheinbar unbegrenzter Möglichkeiten die soziale Frage in den Vordergrund der innerpolitischen Probleme.

Auch in den Vereinigten Staaten erhob sich die Kritik der gesellschaftlichen Zustände, und diese Kritik hat vor der Verfassung der Republik, dem heiligen und ehrwürdigen Instrument der Volksregierung, nicht haltgemacht.

[18] I, S. 31.

Die Fragen, die eine Bewegung zugunsten einer Revision bestimmter einzelner Teile oder einer Umgestaltung der Verfassung von Grund aus hervorriefen, haben auch in der Geschichtswissenschaft, und zwar in der Verfassungsgeschichte ihren Widerhall gefunden. Auch hier scheint die gelehrte Forschung den inneren Antrieb zu ihrer Arbeit aus den Lebensvorgängen der Nation selbst empfangen zu haben, während sie ihre Methoden, ihre Arbeitsweise und ihre Grundideen von dem Auslande übernahm. Die Lehren des „ökonomischen Determinismus", von der Bestimmung alles geschichtlichen Lebens durch wirtschaftliche Vorgänge und Interessen, die Theorien vom Zweck im Recht haben damit im 20. Jahrhundert auch nach Amerika übergegriffen; die durch Marx und Lassalle populär gewordenen Ideen begannen damit auch auf die Geschichtswissenschaft jenseits des Ozeans ihren Einfluß auszuüben.

Mit den Methoden dieser Theorien wurde auch das Verfassungswerk von 1787 einer eingehenden Prüfung unterzogen, um festzustellen und zu zeigen, daß auf die Einwirkung ökonomischer Kräfte das Zustandekommen sowohl wie sehr wesentliche Teile des Inhalts der Verfassung zurückzuführen seien. „Parteidoktrinen und Prinzipien", schreibt Beard, der diese Theorien für die Entstehungsgeschichte der amerikanischen Verfassung zur Anwendung gebracht hat, „haben ihren Ursprung in den Empfindungen und Ansichten, welche durch den Besitz von verschiedenen Arten von Eigentum im Geist der Besitzer hervorgerufen werden: Klassen- und Gruppengegensätze auf Grund von Eigentum bilden die Grundlage moderner Staatswesen, und Politik und Verfassungsrecht sind unvermeidlich ein Reflex dieser widerstreitenden Interessen[19]."

Vier Wirtschaftsgruppen sind es, den Untersuchungen von Beard zufolge, die nach der Beseitigung der englischen Oberherrschaft über die Kolonien und den Abschluß des Pariser Friedens von 1783 durch die unsicheren politischen und ökonomischen Zustände in den selbständig gewordenen Staaten sich in ihrem Besitzstand bedrängt sehen und darum eine neue Unionverfassung fordern, entwerfen und schließlich durch die Mehrzahl der Einzelstaaten zur Annahme bringen: nämlich die Staatsgläubiger, die Bankiers und Geldleiher, die Großkaufleute und die Industriellen, die westlichen Landbesitzer und Landspekulanten. Diesen standen die mittleren und kleinen Farmer und die kleinen verschuldeten Leute entgegen, während die großen südlichen Plantagenbesitzer und Sklavenhalter ihr Gewicht für die vier erstgenannten Gruppen in die Waagschale warfen.

Was diese so wirtschaftlich Interessierten mit der Schaffung der neuen

[19] Beard, An economic interpretation of the Constitution of the United States, New York 1913, S. 15.

Verfassung erstrebten und erreichten, war: Sicherung der Staatsanleihen, deren Wert durch Annahme der Verfassung um schätzungsweise 160 Millionen Mark stieg; Steigerung der westlichen Landwerte durch planmäßige Förderung der westlichen Kolonisation seitens der neuen Union; Sicherung aller privaten Verträge und Verbot der Tilgung von Schulden in Papiergeld mit Zwangskurs; Befreiung der Handels- und Zollpolitik von der Willkür der Einzelstaaten und deren einheitliche Regelung durch Unionsgesetz; wirksame Hilfe gegen Sklaven, die ihren Herren entlaufen und sich in einen andern Staat begeben. All diese wirtschaftlichen Sicherungen wurden gegen mögliche Zugriffe populärer Volksmehrheiten gesichert durch die konstitutionelle Erschwerung einer Verfassungsänderung, durch die Trennung der gesetzgebenden, ausübenden und richterlichen Gewalt, durch die Zerlegung der Legislatur in zwei Kammern. Es könne also nicht behauptet werden, daß die „Väter" des Verfassungswerkes uninteressiert waren; vielmehr erkenne man deutlich die fundamentalen ökonomischen Interessen, die die Grundlagen der Unionsverfassung bilden.

Aber es ist nicht nur der in den geheim stattgefundenen Sitzungen aufgestellte Entwurf einer Verfassung für die Union, der seines idealen Ursprungs durch die Untersuchungen dieser neuen Richtung entkleidet wird, auch die Theorie, daß die Verfassung doch von dem souveränen amerikanischen Volke angenommen und in Kraft gesetzt worden sei, wird als eine bloße juristische Fiktion aufgedeckt, die jede Begründung in der Wirklichkeit entbehrt. Der die Verfassung beratende Konvent war nicht aus Volkswahlen hervorgegangen, sondern aus Delegierten der Einzelstaatsparlamente zusammengesetzt, die ihrerseits infolge der geltenden Zensuswahlrechte nur $^1/_4$ oder $^1/_5$ der erwachsenen weißen männlichen Bevölkerung repräsentierten. Auch in den besonderen Konventen, die in den Einzelstaaten zum Zweck der Ratifizierung des Verfassungsentwurfes einberufen wurden, war die Vertretung des Volkes die gleichermaßen beschränkte. Nach einer von den Freunden der Verfassung mit großen Mitteln in Szene gesetzten Agitation und der Anwendung aller wirksamen politischen Mittel wurde schließlich, wenn auch mit knappen Mehrheiten, von elf Staaten die Verfassung angenommen und damit gesichert. In New York und Virginia, den beiden großen, in der Mitte liegenden Staaten, mit deren Entscheidung das Zustandekommen der Verfassung stehen und fallen mußte, wurde eine Mehrheit für die Verfassung von nur drei bzw. zehn Stimmen erreicht. Man kann also errechnen, daß hinter der neuen Verfassung nur etwa der sechste Teil der erwachsenen männlichen weißen Bevölkerung gestanden hat, keinesfalls jedoch das „ganze souveräne Volk". Die Verfassung wurde dem Volke von einer entschlossenen Minderheit abgerungen. Sie ist demnach sowohl durch die Art ihres Zustandekommens als auch durch ihren wesentlichen Inhalt als ein „ökonomisches Instrument" anzusehen, das vornehmlich den Interessen bestimmter Wirtschaftsgruppen innerhalb der Bevölkerung dienen sollte.

Die unmittelbare Folge einer solchen materialistischen Betrachtungsweise muß sein, daß die älteren Vorstellungen von der „Heiligkeit" und „Idealität" der Konstitution von 1787 hinfällig werden. In das hochgespannte Gefühlsverhältnis der Amerikaner ihrer Verfassung gegenüber wird damit eine starke Ernüchterung hineingetragen. Der Glaube, in dem Staatsgrundgesetz von 1787 die Erfüllung eines Ideals zu sehen, wird zerstört. Der durch die idealistische Auffassung ihm zugeschriebene absolute Wert kann in der Erkenntnis, daß es durch die wirtschaftlichen Interessen und Bedürfnisse einer Minderheit hervorgerufen und der widerwilligen Nation abgerungen wurde, nicht mehr zuerkannt werden. Damit ist die Verfassungsänderung psychologisch erleichtert worden, die bisher mit so großen Hemmungen belastet war, wie die vielen mißglückten Versuche im Laufe des 19. Jahrhunderts gezeigt haben. Von der im Bürgerkrieg durch einen Verfassungszusatz erfolgten Abschaffung der Sklaverei abgesehen, gelang es erst 1913, zwei bedeutsame Verfassungsänderungen durchzuführen: die Hindernisse für die Auflegung einer progressiven Reichseinkommensteuer wurden beseitigt und die Wahl der Bundessenatoren durch das Volk anstatt durch die Legislaturen der Einzelstaaten wurde eingeführt.

Wir haben in diesem raschen Überblick über die verschiedenartigen geschichtswissenschaftlichen Tendenzen in Beziehung auf die Entstehung, die Quellen, die Ursprünge und die Vorgeschichte des Staatsgrundgesetzes der nordamerikanischen Union eine gewisse Wechselwirkung beobachten können, die in Amerika zwischen Politik und Verfassungsgeschichte bestanden hat!

Neben dem den größten Teil des 19. Jahrhunderts ausfüllenden Kampf innerhalb des amerikanischen Volkes um die Auslegung der Verfassung im unitarischen oder partikularistischen Sinne, dem daraus hervorgehenden Streit um die Rechtsquelle der Verfassung und neben der durch diese Kämpfe begünstigten Steigerung der volkstümlichen Verehrung und der „Kanonisierung" der Verfassung finden wir gleichzeitig die erste Schule von amerikanischen Historikern am Werk, die in der Verfassung eine freie Schöpfung der „Väter der Republik" auf Grund der großen, für ewig gültig angesehenen Ideen und Prinzipien des 18. Jahrhunderts sehen.

Neben den Anfängen der Wiederannäherung der beiden lange Zeit entgegengesetzten, englisch sprechenden Völker und der Verbreitung des allenglischen Gedankens in der Welt beobachten wir gleichzeitig das Einsetzen der Untersuchungen der Historiker über die Zusammenhänge des englischen und amerikanischen Staatswesens, die Entwicklung des einen aus dem andern, die Gleichartigkeit in den Grundzügen und vielen der Einzelheiten beider und das Lebendigsein der „teutonischen Ideen" in ihnen.

Neben der Kritik der neuen sozialen und ökonomischen Verhältnisse in der Union, der Neuorientierung der politischen Parteien an diesen Fragen und dem Beginn einschneidender Abänderungen der Verfassung steht gleichzeitig der erste Versuch einer kritischen Analyse des Zustandekommens der Verfassung und der wirtschaftlichen Kräfte und Mächte, die einen großen Teil des Inhalts der Verfassung bestimmt haben.

Diese verschiedenen historischen Schulen und Richtungen innerhalb der Forschungsarbeit haben, wenn auch jeweils mit einer gewissen Einseitigkeit, bestimmte einzelne Teile der Gesamtfrage nach der Entstehung, dem Ursprung, den Quellen und der Vorgeschichte dieser bedeutsamsten aller neueren Verfassungsurkunden aufgedeckt und erläutert. Wenn auch keine der aus diesen Schulen hervorgegangenen Untersuchungen eine befriedigende umfassende Antwort auf die gestellten Fragen gibt, so haben sie doch alle wichtige Erkenntnisse zutage gefördert. Worin die Aufgaben weiterer Forschungen auf diesem Gebiete liegen, ist bei der Charakteristik der Schule, die die teutonische genannt wurde, schon berührt worden. Nicht die treibenden Mächte politisch-ökonomischer Natur, durch deren Wirken das Verfassungswerk zustande kam, nicht die besonderen staatsphilosophischen Ideen des 18. Jahrhunderts, nicht die äußere Imitation oder Reproduktion englischer Staatsformen können allein das Zustandekommen gerade dieser Verfassung erklären. Die Überzeugungen von der Macht der Tradition, der organischen Entwicklung — wenn dieser naturwissenschaftliche Begriff zur Veranschaulichung hier gewählt werden darf — bildet ein Grundelement aller Rechtsgeschichte, ja aller spezifisch historischen Betrachtung überhaupt, und sie muß auch für die Geschichte der amerikanischen Verfassung ihre Geltung behalten. Die zukünftigen Forschungen werden also zu zeigen haben, inwieweit die Verfassungsformen der Handelskorporationen Altenglands als Ausgangspunkt und Ursprung für die Entwicklung und Entstehung der Verfassung der Vereinigten Staaten von Amerika anzusehen sind. Diese Forschungen werden ihrer Natur nach abseits aller Politik und politischen Unterströmungen stehen.

DIE DREI GROSSEN AMERIKANER HAMILTON, JEFFERSON, WASHINGTON* 3

Es war am 4. Juli 1776, als die poltischen Führer der aufständischen Amerikaner durch eine feierliche Erklärung aller Welt anzeigten, daß die Vereinigten dreizehn Staaten an der nordatlantischen Küste des neuen Kontinents als selbständige, unabhängige Staatengemeinschaft in die Reihe der freien westländischen Nationen eingetreten seien. In diesem Schriftstück wurden, in langer anklagender Liste, die Sünden Großbritanniens aufgezählt, die die endgültige und unwiderrufliche Trennung von Mutter- und Tochterland herbeigeführt hätten. Dieser Rechtfertigung aus dem Staatsrecht heraus wurde die, vielleicht noch wirkungsvollere, jedenfalls allgemeingeschichtlich bedeutsamere Rechtfertigung durch die höheren Rechte des Menschen vorangestellt.

Die englische Regierung schritt über die Erklärung der Unabhängigkeit hinweg, bezeichnete die Amerikaner als Rebellen, schickte Militär über den Ozean und eröffnete einen Feldzug in den Kolonien. Europa sah dem so entstehenden Bürgerkriege abwartend zu, bis 1778 Frankreich zuerst die bis dahin vorgehaltene Maske der Neutralität abwarf, die amerikanische Konföderation als unabhängigen Staat anerkannte, ein Bündnis mit ihr abschloß, andere westeuropäische Mächte in den Krieg hineinzog (der dadurch seinen wahren Charakter eines neuen, englisch-französischen Waffenganges offenbarte), und schließlich einen Frieden herbeiführen half, durch den die dreizehn Staaten ihre Freiheit auch unter Anerkennug von seiten Großbritanniens erhielten. So wurde durch Krieg und Diplomatie den Amerikanern ihre staatliche Unabhängigkeit gewonnen. Ein Wendepunkt in der politischen Geschichte des Abendlandes war damit erreicht worden. Das bekannte Wort Goethes, das er im Anschluß an die Kämpfe bei Valmy 1792 prägte, würde genauer auf das Jahr 1776 anzuwenden sein. So tat es Ranke, als er in seinen „Epochen der neueren Geschichte" schrieb: „Dieses war eine größere Revolution, als

* Einleitung zu Auszügen aus ihren Werken in „Klassiker der Politik" herausgegeben von Fr. Meinecke und H. Oncken, Bd. VII (1923), S. 13-48.

früher je eine in der Welt gewesen war, es war eine völlige Umkehr des Prinzips[1]."

Worin bestand das Neue, das mit dieser Epoche in Erscheinung trat? An dem Tage der Unabhängigkeitserklärung beginnt die Ablösung der europäischen Kolonien in Amerika durch die Errichtung neuer, selbständiger Staaten. Von nun an tritt neben die europäische die amerikanische Staatenwelt. Dieser in dem damaligen „Groß-Europa" wach und wirksam gewordene Drang, aus den neuentstandenen kolonialen überseeischen Gemeinwesen freie Staatswesen zu schaffen, wirkt bis zum heutigen Tage noch als lebendige Kraft weiter. Damit war ein neues Element für die Gruppierung der großen Mächte gegeben.

Gleichzeitig und im innersten Zusammenhang mit dieser Bewegung traten neuartige Kräfte auch in den innerpolitischen Gestaltungen in die Erscheinung: mit der amerikanischen Revolution begann das Zeitalter der modernen demokratischen Revolutionen. Die Nordamerikaner stehen als erste im Reigen; denn bei den Engländern des 17. Jahrhunderts weist die Revolution noch einen anderen Charakter auf. Die englische Revolution steht in dem Zeichen der konfessionellen Kämpfe. Ihr Sinn ist zunächst Religionskrieg; freilich trägt sie auch schon Vorbotschaften der demokratischen Revolution in sich. Wir dürfen also sagen, auf das englische Vorspiel folgt als erster Akt „the American revolution", an ihr entzündet sich (von außen- wie innenpolitischen Standorten aus gesehen) „la révolution française", der zweite, größere und dramatisch bewegtere Akt; und auf die amerikanische und französische folgen dann die kleineren europäischen und dann auch außereuropäischen Revolutionen. Die Freiheit steckte, wie die Amerikaner es aussprachen, gleich einer epidemischen Krankheit an.

Tiefgreifend und umwälzend sind die Wirkungen, die von Amerika auf Europa übergehen. Der Pflug wird über die alte Staatenwelt geführt und stürzt das Unterste nach oben. Die Mutterländer müssen ihre Tochterländer preisgeben und werden selbst im Inneren tief verwandelt.

Bei dieser Betrachtung darf man jedoch nicht vergessen, daß die Keime zu diesen Umwandlungen in Europa selbst wuchsen. Kamen doch die „amerikanischen Ideen" auch erst als europäischer Export in die neue Welt. Man kann nicht Güter und Waren ausführen, ohne zugleich auch in unsichtbarer Weise geistige Werte mitzuführen, zumal wenn auch Menschen selber exportiert werden. Die Puritaner, die Quäker, all die verschiedenartigen Nonkonformisten und die Aufklärer brachten Gedanken mit nach Amerika, die den Boden für einen Umsturz bereiteten. Die amerikanische Revolution war eine Revolution mit den Ideen von Montesquieu, Locke, Blackstone, Sidney und anderen. –

[1] S. 131.

Daß es die Bewohner der Kolonialstädte und Landgemeinden, der Farmen und Plantagen an der atlantischen Küste zwischen Florida und Kanada waren, die zuerst sich zu den Trägern und Vorkämpfern des demokratischen Gedankens machten, hatte seine Ursache in den besonderen Bedingungen für die Entfaltung dieser Ideen auf amerikanischem Boden. Der calvinistische Protestantismus enthielt die Möglichkeiten zur Ausprägung des modernen Demokratismus in sich. Radikale protestantische Sektierer waren es, die das stärkste geistige Element unter den Einwanderern in den englischen Kolonien Nordamerikas bildeten. Bei ihnen lebten die geistigen Kräfte, die Gestalt gebenden Mächte in dieser neueuropäischen Welt. Schon in der Verfassungsentwicklung der einzelnen Kolonien offenbaren sich diese Tendenzen wieder und wieder, anfänglich noch nicht in der Umbildung des kirchlichen Verfassungsgedankens in den rein politischen, aber nach der Ablösung des konfessionellen Zeitalters durch das der rationalistischen Aufklärung dann in steigender Weise. Eine Linie kann gezogen werden von dem agreement of the people in der englischen Revolution zu den agreements, compacts, fundamental orders, bodies of liberties der Kolonisten des 17. Jahrhunderts, von da zu den Gestaltungen der Charters im Auf- und Ausbau der Verwaltungen bis hin zu den declarations und resolutions, resolves und constitutions der Revolutionszeit. Der von geschichtlichen Mächten freiere Boden Nordamerika führte zu einer rascheren und stärkeren Durchbildung des demokratischen Gedankens, als es in der alten Welt mit ihrer festen Überlieferung der staatlichen Gestaltungen möglich war. Darin liegt auch der Grund, weshalb der Übergang zur Demokratie in Amerika viel leichter und ohne die gewaltigen sozialen und politischen Erschütterungen sich vollziehen konnte, als in Europa, das durch schwere Kämpfe mit den Mächten der Vergangenheit hindurch mußte. Die Revolution dauerte in Nordamerika alles in allem kaum 25 Jahre, in Europa wurde eine Generation nach der andern aufs neue erschüttert, zum Aufstieg emporgerissen und ins Verderben gestürzt.

Darin sind die Ursachen zu sehen, daß die Amerikaner zu den Vorkämpfern der demokratischen Idee geworden sind. Es war eine für sie günstige Fügung des Geschicks; denn in dem neuen politischen Zeitalter konnten sie erwirken, daß amerikanisch und demokratisch nahezu identische Begriffe wurden. Gewiß bestand ein enges, geistiges Band zwischen der außenpolitischen und innenpolitischen Revolutionierung der alt- und neueuropäischen Welt. Gerade der demokratische Gedanke förderte die Loslösung der großen Kolonien. Aber niemals kann man diese Abtrennung allein aus der Kraft der neuen demokratischen Ziele erklären wollen[2]. Außenpolitische Mächte

[2] George Washington schreibt selbst am Ende des Krieges um die Unabhängigkeit : „Einem eingehend Prüfenden wird es offenbar sein, daß eine Verkettung von Ursachen vorgelegen hat, um dieses Ergebnis hervorzubringen; sie würde aller

sind als Schöpfer und Vernichter von tiefergreifendem Einfluß als alles innerpolitische Wollen. Idee und Intellekt allein bestimmen nicht die Schicksale der Menschen und Staaten. „Das Wesen des Staates, ist gesagt worden, beruht in seinem Gegensatz zu andern Staaten[3]." Das bedeutet in diesem Zusammenhang, daß die Ablösung der Kolonien auch in einem anderen Zeitalter als dem der Demokratie denkbar gewesen wäre, und dann hätte das amerikanische Staatswesen auch unter einem ganz anderen politischen Leitgedanken aufgerichtet werden können. In einem geistreichen Wort eines englischen Schriftstellers ist dies auch einmal ausgedrückt worden, als er sagte: „Es war Plutarch, wie Sie wissen, und nichts wesenhaft Amerikanisches, das George Washington daran hinderte, ein König zu sein[4]."

Eine neue Mächtegruppierung führte die Befreiung der Kolonien von europäischer Leitung und Vormundschaft herbei, sie traf zusammen und wirkte deshalb auch zusammen mit dem siegreichen Vordringen des demokratischen Ideals bei den abendländischen Völkern. Dieses Zusammenwirken führte dazu, daß dieses neue Ideal zu einer der stärksten Waffen in diesem Staatenkampfe wurde. Die feierliche Erklärung, durch die die Vereinigten Staaten von Amerika als politische Macht ins Leben traten, wurde auf die populär werdenden Gedanken des Naturrechts, auf die „Menschenrechte" gegründet. Dem positiven Recht, das die Amerikaner bei der Begründung ihrer Forderungen auch nicht außer acht ließen, stellten sie als die eigentliche Grundlage ihres staatlichen Eigendaseins das höhere Recht voran, das entgegen allen historischen Rechten den Menschen als unwandelbares und unverlierbares natürliches Recht gegeben sei. Auf diesem Menschenrecht und dem aus ihm abzuleitenden Prinzip der Volkssouveränität baute sich das neue Staatswesen nach außen hin auf, und mußte sich nun auch nach innen hin auf diese Gedankenmächte stützen. Von ihnen aus mußte die neue Ordnung der politischen Willensbildung, die Regierung und Verwaltung bestimmt werden. So fand die Theorie des Naturrechts, die von Althusius und anderen her in den Staatswissenschaften herrschend geworden war, nun in einer bestimmten Form ihre erste Ausprägung im Bereich des politisch Tatsächlichen, ihre erste große geschichtliche Anwendung.

Viel positiver Gehalt für den Aufbau eines neuen Staates steckte freilich in den Menschenrechten als solchen nicht, und konnte auch ihren Grundgedanken nach nicht darin enthalten sein. Denn der eigentliche Sinn der Men-

Wahrscheinlichkeit nach zu keiner anderen Zeit und unter keinen anderen Umständen wieder so zusammentreffen." Writings S. 245 in dem Brief vom 8. Juli 1783.

[3] H. Oncken: Über die Zusammenhänge zwischen äußerer und innerer Politik. Leipzig 1919 (Vortrag in der Gehe-Stiftung) S. 12.

[4] H. G. Wells: Tono Bungay. — Man denke hier zum Vergleich an die Stellung der Oranier in der Niederländischen Republik.

schenrechte war, den Einzelmenschen vor den Übergriffen des Staates zu schützen; es sollte ein Gebiet geschaffen und gesichert werden, das staatsfrei blieb, in das der Arm der politischen und richterlichen Macht nicht hineingreifen konnte, ein Raum für die Freiheit, für den freien Menschen abgesteckt werden. Darin zeigen sich die Menschenrechte als eine Reaktion auf die Idee des omnipotenten Staates, die sich an den politischen Gestaltungen in der Staatsgeschichte des absolutistischen Zeitalters genährt hatte. Abwehr gegen den Staat, planmäßige Beschränkung der Staatsgewalt, das ist ihr Sinn.

So war für den tatsächlichen Aufbau, für die Gestaltung der staatlichen Organe im einzelnen aus dem Naturrecht nicht viel zu gewinnen. Nur der Vertretungsgedanke konnte aus dem Grundsatz der Volksherrschaft abgeleitet werden. Gerade dieser aber war nicht nur ideenmäßig, sondern positiv historisch im amerikanischen Staatsleben begründet und gesichert. Das galt auch für die anderen Teile des Staatsbaues. Für die amerikanischen Rebellen bestand eine feste, bestimmte Überlieferung für die Regierungs- und Verwaltungsweise aus der Kolonialzeit her, und an dieser mußten sie festhalten, wenn sie nicht aus Lehrbüchern und philosophischen Systemen heraus die vorhandene staatliche Wirklichkeit umbauen wollten. Einen solchen Umsturz konnten die Amerikaner vermeiden durch ein Weiterführen des Hergebrachten. Sie vermieden ihn, und darum wirkte ihre Revolution so wenig revolutionär. Sie bauten ihre neuen Staaten fast nur aus Bausteinen der Vergangenheit. Die dreizehn Kolonien, die sich jetzt Staaten nannten, behielten im wesentlichen ihre Regierungsform, ihre Verwaltungsweise und die Art der politischen Willensbildung bei; nur die höchste Spitze wurde verändert. An die Stelle der vom englischen König ernannten Gouverneure traten Gouverneure, die gewählt wurden. Dieses Verfahren war in den beiden kleinen Kolonien von Rhode Island und Connecticut schon von Beginn ihres Bestehens her so geübt worden, daß diese beiden Kolonien ihre Verfassungen ohne die geringsten Veränderungen in die neuen Verhältnisse hinübernehmen konnten. Thomas Jefferson, in dem, wie wir noch sehen werden, die Ideenwelt des 18. Jahrhunderts besonders lebendig wirksam war, mußte später selbst den „revolutionären“ Staatsverfassungen der Amerikaner gegenüber anerkennen, daß keine leitenden Grundprinzipien in ihnen steckten[5]. Sie waren Erzeugnisse der Geschichte, und trugen als solche die Widersprüche alles Lebens in sich.

Hier erkennen wir den Grund, weshalb für die amerikanischen Freiheitskämpfer die Frage der Einzelstaatsverfassungen keine wesentliche Bedeutung gewann. Auf verfassungsrechtlichem Gebiet war eigentlich offen nur die

[5] Jefferson: Writings X, 37.

Frage des Aufbaues der Vereinigung der dreizehn Staaten, also der Bildung einer Union. In dieser Angelegenheit war nur wenig aus der Vergangenheit zu übernehmen; denn man war nicht gewillt, an die Stelle des abgesetzten englischen Königs einen neuen, amerikanischen König zu setzen. Das wäre denkbar gewesen, wenn die Amerikaner schon als Kolonisten unter einem englischen Vizekönig oder Generalgouverneur von Amerika in einem Verwaltungsgebiet zusammengefaßt gewesen wären. Von diesem hätte eine staatsbildende Kraft ausgehen können, wie z. B. vom Vizekönig von Indien oder vom Vizekönig in Brasilien. Die amerikanischen Kolonien aber waren getrennt; eine jede hatte ihr eigenes Leben für sich geführt, hatte sich wenig um den Nachbarn gekümmert, vielmehr sorgfältig auf ihre eigenen Rechte Bedacht genommen, da die Nachbarkolonien ursprünglich als Wettbewerber sowohl auf dem europäischen Markte als auch bei der Ausdehnung nach dem Hinterlande zu angesehen wurden. Handelsbeziehungen unter den verschiedenen Kolonien waren naturgemäß fast gar nicht vorhanden. Es gab keine amerikanische Hauptstadt; alles, was über das Leben in den einzelnen Kolonien hinausstrebte, wandte sich nach dem Mutterlande; London war die Hauptstadt von Amerika, London der Sitz der amerikanischen Gesamtregierung. Dieser gemeinsame Mittelpunkt war jetzt durch den Abfall beseitigt. Was sollte an die Stelle treten?

Wenn die dreizehn Staaten nicht durch den schweren Kampf hindurch gemußt hätten, wenn sie nach errungenem Erfolge unter Anerkennung ihrer Unabhängigkeit nicht auch weiterhin, wie in der Kolonialzeit bis zum Jahr 1763, mit feindlichen Nachbarn auf dem Kontinent zu rechnen gehabt hätten: mit England, weil es die Erbschaft der französischen Stellung in Nordamerika übernommen hatte und von nun an der Erbfeind hieß, mit Spanien, weil es der alte traditionelle Gegner der Angelsachsen seit dem 16. Jahrhundert her auch in Nordamerika war, mit Frankreich und Holland, weil beide Mächte durch ihre Stellung in den Antillen zumindest handelspolitisch bedeutsam waren, mit Rußland, weil es in seinem Erobererdrang jetzt über den Stillen Ozean hinweggriff nach der neuen Welt — kein Zweifel, die Amerikaner hätten mit Freude auf jede gesamtstaatliche Gemeinschaft fürderhin verzichtet; die Dreizehn hätten versucht, freundnachbarlich zusammen zu leben, wie es später dann die ehemals spanischen Kolonien versucht haben, die nach der Trennung von ihrem Mutterlande sich nicht in ein allumfassendes, gemeinsames Staatswesen vereinigten.

Hier, nicht in der Trennung von England, auch nicht bei der politischen Ordnung der Einzelstaaten, steckte die eigentliche politische Problematik für die Amerikaner. Man war in diese Frage hineingeraten, ohne sie eigentlich klar vorauszusehen. Nur zweimal in der Kolonialzeit war die Angelegenheit einer Verbindung der Kolonien für diese von Bedeutung gewesen. Im 17. Jahrhundert hatte die Gruppe der Kolonien in Neuengland in den Kämpfen mit den ursprünglichen Besitzern des Landes bestimmte Verabredungen zu gemeinsamem Handeln getroffen. Im 18. Jahrhundert war von Franklin aus, als eine vorbereitende Maßnahme zum Siebenjährigen Krieg, der Gedanke gefördert worden, einen engeren Zusammenschluß der Kolonien herzustellen. Gegen die feindlichen Mächte in Kanada, im Gebiet der Großen Seen, am Mississippi, in Florida, die dem Ausdehnungsdrang der Kolonisten im Wege standen, gegen Franzosen und von den Franzosen abhängige Indianer, auch gegen Spanier, konnten die Kolonien nicht einzeln, sondern nur im Zusammenwirken vorgehen. Der Plan kam jedoch nicht zur Durchführung.

Seit dem Verschwinden der Franzosen im Norden und Westen und der Spanier im Süden, 1763, gab es für die englischen Kolonien von Georgia bis Massachusetts keinen äußeren Feind mehr. In allen diesen Gebieten herrschte infolge der Siege des Siebenjährigen Krieges der englische König. Aber gerade in dieser neuen politischen Lage auf dem Kontinent war der Anlaß für den Zwist zwischen dem König und den Kolonisten gegeben. Georg III. hatte die Bourbonenerbschaft von Franzosen und Spaniern am St. Lorenz, am Mississippi und in Florida angetreten, und hatte damit, ohne daß man es überall klar erkannte, auch eine Feindschaft gegen seine eigenen alten dreizehn Kolonien geerbt. Die Kolonisten aber hatten ihrerseits die Vertreibung der Franzosen und Spanier mit aller Kraft erstrebt, um unabhängig zu werden von der notwendigen Hilfe des Mutterlandes gegen diese der anglo-amerikanischen Expansion so gefährlichen Gewalten. So ging eine Doppelwirkung von dem Friedenschluß von 1763 aus: die dreizehn Kolonien hatten von jetzt an den militärischen und maritimen Schutz von Großbritannien gegenüber den andern europäischen Rivalen in Nordamerika nicht mehr nötig, und sie empfanden von jetzt ab gerade diese englische Oberregierung, die nun in den ehemals französischen und spanischen Gebieten die Herrschaft errungen hatte, als ein Hemmnis ihrer eigenen, freien Entfaltung auf dem Kontinent.

In den zwanzig Jahren von 1763–1783, die erfüllt waren von den politischen, kriegerischen und diplomatischen Kämpfen zwischen Großbritannien und den dreizehn Kolonien, sind aus diesen beiden politischen Ergebnissen des Siebenjährigen Krieges die politischen Folgerungen gezogen worden. Die Konstellation der großen Mächte verhalf dazu, daß es möglich wurde, die Folgen von 1763 in dieser Richtung zur Auswirkung zu bringen. Freilich: die amerikanischen Ziele wurden in den zwanzig Jahren nicht vollständig erreicht. Die amerikanische Unabhängigkeit war ursprünglich kontinental gedacht gewesen; „continental congress" nannte sich das revolutionäre Parlament; man sprach im Kriege gegen England auf amerikanischer Seite gern von der „kontinentalen Armee". Diese Blütenträume der ersten Aufruhrbewegung waren aber nicht alle gereift. Zwar schob man die Grenze im

Westen bis an den Mississippi vor, aber im Norden blieb die großbritannische Macht fest bestehen, im Süden erschien wieder, wie vor 1763, die spanische Macht, auch westlich des Mississippi hatte man zunächst mit den Spaniern und später aufs neue mit den Franzosen zu rechnen. Auch in der Richtung nach den Antillen hin blieb in der Zeit nach 1783 die politische Lage von 1763 im wesentlichen erhalten.

So ist den Amerikanern in der Stunde, da ihr junger Staat im Frieden von Paris und Versailles aus der Taufe gehoben wurde, das innerpolitische Kernproblem der ersten Generation von der Außenpolitik her gestellt worden. Die Frage war: sollen und können die dreizehn Staaten ein freies, unabhängiges Einzeldasein führen, oder müssen sie sich vereinigen, um in ihrer Gemeinsamkeit ihre Freiheit zu bewahren? — die weitere Frage: welche Art von Vereinigung muß gewählt werden, um den außenpolitischen Bedürfnissen der amerikanischen Lage zu genügen? An dieser Frage, die im Kern aller Außen- und Innenpolitik der dreizehn Staaten und damit Nordamerikas im Ganzen lag, hat sich das politische Denken der ersten Generation der freigewordenen Nordamerikaner geformt, an dieser Frage entzündeten sich die Geister, entsprangen die inneren Gegensätze, bildeten sich die neuen Parteien. An dieser Frage, die dem jungen Staatswesen von einer bösen oder guten Fee (wer will das entscheiden?) in die Wiege gelegt worden war, hat sich die Geschichte dieses neuen Volkes aufgebaut; denn sie blieb lebendig, auch nachdem das erste Geschlecht sie durch Kompromisse gelöst zu haben schien. Sie mußte lebendig bleiben, denn es handelte sich hier um eine Frage, die kein Kompromiß verträgt. So kam sie wieder zum Vorschein bei allen wichtigen, entscheidungsvollen Angelegenheiten der Union: bei der Frage der Ausdehnung nach dem Westen, bei der Frage der Negersklaverei, bei der Frage von Industrie- oder Agrarstaat, bei der Frage von demokratischer oder aristokratischer Führung, bei der Frage der Verträge mit auswärtigen Staaten — kurz bei allen wichtigen innen- und außenpolitischen Angelegenheiten erschien sie wie ein Menetekel an der Wand. Und so geschah es, daß das Volk gezwungen wurde, den ungelösten Teil der Unionsverfassungsfragen des 18. Jahrhunderts in einem langen, blutigen Bürgerkrieg (1861–1865), durch Feuer, Schwert, Verwüstung, Aushungerung, kurz mit Gewalt zur Entscheidung zu bringen.

In der Revolutionszeit, im Kampf gegen die Vorherrschaft Großbritanniens hatte sich die Parteigruppierung sinngemäß an der Stellungnahme zur Abfallsbewegung vollzogen. Patrioten und Tories — oder vom englischen Standpunkt aus: Rebellen und Loyale — standen im Lande mit Schärfe einander gegenüber. Mit dem Friedensschluß, der Anerkennung der amerikanischen Unabhängigkeit durch Großbritannien und der Vertreibung der Mehrzahl der Loyalisten aus dem Gebiet der dreizehn Staaten, konnte eine neue

Parteibildung an diese Gegensätze nicht anknüpfen. Die Kernfrage innerhalb „Amerikas" wurde jetzt die Frage der Union der dreizehn Gemeinwesen. Nach der Stellung zu dieser Frage schieden sich von nun an die Geister. So entstand als erste Partei im neuen Staatenverband die Partei der Föderalisten.

Bei den Föderalisten (wir würden in Deutschland eher Unionisten sagen) vereinigten sich die militärisch und diplomatisch führenden Männer der Revolutionszeit, „the gentlemen of America". Ihr Ziel war, die Notverfassung der Kriegszeit in eine fester gefügte, dauernde Friedensverfassung weiter zu bilden, den Gedanken der Vereinigung entschiedener und wirksamer zur Geltung zu bringen. Gerade diese Männer hatten in Revolution und Krieg bittere Erfahrungen mit dem Mangel an Einigkeit und Geschlossenheit der verschiedenartigen dreizehn Kolonien machen müssen; sie sahen die Schwierigkeiten der außenpolitischen Lage, die notwendigen Erfordernisse für die Ausgestaltung eines neuen, inneramerikanischen Verkehrs, die Gefahren einer zum Bankerott führenden Finanzpolitik der Konföderation. Deshalb sollten die dreizehn Staaten sich enger zusammenschließen, sich föderieren. Das war der neue verfassungs-geschichtliche Gedanke, der jetzt geboren wurde. Die Kolonisten hatten einen gemeinsamen Generalgouverneur oder Vizekönig (wie ihn die Portugiesen und, für bestimmte Bezirke, auch die Spanier in Amerika hatten) nicht gekannt. So war hier in der großen und reichen politischen Erbschaft, die man mit bewahrender Pietät antrat, eine Lücke gelassen; denn das englische Parlament wurde ja in dem Streite als nicht zuständig für die Kolonien angesehen, und der englische König war seiner Rechte über die Kolonien verlustig erklärt worden. Die Kolonien hatten bisher in prinzipieller Abgeschlossenheit für sich gelebt. Es gab Virginier, New-Yorker, Neuengländer usw., aber es gab keine Amerikaner im nationalen Sinn. Amerika war in ähnlicher Weise wie das damalige Deutschland und Italien nur geographischer Begriff. Die Föderalisten wollten aus Amerika einen politischen, aus amerikanisch einen nationalen Begriff machen, so wurde es schon bei Ausbruch der Streitigkeiten mit England programmatisch auf einer Versammlung der Kolonisten (Stempelsteuer-Kongreß 1765 in New-York) verkündet: „Es soll keine Neuengländer mehr geben, keine New-Yorker soll man auf dem Kontinente kennen, sondern nur noch Amerikaner[6]." Aus den verschiedenartigen amerikanischen Bevölkerungen, aus den puritanischen Farmern, Handwerkern und Fischern, aus den kosmopolitisch gerichteten Kaufleuten und Gewerbetreibenden der mittleren Kolonien, aus den aristokratischen Plantagen- und Sklavenherren des Südens eine Staatsnation zu bilden, das war die große geschichtliche Aufgabe. Der Weg war

[6] W. H. Mace: A school history of the United States. S. 144.

schwer (er ist es, wenn auch mit veränderten Problemstellungen noch heute), denn die Massen mußten gegen ihren Willen diesen Weg geführt werden. Wenn jemals in neueren Zeiten eine energische, leidenschaftliche, nie nachlassende Führung in politisch gespannter Zeit vorhanden gewesen ist, so war es hier bei der ersten Generation des jungen amerikanischen Freistaates. Die Union war ein Werk der Minderheit.

Die kleine Gruppe der entschiedenen Nationalpolitiker hatte bei ihrer Arbeit eine große Helferin: die Not. Die Not der Zeit zwang die Einzelstaaten – nachdem sie in leicht entflammter Begeisterung den Kampf gegen England gewählt hatten – zur Aufstellung und zum Unterhalt einer nationalamerikanischen, „kontinentalen" Armee, zur Selbstbesteuerung im nationalen Interesse, zur Schaffung einer nationalen Staatenvertretung, der Keimzelle einer ersten einheitlichen Regierung Nordamerikas. Mit dem Frieden von 1782/83 war die Notzeit noch nicht vorüber. Die Anerkennung der Unabhängigkeit durch die westeuropäischen Mächte brachte den Wendepunkt zum Guten nicht, wie die Bevölkerung der Einzelstaaten es erwartet hatte. Die Kriegsnot war verschwunden, durch die wechselvollen Erfahrungen von militärischen, maritimen und diplomatischen Erfolgen und Mißerfolgen war man hindurch, aber der Bestand der Staaten und ihrer schwachen Verbindung war noch nicht gesichert. Schwer trug man an der Erbschaft des Krieges, an dem wirtschaftlichen Niedergang, an den zerrütteten Finanzen, an dem zerstörten Kredit, an den Folgen einer unbeschränkten Inflation. Das Geschäft lag danieder, die staatlichen Bande lockerten sich. Mehr und mehr zeigte sich bei den Patrioten eine verzweifelte Stimmung. Trieben die Dinge in dieser Richtung weiter, dann starb die junge amerikanische Freiheit, ohne zur Blüte gekommen zu sein. Der alte Feind, Georg III., sah dies kommen und meinte, man solle die Amerikaner nur sich selbst überlassen, dann würden sie sich bald untereinander in den Haaren haben, und dann wäre die Zeit nicht mehr fern, da die englischen Kolonien an der nordatlantischen Küste in das großbritannische Weltreich wieder eingegliedert werden könnten. Die englische Presse und Publizistik verstand es, die öffentliche Meinung des europäischen Kontinents in diesem Sinne zu beeinflussen. Selbst ein den Amerikanern so freundlich gesinnter Herrscher, wie Friedrich II., sagte – wohl in Anlehnung an Gedanken von Montesquieu –, es sei eine Utopie, eine Republik auf der Basis einer so weiten Landausdehnung zu gründen.

Im Staatenverband des Abendlandes von den älteren Genossen mißachtet, im Inneren, nach einem Wort des Generals Washington, in die „Anarchie" hineintreibend – das war die Lage der neuen Freistaaten, wie sie sich in den achtziger Jahren des Jahrhunderts den einsichtigen Beobachtern auf beiden Seiten des Ozeans darstellte. Was war übrig geblieben von der Begeisterung der Menschheitsbeglückung, die so agitatorisch lebendig aus der Unabhängigkeitserklärung von 1776 gesprochen hatte? Der Versuch der Bevölkerung der dreizehn Staaten, in Freiheit sich selbst zu regieren, Ruhe und Ordnung halten, den Wohlstand zu fördern, die Achtung der andern Nationen zu gewinnen – das alles schien scheitern zu sollen. Da war es die Not der Zeit, die Notwendigkeit zu handeln, Gefahren abzuwehren, das Leben der Bevölkerung von dreizehn Staaten und einer Union zu schützen und zu bewahren, ja vor dem politischen Untergang zu retten, die der kleinen Führergruppe der nationalen Patrioten half, ihr Werk zu vollenden: einen Nationalstaat ins Leben zu rufen.

Außenpolitisch war im Kriege die Rettung durch Frankreich gekommen, innenpolitisch kam sie nach dem Kriege von jener Gruppe entschlossener Politiker, die den Sinn der Stunde erfaßt hatten und die Verantwortung fühlten. Es war Hamilton gewesen, der schon, während die Truppen noch im Felde lagen, durch eine Denkschrift die Aufgabe gezeigt hatte, die verfassungspolitisch für die Amerikaner gegeben sein würde. Nach Abschluß der Kämpfe begann im Sinne Hamiltons ein Werben, das im Laufe von wenigen Jahren immer drängender wurde. Zuerst zeigte es sich in dem Briefwechsel und Meinungsaustausch der führenden Männer in Armee, Kongreß und Einzelstaaten. Von da ging die Wirkung in die Presse, in die Publizistik, in die Öffentlichkeit. Nach wenigen Jahren, schon 1786, wurde erreicht, daß eine Konferenz in Annapolis zusammentrat, um die Schwierigkeiten zu beseitigen, die sich durch beginnende Zollkämpfe und andersartige Handelserschwerungen zwischen den Staaten ergaben. Die Versammlung war unzureichend besucht und es gelang erst auf einem allgemeinen Konvent von Einzelstaat-Vertretern im folgenden Jahr in Philadelphia die Fragen einer Verfassungsrevision anzuschneiden. Die hier versammelten Freunde der Reform überschritten bald ihre Befugnisse und machten sich an die Arbeit, ein vollkommen neues Verfassungswerk zustande zu bringen. Die Konföderation wurde von Grund aus neu aufgebaut. An die Stelle des locker zusammengefügten Staatenbundes (wir Deutschen kennen diesen Zustand aus der langen, qualvollen Zeit von 1815-1870) trat jetzt jenes staatsrechtlich neuartige Gebilde, in dem die Selbstregierung der Teile überbaut wurde durch eine starke Zentralregierung.

So wurde hier in Nordamerika zum erstenmal eine Bundesregierung geschaffen, die die Macht hatte, nicht nur auf die Bundesglieder, die Einzelstaaten, einzuwirken, sondern auch jeden einzelnen Untertan überall im Lande gerichtlich, steuerlich und militärisch zu fassen. Über die einzelnen Bundesstaaten wurde ein Staatswesen gesetzt mit allen Befugnissen, Rechten und Aufgaben eines echten Staates.

Der Entwurf zu dieser Verfassung war nach Überwindung vieler Gegensätze und nach Abschluß manchen Kompromisses von einer Rumpfversammlung angenommen worden; die Gegner hatten den Konvent verlassen; nun kam die schwierige Aufgabe, diesen Entwurf einer Unions-Verfassung bei Volk und Regierung der Einzelstaaten zur Annahme zu bringen. Heiß waren die Kämpfe, die hier von den Föderalisten noch durchgefochten werden mußten, und es hat bis 1790 gedauert, ehe es gelang, die ehemals dreizehn konföderierten Staaten, die durch den Staatsstreich von Philadelphia ihrer alten Bundesleitung tatsächlich verlustig gegangen waren, alle wieder in ein politisches Gemeinwesen zusammen zu bringen. Die Mehrheiten mit denen der revolutionäre Entwurf in den Landtagen oder Sonder-Versammlungen der Einzelstaaten angenommen wurde, waren meist sehr geringfügige. Unter dem Druck einer lebhaften Propaganda wurde nur mit Mühe den Bevölkerungen die Zustimmung abgerungen. Aber es gelang. So streifte der werdende amerikanische Staat seine ersten großen Unvollkommenheiten ab. Die Unabhängigkeitsbewegung fand ihre Vollendung in der Sicherung dieser Unabhängigkeit durch eine lebensfähige, starke Staatsorganisation. Ohne die Verfassung von 1789 wäre weder die demokratische noch die imperialistische Entfaltung des amerikanischen Wesens im 19. und 20. Jahrhundert möglich gewesen. Mit gutem Grund wird darum die Verfassung von den Amerikanern bis zum heutigen Tage als nationales Rettungswerk verehrt und heilig gehalten.

*

Von der Betrachtung der großen, allgemeinen Linien in der Entstehungsgeschichte des amerikanischen Staates wenden wir nun unsere Gedanken den Menschen zu, die in dieser Epoche wirkten. Unter den Gestaltern dieser Geschichte und den Schöpfern dieses Staates ragen Alexander Hamilton, Thomas Jefferson und George Washington besonders hervor. Wurden bis hierher die außenpolitischen Gesichtspunkte und die Zusammenhänge der Weltbeziehungen in den Vordergrund gestellt, so werden uns nun bei der Besprechung dieser drei führenden amerikanischen Persönlichkeiten auch die innerpolitischen Gestaltungen und Gedankenkreise des neuen Staatsvolkes beschäftigen. –

Unter den Staatsgründern Amerikas ist die bedeutendste Erscheinung, der fesselndste Charakter Alexander Hamilton. Er ist vielleicht der einzige unter ihnen, den der Hauch eines höheren Genius berührt hat. Von keinem andern geht dieser bezwingende Zauber aus, den jede große und starke Persönlichkeit ausübt.

Die Amerikaner haben diesen größten ihrer Staatsmänner merkwürdig vernachlässigt. Er ist nicht volkstümlich geworden. Der gelehrte Historiker konnte gewiß nicht an ihm vorübergehen, aber in dem dauernden Bewußtsein der Nation lebt Hamilton nicht; er hat keinen Zugang gefunden zu dem

Herzen des Volkes. Charakteristischerweise erklärt noch Woodrow Wilson 1912 mit kalter Feder: „Hamilton ist eine große Persönlichkeit, aber kein großer Amerikaner[7]."

Wie anders lebt Thomas Jefferson als „großer Amerikaner", als einer der „Väter der Nation" in der Erinnerung seines Volkes weiter. Er gilt als der „Schutzheilige" der neuen Demokratie. Sein Geist wird angerufen, wenn die Ahnen für das Tun der Enkel beschworen werden. So wie das italienische Volk Garribaldi verherrlicht und Cavour vergißt, so ist es auch, obwohl die Gegensätzlichkeit dieser Männer anders geartet war, bei den Amerikanern mit Jefferson und Hamilton. Darin muß die Ursache erkannt werden, warum Hamilton einen dunkleren Platz in der Ahnengalerie der großen Amerikaner erhalten hat und alles Licht auf andere Gestalten wie Jefferson, auch Washington, Jackson, Lincoln, fällt. Hamilton wird nicht als Ahnherr der Demokratie empfunden und gewertet, wohl aber Jefferson, der Mann der Unabhängigkeitserklärung, der Menschenrechte, der Volksmenge. –

Dazu kommt: Thomas Jefferson hat seinen großen Gegenspieler um 22 Jahre überlebt. Der geschichtlich bedeutsame Kampf zwischen den Beiden war nicht zum letzten Austrag gekommen, weil Hamilton zu früh für seine Laufbahn in einem politischen Duell, in das er verwickelt wurde und das er aus politischen Gründen ausfechten wollte, im Alter von 47 Jahren dahingerafft wurde. So behauptete Jefferson das Feld – und der Sieger schrieb die Geschichte.

Was empfinden die Amerikaner, die im Geiste von Jefferson und Jackson und Lincoln aufgewachsen und erzogen worden sind, als nicht amerikanisch an Hamilton? Man kann so sagen: den Amerikanern erscheinen ihre Revolutionen und ihre Verfassungsgründungen gegen Ende des 18. Jahrhunderts wie ein großer geschichtlicher Protest gegen Machiavell, insofern der Name Machiavell ein älteres politisches System bezeichnete. Mit der Unabhängigkeitserklärung und den neuen Staatsverfassungen, die sie zur Folge hatte, soll ein neues Prinzip in das Leben der Völker eingeführt worden sein. Mit ihnen sei der wahre Anti-Machiavellismus der Tat (nicht nur der der Literatur) geschaffen worden. So etwa kann man kurz und formelhaft den amerikanischen Geschichtsglauben zusammenfassen.

War Hamilton aber ein Anti-Machiavell? Im Gegenteil, gerade er wurde von Jefferson seinen Landsleuten als ein neuer Machiavell geschildert; als ein Mann der nicht nur mit dem Machtgedanken rechnete (diesem alten,

[7] Meister der Politik (ed. Marcks u. a.) II, 296: Luckwaldt: Jefferson, Stuttgart 1922. – Hamilton sagte einmal in einer verbitterten Stunde (Brief vom 27. Feb. 1802 Works Bd. VIII, 591): „Jeder Tag zeigt mir mehr und mehr, daß ich für diese amerikanische Welt nicht geschaffen worden bin."

bösen Prinzip), sondern auch Macht wollte, „we are the embryo of a great empire" sagte er[8]; der dem guten Willen des „Volkes" mißtraute; der die aristokratische Staatsleitung der alten Welt in die neue übernehmen wollte; ein Mann, der alle Moral aus der Politik herausließ; ein Monokrat, ein Monarchist, also ein Europäer, ein Machiavellist mit napoleonischem Ehrgeiz. „Denn", so schrieb Jefferson in seinen Memoiren von Hamilton „er gestand es selber ein, die Menschen wären nur mit einem von zwei Mitteln zu regieren, entweder mit Gewalt oder durch ihren Eigennutz[9]". Hatte nicht aber schon Machiavell geschrieben: „Jedweder, der sich eine Republik oder überhaupt einen Staat errichtet und demselben Gesetze gibt, muß voraussetzen, daß alle Menschen bösartig sind." Und weiter berichtet Jefferson von seinem Gegner: „Hamilton war nicht nur ein Monarchist, sondern er trat sogar für eine auf Korruption gegründete Monarchie ein[10]." Konnte das, in der Meinung Jeffersons, etwas anderes bedeuten, als daß Hamilton den neuen amerikanischen Staat auf eine auf dem Eigennutz der Menschen aufgebaute Gewaltherrschaft gründen wollte? –

Hamilton stammte nicht aus einer der Kolonien. Er kam zu den Nordamerikanern, wie der Freiherr vom Stein zu den Preußen kam, in das Vaterland seiner Wahl. Seine Mutter war eine französische Hugenottin, sein Vater Schotte. Geboren wurde er auf Nevis, einer der kleinen Antillen (11. Jan. 1757). Als junger Mensch wurde er nach New York in ein College geschickt. Hier erst geriet er in die aufständische Bewegung der Amerikaner hinein. Der empfängliche, leidenschaftliche Knabe wurde gepackt von den Ereignissen der Zeit. Schon als Schüler erregte der erst Achtzehnjährige durch eine mit glänzender Klarheit geschriebene Streitschrift in der Sache der Amerikaner gegen die englische Regierung und ihre Verteidiger in Amerika öffentliches Aufsehen (1774). Er trat in die Armee der Rebellen ein, wurde Führer einer Truppe und bald Stabsoffizier beim Höchstkommandierenden. In dieser Stellung fing sein Einfluß zu wirken an. Durch die überzeugende Klarheit und Bestimmtheit seiner Ratschläge wuchs sein Ansehen. So wurde er einer der führenden Köpfe der großen amerikanischen Bewegung.

Feinde besaß Hamilton viele, denn er war eine Kampfnatur, und manchmal kam ihn Erbitterung über die Hemmnisse, die man seiner leidenschaftlichen Arbeit für die amerikanische Sache bereitete. Er fragte einmal in bewegten Tagen, das Herz voll heißen Patriotismus, ob er denn mehr von einem Amerikaner in sich habe als diejenigen, die ihren ersten Atemzug auf amerikanischem Boden getan haben[11]? Ohne Vaterland war dieser Halb-

[8] Hamilton: Works IV, 387.
[9] Jefferson: Writings I, 160.
[10] Jeff. I, 165-166 u. VII, 56.
[11] Ham. VIII, 337.

schotte und Halbfranzose auf den Kontinent gekommen; er ergriff als Vaterland das Land, auf dessen Boden er in das Mannesalter hineinwuchs. Dieses war dem Jungen zunächst das Land der revolutionären Freiheit: an den weltbürgerlichen Ideen der Aufklärung entzündete sich seine Zuneigung, und dann wurde er schneller zum Kontinentalisten, zum Amerikaner, als die Einheimischen. Sein Vorzug war, daß er in die Freiheitsbewegung eintrat, ohne durch Erziehung und Überlieferung mit irgendeiner partikularistischen, örtlich provinzialen Gewalt unter den dreizehn Kolonien verwachsen zu sein. Auch später haben sich gerade Angehörige der jungen Einwanderung oft als kräftigste Helfer des Nationalgedankens erwiesen. So konnte Hamilton klarer und freier als die anderen die Aufgaben erkennen, hier an der atlantischen Küste des jungen Kontinents einen nationalen Staat aufzurichten. Die anderen Rebellenführer neigten fast alle dazu, zuerst Partikularisten und dann erst Unionisten zu sein, erst Virginier, New Yorker usw. und dann Amerikaner.

Auch Jeffersons Denken und Fühlen war mehr mit dem Einzelstaat als mit der Gesamtnation verbunden. Der staatliche Provinzialismus war Wirklichkeit, die nationale Regierung war Idee, Programm, und darum blutleer. Hamilton aber stand von Beginn an in der nationalen Front; er war in der Zeit vor dem Aufstand gegen England nicht amerikanischer Lokalpolitiker gewesen; seine Lebensarbeit war von ihren Anfängen her mit dem aufwachsenden Nationalstaat verbunden, für ihn allein pulsierte sein Blut. Die Nation blieb in allen Lagen und Zeitpunkten sein politisches Ziel, der ganze Inhalt seines Strebens. Er sagte von sich: „Wir arbeiten hart daran, in diesem Lande mehr und mehr nationale Grundsätze einzuführen, die frei von allen ausländischen Bestandteilen sind, so daß wir weder Griechen noch Trojaner seien, sondern wahrhaft Amerikaner[12]." „Unser Hauptziel ist Einheit[13]." Das besondere seiner Aufgabe war dadurch gegeben, daß er nicht in eine Nation hineingeboren wurde, auch nicht daß er zu einer fertigen Nation kam, um in sie hineinzuwachsen, sondern daß er eine werdende Nation schaffen helfen sollte[14]. So wurde er zum stärksten Tatmenschen der nationalen Politik in den Vereinigten Staaten von Amerika.

Die Frage der Bundesverfassung trennte zunächst die beiden Geister nicht entscheidend. Auch Jefferson, virginischer Landbesitzer und Rechtsanwalt, seit 1769 als Sechsundzwanzigjähriger in der Öffentlichkeit seiner Kolonie tätig, von Anfang an der anti-englischen volkstümlichen Partei anhängend und lebhaften Anteil an dem Ideenfeldzug gegen England nehmend,

[12] Ham. VIII, 436.
[13] Ham. VIII, 458.
[14] 1781 zweifelte er noch am Gelingen; er schrieb das fragende Wort „... wenn wir überhaupt ein Volk bleiben." Hamilton I, 263.

anerkannte immer die Notwendigkeit einer gewissen Vereinigung der dreizehn Staaten. „The American department of foreign affairs" sollte geschaffen werden (allerdings auch nicht mehr!). Er begriff, daß die kleinen Kolonialstaaten in der Vereinzelung „zu reinen Parteigängern und Satelliten der führenden europäischen Mächte" werden mußten[15]. Diese Grundfrage einer Unionsregierung führte also zunächst nicht zur Trennung von Hamilton; hier waren sehr viel tiefere Gegensätze gegeben.

Verschiedene Temperamente standen gegeneinander. Hamilton war durchaus Realist, Jefferson Idealist. Von Hamilton sagte man: er stelle alle seine Entschlüsse auf die Erkenntnis der Schwächen der menschlichen Natur. „Niemals erwarte ich ein vollkommenes Werk von unvollkommenen Menschen vollbracht zu sehen[16]." Der Egoismus sei die stärkste der menschlichen Kräfte, mit der die Politik zu rechnen habe. Die Menschen, die Unheil wollten, wären tätiger im Verfolg ihrer Ziele als diejenigen, die das Gute erstrebten. Die Menschen seien für immer dazu bestimmt, von kühnem oder schlauem Betrug getäuscht zu werden[17]. Diese Einstellung faßte Jefferson als Pessimismus. Pessimismus aber widerspricht den amerikanischen Tendenzen in jeder Weise; denn bis in die letzte Falte seiner Seele hinein ist der echte Amerikaner Optimist.

Jefferson besaß diesen unverwüstlichen Optimismus. Die koloniale Erobererwelt, in der jede Tätigkeit leichte Frucht trug, hat zu diesem Siegesglauben im Leben ganze Geschlechter erzogen. Auch Jefferson war durchdrungen von dieser amerikanischen Lebens- und Menschenbejahung. „Ich glaube nicht", schrieb er in einem Brief, „mit den Rochefoucaulds und Montaignes, daß vierzehn von fünfzehn Menschen Schufte sind. Ich glaube ein großer Abstrich von diesem Zahlenverhältnis kann zugunsten der allgemeinen Ehrlichkeit gemacht werden[18]." Jefferson hielt unerschütterlich fest an diesem Glauben. „Ich möchte lieber das Opfer gelegentlicher Treulosigkeiten sein, als mein allgemeines Vertrauen in die Ehrlichkeit der Menschen aufgeben[19]." Von den guten Kräften, die im „Volke" ruhten, erhoffte er sogar die Heilung aller Übel. Es war nur folgerichtig, wenn er meinte, durch uneingeschränkte Ausdehnung des Wahlrechts alle Schwächen und Schäden im öffentlichen Leben schließlich zu beseitigen. „Denn" (so meinte er) der Himmel hat die Menschen nicht in seinem Zorn erschaffen[20]."

So kam es, daß Jefferson die Dinge leicht in zu rosigen Farben sah. Er

[15] Jeff. IV, 45.
[16] The Federalist (ed. Philadelphia 1826), S. 489, (Nr. 85).
[17] Ham. VIII, 606, III, 448, VIII, 597.
[18] Jeff. VII, 24.
[19] Jeff. IX, 445.
[20] Jeff. V, 154.

neigte dazu, unbestimmte Hoffnungen leichtgläubig aufzugreifen, und, wenn er enttäuscht wurde, sich nicht niederdrücken zu lassen, sondern bald wieder neue Hoffnungen zu sehen. Wie oft hat er falsch über die Zukunft geurteilt. In diesem Wesen lag etwas eigentümlich Kindliches, Jugendliches; Hamilton wirkte dagegen in seiner Art männlicher, erfahrener, reifer. Auch insofern ist Jefferson allerdings mehr Amerikaner als Hamilton.

Bei näherer Betrachtung mehren sich so die Gegensätze dieser beiden Männer. Hamilton war Tatmensch. „Was ist Macht anderes", fragte er, „als die Möglichkeit und Freiheit, etwas zu tun? Was ist die Freiheit, etwas zu tun, anderes als die Macht, die Mittel anzuwenden, die dazu notwendig sind[21]?" Hamiltons Freude war Schaffen, Arbeiten, Handeln, im Großen wirken. Er wollte bewußt Führer sein. Er drängte auf scharfe, bestimmte Entscheidungen und kannte kein Zurückschrecken vor Verantwortung. Hamilton ist immer bestrebt gewesen, die öffentliche Meinung zu leiten, zu lenken, ja selbst hervorzurufen, zu erzeugen. Es ist ein großes Stück seiner Lebensarbeit gewesen: öffentliche Meinung zu machen, denn er wußte: anders als durch die öffentliche Meinung war Amerika nicht zu führen. Ein großer Teil der Tiefe und Stärke seines Einflusses beruhte auf den Wirkungen seiner glänzenden, scharfen, machtvollen politischen Polemik in Zeitungsartikeln, Flugschriften und Briefen.

Jefferson fühlte diese Stärke seines Gegners nur allzusehr. „Hamilton ist wahrhaftig ein Kolossus für die antirepublikanische Partei," sagte er 1795. „Ohne die Masse zur Verfügung zu haben, stellt er in sich allein schon eine Kampfschar dar ... Wir können ihm nur Mittelmäßiges entgegenstellen. Wahrhaftig, wenn er hervortritt, dann ist niemand da, der ihm begegnen könnte[22]." „Um Himmelswillen", so ließ Jefferson ein andermal einen Notschrei an den Parteifreund Madison hören, — „greifen Sie zur Feder, nehmen Sie die stärksten Ketzereien heraus und schneiden Sie ihn in Stücke im Angesicht des Publikums. Es gibt niemand anders, der fähig und willig ist, sich mit ihm zu messen[23]." Einen neuen Pitt nannte er ihn, und als 1799 von der Regierung gegen Frankreich eine Armee aufgerufen wurde, schrieb Jefferson aus innerpolitischer Sorge vor dem napoleonischen Nebenbuhler: eine Armee mit Hamilton als Führer sei unbezwingbar[24].

Jefferson wollte, im Gegensatz zu Hamilton, nicht eigentlich selbst öffentliche Meinungen machen; er zog es vor, auf die öffentlichen Meinungen zu horchen. Er hatte ein feines Organ für die Ansichten und Gefühle der großen Menge. Schon von ihm konnte man sagen, was man, in Erinnerung an die

21 Federalist S. 173.
22 Jeff. VII, 32.
23 Jeff. VII, 338.
24 Jeff. VII, 15 und 375.

Gewohnheiten der Prärie-Indianer, von späteren amerikanischen Politikern gerühmt hat: er hatte immer das Ohr am Boden, um das Herankommende aus der weitesten Ferne zu hören; Jefferson wußte, wie der Wind wehen würde, und er ließ sich gern tragen von der Welle, die herankam.

Wie anders Hamilton! Er besaß den höheren Ehrgeiz, die Bewegungen selbst hervorzubringen, die ihn tragen sollten. Kraft und Energie durchdrang sein politisches Denken. Während Jefferson erklärte, er wünsche eine Verfassung die nicht zu „energisch" sei, wie die Verfassung von Europa[25], so sagte Hamilton: „Kraft ist in der Exekutive ebenso notwendig wie in der Legislatur[26]." Und an anderer Stelle: „Die gemeinsame Regierung muß nicht nur eine starke Seele haben, sondern auch starke Organe, durch die diese Seele wirken kann[27]." Eine Zwingherrschaft zum amerikanischen Staat – Hamilton war der Mann, sie zu fordern! Ja, in der Begründung für seinen ersten Entwurf einer nationalen amerikanischen Verfassung schreckte er nicht davor zurück, den gläubigen Republikanern des jungen Amerika zu erklären: „Man sagt, eine republikanische Regierung läßt eine starke ausübende Gewalt nicht zu. Dann ist sie schlecht; denn die Brauchbarkeit einer Regierung besteht in der kraftvollen Exekutive. Der Grundsatz, auf dessen Durchführung es hauptsächlich abgesehen ist, ist dieser: es muß ein dauernder Wille vorhanden sein („a permanent will!"[28]).

Jefferson stand dieser Gedankenwelt und solchen Lebensantrieben fremd gegenüber. Er lehnte den Machtgedanken ab, wie alle radikalen Aufklärer und später dann die extremen Romantiker. Er wußte nichts von der sittlichen Rechtfertigung des Staates, nichts von dem naturhaften Eigenleben einer jeden Staatsindividualität. Hier standen sich jene zwei Staatsauffassungen gegenüber, die im abendländischen Kulturkreis in allen neueren Demokratien zur Entfaltung und zum Kampf gekommen sind. Hamilton philosophierte nicht über diesen Gegensatz, aber sein Denken beruhte – abgesehen von seinen Jugendschriften: „A full vindication" (1774) und „The farmer refuted" (1775), die die Argumente der anstürmenden Aufklärung verwenden – auf keiner anderen Basis als auf der der Staatsraison. Der reale machtpolitische Gedanke, wie er, ohne systematisiert zu sein, das Ancien régime beherrschte, lebte lebendig in ihm weiter; so verbindet eine Linie Machiavell, Richelieu, Friedrich, Hamilton, Bismarck.

In Jefferson steckte nichts von Kämpfertum; das Heroische mißachtet der Amerikaner leicht. An dem Feldzug gegen England hatte Jefferson nicht

25 Jeff. IV, 472.
26 Ham. VIII, 522.
27 Ham. I, 357.
28 Ham. I, 359.

teilgenommen; das Militärische lag ihm nicht, das wußte er selber[29]. Er scheute den raschen, verantwortlichen Entschluß. Als Gouverneur von Virginien (1779–1781) hat er, als der Feind ins Land kam, eine unrühmliche, beinahe klägliche Rolle gespielt. Auch seine zweite Präsidentschaft brach zusammen; das tatsächliche Regieren war schließlich doch nicht sein eigentliches Handwerk. Charakteristisch ist es auch, daß es in seinem Alter zum Bankerott seines Vermögens kam; durch öffentliche Sammlungen mußte man ihm zu helfen suchen. Er liebte es nicht, sich persönlich einzusetzen, im Vordergrund des öffentlichen Lebens zu erscheinen. Er war kein Kraftmensch, wie so manche der späteren amerikanischen Demokratenführer, ohne das diesen anhaftende Derbe und Robuste, wie wir es bei Jackson, Douglas, Roosevelt und vielen andern finden. Jefferson ist vielleicht der einzige bedeutende führende „Demokrat" gewesen, der nie zu den Massen gesprochen hat und durch die Wirkung seiner Rede Erfolge erzielte. Es ist bezeichnend für ihn, daß er als Präsident auf ein persönliches Auftreten im Kongreß, wie Washington es geübt hatte, verzichtete. Allerdings fehlte damals der Demokratie überhaupt noch die große Öffentlichkeit, in die sie dann rasch ihrem inneren Wesen nach hineingeraten mußte, als die Verkehrsmittel die Voraussetzungen dafür bereiteten. Jefferson wirkte nicht durch große Reden, nicht durch den unmittelbaren Appell an die Wähler. Er war kein Mann der parlamentarischen Debatte, kein Redner in Volksversammlungen. Lieber blieb er für seine Person im Verborgenen. Er wirkte durch Beeinflussung: durch ausführliche, gedankenreiche, anregende und unterhaltende Briefe, durch mündliche Beratung der öffentlich auftretenden Führer. Mit diesen Mitteln sicherte und steigerte er seine Macht; er inspirierte lieber, als daß er führte. Er hatte Geschmack an gelehrten und halbgelehrten Studien, am Politisieren vom Schreibtisch aus. Die amerikanische Politik wollte er durch persönliche Belehrung und Aussprache beeinflussen; er verstand es, anzuregen und andere für seine Gedanken zu gewinnen. Dem vielseitigen persönlichen Verkehr entsprach sein weitverzweigter Briefwechsel; er gestand es selbst einmal, daß das Briefschreiben ihm den größten Teil seiner freien Zeit nehme[30]. Darin war er ganz ein Zögling seines brieffreudigen Jahrhunderts. Während das literarische Lebenswerk von Hamilton aus Flugschriften und Denkschriften besteht, fügt sich das seine wesentlich aus Briefsammlungen zusammen.

Diese Art des indirekten Regierens ist manchmal kritisiert worden. Auch Präsident Washington meinte einmal, wohl in Gedanken an Jeffersons Art: „influence is no government[31]." Diese Art, sich politisch zur Geltung zu bringen, widersprach dem militärischen Denken des Heerführers der ameri-

29 Jeff. X, 387.
30 Jeff. X, 6.
31 Writings of G. Washington (ed. Evans) 1908, S. 266.

kanischen Revolution. Ein Historiker hat den Gegensatz auch einmal so ausgedrückt: Jefferson habe weniger geführt, als daß er entwickeln half[32]. Hamilton war ebenso wie Washington durchaus Führernatur. Will man ihn den Mann der Exekutive nennen, so war Jefferson eher der Mann der Legislatur, gemäß dem Programmwort des Zeitalters, das in Massachusetts geprägt wurde: government of laws and not of men. Die Willkür der persönlichen Führung im absolutistischen Zeitalter sollte abgelöst werden durch die neue, welthistorische Gesetzgebung der Menschenrechte, durch die Herrschaft des Volksgesetzes, durch den demokratischen Paragraphen!

So wird die tiefe natürliche und ideelle Gegensätzlichkeit der beiden Männer in Staatsauffassung und politischem Tun immer deutlicher. Man möchte sagen: Hamilton war ein Mann der Sachlichkeit, mit der Gabe, den Kern der politischen Erscheinungen rasch und klar zu sehen und demgemäß seine Maßregeln zu treffen. Ohne von allzuviel Theorie belastet zu sein, zeigt sein politisches Handeln doch eine klare, bestimmte, feste, eindeutige Linie. Seine Art, das Politische zu meistern, führte ihn zwangsläufig zu einer inneren Klarheit und Festigkeit seiner politischen Handlungen und damit auch seiner politischen Gedankenwelt.

Ganz anders Jefferson: er war niemals eindeutig, zu sehr ein Mann des Geistes als des Willens, um jene einfache, unveränderliche Zielsicherheit zu besitzen. „A philosophic projector" nannte ihn Hamilton[33]. So wirkte er wie ein Flackerkopf, leicht bestimmt durch Eindrücke und Argumente. War er doch allem Neuen rasch geöffnet; immer wieder griff er vom Intellektuellen her ins Politische ein, und darum blieb er dauernd mit den praktischen Inkonsequenzen des Theoretikers belastet. Wir erkennen hier eine der Folgen seiner Erziehung und Ausbildung im Geiste der Enzyklopädisten; trotzdem er Amerikaner war, war doch etwas von einem Freigeist in ihm, (er nannte sich gern einen Feind der Priester, die das Volk verdummen!) und trotzdem er Kolonist war, war etwas von einem Schöngeist in ihm (wie heimisch hat er sich in der Rolle als Nachfolger von Franklin in den Pariser Salons gefühlt!). Aber man muß sagen: trotz seiner Studien und vielen Interessen im Sinn des Universalismus der Aufklärung blieb er doch immer ein Dilettant, auch in der Politik. Sein Geist suchte die Beweglichkeit und das persönliche Bildungsideal, wie es in dem geistvollen Pariser Leben unmittelbar vor der französischen Revolution Wirklichkeit war. Vielleicht überwog bei ihm das keltische Blut seiner Vorfahren so, wie vielleicht in Hamilton das germanische hervortrat.

Hamilton kannte kein schillerndes Spiel der Gedanken. Immer ist es der klare, nüchterne Verstand, die zwingende Logik, die überlegene Einsicht

[32] Luckwaldt: Jefferson, in „Meister der Politik" II, 323.
[33] Ham. VII, 262.

in die Dinge, an die sich seine Ausführungen wenden. Er ist durchaus sachlich, ohne jede Pose, ohne einen Hauch von Schöngeisterei. Mit geistigem Genießertum hat er nichts zu schaffen. Auch von ihm konnte man rühmen, was Fichte an Machiavell zu loben fand: „Was da folgt, das sagt er und sieht sich nach allen Seiten um, was da noch folgt, und sagt es alles; besorgt einzig um die Richtigkeit seiner Schlüsse und durchaus keine andere Rücksicht kennend[34]." Dabei war Hamilton nicht kalt. „He had a powerful imagination for facts", bemerkt der Herausgeber seiner Schriften einmal[35]. Wohl war er ein gründlich systematisch und historisch durchgebildeter Jurist und Nationalökonom, aber er trug kein totes oder nur ästhetisch zu bewertendes Wissen mit sich; alles was er wirklich in sich aufnahm, wurde ihm zum Baustein der Politik. Trotz seiner nüchternen Sachlichkeit konnte seine Beredsamkeit, seine Diktion fortreißend sein; er fesselte und bezwang den Hörer und Leser, weil jeder Satz bei ihm, mochte er mit noch so kalter Logik voranschreiten, seine starke innere Leidenschaft und die Kraft seines Wollens verriet. „Il a deviné l'Europe" hat Talleyrand von ihm gesagt und damit treffend sein schöpferisches Denken gekennzeichnet. Er schaute, weil er streng und ernsthaft studiert hatte, mit Hellsicht in die verflochtenen Interessen und Antriebe der Politik der großen und kleinen Mächte. Er kannte die politische Natur des Menschen zu gut und wußte im voraus, welche Überlegungen bei seinen Entschlüssen maßgebend sein würden.

Welch andersgeartete Rolle spielt das Logische dagegen in Jeffersons politischem Denken. Wir nannten ihn schon einen Intellektualisten der Politik; darin war er ganz und durchaus ein Vertreter der Gedankenwelt des 18. Jahrhunderts. Das Wissen für die Seele der Republik zu erklären, dieses Wort von John Jay, seinem Landsmann und Zeitgenossen, hätte Jefferson selbst sprechen können. „Eine Regierung, die nur durch die Vernunft reformiert wird", war Jeffersons Ideal[36]. So konnte er in den — wenn man von den Kriegszeiten selbst absieht — kritischsten Tagen der amerikanischen Geschichte einem Freunde schreiben: „Preach, my dear sir, a crusade against ignorance[37]." Ein Kreuzzug gegen die Unbildung sollte aus allen Staatsnöten herausführen. Der Aufklärer mußte aus einer möglichst weit im Volke verbreiteten, vernünftigen Einsicht das Heil für dieses Volk selbst erwarten, und nur daraus. Die Vernunft selbst ist es, die Staaten- und Menschenschicksal leiten soll. Darum finden wir bei ihm so oft ausgesprochen, daß alle Hoffnungen auf die Aufklärung durch die Presse und die Schule zu setzen

[34] Meinecke: Weltbürgertum und Nationalstaat (1908), S. 96.
[35] Ham. I, S. XIX.
[36] Jeff. V, 42.
[37] Jeff. IV, 269.

seien. „Wo die Presse frei ist, und jedermann lesen kann, ist alles wohl[38]." Es war eine notwendige Folgerung daraus, wenn er sagte: „Klärt das Volk in seiner Gesamtheit auf, und Tyrannei und Unterdrückung von Körper und Seele werden verschwinden wie böse Geister bei Tagesanbruch[39]." Dieser Gedanke kehrt immer wieder: die Freiheit beruht auf der Erziehung; ohne Erweiterung der Schulbildung wäre auf die Dauer keine Freiheit, keine Selbstregierung denkbar. Mit besonderer Vorliebe widmete sich Jefferson, diesem Gedanken folgend, der Gründung einer Universität in Virginien, und charakteristischerweise war es ihm wichtiger, daß diese Tatsache zur Kenntnis der Nachfahren in seiner Grabinschrift festgehalten wurde als die Tatsache, daß er zweimal berufen war, die höchsten Geschäfte des Landes als Präsident zu führen! Das alles war ganz im Sinn der englisch-französischen Aufklärung, die er seit seiner Jugend in sich aufgenommen hatte; auch er hätte erklären können: das Verbrechen ist immer die Folge eines falschen Urteils; um den Menschen besser zu machen, braucht man ihn nur aufzuklären.

Dieses Vertrauen in die Wissenschaft und ihre Auswirkungen, diese Überschätzungen und übergroßen Erwartungen des Zeitalters teilte Hamilton nicht. Zwar war auch er von der Gedankenwelt der Aufklärung ausgegangen in jenen beiden Jugendschriften zur Abfalls-Bewegung von England, die auf dem Naturrecht aufgebaut waren. Später aber prägte er das antiaufklärerische, skeptische Wort: „Men are reasoning rather than reasonable animals". „Nichts ist so trügerisch als die Erwartung, daß irgendwelche wertvolle oder dauernde Ergebnisse auf dem Gebiet der Politik erlangt werden können, wenn man sich ausschließlich auf den Verstand der Menschen verläßt. Die Menschen werden ... zum größten Teil durch die Antriebe der Leidenschaften beherrscht. Diese Wahrheit kennen unsere (parteipolitischen) Gegner genau, denn sie haben sie zum nicht geringen Vorteil für ihre Sache angewendet; in demselben Augenblick, in dem sie die Vernunft des Menschen preisen und vorgeben, sich nur an sie zu wenden, schmeicheln sie der stärksten und mächtigsten Leidenschaft des menschlichen Herzens: der Eitelkeit[40]!" Bei Hamilton sind für den aufmerksamen Forscher schon Keime für die politische Gedankenwelt zu entdecken, die in den ersten Jahrzehnten des 19. Jahrhunderts im abendländischen Kulturkreis zur Entfaltung kam. Gewisse Ansätze zur politischen Romantik zeigen sich. Man lese seinen Entwurf zu Bemerkungen über die französische Revolution[41] oder aus späterer Zeit, seinen Brief vom April 1802, in dem er vorschlägt, eine Gesellschaft

[38] Jeff. X, 4.
[39] Jeff. X, 215.
[40] Ham. VIII, 597.
[41] Ham. VII, 374.

zu gründen, die den Namen tragen soll: Christian Constitutional Society, mit den beiden Aufgaben: erstens die christliche Religion zu schützen, und zweitens die bestehende Verfassung der Vereinigten Staaten von Amerika zu erhalten[42]. Die Bestrebungen sollten gerichtet sein gegen die demokratischen Klubs und Gesellschaften, die Jakobiner. Das klingt schon wie die Sprache der Heiligen Allianz. –

In dem, was bis hierher ausgeführt worden ist, sind noch nicht alle Seiten der ganzen Gegensätzlichkeit dieser beiden Männer, die am Anfang der amerikanischen Geschichte stehen, beleuchtet worden. Was nun die Unterschiede der beiden noch weiter verstärkte und dem inneren Verstehen zwischen ihnen weitere Hemmnisse in den Weg legte, ist der Widerstreit zwischen dem kapitalistischen und antikapitalistischen Wesen, wenn wir hier diese neueren wirtschaftspolitischen Begriffe anwenden dürfen. Jefferson gehörte in seinem ökonomischen Denken der präkapitalistischen Stufe an. Er und seine Freunde waren es, die ihren Gegnern von der föderalistischen Partei vorwarfen, daß Hamilton und die Seinen ausschließlich die Interessen der Reichen, der Monopolisten, der Reeder, der Großhändler, der Bankherren verträten. Die „Republikaner" stellten diesen Geldinteressen die wahren Volksinteressen der breiten Massen entgegen. Die breiten Massen aber wurden damals in den Vereinigten Staaten von der Farmerbevölkerung gebildet; 95 % der Gesamtzahl machten sie aus. Es war der Gegensatz von Handels- und Agrarstaat, der hier wachgerufen wurde.

Die Schriften Hamiltons über die wirtschaftspolitischen Angelegenheiten des jungen Staates und seine Ratschläge und Empfehlungen sind Zeugnisse seines klaren, ökonomischen Denkens. An Adam Smith und anderen geschult greift er mit seinen Plänen zum Aufbau von Industrie, Handel und Geldwesen in die amerikanische Zukunft voraus. Denn das industrielle Amerika sollte erst später zur Herrschaft kommen. Dürfen wir Hamilton in seinem volkswirtschaftlichen Planen und Handeln mit Friedrich List vergleichen. so kann man sich Jeffersons Stellung in diesen Fragen an einem andern Deutschen erläutern, an Paul de Lagarde; allerdings nur in diesem einen Punkte: an dem Festhalten am Ideal eines Bauernstaates. „Wir sind ein Volk von Landwirten", sagte Jefferson[43]. Aus den demokratisch-antikapitalistischen Gedankengängen her (das führt wieder von Lagarde weg) sind seine merkwürdigen Gedanken über die Selbstbestimmung einer jeden einzelnen Generation abzuleiten; denn durch diese sollen Staatsschulden und das kapitalistische System überhaupt unmöglich gemacht werden. In der Verwaltungszeit Jeffersons trat das in seiner bankenfeindlichen Politik und in seiner

[42] Ham. VIII, 598.

[43] Jeff. IX, 391. — Vergl. dazu W. Whitman: — Democratic vistas (Universal Library) S. 182: Our real culmination.

Rücksichtslosigkeit gegen Handel und Gewerbe auch praktisch hervor. Er setzte sich ein gegen alles, was nach Luxus aussah, zugunsten der Einfachheit. „In diesem Lande gibt es nicht so etwas, was man in Europa Reichtum nennt", erklärt er[44]. „Diejenigen, die die Erde bearbeiten, bilden das auserwählte Volk Gottes, wenn er je ein auserwähltes Volk hatte; in ihre Brust hat er die wahre und echte Tugend gepflanzt." „Der Mann, der dem täglichen Gang der Landarbeit folgt, ist Gottes edelste Schöpfung[45]."

Jefferson war Landwirt mit Leib und Seele, und nur das Dasein eines Landwirtes auf der Stufe einer umfangreichen Hauswirtschaft, wie sie besonders auf den Plantagen Virginiens noch in weitgehendem Maße üblich war, schien ihm menschenwürdig. Auf freiem Grund mit freiem Volk zu stehen, das war seine Hoffnung für Amerika. Es ist merkwürdig zu sehen, wie der Gegensatz des liberalen und konservativen Gedankens sich in Amerika und Europa mit entgegengesetzten Wirtschaftsgruppen verbunden hat. –

Durch die bisherige scharfe Gegenüberstellung von Jefferson und Hamilton wird das politische Charakterbild Jeffersons vielleicht etwas zu einseitig beleuchtet. Eindeutig aber, das wurde schon hervorgehoben, ist das Wesen Jeffersons nicht – gerade weil er Intellektualist und Theoretiker war und dabei doch auch zu praktisch politischer Tätigkeit berufen wurde. Er war Mitglied der Korrespondenzbüros, die die Revolution einleiteten; er war Vertreter Viginiens im Kontinentalen Kongreß; er war Gouverneur seines Heimatstaates; er war Gesandter in Paris, Staatssekretär, Vizepräsident und schließlich Präsident der Vereinigten Staaten (1801-1809). Gerade darin liegt der Reiz seiner vielseitigen Korrespondenz; wäre er nur Theoretiker, nur Literat, gewesen, man würde wenig Interesse für ihn aufbringen können. Da er mehrfach in leitende Stellungen eintrat, so blieb es nicht nur bei einem in sich widerspruchsvollen Denken, sondern diese Widersprüche wirkten sich auch in seinem Handeln aus.

Überblicken wir das noch im einzelnen: gewiß, er war ein utopischer Idealist, dabei aber doch oft ein recht praktischer Kopf in den Ratschlägen, die er gab, und in den Maßregeln, die er anordnete. Gewiß, er war der schärfste Gegner der föderalistischen Partei und Begründer der antiföderalistischen Bewegung, dabei aber doch nie ein ausgesprochener Parteimann (wie die späteren politischen Führer Amerikas). „Wenn ich nur mit Hilfe einer Partei in den Himmel kommen kann, dann würde ich überhaupt nicht hineingehen", so erklärte er als ein Feind aller bürokratischen Organisationen und jeglicher Art von Parteimaschine[46]. Gewiß, er war nach der Logik seiner Ideen Kosmopolit – der strenge Individualismus führt dazu –, aber dabei

44 Jeff. VII, 13.
45 W. E. Dodd: Statesmen of the Old South, New York 1911, S. 12 und 23.
46 Jeff. V, 76.

stand er doch mit seiner ganzen Seele in dem Kampf der dreizehn Kolonien um die Erringung ihrer nationalen Unabhängigkeit. Er war für Freizügigkeit als natürliches Grundrecht der Menschen, erklärte die Union für die Zukunftsstätte aller Verfolgten, und doch wendete er sich gegen die freie und unbeschränkte Einwanderung in die Vereinigten Staaten, um nicht den nationalen und demokratischen Charakter des Volkes zu gefährden. Er war für die Weltherrschaft der Demokratie, für die Freiheit des Einzelnen, für die Freiheit der Völker und den Völkerfrieden, aber in der Praxis zeigte er sich doch in den Dingen der auswärtigen Politik durchaus als Opportunist; so wollte er die ibero-amerikanische Freiheitsbewegung verzögert wissen bis zu einer Zeit, da die Vereinigten Staaten die Arme frei bekommen würden zur Annektierung der ganzen Hemisphäre. Er war für eine strenge, eng gefaßte Auslegung der Verfassung im Sinn der Rechte der Einzelstaaten und der beschränkten Handlungsfreiheit der Zentralregierung, und doch überschritt er die Verfassungsbefugnisse, als es galt, zugunsten der Union die größte Landerwerbung zu machen, die die Geschichte kennt.

Er erklärte, wie wir sahen, daß ohne die Aufklärung durch die Presse eine wahre, gesunde Volksherrschaft nicht möglich sei, aber doch sagte er, sobald ihm einmal die dunklen Seiten des Journalismus entgegentraten, er hasse die Zeitungen. Er glaubte unbedingt an das Gute in den Volksmassen, und konnte doch gelegentlich „von der schweinischen Menge" reden[47].

Er war ein Feind des Krieges. „Ich hoffe, wir werden zeigen, wieviel glücklicher für die Menschheit die Quäkerpolitik ist, und daß das Leben des Nährmannes besser ist als das des Wehrmannes[48]." Er liebte nicht Streit und Kampf, sondern die Ruhe, die Behaglichkeit und den Frieden – aber aus Rücksicht auf die Staatsraison setzte er sich jederzeit für den Verteidigungs- und Abwehrkrieg ein und befürwortete auch bei Gelegenheiten ohne innere Hemmungen den Eroberungs- und Präventivkrieg. Auch für den Propagandakrieg war er zu haben: so wandte er seinen ganzen Einfluß auf, um die Vereinigten Staaten in die politischen Kombinationen der französischen Revolution hineinzuziehen, aus Dankbarkeit gegen die junge Schwesterrepublik für die französische Hilfe von 1778–1783. Für die Freiheit durfte das Blut fließen[49].

Darin stimmten beide, Hamilton und Jefferson, unmittelbar überein, daß der Krieg nicht unter allen Umständen zu verwerfen sei. Jefferson erklärte es für eine ewige Wahrheit, daß die Unterwerfung unter eine Beleidigung

47 Jeff. VII, 29.
48 Jeff. X, 217.
49 Jeff. X, 270: „Um all dies zu erreichen, müssen noch Ströme von Blut fließen und Jahre der Verzweiflung vorübergehen; aber das Ziel ist Ströme von Blut und Jahre der Verzweiflung wert."

nicht das Mittel sein könne, einen Krieg zu vermeiden. Und Hamilton drückte es potitiv aus, daß Demütigung und Schmach ein größeres Übel seien als der Krieg[50]. All dieses Gegensätzliche in dem Handeln und in dem Meinen Jeffersons zeigt, wieviel ursprüngliche Naivität in ihm war. Das ist der Grund, weshalb man diesen Charakter nicht einfach mit einigen Schlagworten erfassen und bestimmen kann. –

Wie stellte sich Hamilton zu all' den Angelegenheiten der Politik, bei denen Jeffersons innere Widersprüche so eigenartig hervortreten? Man wird das erkennen, wenn wir uns noch kurz dem Parteiwesen zuwenden, das in der jungen Republik sich ausbildete.

Zwei Parteien gibt es in den Vereinigten Staaten von Amerika vom Beginn ihrer Geschichte her. Viel Gemeinsames lebt und webt in ihnen beiden; denn beide Parteien sind ursprünglich und ausschließlich aus dem Boden des eigenen Staatslebens herausgewachsen, ohne von auswärtigen Gewalten oder von überstaatlichen Mächten her ihre wesentliche Bestimmung zu erhalten. Trotz des mancherlei Gemeinsamen sind aber die Akzente bei beiden verschieden gelegt. Sie ringen um die Herrschaft in ihrem Staate und müssen so zu Kampforganisationen werden, und darum auch ideell sich gegeneinander stellen. Der Gegensatz zwischen dem „Ehrgeiz der Neuerung" und dem „Mut, das Hergebrachte zu behaupten", tritt deutlich hervor[51]. So meinte auch J. Adams, daß die Parteispaltung in den menschlichen Naturanlagen ihren Ursprung habe. Jefferson selbst gab dem Gedanken folgende, für die amerikanische Denkweise bestimmte Formulierung: „Der kranke, schwache, ängstliche Mensch fürchtet das Volk und ist von Natur ein Konservativer. Der gesunde, starke und kühne liebt das Volk und ist von Natur ein Liberaler[52]." Pessimisten und Optimisten werden gegeneinander gestellt; es heißt: die von Natur Furchtvollen würden eine Aristokratie bilden, und die von Natur Hoffnungsvollen eine Demokratie[53]. Man stellt als das Grundsätzliche für die verschiedene Parteibildung einander gegenüber den Gegensatz zwischen den Besitzenden und den Erwerbenden, den Gebildeten und den Nichtgebildeten, den Zufriedenen und den Strebsamen, den Konventionellen und den Schöpferischen.

Wenden wir uns von der Theorie des Zweiparteiensystems der politischen Wirklichkeit in Amerika des ausgehenden 18. Jahrhunderts zu, der föderalistischen und der republikanischen Bewegung. Schon in der Kolonialzeit sehen

[50] Jeff. VII, 31: „... die ewige Wahrheit, daß ein Sich-gefallen-lassen von Beleidigungen nicht das Mittel ist, einem Kriege zu entgehen". Und Hamilton (IV, 45): „Wirkliche Schmach ist schlimmer als Krieg"; denselben Gedanken Ham. IV, 38 und 49.

[51] Ranke SW X, 3.

[52] Jeff. X, 281.

[53] Martineau: Society in America I, 7.

wir die Spaltung in eine Volks-Partei und eine mehr aristokratische Partei im Werden. Die politischen Aufgaben und Kämpfe, die durch die neue außenpolitische Stellung der jungen Republik geschaffen werden, bringen sie zur vollen Entfaltung. Die eine fordert: so wenig Staat wie möglich und bezeichnet als ihr Endziel den Staat selbst überflüssig zu machen, die andere: feste, verantwortliche staatliche Leitung. Freiheit ist der Ausgangspunkt für die eine, Gehorsam für die andere[54]. „Resist much, obey little", heißt es[55]. Der ultima ratio regum wird die ultima ratio gentium, dem militärischen Zwang das Recht auf Aufruhr entgegenstellt[56]. Die eine betont im Interesse der Freiheit der Einzelmenschen die Freiheit der Einzelstaaten gegenüber der Union; die andere das Gemeinsame zwischen den Staaten, das Nationale. Die eine will streng durchgeführte, reine Volksherrschaft; die andere aristokratische Führung, denn sie fürchtet die Schädlichkeit irregeleiteter Massen. Monokraten und Mobokraten schelten sie einander. Die eine glaubt an die demokratisch friedliche Weltordnung; die andere zweifelt daran und will die gesellschaftliche Ordnung durch den Staat, das heißt durch Macht, sichern. Dann, in den Jahren der französischen Revolution, ist die eine für Frankreich, während die andere die Anlehnung an England fordert, denn für sie ist Frankreich nicht die Schwesterrepublik, sondern ein Machtwesen mit ihm eigentümlichen Machtzielen, die nicht dauernd und notwendigerweise mit den amerikanischen in Einklang stehen müssen. Die Wähler der einen sind besonders bei den vielen protestantischen Sekten zu finden, die der anderen vorzüglich bei der herrschenden Kirche. Der Westen, d. h. die Bewohner des jüngeren Koloniallandes, streben zur einen Partei, die Bewohner des älteren Ostens halten es mit der andern. Die Farmer, Kleinbürger und Handwerker, kurz „il popolo minuto", gesellen sich zu den Republikanern, die Kapitalisten, Bankiers, Kaufleute, Industrielle, Großgrundbesitzer, „il popolo grasso", zu den Föderalisten. Die eine Partei hat Jefferson als Führer erkoren, ihn, den man „ein Produkt des ersten Westens in der amerikanischen Geschichte[57] genannt hat, die andere Alexander Hamilton, den Bürger der Handelsstadt New York. –

Hamilton und Jefferson sind die beiden allgemeinen repräsentativen Köpfe für das politische Amerika dieses Zeitalters. Neben ihnen standen andere, auch mit charakteristischen, eigenartigen Zügen, in denen aber doch die einen oder die anderen politischen Grundeigenschaften der beiden Hauptführer wieder zu erkennen sind; so Madison, Samuel Adams, Jay, Henry, John Adams, Dickinson, Lee u. a.

54 Ham. I, 354.

55 Siehe in den „Leaves of grass" von W. Whitman das Gedicht: To the states ...

56 Jeff. X, 385.

57 W. E. Dodd: op. cit. S. 23.

Hier soll nur noch von einem eingehender gesprochen werden, und zwar von dem, der die höchsten Würden und Ehren und die höchsten verantwortlichen Stellen in seinem Lande eingenommen hat. George Washington galt bei seinen Zeitgenossen und fast noch mehr bei den folgenden Geschlechtern als der Vertreter seines Zeitalters schlechthin. Er war die große populäre Figur seiner Tage bei Einheimischen und Ausländern. Trat er doch für alle sichtbar hervor als der große soldatische Führer in dem achtjährigen Kampf gegen England, als uneigennütziger Ratgeber und Ermahner seines Volkes in den kritischen Jahren zwischen dem Abschluß des Friedens und der Schaffung einer amerikanischen Verfassung, als erster Präsident des jungen Bundesstaates, und nach seiner Rückkehr in das Privatleben als das Vorbild eines wahren Republikaners. Die äußeren hohen Stellen haben ihn im allgemeinen Urteil weit über alle Amerikaner dieser Zeit erhoben. Es ist verständlich, wie er so von seinen Landsleuten zum nationalen Heros erhöht worden ist. Er stand als großer Charakter inmitten der Stürme seiner Zeit. Um uns seine Stellung in dem Urteil seiner Zeitgenossen zu verdeutlichen, dürfen wir vielleicht an das Verhältnis der deutschen Öffentlichkeit zu Hindenburg erinnern.

Innerlich stand Washington Hamilton sehr viel näher als Jefferson. Hamilton war sein Adjutant im Felde, sein Ratgeber und Mitarbeiter in Politik und Diplomatie. Das politische Denken des Feldherrn folgte den allgemeinen konservativen Wegen. Er war in die aristokratischen Lebensformen der virginischen Plantagenbesitzer hineingewachsen. Als Staatsmann ebenso wie als Armeeführer und Präsident war er für Würde und Form, nicht für die gewisse Nachlässigkeit der Haltung und des Sichgebens, die für Jefferson auch in seinem öffentlichen Auftreten charakteristisch war. Verglichen mit der Urwüchsigkeit der Grenzer oder der kosmopolitisch verwischten Art in der Bevölkerung der Mittelstaaten fanden schon Zeitgenossen viel Englisches in seinem Wesen. Es ist keine falsche Beleuchtung, in der er erscheint, wenn Hebbel einmal etwas unfreundlich schreibt: „Mir ist die Handschrift des Generals Washington immer unendlich charakteristisch für das Land gewesen: so sauber und kalligraphisch schön, daß die Kinder danach schreiben lernen könnten, aber auch so leer und interesselos wie eine Vorschrift[58]!" –

Washingtons politische Laufbahn begann im Westen von Virginien, inmitten einer Bevölkerung, aus der die Partei des Abfalls von England zuerst Zustrom erhielt und dann Jeffersons neue demokratische Partei selbst hervorgegangen ist. Hier saßen die Dissenters, die sich mehr und mehr der Führung entziehen wollten, die die aristokratisch gerichteten Kreise, meist Mitglieder der Hochkirche, weiter im Osten, in den älteren Teilen der Kolonie, in den Händen hielten. Trotzdem Washington aus diesem oppositionellen Westen

[58] Hebbels Briefe (Auswahl Küchler) Jena 1908, S. 227.

herkam – dort hatte er im Siebenjährigen Krieg im Kampf gegen Franzosen und franzosenfreundliche Indianer seine ersten Sporen verdient –, verbanden ihn doch nahe Beziehungen mit der altkolonialen Pflanzeraristokratie. Der innerliche Gegensatz zu dem Mangel an Staatsgesinnung, der für die Grenzbevölkerung charakteristisch war, führte ihn in das Lager der konservativ Gerichteten. Je radikaler die Jeffersonische Demokratie wurde, um so konservativer wurden Washington und seine Freunde. Als dann die entfesselte französische Revolution mit ihren Maßlosigkeiten ansteckend auf die amerikanischen Republikaner zu wirken begann, finden wir bereits als Gegenwirkung leise Anfänge eines politischen Denkens bei Washington und den Seinen, das wir aus dem Restaurationszeitalter in Europa kennen. Bei Hamilton wurde schon darauf aufmerksam gemacht: die Sorge vor der Mobherrschaft war wach geworden. „Das eigentliche Übel, an dem wir leiden, ist Demokratie[59]", hieß es. Die „gentlemen of America", wie die aristokratischen Führer gelegentlich genannt wurden, sahen die Sicherheit des Eigentums und die bürgerliche Ruhe und Ordnung bedroht. Sie kannten und fürchteten das Wort, das Thomas Jefferson ihnen entgegenwarf: „The desease of liberty is catching[60]". Auch Washington hat sich bestimmt und deutlich gegen jede Art von Zügellosigkeit gestellt, die der extrem republikanische Gedanke im Gefolge zu haben schien. Seine politischen Aufgaben als Präsident gaben manchen Anlaß, für Gehorsam und Staatsautorität gegen Willkür und Selbstbestimmung von „Rebellen" aufzutreten. Die aristokratischen Formen des englischen Parlamentarismus im 18. Jahrhundert schwebten auch ihm irgendwie als Ideal politischer Würde und Strenge vor. Einer solchen Einstellung gegenüber, die sogar den monarchischen Gedanken in sich einschloß, war es, daß Jefferson von „jener gotischen Idee, in der Vergangenheit das Vorbild zu suchen" sprach[61].

Es war unvermeidlich, daß ein gewisser Gegensatz auch zwischen Washington und Jefferson sich herausbildete, obwohl Washington jenes scharfe politische Kämpfertum eines Hamilton fernlag, und er seine Aufgabe in der Politik, bei aller Betonung der Würde, gerade im Vermitteln und Ausgleichen sah. Es ist wertvoll zu lesen, was Jefferson selbst über Washington im ruhigen Urteil späterer Jahre geschrieben hat: „Washington wünschte ehrlich dem Volke soviel Selbstregierung, als es fähig sei, selbst auszuüben. Der einzige Punkt, in dem er und ich immer in unseren Ansichten auseinander gingen, war der, daß ich mehr Vertrauen als er in die natürliche Redlichkeit und Besonnenheit des Volkes und in die Sicherheit und Ausdehnung hatte, bis zu welcher es mit der Kontrolle seiner Regierung betraut werden könne.

59 Ham. VIII, 616.
60 Jeff. X, 179 und 191.
61 Jeff. VII, 415.

Er hat mir tausendmal seine Entschlossenheit versichert, daß die bestehende Regierungsweise einmal ehrlich versucht werden müsse, und daß er seinen letzten Blutstropfen für sie hingeben würde[62]". Die geschickte literarische Feder Jeffersons entwarf dann in einem langen Briefe aus dem Jahre 1814, zu einer Zeit, als die Kämpfe der neunziger Jahre des 18. Jahrhunderts vergessen waren und Washington und Hamilton nicht mehr unter den Lebenden weilten, das folgende eindringende literarische Porträt des ersten nordamerikanischen Präsidenten.

„Sein Geist war groß und mächtig, ohne doch vom allerersten Range zu sein; er besaß einen durchdringenden Verstand, wenn auch nicht von der Schärfe eines Newton, Bacon oder Locke; und so weit als er sah, gab es kein zuverlässigeres Urteil. Es kam langsam zustande, da es nur wenig durch Erfindungs- und Einbildungskraft unterstützt wurde, aber war sicher in der Schlußfolgerung. Daher die allgemeine Beobachtung seiner Offiziere, daß er aus einem Kriegsrat reichen Vorteil zog, weil er alle Vorschläge anhörte und dann das beste auswählte; und sicherlich, kein General hat je seine Schlachten mit mehr Überlegung entworfen als er. Doch wenn der Lauf der Ausführung gestört wurde, wenn irgendein Teil seines Planes durch plötzlich eintretende Umstände verschoben wurde, so war er langsam beim Wiedereinrenken. Die Folge war, daß er oft im Bewegungskrieg versagte, aber selten im Stellungskrieg, wie bei Boston und York. Er war unfähig, Furcht zu empfinden und trat persönlichen Gefahren mit der ruhigsten Gleichgültigkeit entgegen. Vielleicht der hervorragendste Zug in seinem Charakter war kluge Überlegung, denn er handelte nie, ehe nicht jeder Umstand, jede Möglichkeit reiflich erwogen wurden; er zögerte, wenn ihm ein Zweifel kam, aber wenn er einmal einen Entschluß gefaßt, dann hielt er an ihm fest, was auch für Widerstände sich ergeben mochten. Er kannte nicht das kleinste Maß von Bestechlichkeit, sein Gerechtigkeitssinn war der unbeugsamste, den ich je gekannt, denn keine Erwägung des persönlichen Interesses oder der Verwandtschaft, der Freundschaft oder der Gegnerschaft war fähig, seine Entscheidung zu beeinflussen. Er war, wahrhaftig, in jedem Sinn des Wortes ein weiser, ein guter und ein großer Mann... Er war einer warm empfundenen Zuneigung nicht fähig; aber er schätzte genau den Wert eines jeden ab und achtete ihn dementsprechend. Er war, wie Sie wissen, eine edle Erscheinung, seine Figur war ganz, wie man es nur wünschen kann; seine Haltung ungezwungen, aufrecht und vornehm; der beste Reiter seines Zeitalters und die eleganteste Gestalt, die man je zu Pferde sehen konnte. Obwohl er im Kreise seiner Freunde, wo er ungezwungen sich geben konnte, gern Anteil an der Unterhaltung nahm, waren seine Unterhaltungstalente im ganzen doch nur mittelmäßig, denn er verfügte weder über eine Fülle von Einfällen, noch

[62] Jeff. IX, 376.

über einen leichten Fluß der Rede. Wenn er bei einer öffentlichen Gelegenheit plötzlich um eine Meinung gefragt wurde, war er ohne Geistesgegenwart, kurz angebunden und verlegen. Aber er schrieb fließend, fast zu breit, in einem leichten und tadellosen Stil. Das hatte er durch seinen Verkehr in der Welt gelernt, denn auf Grund seiner Erziehung besaß er nur die Kenntnisse von Lesen, Schreiben und Rechnen, dem er später die Kenntnis des Feldmessens hinzufügte. Er verbrachte seine Zeit wesentlich mit Tätigkeit, er las wenig und nur über Landwirtschaft und englische Geschichte.... Ich glaube, General Washington hatte kein festes Vertrauen in die Dauerhaftigkeit unserer Regierung. Von Natur aus mißtraute er den Menschen und neigte zu düsteren Befürchtungen. Ich war immer überzeugt, daß der Glaube, wir müßten auf die Dauer bei etwas ähnlichem wie der englischen Verfassung enden, einen gewissen Einfluß ausübte bei seiner Übernahme der Zeremonien der levées, Geburtstage, feierlichen Sitzungen mit dem Kongreß und anderer Formalitäten ähnlicher Art, die darauf berechnet waren, uns langsam auf einen Wechsel vorzubereiten, den er für möglich hielt ...[63]."

Die gewisse Begrenztheit, sowie die großen Vorzüge dieses Mannes treten in dieser Schilderung deutlich hervor. Washingtons Politik wollte eine Politik ohne Liebe und Haß sein; eine Politik des Ausgleiches, der Prüfung und Überlegung, die aber nicht in der Überlegung steckenblieb, sondern immer bis zu einem Entschluß vordrang. Anfänglich hatte er gehofft, mit beiden sich bildenden Parteien regieren zu können, und deshalb die beiden großen Gegner gleichzeitig in sein Kabinett berufen, den einen als Minister des Auswärtigen, den andern an die Spitze der Finanzen. Auf die Dauer war es unmöglich, solche Gegensätze zu vereinen. Die Parteien fingen an, die amerikanische Demokratie zu durchdringen. Jefferson räumte das Feld, um alle Gewässer der Opposition gegen Hamilton und die Föderalisten in einem großen Becken zu sammeln und dann die Erbschaft Washingtons und Hamiltons anzutreten. Washington selbst blieb, auch als das Parteiwesen mehr und mehr die Regierung durchdrang, immer der leidenschaftslose Mann der Ordnung, des Gesetzes, der Gerechtigkeit, der fachmäßigen Überlegung und peinlichen Genauigkeit. –

„Government of laws and not of men", so steht es in dem Grundgesetz des Neuenglandstaates, der die Wiege der amerikanischen Revolution war. Und doch verdankt Amerika das Beste, was es politisch bedeutete, persönlicher Führerschaft. Darin liegt das Wertvolle, das die Deutschen unserer Zeit politisch von den Amerikanern lernen können. Hier ist ein großes Beispiel gegeben, wie eine Handvoll Männer ein Volk zur staatlichen Freiheit und Unabhängigkeit führen, wie sie aus dreizehn Provinzen einen zukunftsreichen,

[63] Jeff. IX, 448-450.

machtvollen Staat schaffen, ja, fast möchte man sagen: eine Nation ins Leben rufen.

Was die kurze, aber so reich bewegte Geschichte der Vereinigten Staaten von Amerika an Förderlichem und Fragwürdigem enthält, das entstammt zu einem großen Teil der Zeit, da diesem werdenden Staate und dieser werdenden Nation von einer Schar entschlossener Staatsmänner ein Weg zur freien Selbstbestimmung gebahnt wurde. Der Charakter der politischen Geschichte dieses Volkes ist bestimmt geblieben durch das Wesen, das in Hamilton, Jefferson, Washington und ihren Freunden in die Erscheinung trat und von ihnen gestaltet wurde. In jeder folgenden Generation und auch heute noch kämpfen diese Geister des 18. Jahrhunderts ihren Kampf; der Gegensatz, der seinen persönlichen Ausdruck in Hamilton und Jefferson fand, ist in das Schicksal dieser Menschengemeinschaft eingeboren und, wenn er ganz allgemein gefaßt wird, nicht nur dieser bestimmten geschichtlich gegebenen Gemeinschaft; denn hinter den persönlichen Partei- und Ideengegensätzen stehen tiefe, allgemein menschliche Wesensverschiedenheiten. Auch unter diesen Gedanken gefaßt, dürfen wir hier von einem Stück Weltgeschichte sprechen.

DEUTSCHLAND UND DIE VEREINIGTEN STAATEN*.

4

Ich stelle an den Beginn dieser Bemerkungen über das Verhältnis, welches zwischen den Vereinigten Staaten von Amerika und Deutschland im Laufe der Geschichte bestanden hat, einen Ausspruch desjenigen Historikers, der unter allen bisher den am tiefsten dringenden divinatorischen Blick gehabt hat. Ranke sagt in seinen abschließenden Betrachtungen zum Siebenjährigen Krieg: „Das welthistorische Faktum ist, daß die Unabhängigkeit des nördlichen Amerika von Frankreich und das ungeschmälerte Bestehen des preußischen Staates nicht allein gleichzeitig, sondern in einer sehr engen Beziehung zueinander erkämpft worden waren. Das erste eröffnete eine unermeßliche Zukunft; der Blick der Zeitgenossen haftete am meisten auf dem letzten."

Das Jahr 1763 ist ein Epochenjahr: es brachte einen Krieg zum Abschluß, in dessen spannungsreichem Geschehen eine große Wendung in der abendländischen Gemeinschaft sich vollzog. Eine neue Hauptmacht trat in den Kreis der älteren ein: das preußische Gestirn ging auf, erleuchtet von einem neuen Prinzip des Staates und vom Geschick ausgerüstet zu einem politischen Beruf in der Mitte Europas.

Auf derselben Seite mit den preußischen Grenadieren hatten die amerikanischen Milizen gefochten. Von ihren Waffenerfolgen nahm in gleicher Weise den Ausgang die preußisch-deutsche Selbstbestimmung und die Freiheit Amerikas. Im Bereich der europäischen Pflanzungen auf dem nördlichen Kontinent des Westens hatten die englischen Kolonisten triumphiert in einer Sache, die ihnen seit Geschlechtern schon besonders am Herzen gelegen. Das Mutterland hatte in dem Aachener Frieden von 1748 seine amerikanischen Untertanen enttäuscht: die Feste Louisburg, das Dünkirchen Nord-

* In „Carl Schurz. Der Deutsche und der Amerikaner. Zu seinem 100. Geburtstage am 2. März 1929." Mit einem Vorwort des Reichsaußenministers Dr. Stresemann. S. 97-113.

amerikas, war den Franzosen im Tausch gegen ostindische Positionen zurückgegeben worden. Jetzt, im Krieg an der Seite Preußens, war man ans Ziel gelangt. In Neuengland feierten sie die Siege des freigeistigen Königs als „nationale“ Erfolge – „denn seine Siege“, sagte Mayhew in Boston, „sind unsere eigenen!“ Der Erbfeind, der die Zukunft den Kolonisten wegzunehmen drohte, war aus dem Erdteil vertrieben. Zwar schien es zunächst, wenn man die Grenzführung auf den neuen Karten des Kontinents ins Auge faßte, daß das britische Imperium, auch in der westlichen Welt seine Handels- und Kolonialgewalt, seine römische Laufbahn vollenden werde. Aber die tiefer Blickenden ahnten schon damals in den Stürmen des Krieges, daß Amerika frei werden würde, sobald die französische Gefahr von den englischen Kolonisten genommen wäre. Diese waren ja, soweit sie die Kolonisation als einen politischen Akt angesehen hatten, nicht mit Liebe im Herzen zum vorwaltenden anglikanischen System Britanniens über den Ozean in die Wildnis gefahren: der Widerspruch zur Ordnung der Heimat hatte ihre erste Entwicklung in Kirche und Gemeinde bestimmt; den zähen Sinn für ihre Unabhängigkeit hatten sie in kühner Mißachtung der strengen merkantilistischen Gesetze Großbritanniens festgehalten. Jetzt aber erst, da keine überlegene und feindliche europäische Macht mehr nahe ihren Farmen und Häfen stand, konnten sie es wagen, die störende englische Oberaufsicht vollends abzustreifen, sobald nur Parlament und König in England und Gouverneure und Zolleinnehmer in den nordamerikanischen Küstenstädten den Willen der Kolonisten nicht zu achten geneigt waren. Zwei Jahre nach dem Friedensschluß von 1763 begann die Ablösungsbewegung der 13 Kolonien vom Mutterland. Ein neues Staatswesen wand sich aus den Hüllen, in denen es seine innere Ausgestaltung schon lange vorbereitet hatte.

Wie Ranke es in den angeführten Worten gesagt hat: das welthistorische Faktum des Siebenjährigen Krieges war die Gleichzeitigkeit in der Begründung dieser nordamerikanischen Unabhängigkeit und der Behauptung des preußischen Staates, für den die alten europäischen Mächte vereint den Untergang vorbereitet hatten. In dem Aufstieg von Preußen und Amerika vollzog sich gleichzeitig das Mächtigwerden junger revolutionärer Kräfte. Friedrich war ein Rebell gegen die alte Ordnung Europas, er war ein Rebell gegen Kaiser und Reich. Die Rebellen in Amerika gaben das erste Beispiel einer erfolgreichen populären Revolution und damit den Anstoß zu jenem epochalen Kampf gegen den Legitimismus. Friedrich schuf für das monarchische Europa einen neuen Königstyp der entsagungsvollen Arbeit, der Humanität, der aufgeklärten Bildung. Seitdem hatte die französische Monarchie ausgespielt. Die Aufrührer in Amerika setzten dem alten Kolonialwesen der Westeuropäer die Idee der Selbstregierung entgegen und repräsentierten, in dem Ausmaß ihrer noch jungen Macht, das demokratische Republikanertum. Ihre historische Lage brachte sie dazu, die Menschenrechte anzurufen, der norddeutsche Staat gab dagegen ein neues Beispiel der Verpflichtung des Menschen. So veränderten Amerikaner und Preußen die atlantische und die mitteleuropäische Welt. Amerikanismus und Preußentum setzten der Menschheit neue Rechte und Pflichten.

Darin ist die Schicksalsverbindung der beiden Staaten gegeben. „Nicht allein gleichzeitig, sondern in einer sehr engen Beziehung zueinander" haben sie ihr geschichtliches Wesen konstituiert. Wir meinen nicht, daß sie beide von den gleichen Lebensimpulsen getragen wurden, daß sie denselben Zielen zustrebten, eher glauben wir, daß sie einander ergänzten in dem, was ihre tiefsten Absichten waren. Jeder von ihnen trägt eine ihm eigene Individualität in sich: in völlig verschiedenen „historischen Räumen" haben sie diese gebildet. Aber sie sind sozusagen politisch gleichaltrig, sie gehören sozusagen derselben weltgeschichtlichen Generation an.

Ihre Fundamente waren im 17. Jahrhundert gelegt worden. In Deutschland stand der Große Kurfürst auf und zeigte, daß im protestantischen Norden eine politische Kraft schlummerte, die geweckt sein wollte. Zu den nördlichen Kolonien kamen damals „die Väter", jenes auf das Absolute gerichtete Geschlecht, das sich mit Zähigkeit und Härte in einem neuen Lande festsetzte. Das Leben des Kurfürsten wie das der „Väter" war eine Verheißung für die Zukunft.

Es folgte im 18. Jahrhundert der Ausbau dessen, was in dem großen schöpferischen 17. Jahrhundert angelegt worden war: Friedrich Wilhelm I. zimmerte den preußischen Staat in den Grundzügen, die er bis in die neuesten Zeiten bewahrt hat; die Kolonisten an der atlantischen Küste Nordamerikas von Neu-England und Pennsylvanien bis Georgia experimentierten in neuen Regierungsformen und bildeten eine amerikanische Tradition, die so fest war, daß sie tief in das 19. Jahrhundert hinein wirken konnte. Auf diesen Grundlagen vollzog sich unter Friedrich und unter Washington und Hamilton der Durchbruch in die große politische Welt.

Die amerikanische und die preußisch-deutsche Nation — denn Friedrich wirkte nun schon über die eigentlich preußischen Grenzen in die neue deutsche geistige Welt hinein: ohne Potsdam kein Weimar, so muß die Formel lauten, da die Möglichkeit zur Entfaltung der großen deutschen Nationalliteratur, von der auch die politische Nationalgesinnung ihren Ausgang nahm, aus jener „großen Abwandlung der welthistorischen Bewegung entsprang" — die amerikanische und preußisch-deutsche bildeten neue Nationen, deutlich abgesetzt von der älteren spanischen oder französischen oder englischen, welche nacheinander im 16., im 17. und im 18. Jahrhundert ihren jeweiligen höchsten Ausbildungspunkt erreicht hatten. Waren jene Jahrhunderte in ihrem Wesen vorzüglich spanisch, französisch und englisch bestimmt, so darf man das 19. Jahrhundert, vielleicht, ein deutsch-amerikanisches nennen.

*

Im alten Deutschland lagen noch Lebensrichtungen, die älter als alles preußische Wesen waren.

Wir dürfen hier einen Blick auch auf jenes noch überlebende, aber schon absterbende Deutschland wenden und nach seinen Beziehungen zu Amerika fragen. Denn da Preußen in diese Erbschaft dann mit eingetreten ist, wird manches davon auch in der neueren Entwicklung der Beziehungen beider Länder von Einfluß geworden sein.

Deutschland als Ganzes hat keine politischen Verantwortungen für die neue Welt übernommen; für die Art der Entfaltung des kolonialen Wesens dort haben die Westeuropäer allein einzustehen. Jedoch sind einzelne Deutsche in nicht geringer Zahl an dem Werk der Entdeckung, der Aufschließung, der Besiedlung, der Kultivierung der westlichen Hemisphäre beteiligt. Es ist bekannt — wir nehmen das als ein Symbol dafür —, daß der Name Amerika dem Erdteil von einem deutschen Geographen verliehen worden ist: nach der italianisierten Form des gotischen Königsnamens Amalrich (Amerigo). Im 16. wie 17. Jahrhundert, unter spanischer, holländischer, schwedischer, französischer, englischer Flagge sind viele vereinzelte verstreute Deutsche nach dem neuen Land jenseits des Ozeans gezogen und haben ihr persönliches Schicksal mit dem Nordamerikas verbunden. Wir wollen hier die Namen nicht häufen, sondern erwähnen nur, willkürlich aus einer großen Zahl herausgegriffen: Mansker, der das Vorbild für die Lederstrumpf-Geschichten abgegeben haben soll, ein Typ des Pioniers im Westen an der äußersten Kulturgrenze; Leisler (1689), der erste revolutionäre Gouverneur von New York; Pastorius, von dem der erste Protest gegen die Sklaverei in Amerika ausgegangen ist (1688); Sauer, der die erste Bibel in Amerika druckte (1743) u. a. Als mit der Unabhängigkeitserklärung der amerikanische Freiheitskampf kam, waren viele auch bedeutende Deutsch-Amerikaner an dem militärischen und politischen Werk der Staatsgründung beteiligt. So früh schmolz deutsches Menschentum ein in die sich bildende neue amerikanische Welt.

Es hat in der alten Zeit nicht gänzlich an deutschen Projekten gefehlt, Kolonien unter deutscher Leitung in Amerika zu gründen. Aber sie blieben Pläne, Hoffnungen und Entwürfe: ein „Neu-Teutschland", wie es z. B. ein Graf von Hanau erstrebte, blieb ein Traumgesicht. Der amerikanische Historiker A. B. Hart von der Universität Harvard hat erklärt, es sei ein Unglück für die neue Welt, daß die Deutschen dort nicht auch planmäßig kolonisiert haben wie die westeuropäischen Völker.

*

Die erste unmittelbare politische Beziehung zwischen Deutschland und Amerika erscheint in dem amerikanisch-preußischen Handelsvertrag von 1785. Die amerikanischen Rebellen warben um die Gunst des Preußenkönigs. Ihre Hoffnung war, die junge europäische Großmacht in die Händel des Meeres und der Kommerzien hineinzuziehen; sie wünschten, daß Preußen Seemacht werde! Durch den Erwerb von Danzig (1772) und den Besitz von Emden (seit 1744), so hofften sie, werde es maritime Interessen bekommen. Arthur Lee, der nach Berlin geschickt worden war, legte 1777 dem König darüber eine Denkschrift vor: „Der Handel ist der Vater der Bevölkerung ... Ihr Königreich eignet sich ganz vortrefflich dafür, Seeleute zu erziehen ... durch die Verbindung mit Amerika kann Preußen den Weltverkehr aus seinen alten Bahnen lenken ..." Denkwürdig, daß die Amerikaner zuerst es waren, die die Deutschen, welche solange von den überseeischen Dingen abgewendet blieben, in das ozeanische Leben hineinzuziehen trachteten. Ihre Absicht war, durch die Mitentfaltung einer deutschen Seemacht, gedeckt durch die „besten Regimenter der Welt", Englands Seetyrannis zu vernichten und mit dem Weltruhm des Preußenkönigs auf ihrer Seite dem amerikanischen Volke „Mut und Stärke zu verleihen".

Solange Friedrich die Hände einigermaßen frei hatte, betonte er seine freundliche Gesinnung für die Amerikaner. Jede Hilfe, die ihm seine gefährliche Lage inmitten der europäischen Großmächte erlaubte, wollte er gewähren: preußische Waffen und Tuche sind gegen Tabak nach Amerika gegangen. Die englische Werbetätigkeit in Deutschland für den Kriegsdienst in Amerika hat er wiederholt gehemmt und so indirekt, wie F. R. Kapp meint, zum amerikanischen Waffenerfolg beigetragen. Einen entscheidenden politischen Schritt für die Amerikaner zu tun, lag aber außerhalb der Möglichkeiten der preußischen Politik. „Cela ne leur pouvait procurer aucune avantage et nous être fort préjudiciable", steht in einer Randbemerkung des Königs vom 30. März 1778. „Protegieren kann ich sie nicht, weil ich keine Marine habe" (9. Januar 1781).

Trotz dieser Notwendigkeiten dieser Staatsbelange scheute der König sich aber nicht, öffentlich am Hof zu erklären, so daß Engländer es hören konnten: Amerika sei ein aufsteigender Stern, ein unabhängiger und mächtiger Staat. Es war bekannt, daß dem General von Steuben, im Siebenjährigen Krieg Adjutant des Königs, die Ausbildung der amerikanischen Rebellenarmee in die Hände gelegt worden war.

Erst nach Abschluß des Krieges und Anerkennung der Unabhängigkeit durch Großbritannien war der Weg frei für die Unterzeichnung des preußisch-amerikanischen Freundschafts- und Handelsvertrages, über den schon lange verhandelt worden war. Im Sommer des Jahres 1785 setzten Franklin und Friedrich ihre Unterschriften darunter, eine letzte bedeutsame Handlung in dem Leben dieser beiden großen Männer. Es war ein Vertrag, der für die Idee der Freiheit der Meere eintrat, das Privateigentum schützte, „da", wie Friedrich sich ausdrückte, „wir nicht in Piraterie machen". Washington sprach das amerikanische Urteil über den Vertrag aus, als er nach Paris schrieb (1786): „Unter den neuen Handelsverträgen scheint mir besonders der mit dem König von Preußen abgeschlossene eine neue Ära in der Diplomatie zu bezeichnen ... er ist der freisinnigste Vertrag, der je von unabhängigen Mächten abgeschlossen wurde, durchaus originell in verschiedenen seiner Artikel, und wenn seine Prinzipien später als die Grundlage des Völkerverkehrs gelten sollten, so wird er mehr als irgendeine bisher versuchte Maßregel dazu beitragen, eine allgemeine Pazifikation herbeizuführen." Es war ein verheißungsvoller Anfang freundschaftlicher und kommerzieller Beziehungen zwischen den beiden Staaten, die sich neu im Kreise der alten Mächte erhoben hatten, um die Angelegenheiten der Menschheit mit den ihnen verliehenen Fähigkeiten weiter vorwärts zu bringen[1].

Das 18. Jahrhundert fand mit dem Ausbruch der Französischen Revolution und dem Aufstieg der napoleonischen Macht sein Ende. Die europäischen Erschütterungen und Umwälzungen, die davon ihren Ausgang nahmen, haben den alten Kontinent auf sich selbst zurückgeworfen und seine Trennung von dem neuen für einen ganzen Zeitraum zu einer feststehenden Tatsache gemacht.

[1] Es ist wenig bekannt und für die preußisch-amerikanischen Beziehungen von damals doch charakteristisch, daß in den kritischen Jahren zwischen dem Friedensschluß von 1783 und der Annahme der neuen Verfassung von 1789 einige amerikanische Patrioten die Frage prüften, ob Amerika für seine Stabilität nicht eines monarchischen Oberhauptes bedürfe. Durch Vermittlung des preußisch-amerikanischen Generals von Steuben, welcher deshalb angegangen wurde, ist eine Anfrage an den Bruder des Königs, den Prinzen Heinrich gerichtet worden: ob er bereit sei (da bei der politischen Lage ein westeuropäischer Prinz nicht dafür in Frage kommen konnte, ohne die Unabhängigkeit der Vereinigten Staaten zu gefährden), einen amerikanischen Thron einzunehmen und damit eine amerikanische Hohenzollern-Dynastie zu begründen. Prinz Heinrich hat zurückhaltend geantwortet (American Historical Review XVII).

Die politische Absonderung Amerikas von Europa bedeutete ökonomisch jedoch eine Wiederverknüpfung der amerikanischen Wirtschaft mit der britischen; denn England beherrschte jetzt allein die Meere und bestimmte die Bewegungen der Weltwirtschaft.

Die große Frage: Werden die Vereinigten Staaten ein Neu-England bilden oder können sie die Kraft aufbringen, eine neue, eine amerikanische Nation im vollen Sinne des Wortes ins Leben zu rufen, war damals noch nicht entschieden. Wenn man auch in Boston, New York und Philadelphia auf England schimpfte und in aufgeregten Wahlzeiten voller „Patriotismus", sobald man die irische Wahlstimme zu gewinnen suchte, „des Löwen Schwanz drehte" — der Yankeetyp englischer Herkunft herrschte im Lande vor. Neu-England erlebte seine Ausdehnung über die anderen Gliedstaaten. Es war so, daß der gesellschaftlich aufsteigende Amerikaner gar zu oft seinen Blick nach London richtete, um von dort seine Formgebung, äußerlich und innerlich, zu empfangen. Amerika war noch nicht freigekommen vom englisch-kolonialen Provinzlertum.

Da ist für Amerika ein neues Geschehen eingetreten, das diese Erscheinung von Grund aus verändern sollte, und Deutschland hatte einen wesentlichen Anteil an diesem Vorgang.

D e u t s c h - A m e r i k a tauchte auf; in der Prärie wächst es empor; in jungen Riesenstädten von tropischem Gedeihen bilden sich deutsch-amerikanische Quartiere. Deutschland wandert. Jahr für Jahr kommen Tausende, Zehntausende, Hunderttausende in Segelboot und Dampfschiff über den Ozean. Wie klein — der Zahl nach — im Verhältnis dazu war die Völkerwanderung der germanischen Stämme gewesen, durch welche „E u r o p a" über das halb orientalisch-römische Imperium der Mittelmeerländer gegründet worden ist. Die neue Völkerwanderung — wiederum vorwiegend germanischen Charakters — aus Großbritannien und Irland, Skandinavien, Deutschland, Österreich, der Schweiz und Holland strebte nach dem Westen, um hier über die befreiten englischen Kolonien an der atlantischen Küste hinaus einen Kontinent zu erobern, zu besiedeln, zu bewirtschaften, zur Grundlage eines neuen Menschenschlages zu machen, „A m e r i k a" erst eigentlich zu schaffen: Pioniere! Pioniere!

O, ihr Jungen aus dem Westen!
Ungeduldig, voller Tatkraft, voller Männerstolz und Treue;
Deutlich, Kinder, seh ich euch in der ersten Vorhut schreiten!
Pioniere! Pioniere!

Das Vergangene lassen wir hinten,
Gehen los auf eine neue, weit're, wechselreichere Welt;
Frisch und stark ergreifen wir sie, Welt der Arbeit und des Marsches,
Pioniere! Pioniere!

Alle Pulse dieser Erde,
Fallen ein und schlagen mit uns, schlagen mit des Westens Vormarsch;
Einzeln und auch allzusammen; immer vorwärts, alles für uns!
Pioniere! Pioniere!

So wird der Westen gewonnen. Das große Tal der Demokratie – der Strombereich des Mississippi mit allen seinen Nebenflüssen – erfüllt sich mit neuen Menschen. Farm an Farm reiht sich. Die Bahnen schmieden die Landschaften eines großen Erdteils zusammen. Ein neues Wirtschaften von unerhörtem Tempo und technischer Meisterung beginnt. Hier erst, mit diesen neuen Menschen der eigentlichen Pionierzeit, kann der Amerikaner aufhören, Engländer zu sein. Chicago erhebt sich über Boston und Baltimore, über Charleston und Philadelphia.

Aus diesem neuen, eigentlichen Amerikanertum darf der deutsche Einschlag nicht weggedacht werden. Der Einstrom deutschen Blutes, deutschen Charakters, deutschen Lebensgefühles und deutscher Tatkraft ist ihm zugehörig. Trägt nicht jeder vierte bis fünfte Amerikaner deutsches Erbgut in sich? Die Stimme des Blutes aber kann nicht zum Schweigen gebracht werden; sie wird und muß immer wieder durchdringen.

*

In diesen mittleren Jahrzehnten des 19. Jahrhunderts stehen die deutschen und die amerikanischen Staaten weit auseinander. Preußen ist an das System Metternichs gebunden: es kennt nur Europa und die deutsche Frage, die immer drängender eine Antwort erheischt. Die innere, die mitteleuropäische Politik beansprucht alle Kräfte.

Auch die Vereinigten Staaten sind in diesen Jahrzehnten von den Verkehrswegen des Ozeans abgewendet. Ihren Handel und die Schiffahrt überlassen sie dem überlegenen England. Sie sind längst europamüde, den Verheißungen eines neuen Lebens in einem neuen Erdteil enthusiastisch zugewendet; eingeschworen nur auf „amerikanische“ Politik; aber auch schwer belastet mit einer innenpolitischen Frage: der Sklavenfrage, mit der der schon in der Kolonialzeit angelegte Gegensatz Nord-Süd zum Austrag drängt.

Die Staaten stehen abgewendet auseinander. Kein Franklin und Friedrich begegnen sich. Aber die Völker beobachten sich und lernen voneinander[2].

[2] Daniel Webster sah im Deutschen Zollverein ein System sich entwickeln, welches einen großen Einfluß auf das Schicksal der Christenheit haben müsse. Ihm scheine dasselbe neue Wege des Verkehrs zwischen den Staaten zu öffnen und neue Aussichten für die Zukunft zu begründen; keine Nation habe in ihren Unternehmungen und ihrem sozialen Verkehr solche wahrhafte Sympathie mit allem, was amerikanisch sei, an den Tag gelegt, als das deutsche.

Die deutsche Freiheitsbewegung gegen Überreste des Feudalismus, des Absolutismus, der Zünftelei, alles dessen, was „ancien régime" heißt, blickt hoffnungsvoll nach Amerika. „Der Liberalismus der Restaurationsperiode fand in Wort und Schrift über Amerika eines seiner wenigen erlaubten Ausdrucksmittel. Er benutzte es eifrig. Er feierte die Sternenbanner-Republik als die praktische Verwirklichung seines geächteten Ideals" (Kürnberger). Im Zeitalter der großen deutschen Auswanderung nach Amerika zog ein ideales Traumbild des amerikanischen Lebens durch die deutschen Köpfe. „Im Westen, in der jugendlichen neuen Welt erbaut sich das natürliche, das vernünftige Recht sein erlesenes Reich" (Rotteck). „Hier ist die höchste Aufgabe des menschlichen Geistes gelöst: die größte aller Wahrheiten ist gefunden: eine vollkommene politische Verfassung" (Lips). „Amerikas jugendliche Naturkraft war und ist für den Europäer der willkommenste Boden, auf dem sich die alternde Welt des Ostens nach Körper und Geist verjüngt" (Eggerling). Die amerikanische Idee wirkte auf Deutschland!

Politisch war von besonderer Bedeutung und starkem Einfluß die Gestaltung des Föderalismus in der nordamerikanischen Staatenwelt. Die Achtundvierziger haben die amerikanische Bundesverfassung studiert. Zwar scheiterte der revolutionäre Traum von 1848—49, aber die Idee des Bundesstaates, die Alexander Hamilton so klar durchdacht und als Minister so tatkräftig gestaltet hatte, blieb in Deutschland lebendig. Der „Kongreßstaat", der „Deutsche Bund", konnte kein Leben entfalten. Als das Einigungswerk Bismarcks dann seinen Anfang nahm, erschien auf dem Büchermarkt — es war ein Zeichen der Zeit — „Der amerikanische Föderalist; politische Studien für die deutsche Gegenwart" (1864). Auch Treitschke — ein Geistesverwandter Hamiltons — hat damals mit seiner feurigen Beredsamkeit diesen amerikanischen Staatsgedanken gepriesen. In der Reichsverfassung von 1871 hat er dann die den deutschen Verhältnissen entsprechende Gestaltung gefunden. So ließen die Deutschen amerikanische politische Ideen auf sich wirken: Liberalismus, Föderalismus, Nationalismus[3].

Auch die Amerikaner suchten deutsches Gedankengut. Je mehr sie die geistige Befreiung und Ablösung von England anstrebten, um so mehr richteten sie ihre Blicke auf die große idealistische Literatur, Philosophie und Wissenschaft der Deutschen, an der diese *ihre* Nationalbewegung genährt hatten. Ein großer Teil des geistigen Amerikas ging damals nach Deutschland an deutsche Universitäten in die Schule. Als die Zeit für die Ausbildung eigener Hochschulen in Amerika gekommen war, haben die deutschen Ideen einen starken Einfluß ausgeübt und den alt-englischen College-Typ durch den deut-

[3] Man vergesse hier nicht Friedrich Lists zu gedenken, der von Amerika her sein „Nationales System der politischen Ökonomie" konzipierte.

schen Einschlag zu einer neuen amerikanischen Form umgebildet. Auf den amerikanischen Universitäten beruht heute ein gut Teil der Hoffnungen, mit denen Amerika der Zukunft entgegenschreitet.

•

Mit dem Bismarckschen Zeitalter kommt ein neues Sich-Begegnen der beiden jungen Bundesstaaten. Wieder zeigt sich jenes von Ranke geschaute „welthistorische Faktum" daß die Unabhängigkeit des nördlichen Amerika und das Bestehen des preußisch-deutschen Staates in einer engen inneren Beziehung zueinander sich befinden. Die Parallelität des Schicksals tritt in den Ereignissen der sechziger Jahre erneut hervor.

Deutsche und Amerikaner ringen in blutigen Kriegsjahren um den nationalen Einheitsstaat, um die Form des politischen Daseins, die allein ihnen weltpolitische Geltung verleihen kann. Durch die Spaltung in Nord und Süd war die wahre Unabhängigkeit Nordamerikas aufs neue gefährdet; unmittelbar hatte Napoleon III. in Mexiko eingegriffen; eine Möglichkeit war für England und Frankreich entstanden, aus der Union zwei Staaten zu machen und damit die amerikanische Entwicklung vielleicht für immer anzuhalten. Die deutschen Sympathien, vermittelt durch die Masse der Deutsch-Amerikaner, gingen mit der Politik des Nordens, mit der Führung Amerikas durch Präsident Lincoln. Es ist die Zeit, in der nun auch ein großer Teil des deutschen Liberalismus seine Sympathien der neuen norddeutschen Politik des Grafen Bismarck zuwendet.

Eine merkwürdige gleichzeitige Darstellung amerikanischen und deutschen Wesens in Lincoln und Bismarck! Beide Männer sind zu nationalen Halbgöttern geworden, denn durch ihr Werk wurden zwei mächtige Staaten erneuert. Das Gefühl der Zusammengehörigkeit, einer schicksalsmäßigen, trotz größter innerer Gegensätze, war den betrachtenden Zeitgenossen eigen. Bismarcks Freundschaften zu Amerikanern ist bekannt: „Ich habe eine Schwäche für Amerikaner", hat er gesagt. „Lebte ich in Amerika, so würde ich auch Republikaner sein." Er sah in der Abwehr gegen die „cäsarische Gewalt der alten und der modernen Zeit", gegen die „klerikale und die dynastische Ausbeutung der Völker", Momente des Gemeinsamen zwischen seiner und der amerikanischen Politik — wie aus einem Brief Bismarcks an den Freund Motley, damals amerikanischer Gesandter in London, hervorgeht (1869). Seinem Besucher Carl Schurz aber erklärte er (1868) seine Meinung über die politischen Beziehungen der beiden Mächte etwa dahin: „Preußen ist durch Überlieferung und in wohlverstandenem eigenen Interesse ein treuer Freund Ihrer Republik und wird es auch bleiben, trotz seiner monarchischen und aristokratischen Sympathien. Darauf können Sie immer rechnen."

Die Empfindung für eine eigentümliche deutsch-amerikanische Zusammengehörigkeit hat damals wohl keiner so bestimmt ausgesprochen als der preußisch-deutsche Nationalliberale Heinrich von Treitschke, als er im Februar 1871, im Hochgefühl des großen deutschen Aufschwunges, in einer Betrachtung über die Stellungnahme der anderen Nationen zur neuen deutschen Einheit und zu der Frage, warum sie Deutschland hassen und warum sie für Deutschland keine Vorbilder sein können, öffentlich die Worte schrieb: „Nur e i n Staat der Gegenwart darf mit gleicher Zuversicht wie der Deutsche einer großen und freien Zukunft entgegenschauen — die Union von Nordamerika. Die Freundschaft, die uns mit ihr verbindet, entspringt nicht bloß zufälliger diplomatischer Berechnung, sondern dem Gefühle einer tiefen inneren Verwandtschaft, das in beiden Völkern erwacht ist, trotz der ungeheuren Verschiedenheit aller Lebensformen in Staat und Gesellschaft. Deutschland und Nordamerika sind heute, alles in allem, die beiden modernsten Staaten, die beiden jugendkräftigen Träger germanisch-protestantischer Gesittung."

*

So waren die wiederhergestellte Union und das neugegründete Deutsche Reich auf eine verheißungsvolle Bahn getreten. Über den sich nun immer umfangreicher entfaltenden W a r e n a u s t a u s c h zwischen beiden Volkswirtschaften brauchen wir hier keine näheren Ausführungen zu machen; er konnte nicht gleichgültig bleiben für die Beziehungen der Nationen zueinander. Auch der I d e e n a u s t a u s c h wirkte weiter. Nach Deutschland drang der „Amerikanismus" vor, der nun immer bestimmter gestaltet wurde in neuen wirtschaftlichen Methoden, in Fortschritten der Organisation, in der rationalen „Modernität" auf allen die Ökonomie berührenden Gebieten. Das preußisch-deutsche Wesen wirkte auf Amerika: die Idee des Beamtentums, in einer großen Tradition verkörpert, wurde allen voran von dem Deutsch-Amerikaner, dem diese Gedenkschrift gewidmet ist, in das wilde amerikanische „Beutesystem" als ein Heilmittel eingefügt. Der „civil service" hat sich seitdem immer weiter ausgewachsen. In der schweren amerikanischen Frage der Kommunalverwaltung hat das bewunderte deutsche Beispiel große Reformen angebahnt. Die Pflege der Wissenschaften erfuhr eine weitere Ausdehnung und Vertiefung.

So wurden Preußentum und Amerikanismus ausgetauscht. In gemeinsamer Schicksalsstunde an das Licht der Welt getreten, gleichzeitig, aber nicht gleichartig, ja in vielem sogar entgegengesetzt, haben die beiden modernen Staaten mit den ihnen eigentümlichen Kräften in Frieden und Wohlgesinnung nebeneinander gewirkt. Denn man darf wohl erklären: nicht das Gleiche gehört zusammen — das kann nur zu tauber Häufung führen —, sondern das Ungleiche, wenn es nur zur Ergänzung befähigt ist; denn das führt zu Befruchtung, bringt Bereicherung und Entwicklung und verheißt — vielleicht Vollendung.

*

Das neue Jahrhundert begann mit vielen Hoffnungen deutscher und amerikanischer Entfaltung.

Beide Staaten waren in den achtziger, neunziger Jahren gleichzeitig in die imperialistische Bewegung eingetreten. Neue Männer führten sie diesen Weg. Was einst die amerikanischen Staatsgründer gewünscht und gehofft hatten, erfüllte sich jetzt: Deutschland entfaltete seine Macht auf dem Meere. Die Amerikaner, die in der mittleren Periode ihrer Geschichte ihr ursprüngliches Seeinteresse aufgegeben hatten, um abgewendet vom Atlantischen Ozean einen Kontinent zu erobern, vollzogen jetzt die gleiche Schwenkung: auch sie bauten Flotte, erwarben Kolonien, suchten Einflußsphären außerhalb ihres engeren politischen Systems, gründeten Kohlenstationen, Radiostützpunkte, machten sich an die Eroberung und Durchdringung aufnahmefähiger Märkte in anderen Erdteilen.

In diesem Zeitraum des konkurrierenden imperialistischen Vordringens stießen die beiden Völker aufeinander. Eine Menge von Verstimmungen traten ein: wegen Samoa, den Philippinen, Venezuela, Südamerika, China. Ein ungeduldiges Mißverstehen von beiden Seiten drängte sich in den Vordergrund. Die Gegner Deutschlands verstanden es, dieses auf vielfältige Weise zu fördern, zu nähren und auszuweiten.

Es gab Bemühungen um ruhige Behandlung von Streitfragen, um Ausgleich, um besseres Kennenlernen. Ruhigere Jahre waren dazwischen. In den politischen Entscheidungen aber war zu erkennen, daß die Vereinigten Staaten in dem neuen großen Weltgegensatz zwischen Deutschland und England, der sich über alle anderen ausbildete und alle anderen mitbestimmte, auf die englische Seite neigten. Der aufstrebende neu-amerikanische Imperialismus lehnte sich an die stärkere See-, Kolonial- und Handelsmacht an, an den Staat von altem imperialen Ansehen und jahrhundertelanger Geltung. Die Idee der Freiheit der Meere wurde damit zurückgestellt. Der preußisch-amerikanische Vertrag verlor seine innere Kraft, als jenes stille Einvernehmen Amerikas mit Großbritannien begann — von den Deutschen zu wenig beachtet! — jenes „gentlemen agreement", wie man das Verhältnis bezeichnet hat, oder jene „ungeschriebene Alliance", wie andere Amerikaner sagten. Unter diesen politischen Bestrebungen vollzog sich eine Erneuerung und Ausweitung des all-angelsächsischen Bewußtseins. Die ursprüngliche Sprach- und Volksgemeinschaft wurde erneut gepflegt. So drangen im Amerikanertum wieder stärker die englischen Tendenzen durch. Als man in den Kriegsjahren dann die Hundertprozentigkeit von den Bürgern forderte, waren es oft englisch bestimmte Prozente, an die man dabei dachte. Es war wie ein Aufleben der alten nativistischen Bewegung, gegen die Carl Schurz so leidenschaftlich angekämpft hatte. – Die Reaktion auf den Anglizismus (so wollen wir noch anmerken) ist nach dem Kriege nicht ausgeblieben. In der Literatur vor allem bricht sich eine mächtige Opposition dagegen Bahn: zurück und vorwärts zum schöpferischen Amerikanertum soll erneut die Devise sein.

*

Die Amerikaner deutscher Abstammung waren vielfach skeptischer als die Reichsdeutschen gewesen in betreff der politischen Beziehungen der beiden jungen Völker zueinander. Soweit sie noch deutsches Wesen an sich trugen und ihre ursprüngliche Muttersprache nicht aufgaben, wurden sie zu oft als „damned Dutchmen" von den englisch bestimmten Amerikanern verächtlich gemacht oder doch auf eine niedere Stufe des Amerikanertums herabgedrückt. Es war ein Schade für die Deutschamerikaner, daß zu wenige von ihnen in die Verantwortung des öffentlichen amerikanischen Lebens eingetreten waren: Carl Schurz hatte zu wenig Genossen und Nachfolger aus seinem Lager gefunden. Die stärksten Kräfte der Deutschen gingen in das Wirtschaftsleben. So konnte die Anglisierung der politisch führenden Schichten weiter um sich greifen.

Eine für deutsche Begriffe ungeheuerliche Propaganda des englischen und anglo-amerikanischen Interesses hat im Weltkrieg dann die unermeßlichen Kräfte der Union in die Waagschale zur Zerstörung des friderizianisch-bismarckischen Staates, des alten Schicksalsverwandten in Mitteleuropa, geworfen. Vergeblich suchten die nichtenglischen Kreise, vor allem die Amerikaner irischer und deutscher Abkunft, die Vereinigten Staaten in der großen historischen Rolle einer starken Neutralität zu erhalten. Das einseitige, in immer größere Dimensionen sich ausdehnende Kriegsgeschäft verdarb die Reinheit der amerikanischen Neutralität. Das Finanzintersesse – so weit wir sehen – entschied sich für die Erhaltung der Gläubigerstaaten, die Vernichtung Deutschlands und seine Verfrondung an die Sieger zur Sicherstellung der Rückzahlungen.

Von uns Deutschen wird es als tragisch empfunden, daß die Vereinigten Staaten, unter Wilsons Führung, die Hand boten, die Weltgeltung des deutschen Volkes zu zerschlagen und es der Herrschaft seiner alten europäischen Gegner aus dem 17. und 18. Jahrhundert wieder auszuliefern. Die Pariser Vorortsverträge sollen ein europäisches Statut schaffen wie einst der Westfälische oder der Utrechter Friede: wir können darin nur ein europäisches Verhängnis sehen. Die Vereinigten Staaten haben den Versailler Vertrag nicht angenommen, sondern ihren Sonderfrieden mit den Deutschen geschlossen. In den Jahren der zunehmenden Beruhigung nach dem Kriege, in denen die Amerikaner deutscher Abkunft so Erstaunliches für die Linderung der Not im deutschen Volke getan haben, ist die „Einsicht in die mancherlei Irrtümer und Fehler in dem Verhalten von deutscher Seite gegen die Union" gewachsen und „in den Vereinigten Staaten entstand das Bedauern über die Kurzsichtigkeit, mit der das Land in den Krieg gegen Deutschland hineingegangen war".

Heute empfinden wir es mit Dankbarkeit, daß nun ein neues Blatt in den deutsch-amerikanischen Beziehungen aufgeschlagen werden soll. Junge Völker können vergessen und in die Zukunft schauen.

Wir hoffen auf die Ausrottung auch der letzten Spuren einer niederträchtigen, die Ehre der Deutschen angreifenden Propaganda in Wort und Film.

Wir hoffen auf Sachlichkeit, Ehrlichkeit, Reinheit in den Beziehungen der beiden Nationen.

Ja, wir glauben an die Möglichkeit wahrer Freundschaft zwischen den Völkern, die ein höheres Geschick im Gang der Geschichte so lange verbunden hat.

Verschieden in unserer Art gehen wir getrennte Wege, aber wir haben unseren Marsch zu gleicher Stunde angetreten; durch gleichartige Fährnisse sind wir hindurchgegangen; wir sahen uns rüstig voranschreiten und verfolgten unsere Bahnen, ohne uns gegenseitig zu stören, ja oft mit einem Hinübersenden unseres gegenseitigen Wohlwollens. Auch beobachteten wir uns und verstanden es, voneinander zu lernen in einer Art, wie es nur zwischen Gleichaltrigen zu sein pflegt, die offen zueinander sind ohne Argwohn, daß ihnen etwas aufgezwungen werden soll.

Die Diplomatie des Tages schwankt. Streitfragen des Krieges, die ein Verhängnis zwischen diese beiden Völker gebracht hat, werden noch zu lösen sein; manches bleibt, das bereinigt werden muß. Möchten die beiden Völker aber stetig und ohne Kursänderung Seite an Seite dem welthistorischen Ziele zuschreiten, von dem ihre Geschichte ihnen vielleicht manches schon offenbart hat.

FRIEDRICH WILHELM VON STEUBEN ZUM 200. GEBURTSTAG* 5

Am 17. Oktober 1781 – also genau heute vor 149 Jahren – ging über dem von den Engländern verschanzten Platz in Virginien Yorktown die weiße Flagge hoch. Die britische Armee in Nordamerika kapitulierte. In den Laufgräben auf der amerikanischen Seite, an der am weitesten vorgeschobenen Stelle, kommandierte General von Steuben; er empfing den Brief der Übergabe von seiten des englischen Kommandeurs und leitete ihn an Washington weiter. In diesem Augenblick wollte Lafayette (der führende französische General bei den Amerikanern) Steubens Division ablösen, um in diesem weltgeschichtlichen Augenblick an der Ehre der Kapitulation teilzuhaben. Der Generalissimus Washington aber entschied: Steuben solle an der Front bleiben, bis die Übergabe vollzogen sei.

Diese historische Erinnerung des heutigen Tages ist von vielfacher Bedeutung. Yorktown brachte die Entscheidung des amerikanischen Befreiungskrieges: nun würde auch England die Selbstbestimmung der dreizehn ehemaligen Kolonien anerkennen müssen! In der ersten Mitteilung des britischen Entschlusses zur Übergabe an Steuben aber sprach sich, in historischer Symbolik, die Tatsache aus: daß ein preußischer General (aus der Schule Friedrichs II. hervorgegangen) entscheidend mitgewirkt hat an der Aufrichtung eines freien, unabhängigen Amerika!

In den offiziellen Geschichts-Büchern freilich finden wir heute wenig oder nichts von General von Steuben, und der Nachruhm ist aus dem Kreise derjenigen Europäer, die Amerika Hilfe brachten, auf Lafayette gekommen. –

Meine Damen und Herren, wenn wir uns heute hier versammelt haben, um dieses preußisch-deutsch-amerikanischen Generals zu gedenken, so ziemt es uns nicht, uns hier dem rein Biographischen zuzuwenden, uns in das Personelle, in das Physo- und Psychographische, wie man heute zu sagen pflegt, zu verlieren.

* Rede, gehalten bei der Steuben-Feier in der Hamburgischen Universität am 17. Oktober 1930.

Soweit auch Friedrich Wilhelm von Steuben in der Welt herumgekommen: als Knabe aus der Festung Magdeburg (wo er am 17. September 1730 geboren) mit dem Vater, welcher Offizier war, nach Polen, in die Krim, nach Kronstadt; dann, obwohl der reformierten Kirche zugehörig, in eine Jesuitenschule nach Schlesien; als Halbwüchsiger zur blutigen Belagerung von Prag (1744); als junger Mann in die friderizianische Armee; als Offizier in den Krieg, der um den Bestand des Preußischen Staates geführt wurde, zeitweilig bei der regulären Truppe, zeitweilig Adjutant in einem Freikorps; dann als Gefangener in Petersburg (und dort bald Vertrauter des neuen preußenfreundlichen Zaren), zugehörig zur „militärischen Familie des Prinzen Heinrich", wie man sagte, in Anerkennung seiner Verdienste um Preußen Flügeladjutant des Königs; nach dem Krieg Hofmarschall an zwei süddeutschen Höfen, wo es galt, zerrüttete Finanzen in Ordnung zu bringen, auf vielfachen Reisen im Westen, bis ihn das Geschick nach Amerika hinüberführt — ich sage, so weit er in der Welt herumgekommen, so ist seine Bedeutung nicht in den wechselvollen Erlebnissen, Erfahrungen, Unternehmungen und Taten eines Offiziers des achtzehnten Jahrhunderts zu suchen. Wir fragen hier allein nach dem bleibenden historischen Wirken dieses Mannes, nach dem geschichtlichen Sinn seiner Existenz. —

Ein europäischer Reisender weilte im Winter 1791/92 in New York, und er besuchte den amerikanischen Bürger, den das Volk einfach den „Baron" nannte und der in dieser zukünftigen Weltstadt eine führende Rolle im öffentlichen Leben spielte, Friedrich Wilhelm von Steuben, und er schrieb in seinem Reisebericht im Anschluß an diesen Besuch: „In der Tat haben die Amerikaner dem General Steuben viel zu danken. Sie haben dieses auch erkannt, und setzen ihn gewöhnlich in Rücksicht seiner Verdienste um die Revolution dem General Washington an die Seite."

W a s h i n g t o n u n d S t e u b e n, (wie in anderen Verhältnissen vielleicht Moltke und Roon): mit dieser Nebeneinanderstellung und mit diesem Vergleich können wir, zunächst im allgemeinen, Steuben seinen historischen Platz anweisen.

Steuben hat die amerikanische Armee geschaffen, mit der Washington seine Feldzüge gegen die Briten zu einem erfolgreichen Ende führen konnte; — Feldzüge, an denen die welthistorische Entscheidung hing: ob es ein freies, selbständiges, ein eigengeartetes Nordamerika oder ein englisches Nordamerika geben sollte!

Man sagt — und man findet das noch heute in anglophilen und frankophilen amerikanischen Zeitungen und Geschichts-Büchern: Steuben war ein „Exerziermeister", „the chief drillmaster" der amerikanischen Soldaten; er war nichts anderes als eine Art „Obersergeant", eine Art „idealer Unteroffizier" und man tut ihn vielfach damit ab: ja, tüchtig, zuverlässig, keiner

Korruption zugänglich – aber nur ein „Drillmeister", ein Mann nur subalternen Geistes!

Wir besitzen bis zum heutigen Tage, seit dem ersten bahnbrechenden Versuch von Friedrich Kapp, Ende der fünfziger Jahre, noch keine abschließende, die Quellen wirklich ausschöpfende wissenschaftliche Lebensbeschreibung des Generals. Diese kann geschrieben werden nur von einem militärischen Sachverständigen, der zu würdigen weiß, wie es um die Möglichkeiten, die Mittel und die Männer auf dem amerikanischen Kriegsschauplatz gestanden hat. In den Räumen der historischen Gesellschaft von New York liegen Bände von Steubens Papieren, vorzüglich militärische Korrespondenz umfassend, bis zum heutigen Tage noch nicht endgültig bearbeitet.

Lassen Sie mich hier einflechten: es ist historisch nicht unwichtig zu wissen, daß die Franzosen es gewesen sind, welche Steuben nach Amerika gebracht haben, und zwar hat die entscheidende Begegnung (was uns heute hier interessant erscheinen muß) merkwürdigerweise hier in Hamburg stattgefunden, als Steuben mit einem französischen General in dänischen Diensten, dem späteren französischen Kriegsminister St. Germain zusammentraf. St. Germain, der mit dem französischen Ministerpräsidenten Vergennes und anderen zusammen die französische Revanchepolitik gegen das im Siebenjährigen Krieg siegreiche England betrieb, hat die revolutionären amerikanischen Abgesandten in Paris (unter ihnen Franklin) auf den preußischen Offizier aus der Schule Friedrichs des Großen aufmerksam gemacht, und man kann sagen: eine der Voraussetzungen für den Abschluß des so wichtigen französisch-amerikanischen Kriegsbündnisses war, daß die Amerikaner sich entschlossen, über den Krieg der sogenannten „Minutenmänner", der Schützen-Verbände und Milizen hinauszugehen und eine wirkliche Armee aufzubauen, fähig, den regulären britischen Truppen in offener Feldschlacht entgegenzutreten. Das war Berufung und Aufgabe Steubens, den Amerikanern diese Befreiungs-Armee zu schaffen.

Als er Ende 1777 nach Amerika kam, wurde er zum General-Inspekteur der sogenannten „kontinentalen Armee" ernannt. Selbständig stand Steuben unmittelbar unter dem Obergeneral George Washington und dem Kongreß; mit weitreichenden Vollmachten ausgestattet, aus Freiwilligen und Geworbenen und Ausgehobenen (welche Soldaten eines freien Amerika sein wollten) eine Armee zu schaffen, einen lebendigen Körper, eine bis in die kleinste Einzelheit durchorganisierte Gemeinschaft, eine amerikanische Macht, die in Krieg und Frieden mitsprechen konnte!

Wo war die amerikanische Freiheit? Wo der kommende neue Staat der Zukunft? – Er war in der Armee, dort wo die „Gentlemen of America" beisammen waren, die Washington, Hamilton und wie sie alle hießen.

Ich schildere Ihnen hier nicht in systematischem Zusammenhang die Geschichte dieses Aufbaues, dieser Neuschöpfung einer „Insurgenten-Armee" mitten im Krieg, dem Feinde gegenüber, mit einer oft unwilligen Bevölkerung im Rücken. Ich deute Ihnen nur an, was dem neuen General-Inspekteur aus Deutschland in diesen amerikanischen Verhältnissen aufgegeben war.

Washington sagte: „Die erste Kontinental-Armee von Boston (im Anfang des Krieges) verwechselte die Insubordination mit Unabhängigkeit, sie zeigte einen schrecklichen Mangel an Gemeingeist!" Mit diesen von Washington so kritisierten Truppen – mochte der Einzelne noch so tapfer sein – konnte die Freiheit der amerikanischen Staaten im Kampfe gegen die Weltmacht Groß-Britannien nicht erobert werden. Deshalb wünschten auch die Franzosen als Verbündete gegen die Engländer, daß ein Offizier wie Steuben nach Amerika ginge: von ihrem eigenen enthusiastischen aber jungen Lafayette konnten sie nur Wirkungen der Stimmung amerikanisch-französischer Kriegsfreundschaft, nicht wesentliche und entscheidende militärische Leistungen erwarten.

Als Steuben ins Winterlager dieser Armee nach Valley Forge in Pennsylvanien kam, fand er eine in der Auflösung begriffene Truppe vor. Lassen Sie mich hier nur einzelne Sätze aus einem großen Bericht herausheben, die, wenn sie auch auf das Einzelne gehen, doch ein Bild von der erschütternden Gesamtlage vermitteln. So heißt es z. B.: die militärische Verwaltung ist eine „schlechte Kopie eines schlechten Originals, d. h. der englischen Kriegsverwaltung nachgebildet, die unstreitig die unvollkommenste in ganz Europa ist". „Jeder Kommissär und Quartiermeister erhält eine Kommission von soundsoviel Prozent an allem von ihm verausgabten Geld", eine Quelle der Verderbnis; denn die Armee-Verwaltung und Armee-Versorgung ist durch dieses prozentuale Verdienst-System der Quartiermeister am Umsatz verschwenderisch und korrupt; die Geldmittel des Kongresses werden verschleudert (Steuben konnte später abschätzen, daß er durch seine Reformen den Vereinigten Staaten jährlich an 800 000 Francs erspart habe). Weiter: die Truppen-Organisation befindet sich in dem Lager von Valley Forge in völliger Unordnung. Keine Formation ist vollzählig. „Eine ewige Ebbe und Flut der auf 6 oder 9 Monate engagierten Leute, die täglich kommen und gehen!" Die Mannschafts-Zahlen der Kompagnien, Regimenter, Brigaden und Divisionen sind „so ungleich und verschieden, daß es nicht möglich ist, irgendein Manöver auszuführen!" „Oft ist ein Regiment stärker als eine Brigade. Ich sah ein Regiment von 30 Mann und eine Kompagnie, die aus einem einzigen Korporal bestand." Ferner: „die Armee wird als eine Erziehungs-Anstalt für Bediente betrachtet und jeder hält es für sein Recht, wenigstens einen Bedienten zu haben, mehrere 1000 Soldaten werden in dieser Weise verwandt"; (überall wirkt hier in den ehemaligen Kolonien das englische Beispiel). „Wir haben jetzt mehr Kommissare und Quartiermeister — (wir würden sagen Etappe) —, als alle Armeen Europas zusammengenommen!“ Niemand führt Rechnung über Waffen, Munition, Bekleidungsstücke und Feldequipage. Das Desertieren — d. h. das einfache Nachhausegehen — ist an der Tagesordnung: Gewehr und Bajonett gehen jedesmal mit. Pflege und Zustand der Waffen ist so schlecht oft, daß sie zum Kampf gebrauchsunfähig sind. Die Uniformen sind verlottert. Aus Mangel an richtiger Ausrüstung sind die Offiziere gelegentlich in Schlafröcken zu den Übungen gekommen. Und ferner: jeder Regiments-Kommandeur hat sein eigenes Exerzier-Reglement; so wird überall anders exerziert; allenthalben werden andere Befehle gegeben. Was Disziplin ist, weiß man nicht. „Das größte Übel aber bestand darin“, berichtete Steuben, indem er den preußischen Maßstab anlegte, „daß Kapitäne und Obersten ihre Kompanien und Regimenter gar nicht so ansahen, als wären sie ihnen von den Vereinigten Staaten für das Wohl der Leute und die Aufrechterhaltung der Disziplin und Ordnung anvertraut.“ „Wurden die Winterquartiere bezogen, so begaben sich die Offiziere meistens ganz nach Hause.“

Angesichts solcher, hier nur kurz skizzierten Zustände in einer Organisation, welche keine war, fürchtete Steuben zuweilen sein „preußisches Feuer“ zu verlieren, — „le feu prussien“. Er meinte: „Es spricht für die Festigkeit meines Entschlusses, daß ich nicht gleich beim ersten Anblick der Truppen meinen Plan aufgab“; aber — „die Zeit war kostbar und ich arbeitete Tag und Nacht“.

So wurde er Herr über die vollkommene Unordnung. Washington hatte, als der neue General-Inspekteur ins Lager kam, den Namen „Steuben“ als Tagesparole ausgegeben, und Steuben blieb ein symbolischer Name der amerikanischen Armee!

Denn nun begann im Kleinsten und Minutiösesten, ebenso wie im Großorganisatorischen Steubens Geist in diesen Rudimenten einer amerikanischen Armee zu wirken. Es entstand ein Gebilde, aus lebendigen Menschen zusammengesetzt, das fähig war, einer alten, gutversorgten europäischen Armee standzuhalten. So konnte man aus amerikanischem Munde auch bald die anerkennenden Worte hören: „Wenn Sie (Steuben) uns verlassen, so wird alles in Unordnung geraten“; oder ein andermal, General Green schrieb es: „Wenn Sie fortgehen, so wird alles . . . durch Einzelstaatspolitik (er meinte den Partikularismus) und durch Parteigetriebe auf ein Minimum reduziert werden und unsere Süd-Armee zusammenbrechen.“

Steuben brauchte nicht lange im Lande zu sein, da wuchs er ganz, mit jedem Muskel und jedem Nerv, in die neue Aufgabe hinein. Mit einer tiefen inneren Entschlossenheit schrieb er damals in einem vertrauten Brief nach der Heimat: „Ich endige diesen Krieg hier — oder er endigt mich!“

Das Wort zeigt die „Vehemenz", möchte ich sagen, mit der er sich der amerikanischen Sache hingab.

Wir verstehen Steuben nicht recht, wenn wir in ihm nur den großen Organisator sehen; Steuben hatte auch ständigen Anteil an den strategischen Problemen des Krieges. Die Zahl seiner Denkschriften, die Washington von ihm einforderte, beweisen es. In der Klarheit ihrer Auseinanderlegungen zeigen sie den erfahrenen Stabsoffizier und noch heute kann man sie nur mit Gewinn lesen, wenn man die großen Probleme des Befreiungs-Krieges verstehen will.

Im Lager und im Kriegsrat stand Steuben seinen Mann; aber auch als Truppen-Führer im Gefecht, — auch dazu mußte es ihn drängen —, hat er sich unverwelkbare Lorbeeren verdient. Bei Monmouth gab es für ihn seinen ersten Ehrentag im Felde. Des amerikanischen Generals Lee Truppen (der später zum Verräter wurde) wichen in Unordnung vor den Engländern zurück; Washington schickte Steuben (wie oft mußte Steuben schwierige und unangenehme Aufgaben übernehmen!); dieser ergriff das Kommando an Stelle von Lee, brachte es fertig, die Fliehenden zum Stehen zu bringen, aufs Neue (ganz wie in den Manöver-Übungen) in Ordnung zu formen und erfolgreich zum Angriff wieder vorzuführen und den Tag zugunsten der Amerikaner zu entscheiden. Alexander Hamilton, der geniale Staatsmann in dieser Schar amerikanischer Freiheits-Kämpfer, der diesen Tag von Monmouth miterlebte, erklärte: an diesem Tage erst habe er, als er Steuben beobachtete, gelernt, was militärische Disziplin eigentlich bedeute!

Steuben hatte es oft nicht leicht, sich gegenüber der Eifersucht der kommandierenden Generäle zu behaupten; so wurde auch später, nach dem Kriege unter dem Hinweis darauf, daß Steuben im Ausland geboren sei, verhindert, daß er amerikanischer Kriegsminister wurde, obwohl er damals unzweifelhaft der Geeignetste für diesen Posten gewesen wäre. Aber das war das Starke in ihm: das Preußische in ihm, daß er seinen Dienst tat, da, wo er hingestellt wurde, und es sich nicht verdrießen ließ, wenn man ihn hier und dort auf seiner Laufbahn einengte oder auch beiseite zu schieben suchte.

Washington, dieser große Ausgleicher zwischen den vielfachen persönlichen und sachlichen Gegensätzen in dieser jungen werdenden Nation, fand in solchen Fällen Hilfe nicht nur in der Lauterkeit, Treue, Sachlichkeit und Selbstlosigkeit des Generals Steuben, sondern auch in seiner Menschenkenntnis, seiner europäisch-gesellschaftlichen Gewandtheit und Weltklugheit; — nicht umsonst war er Hofmarschall gewesen. Es liegt schon ein tiefer Sinn darin, daß nach Ende des Krieges, als die Armee aufgelöst war — (auch in der Demobilmachung hatte Steuben eine leitende Stellung inne) — und Washington, der Generalissimus, in das Privatleben zurückkehrte, dieser als letzte Amtshandlung folgenden Brief (den ich hier in Zusammenziehung gebe) an

Steuben schrieb: „In diesem letzten Briefe, den ich im Dienste meines Landes schreibe, wünsche ich noch einmal Ihnen auf das nachdrücklichste meine völlige Anerkennung Ihrer Führung auszusprechen und Ihnen zu erklären, daß ich mir der Verpflichtungen bewußt bin, die die Öffentlichkeit Ihnen gegenüber für Ihre treuen und wertvollen Dienste hat."

Trotz solcher Worte hoher Anerkennung von Washington, der den guten Geist der amerikanischen Nation repräsentierte, hat Steuben (wie ich schon sagte) in den Geschichts-Büchern des 19. Jahrhunderts keinen bedeutenden Platz gefunden. Die Deutschen kannten ihn nicht, und auf amerikanischer Seite blieb das Wort des Präsidenten Taft, bei der Enthüllung des erst im Jahre 1910 in Washington errichteten Steuben-Denkmals, ein vereinzeltes: „The assistance of Lafayette, Rochambeau, und Kosciusko — (deren Statuen denselben Platz schmücken) — was perhaps more conspicuous and spectacular than that of Von Steuben, — but it was not so valuable." Erst nach dem Weltkrieg 1919 feiert der Name Steuben eine Auferstehung: er wird als symbolischer Name gewählt für die Vereinigung der gegen einen erdrückenden Terror in der Verteidigung stehenden Amerikaner deutscher Abkunft.

Was bedeutet die Wahl dieses Namens?

Ist es nicht merkwürdig, daß diese Amerikaner, — welche ihre deutsche Herkunft nicht vergessen wollen, weil sie stolz auf sie sind — sich einen preußischen General als Sinnbild und Wahrzeichen vorgestellt haben? Wir dringen hier vor zur Frage nach der mythischen Bedeutung dieses Menschen.

Das Deutschtum, welches in das amerikanische Staatswesen eingegangen ist, wählte nicht einen führenden deutsch-amerikanischen Politiker, etwa den allverehrten Achtundvierziger Carl Schurz; es wählte nicht aus der älteren Auswanderung einen großen Religiösen, wie Pastorius, als Sinngestalt und Bekenntnis seiner Art: sondern den Soldaten, den Soldaten aus der Schule des großen Preußenkönigs. Keinen Mann, der irgendwie an Partei oder Konfession gebunden erscheinen konnte, sondern einen Mann, der in seinem sachlichen Dienst nur das Interesse dieses werdenden amerikanischen Staates kannte, der mit den entschlossenen Worten an die transatlantische Aufgabe herantrat: „Ich endige diesen Krieg hier — oder er endigt mich."

So verknüpften sich hier, wir dürfen es ruhig aussprechen, so seltsam es zunächst klingen mag: Preußentum und Amerikanismus, die Ideen von Menschenpflicht und Menschenrecht.

Steuben hat den preußischen Gedanken der Hingabe an den Staat nach Amerika gebracht, und er hat dieser Idee gelebt, indem er sich für die Aufrichtung des amerikanischen Freistaates mit seinen ganzen Kräften einsetzte, die er in großen europäischen Aufgaben und Verhältnissen geschult hatte. Insofern ist der Name Steuben für die Amerikaner deutscher Herkunft Symbol, Symbol des Pflichtgefühls, des Verantwortungs-Bewußtseins, der Selbstbeherrschung, des Führergeistes.

Darum feiern auch wir, in der alten Heimat, das Gedächtnis dieses Mannes, der hinauszog, um in preußisch-deutschem Geist einer großen Sache zu dienen. Es wird erzählt, daß als er starb, man seinem Wunsche gemäß ihm seine preußischen Orden auf die Brust tat und den Leib des Toten in den alten Soldatenmantel hüllte, den er im amerikanischen Freiheitskrieg getragen. So ruht er heute in dem abgesteckten Stück Urwald, an dem keine Hand etwas verändern darf, so daß Baum über Baum fällt, an einer Stätte, die jetzt zum amerikanischen Nationalheiligtum erklärt worden ist. Er selbst freilich (auch das charakterisiert den Mann und sein Werk) hatte bestimmt, daß niemand erfahren sollte, wo seine sterblichen Reste der Erde übergeben waren. –

Meine Damen und Herren, das achtzehnte Jahrhundert ist in der allgemein herrschenden Gesinnung um vieles kosmopolitischer als das 19. Jahrhundert gewesen. Steuben konnten seine Geburt, seine Schulung und sein Dienst in Preußen nicht hindern, in innerster Aufrichtigkeit ein guter amerikanischer Bürger zu werden, der den Dank seines neuen Vaterlandes verdient hat. „Jetzt, mein Herr", schrieb er 1778, nachdem er einige Monate mit den Amerikanern zusammengearbeitet hatte, „jetzt mein Herr, bin ich ein Amerikaner und ein Amerikaner für immer!" Denn diese Menschenart einer großen freien Gesinnung wählt ihre Verpflichtung in freier Selbsttätigkeit und hat als letzte Richterin die Ehre, welche Treue gebietet. „Ich werde mich bestreben", schreibt Steuben an Washington, „Ew. Exzellenz und die ganze Armee davon zu überzeugen, daß ich fern von allen persönlichen Zwecken mich in meiner Tätigkeit nur durch das bestimmen lasse, was ich für den Dienst am förderlichsten halte."

Möge von diesem „Soldaten zweier Welten", von diesem, wie ich zu sagen wagte, mythischen Sinn seiner Persönlichkeit und seines Werkes ein Segen ausgehen auf das Verhältnis des preußisch-deutschen Staates und der amerikanischen Union, auf das Verhältnis der beiden strebenden jungen Völker diesseits und jenseits des Ozeans. Mit diesem Wunsche lassen Sie mich, meine sehr verehrten Damen und Herren, diese kurze Rede zur Erinnerung an Friedrich Wilhelm von Steuben schließen.

GEORGE WASHINGTON*

6

Im Anfang der amerikanischen Revolution steht ein Wort, das in Massachusetts verkündet worden ist, jener Neuengland-Provinz, von der die Abfallbewegung von England ihren Ausgang genommen hat: „government of laws and not of men!"

Dieses Wort, verwandt mit dem oft wiederholten und scharf umkämpften englischen Ausspruch: „measures not men", bringt eine wesentliche ideenpolitische Richtung des 18. Jahrhunderts, stichwortartig, zum Ausdruck. In seinem Grunde entspricht es der Tendenz der Revolution, insofern diese eine Erhebung gegen das dynastisch-monarchische Kabinettssystem war, gegen alles, was in den Verhältnissen des Staates und des öffentlichen Lebens von dieser rationalistischen Zeit als menschlich-persönliche Willkür empfunden wurde.

Die Forderung (wir dürfen in ihr einen eigentümlich asketischen Zug erkennen): „government of laws and not of men" weist ein Prinzip auf, das nach der einen Seite seines Wesens auf die alte von allem Subjektiven abziehende Lehre von der Staatsräson zurückzuführen ist, die Lehre des unveränderlichen, wie ein Gesetz wirkenden Staatsinteresses, welches allein und ausschließlich Leitstern aller politischen Handlungen sein dürfe.

Aber in den Menschenaltern der Revolution erhielt dieser Drang nach „Rationalisierung" („ratio status" war der Grundbegriff) eine im Gefühlsmäßigen wurzelnde Lebendigkeit durch den Willen, diese Versachlichung der Politik zur Entpersönlichung der Politik zu steigern!

Es erhob sich der Ansturm gegen herrschende Menschen überhaupt und eine leidenschaftliche Sehnsucht, den natürlich-naturrechtlichen Grund aller gesellschaftlichen Ordnung hergestellt zu sehen. Ein Zeitalter, das die welthistorische Gesetzgebung der Menschenrechte forderte und zu gestalten versuchte, mußte darauf seine Hoffnungen bauen, daß eine Weltordnung zer-

* Rede, gehalten bei der staatlichen Washingtonfeier am 22. Februar 1932 im Rathaus zu Hamburg. Vergangenheit und Gegenwart. XXII, Heft 5, S. 241-253.

leicht. Das schwerere ist, daß dieses 'Ich will' als Person gefaßt werde." Denn hier: in diesem letzten Sich-Entschließen des Staates, das nur in einem menschlichen Einzelwesen sich vollziehen kann, ist jenes Irrationale, in seinen Tiefen Unbegreifbare des Menschen selbst einbeschlossen. Gerade darin aber, in diesem geheimnisvollen Vorgang, mehr vielleicht als in allem anderen, liegt die Ursache für das immer wieder erneuerte Interesse des Menschen an seiner Geschichte.

Wenn wir die Reihe der großen Persönlichkeiten von geschichtlichem Rang überblicken, dürfen wir zwei wesensverschiedene Arten unter ihnen unterscheiden: die einen sind von der zerstörenden und schöpferischen Dämonie bewegt, zugleich revolutionäre und aufbauende Naturen; in den anderen erkennen wir die für das Leben ebenso notwendige, erhaltende Kraft der großen Konservativen. George Washington gehört nicht in den Kreis der dämonischen Menschen, der „Besessenen", die in ihrer Leidenschaft für das Werk auch vor dem Bunde mit dem Teufel nicht zurückschrecken und deren Lebensbahn oft zur Tragödie wird; ihr Prinzip muß einen rücksichtslosen „Willen zur Macht" einschließen; denn die Dämonie des Zerstörens und Aufbauens, der Vernichtung und der Aufrichtung fordert: Herrschaft.

Washingtons Erscheinung ist ganz ruhende Monumentalität! Ehrwürdigkeit durch und durch! Bei ihm ist alles auf Festigkeit, auf Klarheit, auf Glaube gegründet!

So spricht er, als er die Präsidentschaft übernahm: „Unbestechlichkeit und Festigkeit wird mich nie verlassen, mag ich auch von allen Menschen verlassen werden." Ein Zeitgenosse, eher ein Gegner als ein Anhänger, Thomas Jefferson berichtet: „Er kannte nicht das kleinste Maß von Bestechlichkeit; sein Gerechtigkeitssinn war der unbeugsamste, den ich je gekannt, denn keine Erwägung des persönlichen Interesses oder der Verwandtschaft, der Freundschaft oder der Gegnerschaft war fähig, seine Entscheidung zu beeinflussen"; und an anderer Stelle: „Vielleicht der hervortretendste Zug in seinem Charakter war kluge Überlegung, denn er handelte nie, ehe nicht jeder Umstand, jede Möglichkeit reiflich erwogen wurden; er zögerte, wenn ihm ein Zweifel kam, aber wenn er einmal einen Entschluß gefaßt, dann hielt er an ihm fest, was auch für Widerstände sich ergeben mochten."

George Washington vertrat in jenen Zeiten des Einsturzes aller staatlichen Werte das Prinzip des Festhaltens, des Bewahrens. So gestaltete er den Staat als ein „Konservativer", wenn Sie dieses vielgebrauchte Wort seines parteipolitischen Sinnes entkleiden wollen.

Festhalten gegen die strömende Flut der Feigheit, der Unentschlossenheit, der Lässigkeit, des Verrates, der Unordnung, der Begehrlichkeit, der Auflösung von Gesetz und Herkommen! Das war seine historische Aufgabe in

Krieg und Frieden. Daraus erklärt sich auch, warum so vielen die amerikanische Revolution so wenig revolutionär erscheint! Und darin entsprach freilich, wiederum, Washingtons Charakter dem historischen Werk, mit dem er verbunden; hat man doch über den amerikanischen Abfall geurteilt: „not a revolution, but a resistance." Daß in dieser Revolution, welche Widerstand war, eine konservative Natur an die oberste Stelle gebracht wurde, kennzeichnet ihr inneres Wesen.

George Washington, europäisch gesprochen: ein Landedelmann, amerikanisch gesprochen: aus dem Geschlecht der Kavaliere des Südens, hielt sich, nach der Überlieferung seiner Familie, für Dienste in seinem Heimatland Virginien bereit. So ward er in den großen französisch-englischen Spannungen, die in den Siebenjährigen Krieg einmündeten, zum Soldaten gebildet. Soldat vom Scheitel bis zur Sohle: „Ich hörte die Kugeln pfeifen", schreibt der junge Offizier, „und glaube mir, es ist etwas Bezauberndes in dem Ton!"

Edelmann und Soldat, zum Dienst bereit, aber nicht unter dem inneren Zwang, die Verhältnisse um ihn zu meistern, Macht zu gewinnen und Macht zu entwickeln! Er hielt sich bereit, wenn er gerufen wurde; denn die bewahrenden, die erhaltenden Naturen werden zur Herrschaft berufen, sie erobern sie nicht. Ja, George Washington wurde, indem man an seinen Patriotismus appellierte, förmlich in den Staatsdienst geholt.

So ward er Truppenführer im französischen Krieg; so trat er in den Landtag ein, aus tiefem, seinem Wesen eingebildeten Pflichtbewußtsein zu freier vaterländischer Tätigkeit. Und wo er wirkte, wirkte er mit Ruhe und Festigkeit, damit das Notwendige geschehe, ohne Phrase und Lärm. Um dieser unerschütterlichen Zuverlässigkeit willen, weil man genau wußte, was man an ihm hatte und wohin er gehen würde, ist er, als der Streit der Kolonien mit England aus einem Rechtsstreit zu einem Streit der Waffen wurde, an die Spitze der revolutionären Armee gestellt worden.

Ohne eigentlichen Enthusiasmus, aber mit Entschlossenheit übernahm er es, ein Volk zu Freiheit und Selbstbestimmung zu führen. Nun wuchs Washington in neun langen, mühseligen Kriegsjahren in seine historische Aufgabe hinein, der Retter in der Not, der Vater des Vaterlandes zu werden!

Nicht nur der Vater, auch der Gebieter! Als er in der Fülle der Schwierigkeiten neue umfassende Vollmachten für sich vom Kongreß (dem Bundestag der 13 Staaten) forderte, schrieb er: „Man könnte einwenden, dies sei ein Gesuch um eine Gewalt, die man ohne Gefahr niemand anvertrauen könnte! Darauf kann ich nur erwidern: daß verzweifelte Krankheiten verzweifelte Mittel fordern, und ich beteure der Wahrheit gemäß, daß mich nicht nach Macht gelüstet ... Aber meine Empfindungen als Mann und Offizier sind derart, daß ich mich gezwungen fühle zu sagen: nie hat ein Mensch mit so vielen und großen Schwierigkeiten zu kämpfen gehabt wie ich."

Wer vermag in Europa zu würdigen, was George Washingtons Kriegsführung bedeutet hat? Denn wer vermag sich zu vergegenwärtigen, mit welchem Ausmaß von Schwierigkeiten die Aufgabe des Feldherrn verbunden war? Napoleon I. hat einmal, etwas verächtlich, gemeint: in Amerika, das waren nur alles Vorpostengefechte! Aber er hat, wenn er so urteilte, nicht gesehen, daß diese Kriegsleistung Washingtons ein Wunder war! Nicht eigentlich ein Wunder überraschender Geniestreiche (ja, gegen ihn forderten ungeduldige Neuengländer einen kurzen und wilden Krieg, „a short and violent war"), aber ein Wunder der Geduld, der Ausdauer, des Festhaltens und Hinhaltens, der zähen Unüberwindlichkeit.

Mußte er doch das Instrument des Kampfes, die revolutionäre Armee, ständig neu schaffen: mit Zureden dazubleiben, mit Ermahnungen die Pflicht zu tun, mit eiserner Strenge auch und gelegentlich mit der Waffe in der Hand (wenn dieser ruhige gefestigte Mann angesichts von Pflichtvergessenheit von einem rasenden Zorn gepackt wurde). Die Armee war immer wieder in der Auflösung begriffen. Immer wieder mußte sie neu geformt werden; sie bedurfte der äußersten Fürsorge, und das alles mitten im Feld, im Kampfe selbst.

Wann konnte Washington sagen: nun habe er ein festes Heer, bereit und geschult, regulären europäischen Truppen entgegenzutreten? Unermüdlich und ohne Aufhören mußte er versuchen, von einem „Kongreß" (Bundestag), dessen Autorität bei den Einzelstaaten je länger je mehr dahinschwand, die Mittel zu bekommen, um seine Leute, Geworbene und Zeitfreiwillige, einzukleiden, zu verpflegen, zu bewaffnen, auszulöhnen.

„Ich kenne meine unglückliche Lage; ich weiß, daß man viel von mir erwartet. Ich weiß, daß man ohne Truppen, ohne Waffen, ohne Munition, ohne all das, was ein Soldat braucht, fast nichts machen kann. Und was das Schlimmste ist, ich weiß, daß ich in den Augen der Welt nicht gerechtfertigt werden kann, ohne daß ich sage, was alles fehlt, ohne das ich meine Schwäche offenkundig mache, und damit der Sache schade, für die ich kämpfe ... Meine Lage ist mir oft so zuwider, daß ich, wenn ich mehr meine eigene Ruhe als das öffentliche Wohl im Auge hätte, längst schon alles auf einen Wurf gewagt hätte." Von den Ungeduldigen wurde ihm das Hinschleppen des Krieges, ohne zu einer Entscheidung zu kommen, vorgeworfen.

Aber: alle diese genannten Umstände allein schon zwangen ihn zu einer Strategie des Zauderns und des Zögerns, des Ausweichens, der Verschanzung (mit Spaten und Schaufel), des Manövrierens und Marschierens. Wie er zu siegen gedachte, offenbarte er, als er einmal in einer für ihn charakteristischen Weise sagte: „Wir müssen ohne Zweifel gewinnen, wenn nur die Karten gut zu Rate gehalten werden." Ein neuer „Fabius Cunctator", der eine Entscheidungsschlacht vermied, weil sie für Amerika das fast sichere Ende bringen mußte; der bei der Ungleichheit der Kräfte froh sein durfte, wenn Niederlagen und Erfolge sich etwa die Waage hielten.

Das alles bedeutete eine Kriegsarbeit, an der mancher selbst heroische Charakter zermürbt und zerstört worden wäre! Washington blieb unerschüttert aufrecht! In seinen Entschließungen und in seinem Glauben konnte man ihn nicht anfechten. Wohl kannte er das Zögern, aber nicht das Zweifeln, das Entzweifallen des Entschlusses, das Verzweifeln. Die Kraft und Energie seiner Überzeugung blieb unwandelbar; es war ihm eine innere Gewißheit, daß die amerikanische Sache unter dem Segen der Gottheit stehe.

Wer damals in den neun langen Kriegsjahren fragte: wo ist das freie Amerika? — der konnte nur die eine Antwort bekommen: in der Armee Washington! Nicht im Kongreß, der beratenden Bundesbehörde ohne Einigkeit und ohne ausübende Gewalt. Nicht in den neuen Einzelstaatsverwaltungen; denn sie verfielen immer mehr dem Geiste des Partikularismus, so daß, wenn der Krieg aus einem Staat sich herauszog in einen anderen hinüber, dieser Staat überhaupt dazu neigte, sich von der gemeinsamen Sache zurückzuziehen.

Mißlang Washington seine Aufgabe, die Armee zu erhalten und den Krieg zu führen, solange bis England, gleichzeitig von den anderen Mächten gedrängt, die Unabhängigkeit zugestand: dann war, für jene Generation sicherlich, die amerikanische Freiheit verloren. So mußte, in den Umständen dieses Krieges, der Feldherr der Armee zur Verkörperung des Staates werden. Brach dieser zusammen, hielt diese großherzige Seele nicht stand, dann gab es keine Vereinigten Staaten!

Als der Krieg zu Ende war, die Freiheit der 13 Staaten errungen, war die dem Feldherrn gestellte bestimmte Aufgabe gelöst. Washington, den eine innere Sehnsucht, in den stillen Kreis seines freien ländlichen Lebens zurückzukehren, nie verlassen hatte, legte das Schwert nieder und schied aus dem öffentlichen Dienst. Es war ein bedeutungsvoller Moment, als Washington, wie ein Römer vor seinem Senat, in feierlichem Empfang vor dem Kongreß die Erfüllung seines Auftrages meldete und in das Privatleben zurücktrat.

Aus Kreisen der Armee heraus hatte man versucht, ihn zu halten; man hatte ihm nahegelegt und es offen ausgesprochen: er solle an der Spitze des Staates bleiben, sich mit königlicher Würde bekleiden und dadurch Amerikas Zukunft sichern. Es wäre in der Geschichte nicht das erstemal gewesen, daß eine siegreiche revolutionäre Armee einen Monarchen kürte! Bei den auflösenden Tendenzen, die immer stärker hervorgetreten sind, als der Friede kam und der eiserne Ring des Krieges das Ganze nicht mehr zusammenhielt, konnte das Angebot der Königskrone oder der Statthalterwürde als eine patriotische Pflicht erscheinen.

Washington lehnte in tiefer Entrüstung ab!

Ein geistreicher Engländer hat einmal geäußert: „Es war Plutarch und nichts wesenhaft Amerikanisches, das George Washington daran hinderte, ein König zu sein." Dagegen aber muß doch gesagt werden: es war nicht nur jene auf antiker Literatur beruhende Bildung der Zeit, die eine solche Entwicklung in der Laufbahn Washingtons verhindert hat. Es war nicht allein „Plutarch", die ausgebreitete literarisch-romantisch-römisch-republikanische Idee jener Zeit, der er sich unterordnete. Es widersprach dem eigentlichen Prinzip seines Wesens, zum Usurpator zu werden, die Bahn Cromwells oder Napoleons zu beschreiten. Noch einmal: George Washington war eine konservative, keine revolutionäre Natur! War er zum Herrschen berufen, so doch, ohne daß ihn der Wille zur Macht vorwärtstrieb. Seine Herrschbereitschaft beschränkte sich darauf, zu gebieten, wenn die Dämme gebrochen waren. Er war bereit, in der Not einzuspringen und dann auch alles zum Gehorsam zu zwingen, indem er dann nicht davor zurückscheute, sich selbst mit dem Staat gleichsam zu identifizieren; aber nicht war er gewillt, den Staat an sich zu reißen und seinen Weg zu führen.

Zögernd und nur mit großem Bedenken übernahm er die Ämter und Würden, die sein Volk ihm übertrug; nicht etwa nur in formelhafter Bescheidenheit. Einem Freunde gestand er einmal: „Er gehe seiner Amtsführung entgegen fast wie der Sträfling dem Platze seiner Hinrichtung."

Die letzten Worte seiner berühmten Abschiedsbotschaft, als er nach achtjährigem Dienst aus der Präsidentschaft schied und er nicht noch einmal kandidieren wollte, wohl in dem Bewußtsein, daß mehr von ihm der Staat billigerweise nicht verlangen könne (während freilich auch die Anwürfe der Gegner seiner Politik sich häuften und diese sogar vor der Herabsetzung seines Charakters nicht zurückschreckten), — die letzten Worte lauteten: „Ich sehe in freudiger Erwartung dem Ruhestand entgegen, da ich mir vornehme, ohne Einschränkung die schöne Freude zu genießen, inmitten meiner Mitbürger an dem wohltuenden Einfluß guter Gesetze unter einer freien Regierung Anteil zu haben. Dies war immer der Lieblingswunsch meines Herzens und wird, so hoffe ich, der schöne Lohn unserer gemeinsamen Sorgen, Arbeiten und Gefahren sein."

Darin erfüllte er (und erregte damit das staunende Bewundern bei vielen Zeitgenossen in Amerika und Europa) die Forderung seines Landes: „government of laws and not of men." George Washington: Meister des Heeres, an der Spitze des Staates als Präsident und doch immer wieder von dem Wunsch seines Herzens ins Privatleben zurückgezogen!

Für seine eigene Person, darauf war Washington geradezu mit Pedanterie bedacht, sollte der öffentliche Dienst keinerlei Vorteile bringen. Er hat jedes Gehalt, jede Art von persönlicher Belohnung abgelehnt, ja zur Bedingung seines vaterländischen Dienstes gemacht. Übernahm er das „letzte sich

Entscheiden" des Staates, so sollte doch (wenn er dann auch vielleicht hätte sagen können: „l'État c'est moi") von allem Partikularen seiner Person vollkommen abgesehen werden.

Mit dem Gewinn der Freiheit und Unabhängigkeit, 1783, war der amerikanische Staat nicht fertig. Es folgte nach dem Kriege die sogenannte „kritische Periode", da Washington selbst von seinen Pflanzungen her mit zunehmender Sorge die Auflösung beobachten mußte. „Aus einem Haupt, erklärte er bekümmert, wachsen dreizehn Häupter hervor!" Es ist, so dürfen wir sagen, die Zeit des Interregnums (die führerlose, die schreckliche Zeit) zwischen den neun Jahren, da Washington als General, und den acht Jahren, da er als Präsident die Vereinigten Staaten führte.

Die Gefahr von außen, die Unterwerfung unter England, war gebannt, aber die Gefahr von innen drohte: der äußerste Partikularismus der Einzelstaaten, sozial-revolutionäre Parteien, Separatismus, Enteignungen durch Inflation, Verwirrung des Wirtschaftslebens.

Da wurde Washington noch einmal geholt, das Gemeinwesen zu retten. Unter seinem Vorsitz tagte ein Nationalkonvent, der eine neue Verfassung mit kräftiger Exekutive schuf. Das Amt des Präsidenten und dessen Befugnisse wurden geschaffen mit Rücksicht auf Wesen und Ausmaß der Persönlichkeit von Washington. Dadurch hat Amerika eine direktoriale Demokratie bekommen.

In der Wahl von 1788/89 wurde Washington in das für ihn bestimmte Amt berufen, damit er mit seinem Wesen den neuen Gesamtstaat erfülle. Nun beginnt Washingtons administrative Laufbahn. Washington hat nicht in dem Sinn regiert, daß er die Ideen der Gesetzgebung und Verwaltung des neuen Gesamtstaates im einzelnen zu bilden und zu prägen versuchte: dazu gewährte er einem Adjutanten aus der Kriegszeit, dem genialen Alexander Hamilton, einen bedeutenden Einfluß; wohl aber in dem Sinn hat er regiert, daß er, um noch einmal mit Hegel zu sprechen, „den Punkt auf das I setzte", daß er eben die Spitze wirklich war.

Seine Innenpolitik ging auf Erhaltung und Bewahrung des religiösen Grundes des Staates und seiner sozialen Ordnung, auf Förderung und Ausbau von Nation und Nationalstaat, allen Sonderwillen der Sekten und Provinzen, der Parteien und Einzelpersönlichkeiten zurückdrängend. Er hat den Versuch gemacht, da er Parteien für das Unglück der Staaten, besonders aber der Republiken ansah, mit den besten Köpfen aus allen Lagern („the gentlemen of America") zu regieren. Er mußte, auch das war in dem konservativen Grundzug seiner Persönlichkeit bedingt, als er daran scheiterte, durch Alexander Hamilton die sogenannte föderalistische, d. h. im deutschen Sinn eigentlich die unionistische Partei zu herrschendem Einfluß gelangen lassen: die Partei der Reichsgründung, die Partei des national-politischen Aufbaus, ohne Rücksicht auf physiokratisch-demokratische oder gar jakobinische Tendenzen der Zeit.

Seine Außenpolitik (in den Stürmen, die die Französische Revolution über die Welt bringen sollte, Stürme, welche auch an dem neuen Hause der Amerikaner rüttelten), hielt die Linie der Neutralität, obwohl die von den französischen Ideen bewegte, eigentlich republikanisch-partikularistische Partei wahrlich nichts unversucht gelassen hat, die Vereinigten Staaten auf die Bahnen einer allgemein-revolutionär-demokratischen Weltpolitik zu bringen. So bewährte auch hier Washington seine Festigkeit und begründete damit jene große heilsame amerikanische Tradition der Neutralität gegenüber europäischen Wirren, nicht eine schwächliche, von anderen Mächten abhängige, unwahrhaftige Neutralität, sondern eine echte, starke Neutralität, die sich von den Ereignissen zu distanzieren verstand und damit die Erhaltung der zwischen Frankreich und England gefährdeten eigenen Macht abseits von Europa sicherte.

So ist die historische Abwehrleistung Washingtons für seinen Staat also eine zweifache: 1. die Abwehr der Wiederunterwerfung unter die britische Handelsherrschaft und 2. die Abwehr des Versuchs, von innen her mehr noch als von außen die Vereinigten Staaten in die Gefolgschaft des Jakobinertums zu bringen. Als Feldherr wie als Staatsmann hat er seine Aufgaben erfüllt.

Die Gestalt Washingtons ist umrankt von einer üppig wuchernden patriotischen Legende. Das ist nur allzu natürlich: denn er war keine Scheinfigur, wie man vielleicht meinen möchte, wenn man nur oberflächlich hinschaut, kein an die Spitze vor das Ganze gestelltes Idol. Er war in dieser Zeit, die so weithin des Glaubens lebte, alles Politische rationalisieren, auf die Vernunft des Objektiven zurückführen zu können, ein Erhalter des persönlichen Elements: und zwar in einer Form, wodurch er sich nicht in Widerspruch zu seiner Zeit und zu seinem Volke setzte. Denn durch die ganz eigenartige Verbindung und Trennung seines öffentlichen und seines privaten Lebens im Fortgang seiner Laufbahn bildete er die Verkörperung des Versuchs, das Gesetz und die Persönlichkeit miteinander zu versöhnen. Dadurch konnte er einem werdenden Volke erweisen, wie freilich der Staat des ganz Menschlichen nicht entbehren kann, wie aber zugleich dieses Persönlich-Subjektive mit dem Sachlich-Objektiven in vollkommene Harmonie gebracht werden soll. Das war Washingtons eigentliche Leistung für Amerika. Harmonisierung ist darum auch das Geheimnis der von dieser Persönlichkeit bis zum heutigen Tag auf den Staat ausstrahlenden Kraft.

Zuerst in Washington ist der amerikanische Staat wesenhaft geworden, indem er die Form fand, in der ein ebenmäßiges Verhältnis erschien zwischen dem Willen des Herrschenden und dem Geist der Gesetze. Um das in dieser revolutionären amerikanischen Welt des 18. Jahrhunderts zustande zu bringen, bedurfte es jenes außerordentlichen Maßes der Selbstbeschränkung, wie es uns in dem Leben und Wirken Washingtons entgegentritt. Welche Seite seiner Geschichte man auch aufschlägt, diese Eigenschaft erscheint immer wieder. Dabei bleibt freilich fortdauernd dieses das Wunderbare an Washington, daß er in den Dingen des Staates die große persönliche Bescheidenheit mit einer wahrhaft königlichen Würde zu verbinden wußte, und von dieser Seite her wird noch einmal das hier erörterte Verhältnis beleuchtet: fast alle Bilder, die von ihm vorhanden sind, zeigen die geradezu monarchische Haltung, die ihn ebenbürtig in dem Kreis der europäischen Herrscher erscheinen ließ.

Washington hat als Präsident mit Bewußtsein die königlichen Formen des öffentlichen Auftretens angenommen, weil sein Gefühl für die Würde des Staates und d e r Persönlichkeit, in der er sichtbar wurde, immer lebendig war. Sie wissen: sechsspännig fuhr er, mit Vorreitern und Bedienten! Feierlich vollzogen sich die Empfänge bei ihm, wobei es keinen freundschaftlichen Handschlag, sondern nur ehrerbietige und gnädige Verbeugungen gab! Familiarität schloß der General, wie der Präsident, mit Absicht aus; er wollte keine private Person, sondern die Verkörperung des Gesetzes sein: „government of laws and not of men." In diesem Sinne hat auch er der eigentlichen Absicht dieses Satzes gedient.

Lassen Sie mich hier die Gedankenführung beenden.

Solange auf amerikanischem Boden Charaktere wie George Washington gedeihen, solange das Wesen dieses Menschen rein und tief verehrt wird, solange können gewiß die Vereinigten Staaten auf ihre nationale Zukunft vertrauen; solange auch, das dürfen wir nun wohl auch von der deutschen Seite noch sagen, sind gesunde und ehrliche, aufrichtig-vertrauensvolle und fruchtbare auswärtige Beziehungen gegeben.

Wer die Nationen als Träger der geschichtlichen Bewegung (Teile des allumfassenden Ganzen) wertet und in ihrer Eigen- und Wesenhaftigkeit würdigt und bejaht und unbeirrt um Freundschaft oder Feindschaft die auswärtigen Beziehungen nicht auf Haß oder Leidenschaft, auf Herabsetzung oder Diffamierung aufbaut, sondern auf jenen aufrichtigen Sinn George Washingtons, der die Erklärung abgab: „Es ist mein Grundsatz, daß Ehrenhaftigkeit immer die beste Politik ist" — der kann nicht beiseite stehen, wenn es gilt, das Gedächtnis von Washington zu ehren, auch in einer kommenden Zeit ihn als Beispiel zu setzen für einen politischen Charakter, wie er des abendländischen Menschen würdig ist.

DEMOKRATIE UND PARTEI IN DEN VEREINIGTEN STAATEN VON AMERIKA*

7

„Dadurch, daß die Nordamerikaner, abfallend von dem in England gültigen konstitutionellen Prinzip, eine neue Republik schufen, welche auf dem individuellen Rechte jedes einzelnen beruht, trat eine neue Macht in die Welt." Aus diesem Ausspruch Rankes ist abzuleiten, daß die europäischen Freiheitsideen historisch auf dem Vertragsverhältnis zwischen Krone und Ständen, Monarch und Volk beruhen: „Konstitution" war das Palladium sowohl wie die große Hoffnung der Europäer. Durch den Abfall vom britischen Parlament und dem britischen König sind die Vereinigten Staaten aus der Bahn der fortschreitenden englischen Verfassungsentwicklung — welche, formal gesehen, die Veränderung des Verhältnisses zwischen Krone, House of Lords und House of Commons zum Inhalt hat — herausgetreten. Sie strebten eigenen, bodenständigen und neuen Zielen zu, indem sie vom Individuum aus den Staat aufzubauen suchten: die reine „Volksherrschaft" sollte in die Welt eingeführt werden.

Seit 1776 ist in mehr als hundertfünfzig Jahren der Entwicklung und Entfaltung, der Erfahrung und Schulung die amerikanische Demokratie gewachsen: nicht in der Enge und ständigen Defensive, nicht in der Gefahr und gleichsam nur Duldung wie die älteren Republiken im europäischen Staatensystem — die Niederlande, Venedig und die Schweiz —, sondern beschenkt mit nahezu freien, ja, wie man gesagt hat, mit unbegrenzten Möglichkeiten. „Opportunity" ist das große Wort der amerikanischen Geschichte gewesen! So ist die Demokratie in der Neuen Welt ständig größer geworden: aus einem Bund von 13 atlantischen Küstenstaaten wurde ein Bund von 48 Gemeinwesen, der nahezu einen ganzen Erdteil umfaßt. Von ungefähr 3 Millionen Menschen stieg die Bevölkerungsziffer auf über 110 Millionen. Was am Ausgang des 18. Jahrhunderts ein Verband kleiner überseeischer Freistaaten ge-

* Aus der von P. R. Rohden herausgegebenen Sammlung: Demokratie und Partei, eine vergleichende Parteienkunde, Wien 1932.

wesen, die sich in ihrem eigenen Kreise hielten, bietet sich jetzt der Welt dar als eine beherrschende Großmacht, deren Wort in allen fünf Erdteilen gilt.

Wer regiert diesen Staat? Man hat viele Antworten auf diese entscheidende Frage zu geben versucht: das Volk der Vereinigten Staaten — die öffentliche Meinung des Landes — die Volksvertretung, genannt: der „Kongreß" — der auf Zeit gewählte Monarch der Republik: der Präsident — der Sprecher des Abgeordnetenhauses, der einen so großen Einfluß auf die Gesetzgebung ausübt, — der Senat, der in nur langsamer Umbildung seit dem ersten Tage der Republik kontinuierlich das große konservative Organ im Staate bildet, — das Kollegium der obersten Richter, die, wenn angerufen, über die Gültigkeit oder Ungültigkeit der Gesetze, Verordnungen und Verwaltungsmaßnahmen zu befinden haben, — die Mehrheit der Wähler oder, nach den gegenwärtigen Verhältnissen genauer bezeichnet, die Mehrheit der nur 7 bis 50 Prozent von Wahlberechtigten, die an Wahltagen zu den Urnen gehen oder zu den Urnen gebracht werden, — die Parteiorganisationen, die „Parteimaschinen", wie man in den Vereinigten Staaten sagt, — der Parteiführer, der „Boß" oder ein Ring, den die „Bosse" bilden, — „Wallstreet", die kapitalistischen Korporationen, „the great interests which select the majority of the Senate and the Judiciary"; denn sie machen „Boß" und Parteimaschine von sich abhängig, indem sie diese unter ihren Einfluß bringen oder geradezu kaufen ...

Diese verschiedenen Antworten auf die Frage nach der Stelle, von welcher aus sich die Staatsführung in der nordamerikanischen Union vollzieht, führen unmittelbar auf das Problem, wie in dieser ältesten, größten und mächtigsten Demokratie auf der Erde die politische Willensbildung des Gemeinwesens vollzogen wird. Wo finden in diesem Volksstaat die politischen Parteien ihren Platz?

Der amerikanische Staat wird vom Individuum aus konzipiert; er ist aus der Ideenwelt des 18. Jahrhunderts hervorgegangen und damit zum Musterland des Liberalismus geworden. Heute ist der ursprüngliche Liberalismus in vielem aufgehoben; aber in dieser Epoche des versinkenden Liberalismus, die wir erleben, bleiben die Vereinigten Staaten noch immer das am meisten liberale Land.

Welches war denn die ursprüngliche Auffassung von Volksherrschaft in Amerika? Hatte, nachdem durch die Rebellion der britische Konstitutionalismus abgestreift war, das Parteiwesen in dem Aufbau der Volksherrschaft einen bestimmten Platz?

Die alte amerikanische Demokratie war aus Liberalismus eigentlich antidemokratisch! Auf Volks*herrschaft*, auf Mehrheits*regierung* war es ursprünglich in der amerikanischen Union nicht abgesehen: die Staatsgründer und ersten Gesetzgeber waren von der einen Besorgnis erfüllt, daß die

Masse Macht bekommen könnte. Sie fürchteten, was sie die „Mobokratie" nannten. „Das eigentliche Übel, an dem wir leiden, ist Demokratie", so formulierte es geradezu der konservativste unter ihnen, Alexander Hamilton. Und John Adams warnte seine Volksgenossen: Wenn das Volk freie Bahn hat, ist es ungerecht, tyrannisch, brutal, barbarisch und grausam wie ein unbeschränkter Monarch; wo man eine Mehrheit zur Macht läßt, schreitet sie unabwendbar über die Rechte der Minderheit hinweg; in den Rechten der Minderheit liegen aber eingeschlossen die hohen unantastbaren Rechte des einzelnen. – Wie weit das Mißtrauen gegen die neue „Volksherrschaft", die die Logik der Rebellion den Amerikanern aufgenötigt hatte, in den führenden Kreisen ging, erkennt man an der Stellungnahme des typisch optimistischen Aufklärers Benjamin Franklin, der der Meinung war, daß früher oder später Amerika einen König haben werde, trotzdem aber den Wunsch hegte, man solle doch einen ehrlichen Versuch mit republikanischen Institutionen machen. Selbst ein Mann wie Thomas Jefferson, der die demokratischen Tendenzen der Französischen Revolution in sich aufgenommen hatte, verachtete „die schweinische Menge", wie er sagte, und baute seine Hoffnung, daß es eine amerikanische Demokratie geben würde, auf die Tatsache eines Amerika ohne großstädtische Masse und ohne Reichtum.

Die Besorgnis vor der Allgewalt und Willkür eines einzelnen Herrschers, ebenso wie vor der Allgewalt und Willkür einer Volksmehrheit hat bei der Einrichtung der amerikanischen Verfassung, zum Schutz der individuellen Rechte jedes einzelnen, die Anwendung der liberalen Grundprinzipien erwirkt. Keine absolutistische Konzentration der Macht! Der neu gefundene Souverän, das Volk, gibt – in der Fiktion – die Verfassung und spricht dann nicht wieder, sondern legt sich nach dieser einen großen Willensäußerung sozusagen schlafen, um es nun den geschaffenen Einrichtungen zu überlassen, daß das Volk regiert werde, wohl unter volkstümlichen Einflüssen, aber nicht unter dem unmittelbaren Gebot des Souveräns. Den aktuellen Souveränitätsbegriff, den die große absolutistische Entwicklung der europäischen Staaten vom 15. bis zum 18. Jahrhundert geschaffen hat, sucht die liberale Bewegung in die Annahme einer Volkssouveränität zu verflüchtigen und damit praktisch aufzuheben. In dem neuen Amerika soll es keinen regierenden Souverän geben; auch ein omnipotentes Parlament darf nicht gebildet werden, wie in England, wo aus der Mehrheit des Unterhauses das Kabinett hervorgeht, jenes Führerkomitee des „Empire", das die Leitung von Regierung, Verwaltung und Gesetzgebung in der Hand hält, solange die Mehrheit des Abgeordnetenhauses es so will. In Amerika ist – nach Montesquieus berühmten Lehren – die Trennung der Gewalten durchgeführt worden, um Omnipotenz, um Souveränität aufzuheben. Deshalb die Spaltung in den Befugnissen der Union und der Einzelstaaten; deshalb kein parlamentarisches System im Sinne der Regierungsbildung durch die Mehrheit der erwählten Volksvertreter, weder im Bundesstaat noch in einem der 48 Einzelstaaten; deshalb keine Parlamentsauflösung, weder vom Unionskongreß noch von irgendeinem Landtag in den Staaten, um das Volk zu befragen. Und ferner: zur weiteren Schwächung der Volksvertretung die strenge Zweiteilung des Kongresses in zwei nahezu gleichberechtigte Kammern, so daß sie gegeneinander das Vetorecht in Händen haben; ein Präsident, der nicht vom Parlament gewählt wird, sondern indirekt vom Volk in den Staaten durch Wahlmänner, jedoch mit einem Vetorecht gegen die Volksvertretung ausgestattet; ein Gerichtssystem, mit einer gewissen konkurrierenden Zuständigkeit der drei Instanzen der Einzelstaatsgerichte und der drei Instanzen der Bundesgerichte, nach welchem die Richter selbständig und völlig unabhängig über die verfassungsmäßige Gültigkeit oder Nichtgültigkeit der Gesetze, Verordnungen und Amtshandlungen der Parlamente und der Regierungen befinden; Bevorzugung indirekter Wahlen und an Besitz und Konfession gebundene Wahlrechte – kurz, ein System der „checks and balances", der Dekonzentration, der Zerteilung und Zerlegung von Macht, damit immer und überall der einzelne, sein Leben, seine Freiheit und sein Eigentum gegen die Machtträger im Staate gesichert sei. Das ist Ziel und Aufgabe der verfassunggebenden Versammlung der Amerikaner gewesen: die nebeneinander und gegeneinander gestellten Gesetzgeber, Regenten und Richter frei zu halten von einem sie alle zwingenden Willen, einem monarchischen oder einem popularen. „Je mehr Macht zusammengefaßt ist, um so verderblicher wird sie" (John Taylor). Die „ratio" allein oder das abschwächende Kompromiß soll das öffentliche Leben bestimmen. Nur so läßt sich, nach Meinung der Amerikaner, die ursprüngliche Idee der Volkssouveränität aufrechterhalten: „In unserem politischen System ist die Macht geteilt, damit das Volk seine Souveränität aufrechterhalten kann" (J. Taylor).

*

Diese amerikanische Grundkonzeption ist durch die Entwicklung der politischen Parteien in ihr Gegenteil umgekehrt worden! Ein Staat ohne eine Willensmitte, ohne einen „Souverän" war nicht möglich. Die Parteien knüpften das durch die Verfassung künstlich Geteilte wieder zusammen, sie brachten das einheitliche Wollen in die getrennten Gewalten und stellten so zu ihrem Teile den „Absolutismus" der Staatsmacht wieder her, den die vorangehenden Jahrhunderte gewonnen hatten und den die Revolution hatte aufheben sollen.

Das Phänomen der Partei im Staat war den Verfassungsgebern nicht fremd. Sie waren erfüllt von dem Mißtrauen gegen das Volk und gegen populare

Mehrheiten und nun logischerweise auch gegen Parteien, deren Zweck es doch sein mußte, die Macht über alle Organe des Staates zu erobern. Die ursprüngliche amerikanische Demokratie gedachte ohne Parteien, Fraktionen und Faktionen zu bestehen. Parteien galten als eine Gefahr für die junge Republik, die im Angesicht der Welt einen Versuch machen wollte mit dem Prinzip der Volksregierung. George Washington, der erste Präsident, sprach es in feierlicher Weise in seiner Abschiedsbotschaft an das amerikanische Volk aus: „Ich habe Euch bereits bekanntgemacht mit der Gefahr, die die Parteien für den Staat bedeuten, unter besonderem Hinweis auf ihre Begründung in geographischen Unterscheidungen. Laßt mich hier in weitgreifender Weise Euch auf das eindrücklichste vor den verderblichen Wirkungen des Parteigeistes warnen! Dieser Geist ist unglücklicherweise von unserer Natur nicht zu trennen, da er seinen Ursprung in den stärksten Leidenschaften des menschlichen Wesens hat. Er ist in verschiedenen Formen in allen Staaten vorhanden, mehr oder weniger unterdrückt, überwacht oder eingeschränkt; aber in denen mit einer volkstümlichen Verfassung tritt er mit größter Stärke auf und ist fürwahr ihr schlimmster Feind. — Der einen Partei über eine andere wechselnde Vorherrschaft, die ihre Schärfe erhält durch den bei Parteigegensätzen natürlichen Rachegeist und die in verschiedenen Zeitaltern und Ländern die schrecklichsten Frevel verübt hat, ist in sich selbst ein fürchterlicher Despotismus. Dies aber führt schließlich zu einem formellen und dauernden Despotismus ... Der Parteigeist dient immer dazu, die Beratungen der Regierungen zu stören und die Staatsverwaltung zu schwächen. Er beunruhigt das Gemeinwesen durch unbegründete Eifersüchteleien und falsche Besorgnisse, entzündet die Feindschaft des einen Teiles gegen den anderen und stiftet bei Gelegenheit Aufruhr und Empörung. Er öffnet fremden Einflüssen und Bestechungen die Türen, die so durch die Kanäle der Parteileidenschaften selbst zur Regierung leichten Zutritt finden. So wird die Politik und der Wille eines Landes der Politik und dem Willen eines anderen unterworfen. Es besteht die Meinung, daß Parteien in Ländern mit freier Verfassung eine nützliche Kontrolle der Verwaltung der Regierung ausüben und dazu dienen, den Geist der Freiheit lebendig zu erhalten. Dies ist, mit gewissen Einschränkungen, wahrscheinlich richtig — und bei Regierungen monarchischer Art mag die Vaterlandsliebe mit Nachsicht, wenn nicht mit Gunst, auf den Parteigeist sehen. Aber bei denen volkstümlicher Art, die nur aus Wahlen hervorgehen, ist das ein Geist, der nicht gefördert werden darf. Es ist sicher, daß nach den natürlichen Anlagen von diesem Geist immer genug für heilsame Zwecke vorhanden sein wird; da hier immer viel mehr die Gefahr des Maßlosen sein wird, müssen die Bemühungen darauf gehen, durch die Macht der öffentlichen Meinung ihn zu schwächen und zu besänftigen."

Das ist die Auffassung des Parteiwesens, die „der Vater des Vaterlandes" seinen Landsleuten einprägen will: die Existenz von Parteien bedeutet Gefahr für den Staat; denn die Parteiherrschaft führt zu Despotismus, zur Tyrannis eines Teils des Volkes über den andern; die Neigung der Parteien, die Außenpolitik unter Parteigesichtspunkte zu stellen, verstößt gegen die Staatsräson; mag man auch eine oppositionelle Partei in einer Monarchie für eine heilsame Einrichtung halten, so ist für einen Volksstaat die Partei der schlimmste Feind.

Kommen diese Ermahnungen aus dem Munde eines Menschen autoriativer Haltung, so begegnet uns doch auch in den mehr liberalen Kreisen die gleiche Abweisung politischer Parteien. John Taylor lehrte seine Volksgenossen den pessimistischen Satz: „Republiken werden immer wieder durch Parteien zerstört... Die Gefahr, die Parteien für einen Volkstaat bilden, liegt in der Unmöglichkeit, sie durch verfassungsrechtliche Einschränkungen unter Kontrolle zu halten... Sie bergen stets die Tendenz, zu verfolgen, auszuplündern, zu unterdrücken und zu töten, wie alle Regierungen, die nicht verfassungsrechtlich gebunden sind. Unter dem Namen von Patrioten sind sie bereit – wie Fanatiker unter dem Namen von Heiligen – jedes Verbrechen zu begehen, wenn es ihren Vorteil oder ihre Vorurteile gilt. Keine Häufung von Hemmnissen und Gegengewichten kann dieser furchtbaren Parteityrannis steuern... Sie ist eine Bestie, vor der die Menschen ihre Zuflucht zur Monarchie nehmen; denn sie verwüstet und verschlingt die individuellen Rechte mit tausend Händen und mit tausend Mäulern."

Dieser Aburteilung der Parteiherrschaft in der Demokratie, die uns in der ersten Generation der amerikanischen Republikaner so vielfach begegnet, ist nie ganz verschwunden; denn sicherlich entspricht Parteiherrschaft nicht dem eigentlichen Ideal der Demokratie. Ein sorgfältig analysierender Beobachter des englischen und amerikanischen Parteiwesens am Ausgang des 19. Jahrhunderts, Ostrogorski, spricht es in seiner Kritik des Bestehenden noch einmal aus, daß in Volksstaaten Parteien eigentlich nicht sein sollten: „Aber in Ländern wie England oder den Vereinigten Staaten, wo unzweifelhaft das demokratische Prinzip herrscht und die Freiheit eine unangreifbare Position innehat, ist die Ausübung der Macht durch eine Partei, die sich darin wie in einer Festung verschanzt, sinnwidrig geworden. Und wenn eine solche Parteiherrschaft als notwendig hingestellt wird, um in der Regierung die politischen Prinzipien zur Geltung zu bringen, so ist das nur eine Konvention, um nicht zu sagen: ein Betrug." Dürfen wir nicht, angesichts dieser Beurteilung der Mehrheitsherrschaft durch Parteien, davon sprechen, daß die erste Enttäuschung der Demokratie die Entstehung von Parteien gewesen ist?

In der ursprünglichen Konzeption der Demokratie hat die Partei keinen

Platz. Die Idee der Souveränität des Volkes schließt den Begriff der Einheit, der Einheitlichkeit ein: denn der Wille des Souveräns kann nicht gespalten sein. Es ist eine wesentliche Annahme der Demokratie, daß ein Wille des Volkes da ist. „Das Volk weiß, was es will" — sagt man — „das Volk kennt seine Interessen." Deshalb muß man theoretisch in der Demokratie „consensus omnium", die Übereinstimmung aller als gegeben setzen: in bezug auf den Staat haben alle den gleichen Willen. Auf den großen amerikanischen Nationalparteitagen tritt noch heute diese Grundfiktion der Demokratie deutlich in Erscheinung, wenn die Abstimmungen über den Präsidentschaftskandidaten und sein Programm so lange fortgesetzt werden, bis die vollständige Einstimmigkeit der riesigen Versammlung erreicht ist.

Mit dieser Idee der Einheitlichkeit des Volkswillens hat die amerikanische Demokratie ihre geschichtliche Existenz angefangen. „We the People of the United States" — so beginnt die Präambel der republikanischen Verfassungsurkunde im Sprachstil der absoluten europäischen Souveräne. Dieser Idee der Einheit von Staatswille und nationalem Empfinden kam, solange die aufständischen Kolonien im Kriege gegen Großbritannien standen, die politische Wirklichkeit nahe; denn die Einheit des Wollens war in den Jahren des Kampfes auf Tod und Leben unzweifelhaft. Gewiß, mit dem Abfall und der Erklärung der Unabhängigkeit ist eine Spaltung der Kolonisten in zwei Gruppen eingetreten: hie „Rebellen", „Patrioten", „Sons of Liberty" — dort „Tories", „Reaktionäre", „Loyalisten". Aber diese Loyalen waren „Engländer" geblieben; sie hatten den Schritt hinüber in das politische Amerikanertum nicht mitgemacht; sie hatten keinen Anteil an dem republikanischen Staat; sie blieben als koloniale Engländer außerhalb der neuen revolutionären Gemeinschaft.

Unter den Rebellen und Patrioten aber, den „Sons and Daughters of Liberty", erzeugte der Krieg den Zusammenschwung des Wollens, Denkens und Fühlens aller. Wieder erfuhr man, daß Staat und Nation im Krieg sich bilden, zumal der demokratische Staat und die demokratische Nation. Wer nicht Teil hat an dem einen Wollen, wer sich ihm entgegenstellt, ist Volksfeind, Verräter, heimlicher Verbündeter des Feindes. Die loyalen Kolonisten haben sich innerlich von den abtrünnigen „Kontinentalen" getrennt; sie bildeten keine Partei innerhalb des werdenden amerikanischen Staates.

So bestanden vom Ursprung her keine amerikanischen Parteien; es gab keine Meinungsteilung in der großen Frage des Krieges; nur ein Ziel stand vor allen: die gemeinsame Freiheit der 13 Kolonien! Sie nannten sich „Patrioten" und kannten alle nur die eine Partei: die Vaterlandspartei. Wohl gab es Flaue, Vorsichtige, Unentschiedene, Mitläufer, aus denen Überläufer werden konnten. Aber diese bildeten nicht eine Partei; denn das für sie Kennzeichnende war, an keinem bestimmten Willen Anteil zu haben, sondern sich treiben zu lassen, mit den Strömungen, mit den stärkeren Strömungen zu gehen, zurück auf die englische Seite, wenn es so kam, oder hin zu den Rebellen da, wo sie siegreich waren. Solange der Krieg währte, konnten Meinungsverschiedenheiten in der kämpfenden Demokratie nur in taktischen Fragen zweiter Ordnung sich bilden, niemals im Grundsätzlichen.

Aber als der Krieg zu Ende ging, als Friede geschlossen war und die amerikanische Staatlichkeit internationale Anerkennung fand, da wurde es anders: der eiserne Kriegsring, der von außen um die amerikanische Demokratie gelegt war, fiel weg, und die Frage kam, ob auch im Frieden die parteilose Idealität der Demokratie zu erhalten sei? Viele, wohl die meisten Amerikaner haben es erwartet und erhofft. Ein Volk der republikanischen Tugend wird keine Parteien kennen! Unterschiede der Meinung werden da sein, aber man wird sie diskutieren, öffentlich besprechen; man wird das Dafür und das Dawider anhören, und schließlich wird das Vernünftige durchdringen; denn man wird überzeugen und sich überzeugen lassen.

Auf den Glauben an die Vernunft ist die Demokratie gegründet. Das beste für den Staat kann nicht ein Zweifaches sein. Der Begriff des Staates und der der Parteien im Staate schließen sich aus: „Wahrheit ist etwas, was nicht in Teile gespalten werden kann, die einander bekämpfen, sondern was auf Einheit beruht. Deshalb können nicht beide Teile recht haben" (John Taylor). „Das Wissen ist die Seele der Republik", sagte Jon Jay, einer der Rebellen. Einen „Kreuzzug gegen die Unwissenheit" zu führen — darin sah Thomas Jefferson das Allheilmittel gegen öffentliche Mißstände und politische Not. Denn in den Augen des Aufklärers kam aller Schaden aus dem Nichtwissen oder dem ungenügenden Wissen. „Das Wissen ist die beste Sicherung der Freiheit ... Volksregierung ohne Volkserziehung ist nur das Vorspiel zu einer Farce oder zu einer Tragödie oder zu beidem" (James Madison). Je mehr Aufklärung, desto bessere Gesetze; je mehr Wissen, desto weniger Verbrechen; je mehr Wissenschaft, desto besser der Staat!

Galten diese Überlegungen besonders dem Gesetzgebungswesen, der legislativen Funktion in der Republik, so mußte man hinsichtlich der Exekutive notwendigerweise die gleiche Auffassung hegen, daß vernünftigerweise nur die jeweils geeignetsten Männer in die Verwaltung gewählt würden, ohne Rücksicht auf die Zugehörigkeit zu einer Partei. Anders zu verfahren wäre sinnwidrig, wäre unvernünftig. Als Washington sein erstes Kabinett bildete, suchte er die besten aus allen Lagern; er machte den praktischen Versuch einer parteilosen Demokratie. Selbst dieser „Vater des Vaterlandes", der über ein seitdem nie wieder erreichtes Maß von Ansehen und Gefolgschaftsbereitschaft verfügen konnte, ist in diesem Unternehmen gescheitert; auch George Washington wurde im Laufe seiner Regierung in ein Parteilager hineingedrängt. Jefferson schied aus dem Kabinett des Präsidenten aus und sammelte die Opposition gegen die regierende Schicht um sich, um nach erbitterten und scharfen Kämpfen im Jahre 1801 die Macht im Staate zu erobern. Die amerikanische Republik war in zwei Parteien zerrissen.

*

Als sich in dem jungen transatlantischen Staate die ersten politischen Parteien bildeten, um die Mehrheit der Wählerschaft und durch diese die Ämter und Parlamente in ihre Hand zu bringen, ist zugleich das Zweiparteiensystem entstanden. In der großen Epoche, da der Liberalismus sich mit den historischen konservativen Mächten auseinanderzusetzen hatte, begegnet uns eine Soziallehre des Zweiparteiensystems in gleicher Weise in Europa wie in Amerika. In der Gesellschaft werden zwei politische Grundkräfte unterschieden: die eine mit der Tendenz des Fortschritts, die andere mit der der Erhaltung. Dem „Ehrgeiz der Neuerung" ist „der Mut, das Hergebrachte zu behaupten", entgegengesetzt. Hatte Ranke diese objektive Formulierung der prinzipiellen Gegensätze im modernen Staat ausgesprochen, so finden wir in den politischen Lagern selbst Charakterisierungen der allenthalben als wirksam angenommenen gesellschaftlichen Kräfte, die zugleich eine Bewertung dieser Kräfte enthalten. Im liberalen Lager wird dem pessimistischen Menschen der optimistische entgegengesetzt. „Der kranke, schwache, ängstliche Mensch fürchtet das Volk und ist von Natur ein Konservativer; der gesunde, starke und kühne liebt das Volk und ist von Natur ein Liberaler" (Thomas Jefferson). Der Strebsame kämpft wider den Zufriedenen, der Erwerbende gegen den Besitzenden, der Schöpferische gegen den Konventionellen. Von der konservativen Seite erhält diese Gegensätzlichkeit einen andern Sinn: die Vernunft ist in den führenden Schichten, die hemmungslose Leidenschaftlichkeit bei den Massen zu finden; der Staat kann nicht bestehen, wenn er zu experimentieren anfängt, wenn er abweicht von dem für ihn geschichtlich Gegebenen, Erprobten und Bewährten.

Parteitheoretische Erörterungen solcher Art verknüpften sich von der soziologischen Seite her mit den Gegensätzen der Stände und Berufe. Die Wirtschaftspolitik und die Finanzpolitik wurden mit Erbitterung umkämpft. Dazu kamen für das Schicksal der Amerikaner entscheidende Fragen der Außenpolitik: es galt Stellung zu nehmen für oder wider den Staat, der aus der Französischen Revolution hervorgegangen. Im Vordergrund aller von diesen Streitfragen erfüllten Kämpfe stand aber die große Frage der inneren Staatsorganisation; denn von ihrer Lösung hing die Gestaltung aller andern politischen Forderungen ab: Souveränität und Staatsführung bei den Einzelstaaten oder bei der Union, Bundesstaat oder Staatenbund?

Die beiden Parteien, die aus den Kämpfen um diese Fragen hervorgegangen sind, nannten sich die „föderalistische" und die „republikanische". Hier stand das Großbürgertum: Unternehmer, Händler, Schiffer, Bankiers, Landspekulanten, Kapitalisten, die aus der Union eine große Kaufmannsrepublik machen wollten. Dort stand das Kleinbürger- und Bauerntum, Handwerker aller Art, Farmer und Pflanzer; sie wollten eine Bauernrepublik. Auf dieser Grundlage des agrarischen und merkantil-kapitalistischen Gegensatzes bildete sich ein Widereinander der „Aristokraten" und der „Demokraten" heraus.

In den ersten zwölf Aufbaujahren hatten die „Föderalisten" regiert, durch die sich absondernde und immer leidenschaftlicher wider sie ankämpfende Opposition in zunehmender Weise zu den Formen einer Parteiregierung gedrängt. Gegen den Ansturm der „Jeffersonschen Demokratie" konnte sich die von Hamilton geführte „föderalistische Aristokratie" nicht behaupten. Während Hamilton die monarchisch-aristokratische Tradition von England her in dem neuen amerikanischen Wesen weiterführte, knüpfte Jefferson an die Grundsätze der Unabhängigkeitserklärung von 1776 an und schritt unter dem Einfluß der Französischen Revolution zu den logischen Konsequenzen der demokratischen Ideologie fort. Den Sinn des Sieges seiner Partei im Jahre 1801 faßte er in die Worte: „the revolution of 1776 is complete."

Eine Wiederauferstehung der „Föderalisten", die ihre große Aufgabe in dem Aufbau eines amerikanischen Nationalstaates erfüllt hatten und nun auch ihres großen Führers in einem politischen Duell beraubt wurden, hat sich nicht vollziehen können. Die Partei blieb auf den Einfluß in einigen Einzelstaaten beschränkt und schwand allmählich dahin. Noch einmal ist nun eine Annäherung an das demokratische Ideal der Einheitlichkeit des souveränen Volkwillens, des „consensus omnium", eingetreten: es kam eine Ära „of good feeling", da der Gegensatz der Parteien durch den vollständigen Sieg der einen über die andere aufgehoben schien. Jefferson selbst sagte: „We are all Republicans, we are all Federalists!"

Aber die Dynamik des Zweiparteiensystems war unter dem Einfluß der englischen Überlieferung in den Gestaltungen des Staatsdenkens und in den politischen Ausprägungen, welche die leidenschaftlichen politischen Kämpfe der ersten Generation amerikanischer Politiker gebracht hatten, diesem neuen Staatswesen bereits tief eingebildet worden. Nichts ist unter diesem Gesichtspunkte interessanter, als zu beobachten, wie in dem Schoße der einen Partei selbst eine neue Zweiteilung sich formt, und zwar durch die Gruppierung der Einflußreichen um zwei Präsidentschaftskandidaten. Man sucht nach großen Prinzipien zur Rechtfertigung der Spaltung, aber wenn man die programmatischen Äußerungen der beiden Gruppen miteinander verglich, so konnte man selbst, wie man gesagt hat, mit einem Vergrößerungsglas keine Unterschiede entdecken. Hier war zum erstenmal in der amerikanischen Parteientwicklung eine Erscheinung hervorgetreten, die für das moderne amerikanische Parteiwesen charakteristisch geworden ist: die Angleichung in den Programmen der beiden um die Mehrheit der Stimmen sich bewerbenden politischen Organisationen.

Inzwischen trat aber noch eine andere Entwicklung ein, die für die amerikanische Demokratie schlechthin entscheidend geworden ist. Aus der Spaltung der alleinherrschenden republikanischen Partei ging das Suchen nach neuen Wählern hervor; in den neuen Schichten und Gruppen, die das fortschreitende Wachstum nach Westen und tiefgreifende soziale Veränderungen im Osten erzeugt hatten, boten sie sich an. Um die Kandidatur des General Jackson aus Tennessee sammelten sich die Scharen der neuen Fabrikarbeiterschaft in den jungen Großstädten der atlantischen Küstenstaaten und die Massen der „Emporkömmlinge" in den Pionierstaaten jenseits der Alleghanies. Eine neue Welle der Demokratisierung kam über die Vereinigten Staaten; den europäischen Revolutionen von 1830 wurde, den amerikanischen Verhältnissen entsprechend, ein Vorspiel in der großen Republik jenseits des Ozeans gegeben. Die „Revolution von 1776 und 1801" fand noch einmal eine Fortsetzung: das Prinzip des allgemeinen Wahlrechts, der absoluten Gleichheit in der Berufung zu den Ämtern, der Ausschaltung einer besonderen gesellschaftlich, kulturell und politisch führenden Schicht – noch einmal einer privilegierten „Aristokratie" – fand seine Verwirklichung.

So mächtig der Durchbruch dieser neuen radikalen Demokratie war, eine Gegenpartei aus den Überresten der alten republikanischen Partei konnte doch gebildet werden, um aus den Fehlern der neuen siegreichen Masse bei den Wahlen Nutzen zu ziehen. Sie nahm den alten Namen der englischen Liberalen an: „Whigs" nannten sich jetzt diejenigen, die das Land vor den Exzessen der neuen Demokratie, vor den „Tataren des Westens", vor der Ausplünderung des Staates und der Steuerzahler durch den Unfähigen und den Korrupten bewahren und der Stimme der Intelligenz und des Besitzes wieder zu ihrem Recht verhelfen wollten. Diese Gegnerschaft der „Whigs" und der „Demokraten" hat das politische Leben der mittleren Jahrzehnte des 19. Jahrhunderts in der Union beherrscht. Die eine Partei lebte von den Mißerfolgen und Fehlern der anderen.

Eine eigentliche Zugkraft konnte freilich in dieser amerikanischen Welt, die nicht auf Bildung und Besitz, sondern auf Erwerb und Leistung eingestellt war, von den „Whigs" nicht ausgehen; auch dann nicht, als sie die Methoden der Massenagitation und die Auslieferung der Ämter an die Parteigefolgschaft von den „Demokraten" übernahmen: Monsterversammlungen, Prozessionen und Paraden, „rotation in office", „the spoils to the victor"! Es trat auch in diesen mittleren Jahrzehnten ein bisher immer wieder zurückgeschobenes politisches Problem immer mehr in das Zentrum der Entscheidungen, obwohl die Parteien sich abmühten, es aus dem Bereich der Politik herauszuhalten. Aber „a house divided against itself can not stand": die wachsende Union mußte sich entscheiden, ob sie die Institutionen der Sklaverei erhalten oder beseitigen wollte. An der Sklavenfrage hat sich noch einmal eine Umschichtung der Parteien in Amerika vollzogen. Die Whigs verschwanden, die Demokraten waren in der Sklavenfrage gespalten, und die „Neuen Republikaner" erhoben sich im Norden, um durch eine endgültige Entscheidung den Staat von dem ihn nach innen und außen lähmenden Problem zu befreien. Lincolns Wahlsieg im Jahr 1860 und sein Amtsantritt im Jahre 1861 rief die Sezession des sklavenhaltenden demokratischen Südens und den Entschluß des republikanischen Nordens hervor, die Frage von Union und Sklaverei nicht auf dem Wege der Selbstbestimmung, sondern durch Blut und Eisen zu lösen.

Damit war die letzte entscheidende Stufe in der Entwicklung des modernen amerikanischen Parteiwesens erreicht. Als der Bürgerkrieg mit dem wirtschaftlichen und militärischen Sieg des Nordens endete, kam eine Zeit in Amerika, in der nur die „Republikaner" als regierungsfähig angesehen werden konnten. Wieder war ein Ansatz zum Einparteiensystem da, diesmal mit der Gewalt der Blockade und der Kanonen gegen einen Teil der Gesamtheit erzwungen; also „consensus omnium" war nicht wirklich gegeben. Grollend opponierte der vergewaltigte Süden. Die Ausschreitungen der republikanischen Parteiherrschaft in den unterworfenen Rebellenstaaten, die sich vergeblich auf die Prinzipien von 1776 berufen hatten, waren so ungeheuerlich, daß die demokratische Partei eine Wiederauferstehung und eine Rückkehr zur Macht erlebte.

Die in der Union erneuerte demokratische Partei mußte sich allerdings ganz und gar auf den Boden der Kriegsergebnisse stellen; sie vermochte dies Unvermeidliche um so leichter, als sie an die großen Überlieferungen ihrer eigenen Geschichte unter Jackson und schließlich selbst unter Jefferson anknüpfen konnte. Waren die Taten dieser Parteitradition nicht mit goldenen Lettern in das Buch der amerikanischen Demokratie eingeschrieben?

Naturgemäß konnte sich die Partei zuerst im Süden wieder durchsetzen. Nach Vollendung der „Rekonstruktion" der Selbstverwaltung in den ehemaligen Sezessionsstaaten ging die Herrschaft aus den Händen der Republikaner, die durch die Verbindung mit der Negerbevölkerung gegen die einheimischen Weißen völlig korrumpiert waren, in die Hände der einsässigen weißen Bevölkerung über, die sich in der demokratischen Partei organisierte. Zu den Folgen des Krieges gehörte es in diesen Provinzen, daß es von nun an im Süden nur noch e i n e regierungsfähige Partei gab: die demokratische. In den Südstaaten war von nun an in der Praxis das Einparteiensystem durchgeführt. „The solid South", der stets feste demokratische Süden konnte seit der Wiedereinführung der Südstaaten in die Union als eine sichere Größe in die Berechnungen der Nationalwahlen eingestellt werden.

Je mehr die unmittelbar nach dem Kriege gegebene Alleinherrschaft der „Republikaner" im Norden und im Westen und, wie schon bemerkt, zunächst auch im Süden Korruptionserscheinungen aufwies, und je stärkere Interessengegensätze, z. B. in den Zolltariffragen, wirtschaftspolitische Gegnerschaften erweckten, um so weiter konnten die „Demokraten" wieder im Gesamtbereich der Union vordringen und sich in Staaten und Gemeinden organisieren. Das gesunde Prinzip in den überlieferten Formen angelsächsischer Volksherrschaft wies wiederum auf die Wiederherstellung des Systems der zwei Parteien hin: es gehörte zur Dynamik des amerikanischen politischen Lebens. Die gegenseitige Kontrolle der Parteien, ihr Wettbewerb um die Gunst der öffentlichen Meinung, der natürliche psychologische Wechsel in Ermüdung und Hoffnung den beiden Parteien gegenüber bei den einzelnen Wählern, nicht zuletzt auch die nationale Sportleidenschaft für zwei um den Sieg kämpfende Gruppen, ließen ein anderes als ein Zweiparteiensystem nicht aufkommen. So viele Sonderbestrebungen und Sonderinteressen in dem sozialen Gefüge hervortraten, das sich über einen Kontinent ausbreitete, die verschiedenartigsten Rassen und Nationen umschloß und in der Umbildung vom vorwiegenden Agrarstaat zum vorwiegenden Industriestaat begriffen war: nie ist ein Zerfall der beiden großen Parteien in Gruppen und Grüppchen von Sonder- und Splitterparteien möglich gewesen. Die partikularen Interessen mußten versuchen, wenn sie überhaupt zur Geltung kommen wollten, in den bestehenden Parteien sich Einfluß zu verschaffen.

Es hat nicht an Versuchen gefehlt, „dritte Parteien", wie man in den Vereinigten Staaten sagt, zu gründen und zu entwickeln. Sie sind bisher alle gescheitert: the Antimasonic Party, the Know-Nothings, the Free Soil Party, the Greenback Party, the Populist Party, the Prohibition Party, the Progressive Party und dazu die verschiedenen Arbeiterparteien. Nie haben diese „dritten" Parteien einen Sieg in der nationalen Politik über die beiden historischen Parteien erringen können; ihre Bedeutung blieb — in den günstigen Fällen — darauf beschränkt, daß sich die großen Parteien ihre Forderungen bis zu einem gewissen Grade zu eigen machten, um dadurch das Aufwachsen einer neuen Partei in ihren Anfängen zu ersticken. Gerade der Wettbewerb der beiden das nationalpolitische Leben bestimmenden Parteien nötigte diese, rechtzeitige neue Bewegungen in der öffentlichen Meinung zu ihren Gunsten aufzufangen.

So haben „Republikaner" und „Demokraten" vom Bürgerkrieg bis zur Gegenwart das parteipolitische Feld beherrscht, einander abwechselnd, aber doch nicht gleichmäßig, sondern so, daß den Republikanern, die im Bürgerkrieg ihre Ideen zum Siege geführt hatten, nur zeitweilig die Herrschaft entrissen werden konnte: in der Präsidentschaft unter Cleveland 1885 bis 1889 und 1893 bis 1897, und unter Wilson 1913 bis 1921; im Senat und im Abgeordnetenhaus dagegen abwechslungsreicher zu verschiedenen Zeiten.

*

Das Eigentümliche in der Entwicklung der beiden großen amerikanischen Parteien im letzten halben Jahrhundert ist ihre fortschreitende Annäherung aneinander in ihren Programmen gewesen. Eine seltsame Erscheinung! So heiß und so scharf die beiden rivalisierenden Organisationen widereinander kämpfen — in ihren vor der Öffentlichkeit verkündeten Zielsetzungen können Unterschiede kaum noch wahrgenommen werden. Man spricht heute von dem „Rätsel der Parteien", „the riddle of the parties". Denn sie scheinen Träger derselben Ideen zu sein: der amerikanischen Ideen, d. h. aller der Tendenzen, Programme und Meinungen, welche eine große Zahl der amerikanischen Wähler für sich gewinnen können. Die geringe soziale Differenzierung innerhalb der amerikanischen Gesellschaft hat eine solche programmatische Annäherung der Parteien möglich gemacht. Aber von den Rückwirkungen der Gleichartigkeit amerikanischer Menschen auf die Parteiideologie abgesehen, muß zum Verständnis dieser Erscheinung auch das innere Wesen der gegenwärtigen amerikanischen Parteien, ihre „Struktur", erfaßt werden.

Wir fragen uns zunächst, welche Aufgaben die Parteien im politischen Leben der amerikanischen Demokratie haben? Wir haben von der amerikanischen Verfassungskonstruktion gesprochen: Zerteilung der Staatsgewalt, Zerlegung der praktischen Souveränität des Volkes, rivalisierende Autoritäten, Vervielfältigung der Willenszentren, Hemmungen und Schranken der Mehrheiten und der Regenten. Durch dieses liberale, der weitreichenden Unabhängigkeit des Individuums dienende Staatsrechtssytem wurde eine faktische Souveränität im Staate aufgehoben. Irgendwo aber mußte aufs neue eine Konzentration der Herrschaft in das übermäßig gespaltene System eingefügt werden. Es mußte an Stelle des „schlafenden" Volkssouveräns eine Regierung außerhalb der verfassungsmäßigen Organe hergestellt werden, die alle auseinandergelegten Zweige der Staatsgewalt in einer Willensrichtung zusammenführte, eine „unsichtbare Regierung", „an invisible government". Die Demokratie erzeugte durch ihr Mehrheitsprinzip die Herrschaft der Parteiorganisationen; zugleich war damit ein gewisses Maß von Regierungsverantwortung geschaffen. Der „division of power" war eine neue „concentration of power" entgegengestellt.

Woodrow Wilson hat in einer Untersuchung des amerikanischen Systems diese Erscheinung festgestellt: „Wir haben außerhalb der Regierung aufgerichtet, was wir innerhalb der Regierung einzurichten uns fürchteten: konzentrierte Macht, Verwaltung, Kontrolle, die Ernennungs- und Entlassungsgewalt." Und er fährt in der Charakterisierung der Parteiführung fort: „Es sind Leute, die oft außerhalb der Regierung stehen, kein Amt bekleiden, nicht um Stimmen werben und für ihre Tätigkeit durch geheime Vorgänge ausgewählt werden, die zu kontrollieren das Volk nicht imstande ist." Und weiter, über das daraus entwickelte Wesen der amerikanischen Gesetzgebung: „Fast die ganze Gesetzgebung wird in den Schreibstuben der Bosse entworfen, in Ausschußsitzungen erörtert, ohne Debatte im Kongreß angenommen; Gesetzesvorschläge, welche die Maschine und ihre Auftraggeber nicht wünschen, werden in den Ausschüssen erstickt; Maßnahmen, welche sie wünschen, werden vorgelegt und durchgepeitscht ... Anstatt eine wahrhaft repräsentative Regierung zu haben, haben wir ein undurchdringliches Organisationsdickicht, das zwischen dem Volk und der Regierung steht." „So hat das amerikanische Volk" – schreibt zusammenfassend ein anderer Kritiker – „während es versuchte, die Regierung durch den Stimmzettel zu kontrollieren, eine sorgfältig ausgearbeitete Parteiorganisation geschaffen als Maschine für die Ämterbesetzung und die Beuteverteilung ... Je mehr die Wahlämter und die Wahlen vermehrt wurden, um so mächtiger wurden die Parteien ... Aus Volksregierung ist Regierung durch Parteimaschinen geworden" (Beard).

Mit dieser Kritik Wilsons, Beards und vieler anderer am amerikanischen Regierungssystem treten wir nun in eine nähere Untersuchung des Aufbaus der amerikanischen Parteien ein. Zwei Organisationen stehen vor uns, die um den Besitz der Macht in den Parlamenten, Ämtern und Gerichten in den Einzelstaaten und in der Union kämpfen. Die Programme dieser beiden Organisationen sind kaum noch zu unterscheiden, denn in ihnen ist alles aufgenommen, was von ansehnlichen Gruppen des Volkes begehrt werden könnte. Die Unterscheidung der Parteien ist besser von der historischen, der sozialen und ökonomischen Seite möglich. Die traditionelle Bindung des Wählers an seine Partei ist in den Vereinigten Staaten eine weitreichende; der politisch konservative Sinn des angelsächsisch geformten Menschen spricht uns hier an. Die soziale Unterscheidung kann in rohen Umrissen dahin gekennzeichnet werden, daß der großgrundbesitzende Pflanzer des Südens und Teile des großstädtischen Proletariats im Norden in der demokratischen Partei zusammenstimmen, während sich in der republikanischen Partei Farmer des Westens und die kapitalistische Unternehmerschicht begegnen. In europäischen Verhältnissen erscheint eine solche politische Verknüpfung von Junker und Proletarier auf der einen Seite und Kapitalist und Bauer auf der andern Seite eine Unmöglichkeit; nur die geschichtliche Entwicklung der Parteigegensätze kann einen solchen Tatbestand erklären. In der Wirtschaftspolitik sind wesentliche Unterschiede in bezug auf den Zolltarif und die

Währungsfrage hervorgetreten; die Silberfrage spielt aber heute keine Rolle mehr, und die Zolltarifkämpfe haben im Ausmaß der Spannungen vieles verloren. In der Staatsauffassung kann man wohl noch etwas von den in den beiden ursprünglichen Parteien wirkenden Absichten erkennen: die Anhänger Hamiltons und die Anhänger Jeffersons, Föderalisten und alte Republikaner, neigten zu den konservativen oder den liberalen, zu den nationalen oder partikularistischen, zu den mehr kapitalistischen oder zu den mehr kleinbürgerlichen Prinzipien. Nach der „Ära des allgemeinen Wohlwollens" erschien dieser im letzten Grund der politischen Überzeugungen angelegte Gegensatz aufs neue in den mehr im Osten ansässigen älteren gesellschaftlichen Schichten, die parteipolitisch den Namen der Whigs annahmen, und in der radikaldemokratisch gesinnten jungen Pionierbevölkerung des Westens. Nach der Umschichtung der Parteien durch das Ferment der Sklavenfrage und den Auswirkungen des Bürgerkrieges lebte dieser alte Gegensatz der Prinzipien in den neuen Republikanern und den wiedererstandenen Demokraten weiter. In dem neuen Problemkreis, den die modernen Entwicklungen der Wirtschaftsweise gebildet haben, spitzen sich nun die Anklagen der Republikaner gegen die andere Partei dahin zu, daß sie zum Sozialismus tendiere, während die Demokraten ihren Gegnern die Förderung der Plutokratie zum Vorwurf machen.

Das ist ein wesentliches Charakteristikum des gegenwärtigen amerikanischen Parteiwesens, daß man Programm, Idee, Richtung und Ziel in den beiden Organisationen, welche die Staatsführung hervorbringen, nur an den geschichtlichen Überresten in den beiden Parteien wahrnehmen kann. Schreitet man zur Betrachtung der politischen Aktualität vor, so stoßen wir immer wieder auf die prinzipielle Unterschiedslosigkeit der großen Parteien. Heute sagt man wohl: „God made Democrats an Republicans, and that is all there is to it." Für die Geldmächte in den Vereinigten Staaten, die Wirtschaftsführung und die Leitung der großen Unternehmungen ist es gleichgültig, an welche der beiden Parteien die Unterstützungen gegeben werden. Es kommt nur darauf an, ob sie in Stadt, Kreis, Staat oder Union traditionell die Herrschaft innehaben. Wir haben viele Zeugnisse dafür. „Ja — wir unterstützen stets beide Parteien mit Geld. In New York, wo die Mehrheit der Demokraten immer zwischen 30 000 und 40 000 liegt, werfen wir es ihnen zu. In Massachusetts sind die Republikaner an der Reihe. Überall, wo eine herrschende Partei oder eine bedeutende Mehrheit existiert, erhält sie die Beiträge. Denn das ist die Partei, welche die Lokalpolitik beherrscht", so lautete die Aussage des Zuckerkönigs Havemeyer. „Wir sind Demokraten in New York und Republikaner in Kalifornien", hat ein anderer Industrievertreter vor dem Senat erklärt. Für die großen Geldgeber der Parteien ist es gleichgültig, welche der beiden Parteien regiert!

Hier betreten wir den Weg, der uns zu der Frage der Käuflichkeit, Bestechlichkeit und Korruption der Parteien führt; in diese Frage ist eingeschlossen das Problem der Organisation, des Aufbaues und der Struktur der amerikanischen Parteien.

Um den Unterschied der europäischen und amerikanischen Erscheinungen auf diesem Gebiet zu verstehen, muß man sich vergegenwärtigen, daß in den Vereinigten Staaten, wie bereits ausgeführt, kein parlamentarisches System besteht: Regierung und Verwaltung des Staates, ebenso wie das Richtertum, gehen nicht aus einer direkten oder indirekten politischen Wirksamkeit der Volksvertretungen hervor. Alle Regierenden und eine sehr erhebliche Zahl der Beamten werden direkt von den Wahlberechtigten gewählt oder von diesen so Gewählten, unabhängig von den Parlamenten, ernannt. In der Organisierung öffentlicher Wahlen durch den vorherigen Zusammenschluß von Wählern handelt es sich also um viel mehr als in dem europäischen System. Die „Beute", die die siegende Gruppe bei den Wahlen heimbringen kann, ist unvergleichlich viel größer als bei Wahlen in England, Frankreich oder Deutschland.

In den beiden ersten Generationen, als auch das amerikanische Leben, den gesellschaftlichen Verhältnissen entsprechend, einen noch mehr aristokratischen Charakter aufwies, war die Ausübung der Beamtenernennung noch vertrauensvoll den Führern überlassen, wie es auch dem Sinn der Verfassung entsprach. Mit der großen demokratischen Revolution am Ausgang der zwanziger Jahre vollzog sich darin ein völliger Wandel. Man kämpfte die Wahlen, die zum Durchbruch der modernen amerikanischen Demokratie führten, mit dem Schlagwort gegen den „Caucus", das hieß gegen die Kandidatenauswahl und Ämterbesetzung durch die im Kongreß bestehenden Fraktionen. Der Verband der Parlamentarier führte die Parteien, in der „Aera of good feeling" der e i n e republikanische „Caucus". General Jackson, der Liebling der westlichen Pionierbevölkerung und der jungen Fabrikarbeiterschichten im Osten, leitete den Sturm gegen diese Bastion und brachte sie zu Fall. Die Parteileitung durch den parlamentarischen „Caucus" war tot. Die Masse selbst wollte das politische Geschäft in die Hand nehmen. Jetzt drang das allgemeine Wahlrecht durch, die Rücksicht auf den Besitz fiel weg. Auch die Parteitagungen wurden demokratisiert: sie sollten große öffentliche Angelegenheiten werden! Der Grundsatz des Westens kam zur Anerkennung und zur Anwendung: ein Mann ist so gut wie der andere; jeder echte freie Amerikaner kann jedes Amt verwalten, denn er gebraucht dazu nur einen gesunden Menschenverstand; eigentlich kann, bei dieser gleichen Eignung aller, jeder amerikanische Bürger den Anspruch erheben, einmal ein Amt zu verwalten! Berufung auf die notwendige Ausbildung des Fachmanns galt diesen triumphierenden Massen als aristokratische Rückständigkeit. Der draufgängerische

Westen hielt sich an den Satz: „Dem Sieger die Beute." Nach dem Regierungsantritt Jacksons wurden die Beamten der Union – und in den Staaten wiederholte sich das in noch gesteigerter Weise – massenweise entlassen, um den Anhängern des neuen Präsidenten Platz zu machen. „The spoils to the victor", hieß es, und 1832 nach der Wiederwahl von Jackson: „rotation in office", d. h. häufiger Wechsel in der Ämterbesetzung! Mit der Macht der neuen Massen kam nun auch die neue Massenagitation; nicht mehr so sehr an das Individuum richtete sich die Werbetätigkeit der Parteien – denn die neue Gegenpartei der „Whigs" war genötigt, die gleiche Kampfweise anzunehmen, obwohl sie ihr prinzipiell feind sein mußte –, sondern an die Massen unmittelbar. Die Methoden der Massensuggestion fanden ihre erste große Anwendung: Paraden und Aufzüge, Musik und Schreichöre nahmen den Vordergrund der Wahlkämpfe ein. Die Zeiten bereiteten sich vor, da Amerika mit seinen Schreirekorden für die Präsidentschaftskandidaten das Erstaunen der Welt erregen sollte.

Die Zerlegung der Verantwortung in der Staatsführung hatte in Amerika noch einmal einen Fortschritt gemacht. „The spoils to the victor", „rotation in office" – das waren Grundsätze, die nun innerhalb der Parteien das zur Notwendigkeit machten, was sich innerhalb der amerikanischen Demokratie mit der Gewaltentrennung als unentbehrlich erwiesen hatte: die Organisation eines alles durchdringenden Willens außerhalb der verfassungsmäßigen Organe. Die großen Parteitage mit ihren zahlreichen Vertretern aus den Distrikten, welche die Listen der Kandidaten für Ämter und Parlamente aufzustellen und die programmatischen Kundgebungen des zu befolgenden politischen Kurses zusammenzustellen hatten, bedurften einer festen Leitung von außen. Wollte man aber die Fiktion eines spontanen Massenwillens aufrechterhalten, so mußte diese Leitung verborgen bleiben. Durch den Jacksonschen Sieg des Westens war der Aberglaube an die Autorität der allgemeinen, der öffentlichen Meinung ins Unbegrenzte gesteigert worden. „Volkes Stimme – Gottes Stimme", dieses gläubige demokratische Wort war allenthalben in Amerika verbreitet.

Mit der Massendemokratie, welche die Volksführer aristokratischer Art beseitigt hatte, wurde der Berufspolitiker eine Notwendigkeit. Die eigentlich englische Tradition kannte diesen Typus nicht; dort blieb, auch als die Wahlrechtserweiterungen kamen, das Führertum in dem politischen System das maßgebende Moment, so daß auch in der fortschreitenden Demokratisierung der historisch-aristokratische Grundcharakter erhalten werden konnte. In Amerika dagegen verschwand die Partei- und Staatsführung völlig ins Anonyme; die für die Öffentlichkeit entscheidungsvollen Parteitage wußten nicht, wem sie gehorchten; die Öffentlichkeit erfuhr nicht, nach wessen Anleitung Gesetze gemacht wurden, wer entscheidend auf die Beamtenernennungen einwirkte und von woher die Verwaltungstätigkeit ihre Richtung erhielt. Auf der Basis der Jacksonschen Demokratie hat sich jener Zustand herausgebildet, dessen Charakterisierung durch Wilson wir kennenlernten.

Für die Fortentwicklung der „unsichtbaren Regierung" waren die Umstände in den ersten Jahrzehnten nach dem Bürgerkrieg besonders günstig. Der Krieg gegen die demokratischen Südstaaten hatte der republikanischen Partei das Regierungsmonopol in der Union für eine lange Zeit verschafft. Drängte die demokratische Opposition zu weit vor, so genügte es, „das blutige Hemd zu schwingen", „to wave the bluddy shirt", d. h. bei den Wählern die Erinnerung an den Krieg gegen die Rebellen wachzurufen und, zur Unterstützung solcher Gefühlsaufwallungen, durch Gesetzgebung für immer reichlichere Pensionsdotierungen aller derjenigen zu sorgen, die man nur irgendwie mit dem Kriegsdienst in Verbindung bringen konnte. So ist für eine lange Zeit praktisch das Einparteiensystem zur Geltung gekommen, und im Schatten solcher unkontrollierten Regierungen war ein breiter Raum für die Ausbreitung der Korruption gegeben. Die Leitung der politischen Geschäfte lag in den Händen anonymer Persönlichkeiten; es fehlte nach der Beendigung des Krieges an großen politischen Problemen, die das öffentliche Interesse hätten erregen können. Die großen Aufgaben, die der Nation vor Augen standen, lagen alle auf der Bahn der Wirtschaft: dorthin drängten die Begabungen, um die neuen großen Unternehmungen eines industriellen Zeitalters ins Leben zu rufen. Die gleichzeitig fortschreitende Besiedlung des Westens durch eine noch immer massenhaft hereinströmende Einwanderung sorgte für das Wachstum des inneren Marktes, so daß die Inangriffnahme einer großzügigen imperialistischen Exportpolitik mit der Heraufführung neuer außenpolitischer Probleme, die auch das Leben der Parteien ergreifen mußten, hintangehalten werden konnte. Das Sonnenwetter einer ungeahnten Prosperität lag über dem Kontinent. Wer mochte sich politischen Sorgen hingeben? Wer seine Zeit unfruchtbar hinbringen mit dem Eindringen in die Geheimnisse der Herrschaftsmethoden verborgener Cliquen? Für den ökonomischen Emporkömmling galt in diesen Verhältnissen der menschenfreundliche, über Gut und Böse hinweggehende Satz: „Leben und leben lassen." Der klassische amerikanische Optimismus glitt in diesen Zeiten unbegrenzter Möglichkeiten über kleine politische Tagessorgen hinweg. Mit den Aufgaben des ökonomischen Fortschritts konnten die Probleme, welche die Politik zu lösen gab, nicht wetteifern; war nicht auch in der Verfassung von 1787 der politischen Weisheit letzter Schluß gezogen, nachdem nun endlich auch noch diese e i n e die Nation bedrückende Sklavenfrage ihre Lösung gefunden hatte? Die Jahrzehnte nach dem Krieg hatten ein politisches Klima geschaffen, in dem die „unsichtbare Regierung" mit den großen vorwärtsdrängenden Wirtschaftskorporationen eine enge Verbindung eingehen konnte, ohne von der meist gleichgültigen Öffentlichkeit in der Nutzbarmachung dieser korrupten Verflechtung gestört zu werden. Unter diesen Verhältnissen kam auf dem Boden des amerikanischen Parteiwesens der Typ eines Geschäftspolitikers zur Entfaltung, den die Alte Welt in dieser Form nicht hat hervorbringen können. Der „Boß" reihte sich als eine der markantesten Erscheinungen den neuen sozialen Gestalten eines demokratischen Weltzeitalters an.

*

Diesen amerikanischen berufsmäßigen Geschäftspolitiker haben wir nun näher kennenzulernen. Es ist ein Mann, der außerhalb der eigentlichen „politischen" Arbeit steht: selten nur übernimmt er ein Amt oder ein Abgeordnetenmandat. Von seinem Büro, von einem Hotelzimmer aus leitet er sein „Geschäft". Für den „Boß" in seiner am reinsten ausgeprägten Form ist die Politik nicht eine Angelegenheit des Staates, der Herrschaft, der Macht, der Führung, der Gestaltung, sondern ausschließlich eine Sache des Verdienens. Den Unternehmungssinn seiner Nation wendet er auf dem Felde der Politik an. In seinen Erfolgen will er nicht als Politiker, sondern als ein Organisator von Gewinnen, als ein Mann von Einkommen gewertet werden. Er meint mit dieser Forderung, amerikanisch beurteilt zu werden; der Erfolg ist Schiedsrichter über den Sinn des Lebens. Dieser Mensch kennt nicht die politische Dämonie. Ihn bestimmt der Erwerbstrieb, nicht nur der alltägliche um des Besitzes willen, sondern der höhere amerikanische um des siegreich fortschreitenden Erwerbes, ja um des Sporthaften in der Reichtumssammlung und Reichtumshäufung willen. Der große „Boß" kann die Ausmaße eines bedeutenden Charakters erwerben; der Masse der kleinen Bosse fehlt jede Spur von Größe, Bedeutung, Stil. Sie sind in der Politik „to earn a living": sie verschaffen sich einen Lebensunterhalt und weiter nichts.

Was ist es nun, was der „Boß" verkauft, und an wen verkauft er? Der Boß baut innerhalb einer der beiden Parteien eine sogenannte „Maschine" auf; d. h. er gewinnt die „Kontrolle" — das ist das amerikanische Wort für das Wort „Herrschaft", das in dem liberal-demokratischen Lande gern vermieden wird — über einen bestimmten Teil der Wählerschaft, über Beamtenstellen und Beamte, über Abgeordnete und Richter, zunächst in kleinen und kleinsten Distrikten; denn auch der „Boß" muß von der Pike auf dienen. Dann, wenn ihm gute Erfolge beschieden sind, in immer größeren und weiteren Abschnitten, bis er schließlich vielleicht zu dem kleinen Kreise derer gehört, welche die nationale Politik kontrollieren: Senat und Abgeordnetenhaus unter Umständen auch, mehr oder weniger weitgehend, die Verwaltung des Präsidenten. Besitzt der „Boß" einen Apparat, den er so gut wie zur Verfügung hat, dann kann er zu jedem großen Geschäftsunternehmen gehen oder warten, bis deren Beauftragte zu ihm kommen und sich nach den gesetzgeberischen oder verwaltungsmäßigen Wünschen der „Korporation" erkundigen. – Um was für Wünsche kann es sich da handeln? Um Zollsätze für ein bestimmtes Gewerbe, um die Gewährung von Staats- oder Gemeindekonzessionen, um Aufträge der öffentlichen Hand, um Veränderungen in einem Bankgesetz, um den Arbeitsmarkt betreffende Verordnungen, um ein Urteil in einer Zivilsache u. s. f. Der Staat ist die Partei, und die Partei bin ich – so kann der „Boß" zu dem Unternehmer sagen: was zahlst du? So leben der Boß und seine Anhänger und Kreaturen in der Maschine von den Tributen, die sie von der Wirtschaft erheben.

Um dieser „politischen" Geschäftsführung weitere Möglichkeiten zu geben, haben auch Ringbildungen zwischen verschiedenen „Maschinen" stattgefunden; so konnte der Wirkungskreis der Bosse durch Verbindungen zugleich erweitert und gesichert werden. Die Wirtschaftsführer aber gerieten sogar in ein gewisses Maß von Abhängigkeit von erpresserischen inoffiziellen Parteiführern. Hören wir noch einmal Woodrow Wilson: „Seit ich in die Politik gegangen bin, hat man mir seine [des Parteiführers] Ansichten meist nur privatim mitgeteilt. Einige der bedeutendsten Männer in den Vereinigten Staaten, auf dem Gebiet des Handels und der Industrie, haben Angst vor jemandem, haben Angst vor etwas. Sie wissen, es gibt irgendwo eine Macht – so organisiert, so zusammenhängend, so vollständig, so durchdringend, daß es besser ist, nur leise von ihr zu sprechen, wenn man kritisch von ihr spricht."

„Patronage, pork and spoils" – das sind in der amerikanischen Sprache die Mittel, mit denen die Macht der unsichtbaren Regenten Amerikas aufgebaut und erhalten wird. Ein erfahrener und sorgfältig forschender amerikanischer Gelehrter, Charles Edward Merriam, gibt uns folgende Erläuterungen über das Wesen der „Maschine": „Die Bemühung eines jeden Boß, groß und klein, ist zunächst auf das Ziel gerichtet, eine Gruppe verläßlicher Mitarbeiter um sich zu sammeln, die ihre Wahl oder ihre Ernennung ihm verdanken, eine Gruppe von Männern, die durch Beförderung belohnt oder bestraft werden können durch Entlassung oder andere geeignete Mittel der Disziplin. An diese Männer hält er sich in der Fortentwicklung seiner Macht, und jene halten sich an ihn für neue Möglichkeiten und weiteres Vorwärtskommen. Zum größten Teil auf dieser Basis werden Bündnisse gebildet, verändert und aufgelöst. Die Mitglieder der aus Stellenvergebung aufgebauten Maschine bilden eine geeignete Armee, gewöhnt an alle Arten politischer Kriegführung. Sie sind im Gehorchen geschult und an Dienst gewöhnt; sie werden zusammengehalten durch das unmittelbare Band des persönlichen Interesses. Sie bilden eine stehende Armee, gegen die frische Rekruten nicht anstürmen können, es sei denn in Zeiten einer politischen Revolution. Durch Eifersucht gespalten, die im Bereich der Politik in einem erstaunlichen Ausmaß auftritt, bereit zu weitreichenden Intrigen gegeneinander, bilden sie doch eine allgewaltige Schar, wenn sie sich zu geschlossenem Vorgehen in einer Vorwahl oder in einem Wahlkampf zusammengetan haben. Mit unendlicher Geduld und mit unglaublichem Geschick ist dieses Netz hin und her gesponnen, bis jeder Punkt auf der politischen Karte davon berührt wird. Jeder Distrikt, jede Grafschaft, jedes Stadtviertel, jede Gemeinde und jeder Bezirk wird davon berührt. Aber die Verteilung der 'Patronage' ist nicht nur geographisch bestimmt. Man dringt in die verschiedenen Schichten der Gesellschaft ein. So weit möglich, findet jedes Interesse seine Vertretung: ob national, religiös, territorial, geschäftlich, bruderschaftlich, kulturell, klassenmäßig oder sonstwie. Der Protestant, der Katholik, der Jude, der Pole, der Deutsche, der Ire, der Italiener, der Skandinavier, der Amerikaner, der Unternehmer, der Gewerkschaftler, der Bankier, der öffentlich-rechtliche Betrieb, der Angestelltenverband, die Gewerkschaft, der Bodenspekulant, der Farmer, der Bergmann, der Angehörige eines freien Berufes, der Norden, der Süden, der Osten und der Westen, das Gebirge, die Küste und das Tal — sie alle sind eingebunden in ein schlau erdachtes Gebilde. In jede Gruppe von Einfluß ist der Faden der 'Patronage' eingesponnen. Wenn möglich, ist ein Vertreter der 'Organisation' an jeden Mittelpunkt gesetzt, von dem Einfluß ausstrahlt, vorzugsweise natürlich ein Agent, der Stimmen 'liefern' kann und sie auch wirklich liefert und der als Gegenleistung für seine Stelle Einfluß auszuüben vermag."

So sind in dieser amerikanischen Demokratie Organisationen innerhalb der politischen Parteien entstanden, die in weitgehendem Maße Staat und Gesellschaft beherrschen, um Staat und Gesellschaft auszubeuten. Nicht Dienst an der Allgemeinheit kann ihr eigentlicher Zweck sein, sondern Verdienst für alle, die einen Anteil an der „Maschine" haben.

Von denen, die die „Patronage" des Boß begünstigt, werden außer der „politischen" Arbeit auch geldliche Leistungen an den Boß verlangt. In Philadelphia erfuhr man im Jahr 1913, daß von den Beamten und Angestellten der Stadt, die mit Hilfe der „Maschine" ihre Stellungen gewonnen hatten, je nach der Höhe des Gehaltes von 600 bis 12 000 Dollar jährlich, der Betrag von 3 bis 12 Prozent, also von 18 bis 1440 Dollar abzuliefern war; 94 Prozent der städtischen Angestellten bezahlten regelmäßig diese Abgabe an den „Boß" und die „Maschine"; wer nicht zahlte, wurde durch einen andern ersetzt; in den zehn Jahren von 1903 bis 1913 sind über vier Millionen Dollars auf diese Weise eingekommen. Von den Bewerbern für besonders wichtige und einflußreiche Stellungen werden oft noch besondere Leistungen verlangt, die neuerdings in der Höhe von 5 000 bis 25 000 Dollar für das einzelne Amt angegeben werden.

Werden mit dieser Methode — „assessment" — die Nutznießer der „Maschine" besteuert, so ist ein anderes vielgebrauchtes Mittel der Bereicherung, durch Ausgabengesetze Geld aus der Staatskasse zu ziehen. „The pork barrel" (das Faß mit Schweinefleisch) ist der hierbei angewandte Fachausdruck. In der kurzen Sitzungsperiode des 63. Kongresses (1915) wurden 244 Gesetze angenommen, von denen es sich bei 239 um „patronage and pork" handelte. In den sieben ersten Tagen des 64. Kongresses wurden 6090 „private pension and claim bills" eingebracht, die zum größten Teil den Interessen der „Maschinen" und ihrer Klientel dienen sollten. Es mag sich jeder im einzelnen ausmalen, wie durch Überbezahlung nötiger und unnötiger Bewilligungen die Staatskassen ausgebeutet werden können.

Hier wird man die Frage erheben: wo bleibt nun der Nutzen des Zweiparteiensystems, welches Verantwortung und Kontrolle der Regierenden sichern soll? Wir haben bereits die Abkehr des öffentlichen Interesses von der Parteipolitik geschildert: vom Bürgerkrieg bis zur Jahrhundertwende gab es keine die Nation tiefer ergreifenden politischen Probleme. Die beiden fortbestehenden Parteien aber verloren den ideellen Grund ihrer Existenz; sie gerieten, was in vielem schon vorbereitet war, in die Hände der Berufs- und Geschäftspolitiker, welche die für die Gestaltung einer einheitlichen Staatsführung bestimmten politischen Organisationen in Instrumente zur persönlichen Bereicherung verwandelten. Das Verhältnis der Parteien zueinander ist dadurch gänzlich verwandelt worden. Immer wieder begegnet man Beispielen, daß parteipolitisch entgegengesetzte „Maschinen" sich zusammenschlossen, sobald es galt, einen Angriff von Staatsmännern, Zeitungen und Wählern gegen das Beutesystem, gegen Korruption und Käuflichkeit abzuwehren. „Oh", meinte ein demokratischer Boß über das Verhältnis zu den Republikanern, „wir kämpfen ein wenig über kleine Angelegenheiten, wie Zolltarifsätze, in der Hauptfrage aber stimmen wir überein, daß die, die in Politik machen, das Recht haben, sich ein Lebensverdienst daraus zu verschaffen." Die bestehenden Parteien geben sich nicht dazu her, das System als solches anzugreifen und zu zerstören. Lynn Haines, der Leiter einer Reformliga, der zwölf Jahre lang das Treiben im Kongreß beobachten konnte, schildert den Zustand der amerikanischen Demokratie folgendermaßen: „Niemals zu irgendeiner Zeit oder in irgendeinem Lande im ganzen Ablauf der Weltgeschichte hat es eine Periode politischer Verderbnis gegeben, vergleichbar derjenigen, in welcher sich diese Nation befindet ... Immer war es dieselbe Art von Korruption: die Unterordnung der Politik unter persönliche Interessen ... Repräsentative Regierung bricht zusammen. Strenge, furchtlose, unerschütterliche Ehrlichkeit in öffentlichen Ämtern ist fast mehr Ausnahme als Regel. Gerechtigkeit wird zu einem Schein. Die nationale Moral ist unterhöhlt. Es gibt keine Volksregierung, sondern eine unsichtbare Regierung."

Zum Verständnis der Boß- und Maschinenregierung, unter dem Mantel von Partei und Demokratie, ist es notwendig, auch die Versuche kennenzulernen, die diejenigen angestellt haben, welche an der Grundidee einer freien Volks- oder doch Mehrheitsregierung als amerikanische Patrioten festhalten wollten. Zunächst muß noch einmal bemerkt werden, daß die Gesamthaltung der Nation dem Treiben der Parteipolitiker gegenüber weitgehend die der Gleichgültigkeit ist. Man nimmt die Verhältnisse als gegeben hin und geht seinen eigenen Geschäften nach. Auch neigt man in diesem jungen Lande nicht dazu, Mängel der gesellschaftlichen Einrichtungen allzu tragisch zu nehmen; die Welt wird daran nicht zugrunde gehen; kommt es zu schlimm, dann werden wir es schon zu beseitigen wissen; wir haben die Tasche voll Dollars, laßt diese armen Teufel doch auch etwas verdienen: „Keep smiling" — dieses amerikanische Zauberwort hilft auch über den Pessimismus gegenüber den Parteiverhältnissen hinweg. Auch darf man nicht übersehen, daß das Volk dazu neigt, aus einem erfolgreichen Boß einen kleinen Helden zu machen; man amüsiert sich darüber, was für verteufelte Kerle doch dabei sind, die ihr Geschäft wahrhaftig verstehen; mit welcher Spannung liest man in den Zeitungen, wenn Boß Murphy in New York von irgendeinem Hotelzimmer aus durch seine Schachzüge und Befehle einen ganzen Parteitag lenkt und dorthin leitet, wohin er ihn haben will. Und dann kommt bei dem amerikanischen Staatsbürger, der die Verhältnisse seines Landes betrachtet, ein Sprung auf eine ganz andere Ebene hinüber — ein Sprung, der von den Drahtziehern, welche öffentliche Meinungen machen, immer wieder gestützt und gefördert worden ist: Amerika ist das Musterland der Demokratie! Wir zeigen der Welt, was ein Volk mit Selbstregierung vermag! An unseren Institutionen lassen wir nicht rütteln! Und nach außen gerichtet — auch das gehört in diesen Zusammenhang — konnte der scharfe innenpolitische Kritiker Wilson auf die Fahne seines Kreuzzugs nach Europa schreiben: „Make the world safe for Democracy." So erstickt allzuoft im Nebel der Selbstbeweihräucherung jede Massenbewegung der politischen Reform.

*

Ist damit die Haltung der Massen gegenüber der Erscheinung der amerikanischen Parteikorruption gedeutet, so sind von engeren Kreisen, die sich für reinliche Verwaltung und Gesetzgebung einsetzten, doch schließlich Bewegungen in Gang gebracht worden, die den tödlichen Streich gegen Boß und Maschine bringen sollten. Zwei Methoden sind in diesen verschiedenen Unternehmungen und Reformen zu unterscheiden: Entweder man versucht, die Verderbnis der Demokratie durch mehr Demokratie oder durch weniger Demokratie zu heilen und den Staat wieder gesund zu machen. Mehr Demokratie, das heißt zunächst: dem Volk das zurückgeben, was ihm genommen worden ist. Der bundesstaatliche Charakter der Union mit gesicherten Rechten der Einzelstaaten ermöglicht es, das Feld des politischen Experimentes zu beschreiten. In 48 Staaten kann man die Fortentwicklung der Demokratie auf verschiedenen Wegen versuchen; Experimente können an anderen Stellen wiederholt werden, bis die rechte Form gefunden ist, den Staat von der Pest seiner heimlichen Tyrannen zu befreien. Zunächst ist der Gedanke der, dem Wähler Angriffsmöglichkeiten auf Boß und Maschine zu verschaffen. Man will es versuchen mit direkter Volksgesetzgebung gegen die korrupten Parlamente: Referendum und Volksbegehren werden eingeführt in den Staaten, in denen die Reformbewegung sich durchsetzen kann. Die Erscheinung korrupter Beamter hofft man beseitigen zu können durch die Einführung des Volksbegehrens zwecks Absetzung von gewählten oder ernannten Staatsdienern (recall). So hofft man, die verdorbene Gesetzgebung der bezahlten und gekauften Gesetzgeber, die bestochenen Beamten und Richter auf dem Wege von Volksabstimmungen beseitigen zu können. Die von manchen erwarteten Wunderwirkungen der direkten Demokratie sind, bei der bisher doch nur verhältnismäßig geringen Anwendung, ausgeblieben.

Sehr viel wichtiger und interessanter als die nur stellenweise Einführung von Initiative, Referendum und Recall ist ein anderer Reformgedanke geworden, der sich weithin ausgewirkt hat: nämlich die Wahlen innerhalb der Parteien unter die staatliche Kontrolle zu stellen. Um das durchführen zu können, war ein gleichsam revolutionärer Schritt, der Einbau der Parteien in das Verfassungsrecht, unvermeidbar. Die ursprüngliche Demokratie hatte die Parteien ignoriert, weil sie diese im Grunde nicht wünschte. Nachdem die Demokratie den Parteien völlig ausgeliefert worden war, war man, um diese zu kontrollieren, nun entschlossen, zur rechtlichen Anerkennung der politischen Parteien überzugehen. Es geschah durch die gesetzliche Einführung der sogenannten „Primaries", der Vorwahlen. Ohne auf die beachtlichen Unterschiede der „Primary-Gesetzgebung" in den einzelnen Staaten einzugehen, heben wir als das für unseren Zusammenhang entscheidende Moment heraus, daß durch die gesetzliche Regelung der „Vorwahlen" die Parteien zu direkten, geheimen und gleichen Wahlen bei der Aufstellung der Vorschlagslisten von Kandidaten für Parlaments- und Ämterwahlen gezwungen werden. Es handelt sich hier um den interessanten Versuch, die Parteien der Vereinigten Staaten für das Volk zurückzuerobern! „Democratize party organisation", d. h. die Parteien demokratisieren — ist das Schlagwort in dem Kampf für Einführung der „Primaries". Man hofft dadurch, das einzelne Parteimitglied gegen den Boß und die Maschine in der Partei stark zu machen. Die hinter Vorhängen zurechtgemachten Kandidatenlisten von seiten der Organisationen, wodurch die Wähler zu stummem Stimmvieh herabgewürdigt wurden, suchte man unmöglich zu machen. War das nicht der Punkt, wo man Boß und Maschine tödlich treffen konnte? Wenigstens gab man den Parteimitgliedern eine Möglichkeit, auf die Aufstellung der Kandidaten Einfluß zu nehmen. Damit griff allerdings die Gesetzgebung zum Teil tief in die Parteiorganisation selbst ein. Aber war das nicht gerechtfertigt? Ohne die Parteien war kein Wille im demokratischen Staat; sollte der Gesetzgeber nicht versuchen, auf diese wichtigste Stelle im Staatswesen einzuwirken? So sind die Wahlen innerhalb der Parteien öffentlich und für die verschiedenen Parteien gleichförmig gemacht und unter staatliche Aufsicht gestellt. In den Vorwahlen wird der Mehrheitswille hinsichtlich der verschiedenen Kandidatenlisten innerhalb der Parteien festgestellt; in den eigentlichen Wahlen wird dann um die Mehrheitsentscheidung der Gesamtwählerschaft zwischen den Parteien gerungen. Die Kosten der „Primaries" trägt der Staat. So weit die Kandidatenernennung noch auf Parteitagen vorgenommen werden darf, soll die Beschikkung der Parteitage durch Delegierte auch auf dem Wege regulärer „Primaries" vollzogen werden. Mit der Gesetzgebung für die „Primaries", die insbesondere in den Jahren 1903 bis 1913 durchgeführt worden ist, sind auch mancherlei Bestimmungen über die Rechnungslegung der Propagandafonds der Parteien getroffen worden: Jede Ausgabe ist durch Quittung zu belegen; eidesstattliche Erklärungen können gefordert werden; die Ausgabensumme wird durch eine gesetzliche Höchstgrenze beschränkt; wirtschaftlichen Unternehmungen ist es verboten, Wahlbeiträge zu leisten; ja, in einigen Staaten schreibt das Gesetz sogar vor, auf welche Weise der Parteiausschuß zusammengesetzt wird, dem es obliegt, das Programm der Partei für den Wahlkampf aufzustellen und auf welche Weise der Parteivorsitzende gewählt werden muß.

Nachdem einige Jahre ins Land gegangen waren, in denen mit der Regulierung und Beaufsichtigung der Vorwahlen Erfahrungen gesammelt werden konnten, mußte zum Leidwesen der enthusiastischen Reformer festgestellt werden, daß die Parteibosse noch immer da waren, daß die Maschinen weiter ihren Einfluß ausübten, daß sich der Charaktertyp derjenigen, welche in die Ämter gingen, nicht verändert hatte! Bei dem nicht größeren Interesse der Wähler für die „Primaries", als früher für die Hauptwahlen, war es dem Boß nicht schwer, auch diese Wahlen weitgehend zu bestimmen, es sei denn, daß es irgendwo gelang, eine lebhafte unabhängige Bewegung der Wähler aufzuregen. Im ganzen gesehen aber urteilt ein Mann wie Charles A. Beard: „Die Vorwahlen haben das Räderwerk unserer Wahlen nur noch vermehrt. Das trägt nicht dazu bei, die Verantwortlichkeit unserer Regierung einfach, klar und durchsichtig zu machen. Ja, es vermehrt sogar die Verwirrung und den Nebel, mit dem man die öffentliche Verwaltung verdunkelt." Die Reinigung der Parteien durch die Gesetzgebung war nicht geglückt; die „unsichtbare Regierung" regierte weiter in den Vereinigten Staaten.

Noch andere Reformen der amerikanischen Demokratie in der Richtung von „mehr Demokratie" begegnen uns. Wir müssen hier auch der Einführung des Frauenwahlrechts Erwähnung tun; sollten durch die Hinzufügung neuer Wählermassen einer besonderen Art nicht die philanthropischen Impulse in der Politik eine wesentliche Verstärkung erfahren, durfte man nicht auf eine zunehmende Reinigung der Parteipolitik rechnen? Das große Alkoholverbot, für das gerade die Frauen so leidenschaftliche Vorkämpfer waren, zielte nicht zuletzt auch darauf ab, den „Saloon", den Stehbier- und Whiskyausschank zu vernichten, jene Stätte, wo die Kleinarbeit, nämlich die am Wähler selbst, von den Unteroffizieren der „Maschine" geleistet wurde. Mit der Prohibition sind nun freilich an manchen Stellen wiederum neue Formen unterirdischer Verbindungen der örtlichen Parteiorganisationen entstanden, die tief in das Verbrechertum hineinführen.

*

Gleichzeitig mit den Versuchen, die Krankheit der amerikanischen Demokratie durch die Hinzufügung von „mehr Demokratie" zu heilen, ist in einigen Reformen auch der entgegengesetzte Weg eingeschlagen worden: die Demokratie einzuschränken, sei es in der Richtung, dem autoritativen Gedanken mehr Raum zu geben, sei es in der andern, das Wirkungsfeld der Demokratie zu verkleinern. Mit dem Durchbruch der radikalen Massendemokratie unter General Jackson war die Beamtenschaft den politischen Parteien ausgeliefert worden; die Ämter bildeten die „Beute", um die die Parteien seitdem gekämpft haben. Bis zu den Briefträgern hinunter wirkte sich dieses System aus; hatten die Demokraten über Whigs oder Republikaner den Sieg davongetragen, dann durften in den Vereinigten Staaten die Briefe auch nur noch von Demokraten ausgetragen werden! Es ist zu einem wesentlichen Teil den Amerikanern deutscher Abkunft zugute zu schreiben — welche aus ihrer Heimat die Erfahrung und den Sinn für ein unparteiisches, unbestechliches, fachmäßig vorgebildetes Beamtentum in die Neue Welt mitgebracht hatten — wenn sich gegen solche grotesken Auswüchse in der Auslieferung des Staates an die Parteien eine besondere Reformbewegung durchsetzen konnte. Als sich die große Pionierzeit des Westens ihrem Ende zuneigte — und es war der Einfluß des Westens gewesen, der der amerikanischen Demokratie diese Art der parteipolitischen Ausbeutung des Staates zugebracht hatte, — besann man sich darauf, die Parteikorruption dadurch einzuschränken, daß man zunächst vor allem die Bundesämter aus der Parteibeute herausnahm und einem auszubildenden Berufsbeamtentum europäischer Art übertrug. Heute ist diese Entwicklung so weit fortgeschritten, daß etwa 400 000 Bundesämter dem nichtparteipolitischen Berufsbeamtentum gehören, während nur noch ungefähr 15 000 den Parteien zur Verteilung an ihre Anhänger und Förderer bereitgehalten werden. Der ständige Einfluß der in der Partei organisierten Volksmehrheit auf weite Kreise der Staatsdiener ist durch diese sogenannte „Civil-Service-Reform" ausgeschaltet worden. Also: Weniger Demokratie!

Eine andere Einschränkung, welche die vom Volke gewählten Abgeordneten betrifft und welche in dieser Art nur in den amerikanischen Verhältnissen möglich ist, wurde durch die Erweiterung des Verfassungsrechtes und durch die damit gegebene Verkleinerung des Tätigkeitsbereichs der erwählten Gesetzgeber geschaffen. Wer die Verfassungsentwicklung der Einzelstaaten vom 18. bis zum 20. Jahrhundert verfolgt, beobachtet eine ständige Zunahme des Umfangs der Verfassungsurkunden. Aus wenigen Blättern sind Bücher geworden. Die Verfassung von Virginia aus dem Jahre 1902 ist zehnmal so lang wie die von 1776; die Verfassung von Louisiana besteht aus 45 000 Wörtern, diejenige von Oklahoma umfaßt 100 kleingedruckte Seiten. Der Souverän, das Volk, will die Staatsführung nicht mehr in dem Umfang wie früher den Volksvertretern überlassen, sondern selbst für möglichst viele Fälle vorsorgen und seinen Willen kundtun. Die neueren Verfassungen zielen auf eine Einschränkung der Gesetzgebungsmöglichkeiten und auch der Bewegungsfreiheit der Verwaltung hin. Auch hier ist die Idee sichtbar, Staat und Volk gegen die Ausbeutung durch die Regierenden zu schützen. Insbesondere haben die Farmerstaaten des Westens die Parlamentarier gefürchtet. Die Farmer sind erfüllt von Argwohn gegen die Korruption der Volksvertretung und hoffen, in einer gewissen Bauernschlauheit, nun nicht allein durch eine Art Vorwegnahme der Gesetzgebung durch den Verfassungsstifter, sondern auch durch eine möglichst weitgehende Begrenzung der Legislaturperioden sich vor der Macht der Abgeordneten zu schützen. Dabei muß man bedenken, daß jedes Gericht darüber zu befinden hat, ob ein Gesetz Gültigkeit hat, was nicht der Fall ist, wenn es irgendwie mit der Verfassung in Widerspruch steht, und ferner, daß es einer besonderen großen Aktion bedarf, um eine Verfassung abzuändern. Das Volk fühlt sich nicht wohl, wenn die Volksvertreter Gesetze machen; es atmet auf, wenn die Parlamentszeit zu Ende ist. Die Verfassung von Alabama ordnet zum Beispiel an, daß die Volksvertretung nur alle vier Jahre einmal zusammentreten darf und keinesfalls für eine längere Zeit als sechs Wochen! Ähnliche Bestimmungen finden sich in anderen Staaten des Westens. Auch das ist eine Methode, den Einfluß der Parteimaschinen auf die Staatsführung einzuschränken. Jährlich wiederkehrende Legislaturperioden sind nur noch in den Verfassungen von Rhode Island, Massachusetts, New Jersey, New York, Georgia und South Carolina vorgesehen. Diese Aderunterbindung der Gesetzgebung ist eine amerikanische Art, gegen den Sumpf in den Parlamenten („pork" und „lobbying") anzukämpfen.

Der Kernpunkt des Problems, das Verhältnis von Parteiregierung und Demokratie zu bestimmen, liegt in der größeren oder geringeren Möglichkeit, die Verantwortung der Regierenden festzulegen. Schließlich muß jede Regierung in die Verderbnis führen, welche des innern Verantwortungsbewußtseins dem Staate gegenüber entbehrt. Seit 1908 finden wir in den Vereinigten Staaten eine Reformbewegung, die von dieser elementaren Überlegung ihren Ausgang nimmt. Das Schlagwort der Bewegung lautet „short ballot". Die Vielwählerei hebt die Verantwortlichkeit des Wählenden und der Gewählten auf – das ist die neue Einsicht. Auch in diesem Punkt soll die amerikanische Demokratie von der unter General Jackson eingeführten Atomisierung der politischen Verantwortung wieder befreit werden. Alle Reformbemühungen zielen auf die Überwindung der Erscheinungen, die in klassischer Form zuerst von der europäischen Seite, aus dem aristokratischen Lager her, in dem Werk von Tocqueville über die amerikanische Demokratie ihre Darstellung gefunden haben. Die Führer dieser neuen Bewegung fordern: nur die politisch richtunggebenden Beamten sollen vom Volk gewählt werden, und keinesfalls mehr, als die Wähler wirklich zu beurteilen in der Lage sind. „Klügelt eure Regierung aus" – so schreibt Woodrow Wilson – „bestellt jeden Beamten auf Grund eines eigenen Gesetzchens; macht es nötig, daß für ihn gestimmt wird – und ihr werdet nie eine demokratische Regierung haben! Ebenso sicher, wie ihr eine uneinheitliche Regierung habt, viel zu uneinheitlich, als daß sich ein geschäftiges Volk damit abgeben oder sie überwachen könnte! Öffentliche Kritik wird keinen Einfluß auf sie ausüben. Und da sich die öffentliche Meinung als unwirksam erweist, so wird sie entmutigt – zumal bei Verhältnissen wie in diesem Lande, wo sich zeigt, daß ihre Angriffe wie Angriffe gegen Wolken sind. Denn sie finden niemanden, der Widerstand leistet; es gibt keine Stellungen zu erobern; nichts kann vollbracht werden. Es kommt zu einem großen Reinemachen, es kommt zu einer großen Umkehr, und am nächsten Morgen entdeckt man, daß die Regierung noch genau so ist wie vor der Umkehr ... Was ist die Moral davon? Das Heilmittel ist in einem einzigen Wort enthalten: Vereinfachung! Vereinfacht euer Vorgehen: und eure Kontrolle wird einen Anfang nehmen. Macht es komplizierter: und ihr werdet euch weiter von der Kontrolle entfernen. Vereinfachung! Vereinfachung! Vereinfachung! – das ist die Aufgabe, die uns erwartet. Die Zahl der zu wählenden Personen muß man einschränken auf eine wirklich brauchbare Mindestzahl, so daß ihr wißt, wen ihr wählt, wem ihr vertraut; und daß nur soviel Personen zu überwachen sind, wie ihr wirklich überwachen könnt!" Hier sind die Formeln gefunden, die von einer Verantwortung zerstreuenden Massendemokratie in den Händen routinierter Geschäftspolitiker hinweisen auf eine verantwortungsbewußte direktoriale Demokratie. Im Jahre 1912 erschien unter dem Titel „The democratic mistake" ein politisches Buch von A. G. Sedgwick, welches den Kampf gegen die Vielwählerei aufnahm, als der Quelle der Korruption in Amerika.

Die äußerste Konsequenz aber des Gedankens der Einschränkung der Volkswahlen und der Festlegung der Verantwortung auf einzelne zeigte sich in den Reformen der Stadtregierungen. Hier ist unter Befolgung deutscher Methoden der Vorkriegszeit die Entpolitisierung im Sinn der Parteilosigkeit und der Berücksichtigung der fachlichen administrativen Leistungen in Angriff genommen worden. „The commission form of government" sieht die Ausrüstung eines kleinen Ausschusses von Fachleuten, etwa fünf oder drei, mit voller direktorialer Gewalt vor; vor den Augen der Öffentlichkeit wird einer Handvoll Leuten die gesamte Verantwortung übertragen. Das kann sich vor allem in den Städten ereignen, die von der Korruption durch die Parteimaschinen so zerfressen sind, daß ein allgemeiner Bankrott der Finanzen und des Systems eingetreten ist. Hier entwickelt sich von unten her das, was an der Spitze des Gesamtstaates in der Entfaltung des Präsidentenamtes der Vereinigten Staaten als eine Tendenz wahrgenommen werden kann: Konzentration der Macht an einer Stelle in der Hand einer oder weniger Persönlichkeiten, welche auf eine bestimmte Zeit von der Wählerschaft mit weitreichenden Vollmachten ausgerüstet sind. Insbesondere haben die vergangenen Kriegsjahre gezeigt, wie weit die Machtkonzentration in dieser amerikanischen Demokratie gebracht werden kann, wenn die Öffentlichkeit die Notwendigkeit einer zusammengefaßten Staatsführung begreift und ihre Verwirklichung will. Freilich ist Wilsons Kriegsdiktatur, weil dieser Präsident die Vereinigten Staaten aus den gewohnten Bahnen der Außenpolitik herausführen wollte, schließlich völlig zusammengebrochen. Die Union pendelte in die Verfassungslage der Vorkriegszeit zurück.

Auf die kleineren Reformvorschläge, um die Macht der Parteiorganisationen zu brechen oder einzuschränken — wie z. B. Verlängerung der Amtszeit des Präsidenten bei gleichzeitigem Verbot seiner Wiederwahl (er soll vom Boß unabhängig werden, dadurch daß er seine Gedanken nicht auf seine Wiederwahl zu richten hat); Einrichtung einer vor dem Kongreß verantwortlichen Kabinettsregierung (hier haben wir die Nachbildung des englischen Systems, für das sich der anglophile Wilson in seinen Anfängen so leidenschaftlich eingesetzt hat); Reform der Kongreßausschüsse (die von dem einer Parteiorganisation verhafteten Sprecher ernannt werden und hinter geschlossenen Türen die Gesetzgebung handhaben, während das Plenum nur noch als Abstimmungsmaschine benutzt wird); die Hoffnung auf das Proportionalwahlsystem (um parteiische Wahlkreiseinteilungen und die Verfilzung der Volksvertretung mit den örtlichen Organisationen aufzuheben) — auf all dies können wir hier nicht mehr des näheren eingehen. Von den dritten Parteien, welche versuchen, gegen die großen Organisationen anzugehen, sei es um bestimmte Angelegenheiten vorwärtszubringen oder um „boss rule" und Korruption zu beseitigen, und ihrem Scheitern an den Bastionen der alten historischen Parteien haben wir bereits gesprochen. Merken wir hier nur noch an, daß es die Maschinenpolitiker im Kampf gegen solche Reformbewegungen fertiggebracht haben, ihre Agitation in der Öffentlichkeit in lauter Weise auf den Kampf gegen Boßherrschaft und Maschineneinfluß abzustellen. Sobald sie merkten, daß dieser Kampfruf die Wähler erfaßte, scheuten sie sich nicht, ihn zu übernehmen, und so zu bewirken, daß die Wähler mit dem Ruf „Gegen den Boß", für den Boß stimmten.

*

Nun bleibt uns als ein letztes noch eine Erscheinung zu besprechen, die allerdings an Wurzel und Wesen der Demokratie in Amerika rührt: das Problem der Wahlbeteiligung. Amerika kennt das „Rätsel der Parteien". Unter dem Einfluß der Geschäftspolitiker ist eine Angleichung der Programme eingetreten, weil der Wettbewerb der Organisationen dazu führen muß, jede wirksame Parole, die durch das Land geht, für die eigenen Zwecke zu gebrauchen, ohne Rücksicht darauf, ob der andere sie auch zur Agitation benutzt. Der Amerikaner ist schnellebig und vergißt rasch. Wer denkt daran, ob Wahlversprechungen erfüllt wurden oder nicht? Was aber soll nun der gewissenhafte Wähler tun, der sich mit dem Stimmzettel nicht für eine Organisation von Geschäftspolitikern, sondern für eine dem allgemeinen Wohl dienende Maßnahme oder für eine politische Idee auszusprechen beabsichtigt? Er neigt dazu, den Wahlen fernzubleiben; denn er kann nicht daran glauben, mit seiner Stimme irgendwelchen Einfluß auf die Staatsgewalt auszuüben. Scheint es sich doch nur noch darum zu handeln, auf politischem Feld wählend zwischen zwei Geschäftsunternehmungen zu entscheiden, die ihrer Natur nach doch gleichartig sind. Der Wähler ist gelangweilt und bleibt zu Hause, oder vielmehr er setzt sich in seinen Wagen und sucht die Unterhaltung, Belehrung oder Beschäftigung auf, die sein Interesse wecken kann. Die Folge ist, daß „boss rule" dadurch noch weiter gefestigt wird. Nun haben sich gegen diese neueste Verfallserscheinung der Demokratie in Amerika patriotische Gesellschaften gebildet, die für nichts anderes arbeiten, als den Wähler an die Urne zu bringen. Kommen die Wahltage, dann kann man Aufrufe wie diese lesen: „Wählen Sie, wie Sie wollen, aber wählen Sie!" „Ich habe gewählt, Sie auch?" So wird daran gearbeitet, die Stimmen herauszuholen, „to get the vote out". Wenn man die Statistik der Wahlbeteiligung liest, kann man allerdings auf den Gedanken kommen, daß die Demokratie dabei ist, freiwillig abzudanken. Nicht nur Monarchen, auch Volksregierungen können abdanken. Ein Bericht des Präsidenten Coolidge gibt an, daß sich mitunter von 1000 Wählern nur 70 an der Wahl beteiligen! Und mehr als einmal haben sich 80 bis 90 Prozent der Wahlberechtigten selbst den Einfluß auf die Parteien und den Staat genommen! Es sind im allgemeinen kaum mehr als 50 Prozent an die Urnen zu bringen; eine Wahlbeteiligung, die zwischen 7 und 50 Prozent liegt — kann das noch Demokratie, noch Herrschaft des Volkes heißen? So lauten neue Stimmen der Besorgnis, die zu uns herüberdringen.

Nur eine Wahl gibt es, die das Interesse der Bevölkerung erregen kann: die Präsidentenwahl, die alle vier Jahre vollzogen wird. Auch darin zeigt sich der direktoriale Charakter der amerikanischen Demokratie, der im Fortgang der Generationen von Jefferson über Jackson, Lincoln, Roosevelt zu Wilson, Coolidge und Hoover immer bestimmter hervorgetreten ist. Einem Mann Vertrauen schenken und es seiner Verantwortung überlassen, das Interesse des Staates wahrzunehmen — darauf scheint sich die „Selbstregierung" des amerikanischen Volkes immer mehr zurückzuziehen. Ein Präsident von Fähigkeiten hat in dem modernen Amerika die Möglichkeit, ein wirklicher Führer seiner Nation zu sein. Roosevelt erklärte, seine Gewalt bezöge sich auf alles, was in der Bundesverfassung nicht ausdrücklich dem Präsidenten verboten sei. Die Kandidaten für den Präsidentschaftsstuhl müssen sich zu dem Gedanken des Führertums bekennen, wenn sie das Ohr der Nation finden wollen. Zwar können sie nur durch die Parteien zur Macht gelangen — das hat der gescheiterte Versuch Roosevelts im Jahr 1912 gezeigt, gegen die alten Organisationen der Republikaner und Demokraten sich nur mit dem Kredit seines Namens bei den Wählern durchzusetzen — aber die Partei und die Maschinen laufen Gefahr, das Rennen mit der andern Partei und der andern Maschine zu verlieren, wenn sie nicht eine Führernatur als Kandidaten für die Präsidentschaft vor das Volk stellen. Hier liegt ein Moment der Korrektur für die durch die Geschäftspolitiker herbeigeführte Entpolitisierung der Parteien. Das Präsidentenamt ist die Realität und die Hoffnung der wirklichen amerikanischen Demokratie, und die Parteien können vor einem kritischen Auge nur noch dadurch ihre Rechtfertigung finden, daß ihre Organisationen für den Kampf der Präsidentschaftskandidaten und für den Einfluß des Präsidenten auf den Kongreß unentbehrlich sind.

In die liberale Sphäre des amerikanischen Lebens haben bisher die sozialistitischen und faschistischen Probleme der Alten Welt noch nicht eigentlich zersetzend oder aufbauend einzudringen vermocht. Der Glaube an die Demokratie ist, trotz unerschrockener Kritik der bestehenden parteipolitischen Verhältnisse, im Grunde unerschüttert; die Existenz der politischen Parteien wird hingenommen, da nun einmal auf dieser Welt nichts vollkommen ist. Und schließlich gibt es einen skeptischen Rückzug aus aller Problematik der bloßen Formen auf den inneren Menschen selbst, indem man sagt: jede Regierung ist so viel wert, wie die Menschen wert sind, aus denen sie gebildet wird.

DIE GESCHICHTLICHEN GRUNDLAGEN DES AMERIKANISCHEN LEBENS* 8

Es gibt, im Sinne Hegels gesprochen, im Ablauf der Zeiten in jeder Epoche ein „weltgeschichtliches Volk", d. h. ein Volk, welches die Bewegung des allgemeinen Geistes fortführt, oder genauer einen Staat — denn außerhalb des Staates gibt es keine eigentliche Geschichte —, welcher gleichsam die Herrschaft der Welt in seinen Händen trägt. Wenn wir den historischen Prozeß der neueren Jahrhunderte einmal unter diesem Gesichtspunkt zu kennzeichnen versuchen, dürfen wir, in flüchtiger Andeutung, etwa folgende Reihe weltgeschichtlicher Nationen aufstellen: Die italienische Nation, — der italienische Geist, bestimmt das 15. Jahrhundert, das „Quattrocento", die Epoche der europäischen Renaissance, da sich der Durchbruch der modernen weltlichen Ideen vollzieht. Das 16. Jahrhundert ist das spanische, denn alle große Politik und alles große Leben in Europa erhält seine Gestalt von der spanischen Monarchie; vom spanischen Wesen werden die Formen des Daseins gebildet und selbst die deutsche Reformation erfährt ihr Schicksal im Kampf mit einem spanischen König. Das 17. Jahrhundert, das Zeitalter Richelieus, Mazarins und Ludwigs XIV., ist das französische Jahrhundert Europas, da Paris-Versailles zum Mittelpunkt alles okzidentalen Lebens wird; das Abendland vollzieht in seinen höheren Schichten eine weitreichende Französierung. Das 18. Jahrhundert hat — auch das ließe sich in tausend Einzelzügen nachweisen — von England her Form und Farbe erhalten, nicht allein hinsichtlich der politischen Ideen, sondern auch bezüglich der wissenschaftlichen und künstlerischen. Selbst Frankreich, an sich selbst irre geworden, begibt sich in die „école anglaise". Es ist unmittelbar verständlich, wenn im Fortgang dieser Linienführung das 19. Jahrhundert das deutsche Jahrhundert genannt wird, da der abendländische Geist vom deutschen Klassizismus und von der deutschen Romantik seine Ausgestaltung erfuhr, da alle Wissenschaft und Philosophie, alle Literatur und

* Auslands-Studien der Universität Königsberg, Bd. 8, 1933.

Musik die deutschen Elemente zeigte und da Metternich und Bismarck die großen europäischen Staatsmänner waren.

Und nun sind wir in das 20. Jahrhundert hinübergetreten und wir fragen: welche Nation im Umkreise des Abendlandes bestimmt diese neue Epoche des geschichtlichen Seins? Es ist, soweit dieses Jahrhundert bis jetzt Gestalt gewonnen hat – offenkundig –, diejenige, von der wir heute abend hier im besonderen die Erörterung zu führen haben: die transatlantische, die amerikanische.

Muß daran erinnert werden, welche Bedeutung in allen Teilen der Welt und auf allen Gebieten des Lebens heute dem „Amerikanismus" zukommt? Auf technisch-wirtschaftlichem Gebiet: natürlich heißt es da Ford, laufendes Band, Edison, Arbeitsmaschine, Rockefeller, Wolkenkratzer, Höchstleistung, Wallstreet oder was Sie sonst alles nennen wollen. Auf politischem Gebiet: Hoover-Moratorium, Kellogg-Pakt, Washington-Konferenz, Woodrow Wilson und was dieser Name alles an Weltveränderungen einschließt, ferner Demokratie, Monroe-Doktrin, Freiheit. Oder auf kulturellem Gebiet: was spüren wir nicht da alles als „Amerikanismus", in den Formen und Moden des täglichen Lebens, im Schulwesen, im Wissenschaftsbetrieb, in der Sprachgestaltung, in der Zeitung, im Film, in der Musik und nicht zuletzt im Tanz! Ist es nicht, als ob alles von den Schwingungen eines völlig verwandelten Rhythmus erfaßt wäre, seit Amerika 1918 der Welt das Gesetz gegeben? Lag seitdem nicht alles vor dem Dollar und dem, was er repräsentieren mochte, auf den Knien? So daß ein feinsinniger amerikanischer Beobachter schreiben konnte: „Europa annektiert sich selbst an die Vereinigten Staaten in dem Glauben, daß Amerika den Stein der Weisen gefunden." (New York Times 5. April 1927.)

Ja: der Zeitgeist gibt sich diesem in der Welt mächtig gewordenen Staatswesen und seinen Ideen voll und ganz hin und nicht allein Europa verfällt der Amerikanisierung, „annektiert sich selbst an die Vereinigten Staaten", auch China, die ostasiatische Welt ist mitten in einem „Amerikanisierungs-Prozeß"; ja: selbst Moskau (scheinbar der Antipode von New York) hat sich einem fünfjährigen „Amerikanisierungsplan" ergeben!

Ob wir dieses alles mit Lobpreisungen oder mit Schauder wahrnehmen, wie die Welt dem amerikanischen Prinzip verfallen ist, es bleibt unsere Aufgabe, die wir uns in dieser Zeit bewegen, den Versuch zu machen, dieses politisch-kulturelle Phänomen zu verstehen, seinen Sinn zu begreifen.

Ich will in dieser kurzen Stunde heute abend als Wegweiser in der Masse der Erscheinungen, die unseren Gegenstand angehen, fünf Begriffe aufstellen – diese aber nicht deduktiv oder spezifisch soziologisch gebrauchen –, sondern mit soviel historischem Leben erfüllen, als es eben diese knapp bemessene Zeit erlaubt. Es soll hier der Amerikanismus zurückgeführt werden auf

Puritanismus, Liberalismus, Nationalismus, Demokratismus und Kapitalismus, und indem diese Reihe von Begriffen aufgestellt wird, sind sie zugleich in eine gewisse historische Ordnung zueinander gebracht worden.

Führt uns der Begriff des Puritanismus zurück in das 17. Jahrhundert in die koloniale „Inkubationszeit" der Vereinigten Staaten, so weist uns der „Liberalismus" auf das 18. Jahrhundert, in die Zeitspanne, da die Geburt des amerikanischen Staates sich vollzog. Um ihren nationalen Bestand hat die Union nach innen und nach außen in den Jahrzehnten des Wechsels vom 18. zum 19. Jahrhundert gerungen. Die eigentliche Demokratie aber kam in den mittleren Jahrzehnten zum Durchbruch und der Kapitalismus feierte seine Orgien seit den siebziger Jahren.

Der Nationalismus, Demokratismus und Kapitalismus des 19. Jahrhunderts aber treten uns im 20. Jahrhundert in einer zum „Imperialismus" hinaufgesteigerten Form entgegen, und insofern dürfen wir diesen Begriff den fünf genannten noch hinzufügen. Der amerikanische Kapitalismus ist expansiv über die Welt; der amerikanische Demokratismus zielt auf eine föderalistisch-demokratische Weltorganisation; der amerikanische Nationalismus schließt die Idee der völkischen Selbstbegrenzung aus, er strebt seiner Idee nach, die eine allgemeine amerikanische Weltnation durch die ständig fortschreitende Assimilierung und Einschmelzung der Völker in die eine amerikanische Masse auszubilden, nicht allein innerhalb, sondern auch außerhalb der eigentlichen Staatsgrenzen.

Sail — sail thy best, ship of Democracy!...
Thou holdest not the venture of thyself alone — not of the western continent alone;
Earth's résumé entire floats on thy keel...
With thee Time voyages in trust, the antecedent nations sink or swim with thee,...
Venerable, priestly Asia sails this day with thee,
And royal feudal Europe sails with thee...

(Walt Whitman.)

Doch nun lassen Sie uns die Schwelle vom Begriff — und von der Vision zur Historie überschreiten, damit das, was zunächst abstrakt und gleichsam leer erscheint, mit der geschichtlichen Wirklichkeit erfüllt werde; denn wie wollen wir anders zu einer lebendigen Anschauung der amerikanischen Macht in der Welt von heute gelangen?

Wir wenden uns zunächst der Grundwurzel alles amerikanischen Seins zu, dem Puritanismus. Die freiwillig zusammengetretene Gemeinde bildet die Keimzelle des amerikanischen Staates. Wir finden sie in der nördlichen Gruppe der britischen Kolonien in Amerika, in Neuengland, in Massachusetts, in Boston.

Der strenge puritanische Protestantismus ist hier auch zum Prinzip der politischen Ordnung erhoben worden (ähnlich wie der Katholizismus in der spanischen Monarchie); in Neuengland formt sich ein theokratisches Gemeinwesen calvinisch-Genfer Art. Der Staat wird zur Kirche, die Kirche wird zum Staat.

Im Zeitalter der großen Religionskämpfe des Abendlandes, da keine Politik abgelöst von den Glaubensfragen denkbar gewesen, wurde diese konfessionelle Kolonie im Norden Amerikas ins Leben gerufen (1620 und 1630). Eine bestimmte Richtung des Protestantismus konnte sich hier ohne Hemmungen entfalten. Der Menschenschlag, der hier entstand, war schroff, streng, scharf, hart und unduldsam, — „it was toleration that made the world antichristian", so wurde in Neuengland erkannt —, vom moralischen Eifer gegen sich selbst und andere erfüllt, aus der Sorge um die Erwähltheit von ewiger Gewissensunruhe getrieben, rastlos tätig, der Arbeit hingegeben, bei asketischer Lebenshaltung den Freuden, Schönheiten und Reizen des Lebens abhold, ja im tiefsten feind, moralistisch durch und durch.

So wächst der „Yankee-Typ" heran, in einem fernen abgelegenen rauhen Klima, und hält sich, wenn auch später gemildert, unter Abschleifung des Dogmatisch-Konfessionellen, oft sogar verwässert, ja versüßlicht und feminisiert bis in die neuesten Zeiten.

Das Yankeeland, Neuengland, war gegen England gegründet, im inneren Widerspruch gegen jenes Stuartsche England, welches den Absolutismus der Monarchie auf die anglikanische, nach Meinung der Puritaner noch halb katholische Bischofskirche bauen wollte. In unerbitterlicher Opposition gegen die Prinzipien des Heimatstaates war man über das Meer gefahren; eine innerliche Trennung vom Mutterland ward vollzogen, auch als man noch Untertan von König und Parlament blieb. So trugen diese amerikanischen Kolonisten von Anfang an den Willen zur Unabhängigkeit in sich.

Von dem Geist des Widerspruchs geführt, sind nicht nur Puritaner, sondern auch andere Sektierer aller Art aus England, Schottland und Irland über das Meer gezogen: Quäker, Täufer, Kongregationalisten, und dazu kamen Sektierer aus den Niederlanden, aus Deutschland, Protestanten aus Frankreich; sie alle, trotz ihrer Uneinigkeit untereinander, wodurch sie den amerikanischen Partikularismus begründeten, doch gemein in der Verurteilung der politisch-konfessionellen Ordnung Europas: anti-europäisch vor allem.

So wurde der Geist der amerikanischen Unabhängigkeit erzeugt und genährt, obwohl die britische Flagge über den Kolonien wehte. Im 17. und 18. Jahrhundert nahm man bei lebendig entwickelter Selbstverwaltung, wie überall im britischen Reich, Englands Oberherrschaft hin, denn sie bedeutete

Schutz und Schirm in den Stürmen der äußeren Welt, in jenen Jahrhunderten einer bewegten amerikanischen Kolonialgeschichte.

Ja, die Sektenkolonien waren anti-anglikanisch, aber sie waren in noch stärkerem, noch leidenschaftlicherem Ausmaß: anti-papistisch, anti-römisch. Sie fürchteten, sie haßten und verachteten die römische Papstkirche — aber war diese Kirche nicht beinahe allmächtig in Amerika? Von der Nachbarschaft im Norden, von Kanada aus, wirkte das große Missionswerk der französischen Jesuiten tief in die indianischen Völkerschaften hinein, die z. T. im Rücken der britischen Kolonien wohnten. Florida, Mexiko, Mittelamerika, Peru und Südamerika waren Provinzen der katholischen Vormacht im Abendland: Spaniens. — So erschien als außenpolitische Idee der Sekten-Kolonien: das „Evangelium" nach Amerika zu bringen und wie es bei einem Puritaner heißt: „Ein Bollwerk aufzurichten gegen das Reich des Antichrist, das die Jesuiten (französische und spanische) in jenen Teilen der Welt auszubilden sich bemühen." Noch heute gelingt es den Amerikanern nicht, ein innerlich harmonisches Verhältnis zu den mittel- und südamerikanischen Staaten zu finden, den Erben jener katholisch-spanischen kolonialen Welt.

So mußte, bei der katholischen, französischen und spanischen Umfassung der britischen Kolonien das Schutzbedürfnis den Unabhängigkeitswillen der oppositionellen Kolonisten in Schranken halten!

Wie aber — wenn die Zeit kommen sollte, da die protestantischen Mächte in der Welt nicht mehr in der Verteidigung stehen sollten, sondern sogar das Übergewicht gewinnen gegenüber den katholischen, wie es bei Ausgang des Siebenjährigen Krieges geschah, als Pitt und Friedrich der Große der Welt das Gesetz gaben?

Jetzt hatten die amerikanischen Kolonisten nicht mehr Frankreich, nicht mehr Spanien zu fürchten! Friedrich und Pitt hatten Amerika befreit; — die Jesuiten vertrieben die katholischen Mächte selbst aus Amerika, denn sie gaben sich dem neuen Geiste des Jahrhunderts hin. Nun konnte sich jene innerste Richtung auf volle Unabhängigkeit ohne Hemmung von außen her entfalten. Unmittelbar nach dem Friedensschluß 1763 begann der Kampf um die volle staatliche Freiheit der nordamerikanisch-britischen Kolonien. Die Amerikaner ergriffen das Prinzip der Freiheit.

Ihr Puritanismus aber — damit wir diese Linie kurz weiter verfolgen in neueren und neuesten Zeiten — wurde vom Zeitgeist der Aufklärung „humanisiert" und Geister wie Benjamin Franklin verwandelten den altprotestantischen Pessimismus in aufklärerischen Optimismus. Er forderte einen neuen Gottesdienst „with a kind of smiling" — in lächelnder innerer Selbstzufriedenheit. Der Moralismus aber blieb.

Verdorrt ist die religiös-puritanische sektiererische Wurzel in den Vereinigten Staaten aber nicht. Immer wieder schießen Sprößlinge aus ihr hervor, um hier nur zwei zu nennen: im fernen wilden Westen das „Mormonentum", die Schöpfung des Propheten Smith, im zivilisierten Osten die „Christian Science", welche das irdische Sein auf ein streng spiritualistisches Prinzip gründet. Als die neueste moralistische Hervorbringung des Puritanismus erschien die „Prohibition" und zugleich mit ihr der „Fundamentalismus". Der das amerikanische Leben so weit hin absorbierende Kampf um den Alkohol wurzelt in jener alten Feindseligkeit des Puritanertums gegen alles „Dionysische" im Leben und der „Fundamentalismus" als Reaktion gegen die Moderne, fordert die Zurückbesinnung auf das biblische Fundament des amerikanischen Lebens und hat, wie die berühmten „Affenprozesse" weltkundig machten, das Verbot darwinistischer Lehren in den Staatsschulen zu erwirken versucht.

Diese neuesten Unternehmungen der Zwangsmoralisierung des Volkes haben in dem modernsten Amerika nun freilich eine mächtige antipuritanische Gegenbewegung ausgelöst: man erfährt von ihr in Europa vielleicht am besten durch die moderne amerikanische Roman-Literatur (Babbitt u. a.).

Eine Krise des amerikanischen Lebens zieht herauf. Die alte kirchlich-religiöse Grundwurzel soll zerstört werden! Der Sinnenkult des Reichgewordenen, der in die Massen hineingetragene äußere Komfort und Luxus der Lebensführung, die Schönheits-Sehnsucht, die Lebensfreude, die „Kameradschaftsehe", kurz: die Sensationen von Hollywood — das sind Erscheinungen jener neuamerikanischen Welt, für die das Land der Verheißung nicht mehr das rauhe Neuengland mit Boston, sondern das sonnige Kalifornien mit Los Angeles geworden ist. —

Wohin diese Empörung gegen den Puritanismus — in der ein neues Blut im amerikanischen Volkstum zu sprechen scheint — führen wird, kann heute niemand ahnen.

Doch — wir kehren in das 18. Jahrhundert zurück, in das Jahrhundert der Aufklärung, da der Puritanismus zum erstenmal zurückgedrängt wurde, und da jene andere Grundwurzel des amerikanischen Daseins: der Liberalismus in die Breite und Tiefe sich entfaltet.

Die Kolonien lebten seit ihrem Bestehen in einem konfessionellen Gegensatz zum Mutterland; die englische Kirche, eine so wesentliche Institution des englischen Staates, hatte nur eine beschränkte Bedeutung in Nordamerika gewinnen können. Dem anglikanischen System als ganzem gelang die innere Angliederung der amerikanischen Provinzen nicht. „They were a people almost upon the very brink of renouncing any dependence on the Crown." (Evelyn 1670.) Nun aber gerieten diese im Fortgang ihrer Entwicklung vom 17. zum 18. Jahrhundert auch in einen Gegensatz wirtschaftspolitischer Art zum Heimatstaat.

Die eigentlichen Sekten-Kolonien in Nordamerika (nicht alle waren solche) widersprachen in ihrem ökonomischen Aufbau den Leitgedanken des alten merkantilistischen Kolonialsystems. Auswanderungs- und Siedlungskolonien, die nicht vom Grund her der Ergänzung der heimatlichen Wirtschaft in dem, was ihr fehlte, dienten, sondern der Heimat Arbeitskräfte entzogen und vielleicht zum Wettbewerb die gleichen Waren wie das Mutterland hervorbrachten, wurden als schädlich für eine geschlossene Staats- und Volkswirtschaft angesehen, wie sie das 17. und 18. Jahrhundert erstrebten.

Es ist deshalb nicht zu verwundern, daß selbst ein Puritaner wie Cromwell, als er in England zur Herrschaft kam, sich mit dem Gedanken trug, die Puritaner von Neuengland aus Nordamerika herauszuholen und nach Jamaika in Westindien zu verpflanzen, um sie in einem subtropischen Lande, wo eigentliche Kolonialwaren erzeugt werden konnten, in das britische „Empire" auch volkswirtschaftlich, „organisch" einzugliedern.

So sehen wir — das ist für das Verständnis der Unabhängigkeit sehr wichtig —, daß die nördlichen Kolonien, in einem europaähnlichen Klima, ihrem Wesen nach gleichsam „extra muros", außerhalb des britischen Merkantilsystems standen, wenn sie auch der Form nach ihm unterworfen waren. Die sich daraus ergebenden kommerz-politischen Schwierigkeiten ließ die britische Kolonialregierung in gewisser Weise sich von selbst regulieren durch eine Art stillschweigende Praxis des „laissez aller".

Wohl galt ohne Ausnahme die große und umfangreiche, strenge britische Handelsgesetzgebung auch für die britischen Untertanen in Nordamerika, aber man ließ hier eine Durchlöcherung des britischen Merkantilsystems durch einen umfangreichen Schmuggel geschehen. Es gab ein Laufenlassen der Dinge, wie es in einem Staatswesen, das „selfgovernment" zu seinen Grundprinzipien rechnet, nur allzu verständlich ist.

So ist es gekommen, daß „Schmuggel" das erste Wort amerikanischer Freiheit wurde! Die nordamerikanischen Bauern oder Farmer, die Fischer und Schiffer, die Handwerker und, aus bestimmten Gründen in gewisser Weise, auch die Pflanzer in den Südkolonien sind im 18. Jahrhundert — besonders in der langen kolonialpolitisch lässigen Regierungszeit des britischen Ministers Walpole — zu praktischen Antimerkantilisten erzogen worden, die nicht im vollen Sinne dienende Glieder des Mutterstaats waren. Bei dieser Lage ist es zu verstehen, daß einsichtige Beobachter der nordamerikanischen Verhältnisse in der Mitte des 18. Jahrhunderts voraussagten: Diese Kolonien werden ihre Vollfreiheit erringen, sobald das außenpolitische „Schutzbedürfnis", infolge der Schwächung der britischen Feinde in Amerika, nicht mehr bestimmend auf die Amerikaner wirkt!

Als dieser Moment nach dem Sieg über Franzosen und Spanier durch den Friedensschluß des Siebenjährigen Krieges eingetreten und gleichzeitig die neue, nicht mehr von Pitt geführte, englische Heimatregierung in einem engen fiskalisch-merkantilistischen Geist die alten Kolonien und die neuen nordamerikanischen Eroberungen zu einem großen britisch-atlantischen Kommerz-Imperium auszubauen strebte und die Löcher zuzustopfen suchte, die durch Lässigkeit in langer Übung im britisch-amerikanischen Handelssystem entstanden waren: da waren für die Amerikaner die Voraussetzungen gegeben, außenpolitisch sich selbständig zu machen und dazu im Innern wegen der neuen fiskalischen Bedrückungen, die Massen, das Volk in Bewegung zu bringen – kurz: eine amerikanische Revolution zu entfachen.

Was ist die amerikanische Revolution?

Man hat gesagt: „Not a revolution, but a resistence." Keine Revolution, sondern ein Widerstand! Aber Widerstand gegen wen?

Widerstand gegen eine merkantilistische Wirtschaftsordnung mit Schifffahrtsregulierungen, Handelsvorschriften, Zollbestimmungen, Gewerbeverboten und die ihnen entsprechende, bevormundende Verwaltungsmethode. Also: Antimerkantilismus.

Das bedeutet positiv: Handelsfreiheit. Das bedeutet: Gewerbefreiheit, überhaupt: Freiheit der Wirtschaft, in jeglicher Hinsicht. Da haben wir das eigentliche Kernstück der amerikanischen Freiheit im 18. Jahrhundert.

Der revolutionäre Widerstand richtet sich gegen die britische Handelsgesetzgebung für Amerika: wobei sich zeigt, daß man mehr die legislative als die exekutive Freiheit sucht. Deshalb rufen auch die Amerikaner im 18. Jahrhundert immer wieder: Wir sind königstreu, aber wir wollen nicht parlamentsuntertan sein. Deshalb war es möglich, als im Anfang das lose Bundessystem der abgefallenen Kolonien versagte, daß die Gedanken einiger Patrioten dahin zielten, einen Statthalter oder einen König aus dem Hause Hohenzollern, wenn möglich den Prinzen Heinrich, für Amerika zu gewinnen!

Die amerikanische Freiheitsbewegung – das wird noch häufig verkannt – ist im Ursprung eine Bewegung gegen das whiggistisch-aristokratische, dem englischen Kommerzinteresse dienende Parlament in London. An der Unfähigkeit, die großgewordenen Kolonien in seine parlamentarische Verfassung einzugliedern, geht das alte britische Weltreich zugrunde; durch das Parlament verliert England Amerika!

Diesen schicksalhaften Gegensatz betone ich hier so stark, weil – wie mir scheint – der amerikanische Freiheitssinn im Fortgang der Geschichte immer wieder antiparlamentarisch gewesen ist. Die Vereinigten Staaten – das möchte ich hier doch anmerken, wenn ich auch im einzelnen auf die Verfassung und ihre Formen nicht eingehen kann – haben niemals das westeuropäische parlamentarische Regierungssystem angenommen; ihre Demokratie, die sie gegen England erkämpften, war und ist bis zum heutigen Tage eine direktoriale und keine parlamentarische. –

Doch wir müssen den amerikanischen Freiheitsbegriff noch stärker verdeutlichen. Ich sagte: als Wirtschaftsfreiheit ist die Freiheit von den Amerikanern erstrebt und erkämpft worden, zuerst mit der Absicht, den verbotenen Freihandel, den Schmuggel, gesetzlich zu machen. Freiheit des Eigentums — „liberty of property" — das ist das Grundprinzip. Hier steckt die Wurzel des so mächtig zur Entfaltung gebrachten amerikanischen Kapitalismus.

Der Idee der Unabhängigkeit des Wirtschaftens von den Eingriffen einer den merkantilistischen Prinzipien unterstellten britischen Staats- und Reichspolitik muß aber auch ein eigentlich politisches Freiheitsstreben entsprechen. Hier offenbart sich nun wieder die Verknüpfung mit England: „Liberty and property" — „le cri anglais" — so hat schon Voltaire geurteilt.

Ich wies darauf hin: die amerikanische Revolution gab sich nicht als „Umsturz", sondern als „Widerstand". Im Ursprung ist die amerikanische Kampfideologie gegen England historisierend, konservativ. Man beruft sich auf die alten überlieferten englischen Freiheiten. Freilich, diese alten englischen Freiheiten, persönliche und ständische Freiheiten, werden von den Amerikanern in den Urgrund der altgermanischen Freiheiten hineinprojiziert und nehmen in diesen Urzeiten den Charakter nicht mehr von historischen positiv-rechtlichen, sondern von natürlichen Grundrechten, von Menschenrechten an.

So ist die amerikanische Revolution vom britischen Recht zum allgemein menschlichen Recht, vom historischen zum natürlichen fortgeschritten und hat damit das Selbstbestimmungsrecht zum politischen Freiheitsprinzip der Amerikaner erhoben. Damit stellte man das politische Leben auf eine ganz neue Ebene. „Dieses war eine größere Revolution", sagt Ranke, „als früher eine in der Welt gewesen war, es war eine völlige Umkehr des Prinzips, auf dem die Staaten in Europa beruhten."

Hier haben wir die Bedeutung der Unabhängigkeitserklärung vom 4. Juli 1776, die die amerikanischen Rebellen in die Welt hinaus gehen ließen mit solchen Sätzen wie: „Allen Menschen sind vom Schöpfer unantastbare Rechte verliehen"; „jede Regierung ist von der Zustimmung der Regierten abhängig". Mit dieser Kundgabe zur Rechtfertigung des Aufstandes war das politische Freiheitsprinzip der Amerikaner formuliert und dieser amerikanische „Liberalismus" hat von dieser Geburtsstunde der freien amerikanischen Staaten her seine große innenpolitische und außenpolitische Laufbahn begonnen.

In seiner letzten logischen Konsequenz ist dieses Prinzip freilich ein absolut staatszerstörendes, und es ist nicht zu verwundern, daß das amerikanische Leben, daß die amerikanische Geschichte so manches drastische Beispiel des praktischen Anarchismus, des absoluten Widerstandes gegen staatliches Gebot aufzeigen. Soll ich Sie hier an Erscheinungen aus dem heute so viel genannten Chicago erinnern? „Resist much — obey little" — diese Lebensmaxime ruft ein dichterischer Prophet des Amerikanismus (Walt Whitman) allen seinen Landsleuten und denen, die es werden wollen, zu, und er charakterisiert damit nicht nur das stolze, in sich selbst sichere amerikanische Grenzer- und Pioniertum (welches einen Kontinent erobert und sich unter Abweisung aller staatlichen Bevormundung unterwirft), sondern er weist auch auf außenpolitische Wirkungen des Prinzips der Selbstbestimmung, die die amerikanische Expansion in der neuen Welt und den amerikanischen Einfluß in der alten Welt so weit haben vortreiben können. „Widersetze Dich — gehorche so wenig wie möglich!"

Im Lichte der Ideen des 18. Jahrhunderts ist der amerikanische Staat ins Leben getreten: mit den Menschenrechten wurde der Kampf gegen England geführt, eine rationale Philosophie überwand im Innern den Separatismus der verschiedenartigen Sekten. Die Aufklärung hat bis zum heutigen Tag die Lebensluft des transatlantischen Staates bestimmt und insofern erscheint er in einem Zeitalter neuer Gemeinschaftsbildungen in der alten Welt heute oft eigentümlich unzeitgemäß. d. h. hinter der europäischen Entwicklung zurückbleibend.

Allerdings: wäre der amerikanische Staat nur auf den „Liberalismus" gegründet, so hätte er keinen langen Bestand haben können. Wie bei der vielfach staatsgegnerischen Haltung der mannigfaltigen oppositionellen Sektierer als eine aufbauende Gegenkraft die alte Tendenz wirksam blieb, aus der Kirchengemeinde den Staat zu machen — oder doch: den freien Einzelnen durch eine besonders strenge kirchliche Sitte sozial zu binden — so entwikkelten — wenn wir nun auf die Beziehungen nach außen blicken — die Amerikaner wohl die Idee der „Freiheit der Meere", aber aus dieser heraus nicht das „Weltfreihandelssystem" (nach Art der Manchesterleute), sondern sie sicherten die Freiheit ihrer eigenen Wirtschaftsentfaltung durch ein den kontinentalen Markt streng abschließendes Schutzzollsystem. Sie verknüpften: „Freiheit" und „Protektion" und das geschah in vielfacher Weise.

So ergibt das von den Amerikanern verkündete natürliche Selbstbestimmungsrecht aller Menschen für die Amerikaner selbst eine Grenze, eine Grenze, an der aller Liberalismus zerbrach: das war: der amerikanische N a t i o n a l i s m u s.

Der Schutzzoll hatte die amerikanische Wirtschaft gegen das überlegene Industriesystem Englands sichern und später dann die Lebenshaltung des amerikanischen Lohnempfängers oberhalb des allgemeinen Weltniveaus halten sollen. Hier war von Anfang an nach den Ideen von Alexander Hamilton ein „nationales System der politischen Ökonomie" maßgebend.

Die für die amerikanische Entwicklung so entscheidungsvolle Frage: Freiheit und Einheit, Staatsmacht und Selbstbestimmung ist durch zwei bis drei Generationen hindurch nicht eindeutig beantwortet worden. Aus der Kolonialzeit trugen die Vereinigten Staaten den Partikularismus als ein Grundelement in sich (auch darin ist ihre Demokratie nicht westeuropäisch-romanisch, denn sie verwirft allen Zentralismus als Sünde wider die Freiheit). Unter Berufung auf die „Selbstbestimmung" ist der Separatismus im Norden (während des zweiten englischen Krieges 1812/14), dann im Westen (so lange bis der freie Ausgang der Mississippimündung gewonnen war) und schließlich im Süden der Union erschienen. Im Norden und Westen konnte er mit Aushilfsmitteln überwunden werden, im Süden mußte er durch einen der blutigsten und grausamsten Kriege des 19. Jahrhunderts — denn die Kriege der Demokratie werden unbarmherzig geführt —, den „Bürgerkrieg" oder Sezessionskrieg von 1861/65, niedergeworfen werden.

Hier siegte auf den Schlachtfeldern und durch die Blockade die Union, d. h. der amerikanische Nationalstaat über die Prinzipien der Unabhängigkeitserklärung von 1776, welche die Sezessionisten des Südens für ihre eigene Freiheit in Anspruch genommen hatten: „Jede Regierung ist von der Zustimmung der Regierten abhängig."

Der Nationalismus hatte dem Liberalismus Grenzen gesetzt; zugleich war der Partikularismus in seine Schranken zurückgewiesen. Es ward gezeigt, „mit Blut und Eisen", daß der amerikanische Staat nicht nur eine „Vermögens-Assekuranz" (Lenau) sein sollte, sondern wirklich ein „Vaterland".

Hier kommen wir zu der nicht einfachen Frage nach der Wesensart des amerikanischen Nationalismus. Dieser Nationalismus ist nicht im europäischen Sinne „völkisch" bestimmt: es gibt kein ursprüngliches amerikanisches Volk! Die Nation ist gleichsam erst im Entstehen; sie wird in die Zukunft hineinprojiziert, nicht aus den Kräften und Überlieferungen der Vergangenheit entwickelt. Der europäische Nationalismus zeigt allenthalben ein historisches Temperament, der amerikanische ein prophetisches. Die Nation soll werden! Amerikanismus ist, in diesem Verstande, Versprechung der Zukunft: „The promise of American life." Dieser Nationalismus, so meint man, ist der Schöpfung und dem Schöpfer näher als derjenige, der nur ein Erbe zu verwalten und zu bewahren hat.

Freilich — das historische Element fehlt auch hier nicht ganz. Die englische Sprache knüpft Amerika immer wieder an das Mutterland. „Im Anfang war das Wort": die geheimnisvolle Macht der Sprache formt Denken und Empfinden tiefer als wir es uns meist vergegenwärtigen können.

In den achtziger Jahren reiste ein englischer Schriftsteller in Amerika (Matthew Arnold 1889) und verkündete das Allangelsachsentum damals noch eingehüllt in einem weltweiten Germanismus. „Well, then, you are not merely a multitude of millions; you are millions sprung from this excellent German stock, having passed through this excellent Puritan discipline, and set in this enviable and unbounded country." Drei Momente des amerikanischen Volkstums werden hier hervorgehoben: die germanisch-nordeuropäische Rasse, die geistige Zucht durch die Puritaner und die mit allem Guten gesegnete, schier grenzenlose, unerschöpfliche Landschaft.

Was in diesem nationalen Sinn in den achtziger Jahren noch gewiß erschien: der germanisch-protestantische Charakter, verbunden mit einem immer neuen Reichtum spendenden Land, einem Land unbegrenzter Möglichkeiten: das ist im ständigen Wandel der rassisch-völkischen Zusammensetzung der Bevölkerung und im Übergang vom ländlichen zum städtischen Leben heute schon alles wieder problematisch geworden. Was in Amerika die eine Generation geformt, hat die nächste wieder zerstört – auf die nordeuropäisch-germanische Masseneinwanderung ist die süd- und osteuropäische romanisch-slawisch-finnische Masseneinwanderung gefolgt.

Wer will sagen, was aus diesem amerikanischen Schmelztiegel der Rassen und Nationen herausgebildet werden soll? Wäre nicht jener alte neuenglisch-puritanische Kern gegeben – Amerika hätte kein Gesicht!

Der Wille zur Nation aber ist so stark, daß nationale Minderheiten nicht geduldet werden; alles europäische Volkstum (außer dem englischen) wird in Nordamerika vernichtet. Unaufhörlich arbeitet die Assimilierungsmaschinerie, und zwar erfolgreich: weil der nationale Aufsaugungsprozeß zugleich in sich einschließt den Prozeß des sozialen Aufstiegs, und diese Maschinerie rottet alles andere Volkstum mit Stumpf und Stil in Sprache und Sitte aus, und wenn nötig (wie in Kriegszeiten) tritt der „Terror" hinzu, den die Deutschen in Amerika so bitter an Leib und Seele haben spüren müssen.

So viel über das „Volkstum".

Und nun zur politischen Ausprägung des amerikanischen Nationalismus! Diese ist zuerst und grundlegend in dem Verfassungswerk von 1789 erfolgt. Die Unions-Verfassung von 1789 hat eine zweifache politische Bedeutung: sie überwand die „Exzesse der Freiheit", die Verwilderung des „Liberalismus" und die darin zutage tretende Richtung zur „Mobokratie" (wie man damals im 18. Jahrhundert in Amerika sagte); „unsere Krankheit ist Demokratie", bezeugten bewährte Freiheitskämpfer. Noch wichtiger als diese sozial-politische Bedeutung war die national-politische Bedeutung, denn die Fesseln, welche der drohenden „Mobokratie" durch dieses staatsrechtliche Instrument damals angelegt wurden, sind später, wenn auch nicht abgenommen, so doch erweicht und gedehnt, gleichsam elastisch gemacht worden –: die nationalpolitische Bedeutung aber lag in der Überwindung des kolonialen Partikularismus, der durch die Aufhebung der mutterländischen Vorherrschaft zunächst vielleicht noch mehr gesteigert worden war und alle politische Zukunft für Amerika aufzuheben schien; rechnete doch schon unmittelbar nach dem Friedensschluß (1783) England damit, mit Hilfe des Sondergeistes in Amerika indirekt die Herrschaft wieder an sich zu bringen!

Kein Wunder, daß diese Verfassung, welche Einheit, Unabhängigkeit, Freiheit, soziale Ordnung, Macht und Zukunft sicherstellte, von der Nation „heilig" gesprochen und für unverletzlich erklärt wurde. Kein anderes allgemeines Staatsgrundgesetz hat eine solche rechtliche und politische Bedeutung gewonnen, wie dieses amerikanische.

Die Verfassung in allererster Linie repräsentiert das nationale Prinzip in Amerika. Fast alle innenpolitischen Kämpfe: um die Sklavenfrage, um die Aufnahme neuer Staaten in die Union, um den Zolltarif, überhaupt um die ganze Fülle wirtschaftlicher Angelegenheiten auf allen Gebieten, sind in die Form der Auseinandersetzung über die Auslegung dieser unantastbaren von den weisen, ja „inspirierten Vätern der Republik" gestifteten heiligen Bundes-Verfassung eingekleidet. Ein eindrucksreiches Schauspiel: mehr als hundert Jahre bis in die Tiefen hinein bewegte innenpolitische Entwicklungen, ständig in Beziehung gesetzt zu Buchstaben und Sinn dieser, ursprünglich nur sieben, Artikel der National-Verfassung von 1789, als ob die amerikanische Geschichte nur im Gewande der Rechtsgeschichte erscheinen könnte. Wie der amerikanische Nationalismus nach innen hin in der „Konstitution" zum Ausdruck gebracht wurde, so wurde er — eine Generation später — nach außen hin durch die sogenannte „Monroe-Doktrin" dargestellt. Auch zu diesem politischen Phänomen der transatlantischen Welt ein Wort der Erläuterung.

Die im Jahre 1823 für das Ausland vom Präsidenten Monroe ausgesprochene „Doktrin" amerikanischer Außenpolitik zeigt, daß dem geopolitischen Moment in der Bildung der Vereinigten Staaten eine außergewöhnliche Bedeutung zukommt. Bedenken Sie doch, daß die nationalpolitische Idee der Amerikaner in ihrer Entstehung durch die Wahl des Namens als eine raumpolitische sich zeigt. Die erste politische Freiheitsaktion ging vom „Kontinentalen Kongreß" aus; George Washington trat an die Spitze der „kontinentalen Armee". Die kontinentale Einheit, der Erdteil Nordamerika als ein Ganzes bildet die ursprüngliche Konzeption des amerikanischen Staates. An die Landschaft knüpft sich die Idee dieses Staates, nicht als eine Hervorbringung des Volkes erscheint er den Zeitgenossen. Das müssen wir festhalten: ein raumpolitischer Begriff liegt dem amerikanischen Nationalbegriff ursprünglich zugrunde.

Mit dieser so wichtigen Grundtatsache hängt es zusammen, daß die „Monroe-Doktrin" als ein spezifisch national-politisches Instrument anzusehen ist. Was ist denn der wahre Gehalt dieser „völkerrechtlichen Abnormität", wie Bismarck die Monroe-Doktrin einmal bezeichnet hat? — Sie ist Ausdruck einer in einen sehr weiten geographischen Rahmen eingespannten nationalen Schutz- und Sicherheitspolitik. Soweit die Gefahrenzone des Staates reicht, soweit erstreckt sich die Souveränität der Vereinigten Staaten, wenn auch nur in dem negativen Sinn des Ausschließens anderer Souveränität.

Die Vereinigten Staaten hatten ihre Freiheit nur dadurch erringen können, daß sie sich in die Bewegungen der europäischen Politik hineinbrachten, indem sie zwischen dem weltweiten Gegensatz von England und Frankreich ihr politisches Spiel spielten, und einmal sich an England und einmal sich an Frankreich anlehnten. Sobald aber ihre eigenstaatliche Existenz gewonnen und einigermaßen gesichert war, mußte ihr natürliches nationales Streben dahin gehen, aus der Gefahrenzone der europäischen Politik herauszukommen, und den weiten Raum des Ozeans politisch als Trennung wirksam werden zu lassen. „Los von Europa" — mußte der Ruf lauten, um dadurch Freiheit und Unabhängigkeit zu vollenden!

Diesem defensiven oder gleichsam negativen Prinzip der Monroe-Doktrin, Europa und Amerika auseinander zu halten, entspricht aber zugleich auch ein positives, angreifendes: nämlich den amerikanischen Erdteil als Ausbreitungsgebiet den Vereinigten Staaten vorbehalten.

Die zugrunde liegende Rechtsvorstellung ist auch hier aus dem Boden des Naturrechts hervorgegangen, welches in allem zur Rechtfertigung der amerikanischen Unabhängigkeit gedient hatte. In der „Monroe-Doktrin" steckt offenbar die Idee der „natürlichen Grenze", d. h. die Vorstellung einer von Gott und der Natur vorherbestimmten politischen Einheit dieses transatlantischen Lebensraumes. Europäische Macht in Amerika muß deshalb Verletzung eines natürlichen Grundrechts sein, Aufgabe amerikanischer Außenpolitik aber: diesen kontinentalen Lebensraum wirklich zu ergreifen und mit amerikanischem Leben zu erfüllen.

Diese positive und jene negative Tendenz der „Monroe-Doktrin" sind im Gang der geschichtlichen Entwicklung immer wieder hervorgetreten.

Die Politik der Exklusivität, der Absonderung, der freiwilligen Isolierung ist immer wieder durchgebrochen, oft zur Überraschung der übrigen Welt: auch dann noch, als die kapitalistischen und die demokratischen Motive ihrer Außenpolitik die Vereinigten Staaten wieder tief in die Verschlingungen der europäischen Weltpolitik hineingeführt haben. Als Wilson mit dem Völkerbund aus dem europäischen Krieg heimkam, erlebte die „Monroe-Doktrin" eine Auferstehung, und der Senat, Hüter aller amerikanischen Traditionen, verwarf diese Frucht aus Wilsons Kriegszielen!

Wir erinnern uns hier, daß John Quincy Adams, der als Staatssekretär die „Monroe-Doktrin" 1823 formuliert hatte, 1826 erklärte, als von dem Befreier Südamerikas Bolivar ein panamerikanischer Völkerbund in Panama errichtet werden sollte: „Wir (die Vereinigten Staaten) werden niemals einen Vertreter zu irgendeinem Kongreß von Nationen senden, dessen Beschlüsse für unsere Nation Gesetz sein sollen ... Wir wünschen keiner Konfödetion anzugehören, die mehr umfaßt als die Vereinigten Staaten von Amerika."

Hier ist jener historisch tief begründete steife Nationalismus ausgesprochen, der immer wieder, bis zum heutigen Tage, bei den Amerikanern durchgebrochen ist, so daß man in völkerbundsfreundlichen Kreisen von der nordamerikanischen Union als dem „Anarchisten" im Kreise der Völker und Staaten hat sprechen können.

Neben dieser Tendenz der Exklusivität erscheint nun aber als mächtiges Positivum das, was als Hauptinhalt der amerikanischen Geschichte des 19. Jahrhunderts gelten muß: das ständige Vorrücken der Grenzen unter dem Motto „manifest destiny", — solange bis aus einem schmalen atlantischen Küstenstaat die große den Kontinent umfassende Macht geworden! Von Generation zu Generation vollzog sich diese Erweiterung, von der Küste zu den Alleghanies, vom Mississippi bis zum Felsengebirge und dem Strand des andern Ozeans. Und als die pazifische Küste erreicht war, gab es hier kein Halten: nun sollten die beiden Ozeanküsten gleichsam miteinander verbunden werden durch den Panama-Kanal; das aber brachte die Wendung der Expansionsbewegung nach Süden: der ganze mittelamerikanische Raum muß wegen des Kanals unter die „Kontrolle" der Vereinigten Staaten gelangen (wie ein beliebter amerikanischer Ausdruck für das unliberale und unamerikanische Wort „Herrschaft" lautet).

Die Westbewegung aber lief auch ihre eigene Richtung in den weiten Raum des Stillen Ozeans hinaus, — hier wurden (im weltpolitischen Drang) die natürlichen Grenzen der „Monroe-Doktrin" überschritten, denn die Bewegung stieß bis zu den Hawaiischen Inseln, bis nach Samoa, ja bis zu den Philippinen und nach Ostasien vor.

Diese Grenzerweiterungen des 19. Jahrhunderts sind nur zum Teil durch Kauf- oder „Kontroll"verträge auf diplomatischem Wege gewonnen worden: auch der Krieg oder die kriegerische Unternehmung war ein unentbehrliches Mittel, den Staat in den von ihm beanspruchten Herrschaftsraum auszudehnen — vom Unabhängigkeitskrieg an bis zu dem, wie ich in Anwendung wiederum eines amerikanischen politischen Begriffs sagen möchte, „Flibustierkrieg" von 1898. Überall war das Glück mit den amerikanischen Waffen, nur die geplanten Eroberungszüge gegen Kanada scheiterten in den beiden Kriegen der Vereinigten Staaten gegen England. So ist es den Engländern gelungen, den Ideen der „Monroe-Doktrin" hier einen Halt entgegenzusetzen.

Die Grenzerweiterungen hatten aber nicht nur eine außenpolitisch-territoriale Bedeutung: sie waren aufs engste verbunden mit dem ständigen Vorrücken der amerikanischen Volks- und Zivilisationsgrenze oder der „Front" („the frontier"), wie man in Amerika sagte, jener „Front", an der sich, durch den Charakter des Pionierlebens, die Wesensart des modernen Amerikaners gebildet hat: sein aggressives Temperament, die rauhe Natürlichkeit seines Umgangs, sein Sinn für allgemeine Kameradschaft, sein Unternehmungsgeist und sein Optimismus.

In der Reihe von Eroberungskriegen, um den amerikanisch-pazifischen Raum mit der Macht und dem Volkstum der Vereinigten Staaten zu erfüllen, stehen nun zwei Kriege der Union, welche davon abgesondert eine Bedeutung für sich haben und unsere Betrachtung weiterführen zu dem wichtigen Problem des Demokratismus in Amerika.

Wir sprachen schon vom Sezessionskrieg als von einem nationalen Einigungskrieg, welcher den Separatismus, den alteingewurzelten sektiererischen Partikularismus, das einzelstaatliche Selbstbestimmungsrecht auslöschte, die Ideen von 1776 gleichsam aufhob.

Der Bürgerkrieg hat aber noch ein anderes Gesicht. Er erweist sich als ein Kampf der Demokratie des Nordens und Westens gegen die Pflanzer-Aristokratie des Südens.

Die Entfaltung der Massendemokratie, der industriellen und agrarischen, im Norden und Westen der Union hatte gegen Ende der fünfziger Jahre den Entwicklungspunkt erreicht, da sie danach drängte, nun die nationale Führung in die Hand zu nehmen und alles beiseite zu drücken, was dem Strom der Massen an „aristokratischen" Institutionen und Traditionen noch entgegenstand. Die Negerbefreiung – d. h. die Zerstörung der Arbeitsverfassung des Südens – war das Kampfmittel dazu.

Woher kam diese Massendemokratie?

Sie war nicht in dem ursprünglich revolutionären Amerika des 18. Jahrhunderts entstanden; damals hatte sich ein liberales System gebildet, das ja immer noch einen gewissen „aristokratischen" Zug aufweist und jede Art von „Mobokratie" verabscheut. „The good people" – das angesehene Bürgertum sollte in den dreizehn Staaten die Staatsleitung übernehmen; eingeschränkte Wahlrechte sicherten eine solche liberal-aristokratische Führung.

Erst Ende der zwanziger Jahre, als ein Auftakt zu den europäischen Revolutionen von 1830 und 1848, drang in den Vereinigten Staaten der eigentlich demokratische Impuls durch. Das allgemeine gleiche Wahlrecht wurde gewonnen. Die junge Pionierbevölkerung des Westens, die eine fluktuierende Masse geworden war, die junge Fabrikarbeiterschaft in den aufschießenden Städten des Nordostens schwor auf die Fahne des ersten großen amerikanischen Demagogen, General Andrew Jackson, den die Mehrheit als Träger ihrer radikal-demokratischen Ideen auf den Stuhl des Präsidenten hob.

Das politische Leben Amerikas verwandelte sich. Es vollzog sich die Auflösung alles dessen, was noch an Symbolen von Herrschaft oder besonderer Würde der Träger der Staatsgewalt sich in dieser utilitarisch-rationalen Welt erhalten hatte. Alles, was irgendwie „Tradition" besaß, wurde als feindlich beiseite geschoben; die altbürgerlichen Familien wurden entthront — durch die „neuen Tataren" aus dem Westen, wie die Abgesetzten Jacksons Anhänger nannten —, und eine völlig atomisierte Gesellschaft an die Stelle gesetzt, erfüllt von Gleichheitsfanatismus und dem Glauben an alles, was Mehrheit, was öffentliche Meinung heißt. „Rotation in office" heißt es jetzt — „Jeder einmal Landrat", könnten wir es vielleicht übersetzen. „The spoils to the victor" — die Erträgnisse des Staates an die Massen, oder vielmehr an die Mehrheitspartei ausliefern, also das Amt als „Beute" im innerpolitischen Kampf ansehen, als Versorgungsmittel, wenn nicht sogar als geschäftsmäßiges Bereicherungsmittel.

In diesem jungen Amerika der dreißiger und vierziger Jahre konnte de Tocqueville, erfüllt von europäisch-aristokratischem Pessimismus, den Untergang der abendländischen Kulturgüter studieren und in seinem berühmt gewordenen Buch über die amerikanische Demokratie niederlegen.

Seinen Höhepunkt hat dieser aggressive Demokratismus, nachdem in den sechziger Jahren die Pflanzer-Aristokratie der Südstaaten durch die neue republikanische Partei des Nordens unter Abraham Lincoln zerstört worden war, unter Präsident Woodrow Wilson erreicht, indem dieser nunmehr auch auf die große Außenpolitik — das ist die dritte Stufe seiner Entwicklung von Jackson zu Lincoln und Wilson — Anwendung fand. „Make the world safe for Democracy": das war die Parole, mit der Wilson eine moderne Ära der Interventionspolitik auf demokratischer Grundlage einleitete.

In seinen Kämpfen mit Mexiko, in seiner Art und Weise, den Präsidenten Huerta zu stürzen (1912—14), hielt er gleichsam eine Generalprobe der Methoden ab, mit denen er im Vorwärtstragen der amerikanischen politischen Ideen den Krieg gegen Deutschland bis zum Sturz der Monarchien führte. „Make the world safe for Democracy": das heißt doch, daß die amerikanische Demokratie sich nicht sicher fühlt, solange nicht alle Völker und Staaten der Erde deren Prinzipien in sich aufgenommen haben und sich damit freiwillig oder unfreiwillig „amerikanisieren". Alles Andersgeartete, alles Besondere erscheint diesen Gleichheitsfanatikern unheimlich und darum gefährlich und feindlich. Nur eine Nation, welche den Persönlichkeitsgedanken in seiner Tiefe erfaßt, kann auch den Gedanken vom Unterschied der Völker und von der Individualität der Staaten ertragen.

Der amerikanische Demokratismus kennt nur die Uniformität: nicht nur die Staaten und Völker, auch die Rassen glaubt er mit seinen Ideen überwinden zu können.

„Wir sehen Nordamerika", so schrieb man 1855, „die unbewohnte größte bewohnbare Fläche der Erde, die von Europa, Afrika und Asien aus gleich leicht zugänglich ist, für den Punkt an, wo notwendigerweise zuerst die sämtlichen Rassen der Erde sich zusammenfinden und nach organischen Gesetzen sich zur Menschheit ordnen." Diese universelle Menschheitsform, auf die der amerikanische „Nationalismus" hinzielt, hat als stärkste bewegende Kraft über die Erde hin den „Demokratismus" zur Seite. Eine politische „Standardisierung" aller Völker wird dadurch angestrebt, ohne Rücksicht darauf, daß der damit zu gewinnende Begriff des Universalen nur im Quantitativen wurzeln kann. Mit Stolz ist sich der Amerikaner heute bewußt: die Welt wird von diesem Reich des Westens gerade durch die Mittel der Demokratie mit Riesenschritten der allgemeinen „Amerikanisierung" entgegengeführt; auch in diesem Sinne meint er: „Make the world safe for Democracy."

An dieser Stelle treten wir nun über in das Fragengebiet derjenigen Erscheinung, die vor allem als Träger der amerikanischen Kraft in der Welt angesehen wird: des amerikanischen Kapitalismus.

„Liberty and property" war der Ruf des 18. Jahrhunderts; das eine bedingte das andere, wechselseitig. Die amerikanische Wirtschaftsentfaltung vom 18. zum 20. Jahrhundert hat aus diesem Beieinander der beiden Grundbegriffe des angelsächsischen Liberalismus die Abhängigkeit des einen vom andern, der Freiheit vom Besitz, d. h. die Unterordnung der Freiheit unter den Besitz bewirkt, so daß, wie Wells es einmal in seinem Amerikabuch formuliert hat, es jetzt nur noch heißen kann: „liberty of property." Freiheit besteht wesentlich nur für den Kapitalisten. Die ursprüngliche amerikanische „Demokratie" war physiokratisch-agrarisch konzipiert: solange es einen unermeßlichen freien Boden gab, waren Farmer und Pflanzer die herrschenden Gestalten des Volkes. Diese Agrarzeit des Aufbaus der Vereinigten Staaten war freilich schon ganz vom „kapitalistischen" Geist des Wirtschaftens durchdrungen. Es entstand keine eigentlich bodenverwachsene Bevölkerung, sondern das Prinzip immer weiter vordringender kolonisatorischer Ausbeutung der jungfräulichen Gebiete war vorherrschend.

Das Ende dieser agrarischen Pionierzeit kam in den achtziger Jahren, als die Siedlungsgrenze den Stillen Ozean erreicht hatte und es keine Neuaufschließung von Land mehr gab. Inzwischen hatte sich die Industrialisierung, in den ersten Ansätzen vom Unabhängigkeitskrieg her, fortentwickelt, in den mittleren Jahrzehnten, seit dem Bürgerkrieg aber mit ihrem Geist geradezu alles überwuchernd, über das Land ausgebreitet. Jetzt mußte der politische Liberalismus zugunsten des wirtschaftlichen Liberalismus verlieren. Th. Jefferson, einer der „Väter der Republik", hätte sich mit Schauder von diesem großstädtisch-kapitalistischen Amerika abgewandt. Die alte liberale Ordnung hatte nach zwei Seiten Verluste erlitten: nach der Seite des Demokratismus und nach der Seite des Kapitalismus. Unterirdisch entstand eine vielfache Verbindung zwischen diesen beiden jetzt vorherrschenden Mächten.

Die sozialen Folgeerscheinungen davon waren sehr bedeutsam. Der Begriff der Gesellschaft, an sich schon seit jeher in dieser amerikanischen Welt vorwaltend, gewann noch mehr Raum gegenüber der Idee von der Autonomie des Staates. Die Nation glaubt an die Kapitalisten, an die reichen Leute. Die Wirtschaftsführer sind die Herren Amerikas. Ein Eisenbahnkönig (E. H. Harriman), der 20 000 Meilen Bahnstrecke organisiert hatte, faßte den Glauben an das Unternehmertum in die Worte: „This country has been developed by a wonderful people, flush with enthusiasm, imagination and speculation ... Stifle that enthusiasm, deaden that imagination and prohibit that speculation by restrictive and cramping (conservative) law, and you tend to produce a moribund (and conservative) people and country." Und ein anderer (G. F. Baer) ging in der Verteidigung der Plutokratie so weit, daß er von den Unternehmern als von jenen „christlichen Männern" sprach, „denen Gott, in seiner unendlichen Weisheit, die Kontrolle der Eigentumsinteressen in diesem Lande übertragen hat" — „to whom God ... has given the control of the property interests of the country". Das ist schon eine Vergötzung der Kapitalisten.

Wo solche Formulierungen überhaupt möglich werden, da ist eine Gesellschaft gegeben, welche in ihrem Aufbau weder Stände noch Klassen, sondern allein Reichtumsstufen kennt. Dem eigentlich amerikanischen Volk ist deshalb die Erscheinung eines sozialen Ressentiments etwas Fremdes. Zu lange ist „opportunity" das Kennwort des amerikanischen Lebens gewesen, als daß das in seinen psychologischen Auswirkungen auch in Zeiten der Krise sich plötzlich verändern könnte. Wenn für den einzelnen aber „unbegrenzte Möglichkeiten" keine Wirklichkeit mehr sind, dann hängt auf die Dauer der soziale Friede von dem neuerdings in Amerika vorwaltenden Begriff „Prosperity" ab. Das Gedeihen der kapitalistischen Wirtschaft oder ihre Schrumpfung bestimmen Aufstieg und Sturz von Parteien und Präsidenten.

Nach außen hin aber wird der kapitalistische Einschlag in die große Politik weltkundig gemacht durch das Schlagwort von der Dollar-Diplomatie. Die Interessen der großen Unternehmungen beeinflussen oder bestimmen gar die Entscheidungen in der Außenpolitik. Man gewöhnt sich, auf die Bankiers zu sehen, wenn man den Gang der internationalen Politik beobachten will.

So weit die Abhängigkeit der Demokratie von der Plutokratie, der Massen von den Millionären sich auch erstrecken mag, die beiden Abkömmlinge und Sieger über den reinen Liberalismus: Demokratismus und Kapitalismus stehen auch gegeneinander, zumal wenn keine Prosperität die zivilisatorischen Versprechungen des in einflußreichen Verbänden organisierten Kapitals sicherstellt. Dann wird die Demokratie dazu gedrängt, den Selbstbehauptungswillen des Staates gegen die neuen mächtigen Partikulargewalten der ökonomischen Korporation zu vertreten.

Zum Abschluß noch einen Hinweis auf den amerikanischen Imperialismus. Wir deuteten bereits am Eingang dieses Vortrages darauf hin, daß er seine Wurzeln in der Verbindung des ausgreifenden Nationalismus, des universalen Demokratismus und des expansiven Kapitalismus hat. Imperialismus ist für die Amerikaner kein Programm einer neuen Weltpolitik, sondern von Anbeginn ihrer nationalen Geschichte her eine innere Wirklichkeit. Einer ihrer Staatsgründer (Alexander Hamilton) – er war ein Antipode des agrarischen Jefferson – hatte in der Stunde der Geburt der neuen unabhängigen politischen Gemeinschaft den Sinn dieser Schöpfung in die Worte gefaßt: „We are the embryo of an Empire", die Keimzelle eines Weltreiches. Aus dem europäischen Kolonialwesen hervorgegangen, auf dem eigentlichen Felde der abendländischen Expansion gewachsen, wurden die Vereinigten Staaten von einem unersättlichen Ausdehnungstrieb erfüllt. „We are great and rapidly – I was about to say fearfully – growing", rief Calhoun 1817 im Kongreß aus! Zwar hat ständig auch eine pazifistische Gegen- oder Nebenströmung bestanden: Schon 1775 wurde verkündet „America is formed for happiness but not for empire" (Burnaby). Aber wer wollte sagen, daß hier eine Kraft wäre, welche die tief angelegten Strebungen ständig fortschreitend sich auszudehnen unwirksam machte? Finden wir nicht tausendfach variiert Kundgebungen wie diese, wodurch die Idee „empire" – das Reich – und die Idee „happiness" – Wohlfahrt – verbunden werden soll: „Wir sind von Gott dazu berufen, die Welt durch unser Beispiel zu retten und zu reinigen! Wenn nun die andern Nationen unsere wirtschaftlichen, unsere politischen und unsere religiösen Grundsätze und unsere allgemeine Einstellung zum Leben annehmen wollen, dann würden sie rasch – daran ist nicht zu zweifeln – ebenso glücklich sein wie wir."

Diese puritanischen, liberalen, nationalen, demokratischen und kapitalistischen Vereinigten Staaten tragen, wie wir sahen, keine Bindung in sich selbst. Emerson fragte einmal: wo sind die Grenzen Amerikas? und er antwortete: die Nord- und Südgrenze liegt in den unbekannten Eismeeren; die Ostgrenze ist zu finden, wo die Sonne aufgeht; und die Westgrenze wird sich ausdehnen bis zum jüngsten Gericht!

Das ist der amerikanische Lebenswille!

Wahrlich: dieser Riese, jung und greisenhaft zugleich, verdient, daß wir ihm unser ernstes Studium widmen.

III.

AFRIKA

DIE KOLONIALFRAGE IN DEN FRIEDENSVERHANDLUNGEN VON VERSAILLES*

1

I.

Das deutsche Kolonialreich hat ziemlich genau 35 Jahre bestanden. Durch Bismarcks Telegramme vom 24. April 1884 nach Kapstadt und London, die er mit den Worten begleitete: „Jetzt wollen wir handeln", war das überseeische deutsche Kolonisationswerk ins Leben gerufen worden. Am 24. April 1919 trat die Kommission der Pariser Friedenskonferenz für deutsche Kolonien zusammen[1], um die Enteignungsparagraphen Deutschlands und der Deutschen im Gesamtbereich von Übersee, zumal bezüglich der deutschen Kolonien, zu redigieren: außerhalb seiner Grenzen in Europa verzichtet Deutschland auf alle Gebiete, Rechte und Ansprüche! Wir fragen: war der Weltkrieg geführt worden, um die deutsche Stellung in Übersee zu zerstören? Das als den eigentlichen Sinn des Krieges zu bezeichnen, würde nicht richtig sein. Wohl ist der Krieg geführt worden, um die deutsche „Weltstellung" als Ganzes aufzuheben, die Bismarckische Schöpfung zu vernichten, aber nicht eigentlich um die deutschen Kolonien zu erobern; diese bildeten vorerst nur einen verhältnismäßig kleinen Teil in dem Gesamtgefüge der deutschen Macht.

Als der Krieg aber da war, lockten die offenen, beinahe rüstungslosen deutschen Kolonien zu leichten Eroberungszügen heraus. Der deutsche Kanzler hat den Versuch gemacht, den europäischen Kolonialbereich, zumal Afrika, aus dem Krieg herauszuhalten, in dem Bewußtsein, welche unabsehbaren Folgen es haben müßte, wenn die gemeinsam kolonisierenden Europäer im Innern Afrikas zwischen den Negern gegeneinander Krieg führen würden. Die Berliner Kongoakte vom Februar 1885 gab einen Anhalt zu einer solchen Neutralisation großer Bezirke des in der Aufschließung begriffenen Erdteils.

* Zeitschrift für Politik Bd. 23 (1933) S. 32-44.

[1] G. L. Beer: African questions at the peace conference, New York 1923, p. XXV.

Die Westmächte aber und die Neutralen lehnten ab, sich im Sinne einer europäischen Gesamt-Verantwortung — ein solcher Gedanke lag der Kongoakte zugrunde — zu entscheiden! Die Lust zu kolonialer Beute wog schwerer als das Gesamtinteresse der abendländischen Kolonisation. Mit Recht wies dagegen der Kanzler darauf hin, daß über den afrikanischen Besitz letztlich doch nicht durch Feldzüge in Afrika, sondern durch die Schlachten in Europa entschieden werden würde. Die Westmächte haben das alles abgewiesen. Sie sahen, daß die Deutschen in ihren Kolonien, auf den draußen liegenden Pflanzstätten neuer Kultur, leicht getroffen werden konnten. Zudem kam den Kolonien eine Art symbolische Bedeutung für die „Weltpolitik" zu — ihre Wegnahme, viel mehr als die Eroberung deutscher Grenzprovinzen in Binneneuropa, konnte dazu dienen, die Weltächtung der Deutschen draußen in der Welt wirksam und sichtbar zu machen. Auch vor den farbigen Völkern sollte der Deutsche zum Paria gestempelt werden. Die schwarz-weißrote Flagge sollte in der Welt nicht mehr gesehen werden.

In der Frage, ob der Kolonialkrieg zu führen sei, erschien aber auch noch ein wesentliches Sonderinteresse, ein Interesse in der überseeischen Sphäre selbst, nämlich das Bestreben der „Kolonialstaaten", sich auf Kosten europäischer Kolonien auszubreiten. Es war die Politik, die aus verschiedenen „Monroe-Doktrinen" hervorging. So wie die Macht der Vereinigten Staaten aufgebaut worden war, auf Eroberungen und Erwerbungen französischer, britischer, spanischer und russischer Kolonien (gestützt auf das Prinzip: europäische Kolonisation in Nord- und Mittelamerika auszuschließen), so hatten die Südafrikaner, die Australier und Neuseeländer für ihren Bereich entsprechende „Monroe-Doktrinen" verkündet. Von der britischen Politik waren diese „Monroe-Doktrinen" der Dominions nicht berücksichtigt worden, als man den Bismarckischen Kolonial-Gründungen zustimmte. Ja, es gab Überlegungen in England, diese deutschen Kolonien im südafrikanischen und im Südseeraum als nicht ungünstig dafür anzusehen, in den Dominions das Reichs-Interesse wachzuhalten — so wie einst die nordamerikanischen Kolonien durch das französische Kanada in der Nachbarschaft beim Mutterland festgehalten worden waren. Sowohl Gladstone wie Salisbury haben sich zur Zeit der deutschen Kolonial-Gründungen so ausgesprochen. Nun da der Krieg da war, meldeten diese Dominions ihre alten Ansprüche wieder an; ihr Eifer für den Krieg ward durch ihre kolonialen Sonderziele rege gehalten.

Diese Unterschiede des Interesses am Kolonialkrieg muß man berücksichtigen. London dachte zunächst bei kolonialen Eroberungen an die Möglichkeit von Kompensationen — noch im Januar 1918 sprach Lloyd George davon, daß die deutschen Kolonien zur Disposition der Friedenskonferenz (mit den Deutschen nämlich) gehalten würden: „they are held at the disposal of a conference"[2] –, während Pretoria, Melbourne und Wellington an endgültige Eroberungen dachten. Dabei dürfen aber auch die Interessen Britisch-Ost-Indiens an Ostafrika nicht vergessen werden (hier liegen sehr alte Zusammenhänge vor), ferner das französische koloniale Revanche-Bedürfnis für das Kongo-Marokko-Abkommen von 1911 und der Ausdehnungsdrang der Japaner im Nordpazifik. So wurden von der kolonialpolitischen Seite her die Interessen vieler Mächte im Sinne kolonialer Eroberungen zusammengezogen.

Die kolonialen Feldzüge – außer dem in Ostafrika, der das Staunen der Welt erregte –, konnten, bei dem Mangel einer Militarisierung der deutschen Kolonien, bis 1916 erledigt werden. Mit der Einteilung der Feldzüge und Besetzungen in den Kolonien hing die vorläufige Verteilung der Kolonien unter den Alliierten zusammen; in einer Reihe von Geheimverträgen wurden Togo und Kamerun zwischen Frankreich und England geteilt, die pazifischen Inseln nördlich des Äquators Japan, südlich des Äquators dem „Empire" zugesprochen: England, Australien und Neuseeland. Deutschostafrika besetzten Engländer und Belgier, Deutschsüdwest die Südafrikaner. Bei den Italienern wurden Hoffnungen auf koloniale Kompensationen erweckt. Diese Verträge zur Aufteilung der deutschen Kolonien waren geheim, weil die öffentliche Kriegspropaganda der Alliierten mit Ideen arbeitete, welche durch diese Verträge Lügen gestraft wurden.

Bevor wir nun auf das Zustandekommen der kolonialen Friedensbestimmungen eingehen, müssen wir noch dies ins Auge fassen: eine Komplizierung des kolonialen Problems entstand, als die amerikanische Tendenz immer stärker auf den Krieg einzuwirken begann. Es lag in der ursprünglichen Zwischenstellung der Vereinigten Staaten zwischen den Kriegführenden, in dem Prinzip ihrer Neutralität (wenn auch nicht in deren parteiischer Handhabung) und in der durch das Schicksal ihnen zugeworfenen Aufgabe, als einzige Hauptmacht außerhalb des Kampfes die Vermittlung des Friedenswerkes zu übernehmen, daß gewisse Ausgleichsformeln für die kolonialen Fragen von Amerika ausgingen. Sie hingen zusammen mit den allgemeinen Grundsätzen, die zur Befriedung der Welt verkündet wurden: Keine Sieger und Besiegte! Keine Annexionen! Keine Zahlungen (Tribute)! Selbstbestimmung der Völker!

Was konnten solche Formeln für die deutschen Kolonien in Afrika und in der Südsee bedeuten? Wozu waren die Dominions im Kriege? Zunächst konnten sie nur einen Anhaltspunkt für ihre Absichten in diesen Formeln finden, nämlich in dem Begriff „Selbstbestimmung", einem der unwahrhaftigsten Begriffe der neueren Zeit. Man war im Fortgang des Krieges in den Besitz

2 M. E. Townsend: The rise and fall of Germany's colonial Empire 1884–1919. New York 1930, p. 382. Zur Würdigung dieses Buches siehe Hans Zache in „Koloniale Rundschau" 1930 Heft 4–6.

der deutschen Kolonien gekommen, man hatte die Bevölkerung – Weiße wie Eingeborene – in der Hand; mit einigen Machenschaften, so meinte man, würde man da mit der Selbstbestimmungsphrase leicht durchkommen. Lloyd George verkündete (5. Januar 1918) vor den englischen Gewerkschaften: man kann Selbstbestimmung genau so in Afrika wie in Europa anwenden; die Wünsche der Eingeborenen müssen entscheiden, und er setzte hinzu: wir wissen, daß sie eine tiefe Abneigung gegen die Deutschen haben! Aber, um eine solche Erfindung zur Weltmeinung zu machen, galt es, die Amerikaner in ihrem an die Formeln gebundenen Gewissen zu beruhigen, und da bot sich ein Analogon zu der von Belgien ausgehenden Kriegsgreuelhetze gegen Deutschland in einer Kolonialgreuelhetze. Die Idee eines gerechten Ausgleichs im Frieden sollte ersetzt werden durch die Idee der Strafe – der Strafe, die an den Deutschen vollzogen werden müsse; denn der Krieg wurde nun in eine große Strafexpedition umgelogen. Wenn die Deutschen in Europa als „Hunnen", als entmenschte Barbaren, als Bestien hingestellt wurden, so mußten sie auch in den Kolonien sich als solche erwiesen haben! Es schien eine klare Schlußfolgerung.

Man beginnt nun mit einer systematischen Ausbreitung der kolonialen Schuldlüge, besonders seit 1917. Der Schmutz wird durch die Blaubücher, Zeitungen, Schriften und Reden der Alliierten und Neutralen gewälzt. Die gemeinste Kriegswaffe, welche das demokratische Zeitalter hervorgebracht hat, wurde nun auch für die Kolonialfrage in Gebrauch genommen. Von den gewiegten Demagogen der westlichen Welt wurde ein Massenwahn erzeugt – durch alle Mittel der Entstellung, der Verleumdung, der Beschimpfung –, ein ungeheuerlicher Schlamm von Schmutz über die Menschheit ausgebreitet, so daß als die Stunde gekommen war, den Frieden herzustellen, mit einer Handbewegung, mit einem einzigen gewissenlosen Satz, die Enteignung sämtlicher deutscher Kolonien vollzogen werden konnte. Für dieses Werk waren nicht nur bezahlte Skribenten angestellt, sondern die Staatsmänner selbst, zuerst die englischen und französischen, dann auch die amerikanischen, Lloyd George, Balfour, Wilson, Simon u. a., beteiligten sich mit Eifer daran[3]. Wir wollen in einzelnen Zügen verdeutlichen, wie es mit Hilfe solcher Lügen zur Wegnahme der deutschen Kolonien gekommen ist.

Woodrow Wilson hatte, nach dem Eintritt Amerikas in den Krieg, die Umstellung seiner ursprünglichen Ausgleichsformeln in der Weise vollzogen,

[3] Selbst nach dem Friedensschluß in seiner großen Rede über den Frieden erging sich Wilson in Schmähungen: „Die deutschen Kolonien sind nicht regiert worden: sie sind nur ausgebeutet worden, ohne Gedanken an die Interessen oder auch nur an die gewöhnlichen Menschenrechte ihrer Einwohner!" 66. Congress, Senate, Doc. 50 p. 7. Washington 1919.

daß er ständig die Unterscheidung zwischen deutschem Volk und deutscher Regierung vornahm. „Mein Herz ist von Sympathien für das deutsche Volk bewegt, aber ich hasse seine Machthaber, die dieses Volk mißbrauchen." „Ich wünsche keine Repressalien gegen das deutsche Volk", sondern (das bezog sich auf die Kolonien) seine „Teilnahme an den wirtschaftlichen Möglichkeiten, die die Welt bietet[4]". Unter den 14 Punkten (welche später dann den Inhalt des Vorfriedens ausmachten) lautete Punkt 5:

„Eine freie, weitherzige und unbedingt unparteiische Schlichtung aller kolonialen Ansprüche",

wobei die berechtigten Forderungen der Regierungen ebenso Berücksichtigung finden müßten, wie die Interessen der Eingeborenen. Die 14 Punkte waren entstanden aus einer Denkschrift von Wilsons Ratgebern, in der es hieß, in Anlehnung an die ursprünglich englische Auffassung: „the German colonies are obvious material to bargain with"[5] – die deutschen Kolonien bildeten das geeignete Material, um etwas auszuhandeln. Historisch gesehen sollte Punkt 5 also kein wesentliches Prinzip enthalten, sondern die Kolonien, ebenso wie Deutschlands kommerzielle Stellung im Pazifischen Raum und in Amerika sollten als Handelsobjekt benutzt werden. Es lag in der von Woodrow Wilson gewählten endgültigen Formulierung von Punkt 5 aber immerhin die Möglichkeit einer allgemeinen, allumfassenden Überprüfung des Kolonialbesitzes der Europäer eingeschlossen, das Wunschbild zu einem großen Kolonialstatut des Abendlandes zu kommen.

Ehe die 14 Punkte zur Friedensgrundlage gemacht wurden, hatte Oberst House, der vertraute Berater Wilsons, am 29. Oktober 1918 die authentische Interpretation, die maßgebliche Deutung auch von Punkt 5, an die Westmächte gegeben, worin er die Frage offen ließ, ob die Kolonien zurückgegeben werden sollten, wenn er auch als berechtigte Gründe Englands und Japans gegen die Rückgabe anerkannte: Deutschland würde 1. die Kolonien zum Bau von U-Boothäfen benutzen, 2. die Eingeborenen bewaffnen, 3. koloniale Intrigen (!) anzetteln, 4. die Eingeborenen bedrücken. Dagegen aber stellte er auch als berechtigte Ansprüche Deutschlands fest: 1. Zugang zu den Tropen mit ihren Rohstoffen, 2. Gebiete für die Auswanderung, 3. daß „Annexionen" nicht stattfinden dürfen. Das Interesse der Eingeborenen sei, außer den allgemeinen humanen Maßnahmen: kein Heeresdienst, offene Türen, erfahrene und erprobte Schutzmacht. Die Folgerungen daraus seien: es gibt kein Eigentum an Kolonien, sondern nur „Treuhänderschaft" für die Eingeborenen und im Auftrage des Völkerbundes, woraus wiederum abzulei-

4 Am 2. April 1917, Papstnote 1917, 8. Januar 1918, 27. September 1918.

5 Die Stelle lautet weiter: „as is Germany's exclusion from the Pacific and from Central and South America"! R. S. Baker: Woodrow Wilson and World Settlement, New York 1923, III 29.

ten ist, daß bindende internationale Vorschriften für die Kolonialpolitik der Mächte aufgestellt werden können. Die Einführung der Mandatsidee war damit angekündigt. Als amerikanisches Sonderinteresse stand wohl hinter dieser beweglichen Deutung von Punkt 5 die Sorge vor der Ausbreitung der Japaner im Nordpazifischen Raum. Wenn man diese durch allgemeine kolonialpolitische Bestimmungen einschränken könnte[6]?! Nun: Diese Housesche Interpretation von Ende Oktober 1918 ließ noch alles offen.

II.

Was ist nun das Schicksal der deutschen Kolonien auf der Friedenskonferenz gewesen?

Auf der Überfahrt von der Neuen in die Alte Welt, am 10. Dezember 1918, versammelte der sonst so unzugängliche und sich abschließende Wilson den großen Stab seiner Mitarbeiter und Helfer und sprach über das bevorstehende Friedenswerk. Die 14 Punkte des Vorfriedens erwähnte er hierbei nicht! Über England meinte er, daß es keine weitere Ausdehnung des „Empire" wünsche (glaubte er das wirklich?), und von den deutschen Kolonien sagte er: sie müßten Eigentum des Völkerbundes werden und durch kleine Nationen verwaltet werden. Hier, vor der Konferenz also schon, in einer noch ganz amerikanischen Atmosphäre, hatte Wilson die Oktober-Interpretation Houses, die „berechtigten deutschen Ansprüche und die Idee des kolonialen Ausgleichs" preisgegeben[7]. Die geheuchelte Sympathie für das deutsche Volk im Gegensatz zu seiner Regierung war nach dem gewünschten Sturz dieser Regierung in das Arsenal der Kriegswaffen wieder verpackt. In Wirklichkeit waren diesem tief anglophilen Präsidenten die Deutschen durchaus unsympathisch, nicht die kleinste Regung des Verständnisses verband ihn mit diesen. Er sagte seinen Beratern: Man wird die Ansprüche der Alliierten prüfen und dann Deutschland zum Zahlen bringen: „Germany should be made to pay"[8]. Es ist während dieser Szene an Bord der „George Washington" das einzige Mal, wo wir davon hören, daß die Kolonien an Kleinstaaten ausgegeben werden sollten — übrigens an welche? Die afrikanischen vielleicht an Belgien als eine Art Ersatz für die Kriegsleiden? Die pazifischen vielleicht an Holland, damit der japanische Besitzstand dort nicht größer wurde? Wir wissen nicht, an was Wilson gedacht haben mag.

Jedenfalls lag in diesem Plan ein Versuch (gegenüber den Ansprüchen der

[6] Ich zitiere nach der Zeitungsnachricht, welche von Hans Poeschel abgedruckt ist in: Die Kolonialfrage im Frieden von Versailles, Dokumente. Berlin 1920, p. 3. Eine zuverlässigere Form der Quelle war mir nicht zugänglich.

[7] Baker I 10 und D. H. Miller: The drafting of the Covenant, New York 1928, I 43. Es handelt sich um die Aufzeichnung Bowman.

[8] Miller I 41.

Alliierten und den moralischen Rechten Deutschlands) in den Bereich einer Art Neutralisierung auszuweichen; denn die vorwaltenden Überlegungen dabei mußten doch sein: 1. die Kolonien den Großmächten entziehen, 2. dem Völkerbund zu eigen geben und damit allen Mitgliedern des Völkerbundes wirtschaftlich öffnen (also auch dem amerikanischen Export von Kapital und Waren) und 3. in die Verwaltung von solchen Kleinstaaten überliefern, welche wirklich durch den Völkerbund kontrolliert werden könnten, was bei einer Großmacht kaum zu verwirklichen sein würde. Das schien Wilson — in dem Abgetrenntsein einer Ozeanfahrt von den wahren politischen Mächten — die ideale Lösung der Kolonialfrage. Wenn er es vermocht hätte, den Frieden zu diktieren . . . ?

Am 13. Dezember landete Wilson in Frankreich und widmete sich zunächst vier Wochen einem mit vielen Siegesfeiern verbundenen Redefeldzug für die Idee des Völkerbundes als dem Kernstück des Friedens. Der Smutsche Völkerbundsplan vom Dezember 1918, dem Wilson sich, da dieser Cunktator selbst keine fertige Verfassung für die neue Föderation, die er Europa schenken wollte, mitgebracht hatte, in vielem anschloß, hatte das Mandatsprinzip auf die zu liquidierenden osteuropäischen Reiche: Türkei, Österreich, Rußland angewendet. Die deutschen Kolonien aber schloß der Südafrikaner von einer Mandatsordnung aus: sie seien von „Barbaren" bewohnt, die sich unmöglich selbst regieren könnten — so wurde nun erklärt! —; politische Selbstbestimmung käme deshalb nicht in Frage! Man könnte die Eingeborenen ja „konsultieren", zu Rate ziehen, ob sie ihre deutschen Herren wiederhaben wollten, aber die Antwort sei von vornherein klar: so daß eine eigentliche Befragung schlechterdings überflüssig sei, genau so wie in Elsaß-Lothringen. Bei der Verteilung der Kolonien müsse man sich dann an den 5. der berühmten 14 Punkte halten[9]. So schrieb Smuts, der wohl im Dezember noch nicht wußte, daß Wilson diesen Punkt für sich schon preisgegeben hatte. Es ist übrigens das einzige Mal (nach dem Stand unserer Quellenkenntnis), daß Punkt 5 bei den Vorfriedensbesprechungen Erwähnung fand, und zwar auch nur pro forma, gleichsam nur Wilson zu Liebe, ohne den Kerngehalt, nämlich Ausgleich, anzunehmen. Es war deutlich: Smuts verlangte koloniale Annexion. Wilsons Entwurf dagegen (der vom 10. Januar) nahm die Kolonien unter die Mandate des Völkerbundes auf und legte fest, daß unter keinen Umständen „Annexionen" stattfinden dürften; das Selbstbestimmungsrecht müsse, soweit möglich, Anwendung finden; der Völkerbund werde über die Kolonien zu verfügen haben[10]. So kündigte sich von Beginn her aus den Vorentwürfen zum Frieden ein entschiedener Gegensatz im Lager der Sieger an.

Als die eigentlichen Verhandlungen des Friedens begannen, war von den

[9] Miller II 28 und I 34-38.
[10] Miller II 87-88.

Amerikanern als wünschenswerte Reihenfolge der Gegenstände aufgestellt worden: an erster Stelle Völkerbund, Kolonien aber als fünfter und letzter Punkt. Die amerikanische Absicht war, die Kolonien im Hintergrund zu halten; es kam aber anders[11]. Am 12. Januar begannen die Geheimsitzungen des Zehnerrates, am 18. Januar fand die erste von den im ganzen fünf öffentlichen Vollsitzungen statt. Eine Woche später wurde für fast acht Tage ein großer Teil der Sitzungszeit von der Kolonialfrage in Anspruch genommen, sie war einer der ersten, nicht der letzte Punkt der Gegenstände, der die Friedensmacher beschäftigte.

Was hatte das zu bedeuten, daß am 23. Januar Lloyd George plötzlich einen Vorstoß mit der Kolonialfrage machte, sehr zum Ärger Wilsons? Wir müssen uns vergegenwärtigen, was der Hauptgegensatz in Paris war. Auf der einen Seite stand Wilson, dessen ganzer Ehrgeiz darauf gerichtet war, der Stifter des Völkerbundes zu werden; kam man ihm in dieser Sache entgegen, so war er bereit, schließlich alles andere fahrenzulassen. Wesentlich war ihm die neue Verfassung der Welt. Denn Wilson dachte gleichsam von oben her, vom Völkerbund und seinen Organen, den Frieden nach unten hin zu bauen. Nur auf diese Weise konnte er hoffen, seinen Ideen gemäß die Welt zu befrieden. Die Alliierten aber sahen in einem solchen Vorgehen die Gefahr, daß ein amerikanischer, ein Wilson-Friede, vielleicht sogar ein Friede der 14 Punkte, geschlossen würde; war die Weltverfassung erst gestiftet, dann würde es schwer, wenn nicht unmöglich werden, die eigentlichen Kriegsziele durchzusetzen, derentwegen sie in den Krieg eingetreten waren. Sie mußten alles daransetzen, den Frieden von unten her, organisch gleichsam, aber nichtkonstruktiv aufzubauen. Wohl waren sie bereit, bestimmte allgemeine Ideen von vornherein anzunehmen (schon um Wilson zu beruhigen und zu schmeicheln), aber ihr eigentlicher Standpunkt war: erst die Welt in Ordnung bringen (wie sie meinten) und dann auf diesem „status quo“ den Völkerbund als Krone daraufsetzen, als stabilisierenden Faktor ihres Friedens verwerten.

Das ist der politische Sinn des Kampfes, der am 23. Januar um die deutschen Kolonien eröffnet wurde. An dieser peripherischen Frage wollte man Wilson erproben, hier ihn aus seiner Position werfen, von hier aus die „Amerikanisierung der Welt“ verhindern! Der Krieg war nicht um Afrika und die Südsee geführt worden, aber in dem Streit während der Friedenskonferenz um die deutschen Kolonien in diesen Erdteilen sollte das Prinzip des Friedens ausgefochten werden. Wieder gewannen die Kolonien gleichsam symbolische Bedeutung. In der Frage der Verteilung der deutschen Kolonien gab es keine Gegensätze zwischen den Westmächten (einschließlich Japan). In der Reihe von Geheimverträgen 1915–1917 war die Teilung der überseeischen kolonialen Beute bereits vollzogen worden. In geschlossener Front konnten daher

[11] Baker I 197.

die Alliierten gegen Wilson antreten; bei jeder anderen Frage aber bestand die Gefahr, daß ihre Interessen sie auseinander treiben würden. Zuerst Europa oder Übersee? Darum stritt man am 23. Januar. Der Beschluß, der zustande kam, lautete: Alle Beteiligten sollten innerhalb von zehn Tagen ihre territorialen Wünsche schriftlich einreichen. Wilson hatte noch halb abwehren können, Lloyd George aber dachte nun anders vorzugehen.

Während der Nachmittagssitzung des Zehnerrats am 24. entstand plötzlich vor der Tür des Beratungszimmers am Quai d'Orsay eine Unruhe und es ereignete sich (wie Wilsons Pressechef erzählt) „the dramatic arrival of the British Empire": der dramatische Einzug der Minister der britischen Dominions[12]. Der Vorsitzende Clemenceau begrüßte sie und sie ergriffen nacheinander das Wort, um darzulegen, daß Deutsch-Südwest-Afrika, Neu-Guinea und Samoa annektiert werden müßten im Interesse der Sicherheit von Südafrika, Australien und Neuseeland. Lloyd George, der Erste des „Empire", unterstützte sie, und erinnerte an das Recht der Eroberung (!)[13], etwas anderes als völlige Eingliederung in die Dominions sei unpraktisch, mit diesen „cannibal colonies", „wo die Leute sich gegenseitig aufessen"[14]. Von der Würde der Eingeborenen und ihrem Recht auf Selbstbestimmung war nicht mehr die Rede. Auch der Begriff Selbstbestimmung sollte nun zurück in das Arsenal der Kriegswaffen.

An die deutschen Rechte nach Punkt 5 dachte bei alledem niemand. Die Enteignung wurde an diesem dramatischen Nachmittag des 24. Januar vollzogen, gleichsam mit einer kurzen Handbewegung, mit einer Notiz ins Protokoll. Dieses ist die Szene: „Lloyd George erklärte: Das Britische Reich wäre dagegen, irgendeine der deutschen Kolonien zurückzugeben. Präsident Wilson — so fährt das Geheimprotokoll fort — sagte: seiner Meinung nach wären alle übereinstimmend dagegen, die deutschen Kolonien zurückzugeben. Italien und Japan pflichteten dem bei. Niemand sprach dagegen und dieses Prinzip wurde angenommen[15]." Das war die Form und die Art der Beratung, in welcher die Enteignung der Kolonien vorgenommen wurde. Das deutsche Kolonialreich war gewesen, die Arbeit von fünfunddreißig Jahren vernichtet!

Im Negativen hatten die Friedensstifter sich gefunden. Aber wie nun weiter? Wilson und die Alliierten standen noch gegeneinander, es war noch keine Formel gefunden, den Gegensatz: keine Annexion und doch Annexion irgendwie auszugleichen. Am 27. Januar kam es zu neuen lebhaften Auseinander-

[12] Baker I 254.
[13] Baker I 257.
[14] Miller II 195, Sitzungsbericht vom 30. Januar.
[15] Baker I 255. — Der französische Kolonialminister Henry Simon rühmt in seiner Kammerrede vom 19. September 1919 die Wegnahme der Kolonien ohne Diskussion in der üblichen schamlosen Weise.

setzungen im Zehnerrat darüber[16]. Jetzt meldete Japan seine Ansprüche auf Shantung und die Inseln des Nordpazifik (der Äquator als Grenzlinie) an: bedingungslose Übergabe. Auch die Dominions waren wieder zur Stelle. Australien erklärte: Mandate passen vielleicht in anderen Gebieten, in Neuguinea geht es ganz und gar nicht. Neuseeland stimmte bei: es sei begeistert für den Völkerbund, aber man dürfe dem Völkerbund nicht gleich so viel aufbürden; er dürfe sich nicht gleich im Anfang übernehmen! Lloyd George unterstrich: im Prinzip sei er sehr für Mandate, eine ausgezeichnete Idee, aber für die Dominions müsse man eine Ausnahme machen. Wilson dagegen hielt an den Formeln seiner kolonialen Mandatsidee fest. Er suchte zu beruhigen: sie wären ja in diesem Zimmer alle einig, den Deutschen nichts zurückzugeben, aber „Annexionen" dürften nicht vorgenommen werden, die Friedenskonferenz würde gleich zu Beginn völlig diskreditiert werden; das Interesse der Eingeborenen müsse im Vordergrund stehen, nicht das Interesse der Großmächte — (dachte er an sein persönliches Ansehen?, an das japanische Vordringen?). Man kam keinen Schritt weiter.

Am 28. Januar meldeten sich die Franzosen und forderten ihren Teil von Togo und Kamerun. Sie hielten den Geheimvertrag in der Hand: „annexion pure et simple", um das französische Werk der Zivilisation in Afrika fortsetzen zu können — (in diesem Augenblick sprach man noch nicht von der Sicherung der Militarisierung in Afrika!). Wilson, immer mehr in der Verteidigung, wehrte ab: Annexionen sind unmöglich, was wird die Welt sagen. Er kämpfte für den Völkerbund, das ganz Neue dieses Friedenswerkes; er wiederholte immer wieder: nicht Annexionen, sondern Mandate, und diese erst ausgeben, wenn der Völkerbund fertig ist — (sein geheimer Wunsch war ja: Kleinstaaten als Mandatare einzusetzen; jetzt sah er wohl die völlige Unmöglichkeit, den Großmächten ihre Beute zu entreißen und die Kolonien gleichsam zu neutralisieren). Annexionen der Kolonien — sagte er — würden im einzelnen, im tatsächlichen, das ganze Mandatsprinzip negieren!

Der tote Punkt war erreicht, man saß gereizt einander gegenüber. Jetzt griff Balfour ein: Die Engländer lehnten für die Gebiete, die durch britische Waffen erobert worden seien, den Mandatsgedanken nicht ab, für die Dominions läge es anders. Man müsse das Ganze nochmal durchdenken, also Aufschub. So kam der 29. Januar. In der französischen und britischen Presse erschienen unter Andeutung der Spannungen im Zehnerrat merkliche Angriffe auf Präsident Wilson; man begann in Paris und London die öffentliche Meinung gegen ihn in Bewegung zu setzen. Es müßte reizvoll sein, das Spiegelbild der Konferenz in der Presse gerade dieser Tage zu untersuchen.

An diesem 29. Januar nun fiel eine wichtige Entscheidung innerhalb der britischen Delegation. Smuts (Südafrika) legte eine erfindungsreiche Formel

[16] Nach Baker.

vor. Er hatte in seinem Dezemberplan des Völkerbundes den Mandatsgedanken für die östlichen Reiche, welche „liquidiert" werden sollten, also vor allem für die türkischen Eroberungen, formuliert. In dem englischen Cecil-Entwurf vom 24. Januar war inzwischen eine Zweiteilung dieser Mandate angeregt worden in a) „assisted states" – Schutzstaaten müßte man übersetzen – und in b) „vested territories" – Lehnsland könnte man vielleicht sagen. Auf die genauere Bestimmung im einzelnen kann hier nicht eingegangen werden[17].

Aus dieser Zweiteilung Cecils machte nun Smuts[18] durch Spaltung der „Lehnsgebiete" eine Dreiteilung: A. Schutzstaaten, „assisted states"; Mandate auf ehemals türkischem Gebiet; B. Lehnsgebiete, „vested territories" in Mittelafrika: Togo, Kamerun, Deutsch-Ost; C. Lehnsgebiete, nämlich Südwest, Neuguinea, Samoa und Nauru, welche von der Mandatsmacht „einverleibt" werden, aber doch dem Namen nach Mandate sein sollen. Die japanischen Eroberungen hatte man hier nicht ins Auge gefaßt[19]. Nach heißem Kampf nahmen die Dominions unter dem Druck von England diese Formeln einer nicht offenen, sondern einer verschleierten Annexion an. Der Berater Wilsons, Oberst House, war unterrichtet über das, was bei den Engländern vorging, und empfahl Wilson die Annahme dieses Kompromisses: „It seems to me a fair compromise[20]."

Unter Punkt 1 dieser entscheidungsvollen Entschließung wurde noch einmal die Schuldlüge erklärt: Mit Rücksicht auf die schlechte deutsche Kolonialverwaltung und mit Rücksicht darauf, daß der deutsche Besitz von U-Bootstationen in verschiedenen Teilen der Welt eine Bedrohung der Freiheit und Sicherheit aller Nationen bilden würde, sind die alliierten und assoziierten Mächte darin einig, daß unter keinen Umständen irgendeine der deutschen Kolonien an Deutschland zurückgegeben werden soll[21]. So wurde der am 24. Januar schon protokollarisch festgelegte Enteignungsbeschluß in der Resolution vom 29./30. Januar nochmal mit der kolonialen Schuldlüge und dem U-Boot-Schrecken summarisch begründet. Denn am 30. Januar lag diese britische Entschließung in der Vor- und Nachmittagssitzung zur Erörterung vor. Noch einmal ist es an diesem Tage zu sehr bewegten Auseinandersetzungen zwischen Wilson und den Dominions gekommen, obwohl beide Seiten bereit waren, das Kompromiß anzunehmen, welches Annexion durch die Dominions, wenn auch nur verschleiert, zugab. Aber man geriet doch in lebhafte Auseinandersetzungen. Das ursprüngliche Geheimprotokoll der Nachmittagssitzung (man hatte in der Erregung doch einige allzu offene Ausdrücke

17 Siehe Miller.
18 Miller nennt Smuts als Urheber, I 109, 112, 508.
19 Miller I 113-114.
20 Miller I 109.
21 Dazu Wilsons Pariser Rede vom 14. Februar 1919.

gebraucht, welche der „selbstlosen" Sprache der Friedenskonferenz nicht angemessen waren) mußte durch ein „revidiertes Protokoll" ersetzt werden. Beide sind nebeneinander von amerikanischer Seite 1928 veröffentlicht worden[22]. Wilson erklärte zunächst, wenn er weiter in der Presse so angegriffen würde, würde er öffentlich darauf erwidern; den Streit in die Öffentlichkeit zu tragen, war eine starke Waffe. Lloyd George erklärte Wilson: er treibe ihn zur Verzweiflung! Wilson fragte, ob die Dominions der Konferenz ein Ultimatum stellen wollten? Man war auf allen Seiten wieder gereizt.

Der Streit ging jetzt um eine neue Nuancierung, ob die Entschließung mit Rücksicht auf den noch nicht fertigen Völkerbund als eine vorläufige oder als eine endgültige anzusehen sei? Durch die Auffassung der Vorläufigkeit hatte Wilson alle Teilnehmer wieder in Unruhe gestürzt, daß sie ihre Beute doch noch nicht ganz sicher in Händen hätten. Die Resolution ist aber schließlich angenommen worden. So ging es ja fortlaufend auf der Konferenz mit Wilson, er ließ alles fahren, wenn er nur seinen Völkerbund zustande brachte.

Von Wichtigkeit während der Diskussionen am 30. Januar war noch die von Clemenceau angeschnittene Frage, ob das vorgesehene Verbot der Militarisierung in den B-Mandaten die Aushebung von Truppen und ihre Verwendung auf anderen Kriegsschauplätzen unmöglich mache? Er dachte an Togo und Kamerun und mögliche Rückwirkungen von diesen Mandatsgebieten auf die alten französischen Besitzungen in Afrika. Er wies darauf hin, daß ohne die afrikanischen Truppen die Deutschen nicht hätten am Sieg verhindert werden können. Für die zukünftige Sicherheit Frankreichs sei die Rekrutierung in Afrika schlechterdings unentbehrlich. Nach einigem Hin und Her über die Auslegung deuteten Lloyd George und auch Wilson die militärischen Bestimmungen für B-Mandate dahin, daß das Verbot, Eingeborene auszubilden, nur für den Fall von Angriffsabsichten ausgesprochen sei, worauf Clemenceau sich für durchaus befriedigt erklärte, denn Frankreich denke nicht daran, irgend jemand anzugreifen. „Mr. Clemenceau said that he was quite satisfied[23]." Mit solchen Wortspielereien wurde die schwerwiegende Frage der Militarisierung Afrikas erledigt, unter Assistenz von Lloyd George und Wilson. Ich verfolge hier nicht die weitere Entwicklung dieser Frage in Paris. Clemenceau hatte die Anpassung der Togo- und Kamerunmandate an die Institutionen der anderen französischen Kolonien vorläufig erreicht, entgegen den Bestimmungen, die für die B-Mandate vorgesehen waren[24].

[22] Miller II 194-228; zu ergänzen durch Aufzeichnungen I 112 und 116.
[23] Miller II 219 auch I 113.
[24] Miller I 116.

III.

Was war, wenn wir nun das Ganze des Kampfes um die Kolonien im Januar 1919 überblicken, das Ergebnis? Wer hatte gesiegt? Wilson oder die Westmächte mit Japan?

Den äußeren Formulierungen nach hatte Wilson den Vorteil davongetragen. Er hatte buchstäbliche „Annexionen" der deutschen Kolonien verhindert. Diese Gebiete würden den Alliierten nicht zur völligen freien Verfügung überantwortet werden. Wilson hatte den moralischen Bankrott seiner Position in Paris noch einmal aufgehalten. Dem Buchstaben nach war auch nicht, in diesen bewegten Januarsitzungen, eine Verteilung der Mandate vorgenommen worden. Es schien alles noch dem kommenden Völkerbund zur Entscheidung vorbehalten, wenigstens der Fiktion nach. Wilsons Friedenskonstruktion war dem Wortlaut nach von der Konferenz angenommen, aber der Abstand zwischen Wort und Wirklichkeit war in diesen ersten beiden Wochen der Verhandlungen schon riesengroß geworden. Die Briten im Zehnerrat riefen ungeduldig aus, als Wilson zögerte, seine Zustimmung zur sofortigen Verteilung der überseeischen Kriegsbeute zu geben, der Völkerbund existiert schon! „Was not the de facto League of Nations already in existence in that room[25]?" Wir hier sind der Völkerbund, sein Exekutivkomitee! Wir können verteilen!

Wilson hatte seine Isolierung erkannt. Er kämpfte nicht mehr für die Erfüllung der 14 Punkte des Vorfriedens, sondern nur noch für die Idee einer pan-mundialen Organisation der Staaten, und er mußte es sich deshalb gefallen lassen, daß durch protokollarische Festlegung, in den konkreten Bestimmungen des Friedens, die Geheimverträge über die deutschen Kolonien in Geltung gesetzt wurden. Tatsächlich sind am 30. Januar im Zehnerrat (darüber waren sich alle Teilnehmer klar) die Kolonien als B- und C-Mandate ausgeteilt worden, ehe es eine Verfassung des Völkerbundes gab. Die Mandate bildeten in den Augen der Beteiligten einen Mantel, der den Annexionen zur Verhüllung umgehängt wurde. In den Diskussionen hatte man das „Imperialistische" Wort „Annexion" durch das liberal-kapitalistische Wort „Kontrolle" ersetzt, wie es dem amerikanischen Sprachgebrauch zugehört. Diese gesuchte und geforderte „direkte Kontrolle" aber war durch die Mandatsform genau gesichert.

Es muß hier noch angemerkt werden, daß nach der Meinung eines kritischen Amerikaners (des Staatssekretärs Lansing, der dem Zehnerrat angehörte, also Einblick in das haben konnte, was vorging, wenn er innerlich auch in scharfem Gegensatz zu Wilson stand) die Alliierten den Mandatsgedanken auch für die Kolonien insofern nicht ungern aufgegriffen haben,

[25] Miller II 202. Baker I 271.

als er dazu nützlich war, eine Anrechnung der großen Reichtümer der Kolonien auf das Tributkonto zu verhindern, was bei offener Annexion eine unausweichliche logische Konsequenz hätte werden müssen[26].

Die Mandatsidee selbst ist keineswegs eine Erfindung der Friedenskonferenz, etwa von Smuts oder Wilson oder gar Beer[27]. Die „Mandatsidee" hat – das wird noch immer übersehen – von Beginn an der überseeischen Ausbreitung der Europäer zugrunde gelegen. Jene berühmte angebliche Weltteilung zugunsten Portugals und Spaniens durch den Papst 1493 beruht auf keinem anderen Gedanken als dem: die Kolonialmächte als „Treuhänder" der organisierten Christenheit anzusehen; der Unterschied zu heute ist nur der, was man damals geistig-christlich auffaßte, ist in den Pariser Konferenzen weltlich-zivilisatorisch eingeschränkt worden.

Überblicken wir den geschichtlichen Prozeß, so müssen wir feststellen, daß die Auflösung der alten, christlichen Mandatsidee vollzogen worden ist durch Frankreich, England und Holland in ihrem Kampf um „mare liberum", um Freiheit der Meere, um die überseeische Welt als absolutes Freigebiet, zeitweilig sogar bis zu der Vorstellung gesteigert als eine Weltzone ohne Recht, als Freibeutergebiet[28]. Mit dem Eintritt Deutschlands in die Kolonialpolitik (in der Ära Bismarcks antiliberaler, konservativer Sozialpolitik) findet der Mandatsgedanke zum ersten Male wieder eine Ausprägung im positiven Recht (Kongo-Akte) nicht nur in der Ideologie der Kolonialpolitik, wie sie die liberalen Völker seit der philanthropischen Kritik des alten Kolonialsystems im 18. Jahrhundert zu pflegen gewohnt waren.

Was ergibt sich aus diesen hier zusammengedrängten geschichtlichen Betrachtungen als deutsche kolonialpolitische Forderung der Gegenwart?

1. Widerruf der kolonialen Schuldlüge von autoritativer Seite der alliierten und assoziierten Mächte[29].
2. Wiederherstellung der Rechte Deutschlands an seinen Kolonien.

Zum Mandatsprinzip aber dürfen wir sagen: wenn die Welt sich entschließt, das Ganze der eigentlichen kolonialen Gebiete einer Mandatsordnung zu

[26] Robert Lansing: Die Versailler Friedensverhandlungen, Berlin 1921 (Übersetzung). – Die Auffassung findet sich auch in der amerikanischen Presse, siehe Poeschel, p. 157, 159.

[27] Beer, p. XVIII. Es ist freilich recht instruktiv, das Wirken von Beer in Wilsons Stab als Sachverständiger für deutsche Kolonialfragen zu untersuchen. Dazu Round Table X (1920) p. 933, Nachruf, „Britain and her allies had no firmer friend". Auch in Temperley's History of the Peace Conference hat Beer den Abschnitt über die Kolonien geschrieben.

[28] Dazu Rein: Die europäische Ausbreitung, Potsdam 1931 und Ibero Amerikanisches Archiv IV (1931) Heft 4.

[29] Hierzu verweise ich auf die verschiedenen freimütigen Äußerungen von W. H. Dawson in Oxford.

unterstellen, so wird Deutschland (eingedenk der Überlieferung aus Bismarckscher Zeit) mit seiner Bereitschaft zu einer Mandatsordnung an erster Stelle stehen[30]. Bis dahin scheint es noch weit zu sein. Aber Politik kann man nicht nur opportunistisch, von Fall zu Fall treiben, zur Politik gehört ebenso: die Schöpfung und Ausbildung eines rechtlichen, historischen und philosophischen Gedankengutes. Die Kolonialfragen gehören zu diesen großen Grundproblemen der Politik.

[30] Dazu Europäische Gespräche, Hamburg, Jahrgang 1932.

BISMARCKS AFRIKA-POLITIK* 2

Das Rätselraten um die letzten Absichten und den inneren Sinn der Bismarckschen Kolonialpolitik ist noch immer im Gang. Die verschiedenartigsten Erklärungen innenpolitischer oder außenpolitischer, persönlicher oder sachlicher Art werden gegeben[1].

Es erscheint schwer verständlich, wie der siebzigjährige Kanzler, der entsprechend den Überlieferungen der preußischen Politik bei den verschiedensten Gelegenheiten in den beiden Jahrzehnten der Reichsgründung von 1862–1882 in immer neuen für ihn charakteristischen sprachlichen Wendungen die an ihn herangebrachten Kolonialwünsche der Deutschen abgewiesen hat, in den Jahren 1884 und 1885 plötzlich zur Überraschung der ganzen Welt auf das ihm völlig ungewohnte und neue Gebiet der überseeischen Kolonialpolitik hinausgegangen ist; er sagte damals (1884) selbst: „Ich habe mir mit diesen Angelegenheiten eine gehörige Rute gebunden[2]." Aber Bismarck griff diese ihm ungewohnten überseeischen Angelegenheiten mit der ganzen lebendigen Kraft seiner Persönlichkeit auf und rückte sie sogar zeitweilig in den Mittelpunkt seiner großen Politik.

Welche Antwort können wir heute auf diese für die Vergangenheit wie für die Zukunft gleich wichtige Frage nach dem Ursprung der deutschen Kolonialpolitik geben?

* Vortrag, gehalten auf dem internationalen Historiker-Kongreß Zürich 1938. Ich habe die knappe Vertragsform unverändert gelassen und nur einige Hinweise in den Anmerkungen hinzugefügt.

[1] Ich verweise hier auf die bekannte zusammenfassende Arbeit von M. v. Hagen: Bismarcks Kolonialpolitik, Stuttgart 1923, und auf das Buch der Amerikanerin M. E. Townsend: Macht und Ende des deutschen Kolonialreiches, Leipzig o. J. (aus dem Englischen); ferner auf K. A. v. Müller: England und die deutsche Kolonialpolitik, Süddeutsche Monatshefte, August 1915.

[2] In einer veröffentlichten Aufzeichnung des Hamburger Joh. Thormählen über ein Gespräch mit Bismarck am 25. September 1884.

Zunächst müssen wir allen Erörterungen voraus daran erinnern, daß Bismarck einen politischen Vorgang niemals in Absonderung für sich allein ins Auge faßte, sondern daß er jeden Schachzug der Politik stets in seinen vielfältigen Zusammenhängen und Auswirkungen beurteilt hat. Das macht doch gerade die Größe der Bismarckischen Staatsführung aus, daß er in einer Erstaunen erregenden Weise das Ganze des politischen Spiels und alle seine verschiedenen Möglichkeiten in einem Blick zusammen zu erfassen vermochte und daß er demnach seine Entscheidungen getroffen hat nicht nur in bezug auf einen einzelnen Vorgang, sondern mit Rücksicht auf die Mannigfaltigkeit der Beziehungen und Rückwirkungen dieses einzelnen Vorganges auf das Ganze des politischen Systems. Mit einseitigen Erklärungen kommen wir deshalb auch nicht durch, wenn wir uns daranmachen, den Überlegungen nachzuforschen, welche Bismarck veranlaßt haben, 1884 und 1885 das Deutsche Kolonialreich zu gründen.

Es ist hier nicht meine Absicht, in eine tiefergreifende Untersuchung der Zusammenhänge der Bismarckschen kolonialen Erwerbungen mit seiner allgemeinen Politik einzutreten; ich will mich darauf beschränken, eine Reihe von Feststellungen zu treffen, welche die innenpolitischen wie außenpolitischen Erwägungen der Bismarckschen Wendung nach Übersee kennzeichnen. Folgende acht Punkte habe ich dabei anzuführen:

1. Das Kennwort der neuen deutschen Wirtschaftspolitik seit 1878 lautet: Staatlicher Schutz der nationalen Arbeit. Dieser antiliberale Begriff liegt sowohl der Bismarckschen Schutzzollpolitik wie der Bismarckschen Arbeiterschutz-Gesetzgebung zugrunde; wir finden ihn auch wieder in der Bismarckschen Kolonialpolitik. Denn auf die Frage: Was ist Kolonialpolitik? gab Bismarck damals die verblüffend einfache Antwort: „Wir müssen unsere Landsleute schützen[3]". Oder ein andermal: „Wir dürfen unsere Landsleute draußen nicht im Stich lassen."

Schutzzölle (1878–79), Sozialpolitik (1881, 1883, 1884), koloniale Erwerbungen (1884–85): das gehört in einen politischen Zusammenhang.

Die deutschen Kaufleute und Unternehmer in Übersee wurden gegenüber den Einschränkungen der damals vorwaltenden Kolonial- und Seemacht angesichts der Gefahr, daß sie ihr Eigenes verlieren sollten, unter den Schutz des Reiches gestellt. Die Politik der „Offenen Tür" im Sinn der Freihandels-Ideen begann Einschränkungen zu erfahren; Disraelis „Imperialismus" wies auf eine neue Zeit sowohl der Verbindung von Wirtschaft und Politik wie der überseeischen Machtentfaltung im Geist des 18. Jahrhunderts hin. Bismarck gründet nicht mit dem Einsatz staatlicher Machtmittel (Flotte, militärische Eroberung, Garnisonen) Kolonien, sondern er erklärt die Oberhoheit und damit den Schutz des Reiches da, wo die Arbeit deutscher Kaufleute

[3] Große Politik, Bd. 4, 64; Juni 1884.

deutsche Rechte bereits geschaffen hat, und er erwartet auch zunächst, daß die Verwaltung dieser „Schutzgebiete" im wesentlichen von den Kaufleuten selbst, von den Hanseaten, geführt wird[4].

2. In einem Zeitalter erneuter allgemeiner europäischer Ausbreitung in Übersee — die Bismarck seit der Reichsgründung zur Entlastung des jungen Großstaates der europäischen Mitte, soweit es an ihm lag, allenthalben bei den anderen (Italien, Frankreich, Rußland, England) gefördert hatte — schien jetzt in der Mitte der achtziger Jahre der letzte Augenblick in der allgemeinen Landnahme der Europäer und Amerikaner gekommen, wo es noch möglich sein würde, von den freien Gebieten auf der Erde einiges für die deutsche Zukunft vorzubehalten.

Handel und Industrie hatten im Reich einen großen Aufschwung genommen; die Zeit des Weltfreihandels aber neigte sich nach allen Anzeichen dem Ende zu. Wo würden einst Rohstoffgebiete und Absatzgebiete und auch Siedlungsgebiete für Deutschland sein?

Im Sinne dieser Fragen nannte Bismarck seine Kolonialpolitik „Fürsorge für die Erben[5]" oder auch „Zukunftspolitik[6]": „Ich muß auf Jahrzehnte an die Zukunft meiner Landsleute denken, ob man mir nicht nach dreißig Jahren den Vorwurf machen wird, daß dieser furchtsame Kanzler damals nicht die Courage gehabt hat, uns jenen Besitz zu sichern ...". Des Kanzlers Gedanke war, wirtschaftliche Reserven für die Zukunft zu gewinnen; die koloniale Wirtschaft sollte langsam in Gang kommen, jedenfalls ohne staatliches Betreiben, also nur soweit wie der Unternehmungssinn des einzelnen sie vorwärtstreiben würde.

3. Die Bismarcksche Kolonialpolitik hatte eine allgemeine innenpolitische Bedeutung: mit der Erwerbung der überseeischen Schutzgebiete wurde eine große Reichsangelegenheit, über alle parteipolitischen, konfessionellen, partikularistischen und dynastischen Interessen hinaus, vor das deutsche Volk gebracht. Die Kolonialsache sollte eine gemeinsame Sache des ganzen nationalgesinnten Volkes werden.

Die vorhandene koloniale Bewegung, die seit jeher ein besonderer Zweig der nationalen Einheitsbewegung in Deutschland gewesen war[7], konnte

[4] Reden, XI, 281: „... mein Ziel ist der regierende Kaufmann und nicht der regierende Bürokrat in jenen Gegenden, nicht der regierende Militär und der preußische Beamte ... dort in den kolonialen Gebieten erwarte ich von den Hanseaten, die draußen gewesen sind, mehr und ich bemühe mich, diesen Unternehmern die Regierung zuzuschieben ... " Dazu auch Anmerkung 1 S. 83.

[5] Reden, XII, 538 (15. I. 1889).

[6] Reden, XII, 581 (26, I. 1889.

[7] Annaliese Meyer: Die koloniale Bewegung des frühen deutschen Liberalismus im Spiegel der Publizistik. Diss. Hamburg 1935, und Friedrich Schenderlein: Die Kolonisations-Bestrebungen in Deutschland zwischen 1840—50, Diss. Leipzig 1925.

jetzt, nachdem sie früher so oft vom Kanzler zurückgewiesen wurde, für die weitere Kräftigung des Reichsgedankens und für die Stellung des Kanzlers im Reichstag eingesetzt werden. Bismarcks berühmte Hödur-Rede gegen den blindwütigen Parteigeist der Deutschen ist während der kolonialen Debatte (1885) gehalten worden.

Damals griff der Kanzler das sehnsüchtige Zauberwort der deutschen Volksbewegung, „Völker-Frühling", auf; Hölderlin[9] hatte es einst geprägt, 1813 und 1848 war es erneut ausgesprochen worden, jetzt ließ Bismarck es wieder aufleben. Ein neuer nationaler Zug schien das öffentliche Leben zu erfassen über alle Angelegenheiten der Parteien und der Einzelstaaten hinweg. Der frische Wind der kolonialen Bewegung sollte in die Segel des Reichschiffes eingefangen werden. Gegen die Opposition im Reichstag, die unter Bambergers Wortführung den „Völker-Frühling" als „Schützenfest-Rummel" abzutun sich bemühte und den welfischen Geist gegen den ghibellinischen Geist großer Politik zu mobilisieren suchte — „die Afrika-Züge sind schlimmer als die Römerzüge" —, trat der Kanzler als der große Ghibelline vor das Volk, der die Deutschen auf ein neues Feld der Politik hinausführte[10].

„Die Kolonialfrage ist schon aus Gründen der innern Politik eine Lebensfrage für uns!" schrieb der Kanzler an seinen Botschafter in London[11], wo man dazu neigte, die unerwartet neue Kolonialpolitik als ein bloßes „Wahlmanöver" Bismarcks anzusehen, und nutzte damit die parlamentarische Lage zugleich auch nach außen hin in seinem diplomatischen Spiel aus.

4. Zur Rechtfertigung der kolonialen Erwerbungen machte der Kanzler noch einen ganz allgemeinen volkserzieherischen, ja man kann sagen volksgesundheitlichen, national-hygienischen Gesichtspunkt geltend. Deutsche Kolonien bilden das Feld zur Betätigung für die Charaktere, „welche aus den überschüssigen Säften des gesamten deutschen Körpers naturgemäß herauswachsen[12]", welche aus der Enge in die Weite streben. „Wenn die deutsche Nation einen Überschuß von Kraftgefühl, Unternehmungsgeist und Entdeckungsgeist in sich spürt", so muß ihr dafür doch wenigstens ein Tor geöffnet werden.

In diesem Sinne soll die Kolonialpolitik dazu beitragen, die Nation im „Hanseatengeist" zu einem weltweiten Blick und zur Erfahrung in der großen Welt zu erziehen. „Es muß eine Luke geöffnet werden, durch welche See-

8 Dazu Joseph März: Aus der Vorgeschichte der deutschen Kolonial-Politik, Koloniale Rundschau, Bd. 26, 1934, S. 86-101.

9 Hölderlin: Hyperion, Ges. Werke, Jena 1921, Bd. I, 39.

10 Reden, XI, 65, 83, 84, 85, 115 (13. III. 1885).

11 Große Politik, 4, 96 vom 25. I. 1885.

12 Reden, X, 412 (10. I. 1885).

luft eindringen kann[13]"; deshalb darf den Deutschen „die freie Fahrt" hinaus in die Welt nicht verlegt werden. „Ja, meine Herren", — so rief der Kanzler den Kolonialgegnern im Reichstag zu, welche zögerten, die erforderlichen Mittel zu bewilligen — „dann verzichten wir auf die Aktion, dann kriechen wir auf unsern Thüringer Bergen zusammen und sehen uns das Meer mit dem Rücken an[14]".

Dieses sind die vier innenpolitischen Erwägungen, die der Bismarckschen Kolonialpolitik zugrunde liegen:

1. Politischer Schutz der Arbeit von Volksangehörigen in den damaligen überseeischen Freigebieten,
2. Sicherung wirtschaftlicher Reserven für die Zukunft im letzten Augenblick allgemeiner überseeischer Landnahme,
3. Stärkung des Reichsgedankens im Volk und dadurch der Regierungsparteien im Reichstag,
4. der volksgesundheitliche und volkserzieherische Gedanke, durch überseeische Betätigung den Blick zu weiten und der Jugend neue Aufgaben zu stellen.

Wir würden nur die Hälfte verstehen, wenn wir nicht auch die außenpolitische Seite der Angelegenheit hervorheben würden, denn niemals hat Bismarck sich ausschließlich der Innenpolitik hingegeben. Andererseits freilich wäre es auch falsch — wie es in einer sehr einseitigen englischen Veröffentlichung des vorigen Jahres geschehen ist[15] —, in der deutschen Kolonialpolitik der achtziger Jahre nur ein vorübergehendes Moment der Bismarckschen kontinentalen Bündnispolitik zu sehen. Ich stelle hier vier Punkte der außenpolitischen Erwägungen des Reichskanzlers zusammen.

1. Zunächst ist ein ganz allgemeiner außenpolitischer Gesichtspunkt hervorzuheben: nach einer Zeit der Zusammenziehung (Konzentration) der großen Politik auf Europa in den Jahrzehnten der Neuordnung der Verhältnisse in Frankreich, Italien und Deutschland von 1848—1871 kam eine Zeit neuer europäischer Ausbreitung (Expansion). So sehr das Herausbleiben Deutschlands aus diesem Vorgang von der Peripherie Europas her zunächst ein Moment der Sicherung des Staates in der Mitte des Erdteils bedeutete, so mußte doch bei dieser Entwicklung der Zeitpunkt kommen, da große Politik überhaupt nur im überseeischen Bereich oder doch im Zusammenhang mit Übersee sich abspielen würde; eine Ausschaltung Deutschlands aber aus diesen Entscheidungen der großen Politik wäre für das Reich als

[13] Zeitschrift des Vereins für Hamburgische Geschichte, Bd. 34 (1934), S. 193, Aufzeichnung von Johannes Versmann.

[14] Reden, X, 421 (10. I. 1885).

[15] A. J. P. Taylor: Germany's first bid for colonies 1884—1885, a move in Bismarcks European policy, London 1938.

einer europäischen Hauptmacht auf die Dauer nicht erträglich gewesen. Die Politik kolonialer Erwerbungen diente deshalb Bismarck dazu, in diesem Zeitalter neuer europäischer Ausbreitungspolitik mit eigenem Interesse und nicht nur als „ehrlicher Makler" dabei zu sein. So konnte er es dahin bringen, daß unter seinem Vorsitz die bedeutsamste Kolonialkonferenz des Zeitalters, auf der alle großen und kleinen Kolonialmächte vertreten waren, nach Berlin einberufen wurde. Davon wird noch im besonderen zu sprechen sein.

2. Die internationale Lage war 1884–1885 für deutsche koloniale Erwerbungen selten günstig. Auf dem Festland hatte Bismarck nach allen Seiten hin ein freundschaftliches Verhältnis hergestellt: „Wir sind von Freunden umgeben in Europa", konnte der Kanzler stolz bekennen[16]. Drei-Kaiser-Einvernehmen, Dreibund, Vereinbarungen mit Rumänien und Spanien und dazu vor allem eine kolonialpolitische „Entente" mit Frankreich, kennzeichnen die Lage. Es war der seltene Augenblick eines Zusammenwirkens aller Festlandmächte von Spanien bis Rußland, von Italien bis zum Norden gekommen. Eine Konstellation war auf diplomatischem Wege geschaffen worden, wie sie Napoleon I. mit ungeheuren militärischen Anstrengungen zu erzwingen und aufrechtzuerhalten sich bemüht hatte: Einigung des Festlandes, um der absoluten Seeherrschaft Großbritanniens Einhalt zu gebieten[17]. Nun hatte Deutschland, frei von jedem Druck auf seine Grenzen, die Hände frei zum Ausgreifen in den ozeanischen Bereich, den England für sich allein beanspruchte. Diese Stunde der englischen Isolierung mußte genutzt werden, um ohne Flotte und ohne Krieg nur mit diplomatischen Mitteln den Deutschen ein Kolonialreich zu erwerben.

3. Die deutsche Kolonialpolitik, die gegen England durchzuführen war, hatte ihre besondere Bedeutung für das deutsch-französische Verhältnis. Im überseeischen Bereich ergab sich die Möglichkeit zu praktisch-politischer Zusammenarbeit zwischen Frankreich und Deutschland. Darin war der Versuch gegeben, eine endgültige deutsch-französische Versöhnung auf der Grundlage des Status quo in Europa herbeizuführen, eine hochbedeutsame Aussicht auf der westlichen Seite des Reichs angesichts der deutschfeindlichen Entwicklungsmöglichkeiten in Rußland von der panslavistischen und der „nihilistischen" Seite her. Eine kräftige deutsche Kolonialpolitik verstärkte das französische Zutrauen in einem antienglischen Kurs Bismarcks auf längere Sicht.

Bismarck hatte mit seiner Hilfe der Sicherung großer überseeischer Erfolge des gemäßigten republikanischen Regimes in Frankreich zugleich auch die

16 Reden, X, 413 am 10. I. 1885.

17 Hierzu — wie zum folgenden die hochbedeutsamen Berichte des französischen Botschafters in Berlin de Courcelles 1884–1885 in Documents diplomatiques Français, Bd. V, Paris 1933.

Absicht, dieses Regime gegenüber einer möglichen bourbonischen Restauration oder einer neuen napoleonischen Usurpation zu festigen; denn ein Systemwechsel in Frankreich konnte erhebliche außenpolitische Gefahren für das Reich, zum mindesten Veränderungen in dem europäischen Bündnissystem bringen.

4. Für das deutsch-englische Verhältnis hatten die kolonialen Erwerbungen des Reichs im Sinne Bismarcks wiederum eine andere Bedeutung. An sich hätte das deutsche Kolonialreich auch mit Unterstützung Englands gegründet werden können; denn lebenswichtige Punkte des englischen Weltreichs wurden durch die deutschen Kolonialerwerbungen nicht berührt, ja, sowohl Gladstone wie auch Salisbury erblickten — was sie vertraulich ausgesprochen haben — ein Moment der Festigung des Zusammenhalts des „Empire" in der Tatsache deutscher Erwerbungen in der Nachbarschaft der Kap-Kolonie und von Australien und Neuseeland; die Neigung dieser „Dominions", sich aus dem britischen Reichsverband zu lösen, mußte dadurch gehemmt werden.

Bismarck hat ursprünglich in der Richtung des Einvernehmens der deutschen Kolonialpolitik mit England vorgefühlt. Aber die Engländer hatten den Sinn der Stunde nicht verstanden. Das Kabinett war geteilter Meinung, und viele dachten, Bismarcksche Kolonialpolitik sei nur ein vorübergehendes Wahlmanöver. Demgegenüber bemerkte Bismarck zu einigen Hamburger Kaufleuten, die mit ihm im Herbst 1884 koloniale Angelegenheiten besprachen: „Die Franzosen hätten eingewilligt, aber die Engländer hätten den Anschluß verfehlt; der Zug der Weltgeschichte gehe auch ohne sie weiter[18]."

Das deutsch-englische Verhältnis in der Bismarck-Zeit hatte seine besonderen Eigentümlichkeiten und Schwierigkeiten. Das Reich war bei englischer Neutralität gegründet worden; aber es gelang nie, zu einem zuverlässigen Zusammenwirken auf lange Sicht zu kommen; denn Bismarck hielt England damals, obwohl keine lebenswichtigen Gegensätze vorhanden waren, nicht für bündnisfähig. Die Schwierigkeiten der deutsch-englischen Beziehungen lag wohl darin — wie Bächtold einmal ausgeführt hat —, daß Deutschland und England zwar keine unmittelbaren Gegensätze irgendwelcher Art von Belang hatten, ja, daß sie sogar natürlicherweise mit denselben Gegnern (Frankreich und Rußland) zu rechnen hatten, aber während dem jungen Reich daran gelegen sein mußte, den politischen Unternehmungsgeist der großen Nachbarn von Mitteleuropa fort nach Übersee abzulenken, bestand das englische Interesse umgekehrt gerade darin, dieselben Staaten von Übersee fernzuhalten und auf dem europäischen Festland zu engagieren.

[18] Aufzeichnung Thormählen vom 25. IX. 1884.

Durch seine kolonialen Erwerbungen stellte Bismarck jetzt eine Reihe von deutschen politischen Figuren in das überseeische Wirkungsfeld der Engländer, also in ein Gebiet, auf dem England nicht gewohnt war, Deutschland zu begegnen. Selbst wenn diese deutschen Figuren nur kleine Schachfiguren im Vergleich zu den britischen Hauptfiguren waren – in der Sprache des Schachspiels nur „Bauern" –, so bewirkte die Aufstellung dieser „Bauern" doch, daß Deutschland und England auf e i n e n e u e W e i s e m i t e i n a n d e r i n s p o l i t i s c h e S p i e l kamen. Das schloß neue Möglichkeiten deutsch-englischer Gegnerschaft, aber auch ebenso neue Möglichkeiten deutsch-englischen Zusammenwirkens in sich.

In diesem Sinne muß wohl jene Diplomaten-Anekdote verstanden werden, die bald nach dem Abgang Bismarcks erzählt wurde: Die deutsche Kolonialpolitik sei von Bismarck eingeleitet worden, um jederzeit einen Streitfall mit England zur Hand haben zu können, falls der Nachfolger Wilhelms I. durch ungerechtfertigte dynastische Einflüsse im Dienst englischer Belange von der deutschen Interessenpolitik weggeführt werden sollte[19].

Die letzten Jahre der Bismarckschen Kolonialpolitik – als Frankreich sich wieder versagt hatte – sind Jahre des Einvernehmens mit England, die Zeit der sogenannten „Kolonial-Ehe" geworden (Herbert Bismarck). Was der Kanzler durch seinen Erlaß vom 5. Mai 1884 in London angeregt hatte[20], wurde jetzt den Verhältnissen entsprechend verwirklicht.

Diese im Einzelnen hier nebeneinander gestellten acht Punkte zur Deutung der Bismarckschen Kolonialpolitik müssen, wie ich eingangs ausführte, im Zusammenhang gesehen werden. Denn Innenpolitik und Außenpolitik sowie die Beziehungen der Staaten untereinander in ihrer Vielfältigkeit bilden im europäischen System immer e i n Ganzes, e i n Gewebe von vielen Fäden, e i n Gefüge verschiedenartigster Kräfte.

Hier ist noch ein besonderer Gesichtspunkt von B i s m a r c k s A f r i k a p o l i t i k anzuführen; auch dieser Gesichtspunkt führt uns mitten hinein in das Wesen der Bismarckschen Staatskunst. Bismarcks Politik ist niemals napoleonisch-imperialistisch gewesen; niemals war sie, um den Sprachgebrauch der Staatenlehre des *„Ancien régime"* zu gebrauchen, auf die „Universal-Monarchie" gerichtet. Bismarck – darin ein echtes Kind des Zeitalters der Pentarchie – lebte in dem Begriff „Europa". Freilich, für die politische „Phrase Europa", für die oberflächliche Schwärmerei einer konstitutionellen Ordnung Europas oder für den lügnerischen Mißbrauch des Europa-Begriffs für eigensüchtige Zwecke war der realistische Kanzler nie zu haben. *„Qui parle d'Europe a tort"*, erklärte er gegen Gortschakow.

19 B. v. Bülow: Denkwürdigkeiten, I, 429, und A. v. Taube: Fürst Bismarck zwischen England und Rußland, Stuttgart 1923, S. 88.

20 Große Politik, Bd. 4, 52.

Aber für Bismarck als Realisten war das europäische System der großen und kleinen Mächte eine gegebene Tatsache des politischen Lebens, an der kein Staatsmann ungestraft vorübergehen durfte. Es ist bewundernswert zu sehen, wie sicher Bismarcks Gefühl gewesen ist für die Notwendigkeiten und die Möglichkeiten im europäischen Völkerraum, für das ungeschriebene öffentliche Recht Europas.

Diesem echten europäischen Gedanken Bismarcks begegnen wir auch in seiner Afrikapolitik. In der Mitte der kolonialen Auseinandersetzungen von 1884 und 1885 steht die Kongo-Konferenz, die „afrikanische Konferenz", wie sie in zeitgenössischen diplomatischen Schriftstücken wiederholt genannt worden ist[21]. Den Berliner Beratungen von Oktober 1884 bis zum Februar 1885 liegt der Gedanke zugrunde, daß die afrikanische Politik eine allgemeine europäische Angelegenheit und nicht eine Sonderangelegenheit etwa Englands und Portugals sei. So geschah es, daß die erste Kolonial- und Seemacht der Welt von dem Kontinentalpolitiker Bismarck vor das Forum der europäischen Gemeinschaft geholt wurde. Afrika sollte nicht einer Art „Monroe-Doktrin" ausschließlicher Sonderrechte im Interesse eines einzelnen Staates untergeordnet werden, sondern der europäischen Gemeinschaft sollte dieser Erdteil vorbehalten bleiben. Hier sah Bismarck die Möglichkeit gegeben, das Gemeinschaftsgefühl und den Gemeinschaftswillen der Europäer praktisch zu üben. In den feindlichen Wettstreit der Europäer um die Besitzergreifung von Afrika trug Bismarck – der längst der „ehrliche Makler" der europäischen Staatengesellschaft geworden war –, den Friedensgedanken hinein und den Gedanken eines neuen kolonialen öffentlichen Rechts. So brachte er für den mittelafrikanischen kolonialen Raum vier Grundsätze zur Annahme: 1. den Grundsatz fester Regeln bei der Besitzergreifung von Freiland, 2. den Grundsatz der offenen Tür und des freien Verkehrs, 3. den Grundsatz des Schutzes und der Pflege der Eingeborenen, 4. den sehr wichtigen Grundsatz der Nichtübertragung europäischer Kriege auf das koloniale Feld der europäischen Staaten. In der Schlußrede der Konferenz führte der Kanzler aus: „Die Plage des Krieges würde in der Tat einen besonders verhängnisvollen Charakter annehmen, wenn die Eingeborenen veranlaßt würden, bei Zerwürfnissen unter den Kulturmächten Partei zu ergreifen." Deshalb sei es segensreich, „einen großen Teil des afrikanischen Festlandes den Wechselfällen der allgemeinen Politik zu entziehen".

Die europäische Politik der „Afrikakonferenz" Bismarcks ist im Weltkrieg – der in allem ein antieuropäisches Ereignis war – untergegangen. Die Gesamtbedeutung des kolonialen Afrikas für Europa kann aber gar nicht hoch genug eingeschätzt werden.

[21] Für die diplomatische Geschichte der Kongokonferenz siehe jetzt Georg Königk: Die Berliner Kongo-Konferenz 1884–1885, Essen 1938.

Im Zeitalter der Entdeckungen und des Merkantilismus bis zur großen Revolution hin war Afrika für Europa nur wegen seiner Küsten von Bedeutung: Die Küsten entlang führte der Seeweg nach dem Osten; da waren Halteplätze, Erfrischungsstationen, Wirtshäuser der Segelschiffahrt erforderlich; für den Westen, für Amerika, wurde durch die atlantischen Seemächte von den Sklavenmärkten an Afrikas Küste her dem Arbeitermangel in der Neuen Welt Abhilfe geschaffen. Im 19. Jahrhundert, als für den Westen (Amerika) der Sklavenhandel und für den Osten (Indien) die Erfrischungsstationen ihre alte Bedeutung verloren hatten – weil Amerika von Europa abgefallen war und die Straße nach Indien wieder über den Orient geführt wurde –, da kam die Zeit für ein neues Interesse an Afrika und damit die innere Erschließung des so lange unbekannten Erdteiles. Der große südlich von Europa gelegene Kontinent mußte in den neuen Weltverhältnissen, die sich nun entwickelten, für das Leben und die Sicherheit Europas von entscheidender Bedeutung werden. Deshalb besteht – heute mehr denn je – die Notwendigkeit, im Geiste Bismarcks europäische und afrikanische Politik im Zusammenhang zu sehen und zu begreifen, daß – bei aller eigenen Verantwortung jedes in Afrika kolonisierenden Staates – die schicksalsmäßige Verbundenheit der europäischen Mächte in diesem Europa unentbehrlichen kolonialen Raum wieder hergestellt werden muß, wenn Europa dauern soll.

EUROPA UND AFRIKA VOM ZEITALTER DER ENTDECKUNGEN BIS ZUR GEGENWART*

3

Afrika ist der letzte unter den großen Erdteilen, welcher in den allgemeinen geschichtlichen Zusammenhang der neueren Zeiten eingeführt worden ist. Wir meinen hier, im Sinne dieser Tagung, „Afrika südlich der Sahara". Denn das Afrika nördlich der Sahara, das mittelmeerische Afrika, steht seit Jahrtausenden im Zusammenhang der orientalisch-mediterranen Geschichte. Ich brauche nur auf das Nilland, auf Ägypten, zu verweisen. Ohne Berücksichtigung von Alt-Ägypten wäre der Gang der Universalgeschichte, wären die orientalischen und die Mittelmeer-Kulturen nicht zu begreifen bis hin zum großen Aufbruch der Islam-Bewegung im 7. und 8. Jahrhundert, welche Afrika, Asien und Europa erneut miteinander unter neuen Ideen in Verbindung gebracht haben. Wir denken hier an das Afrika südlich der Sahara, den eigentlichen „Schwarzen Kontinent", wie man im vorigen Jahrhundert zu sagen pflegte: Afrika ist dreieckig und dunkel oder wie ein kleines Verschen sagte: „Oben breit und unten spitz, durch und durch voll Sand und Hitz."

Dieses schwarze, dieses heiße Afrika ist spät in die allgemeine Geschichte einbezogen worden. Im vollen Sinn des Wortes eigentlich erst im 19. Jahrhundert, während die beiden Amerikas, Nord und Süd, schon im 16. Jahrhundert zu einem Schauplatz neueuropäischer Geschichte gemacht worden sind. Asien freilich hatte vom alten Orient-Okzident-Thema her wesentlich ältere Beziehungen zu Europa. Aber wenn wir über den Orient hinaus nach Indien blicken, nach Ostasien, so kommen wir auch in die neueren Zeiten, von dem Präludium unter Alexander dem Großen abgesehen, in die Zusammenhänge der Kreuzzugszeit, jener großen europäischen Ausbreitungsbewegung im Mittelalter, welche im 13., 14. und 15. Jahrhundert die Berührung Europas mit Indien und China, mit dem Mongolenreich, hergestellt hat.

Durch diese erste Öffnung Asiens für die Europäer im späten Mittelalter

* Vortrag, gehalten in den Informationskursen für Deutsche, die ins Ausland gehen, veranstaltet von der evangelischen Zentrale für Auswandererhilfe, 4. bis 9. September 1958: „Afrika südlich der Sahara".

sind diese östlichen Länder damals in das Blickfeld der großen Politik, der Mission und des Handels und auch der geistigen Auseinandersetzung gerückt worden. Und damit hat dann auch das Schicksal von Afrika südlich der Sahara in unmittelbarem Zusammenhang gestanden. Ehe das offenkundig wurde, im 15. und 16. Jahrhundert, sind wohl über arabische Märkte afrikanisches Elfenbein, afrikanisches Gold und schwarze Sklaven zu den Mittelmeer-Europäern gelangt und haben Afrika südlich der Sahara mit diesen drei Begriffen „Elfenbein, Gold, Sklaven" erfüllt. Das alles war bedingt durch die Ausbreitung des Islam im nördlichen und östlichen Afrika bis zu den Berbern im Westen und bis zum sagenhaften Ophir im südöstlichen Afrika.

Was Europa in jenen spätmittelalterlichen Zeiten von Afrika erfuhr, hat es den arabischen Weltkarten und ihren geographischen Deutungen entnommen. In diesem Kartenmaterial steckten zum Teil noch hellenistische und altorientalische Erfahrungen. Es blieb aber alles für die Europäer vage, unbestimmt, rätselhaft, vielleicht märchenhaft.

Daß Afrika durch die Jahrhunderte hin ein geographisches Rätsel geblieben ist, hing einmal mit der Sperre des Wüstengürtels, der Sahara, zusammen, der uns ja gestern im Bilde so eindrücklich vorgeführt wurde. Hinzu kam aber auch noch, daß die Küstengestaltung des Kontinents relativ wenig Gliederung aufweist, die für die alte Schiffahrt in geschützten Buchten und schiffbaren Flußeingängen einen Anreiz und eine gewisse Sicherheit gab. Der Kontinent erschien auf allen Karten seit dem Altertum stets als eine unbestimmte Ländermasse, die oft dem kreisrunden Raum der Karten im Süden bis nach Indien angepaßt war und diesen Raum auf den Karten ausfüllte, so daß es zeitweilig auf diesen Karten überhaupt keinen Indischen Ozean gab, weil Afrika so weit nach Osten vorgezogen wurde.

Wann und wie ist es nun geschehen, daß die Europäer anfingen, sich für dieses Afrika südlich der Sahara zu interessieren und was erwarteten sie von diesem Afrika? Die ersten Gedanken über Afrika stehen im Zusammenhang mit der Kreuzzugsbewegung. Der Sinn der Kreuzzüge war, nach den Vorstellungen jener Zeit, die Mitte der Welt, Jerusalem und mit ihm die heiligen Stätten der Christenheit, zu gewinnen, in Besitz zu nehmen und von da aus alle Völker der Erde christlich zu machen. Mit diesen großen missionarischen Unternehmen kriegerischer Art, weil es ja gegen die kämpferische mohammedanische Welt ging, verknüpften sich alsbald notwendigerweise nun auch politische und kommerzielle Bestrebungen.

Die großen Ziele wurden nicht erreicht. Die europäische Expansionsbewegung ist damals gescheitert, Station um Station mußte zurückgenommen werden. Der Orient ging in die Hände der Osmanen, der Türken, über, und die Insel Malta wurde zur Grenzfeste des Abendlandes gegen den Osten. In dieser Situation gewann mit einem Mal das unbekannte Afrika südlich der

Sahara eine große strategische Bedeutung. Der frontal geführte Angriff der Europäer auf Palästina, Ägypten, Konstantinopel und Kleinasien war zusammengebrochen. Man hatte die letzte Verteidigung auf dem Festland, Akkon, 1291 aufgegeben, war nach Cypern hinübergegangen, 1310 mußte man Cypern aufgeben, man ging nach Rhodos. Sie sehen das schrittweise Zurückweichen Europas aus der Expansionsstellung. Und dann mußte auch Rhodos aufgegeben werden und man verschanzte sich auf Malta 1526.

Und nun geschah auf diesem Hintergrund folgendes: Im Jahr 1418 hat der junge Prinz Heinrich von Portugal beim Hafen von Sagres eine Art kosmographisches Institut, wie man wohl gesagt hat, gegründet – um moderne Ausdrücke zu gebrauchen – mit Sternwarte, mit Wetterwarte, mit einem Seearsenal, mit einer nautischen Schule für geographisch-kartographische Forschungen, mit einer Werft, auf der der Schiffstyp für die Ozeanfahrt entwickelt wurde, die portugiesische Karavelle. Auf Erkundigungsfahrten in die Inselwelt, Madeira, Azoren, Kanarische Inseln, wurde 1433 der Versuch gemacht, Cap Bojador an der afrikanischen Westküste zu übersegeln. Es hieß bei den Seeleuten Cap Non, Cap Nein, hier sei die Grenze der Oikumene, der bewohnbaren Welt, über dieses Cap hinaus solle man nicht segeln. Diese Vorstellung vom Ende, vom Abschluß der bewohnbaren Welt, hing damit zusammen, daß hier Untiefen waren, daß eigentlich immer eine Nebelwand hier stand durch die heißen Sandstürme aus der Sahara, die hier zusammenstießen mit einer kalten Meeresströmung, so daß man hier wirklich von einer atmosphärischen Barriere sprechen konnte. Es war ein großes Haltezeichen für die europäische Welt im Südwesten. Und dieser Prinz Heinrich war nun entschlossen, dieses Halt zu durchbrechen. Der Kapitän erhielt den Befehl, unter allen Umständen, was ihm 1433 nicht gelungen war, hier durchzukommen, 1434 zu vollbringen und nun in Ablösung von der Küste, von dieser Barriere, dieses Hindernis weitausholend zu umsegeln. Und das gelang 1434.

Damit war 1434 die Pforte nach Afrika südlich der Sahara aufgetan. Das ist ein Epochenjahr. Ein großes Entdeckungswerk konnte jetzt beginnen. Es ist das denkwürdige Jahr 1434, denn von da an datiert die Überseegeschichte Europas.

Was aber waren die Ziele der Portugiesen in diesen unermüdlichen Unternehmungen an der Westküste Afrikas? Das nächstliegende Ziel war, gewiß, den Karawanenverkehr der Mohammedaner mit Gold, Elfenbein, Sklaven, Gewürzen, quer durch die Sahara, durch Schiffahrt an der Westküste zu ersetzen und damit den mohammedanischen Feind in Marokko und Algier zu umfassen. Weiter aber war das Ziel, noch von den Kreuzzugszeiten her, deren Geist die Bevölkerung der iberischen Halbinsel durchaus noch beseelte (gab es doch noch immer einen mohammedanischen Staat auf der Halbinsel selbst, so daß hier die alten Gegensätze wirklich lebendig und akut blieben), ich sage, weiter war das Ziel, eine Verbindung herzustellen mit dem halb sagenhaften Christenstaat des Erzpriesters Johannes – wie es in der mittelalterlichen Literatur heißt – im Raum von Abessinien, also mit jenem nach Osten hin gestalteten Christentum Beziehungen aufzunehmen und damit nun die mohammedanische feindliche Welt gleichsam in die Zange zu bekommen. Wenn das gelang, die Verbindung mit jener christlich-abessinischen Welt zu finden, dann konnte man weiter vorstoßen in der Richtung Jerusalem, – das immer das alte Ziel blieb – von Südosten her über das Rote Meer, vom Persischen Golf her, „die Mitte der Welt" in den Griff zu bekommen und ausserdem die Verbindung nach Indien hin herzustellen. Alles in allem eine großangelegte Strategie der Ausbreitung der europäischen Christenheit.

Die Geographie ist, zumal in diesen Zeiten der ersten Endeckungen, eine politische Wissenschaft, eine Geheim-Wissenschaft, Verrat von Karten ist Landesverrat, so wie heute Verrat von Atomgeheimnissen Landesverrat ist. Das große geographisch-politische Problem war die Frage nach dem Verlauf der afrikanischen Küste südlich der Sahara. In den Papst-Urkunden, mit denen sich die Portugiesen das Missionsmonopol in jenen noch zu entdeckenden Regionen übertragen ließen, wurde die zu entdeckende Gegend bezeichnet, wiederholt in verschiedenen Urkunden, mit den Worten „illa meridionalis plaga" „jene südliche Küste". Darum ging es, den Verlauf der Küste festzustellen und sie für die portugiesische Schiffahrt zu sichern, politisch, kommerziell und auch missionarisch. Das griff alles ineinander, denn eine Trennung des Staatlichen und des Kirchlichen gab es in den Vorstellungen jener Zeit nicht. „Illa meridionalis plaga", diese Südküste, die zunächst auf den Äquator zuführte und über ihn hinweg, würde sie nicht wegen der zunehmenden Hitze, der Sonnenglut – das war ja das große Rätsel und das Problem für die Europäer – ohne jedes Leben sein? Verbrannte Erde! Würde dabei die Schiffahrt bestehen können ohne Stationen mit Frischwasser und Nahrungsmitteln? Und da kam das zweite wichtige Ereignis im Werk des Prinzen Heinrich beim grünen Kap, Cap verde. Sie sehen gleich die Bedeutung der Namensgebung, das ist das Erstaunliche, hinter der Sahara fand man das grüne Kap, eine üppige Vegetation. Man fand, daß die von Ptolemäus her überlieferte antike Geographie falsche Aussagen enthielt. Man entdeckte auf der anderen Seite der Saharazone üppige tropische Vegetation, eine reiche Tierwelt und eine Negerbevölkerung. Das geschah 1445. In diesen elf Jahren – 1434 bis 1445 – sind diese entscheidenden Schritte an der Westküste von Afrika getan worden. Und nun ging es unaufhaltsam weiter. Die Kapitäne wollten dem Prinzen nicht nur afrikanische Waren – Gold, Gewürze, Sklaven, Elfenbein – bringen, sondern vor allem – wie es in den Urkunden und Berichten heißt – „Neuigkeiten", d. h. neue geogaphische Entdeckungen. 1471 wurde der Äquator überschritten, 1484 war man in der Kongomündung, 1487 wurde das Cabo Tormentoso, das Stürmische Kap, umfahren, die Küste bog nach Norden zurück. „Kap der guten Hoffnung" sagte der portugiesische König, als er die Berichte erhielt, die Südspitze des Kontinents war gefunden, man sah die Möglichkeit, nun die orientalischen, die östlichen Ziele ins Auge zu fassen, ins Rote Meer, in den Persischen Golf zu kommen und weiter nach Indien.

Wie sorgfältig das alles vorbereitet wurde, zeigt, daß nunmehr, nachdem man sich inzwischen mit Spanien, das in den nächsten Jahren Amerika entdeckte, weltpolitisch in dem Vertrag von Tordesillas 1494 geeinigt hatte über die Teilung der ozeanischen Bereiche, portugiesische Kundschafter über Ägypten nach Abessinien und zu den arabischen Kaufleuten in Aden geschickt wurden, von wo aus der betreffende portugiesische Ritter nach Indien und an die ostafrikanische Küste fuhr und die Botschaft nach Lissabon schickte: „Sendet eine Flotte nach Ostafrika", das war 1495. Nach sorgfältiger Vorbereitung in Lissabon segelten dann 1497 vier Schiffe mit 170 Mann Besatzung – vergegenwärtigen Sie sich die Größen um die es damals ging – unter dem Kommando des 37jährigen Vasco da Gama. Weihnachten ist die Flottille in Natal – daher der Name – und im neuen Jahr (1498) erreicht Vasco da Gama Calicut in Ostindien von einem arabischen Lotsen aus Ostafrika hinübergeführt.

Zwei Dinge sind in diesem großen Geschehen von 1434–1498 in diesen 64 Jahren, von allgemeiner Bedeutung für die Geschichte Afrikas: 1. Das Interesse an Afrika ist ein Interesse an dem Verlauf seiner Küste, Afrika südlich der Sahara interessiert zunächst als ein Küstenland, 2. Die Küste Afrikas bildet einen neuen Weg, einen Seeweg, nach dem Orient und nach Asien, wodurch die Erkundung der Küste Afrikas gleichsam nur als ein Mittel zum Zweck erscheint. Nachdem der Seeweg nach Indien gefunden ist, verliert Afrika südlich der Sahara für die Europäer viel von seinem Eigenwert, den es von Beginn der Entdeckungen her eigentlich auch gar nicht gehabt hat, freilich, mit Einschränkungen, wovon noch zu sprechen ist. Zunächst dient die Küste Afrikas „illa meridionalis plaga" als Seefahrtsstraße. Für die kleinen Segelschiffe jener Jahre aber werden an dieser Straße Raststätten, Erfrischungsstationen, Zufluchtsstätten gebraucht, das heißt also Festsetzung an der Küste, wenn auch nur punktartig. Und so entstehen kleine Küstenfestungen für den Bedarf der Indienfahrer, um Frischwasser aufzunehmen, frisches Fleisch, Gemüse, Brotmehl, Schiffsbedarf, um Hospitale einzurichten, denn die alte Segelschiffahrt brachte ja immer eine Menge nicht nur von Skorbutkranken mit.

Auch hier gibt es geographische Namen, welche eine deutliche Sprache reden „Alagoa-Bay" wird angelaufen bei der Fahrt nach Goa, der portugiesischen Hauptstadt in Indien, „Delagoa" bei der Heimfahrt. Die beiden

Namen drücken eigentlich schon diese relative Bedeutung Afrikas aus, von Indien her wird diese Küste beurteilt. Also die Entwicklung geht nicht dahin, von der Küste her in das Land vorzudringen, das Innere von Afrika zu erschließen und echte Kolonien zu gründen, so wie es die Spanier in Amerika gemacht haben. Diese lösten sich im Fortgang der Entwicklung weitgehend von den Küsten ab, Cortez verbrannte die Schiffe hinter sich. Man eroberte Königreiche auf dem Hochland im Innern. Das Vizekönigreich Neu-Spanien wurde von Mexiko aus regiert, das südamerikanische Vizekönigreich von Peru aus.

Portugal als Seemacht, primär See- nicht Landmacht, trennte sich in seinen überseeischen Stationen nicht vom Meer, auch nicht zu Handelsexpeditionen größeren und regelmäßigeren Stiles in das Hinterland. Ein Chinese sagte in jenem Jahrhundert: „Bringt einen Portugiesen auf das Land und er stirbt wie ein Fisch." So war es auch an der afrikanischen Küste. Freilich die Stützpunkte, wenn sie auch vornehmlich den Indien-Fahrern auf der Hin- oder Rückfahrt dienen sollten, hatten doch auch eine Eigenbedeutung, da sie zum Teil auch für das alte afrikanische Handelsgut in Betracht kamen: Gold, Gewürze, Elfenbein, Sklaven u. a. So wurde z. B. die Station Elmina gegründet an der Guinea-Küste, wie der Name eben sagt, als eine Goldstadt. Gold wurde auch den Sambesi aufwärts gesucht in der Richtung des sagenhaften Ophir. Hier von Sofala aus ist es sogar zu regelrechten Expeditionen gekommen, wobei man die bekannten rätselhaften Steintrümmer 1531 den Sambesi aufwärts fand. Man legte auch Stationen am Sambesi an, man machte auch hier Missionsversuche. Wo Missionsarbeit angesetzt wurde, da versuchte man territorial zu werden, doch gelang das den Portugiesen damals nicht, weder an der Goldküste noch an der Kongomündung, noch am Sambesi. Die Portugiesen blieben maritim und das Fieber dezimierte die Teilnehmer an allen etwas größer angelegten Unternehmungen. Am Sambesi ist man einmal mit 700 Soldaten und Pferden losgezogen. Die Pferde starben alle und von den Mannschaften blieben nicht viele am Leben, das Fieber raffte sie alle weg. Es war nicht ermutigend, in das Innere Afrikas südlich der Sahara einzudringen. Das also bleibt die Signatur der europäischen Tätigkeit in Afrika: Erschließung der Küste, befestigte Stationen und Handelsplätze. — Auch der Handel erforderte ja keine kriegerischen Eroberungszüge, sondern Ermunterung der Eingeborenen zum Tauschgeschäft an die Küste zu kommen, — und „Wirtshäuser" — wie man sagte — „Tavernen" für die Schiffahrt nach und von Ostindien. —

Gegen Ausgang des 16. Jahrhunderts beginnt der Niedergang der portugiesischen Arbeit an den afrikanischen Küsten. Damals kamen die Rivalen der nunmehr vereinigten spanisch-portugiesischen Monarchien unter Philipp II. Der Calvinismus begann seine welthistorische Auseinandersetzung mit der katholischen Gegenreformation und das wirkte sich auch in Übersee überall aus. Die französischen, die niederländischen, die englischen Protestanten traten in den sechziger Jahren in den unversöhnlichen Kampf, in Krieg und Wettbewerb mit der spanisch-katholischen Weltmonarchie ein. Und dieser Kampf Colignys, Wilhelms von Oranien, der Elisabeth berührt auch die Küsten Afrikas und verwandelt die Herrschaftspunkte im Süden, im Westen, im Osten des Erdteils. Ich schildere nicht die Einzelheiten der Kämpfe zur See und am Land, es geht dabei um beides, um die Halteplätze für die Indienfahrt wie um den eigenständigen kleinen Afrikahandel mit den Eingeborenen.

Im 17. Jahrhundert werden die Niederländer führend, im 18. Jahrhundert wird der mehr als hundertjährige Kampf zwischen den Rivalen Frankreich und England auch an die Küsten Afrikas getragen und auch dort zum Austrag gebracht.

Mit dem Vordringen der Holländer ist der Typ des portugiesischen Seeritters verdrängt worden durch den hochmögenden Kaufmann und Schiffsunternehmer. Handelskompanien, privilegierte kaufmännische Gesellschaften wurden zu den Trägern der europäischen Unternehmungen an den Küsten Afrikas. Das kommerzielle Moment hat das Übergewicht gegenüber den Gestalten der Conquistadoren und der Missionare des 16. Jahrhunderts. Und da rückt nun der Sklavenhandel in besonderer Weise in den Vordergrund aller afrikanischen Unternehmungen. Wiederum ist es so, daß die Sklavenarbeit weniger in den afrikanischen Stationen gebraucht wird, was natürlich auch der Fall war, sondern hauptsächlich in den großen Plantagen in tropischen und subtropischen Gebieten Amerikas und auch in den Bergwerken, das ist wesenlich. Von den Küstenstationen in Afrika her kommt es nicht zur Entfaltung großangelegter Plantagenbetriebe für Zucker, Kaffee, Baumwolle, Kakao usw., die Kolonialprodukte der früheren Zeit. Das hätte die Eroberung, die Festsetzung, die dauernde Sicherung der Plantagengebiete erforderlich gemacht, also viel Krieg gegen kriegerische Negerstämme, teure und kostbare Kriege, für die diese Handelsgesellschaften wenig Neigung hatten. Das fiel in Amerika weg, sobald die Europäer die Besitzfrage unter sich ausgefochten hatten. Denn die Eigenmacht der indianischen Bevölkerung war längst gebrochen. Und so ist es, auf den westindischen Inseln vor allem, zu großen blühenden Plantagenkolonien gekommen. Aber auch auf dem Festland war Arbeiterbedarf, sowohl in den weiträumigen spanischen und portugiesischen Kolonien, wie auch in den intensiver kolonisierten Landstrecken der Nordeuropäer in Nordamerika.

Diese Plantagenkulturen in Amerika haben vom 16. besonders 17. Jahrhundert an, und im 18. Jahrhundert auf die Höhe geführt, eine außerordentliche Bedeutung für die Geschichte Afrikas in den Beziehungen zu den Europäern gewonnen. Für das christliche Europa aller Konfessionen wird die Versorgung mit dem „schwarzen Elfenbein", den Negersklaven, ein Grundelement der Kolonialwirtschaft in den heißen Ländern und deshalb der Sklavenhandel unentbehrlich. Der Leiter der kolonialen Angelegenheiten in Frankreich, Dubuc, erklärte noch 1785: „Neger und Lebensmittel für Neger, das ist der Inbegriff der Kolonialpolitik." Das entsprach auch dem früheren Wort von Mablie 1774: „Ce sont les nègres qui font l'âme du plus riche commerce du monde", die Neger bilden die Seele des reichsten Handels, den es auf der Welt überhaupt gibt. Und deshalb hat auch das Negereinfuhrrecht in die großen spanischen Besitzungen, außer in die englischen, französischen, holländischen und dänischen Kolonien in Mittelamerika und den angrenzenden Ländern, eine so große Rolle in der Weltpolitik des 18. Jahrhunderts gespielt.

Bekannt sind in den großen völkerrechtlichen Verträgen jenes Jahrhunderts diese Abmachungen über das Recht, Neger einzuführen in Amerika; das läuft in jenem Jahrhundert immer unter dem Namen „asiento", Vertrag über den Negerhandel. Afrika ist das Reservoir. Die Europäer richten in ihren Stationen die Märkte ein, die Eingeborenen selbst bringen ihre Kriegsbeute an Menschen oder ihre Bestraften auf diese Märkte, um das einzutauschen, was sie an europäischen Waren haben wollen: Textilien und allerhand Tand.

Für die alte Kolonialgeschichte ist es schwer, einigermaßen wohlbegründete Zahlen anzugeben für die Übersiedlung von Afrika nach Amerika. Langsam beginnend im 16. Jahrhundert, steigern sich die Zahlen im 17. und schwellen sehr stark an im 18. Jahrhundert. Im ganzen müssen es viele Hunderttausende gewesen sein, Männer und Frauen, deren Nachkommen eine viele Millionen zählende schwarze Bevölkerung im heutigen Amerika hervorgebracht haben. Ein Generalproblem, wie Sie wissen, der amerikanischen Zukunft von Afrika her dem westlichen Kontinent auferlegt durch die Europäer. Dies ist ein großes und oft dunkles Kapitel in der Geschichte Afrikas, Europas und Neu-Europas.

Es gab einen Platz an der Küste Afrikas, der nicht viel mit dem Sklavenhandel zu tun hatte, wenn er natürlich auch Sklaven hatte und zwar aus Afrika und aus dem ostindischen Bereich der Europäer, ich meine Kapstadt, die Station am Tafelberg. Hier hat sich eine besondere Entwicklung für die Geschichte der Europäer in Afrika in der alten Kolonialzeit angebahnt.

Die Portugiesen haben die Niederlassung am Kap der Guten Hoffnung nicht gewünscht, ihre Raststätten waren weiter östlich, im Westen wurde auch St. Helena angelaufen. Die Holländer aber hatten es ihren Ostindienfahrern zur Pflicht gemacht, Kapstadt anzulaufen, denn das sollte der wichtigste Platz für Hin- und Retourschiffe der ostindischen Kompanie werden. 1647 — Sie kennen wohl die Geschichte — war dort ein Schiff, ein holländisches Schiff, gestrandet, die Mannschaft kam an Land, blieb dort und 1650 wurde in Amsterdam der Beschluß gefaßt, hier, im zukünftigen Kapstadt ein „Rendezvous und eine Feste" einzurichten am Fuß des Tafelberges. Hier beginnt, wenn auch zunächst im kleinsten Maßstab, eine echte Siedlungspolitik, nicht um ein Territorium auf afrikanischem Boden zu begründen, sondern zunächst auch nur im Dienst der Versorgung der Ostindienfahrer; frisches Fleisch, Getreide für Brot sollte bei der Raststätte selbst in Viehweidewirtschaft und Ackerbau gewonnen werden. So beginnt schon damals die Geschichte eines südafrikanischen Bauerntums. Es sind niederländische und niederdeutsche Siedler, die hier angesetzt werden im Schutz des befestigten Platzes. Niederländisch und niederdeutsch geht ja damals noch ohne scharfe Grenzen ineinander über. Staatsrechtlich war erst 1648 die Trennung der Vereinigten Provinzen vom Römischen Reich Deutscher Nation eingetreten. Die Mischung deutschen und holländischen Blutes hat dann bis in unsere Tage hinein angehalten. Am 11. April 1657 wurde der erste Bauernfreibrief an den Kölner, Hermann Remagen, von der Kompanie ausgestellt. Ihm folgten bald weitere Kompanieangehörige, welche ihre Zeit abgedient hatten und in Südafrika bleiben wollten. Als freie Bürger wurden sie angesiedelt, Untertanen des Staates der vereinigten Niederlande.

Am Ausgang der alten Kolonialzeit haben von Kapstadt nach Norden ausgreifend 21 746 Europäer in Südafrika gesessen nach Ausweis einer Volkszählung von 1798. Die Buren, ein niederländisch-deutsches Bauernvolk, dominierend calvinischer Konfession mit lutherischen Einschlägen, und mit einem beachtlichen Zuzug in das Land aufgenommener Hugenotten, die vielleicht weniger zahlenmäßig als bedeutungsmäßig eine Rolle gespielt haben. Jene Hugenotten, welche Frankreich verlassen mußten und sich in alle protestantischen Gebiete der Welt verteilten als dort der Protestantismus durch Ludwig XIV. ausgerottet werden sollte im Dienst der Unifizierung Frankreichs. So nimmt der südliche Platz aus klimatischen Gründen eine besondere Stelle ein. Es setzt hier eine Entwicklung ein, welche vergleichbar ist mit den Entwicklungen in Nordamerika, ebenso wie auch in Mittel- und Südamerika, wirkliche echte Ansiedlung, die zu einem Verwachsen mit dem Lande führt und neue Heimat schafft, also wirkliches Kolonialland. Und das konnte weder in Amerika, so auch nicht in Südafrika geschehen ohne Konflikte mit der alteingesessenen Bevölkerung, hier zunächst mit den Hottentotten, später mit den Kaffern, den Bantunegern.

An der Länge der Ostküste und an der Länge der Westküste dagegen hat keine echte Landnahme durch europäische Bevölkerung stattgefunden, es entstanden keine Siedlungskolonien, von denen große zukünftige Entwicklungen ausgehen mußten. Im 17. und 18. Jahrhundert haben, den Spuren der Portugiesen folgend, sich Niederländer, Engländer, Franzosen, auch Dänen und Brandenburger an der afrikanischen Küste betätigt. In der Regel waren es die großen westindischen oder ostindischen Handelskompanien, welche die Unternehmungen trugen, privilegierte Gesellschaften mit überseeischen Souveränitätsrechten weithin ausgestattet aber weniger durch staatliche als durch kommerzielle Interessen bestimmt; freilich im Merkantilismus jener Jahrhunderte war das kommerzielle Interesse in das etatistische Interesse eingeordnet. In dieser merkantilistischen, monopolistischen, kommerziellen Kolonialpolitik lagen die Wurzeln nun auch für die Konflikte, die sich im Laufe der Zeit zwischen dem kaufmännischen Kompanie- und Kolonialinteresse und den Interessen, der sich ins Land einwurzelnden Siedler entwickelt haben. In allen weißen Siedlungskolonien sind solche Konflikte zwischen den Übersee-Europäern und den von Europa her eingesetzten kolonialen Autoritäten entstanden. Denn die europäischen Siedler wollten wie Europäer behandelt werden, wie Engländer, wie Spanier in Amerika, wie Niederländer am Kap. Der Selbständigkeitsdrang der weißen Siedler in Übersee führte die erste koloniale Revolution herbei, eine Revolution von Europäern gegen Europäer. Und das entzündet sich in den atlantischen 13 Kolonien in Nordamerika, wirkt aber alsbald auch auf die Farmer in Südafrika. Es kommt zu Unruhen in der Grenzbevölkerung. Es liegen die gleichen Ursachen vor wie in Nordamerika, nicht den kommerziellen Interessen einer Handelskompanie untergeordnet zu sein in Produktion, in Preisbildung, Grenzverteidigung gegen die Eingeborenen, Landnahme und Anteil an der Verwaltung des Landes.

Während des Krieges um Nordamerika, um die nordamerikanische Freiheit (auf der einen Seite Großbritannien, Frankreich und Holland und die Vereinigten Staaten auf der anderen Seite, 1778–1783) kommen die ersten innenpolitischen Krisenjahre am Kap und im Ausbreitungsraum der Viehburen. Damals hieß es in Kompaniekreisen in Holland: „Die Einwohner im Kapland machen mehr Schwierigkeiten als die Einwohner aller ostindischen Inseln zusammen." 1795 war es soweit, daß im Hinterlande Nationalversammlungen, „Assemblées Nationales", von den Siedlern einberufen wurden, weshalb sich die Aufrührerischen „Nationalisten" nannten, Beamte der Kompanie wurden vertrieben.

Dieser Anfang des inneren Werdeprozesses der Unabhängigkeit der Südafrikaner hing zusammen auch mit den unruhigen Zeiten der äußeren Kolonialgeschichte. Seit dem amerikanischen Seekrieg, den ich eben nannte, 1778–1783, wurde es offenbar, daß Großbritannien entschlossen war, die Schlüsselposition, wie es meinte, für seine im Siebenjährigen Krieg gewonnene große Stellung in Ostindien, in Besitz zu bekommen, das Kap, die alte bewährte niederländische Station und Festung. Was 1781 mißlang, wurde durch die Okkupation von 1795 durchgeführt und blieb mit kurzer Unterbrechung von 1803 bis 1805 – während der kurzen Friedenszeit von Amiens war ja der Versuch gemacht worden, einen Ausgleichsfrieden zwischen Frankreich und England herzustellen. Also von dieser kurzen Unterbrechung abgesehen, war von 1795 bis 1814 englische Okkupation im Kapland. Und trotz der Befreiung auch der Niederlande durch die Schlacht bei Leipzig und bei Waterloo, erklärten die englischen Unterhändler des großen neuen Friedens, sie wären bereit, alles mögliche zurückzugeben, aber niemals das Kap, die Sicherheit ihrer ostindischen Stellung beruhe darauf. Damals begann der englisch-burische Gegensatz, der die neuere Geschichte Südafrikas weitgehend bestimmt hat.

Dieser letzte Wechsel im Besitz einer afrikanischen Seefestung und Erfrischungsstation fiel in den Ausgang der alten Kolonialzeit. Völlig neue Entwicklungen kündigten sich nun in dieser gleichen napoleonischen Krisenzeit des Abendlandes an. Der Monopolgedanke hatte das Leben der überseeischen Handelskompanien bestimmt. Der Wettkampf, das Prinzip der Konkurrenz war diesen Unternehmungen gegeben nur durch die Rivalität zwischen den Nationen Europas, zwischen englischer und holländischer Ostindischer Kompanie usw. Denn es ist so, Europa erobert die Welt, erobert auch Afrika nicht als in sich geeinigte Körperschaft, als corpus christianum, wie es noch zur Zeit der Kreuzzüge im Mittelalter heißen konnte, sondern im Wettkampf der Nationen um die Märkte, um Geltung, um Macht, um Landbesitz, um Seeherrschaft.

Freilich, zwischen den großen Rivalen finden sich auch damals an den Küsten Afrikas – wie die Engländer sagen – „interlopers"; Freibeuter könnten wir übersetzen, Freihändler, welche ihr Glück in Übersee auf eigene Faust versuchen. Das Freibeutertum bildet ein nicht unwichtiges Kapitel in der alten Kolonialgeschichte, in Afrika besonders an der Guinea-Küste. Aber dieses freie, wagende Händlertum der Europäer in Übersee hat freilich erst im 19. Jahrhundert, nun allerdings unter ganz anderen Verhältnissen, volle geschichtliche Bedeutung gewonnen als das freie überseeische Unternehmertum. Wie ist es dazu gekommen? Die Grenzscheide zwischen alter und neuer Kolonialzeit bilden die Jahre der Revolutionierung des europäischen Lebens, im äußeren Geschehen von den amerikanischen Siedlungskolonien ausgehend und unter Napoleon universal-geschichtliche Ausmaße annehmend. Damit wird auch in der Geschichte Afrikas südlich des Äquators eine neue Phase eingeleitet. Die Revolution, vom europäischen Bürgertum getragen im Gegensatz zu den alten Ständen, beseitigt den monopolistischen Staatskommerzialismus und schafft freie Bahn dem einzelnen unternehmerisch gesinnten Bürger der Staaten; Freihandel, Freizügigkeit ist das große neue Prinzip, verkündet in einflußreichster Weise von dem Engländer Adam Smith 1775/76; freie Umsiedlung von Land zu Land, also Auswanderung, wird zu einem

Recht aller Menschen. Eine kosmopolitische Luft beginnt zu wehen, alle staatlichen Fesseln – freilich auch weitgehend der staatliche Schutz – sollen bei den Unternehmungen der Europäer in Übersee wegfallen. Das Meer soll frei sein, wie es die Calvinisten schon im 16. Jahrhundert gegen die Schließung der Meere durch Portugal und Spanien seit dem Vertrag von Tordesillas 1494 propagiert hatten: freie Schiffahrt, freie Landnahme, freier Handel, „dem Tüchtigen gehört die Welt"; „mein Feld ist die Welt" sagten die Hanseaten.

Dieses Freihandelsystem nützt dem wirtschaftlich Starken, nach der Niederwerfung Napoleons also den Engländern; denn die überseeischen Unternehmungen der kontinentalen Staaten und Völker sind in den napoleonischen Kriegen zum Erliegen gekommen. Da gab es die große napoleonische „Kontinentalsperre", das europäische kontinentale Leben sonderte sich eigentümlich ab von Übersee. Die weißen Siedlungskolonien sind ja zum großen Teil unabhängig geworden in Nord-, Mittel- und Südamerika, die privilegierten Kompanien, die Träger der europäischen kommerziellen Ausdehnung im 17. und 18. Jahrhundert, wurden eine nach der anderen aufgelöst, die Staaten als solche desinteressierten sich weitgehend an der Kolonialpolitik. Mit den neuen Ideen ist sogar eine gewisse Kolonialmüdigkeit gekommen; man fing an, von dem Ende des kolonialpolitischen Zeitalters zu sprechen. Der Einzelinitiative sollte alles Weitere überlassen bleiben. Weder für die Revolution noch für die Restauration nach 1815 haben koloniale Unternehmungen eine Bedeutung gehabt. Die Nordamerikaner zogen sich hinter die Monroe-Doktrin zurück wie hinter einen Trennungsmeridian durch den Atlantik; der staatliche Wettbewerb hatte aufgehört und so hatten die letzten Besitzer überseeischer Kolonien, vor allem die Engländer, keine ernstzunehmenden Konkurrenten mehr und auch sie konnten anfangen, diese und jene überseeische Station aufzugeben, die sich nicht rentierte; ernste Rivalen waren ja nicht mehr da.

Was hat dies alles, was hier nur ganz kurz angedeutet werden kann, in der allgemeinen Entwicklung für die Küste Afrikas zu bedeuten? Es erfolgt die Absage an den Sklavenhandel; 1806 ist das in Großbritannien gesetzlich festgelegt, 1814 geht der Wiener Kongreß auf diesen Gedanken ein. Ein Großteil der afrikanischen Stationen verliert damit seinen kommerziellen Sinn. Warum noch teuere Stationen für einen Handel aufrechterhalten, der nicht mehr erlaubt ist? Außerdem hat Amerika so viel Negerbevölkerung, daß es aus sich selbst den Arbeiterbedarf weitgehend ergänzen kann.

Zweitens, mit dem Zug Napoleons nach Ägypten 1798 ist die Barriere der Türkenherrschaft im Orient erschüttert und durchbrochen. Es beginnt die Sonderstellung Ägyptens; der Weg nach Ostindien über Ägypten und das Rote Meer wird geöffnet. Es zeichnet sich der Bau des Suezkanales ab, die Indienpost geht nicht mehr um das Kap. Was sollen also noch Stationen für die Indienfahrt an den Küsten Afrikas? Die neuen Dampfschiffe sind größer und können viel reicher mit Wasser und Verpflegung versorgt und ausgerüstet werden. Man bedarf der Tavernen und Hospitäler in Afrika nicht mehr so dringend. Ja, man kann von einer gewissen Entpolitisierung Afrikas südlich der Sahara im Zusammenhang mit diesen allgemeinen kolonialgeschichtlichen Geschehnissen sprechen.

Es konnte nunmehr an den Küsten Afrikas eigentlich wieder stiller werden. Die alte Kolonialzeit hatte an den Küsten Afrikas viele einzelne Punkte eingezeichnet, aber die Flächen im Innern des großen Kontinents waren zum größten Teil auch am Ende der alten Kolonialzeit noch weiße Flecken geblieben, die man wohl mit Tierbildern und Negerbildern aller Art ausgefüllt hatte, aber über Land und Leute wußte man nicht viel Verläßliches zu sagen.

In diesem Moment der Freigabe der Welt an den Unternehmungssinn des Einzelnen ist der wissenschaftliche Eifer der europäischen Geographen und Völkerkundler auf das lebhafteste angeregt worden. Erst das 19. Jahrhundert bringt die Erforschung, die wissenschaftliche Aufschließung des immer noch dunklen Erdteils und zwar wesentlich aus der Initiative und dem Unternehmungssinn von Einzelnen her. Diese Geschichte des Einmarsches der europäischen Entdeckungsreisenden in das Innere Afrikas kann hier auch nicht in den einzelnen Phasen geschildert werden. Es ist zum Teil eine heroische Zeit, eine neue Conquistadoren-Zeit. Auch die neuen Missionsgesellschaften, mehr oder weniger abgelöst von den unmittelbaren Staatsinteressen, regten sich, die Herrenhuter waren allen schon im 18. Jahrhundert in diesem Sinne vorangegangen. Die erdkundlichen, völkerkundlichen, die biologischen, anthropologischen Wissenschaften drängten zur Aufhellung des hier noch bestehenden Dunkels. Jetzt erst begann die Geschichte der wirklichen Entdeckung Afrikas. Es wurde nachgeholt, was im 16. Jahrhundert für Amerika, die westindische Welt, und für Asien, die ostindische Welt, weitgehend durchgeführt oder in die Wege geleitet war.

Es gibt eine kleine Statistik über die afrikanischen Forschungsreisen, die dieses Stück afrikanische Geschichte in Zahlen ausdrückt. In diesen Zahlen stecken allerdings auch die Unternehmungen in Nordafrika, Sudan usw. mit darin. Ich gebe sie kurz:

1791–1800	3 Forschungsreisen in Afrika
1801–1810	2 " " "
	(napoleonische Kriegszeit in Europa)
1810–1820	2 Forschungsreisen in Afrika
1821–1830	8 " " "
1831–1840	3 " " "
	(nochmal ein merkwürdiger Rückgang)

1841–1850	6	Forschungsreisen in Afrika
1851–1860	27	" " "
1861–1870	29	" " "
1871–1880	47	" " "
1881–1890	84	" " "
1891–1900	15	" " "

(da sinkt es wieder ab)

Afrika ist erforscht. So ist Afrika von der Wissenschaft in hundert Jahren – eigentlich kann man sagen in 40 Jahren von 1850 bis 1890 – erschlossen worden.

Auch die Kaufleute blieben nicht untätig, einzelne freie Unternehmer, die ihr Glück versuchten, auch in Gebieten, wo keine europäische Macht Autorität besaß. An den Küsten Afrikas und in das Innere hinein finden wir jene Nachfahren der „interlopers" aus verschiedenen Nationen: Engländer, Franzosen, Portugiesen, Hamburger und Bremer. Diese Liste der auf sich selbst gestellten Entdecker, Missionare und Kaufleute an den Küsten und im Inneren Afrikas bringt eine stattliche Zahl unternehmungsfreudiger und bahnbrechender Persönlichkeiten. Eine merkwürdige Zeit, diese Zeit eines – ich möchte sagen – freien Afrikas, in das die aktiven Persönlichkeiten Europas hineingehen, mehr oder weniger auf sich selbst gestellt.

Bald aber kam die Zeit, da diese Unternehmungen auf der einen Seite Rückhalt an dem jeweiligen Heimatstaat suchten oder auf der anderen Seite, da die europäischen Staaten die Hilfe dieser Leute in Anspruch nahmen, um für ihre Nationen ein Betätigungsfeld in diesem neuerschlossenen Afrika sicherzustellen. Damit begann die Geschichte der Aufteilung des schwarzen Kontinents zwischen den Mächten Europas. Eine neue Ausbreitungswelle ergriff die Europäer. Wie war es doch dazu gekommen, daß fast mit einem Male Afrika ein Objekt der Politik für die europäischen Mächte wurde? Die letzten Jahrzehnte des 19. Jahrhunderts werden zu einer Zeit geradezu des Wettlaufes der europäischen Staaten in der Besitzergreifung von Afrika. Das Tempo ward mit einem Mal so gesteigert, daß es vorkam, daß nunmehr möglichst geheimgehaltene Expeditionen in Eilmärschen dem Konkurrenten zuvorkommen sollten in der „Entdeckung" und Beanspruchung von Land, gestützt auf rasch inszenierte Vertragsabschlüsse mit irgendwelchen Eingeborenenhäuptlingen. Afrika erschien in der zeitgenössischen europäischen Literatur als „das neue Indien", „das schwarze Indien", „das neue Amerika"; man meinte, noch einmal ein Zeitalter der Entdeckungen zu erleben. Wir können sagen, in der kurzen Zeit von nur 20 Jahren, von ca. 1880 bis ca. 1900, sind die großen Besitzfragen am afrikanischen Land entschieden worden. Ab 1898 kommen eigentlich nur noch Korrekturen hier und dort vor.

Die antreibende Kraft für die Inbesitznahme Afrikas bildete zunächst unzweifelhaft der wirtschaftliche Unternehmungssinn der Europäer aus verschiedenen Ländern. Die sich rasch entfaltenden Industrien in Europa, zumal in der großen liberalen Zeit vom Krimkrieg bis zur Gründerzeit nach 1870, haben die große Weltwirtschaftskrise der siebziger Jahre erleben müssen. Der Wettbewerb ist jetzt schärfer geworden, in den Fragen der Rohstoffbeschaffung, der Lebensmittelbeschaffung, der Absatzmärkte, der damit verbundenen Kapitalinvestitionen, der Schiffahrt, des Handels. Schutz und Förderung durch den Staat wird zunehmend von der notleidenden Wirtschaft gefordert; „Schutz der nationalen Arbeit" das ist die neue Parole. Sie wird hervorgebracht und getragen von den nationaldemokratischen Kräften, die in Europa im Vordringen begriffen sind, gegenüber den mehr individuellaristokratischen Tendenzen der neuen Gründerjahre in Übersee — wenn ich so sagen darf — mit dem „königlichen Kaufmann" an der Spitze.

In Deutschland ist es Bismarck selbst, der 1878 den Übergang vom Freihandel zum Schutzzoll vollzieht. Und gleichzeitig damit kommt die Kolonialbewegung in Gang. In der Nation wird Zukunftssicherung am afrikanischen ökonomischen Potential gefordert; eine Art Afrika-Romantik von den Entdeckerjahren her nährt die politischen Bestrebungen in breiter Öffentlichkeit. Man muß aber im Auge haben, daß mit dem Bismarckschen Frieden in Europa nach 1871, mit der Ausbalancierung der Kräfte nach der Konstituierung der neuen mitteleuropäischen Ordnung durch den neuen deutschen und den italienischen Nationalstaat die politischen Kräfte Europas nach außen hin gelenkt wurden. Es war geradezu ein Element der Bismarckschen Befriedungspolitik, die Blicke der Nationalpolitiker in den verschiedenen Ländern nach außen zu richten von der Mitte Europas weg nach Afrika hin, nach dem Orient, nach Asien, nach der Südsee. So ist die moderne Weltpolitik entstanden. Da in Europa Friede gehalten werden konnte dank diesem System, ist es auch wegen der Aufteilung von Afrika nun nicht zu großen Kriegen gekommen, da waren die Orientfragen gefährlicher. Antreibend waren immer die kolonialen Unternehmer, die Afrika-Gesellschaften, die Kolonial-Gesellschaften und ein Teil der öffentlichen Meinung. Die Regierungen folgten, zuweilen zögernd und eigentlich immer nach einem Ausgleich der möglichen Konflikte in Afrika suchend.

Charakteristisch für die Inbesitznahme des afrikanischen Festlandes, der großen weißen Flecke auf der Karte Afrikas, ist die Entstehung des Kongo-Staates. König Leopold II., der zweite Coburger auf dem jungen belgischen Thron, rief 1876 eine „Association International Africain" ins Leben, als eine Forschungsgesellschaft, von Anfang an aber doch als eine Kolonisationsgesellschaft, als Koloniale Gründungsgesellschaft, gedacht im Dienst der Zivilisation, der Humanität und des Fortschrittes. In dieser Richtung hatten sich ja die alten christlichen Missionsideen säkularisiert. Aus der liberalen Zeit heraus begann dieser König als Privatmann, ich möchte sagen, als „interloper", Zentralafrika in den Griff zu bekommen und damit hat er weitgehend den Anstoß gegeben, daß auch Franzosen, Portugiesen, Engländer und Deutsche in den Wettbewerb eintraten. Nun vollzog sich rasch der Übergang — wie ich es schon kurz angedeutet habe — von der Freihandelsepoche der liberalen Zeit, der freikapitalistischen Unternehmungen zur Kolonialpolitik unter staatlicher Verantwortung. Aus den Unternehmungen des Privatmanns Leopold von Coburg wurde das Unternehmen des Königs von Belgien und schließlich des belgischen Staates.

An der Grenze der Übergänge steht die nach Berlin einberufene Kongo-Konferenz vom November 1884 bis Februar 1885. Bismarcks Mittlertum hat sie weitgehend beeinflußt. Es waren große europäische Gesichtspunkte, welche das Ergebnis mitbestimmten, nämlich es entstand (so dürfen wir wohl sagen) ein mittelafrikanisches Völkerrecht, erstens mit der Festlegung fester Regeln bei der Besitzergreifung von Neuland in Afrika, zweitens mit der Konstituierung des Grundsatzes der offenen Tür und des freien Handels, also anti-merkantilistisch noch im Sinn der Freihandelsidee; dies war ein besonderes deutsches Interesse. Drittens kam hinzu der Grundsatz des Schutzes und der Pflege der Eingeborenen, also das wichtige Problem der Eingeborenen-Politik bei der Inbesitznahme Afrikas und der Unterstellung der Eingeborenen unter europäische Verantwortung und viertens der sehr wichtige Grundsatz, der Nichtübertragung europäischer Kriege auf das große zentralafrikanische Gebiet, des sogenannten konventionellen Kongo-Beckens. Dazu hatte der Kanzler in seiner Schlußansprache auf dem Kongreß gesagt: „Die Plage des Krieges würde in der Tat einen besonders verhängnisvollen Charakter annehmen, wenn die Eingeborenen veranlaßt würden, bei Zerwürfnissen unter den Kulturmächten Partei zu ergreifen". Das war die Richtweisung Bismarcks. Aber es ist anders gekommen. Diese Grundsätze und Regeln der Afrika-Konferenz von 1885 sind leider nicht eingehalten worden, als die Weltkriege des 20. Jahrhunderts kamen. Bismarck hatte gerade in bezug auf das große tropische Afrika von einer „Allmende der Kulturwelt" gesprochen. Wir haben hier noch die Nachwirkungen der liberalen Jahrzehnte des 19. Jahrhunderts und der Aufklärung im 18. Jahrhundert vor uns, da zuerst die europäische Kolonialpolitik von den Europäern selbst kritisiert worden war. Dieser Appell an den freien friedlichen Wettbewerb und an die gemeinschaftliche Verantwortung, die ist für diese Kongo-Konferenz maßgebend und im Prinzip wegweisend.

Die etatistische Verhärtung der Besitzansprüche und der Besitzrechte und der Politik des weiter ausgreifenden Landerwerbes in Afrika hat nun diese 20 Jahre Geschichte der Europäer in Afrika weithin bestimmt. Die einzelnen kolonialen Erwerbungen und die Kämpfe um die Grenzen in Afrika sollen hier nicht im einzelnen geschildert werden. Sie kennen die Gestaltung der politischen Landkarte Afrikas vor 1914 mit dem portugiesischen, spanischen, englischen, französischen, belgischen und deutschen Besitz. Ganz Afrika war europäischer Souveränität unterstellt mit Ausnahme zweier Gebiete, nämlich Liberia an der westlichen Küste und Abessinien im Nordosten.

Die beiden Welt- und Flügelmächte des europäischen Systems, Rußland und die Vereinigten Staaten, hatten an der Aufteilung Afrikas nicht teilgenommen. Sie hatten andere Expansionsgebiete in Amerika, in Asien, im Pazifischen Raum, aber der Schatten ihrer Hand fiel von USA auf Liberia und von Rußland auf Abessinien.

Ein Wort über Liberia an der Westküste mit dem heißesten Klima der Erde, wie man mir gesagt hat. Es war im Jahr 1822 unter dem nordamerikanischen Präsidenten Monroe (daher die Stadt Monrovia) als das Gemeinwesen von einigen philanthropischen Nordamerikanern gegründet worden, indem sie freigelassene nordamerikanische Sklaven hier ansiedelten. Man träumte von einer Rücksiedlung der afrikanischen Bevölkerung aus Amerika nach Afrika, um somit das ganze schwierige Problem in Amerika zur Lösung zu bringen. Man sprach auch von der Wiedergutmachung der Sklavenexporte in der alten Kolonialzeit. Aus diesen Rücksiedlern sind die Liberianer hervorgegangen, eine kleine schwarze Herrenschicht von etwa 12 000 Menschen heute, die über etwa $1^1/_2$ Millionen Eingeborene regieren. 1847 wurde diese Gründung aus der kolonialmüden liberalen Zeit als Heimstätte für freigelassene amerikanische Sklaven aus USA als freie und unabhängige Republik mit äusserlich amerikanischen Verfassungsformen konstituiert. Dieses Liberia hat eine ziemlich belastete innere Geschichte gehabt, aber als Negerstaat konnte von ihm die Selbständigkeits-Ideologie amerikanischer Prägung auf das Ganze von Afrika Einfluß ausüben.

Das unmittelbar gegebene Problem für die europäische Afrikapolitik war nun freilich durchaus noch nicht in der Idee der Selbstregierung der Eingeborenen gegeben, sondern noch stand man in der Zeit der Landnahme größten Stils. Und unter diesem Gesichtspunkt sind bei den Hauptmächten natürlicherweise große Arrondierungstendenzen maßgebend geworden. Denn die Inbesitznahme war ja von vielen Zufälligkeiten und dieser und jener Priorität bestimmt worden. So waren vielfache, zum Teil erhebliche Raumzersplitterungen im großen Kartenbild von Afrika entstanden. Der moderne Verwaltungsstaat strebt aber, auch in seinen Kolonien und da besonders (auf kolonialem Boden versucht man ja die maßgebenden Ideen in besonderer Reinheit durchzuführen) nach rationaler Gliederung und Zusammenfassung, ganz anders als in den Feudalzeiten des Mittelalters, wo Europa das Bild einer sehr buntgemischten Gliederung zeigte. Die modernen Fürstenstaaten in Europa hatten bereits Arrondierungspolitik betrieben und damit die Idee der Staatsräson in den Vordergrund gerückt. So machten es auch jetzt die nationalstaatlich ausgerichteten Kolonialpolitiker in Afrika. Für den Weitergang der Landpolitik der drei großen Kolonialmächte Europas in Afrika können wir drei maßgebende Gesichtspunkte der Arrondierung, der Abrundung im Blick auf territoriale Geschlossenheit nennen. Frankreichs Ziele bestanden in der Abrundung ganz Nordwestafrikas unter französischer Herrschaft mit einem Hineingreifen in den Zentralafrikanischen Raum (siehe z. B. das Vorkaufsrecht auf den Kongostaat). Die eigentlich imperiale Ausbreitungspolitik Frankreichs ging freilich vom Mittelmeer aus, „le lac français", und zielte in den Orient mit dem Schwergewicht im Nilland, viele verheißende Anfänge lagen da von den Zeiten des ersten Napoleon her vor mit dessen Zug nach Ägypten 1798. Das Interesse an Afrika war damals gerade durch dieses weltpolitische Unternehmen angestoßen worden. Hier aber hat England der französischen Ausbreitung nicht nur Halt geboten, sondern Frankreich verdrängt und die eigene Macht zur Entfaltung gebracht.

Für die englischen Imperialisten wurde das Ziel aufgestellt, die Landverbindung Kap—Kairo (ein viel zitiertes Wort) herzustellen, also die ganze Westflanke des Indischen Ozeans in die Hand zu bekommen und damit die Wege nach Indien und Asien festzuhalten und zu kontrollieren. Vom Süden her trieb Cecil Rhodes die britische Expansion mit außerordentlicher Energie nach Norden vor in das Hinterland der deutschen, der burischen und der portugiesischen Besitzungen, entschlossen, alle Hindernisse auf seiner Bahn zu beseitigen. Die Versuche Portugals, Moçambique und Angola miteinander im Hinterland zu verbinden, wurden durch britische Expeditionen und Gefangennahme portugiesischer Expeditionen verhindert. Durch den Erwerb von Basutoland wurde die drohende Verbindung zwischen den Deutschen und den Buren unmöglich gemacht und dann sollten die beiden burischen Freistaaten selbst aufgehoben und einverleibt werden. Das wurde durch den Burenkrieg herbeigeführt, der ganz Europa als das große afrikanische Ereignis aufgeregt hat. Aber niemand in Europa hatte die erforderliche maritime Macht, die Unterwerfung der Freistaaten zu verhindern. Die allgemeinen Sympathien halfen den Buren nichts, so wenig wie heute den Ungarn.

Hier schalten wir einen kurzen Rückblick auf die Geschichte der Buren ein, indem wir fragen: Wie war die Entwicklung mit den Buren, der einzigen größeren europäischen Siedlungsgruppe in Afrika südlich der Sahara im 19. Jahrhundert, vor sich gegangen? Nach der englischen Wegnahme der Kapkolonie 1795, 1806 und dann endgültig im Pariser Frieden 1814 waren zwischen der neuen volksfremden Kolonial-Verwaltung und den Siedlern Mißhelligkeiten aller Art entstanden im Bereich der laufenden Verwaltung, der

Sprachenpolitik — das Englische sollte zwangsmäßig durchgesetzt werden —, des Handels und der Eingeborenenfrage, zumal in den Jahren der britischen Sklavenbefreiung 1834, die in Kraft gesetzt wurde mit betrügerischen Entschädigungen in Südafrika, und vor allem in den Grenzschutz-Fragen. Es war immer schon die Tendenz dagewesen, sehr ähnlich wie in der Geschichte der Westgrenzen in den nordamerikanischen Kolonien und Freistaaten, daß die Siedler sich mit ihren Herden weiter ins Land vorwagten und dort festsetzten. 1834 war es soweit, daß es zu dem großen berühmten „Treck" kam. Nach dem Grundsatz der Freizügigkeit dieses Jahrhunderts brachen ganze Familien und Gruppen auf mit Frauen und Kindern, Wagen und Herden, die Bibel in der Vorderkiste des von ihren Ochsen gezogenen Wagens, hinein in das Hinterland. An 10 000 Buren verließen Haus und Hof, Acker und Weideland, um sich, wie sie meinten, den Ungerechtigkeiten und Bedrückungen der englischen Verwaltung zu entziehen. Ein einzigartiges Ereignis europäischer Geschichte in Südafrika. Die Ausgewanderten wählten sich eine Regierung und erließen eine Unabhängigkeitserklärung von England in zehn Punkten. So war es nun doch zu dem im Anschluß an die nordamerikanische Unabhängigkeitserklärung bereits im 18. Jahrhundert wiederholt erwarteten Entschluß zur Autonomie und Selbstverwaltung dieser Kolonie weißer Siedler gekommen. 1854, zur Zeit des Krimkrieges, der England voll in Anspruch nahm, konstituierte sich neben Transvaal der Oranje-Freistaat und erhielt die Anerkennung von Großbritannien. Als dann aber Gold und Diamanten in Transvaal in reichem Maße gefunden wurden, interessierte sich England im Zuge der wieder beginnenden Kolonialpolitik für die Einverleibung der verlorengegangenen Menschen und ihres Gebietes. 1877 wurde die Annexion ausgesprochen. Daraus ist der erste Freiheitskrieg von 1880—81 hervorgegangen. Die Engländer erlitten Schlappen und anerkannten die Unabhängigkeit unter einem irrealen Souveränitätsvorbehalt. Es spielt hier das Gegenspiel Disraeli—Gladstone, also eine innerenglische Auseinandersetzung mit hinein, auf der einen Seite der junge britische Imperialismus auf der anderen Seite der alte englische Liberalismus.

Im Zusammenhang mit dem Besuch Krügers, des Repräsentanten der Buren, 1884 bei Bismarck in der Zeit der deutschen Kolonialerwerbungen, im Gegensatz zu England und im Einvernehmen mit Frankreich und allen anderen Festlandsstaaten, wurde die volle Unabhängigkeit der Südafrikanischen Republik der beiden Burenstaaten der Welt kundgetan. Der neue englische Unternehmungsgeist, repräsentiert in einem Mann wie Cecil Rhodes, und die neue allbritische Imperialbewegung hat dann doch das Schicksal der Buren besiegelt. Der militärische Handstreich von 1896, der Jameson-Einfall, konnte zwar noch abgewiesen werden, dann aber wurde in einer militärischen Großaktion, in einem wirklichen Krieg, die Selbständigkeit dieser niederländisch-niederdeutschen-hugenottischen Volksgemeinschaft vernichtet.

Die Buren waren ein Bauernvolk geblieben. Sie waren gegenüber dem imperialistischen Kapitalismus — wenn ich einmal diese Schlagworte aufgreifen darf — und seinen indirekten Machtmitteln nahezu hilflos. Sie haben auch über die Idee der Selbstverwaltung hinaus — und das mußte die Schwächen dieses Gemeinwesens vergrößern — keine, wie mir scheint, eigentliche Staatsidee entwickelt mit einer bedeutenden politischen Führungsschicht. Leitung des Ganzen, Gehorsam, Einigkeit bereiteten immer wieder Schwierigkeiten. Ohne Staatsidee und ohne Führungsschicht als staatstragende Schicht kommen die Völker nicht weit im Kampf um ein selbständiges Dasein. Denn die Völker bedürfen erfahrungsgemäß einer für das Ganze verantwortungsbewußten und daher das Ganze tragenden Elite, welche aus einem inneren Ethos heraus zum Staatsdienst und zu Opfern bereit ist, welche in den gefahrenreichen Zeiten auch eine monarchische Oberleitung hervorzubringen vermag. Ansätze dazu waren gewiß vorhanden, aber sie sind — wenn ich recht sehe — nicht zu gestaltender Entfaltung gekommen. Wie anders war das in Nordamerika gewesen, trotz ähnlicher Grundtatsachen. Aber dort hieß es alsbald nach dem Aufstand: „We are the embryo of an empire!", „Wir sind die Keimzelle eines Welt-Großstaates." Das offenbarte, daß es sich hier um die Keimzelle eines echten Staates mit einer großen Laufbahn handelte. Bei den Buren hat von vornherein eine großangelegte südafrikanische Politik gefehlt; man blieb selbstgenügsamer Bauer. Es war wohl, als ob das niedersächsische Erbe — das ist jetzt eine These von mir, die Sie vielleicht bestreiten —, das Erbe einer gewissen politischen Passivität bei großer Zähigkeit über Holland und England — auch dort ist ja der Einschlag vorhanden — nach Südafrika verpflanzt worden ist. Franken und Normannen haben stärkere staatsbildende Kräfte bewiesen. Nun, wie dem auch sei, Südafrika wurde englisch, ein Teil des Empire, das von London aus regiert wurde, wenn es auch dann bald zur Gewährung des Dominion-Status gekommen ist, was nun neue Aussichten auf Unabhängigkeit eröffnet hat.

Von Südafrika wenden wir den Blick noch einmal kurz dem Ganzen des Erdteiles zu, das von verschiedenen Nationen Europas verantwortlich verwaltet wurde. Auf die Unterschiede in den Kolonisationssystemen der verschiedenen Nationen, die beträchtlich sind, können wir nicht eingehen, sondern nur darauf hinweisen, weil sie für die Zukunft von Afrika vielleicht große Bedeutung haben. Man hat in einer freilich stark vereinfachenden Weise — aber in einem kurzen Vortrag greift man nach diesen Abbreviaturen — versucht, drei Typen herauszustellen, den französischen, den englischen und den deutschen. Die französische Kolonialpolitik ist Assimilationspolitik. Aus den Eingeborenen sollen Franzosen gemacht werden. Es handelt sich um den radikalen Zentralismus, auch selbst wenn man einmal föderalistische Formen verwendet. Die englische Kolonialpolitik, auch hier von den heimischen Tendenzen bestimmt, ist assoziativ genannt worden, das heißt, sie wurzelt in dem alten ständischen Denken der Engländer aus ihrer Geschichte her. Ihr Schlagwort wurde in Afrika „indirect rule". Die englische Politik ist stets kompromißbereit gewesen, Gegensätze werden „assoziiert", zusammengeführt, ausgeglichen. Die deutsche Politik hat man patriarchalisch genannt mit sozial-konservativem Einschlag. Dies war überhaupt ein Element der deutschen Überseepolitik, vorhandene Ordnungen erhalten und nicht ideologisch zerstören oder zersetzen. Denken Sie an die Haltung zur alten Türkei, zum alten China, zu Sansibar, zu Samoa, überall finden Sie diese Züge, vorhandene Ordnungen nicht zu zerstören. Vielleicht kann man auch in der Missionsarbeit der drei Großmächte Spuren dieser Grundeinstellungen erkennen.

Ich sprach von der großen Nordwest-Arrondierung in Afrika durch die Franzosen und dem britischen Gedanken „Kap–Kairo", ganz Ostafrika umfassend. Ein Ausgleich zwischen der französischen Abrundungspolitik und den englischen Bestrebungen in Afrika wurde möglich, sobald die Nilstellung, die Stellung am Roten Meer sicher in englischer Hand war, also nach Alexandrias Besetzung 1882 und nach Faschoda 1898. Es ergab sich eine Interessensonderung zwischen West und Ost. Freilich, um das Niger-Gebiet mit seinem Palmöl und der strittigen Preispolitik der Gesellschaften dort waren noch heftige Gegensätze zu überwinden. Frankreich konnte nicht alles erreichen, was es gewünscht hatte, auch Deutschalnd nicht, immerhin ergab sich hier freie Schiffahrt auf dem Niger. In den deutschen Plänen kristallisierte sich nach und nach die Zusammenführung von einem in sich verbundenen Mittelafrika heraus. Mitteleuropa und Mittelafrika schienen in Korrespondenz zu treten, Kamerun, Deutsch-Ost und auch ein Anschluß an Südwest hätten zustande kommen können, wenn die in Gang gesetzte deutsch-englische Einigung über das zukünftige Schicksal der portugiesischen Besitzungen sich hätte verwirklichen lassen. Durch den Neu-Kamerun-Vertrag von 1911 mit den Bestimmungen über die Vorkaufsrechte von Spanisch-Guinea und dem Illusorisch-machen der französischen Vorkaufsrechte auf den Kongo-Staat zeichnete sich ein großer afrikanischer Wirtschaftsblock ab als eine Möglichkeit der Zukunft. Der Weltkrieg hat das alles verhindert.

Die Idee Afrika, wo es nur eine ganz dünne weiße regierende Oberschicht gab, von europäischer Kriegsführung frei zu halten im Sinne der Bismarckschen Kongoakte, wurde durch England und Frankreich preisgegeben um ihrer großen imperialistischen Ziele willen. Bethmann Hollweg hat als Kanzler sogleich im August 1914 erklärt: „Dieser Krieg wird in Europa und nicht in Afrika ausgetragen und entschieden. Wir wollen entsprechend der

Kongoakte Afrika seinen Frieden lassen." England, Frankreich und auch Belgien haben es abgelehnt, das mittelafrikanische Völkerrecht aufrechtzuerhalten. Sie wollten sich militärisch in den Besitz der deutschen Kolonien setzen ohne Rücksicht auf die Folgen für Europa als Ganzes in diesem Raum, den Bismarck „eine europäische Allmende" genannt hat, womit ja in gewisser Weise der Mandatsgedanke schon vorweggenommen war. Die Preisgabe einer wenigstens im Ansatz gesamt-europäischen Aufgabe und gesamt-europäischen Verantwortung für die Völker Afrikas hat dann freilich für die siegreichen Westmächte doch auch bedrückende Folgen gehabt, ebenso wie auch hinsichtlich Asiens und der Südsee. Der „peloponnesische Krieg" der Europäer widereinander, durchzogen von den Antrieben des nationalistischen Imperialismus, hat eine gesamt-europäische Autorität der wenigen Weißen in Afrika unmöglich gemacht. Dabei war es eigentümlich, wie die Ausdauer der Deutschen in den beiden Weltkriegen einer unüberwindlichen Übermacht gegenüber zu großen weltpolitischen Auswirkungen geführt hat, weit über den Verlust der deutschen Überseestellung hinaus. Denn die Zähigkeit des deutschen Widerstandes hat in der Fortdauer der Kriege zum Aufgebot der Kräfte aus aller Welt, auch der nichteuropäischen, geführt. Wenn auch leidend, so war Deutschland doch in die Mitte der großen Politik gestellt und die außereuropäischen Völker „learned the lesson", sie lernten begreifen, daß die Gegner der Deutschen nicht ohne ihre Hilfe, für die man ihnen Versprechungen machte, Herr über Deutschland werden konnten. Das hob ihr Selbstgefühl, das Wissen um ihre Eigenbedeutung.

Die Franzosen haben für Afrika folgende Zahlen aus dem 1. Weltkrieg bekanntgegeben: 918 000 Menschen aus den französischen Kolonien sind im Krieg zum Einsatz gekommen, 680 000 Soldaten und 238 000 Arbeiter. Clemenceau erklärte während der Verhandlungen über die deutschen Kolonien in Versailles 1919, als er Wilsons Idee des Verbotes von Militarisierung für die ehemaligen deutschen Kolonien ansprach: „Ohne die afrikanischen Truppen hätten die Deutschen nicht am Sieg gehindert werden können."

Im 2. Weltkrieg hat sich ähnliches wiederholt. Deutschland konnte bei der Dauer des Krieges ohne Hilfe aus Übersee und auch aus Afrika nicht überwunden werden. Die Mandatsidee, der das höhere Verantwortungsbewußtsein in der kolonialen Arbeit zugrunde liegt, wurde in Versailles mißbraucht, um die geheimen Beuteverträge von 1915—1917 über die Annexionen des deutschen Kolonialbesitzes zwischen den Alliierten mit den Ideologien der Wilsonschen Afrikapolitik (Punkt 5 der 14 Punkte) zu umhüllen. Und das gelang auf Vorschlag von Smuts durch eine dreifache Abstufung der Mandatsrechte und Mandatspflichten im Interesse der Dominions (also auch im Interesse Südafrikas), welche in irgendeiner Weise ihre eigenen Monroe-

Doktrinen entwickelt hatten, aber auch im Interesse Belgiens, Frankreichs und Englands sowie Japans.

So endete die deutsche unmittelbare Verantwortung in Afrika im Januar und im Mai 1919, nach 35jährigem Bestehen, übrigens verbunden mit einer ungeheuerlichen Kolonial-Greuel-Schuld-Hetze. Heute aber sind, wie man hört, die Deutschen in Afrika von der Zeit ihrer Kolonialverwaltung her vielfach legendär im positiven Sinne geworden.

Das Neue nach dem zweiten Weltkrieg wurde für Afrika, daß nunmehr nicht nur Westeuropa, die alten Kolonialmächte Europas, sondern auch die beiden Flügelmächte, die Vereinigten Staaten und die Sowjetunion mit ihrer universalen Politik auch Afrika ergreifen. Die einen mit ihrem Kapital vor allem und die anderen mit ihrer Propaganda vor allem. Doch damit kommen wir bereits zu den Gegenwartsproblemen in Afrika und da hat der Historiker zunächst das Wort abzugeben. –

Darf ich nun zum Abschluß noch einmal ganz kurz diesen historischen Überblick zusammenfassen: Wenn man die Geschichte von Europa in Afrika südlich der Sahara, also diese 400–500 Jahre, in einem einzigen Vortrag zu behandeln hat, dann kann es sich nur darum handeln, in großen Zügen die Hauptzeitabschnitte, die historischen Epochen, zu bestimmen, in welche dann das einzelne Geschehen jeweils sinnvoll einzuordnen wäre. Als solche habe ich die folgenden zu skizzieren versucht:

1. Die *Entdeckung Afrikas* südlich der Sahara vollzieht sich im Zusammenhang der überlieferten und in den iberischen Staaten noch voll lebendigen Kreuzzugspolitik des hohen Mittelalters, durchtränkt freilich schon mit dem Forschungsgeist der Renaissance.

2. In der *alten Kolonialzeit* gewinnt Afrika Bedeutung als „Küste" mit ihren Stationen für den Sklavenhandel im Interesse Amerikas und den Erfrischungsstationen der Schiffahrt für Ostindien. Aus den kleinen Ansätzen zum Eindringen in das Innere ergeben sich nur geringfügige Folgen. Nur in der Siedlungspolitik in Südafrika wird der Grund für eine echte Pflanzungsstätte von Europäern gelegt.

3. Mit der großen *Revolutionsbewegung des Abendlandes*, die in ihrer ersten Phase durch den Liberalismus bestimmt wird, in der zweiten durch den Sozialismus, kommt es zum Erliegen des Sklavenhandels und zur Freigabe aller Küsten für den einzelnen europäischen wissenschaftlichen, kaufmännischen und missionarischen Unternehmer. Damit erst wird Afrika südlich der Sahara im Inneren des Kontinents für die Europäer aufgeschlossen.

4. An diese Phase schließen sich an die *Jahrzehnte einer neuen Kolonialpolitik* mit staatlicher Besitzergreifung, mit Investitionen, mit innerpolitischen Umgestaltungen der alten politischen Ordnungen der afrikanischen

Bevölkerungen. In Südafrika kommen die Jahrzehnte mit dem Aufbau eines Dominion.

5. Durch die Weltkriege ausgelöst und stark gefördert, werden die einheimischen Völker und Menschen Afrikas zum Willen geweckt, die europäische *Idee der Autonomie,* der Selbstregierung, der Eigenständigkeit, aufzugreifen. Der europäische Nationalismus und der europäische Demokratismus als Zwillingsbrüder der Revolutionsepoche – (Nationalismus und Demokratie zusammengenommen haben die tiefgreifenden sozialen Wandlungen hervorgerufen) – werden auch in Afrika, nun von innen her, zu einer neuen bewegenden Kraft.

VERZEICHNIS DER WISSENSCHAFTLICHEN SCHRIFTEN

Die mit einem Stern (*) bezeichneten Arbeiten sind in dem vorliegenden Band aufgenommen worden.

Die Teilnahme Sardiniens am Krimkrieg und die öffentliche Meinung in Italien. Leipzig 1910, 175 S.

* Besprechung von: J. Forster-Fraser, Australia, the making of a nation. London 1910. Preußische Jahrbücher 143, 1911, S. 146-155

Sir John Robert Seeley. Eine Studie über den Historiker. Mit einer Bibliographie. XII und 112 S., Langensalza 1913

Who Rules Germany? The History Teachers Magazine, Philadelphia, Dezember 1913, S. 280-284

Was tat England für den Frieden? Auf Grund des englischen Blaubuches. Das größere Deutschland, Oktober 1914, S. 832—841

Über die Entwicklung der Selbstbiographie im ausgehenden deutschen Mittelalter. Archiv für Kulturgeschichte 14, 1915, S. 193-213

Die Verfassung der Vereinigten Staaten von Amerika. Mit einer Einleitung. Reclams Universal-Bibliothek Nr. 6106. Leipzig 1919

* Die historische Forschung über die Ursprünge der Verfassung der Vereinigten Staaten von Amerika. Antrittsvorlesung an der Universität Hamburg, Juli 1919, Historische Zeitschrift 122, 1920, S. 241-259

* Die drei großen Amerikaner Hamilton, Jefferson, Washington. Auszüge aus ihren Werken ausgewählt und eingeleitet. 188 S., Berlin 1923 (Klassiker der Politik, Bd. 7)

* Besprechung von: Wolfgang Windelband, Die auswärtige Politik der Großmächte 1494—1919. Zeitschrift für Politik 14, 1924, S. 175-185

* Grundzüge der Weltpolitik der letzten hundert Jahre. Eine raumpolitische Betrachtung. Zeitschrift für Geopolitik, 1924, S. 605-612, 671-678

Der Kampf Westeuropas um Nordamerika im 15. und 16. Jahrhundert. Allgemeine Staatengeschichte; Geschichte der außereuropäischen Staaten. XI und 292 S., Stuttgart/Gotha 1925

Die Idee des Weltgleichgewichts. Revista de Historia, Lissabon, 1927/28, S. 276-282

* Zur Geschichte des Panamakongresses 1826. Iberica, Zeitschrift für spanische und portugiesische Auslandskunde, Bd. V, Heft 3, 1926, S. 113-117

Über die Bedeutung der überseeischen Ausdehnung für das europäische Staaten-System. Historische Zeitschrift 137, 1927, S. 28-90. Sonderausgabe i. d. Reihe „Libelli", Bd. 8, Darmstadt 1953

Amerikanische Eindrücke. Medizinische Welt 1, 1927, S. 1-5

* Deutschland und die Vereinigten Staaten. Jahrbuch der Karl Schurz-Gesellschaft, Berlin 1929, S. 97-113

* Zur Geschichte der völkerrechtlichen Trennungslinie zwischen Amerika und Europa. Ibero-amerikanisches Archiv, Berlin-Bonn 1930, S. 1-14

* Friedrich Wilhelm v. Steuben zum 200. Geburtstag, 16 S., Hamburg-Amerika-Post, Beilage zu Band 2 (1930), Heft 10

* Das Problem der europäischen Expansion in der Geschichtsschreibung. 40 S., Übersee-Geschichte, Bd. 1, Hamburg 1929

Die Europäische Ausbreitung über die Erde. 406 S., Museum der Weltgeschichte, Wildpark-Berlin 1931

* Demokratie und Partei in den Vereinigten Staaten von Nordamerika. In: Demokratie und Partei, Hrsg. v. P. R. Rohden, Wien 1932, S. 73-119

* George Washington. Rede, gehalten bei der staatlichen Washingtonfeier in Hamburg 1932. Vergangenheit und Gegenwart 22, 1932, S. 241-253

Die Idee der politischen Universität. 40 S., Hamburg 1933

* Die Kolonialfrage in den Friedensverhandlungen von Versailles. Zeitschrift für Politik 23, 1933, S. 32-43

* Die geschichtlichen Grundlagen des amerikanischen Lebens. Auslandsstudien 8, Königsberg 1933, S. 11-37

* Bismarcks Afrika-Politik. Historische Zeitschrift 160, 1939, S. 1-89

Europa und das Reich. 87 S., Essen 1941 (1943)

Von der Geschichte der europäischen Ordnung. Sonderdruck. Berliner Monatshefte, 1943, S. 1-10

Bismarck in den Tagen seiner Entlassung. Westermann-Monatshefte 91, 1950/51, S. 63-66

* Die europäische Bedeutung der französischen Übersee-Politik im 16. Jahrhundert. Saeculum 11, 1951, S. 416-432

Otto Westphal zum Gedächtnis. Geopolitik 23, 1952, S. 191-192

Christentum und Geschichte. Bemerkungen zu einem Buche Herbert Butterfields. Zeitschrift für Religions- u. Geistesgeschichte 5, 1953, S. 1-4

Geschichte und Politik, Geschichtswissenschaft und Geschichtsbewußtsein. 12 S. Schriften der Grenzakademie Sankelmark, H. 10, 1953

* Die Gegenwartsbedeutung der kolonialen Expansion für das europäische Gefüge. Studium Generale 6, 1953, S. 94-103

Bismarcks gegenrevolutionäre Aktion in den Märztagen 1848. Die Welt als Geschichte 13, 1953, S. 246-262

Restauration als Phase der geschichtlichen Entwicklung. 16 S., Schriften der Grenzakademie Sankelmark, H. 11, 1954

Bismarcks Royalismus. Geschichte in Wissenschaft und Unterricht 5, 1954, S. 331-349

Einführung in das Vorhaben der Konferenz: Gibt es ein deutsches Geschichtsbild? Jahrbuch der Ranke-Gesellschaft 1954, S. 9-16

Zum Proben der historischen Kontinuität — Kontinuität und Tradition. Jahrbuch der Ranke-Gesellschaft 1955, S. 9-16

Eliten — geschichtlich gesehen. Der Mensch in der Wirtschaft 5, 1955, S. 6-15

Die zweite Schlacht bei Leipzig. Südost-Forschungen 14, 1955, S. 175-185

Die Revolution in der Politik Bismarcks. 360 S., Göttingen 1957

* Voraussetzungen und Beginn der großen Entdeckungen. Historia Mundi, Bd. 7, Bern 1957, S. 9-38

Die Reichsgründung in Versailles. 92 S., Janus-Bücher, Bd. 7, München 1958

* Europa und Afrika vom Zeitalter der Entdeckung bis zur Gegenwart. Als Manuskript vervielfältigt. Evangelische Zentrale für Auswandererhilfe, Stuttgart 1958, S. 1-23

Bonapartismus und Faschismus in der deutschen Geschichte. 34 S., Historisch-politische Hefte der Ranke-Gesellschaft, H. 1, Studien zum Geschichtsbild, Göttingen 1960